U0140450

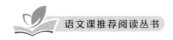
语文课推荐阅读丛书

〔明〕罗贯中 著

三国演义

下

中华书局

第六十一回

赵云截江夺阿斗　孙权遗书退老瞒

却说庞统、法正二人劝玄德就席间杀刘璋，西川唾手可得。玄德曰："吾初入蜀中，恩信未立，此事决不可行。"二人再三说之，玄德只是不从。次日，复与刘璋宴于城中，彼此细叙衷曲，情好甚密。酒至半酣，庞统与法正相议曰："事已如此，由不得主公了。"便教魏延登堂舞剑，乘势杀刘璋。延遂拔剑进曰："筵间无以为乐，愿舞剑为戏。"庞统便呼众武士入，列于堂下，只待魏延下手。刘璋手下诸将见魏延舞剑筵前，又见阶下武士手按刀靶，直视堂上，从事张任亦掣剑舞曰："舞剑必须有对，某愿与魏将军同舞。"二人对舞于筵前。魏延目视刘封，封亦拔剑助舞，于是刘璝、冷苞、邓贤各掣剑出曰："我等当群舞，以助一笑。"玄德大惊，急掣左右所佩之剑，立于席上曰："吾兄弟相逢痛饮，并无疑忌，又非鸿门会上，何用舞剑？不弃剑者立斩。"刘璋亦叱曰："兄弟相聚，何必带刀！"命侍卫者尽去佩剑。众皆纷然下堂。玄德唤诸将士上堂，以酒赐之，曰："吾弟兄同宗骨血，共议大事，并无二心，汝等勿疑。"诸将皆拜谢。刘璋执玄德之手而泣曰："吾兄之恩，誓不敢忘！"二人欢饮，至晚而散。玄德归寨，责庞统曰："公等奈何欲陷备于不义耶？今后断勿为此。"统嗟叹而退。

却说刘璋归寨，刘璝等曰："主公见今日席上光景乎？不如早回，免生后患。"刘璋曰："吾兄刘玄德非比他人。"众将曰："虽玄德无此心，他手下人皆欲并西川，以图富贵。"璋曰："汝等无间吾兄弟之情。"遂不听，日与玄德欢叙。忽报张鲁整顿兵马，将犯葭萌关。刘璋便请玄德往拒之。玄德慨然领诺，即日引本部兵望葭萌关去了。众将劝刘璋令大将坚守各处关隘，以防玄德兵变。璋初时不从，后因众人苦劝，乃令白水都督杨怀、高沛二人，守把涪水关。刘璋自回成都。玄德到葭萌关，严禁军士，广施恩惠，以收民心。

　　早有细作报入东吴，吴侯孙权会文武商议。顾雍进曰："刘备分兵远涉山险而去，未易往还，何不差一军先截川口，断其归路，后尽起东吴之兵，一鼓而下荆襄？此不可失之机会也。"权曰："此计大妙。"正商议间，忽屏后一人大喝而出曰："进此计者，可斩之。欲害吾女之命耶？"众惊视之，乃吴国太也。国太怒曰："吾一生惟有一女，嫁与刘备。今若动兵，吾女性命如何？"因叱孙权曰："汝掌父兄之业，坐领八十一州，尚自不足，乃顾小利而不念骨肉。"孙权喏喏连声，答曰："老母之训，岂敢有违！"遂叱退众官。国太恨恨而入。孙权立于轩下，自思："此机会一失，荆襄何日可得？"正沉吟间，只见张昭入，问曰："主公有何忧疑？"孙权曰："正思适间之事。"张昭曰："此极易也。今差心腹将一人，只带五百军，潜入荆州，下一封密书与郡主，只说国太病危，欲见亲女，取郡主星夜回东吴。玄德平生只有一子，就教带来。那时玄德定把荆州来换阿斗。如其不然，一任动兵，更有何碍？"权曰："此计大妙。吾有一人，姓周名善，最有胆量，自幼穿房入户，多随吾兄。今可差他去。"昭曰："切勿漏泄，只此便令起行。"于是密遣周善将五百人，扮为商人，分作五船，更诈修国书，以备盘诘，船内暗藏兵器。周善领命，取荆州水路而来。

　　船泊江边，善自入荆州，令门吏报孙夫人。夫人命周善入，善呈上密书。夫人见说国太病危，洒泪动问。周善拜诉曰："国太好生病重，旦夕只是思念夫人。倘去得迟，恐不能相见，就教夫人带阿斗去见一面。"夫人曰："皇叔引兵远出，我今欲回，须使人知会军师，方可行。"周善曰："若军师回言道，须报知皇叔，候了回命，方可下船，如之奈何？"夫人曰："若不辞而去，恐有阻当。"周善曰："大江之中，已准备下船只，只今便请夫人上车出城。"孙夫人听知母病危急，如何不慌？便将七岁孩子阿斗载在车中，随行带三十余人，各挎刀剑上马，离荆州城，便来江边上船。府中人欲报时，孙夫人已到沙头镇，下在船中了。

周善方欲开船，只听得岸上有人大叫："且休开船，容与夫人饯行。"视之，乃赵云也。原来赵云巡哨方回，听得这个消息，吃了一惊，只带四五骑，旋风般沿江赶来。周善手执长戈，大喝曰："汝何人，敢当主母？"叱令军士一齐开船，各将军器出来，摆列在船上。风顺水急，船皆顺流而去。赵云沿江赶叫："任从夫人去，只有一句话拜禀。"周善不睬，只催船速进。赵云沿江赶到十余里，忽见江滩斜缆一只渔船在那里。赵云弃马执枪，跳上渔船，只两人驾船前来，望着夫人所坐大船追赶。周善教军士放箭，赵云以枪拨之，箭皆纷纷落水。离大船悬隔丈余，吴兵用枪乱刺。赵云弃枪在小船上，掣所佩青釭剑在手，分开枪搠，望吴船涌身一跳，早登大船。吴兵尽皆惊倒。

赵云入舱中，见夫人抱阿斗于怀中，喝赵云曰："何故无礼？"云插剑声喏曰："主母欲何往？何故不令军师知会？"夫人曰："我母亲病在危笃，无暇报知。"云曰："主母探病，何故带小主人去？"夫人曰："阿斗是吾子，留在荆州，无人看觑。"云曰："主母差矣。主人一生只有这点骨血，小将在当阳长坂坡百万军中救出，今日夫人却欲抱将去，是何道理！"夫人怒曰："量汝只是帐下一武夫，安敢管我家事！"云曰："夫人要去便去，只留下小主人。"夫人喝曰："汝半路辄入船中，必有反意。"云曰："若不留下小主人，总然万死，亦不敢放夫人去。"夫人喝侍婢向前揪捽①，被赵云推倒，就怀中夺了阿

---

① 揪捽（zuó）：用力抓住，或作"揪撮"。

斗，抱出船头上。欲要傍岸，又无帮手；欲要行凶，又恐碍于道理，进退不得。夫人喝侍婢夺阿斗。赵云一手抱定阿斗，一手仗剑，人不敢近。周善在后梢挟住舵，只顾放船下水，风顺水急，望中流而去。赵云孤掌难鸣，只护得阿斗，安能移舟傍岸？

正在危急，忽见下流头港内一字儿排出十余只船来，船上磨旗擂鼓。赵云自思："今番中了东吴之计。"只见当头船上，一员大将手执长矛，高声大叫："嫂嫂留下侄儿去。"原来张飞巡哨，听得这个消息，急来油江夹口，正撞着吴船，急忙截住。当下张飞提剑跳上吴船，周善见张飞上船，提刀来迎，被张飞手起一剑砍倒，提头掷于孙夫人前。夫人大惊曰："叔叔何故无理？"张飞曰："嫂嫂不以俺哥哥为重，私自归家，这便无理！"夫人曰："吾母病重，甚是危急，若等你哥哥回报，须误了我事。若你不放我回去，我情愿投江而死。"张飞与赵云商议，若逼死夫人，非为臣下之道，只护着阿斗过船去罢。乃谓夫人曰："俺哥哥大汉皇叔，也不辱没嫂嫂。今日相别，若思哥哥恩义，早早回来。"说罢，抱了阿斗，自与赵云回船，放孙夫人五只船去了。后人有诗赞子龙曰：

> 昔年救主在当阳，今日飞身向大江。
>
> 船上吴兵皆胆裂，子龙英勇世无双。

又有诗赞翼德曰：

> 长坂桥边怒气腾，一声虎啸退曹兵。
>
> 今朝江上扶危主，青史应传万载名。

二人欢喜回船。行不数里，孔明引大队船只接来，见阿斗已夺回，大喜，三人并马而归。孔明自申文书，往葭萌关报知玄德。

却说孙夫人回吴，且说张飞、赵云杀了周善，截江夺了阿斗。孙权大怒曰："今吾妹已归，与彼不亲。杀周善之仇，如何不报？"唤集文武，商议起军攻取荆州。正商议调兵，忽报曹操起军四十万来报赤壁之仇。孙权大惊，且按下荆州，商议拒敌曹操。人报长史张纮辞疾回家，今已病故，有哀书上呈。权拆视之，书中劝孙权迁居秣陵，言秣陵山川有帝王之气，可速迁于此，以为万世之业。孙权览书，大哭，谓众官曰："张子纲劝吾迁居秣陵，吾如何不从？"即命迁治建业，筑石头城。吕蒙进曰："曹操兵来，可以濡须水口筑坞以拒之。"诸将皆曰："上岸击贼，跣足入船，何用筑城？"蒙曰："兵有利钝，战无必胜，如猝然遇敌，步骑相促，人尚不暇及水，何能入船乎？"权曰："人无远虑，必有近忧。子明之见甚远。"便差军数万，筑濡须坞，晓夜并工，刻期告竣。

却说曹操在许都威福日甚。长史董昭进曰："自古以来，人臣未有如丞相之功者，虽周公、吕望，莫可及也。栉风沐雨三十余年[1]，扫荡群凶，与百姓除害，使汉室复存，岂可与诸臣宰同列乎？合受魏公之位，加九锡以彰功德[2]。"你道那九锡：

> 一车马，二衣服，三乐县，四朱户，五纳陛，六虎贲，七铁钺，八弓矢，九秬鬯圭瓒[3]。

侍中荀彧曰："不可。丞相本兴义兵，匡扶汉室，当秉忠贞之志，守谦退之节。君子爱人以德，不宜如此。"曹操闻言，勃然变色。董昭曰："岂可以一人而阻众望！"遂上表，请尊操为魏公，加九锡。荀彧叹曰："吾不想今日见此事！"操闻，深恨之，以为不助己也。建安十七年冬十月，曹操兴兵下江南，就命荀彧同行。彧已知操有杀己之心，托病止于寿春。忽曹操使人送饮食一盒至，盒上有操亲笔封记，开盒视之，并无一物。荀彧会其意，遂服毒而亡，年五十岁。

---

① 栉风沐雨：以风梳头，以雨沐浴。比喻在外奔走，极为辛劳。

② 九锡："锡"通"赐"，九锡指皇帝赐给有特殊功勋的诸侯、大臣的九种礼器，表示最高的礼遇。

③ 乐县：悬挂的钟磬类乐器。　朱户：朱红色的大门。　纳陛：陛，台阶。纳陛是在檐下的殿基上凿的台阶，使登台阶者不用露天登阶。　虎贲：勇士之称。　铁钺：铁，铡刀。钺，古代兵器，像斧，比斧大。　弓矢：弓箭。　秬鬯（jùchàng）圭瓒：秬鬯，以黑黍和郁金香草酿造的酒，用于祭祀降神及赏赐有功的诸侯。圭瓒，一种玉制酒器，以圭为柄，形状如勺，用于祭祀。

后人有诗叹曰：

> 文若才华天下闻，可怜失足在权门。
>
> 后人漫把留侯比，临没无颜见汉君。

其子荀恽发哀书报曹操。操甚懊悔，命厚葬之，谥曰"敬侯"。

且说曹操大军至濡须，先差曹洪领三万铁甲马军，哨至江边，回报云："遥望沿江一带旗幡无数，不知兵聚何处。"操放心不下，自领兵前进，就濡须口摆开军阵。操领百余人上山坡，遥望战船。各分队伍，依次摆列，旗分五色，兵器鲜明。当中大船上青罗伞下，坐着孙权，左右文武，侍立两边。操以鞭指曰："生子当如孙仲谋！若刘景升儿子，豚犬耳。"忽一声响动，南船一齐飞奔过来，濡须坞内又一军出，冲动曹兵。曹操军马退后便走，止喝不住。忽有千百骑赶到山边，为首马上一人，碧眼紫髯，众人认得正是孙权。权自引一队马军来击曹操。操大惊，急回马时，东吴之将韩当、周泰两骑马直冲将上来。操背后许褚纵马舞刀，敌住二将，曹操得脱归寨。许褚与二将战三十合方回。操回寨，重赏许褚，责骂众将："临故先退，挫吾锐气。后若如此，尽皆斩首。"是夜二更时分，忽寨外喊声大震，操急上马，见四下里火起，却被吴兵劫入大寨。杀至天明，曹兵退五十余里下寨。操心中郁闷，闲看兵书。程昱曰："丞相既知兵法，岂不知兵贵神速乎？丞相起兵，迁延日久，故孙权得以准备。夹濡须水口为坞，难于攻击。不若且退兵还许都，别作良图。"操不应。程昱出。

操伏几而卧，忽闻潮声汹涌，如万马争奔之状。操急视之，见大江中推出一轮红日，光华射目；仰望天上，又有两轮太阳对照。忽见江心那轮红日直飞起来，坠于寨前山中，其声如雷，猛然惊觉，原来在帐中做了一梦。帐前军报道午时。曹操教备马，引五十余骑径奔出寨，至梦中所见落日山边。正看之间，忽见一簇人马，当先一人金盔金甲，操视之，乃孙权也。权见操至，也不慌忙，在山上勒住马，以鞭指操曰："丞相坐镇中原，富贵已极，何故贪心不足，又来侵我江南？"操答曰："汝为臣下，不尊王室。吾奉天子诏，特来讨汝。"孙权笑曰："此言岂不羞乎！天下岂不知你挟天子令诸侯？吾非不尊汉朝，正欲讨汝以正国家耳。"操大怒，叱诸将上山捉孙权。忽一声鼓响，山背后两彪军出，右边韩当、周泰，左边陈武、潘璋，四员将带三千弓弩手乱射，矢如雨发。操急引众将回走，背后四将赶来甚急。赶到半路，许褚引众虎卫军敌住，救回曹操。吴兵齐奏凯歌，回濡须去了。操还营，自思孙权非等闲人物，红日之应，久后必为帝王。于是心中有退兵之意；又恐东吴耻笑，进退未决。两边又相拒了月余，战了数场，互相胜负。直至来年正月，春雨连绵，水港皆满，军士多在泥水之中，困苦异常。操心甚忧。

当日正在寨中，与众谋士商议，或劝操收兵，或云："目今春暖，正好相持，不可退归。"操犹豫未定。忽报东吴有使赍书到。操启视之，书略曰：

孤与丞相彼此皆汉朝臣宰，丞相不思报国安民，乃妄动干戈，残虐生灵，岂仁人之所为哉？即日春水方生，公当速去；如其不然，复有赤壁之祸矣。公宜自思焉。

书背后又批两行云：

足下不死，孤不得安。

曹操看毕，大笑曰："孙仲谋不我欺也！"重赏来使，遂下令班师，命庐江太守朱光镇守皖城，自引大军回许昌。孙权亦收军回秣陵。权与众将商议："曹操虽然北去，刘备尚在葭萌关未还，何不引拒曹操之兵，以取荆州？"张昭献计曰："且未可动兵，某有一计，使刘备不能再还荆州。"正是：

孟德雄兵方退北，仲谋壮志又图南。

不知张昭说出甚计来，且看下文分解。

第六十二回

取涪关杨高授首　攻雒城黄魏争功

却说张昭献计曰："且休要动兵。若一兴师，曹操必复至。不如修书二封，一封与刘璋，言刘备结连东吴，共取西川，使刘璋心疑而攻刘备；一封与张鲁，教进兵向荆州来，着刘备首尾不能救应，我然后起兵取之，事可谐矣。"权从之，即发使二处去讫。

且说玄德在葭萌关日久，甚得民心，忽接得孔明文书，知孙夫人已回东吴，又闻曹操兴兵犯濡须，乃与庞统议曰："曹操击孙权，操胜，必将取荆州；权胜，亦必取荆州矣。为之奈何？"庞统曰："主公勿忧，有孔明在彼，料想东吴不敢犯荆州。主公可驰书去刘璋处，只推曹操攻击孙权，权求救于荆州，吾与孙权唇齿之邦，不容不相援。张鲁自守之贼，决不敢来犯界，吾今欲勒兵回荆州，与孙权会同破曹操。奈兵少粮缺，望推同宗之谊，速发精兵三四万，行粮十万斛相助，请勿有误。若得军马钱粮，却另作商议。"玄德从之，遣人往成都。

来到关前，杨怀、高沛闻知此事，遂教高沛守关，杨怀同使者入成都，见刘璋，呈上书信。刘璋看毕，问杨怀为何亦同来。杨怀曰："专为此书而来。刘备自从入川，广布恩德，以收民心，其意甚是不善。今求军马钱粮，切不可与。如若相助，是把薪助火也。"刘璋曰："吾与玄德有兄弟之情，岂可不助？"一人出曰："刘备枭雄，久留于蜀而不遣，是纵虎入室矣。今更助之以军马钱粮，何异与虎添翼乎？"众视其人，乃零陵烝阳人，姓刘名巴字子初。刘璋闻刘巴之言，犹豫未决。黄权又复苦谏。璋乃量拨老弱军四千，米一万斛，发书遣使报玄德，仍令杨怀、高沛紧守关隘。刘璋使者到葭萌关见玄德，呈上回书。玄德大怒曰："吾为汝御敌，费力劳心，汝今积财吝赏，何以使士卒效命乎？"遂扯毁回书，大骂而起。使者逃回成都。

庞统曰："主公只以仁义为重，今日毁书发怒，前情尽弃矣。"玄德曰："如此当若何？"庞统曰："某有三条计策，请主公自择而行。"玄德问："那三条计？"统曰："只今便选精兵，昼夜兼道，径袭成都，此为上计。杨怀、高沛，乃蜀中名将，各仗强兵，拒守关隘；今主公佯以回荆州为名，二将闻知必来相送，就送行处擒而杀之，夺了关隘，先取涪城，然后却向成都，此中计也。退回白帝，连夜回荆州，徐图进取，此为下计。若沉吟不去，将至大困，不可救矣。"玄德曰："军师上计太促，下计太缓，中计不迟不疾，可以行之。"于是发书致刘璋，只说："曹操令部将乐进引兵至青泥镇，众将抵敌不住，吾当亲往拒之。不及面会，特书相辞。"

书至成都，张松听得说刘玄德欲回荆州，只道是真心，乃修书一封，欲令人送与玄德。却值亲兄广汉太守张肃到，松急藏书于袖中，与肃相陪说话。肃见松神情恍惚，心中疑惑。松取酒与肃共饮，献酬之间，忽落此书于地，被肃从人拾得。席散后，从人以书呈肃。肃开视之，书略曰：

> 松昨进言于皇叔，并无虚谬，何乃迟迟不发？逆取顺守，古人所贵。今大事已在掌握之中，何故欲弃此而回荆州乎？使松闻之，如有所失。书呈到日，疾速进兵，松当为内应，万勿自误。

张肃见了，大惊曰："吾弟作灭门之事，不可不首。"连夜将书见刘璋，具言弟张松与刘备同谋，欲献西川。刘璋大怒曰："吾平日未尝薄待他，何故欲谋反？"遂下令捉张松全家，尽斩于市。后人有诗叹曰：

> 一览无遗自古稀，谁知书信泄天机。
>
> 未观玄德兴王业，先向成都血染衣。

刘璋既斩张松，聚集文武商议曰："刘备欲夺吾基业，当如之何？"黄权曰："事不宜迟，即便差人告报各处关隘，添兵把守，不许放荆州一人一骑入关。"璋从其言，星夜驰檄各关去讫。

却说玄德提兵回涪城，先令人报上涪水关，请杨怀、高沛出关相别。杨、高二将闻报，商议曰："玄德此回若何？"高沛曰："玄德合死，我等各藏利刃在身，就送行处刺之，以绝吾主之患。"杨怀曰："此计大妙。"二人只带随行二百人，出关送行，其余并留在关上。玄德大军尽发，前至涪水之上。庞统在马上谓玄德曰："杨怀、高沛若欣然而来，可提防之；若彼不来，便起兵径取其关，不可迟缓。"正说间，忽起一阵旋风，把马前"帅"字旗吹倒。玄德问庞统曰："此何兆也？"统曰："此警报也。杨怀、高沛二人，必有行刺之意，宜善防之。"玄德乃身披重铠，自佩宝剑防备。人报："杨、高二将军来送行。"玄德令军马歇定。庞统分付魏延、黄忠："但关上来的军士，不问他马步军兵，一个也休放回。"二将得令而去。

却说杨怀、高沛二人，身边各藏利刃，带二百军兵，牵羊送酒，直到军前，见并无准备，心中暗喜，以为中计。入至帐下，见玄德正与庞统坐于帐中。二将声喏曰："闻皇叔远回，特具薄礼相送。"遂进酒劝玄德。玄德曰："二将军守关不易，当先饮此杯。"二将饮酒毕，玄德曰："吾有密事，与二将军商议，闲人退避。"遂将带来二百人尽赶出中军。玄德叱曰："左右与吾捉下二贼。"帐后刘封、关平应声而出。杨、高二人急待争斗，刘封、关平各捉住一人。玄德喝曰："吾与汝主是同宗兄弟，汝二人何故同谋，离间亲情？"庞统叱左右搜其身畔，果然各搜出利刃一口。统便喝斩二人，玄德还犹未决。统曰："二人本意欲杀吾主，罪不容诛。"遂叱刀斧手斩杨怀、高沛于帐前。黄忠、魏延早将二百从人先自捉下，不曾走了一个。玄德唤入，各赐酒压惊。玄德曰："杨怀、高沛离间吾兄弟，又藏利刃行刺，故行诛戮。你等无罪，不必惊疑。"众各拜谢。庞统曰："吾今即用汝等引路，带吾军取关，各有重赏。"众皆应允。是夜，二百人先行，大军随后。前军至关下叫曰："二将军有急事回，可速开关。"城上听得是自家军，即时开关。大军一拥而入，兵不血刃得了涪关。蜀兵皆降，玄德各加重赏，随即分兵前后守把。

次日劳军，设宴于公厅。玄德酒酣，顾庞统曰："今日之会，可谓乐乎？"庞统曰："伐人之国而以为乐，非仁者之兵也。"玄德曰："吾闻昔日武王伐纣，作乐象功①，此亦非仁者之兵欤？汝言何不合道理？可速退。"庞统大笑而起。左右亦扶玄德入后堂。睡至半夜，酒醒，左右以逐庞统之言告知玄德。玄德大悔，次早，穿衣升堂，请庞统谢罪曰："昨日酒醉，言语触忤，幸勿挂怀。"庞统谈笑自若。玄德曰："昨日之言，惟吾有失。"庞统曰："君臣俱失，何独主公！"玄德亦大笑，其乐如初。

却说刘璋闻玄德杀了杨、高二将，袭了涪水关，大惊曰："不料今日果有此事！"遂聚文武，问退兵之策。黄权曰："可连夜遣兵屯雒县，塞住咽喉之路。刘备虽有精兵猛将，不能过也。"璋遂令刘璝、冷苞、张任、邓贤，点五万大军，星夜往守雒县，以拒刘备。

四将行兵之次，刘璝曰："吾闻锦屏山中有一异人，道号紫虚上人，知人生死贵贱。吾辈今日行军，正从锦屏山过，何不试往问之？"张任曰："大丈夫行兵拒敌，岂可问于山野之人乎？"璝曰："不然。圣人云：'至诚之道，可以前知。'吾等问于高明之人，当趋吉避凶。"于是四人引五六十骑至山下，问径樵夫。樵夫指高山绝顶上，便是上人所居。四人上山至庵前，见一道童出迎，问了姓名，引入

---

① 作乐象功：即"功成作乐，舞以象功"，帝王平定天下功成之时作乐庆祝。

庵中。只见紫虚上人坐于蒲墩之上。四人下拜，求问前程之事。紫虚上人曰："贫道乃山野废人，岂知休咎[①]！"刘璝再三拜问。紫虚遂命道童取纸笔，写下八句言语，付与刘璝。其文曰：

> 左龙右凤，飞入西川。雏凤坠地，卧龙升天。一得一失，天数当然。见机而作，勿丧九泉。

刘璝又问曰："吾四人气数如何？"紫虚上人曰："定数难逃，何必再问！"璝又请问时，上人眉垂目合，恰似睡着的一般，并不答应。四人下山，刘璝曰："仙人之言，不可不信。"张任曰："此狂叟也，听之何益！"遂上马前行。既至雒县，分调人马，守把各处隘口。刘璝曰："雒城乃成都之保障，失此则成都难保。吾四人公议，着二人守城，二人去雒县前面，依山傍险，扎下两个寨子，勿使敌兵临城。"冷苞、邓贤曰："某愿往结寨。"刘璝大喜，分兵二万，与冷、邓二人离城六十里下寨。刘璝、张任守护雒城。

却说玄德既得涪水关，与庞统商议进取雒城。人报："刘璋拨四将前来，即日冷苞、邓贤领二万军离城六十里，扎下两个大寨。"玄德聚众将问曰："谁敢建头功，去取二将寨栅？"老将黄忠应声出曰："老夫愿往。"玄德曰："老将军率本部人马，前至雒城，如取得冷苞、邓贤营寨，必有重赏。"黄忠大喜，即领本部兵马，谢了要行。忽帐下一人出曰："老将军年纪高大，如何去得？小将不才愿往。"玄德视之，乃是魏延。黄忠曰："我已领下将令，你如何敢搀越？"魏延曰："老者不以筋骨为能，吾闻冷苞、邓贤乃蜀中名将，血气方刚，恐老将军近他不得，岂不误了主公大事？因此愿相替，本是好意。"黄忠大怒曰："汝说吾老，敢与我比试武艺么？"魏延曰："就主公之前，当面比试，赢得的便去，何如？"黄忠遂趋步下阶，便叫小校将刀来。玄德急止之曰："不可。吾今提兵取川，全仗汝二人之力。今两

---

① 休咎：吉凶祸福。

480

虎相斗，必有一伤，须误了我大事。吾与你二人劝解，休得争论。"
庞统曰："汝二人不必相争。即今冷苞、邓贤下了两个营寨，今汝二人自领本部军马，各打一寨。如先夺得者，便为头功。"于是分定黄忠打冷苞寨，魏延打邓贤寨。二人各领命去了。庞统曰："此二人去，恐于路上相争，主公可自引军为后应。"玄德留庞统守城，自与刘封、关平引五千军，随后进发。

却说黄忠归寨，传令来日四更造饭，五更结束，平明进兵，取左边山谷而进。魏延却暗使人探听黄忠甚时起兵，探事人回报："来日四更造饭，五更起兵。"魏延暗喜，分付众军士二更造饭，三更起兵，平明要到邓贤寨边。军士得令，都饱餐一顿，马摘铃，人衔枚，卷旗束甲，暗地去劫寨。三更前后，离寨前进。到半路，魏延马上寻思："只去打邓贤寨，不显能处，不如先去打冷苞寨，却将得胜兵打邓贤寨，两处功劳都是我的。"就马上传令，教军士都投左边山路里去。天色微明，离冷苞寨不远，教军士少歇，排挪金鼓旗幡枪刀器械。

早有伏路小军飞报入寨，冷苞已有准备了，一声炮响，三军上马，杀将出来。魏延纵马提刀，与冷苞接战。二将交马，战到三十合，川兵分两路来袭汉军。汉军走了半夜，人马力乏，抵当不住，退后便走。魏延听得背后阵脚乱，撇了冷苞，拨马回走。川兵随后赶来，汉军大败。走不到五里，山背后鼓声震地，邓贤引一彪军从山谷里截出来，大喊："魏延快下马受降。"魏延策马飞奔，那马忽失前蹄，双足跪地，将魏延掀将下来。邓贤马奔到，挺枪来刺魏延。枪未到处，弓弦响，邓贤倒撞下马。后面冷苞方欲来救，一员大将从山坡上跃马而来，厉声大叫："老将黄忠在此！"舞刀直取冷苞。冷苞抵敌不住，望后便走。黄忠乘势追赶，川兵大乱。黄忠一枝军救了魏延，杀了邓贤，直赶到寨前。冷苞回马，与黄忠再战，不到十余合，后面军马拥将上来，冷苞只得弃了左寨，引败军来投右寨。

只见寨中旗帜全别，冷苞大惊，兜住马看时，当头一员大将金甲锦袍，乃是刘玄德。左边刘封，右边关平，大喝道："寨子我已夺下，汝欲何往？"原来玄德引兵从后接应，便乘势夺了邓贤寨子。冷苞两头无路，取山避小径，要回雒城。行不到十里，狭路伏兵忽起，搭钩齐举，把冷苞活捉了。原来却是魏延自知罪犯，无可解释，收拾后军，令蜀兵引路，伏在这里，等个正着，用索缚了冷苞，解投玄德寨来。

却说玄德立起免死旗，但川兵倒戈卸甲者，并不许杀害，如伤者偿命。又谕众降兵曰："汝川人皆有父母妻子，愿降者充军，不愿降者放回。"于是欢声震地。黄忠安下寨脚，径来见玄德，说："魏延违了军令，可斩之。"玄德急召魏延，魏延解冷苞至。玄德曰："延虽有罪，此功可赎。"令魏延谢黄忠救命之恩，今后毋得相争。魏延顿首伏罪。玄德重赏黄忠，使人押冷苞到帐下。玄德去其缚，赐酒压惊，问曰："汝肯降否？"冷苞曰："既蒙免死，如何不降！刘璝、张任与某为生死之交，若肯放某回去，当即招二人来降，就献雒城。"玄德大喜，便赐衣服鞍马，令回雒城。魏延曰："此人不可放回，若脱身一去，不复来矣。"玄德曰："吾以仁义待人，人不负我。"

却说冷苞得回雒城，见刘璝、张任，不说捉去放回，只说被我杀了十余人，夺得马匹逃回。刘璝忙遣人往成都求救。刘璋听知折了邓贤，大惊，慌忙聚众商议。长子刘循进曰："儿愿领兵前去夺雒城。"璋曰："既吾儿肯去，当遣谁人为辅？"一人出曰："某愿往。"璋视之，乃舅氏吴懿也。璋曰："得尊舅去最好，谁可为副将？"吴懿保吴兰、雷同二人为副将，点二万军马，来到雒城。刘璝、张任接着，具言前事。吴懿曰："兵临城下，难以拒敌。汝等有何高见？"冷苞曰："此间一带正靠涪江，江水大急，前面寨占山脚，其形最低。某乞五千军，各带锹锄，前去决涪江之水，可尽淹死刘备之兵也。"吴懿从其计，即令冷苞前往决水，吴兰、雷同引兵接应。冷苞领兵，自去准备决水器械。

却说玄德令黄忠、魏延各守一寨，自回涪城，与军师庞统商议。细作报说："东吴孙权遣人结好东川张鲁，将欲来攻葭萌关。"玄德惊曰："若葭萌关有失，截断后路，吾进退不得，当如之何？"庞统谓孟达曰："公乃蜀中人，多知地理，去守葭萌关如何？"达曰："某保一人，与某同去守关，万无一失。"玄德问何人，达曰："此人曾在荆州刘表部下为中郎将，乃南郡枝江人，姓霍名峻，表字仲邈。"玄德大喜，即时遣孟达、霍峻守葭萌关去了。

庞统退归馆舍，门吏忽报："有客特来相助。"统出迎接，见其人身长八尺，形貌甚伟，头发截短，披于颈上，衣服不甚齐整。统问曰："先生何人也？"其人不答，径登堂仰卧床上。统甚疑之，再三请问，其人曰："且消停，吾当与汝说知天下大事。"统闻之，愈疑，命左右进酒食。其人起而便食，并无谦逊，饮食甚多，食罢又睡。统疑惑不定，使人请法正视之，恐是细作。法正慌忙到来。统出迎接，谓正曰："有一人如此如此。"法正曰："莫非彭永言乎？"升阶视之。其人跃起曰："孝直别来无恙！"正是：

> 只为川人逢旧识，遂令涪水息洪流。

毕竟此人是谁，且看下文分解。

第六十三回

诸葛亮痛哭庞统　张翼德义释严颜

却说法正与那人相见，各抚掌而笑。庞统问之，正曰："此公乃广汉人，姓彭名羕字永言，蜀中豪杰也。因直言触忤刘璋①，被璋髡钳为徒隶②，因此短发。"统乃以宾礼待之，问羕从何而来。羕曰："吾特来救汝数万人性命，见刘将军方可说。"法正忙报玄德。玄德亲自谒见，请问其故。羕曰："将军有多少军马在前寨？"玄德实告有魏延、黄忠在彼。羕曰："为将之道，岂可不知地理乎？前寨紧靠涪江，若决动江水，前后以兵塞之，一人无可逃也。"玄德大悟。彭羕曰："罡星在西方，太白临于此地，当有不吉之事，切宜慎之。"玄德即拜彭羕为幕宾，使人密报魏延、黄忠，教朝暮用心巡警，以防决水。黄忠、魏延商议，二人各轮一日，如遇敌军到来，互相通报。

却说冷苞见当夜风雨大作，引了五千军，径循江边而进，安排决江。只听得后面喊声乱起，冷苞知有准备，急急回军。后面魏延引军赶来，川兵自相践踏。冷苞正奔走间，撞着魏延，交马不数合，被魏延活捉去了。比及吴兰、雷同来接应时，又被黄忠一军杀退。魏延解冷苞到涪关，玄德责之曰："吾以仁义相待，放汝回去，何敢背我！今次难饶。"将冷苞推出斩之，重赏魏延。玄德设宴，管待彭羕。

忽荆州诸葛亮军师特遣马良奉书至此。玄德召入问之。马良礼

---

① 触忤：冒犯。
② 髡（kūn）钳：是古代惩治罪犯的方式，剃去头发称髡，用铁圈束住脖子称钳。

毕，曰："荆州平安，不劳主公忧念。"遂呈上军师书信。玄德拆书观之，略云：

> 亮夜算太乙数，今年岁次癸亥，罡星在西方，又观乾象，太白临于雒城之分，主将帅身上多凶少吉。切宜谨慎。

玄德看了书，便教马良先回。玄德曰："吾将回荆州去论此事。"庞统暗思："孔明怕我取了西川，成了功，故意将此书相阻耳。"乃对玄德曰："统亦算太乙数，已知罡星在西，应主公合得西川，别不主凶事。统亦占天文，见太白临于雒城，先斩蜀将冷苞，已应凶兆矣。主公不可疑心，可急进兵。"玄德见庞统再三催促，乃引军前进。

黄忠同魏延接入寨去。庞统问法正曰："前至雒城，有多少路？"法正画地作图，玄德取张松所遗图本对之，并无差错。法正言："山北有条大路，正取雒城东门；山南有条小路，却取雒城西门。两条路皆可进兵。"庞统谓玄德曰："统令魏延为先锋，取南小路而进；主公令黄忠作先锋，从山北大路而进，并到雒城取齐。"玄德曰："吾自幼熟于弓马，多行小路。军师可从大路去取东门，吾取西门。"庞统曰："大路必有军邀拦，主公引兵当之。统取小路。"玄德曰："军师不可。吾夜梦一神人，手执铁棒，击吾右臂，觉来犹自臂疼。此行莫非不佳？"庞统曰："壮士临阵，不死带伤，理之自然也，何故以梦寐之事疑心乎？"玄德曰："吾所疑者，孔明之书也。军师还守涪关如何？"庞统大笑曰："主公被孔明所惑矣。彼不欲令统独成大功，故作此言以疑主公之心。心疑则致梦，何凶之有？统肝脑涂地，方称本心。主公再勿多言，来早准行。"当日传下号令，军士五更造饭，平明上马。黄忠、魏延领军先行，玄德与庞统约定。忽坐下马眼生前失，把庞统掀将下来。玄德跳下马，自来笼住那马。玄德曰："军师何故乘此劣马？"庞统曰："此马乘久，不曾如此。"玄德曰："临阵眼生，误人性命。吾所骑白马性极驯熟，军师可骑，万无一失。劣马吾自乘之。"遂与庞统更换所骑之马。庞统谢曰："深感主公厚恩，虽万死亦不能报也！"遂各上马，取路而进。玄德见庞统去了，心中甚觉不快，怏怏而行。

却说雒城中吴懿、刘璝听知折了冷苞，遂与众商议。张任曰："城东南山僻，有一条小路，最为要紧，某自引一军守之。诸公紧守雒城，勿得有失。"忽报："汉兵分两路前来攻城。"张任急引三千军，先来抄小路埋伏。见魏延兵过，张任教尽放过去，休得惊动。后见庞统军来，张任军士遥指："军中大将骑白马者，必是刘备。"张任大喜，传令教如此如此。

却说庞统迤逦前进，抬头见两山逼窄，树木丛杂，又值夏末秋初，枝叶茂盛。统心下甚疑，勒住马，问："此处是何地名？"内有新降军士指道："此处地名落凤坡。"庞统惊曰："吾道号凤雏，此处名落凤坡，不利于吾。"令后军疾退。只听山坡前一声炮响，箭如飞蝗，只望骑白马者射来，可怜庞统竟死于乱箭之下，时年止三十六岁。后人有诗叹曰：

> 古岘相连紫翠堆①，士元有宅傍山隈。
> 儿童惯识呼鸠曲，闾巷曾闻展骥才。
> 预计三分平刻削，长驱万里独徘徊。
> 谁知天狗流星坠，不使将军衣锦回。

先是东南有童谣云：

> 一凤并一龙，相将到蜀中。才到半路里，凤死落坡东。风送雨，雨随风，隆汉兴时蜀道通，蜀道通时只有龙。

当日张任射死庞统，汉军拥塞，进退不得，死者大半。前军飞报魏延，魏延忙勒兵欲回，奈山路逼窄，厮杀不得；又被张任截断归路，在高阜处用强弓硬弩射来，魏延心慌。有新降蜀兵曰："不如杀奔雒城下，取大路而进。"延从其言，当先开路，杀奔雒城来。尘

---

① 岘（xiàn）：小而高的山岭。

埃起处，前面一军杀至，乃雒城守将吴兰、雷同也。后面张任引兵追来，前后夹攻，把魏延围在垓心。魏延死战，不能得脱。但见吴兰、雷同后军自乱，二将急回马去救，魏延乘势赶去。当先一将，舞刀拍马，大叫："文长，吾特来救汝！"视之，乃老将黄忠也。两下夹攻，杀败吴、雷二将，直冲至雒城之下。刘璝引兵杀出，却得玄德在后当住接应，黄忠、魏延翻身便回。玄德军马比及奔到寨中，张任军马又从小路里截出，刘璝、吴兰、雷同当先赶来。玄德守不住二寨，且战且走，奔回涪关。蜀兵得胜，迤逦追赶。玄德人困马乏，那里有心厮杀，且只顾奔走。将近涪关，张任一军追赶至紧，幸得左边刘封、右边关平二将引三万生力兵截出，杀退张任，还赶二十里，夺回战马极多。

玄德一行军马再入涪关，问庞统消息。有落凤坡逃得性命的军士报说："军师连人带马，被乱箭射死于坡前。"玄德闻言，望西痛哭不已，遥为招魂设祭。诸将皆哭。黄忠曰："今番折了庞统军师，张任必然来攻打涪关，如之奈何？不若差人往荆州请诸葛军师来，商议收川之计。"正说之间，人报张任引军直临城下搦战。黄忠、魏延皆要出战，玄德曰："锐气新挫，宜坚守以待军师来到。"黄忠、魏延领命，只谨守城池。玄德写一封书，教关平分付："你与我往荆州请军师去。"关平领了书，星夜往荆州来。玄德自守涪关，并不出战。

却说孔明在荆州，时当七夕佳节，大会众官夜宴，共说收川之事。只见正西上一星，其大如斗，从天坠下，流光四散。孔明失惊，掷杯于地，掩面哭曰："哀哉！痛哉！"众官慌问其故，孔明曰："吾前者算今年罡星在西方，不利于军师；天狗犯于吾军，太白临于雒城，已拜书主公，教谨防之。谁想今夕西方星坠，庞士元命必休矣！"言罢大哭曰："今吾主丧一臂矣！"众官皆惊，未信其言。孔明曰："数日之内，必有消息。"是夕，酒不尽欢而散。

数日之后，孔明与云长等正坐间，人报关平到，众官皆惊。关平入，呈上玄德书信。孔明视之，内言本年七月初七日，庞军师被张任在落凤坡前箭射身故。孔明大哭，众官无不垂泪。孔明曰："既主公在涪关，进退两难之际，亮不得不去。"云长曰："军师去，谁人保守荆州？荆州乃重地，干系非轻。"孔明曰："主公书中虽不明写其人，吾已知其意了。"乃将玄德书与众官看曰："主公书中把荆州托在吾身上，教我自量才委用。虽然如此，今教关平赍书前来，其意欲云长公当此重任。云长想桃园结义之情，可竭力保守此地。责任非轻，公宜勉之！"云长更不推辞，慨然领诺。孔明设宴，交割印绶，云长双手来接。孔明擎着印曰："这干系都在将军身上。"云长曰："大丈夫既领重任，除死方休！"孔明见云长说个"死"字，心中不悦，欲待不与，其言已出。孔明曰："倘曹操引兵来到，当如之何？"云长曰："以力拒之。"孔明又曰："倘曹操、孙权齐起兵来，如之奈何？"云长曰："分兵拒之。"孔明曰："若如此，荆州危矣。吾有八个字，将军牢记，可保守荆州。"云长问："那八个字？"孔明曰："北拒曹操，东和孙权。"云长曰："军师之言，当铭肺腑。"

　　孔明遂与了印绶，令文官马良、伊籍、向朗、糜竺，武将糜芳、廖化、关平、周仓一班儿，辅佐云长，同守荆州；一面亲自统兵入川。先拨精兵一万，教张飞部领，取大路杀奔巴州雒城之西，先到者为头功；又拨一枝兵，教赵云为先锋，泝江而上①，会于雒城。孔明随后引简雍、蒋琬等起行。那蒋琬字公琰，零陵湘乡人也，乃荆襄名士，现为书记。

　　当日孔明引兵一万五千，与张飞同日起行。张飞临行时，孔明嘱付曰："西川豪杰甚多，不可轻敌。于路戒约三军，勿得掳掠百姓，以失民心。所到之处，并宜存恤，勿得恣逞鞭挞士卒。望将军早会雒城，不可有误。"张飞欣然领诺，上马而去，迤逦前行。所到

---

① 泝（sù）：同"溯"，逆着水流的方向走。

之处，但降者秋毫无犯，径取汉川路，前至巴郡。细作回报："巴郡太守严颜，乃蜀中名将，年纪虽高，精力未衰，善开硬弓，使大刀，有万夫不当之勇，据住城郭，不竖降旗。"张飞教："离城十里下住大寨，差人入城去，说与老匹夫：'早早来降，饶你满城百姓性命。若不归顺，即踏平城郭，老幼不留。'"

却说严颜在巴郡，闻刘璋差法正请玄德入川，拊心而叹曰："此所谓独坐穷山，引虎自卫者也。"后闻玄德据住涪关大怒，屡欲提兵往战，又恐这条路上有兵来。当日闻知张飞兵到，便点起本部五六千人马，准备迎敌。或献计曰："张飞在当阳长坂，一声喝退曹兵百万之众，曹操亦闻风而避之，不可轻敌。今只宜深沟高垒，坚守不出。彼军无粮，不过一月，自然退去。更兼张飞性如烈火，专要鞭挞士卒，如不与战，必怒；怒则必以暴厉之气待其军士。军心一变，乘势击之，张飞可擒也。"严颜从其言，教军士尽数上城守护。忽见一个军士大叫开门。严颜教放入，问之。那军士告说，是张将军差来的，把张飞言语依直便说。严颜大怒，骂："匹夫怎敢无礼！吾严将军岂降贼者乎？借你口说与张飞。"唤武士把军人割下耳鼻，却放回寨。

军人回见张飞，哭告严颜如此毁骂。张飞大怒，咬牙睁目，披挂上马，引数百骑，来巴郡城下搦战。城上众军百般痛骂。张飞性急，几番杀到吊桥，要过护城河，又被乱箭射回。到晚，全无一个人出。张飞忍一肚气还寨。次日早晨，又引军去搦战。那严颜在城敌楼上，一箭射中张飞头盔。飞指而恨曰："吾拿住你这老匹夫，我亲自食你肉。"到晚，又空回。第三日，张飞引了军，沿城去骂。原来那座城子是个山城，周围都是乱山。张飞自乘马登山，下视城中，见军士尽皆披挂，分列队伍，伏在城中，只是不出。又见民夫来来往往，搬砖运石，相助守城。张飞教马军下马，步军皆坐，引他出敌，并无动静。又骂了一日，依旧空回。

张飞在寨中自思:"终日叫骂,彼只不出,如之奈何?"猛然思得一计,教众军不要前去搦战,都结束了在寨中等候,却只教三五十个军士直去城下叫骂,引严颜军出来,便与厮杀。张飞摩拳擦掌,只等敌军来。小军连骂了三日,全然不出。张飞眉头一纵,又生一计,传令教军士四散砍打柴草,寻觅路径,不来搦战。严颜在城中,连日不见张飞动静,心中疑惑,着十数个小军,扮作张飞砍柴的军,潜地出城,杂在军内,入山中探听。当日诸军回寨,张飞坐在寨中,顿足大骂:"严颜老匹夫,枉气杀我!"只见帐前三四个人说道:"将军不须心焦。这几日打探得一条小路,可以偷过巴郡。"张飞故意大叫曰:"既有这个去处,何不早来说?"众应曰:"这几日却才哨探得出。"张飞曰:"事不宜迟,只今二更造饭,趁三更明月,拔寨都起。人衔枚,马去铃,悄悄而行。我自前面开路,汝等依次而行。"传了令,便满寨告报。

探细的军听得这个消息,尽回城中来,报与严颜。颜大喜曰:"我算定这匹夫忍耐不得。你偷小路过去,须是粮草辎重在后,我截住后路,你如何得过?好无谋匹夫,中我之计。"即时传令,教军士准备赴敌,今夜二更也造饭,三更出城,伏于树木丛杂去处,只等张飞过咽喉小路去了,车仗来时,只听鼓响,一齐杀出。传了号令,看看近夜,严颜全军尽皆饱食,披挂停当,悄悄出城,四散伏住,只听鼓响。严颜自引十数裨将,下马伏于林中。约三更后,遥望见张飞亲自在前,横矛纵马,悄悄引军前进。去不得三四里,背后车仗人马,陆续进发。严颜看得分晓,一齐擂鼓,四下伏兵尽起。正来抢夺车仗,背后一声锣响,一彪军掩到,大喝:"老贼休走,我等的你恰好!"严颜猛回头看时,为首一员大将豹头环眼,燕颔虎须,使丈八矛,骑深乌马,乃是张飞。四下里锣声大震,众将杀来。严颜见了张飞,举手无措,交马战不十合,张飞卖个破绽,严颜一刀砍来,张飞闪过,撞将入去,扯住严颜勒甲绦,生擒过来,掷于地下。众军向前用索绑缚住了。原来先过去的是假张飞。料道严颜击鼓为号，张飞却教鸣金为号，金响诸军齐到。川兵大半弃甲倒戈而降。

张飞杀到巴郡城下，后军已自入城。张飞叫休杀百姓，出榜安民。群刀手把严颜推至。飞坐于厅上。严颜不肯跪下。飞怒目咬牙，大叱曰：“大将到此，为何不降？而敢拒敌？”严颜全无惧色，回叱飞曰：“汝等无义，侵我州郡。但有断头将军，无降将军！”飞大怒，喝左右斩来。严颜喝曰：“贼匹夫，砍头便砍，何怒也！”张飞见严颜声音雄壮，面不改色，乃回嗔作喜，下阶喝退左右，亲解其缚，取衣衣之，扶在正中高坐，低头便拜曰：“适来言语冒渎，幸勿见责。吾素知老将军乃豪杰之士也！”严颜感其恩义，乃降。后人有诗赞严颜曰：

> 白发居西蜀，清名震大邦。
>
> 忠心如皎日，浩气卷长江。
>
> 宁可断头死，安能屈膝降。
>
> 巴州年老将，天下更无双。

又有赞张飞诗曰：

> 生获严颜勇绝伦，惟凭义气服军民。
>
> 至今庙貌留巴蜀，社酒鸡豚日日春[①]。

张飞请问入川之计，严颜曰：“败军之将，荷蒙厚恩，无可以报，愿施犬马之劳，不须张弓只箭，径取成都。”正是：

> 只因一将倾心后，致使连城唾手降。

未知其计如何，且看下文分解。

---

① 社酒鸡豚：祭祀土地神时用的酒肉。社，祭祀土地神的活动。

第六十四回

孔明定计捉张任　杨阜借兵破马超

　　却说张飞问计于严颜。颜曰："从此取雒城，凡守御关隘，都是老夫所管，官军皆出于掌握之中。今感将军之恩，无可以报，老夫当为前部，所到之处，尽皆唤出拜降。"张飞称谢不已。于是严颜为前部，张飞领军随后，凡到之处，尽是严颜所管，都唤出投降。有迟疑未决者，颜曰："我尚且投降，何况汝乎？"自是望风归顺，并不曾厮杀一场。

　　却说孔明已将起程日期申报玄德，教都会聚雒城。玄德与众官商议："今孔明、翼德分两路取川，会于雒城，同入成都。水陆舟车已于七月二十日起程，此时将及待到，今我等便可进兵。"黄忠曰："张任每日来搦战，见城中不出，彼军懈怠，不做准备。今日夜间分兵劫寨，胜如白昼厮杀。"玄德从之，教黄忠引兵取左，魏延引兵取右，玄德取中路。当夜二更，三路军马齐发。张任果然不做准备。汉军拥入大寨，放起火来，烈焰腾空。蜀兵奔走，连夜赶到雒城，城中兵接应入去。玄德还中路下寨，次日，引兵直到雒城，围住攻打。张任按兵不出。攻到第四日，玄德自提一军攻打西门，令黄忠、魏延在东门攻打，留南门、北门放军行走。原来南门一带都是山路，北门有涪水，因此不围。张任望见玄德在西门骑马往来，指挥打城，从辰至未，人马渐渐力乏。张任教吴兰、雷同二将引兵出北门转东门，敌黄忠、魏延，自己却引军出南门转西门，单迎玄德。城内尽拨民兵上城，擂鼓助喊。

却说玄德见红日平西，教后军先退。军士方回身，城上一片声喊起，南门内军马突出，张任径来军中捉玄德。玄德军中大乱。黄忠、魏延又被吴兰、雷同敌住，两下不能相顾。玄德敌不住张任，拨马往山僻小路而走。张任从背后追来，看看赶上。玄德独自一人一马，张任引数骑赶来。玄德正望前尽力加鞭而行，忽山路一军冲出。玄德马上叫苦曰："前有伏兵，后有追兵，天亡我也！"只见来军当头一员大将，乃是张飞。原来张飞与严颜正从那条路上来，望见尘埃起，知与川兵交战。张飞当先而来，正撞着张任，便就交马。战到十余合，背后严颜引兵大进，张任火速回身。张飞直赶到城下。张任退入城，拽起吊桥。

张飞回见玄德曰："军师沂江而来，尚且未到，反被我夺了头功。"玄德曰："山路险阻，如何无军阻当，长驱大进，先到于此？"张飞曰："于路关隘四十五处，皆出老将严颜之功，因此一路并不曾费分毫之力。"遂把义释严颜之事，从头说了一遍，引严颜见玄德。玄德谢曰："若非老将军，吾弟安能到此！"即脱身上黄金锁子甲以赐之[①]。严颜拜谢。正待安排宴饮，忽闻哨马回报："黄忠、魏延和川将吴兰、雷同交锋，城中吴懿、刘璝又引兵助战，两下夹攻，我军抵敌不住，魏、黄二将败阵投东去了。"张飞听得，便请玄德分兵两路，杀去救援。于是张飞在左，玄德在右，杀奔前来。吴懿、刘璝见后面喊声起，慌退入城中。吴兰、雷同只顾引兵追赶黄忠、魏延，却被玄德、张飞截住归路。黄忠、魏延又回马转攻，吴兰、雷同料敌不住，只得将本部军马前来投降。玄德准其降，收兵近城下寨。

却说张任失了二将，心中忧虑。吴懿、刘璝曰："兵势甚危，不决一死战，如何得兵退？一面差人去成都见主公告急，一面用计敌

---

① 锁子甲：一种古代的铠甲，一般由铁丝或铁环套扣缀合成衣状。

之。"张任曰："吾来日领一军搦战，诈败，引转城北，城内再以一军冲出，截断其中，可获胜也。"吴懿曰："刘将军相辅公子守城，我引兵冲出助战。"约会已定。次日，张任引数千人马，摇旗呐喊，出城搦战。张飞上马出迎，更不打话，与张任交锋。战不十余合，张任诈败，绕城而走。张飞尽力追之。吴懿一军截住，张任引军复回，把张飞围在垓心，进退不得。正没奈何，只见一队军从江边杀出，当先一员大将挺枪跃马，与吴懿交锋；只一合，生擒吴懿，战退敌军，救出张飞。视之，乃赵云也。飞问："军师何在？"云曰："军师已至，想此时已与主公相见了也。"二人擒吴懿回寨。张任自退入东门去了。

张飞、赵云同回寨中，见孔明、简雍、蒋琬已在帐中，飞下马来参军师。孔明惊问曰："如何得先到？"玄德具述义释严颜之事。孔明贺曰："张将军能用谋，皆主公之洪福也。"赵云解吴懿见玄德。玄德曰："汝降否？"吴懿曰："我既被捉，如何不降！"玄德大喜，亲解其缚。孔明问："城中有几人守城？"吴懿曰："有刘季玉之子刘循，辅将刘璝、张任。刘璝不打紧，张任乃蜀郡人，极有胆略。不可轻敌。"孔明曰："先捉张任，然后取雒城。"问："城东这座桥，名为何桥？"吴懿曰："金雁桥。"孔明遂乘马至桥边，绕河看了一遍，回到寨中，唤黄忠、魏延听令曰："离金雁桥南五六里，两岸都是芦苇蒹葭，可以埋伏。魏延引一千枪手伏于左，单戳马上将；黄忠引一千刀手伏于右，单砍坐下马。杀散彼军，张任必投山东小路而来，张翼德引一千军伏在那里，就彼处擒之。"又唤："赵云伏于金雁桥北，待我引张任过桥，你便将桥拆断，却勒兵于桥北，遥为之势，使张任不敢望北走，退投南去，却好中计。"调遣已定，军师自去诱敌。

却说刘璋差卓膺、张翼二将前至雒城助战。张任教张翼与刘璝守城，自与卓膺为前后二队，任为前队，膺为后队，出城退敌。孔明引一队不整不齐军，过金雁桥，来与张任对阵。孔明乘四轮车，纶巾羽扇而出，两边百余骑簇捧，遥指张任曰："曹操以百万之众，闻吾之名，望风而走。今汝何人，敢不投降？"张任看见孔明军伍不齐，在马上冷笑曰："人说诸葛亮用兵如神，原来有名无实。"把枪一招，大小军校齐杀过来。孔明弃了四轮车，上马退走过桥。张任从背后赶来，过了金雁桥，见玄德军在左，严颜兵在右，冲杀将来。张任知是计，急回军时，桥已拆断了。欲投北去，只见赵云一军隔岸排开，遂不敢投北，径往南绕河而走。走不五七里，早到芦苇丛杂处，魏延一军从芦中忽起，都用长枪乱戳；黄忠一军伏在芦苇里，用长刀只剁马蹄。马军尽倒，皆被执缚。步军那里敢来？张任引数十骑，望山路而走，正撞着张飞。张任方欲退走，张飞大喝一声，众军齐上，将张任活捉了。原来卓膺见张任中计，已投赵云军前降了，一发都到大寨。玄德赏了卓膺。张飞解张任至，孔明亦坐于帐中，玄德谓张任曰："蜀中诸将望风而降，汝何不早投降？"张任睁目怒叫曰："忠臣岂肯事二主乎！"玄德曰："汝不识天时耳！降即免死。"任曰："今日不降，久后也不降！可速杀我！"玄德不忍杀之。张任厉声高骂。孔明命斩之，以全其名。后人有诗赞曰：

> 烈士岂甘从二主，张君忠勇死犹生。
>
> 高明正似天边月，夜夜流光照雒城。

玄德感叹不已，令收其尸首葬于金雁桥侧，以表其忠。

　　次日，令严颜、吴懿等一班蜀中降将为前部，直至雒城，大叫："早开门受降，免一城生灵受苦。"刘璝在城上大骂。严颜方待取箭射之，忽见城上一将拔剑砍翻刘璝，开门投降。玄德军马入雒城。刘循开西门走脱，投成都去了。玄德出榜安民。杀刘璝者，乃武阳人张翼也。玄德得了雒城，重赏诸将。孔明曰："雒城已破，成都只在目前。惟恐外州郡不宁，可令张翼、吴懿引赵云抚外水、定江、犍为等处所属州郡，令严颜、卓膺引张飞抚巴西、德阳所属州郡，就委官按治平靖①，即勒兵回成都取齐。"张飞、赵云领命，各自引兵去了。孔明问："前去有何处关隘？"蜀中降将曰："止绵竹有重兵守御。若得绵竹，成都唾手可得。"孔明便商议进兵。法正曰："雒城既破，蜀中危矣。主公欲以仁义服众，且勿进兵，某作一书上刘璋，陈说利害，璋自然降矣。"孔明曰："孝直之言最善。"便令写书，遣人径往成都。

却说刘循逃回见父，说雒城已陷，刘璋慌聚众官商议。从事郑度献策曰："今刘备虽攻城夺地，然兵不甚多，士众未附，野谷是资，军无辎重。不如尽驱巴西、梓潼民过涪水以西，其仓廪野谷尽皆烧除，深沟高垒，静以待之。彼至请战，勿许，久无所资，不过百日，彼兵自走。我乘虚击之，备可擒也。"刘璋曰："不然。吾闻拒敌以安民，未闻动民以备敌也。此言非保全之计。"正议间，人报法正有书至。刘璋唤入，呈上书。璋拆开书视之，其略曰：

> 昨蒙遣差结好荆州，不意主公左右不得其人，以致如此。
> 今荆州眷念旧情，不忘族谊；主公若能幡然归顺，量不薄待。
> 望三思裁示。

刘璋大怒，扯毁其书，大骂："法正卖主求荣，忘恩背义之贼！"逐其使者出城。即时遣妻弟费观提兵，前去守把绵竹。费观保举南阳人姓李名严字正方，一同领兵。当下费观、李严点三万军，来守绵竹。益州太守董和字幼宰，南郡枝江人也，上书于刘璋，请往汉中借兵。璋曰："张鲁与吾世仇，安肯相救？"和曰："虽然与我有仇，刘备军在雒城，势在危急，唇亡即齿寒。若以利害说之，必然肯从。"璋乃修书遣使，前赴汉中。

却说马超自兵败入羌，二载有余，结好羌兵，攻拔陇西州郡。所到之处，尽皆归降，惟冀城攻打不下。刺史韦康累遣人求救于夏

---

① 就委官按治平靖：完成了委任官员、审查处理、平定秩序之后。按治，审查处理；平靖，安定、平定。

496

侯渊。渊不得曹操言语，未敢动兵。韦康见救兵不来，与众商议，不如投降马超。参军杨阜哭谏曰："超等叛君之徒，岂可降之！"康曰："事势至此，不降何待？"阜苦谏不从。韦康大开城门，投拜马超。超大怒曰："汝今事急请降，非真心也。"将韦康等四十余口，尽斩之，不留一人。有人言杨阜劝韦康休降，可斩之。超曰："此人守义，不可斩也。"复用杨阜为参军。阜荐梁宽、赵衢二人，超尽用为军官。杨阜告马超曰："阜妻死于临洮，乞告两个月假，归葬某妻便回。"马超从之。

杨阜过历城，来见抚彝将军姜叙。叙与阜是姑表兄弟，叙之母是阜之姑，时年已八十二。当日杨阜入姜叙内宅，拜见其姑，哭告曰："阜守城不能保，主亡不能死，愧无面目见姑。马超叛君，妄杀郡守。一州士民，无不恨之。今吾兄坐据历城，竟无讨贼之心，此岂人臣之理乎？"言罢，泪流出血。叙母闻言，唤姜叙入，责之曰："韦使君遇害，亦尔之罪也。"又谓阜曰："汝既降人，且食其禄，何故又兴心讨之？"阜曰："吾从贼者，欲留残生，与主报冤也。"叙曰："马超英勇，急难图之。"阜曰："有勇无谋，易图也。吾已暗约下梁宽、赵衢；兄若肯兴兵，二人必为内应。"叙母曰："汝不早图，更待何时？谁不有死，死于忠义，死得其所也！勿以我为念！汝若不听义山之言，吾当先死，以绝汝念。"

叙乃与统兵校尉尹奉、赵昂商议。原来赵昂之子赵月见随马超为裨将。赵昂当日应允，归见其妻王氏曰："吾今日与姜叙、杨阜、尹奉一处商议，欲报韦康之仇。吾想子赵月见随马超，今若兴兵，超必先杀吾子，奈何？"其妻厉声曰："雪君父之大耻，虽丧身亦不惜，何况一子乎？君若顾子而不行，吾当先死矣！"赵昂乃决。次日，一同起兵。姜叙、杨阜屯历城，尹奉、赵昂屯祁山。王氏乃尽将首饰资帛，亲自往祁山军中赏劳军士，以励其众。

马超闻姜叙、杨阜会合尹奉、赵昂举事，大怒，即将赵月斩之，令庞德、马岱尽起军马，杀奔历城来。姜叙、杨阜引兵出。两阵圆处，杨阜、姜叙衣白袍而出，大骂曰："叛君无义之贼！"马超大怒，冲将过来。两军混战。姜叙、杨阜如何抵得马超，大败而走。马超驱兵赶来，背后喊声起处，尹奉、赵昂杀来。马超急回时，两下夹攻，首尾不能相顾。正斗间，刺斜里大队军马杀来，原来是夏侯渊得了曹操军令，正领军来破马超。超如何当得三路军马，大败奔回。走了一夜，比及平明，到得冀城叫门时，城上乱箭射下，梁宽、赵衢立在城上，大骂马超，将马超妻杨氏从城上一刀砍了，撇下尸首来，又将马超幼子三人并至亲十余口，都从城上一刀一个剁将下来。超气噎塞胸，几乎坠下马来。背后夏侯渊引兵追赶。超见势大，不敢恋战，与庞德、马岱杀开一条路走。前面又撞见姜叙、杨阜，杀了一阵，冲得过去。又撞着尹奉、赵昂，杀了一阵，零零落落，剩得五六十骑，连夜奔走。

四更前后，走到历城下。守门者只道姜叙兵回，大开城门接入。超从城南门边杀起，尽洗城中百姓。至姜叙宅，拿出老母。母全无惧色，指马超而大骂。超大怒，自取剑杀之。尹奉、赵昂全家老幼，亦尽被马超所杀。昂妻王氏因在军中，得免于难。次日，夏侯渊大军至，马超弃城杀出，望西而逃。行不得二十里，前面一军摆开，为首的是杨阜。超切齿而恨，拍马挺枪刺之。阜兄弟七人一齐来助战。马岱、庞德敌住后军，阜弟七人皆被马超杀死。阜身中五枪，犹然死战。后面夏侯渊大军赶来，马超遂走，只有庞德、马岱五七骑后随而去。夏侯渊自行安抚陇西诸州人民，令姜叙等各各分守，用车载杨阜赴许都，见曹操。操封阜为关内侯。阜辞曰："阜无捍难之功①，又无死难之节，于法当诛，何颜受职？"操嘉之，卒与之爵。

却说马超与庞德、马岱商议，径往汉中投张鲁。张鲁大喜，以

---

① 捍难：抵御外侮。

498

为得马超，则西可以吞益州，东可以拒曹操，乃商议，欲以女招超为婿。大将杨柏谏曰："马超妻子遭惨祸，皆超之贻害也。主公岂可以女与之？"鲁从其言，遂罢招婿之议。或以杨柏之言告知马超。超大怒，有杀杨柏之意。杨柏知之，与兄杨松商议，亦有图马超之心。正值刘璋遣使求救于张鲁，鲁不从。忽报刘璋又遣黄权到。权先来见杨松，说："东西两川，实为唇齿，西川若破，东川亦难保矣。今若肯相救，当以二十州相酬。"松大喜，即引黄权来见张鲁，说唇齿利害，更以二十州相谢。鲁喜其利，从之。巴西阎圃谏曰："刘璋与主公世仇，今事急求救，诈许割地，不可从也。"忽阶下一人进曰："某虽不才，愿乞一旅之师，生擒刘备，务要割地以还。"正是：

> 方看真主来西蜀，又见精兵出汉中。

未知其人是谁，且看下文分解。

第六十五回

马超大战葭萌关　刘备自领益州牧

　　却说阎圃正劝张鲁勿助刘璋，只见马超挺身出曰："超感主公之恩，无可上报，愿领一军攻取葭萌关，生擒刘备，务要刘璋割二十州，奉还主公。"张鲁大喜，先遣黄权从小路而回，随即点兵二万与马超。此时庞德卧病，不能行，留于汉中。张鲁令杨柏监军。超与弟马岱选日起程。

　　却说玄德军马在雒城。法正所差下书人回报，说："郑度劝刘璋尽烧野谷并各处仓廪，率巴西之民避于涪水西，深沟高垒而不战。"玄德、孔明闻之，皆大惊曰："若用此言，吾势危矣。"法正笑曰："主公勿忧，此计虽毒，刘璋必不能用也。"不一日，人传刘璋不肯迁动百姓，不从郑度之言。玄德闻之，方始宽心。孔明曰："可速进兵取绵竹。如得此处，成都易取矣。"遂遣黄忠、魏延领兵前进。

　　费观听知玄德兵来，差李严出迎。严领三千兵出。各布阵完，黄忠出马，与李严战四五十合，不分胜负。孔明在阵中教鸣金收军。黄忠回阵，问曰："正待要擒李严，军师何故收兵？"孔明曰："吾已见李严武艺，不可力取。来日再战，汝可诈败，引入山峪，出奇兵以胜之。"黄忠领计。次日，李严再引兵来。黄忠又出，战不十合，诈败，引兵便走。李严赶来，迤逦赶入山峪，猛然省悟，急待回来，前面魏延引兵摆开，孔明自在山头唤曰："公如不降，两下已伏强弩，欲与吾庞士元报仇矣。"李严慌下马，卸甲投降。军士不曾伤害一人。孔明引李严见玄德，玄德待之甚厚。严曰："费观虽是刘益州亲戚，与某甚密，当往说之。"玄德即命李严回城，招降费观。严入绵竹城，对费观赞玄德如此仁德："今若不降，必有大祸。"观从其言，开门投降。玄德遂入绵竹，商议分兵取成都。

忽流星马急报，言："孟达、霍峻守葭萌关，今被东川张鲁遣马超与杨柏、马岱领兵攻打甚急，救迟则关隘休矣。"玄德大惊。孔明曰："须是张、赵二将，方可与敌。"玄德曰："子龙引兵在外未回。翼德已在此，可急遣之。"孔明曰："主公且勿言，容亮激之。"

却说张飞闻马超攻关，大叫而入曰："辞了哥哥，便去战马超也。"孔明佯作不闻，对玄德曰："今马超侵犯关隘，无人可敌，除非往荆州取关云长来，方可与敌。"张飞曰："军师何故小觑吾？吾曾独拒曹操百万之兵，岂愁马超一匹夫乎？"孔明曰："翼德拒水断桥，此因曹操不知虚实耳。若知虚实，将军岂得无事？今马超之勇，天下皆知，渭桥六战，杀得曹操割须弃袍，几乎丧命，非等闲之比，云长且未必可胜。"飞曰："我只今便去，如胜不得马超，甘当军令。"孔明曰："既你肯写文书，便为先锋，请主公亲自去一遭，留亮守绵竹，待子龙来却作商议。"魏延曰："某亦愿往。"孔明令魏延带五百哨马先行，张飞第二，玄德后队，望葭萌关进发。

魏延哨马先到关下，正遇杨柏。魏延与杨柏交战，不十合，杨柏败走。魏延要夺张飞头功，乘势赶去，前面一军摆开，为首乃是马岱。魏延只道是马超，舞刀跃马迎之，与岱战不十合，岱败走。延赶去，被岱回身一箭，中了魏延左臂。延急回马走。马岱赶至关前，只见一将喊声如雷，从关上飞马奔至面前。原来是张飞初到关上，听得关前厮杀，便来看时，正见魏延中箭，因骤马下关，救了魏延。飞喝马岱曰："汝是何人，先通姓名，然后厮杀。"马岱曰："吾乃西凉马岱是也。"张飞曰："你原来不是马超，快回去，非吾对手。只令马超那厮自来，说道燕人张飞在此。"马岱大怒曰："汝焉敢小觑我！"挺枪跃马，直取张飞，战不十合，马岱败走。张飞欲待追赶，关上一骑马到来，叫："兄弟且休去。"飞回视之，原来是玄德到来。飞遂不赶，一同上关。玄德曰："恐怕你性躁，故我随后赶来到此。既然胜了马岱，且歇一宵，来日战马超。"

次日天明，关下鼓声大震，马超兵到。玄德在关上看时，门旗影里，马超纵马持枪而出，狮盔兽带，银甲白袍，一来结束非凡，二者人才出众。玄德叹曰："人言锦马超，名不虚传。"张飞便要下关。玄德急止之曰："且休出战，先当避其锐气。"关下马超单搦张飞出马。关上张飞恨不得平吞马超，三五番皆被玄德当住。看看午后，玄德望见马超阵上人马皆倦，遂选五百骑，跟着张飞，冲下关来。马超见张飞军到，把枪望后一招，约退军有一箭之地。张飞军马一齐扎住，关上军马陆续下来。张飞挺枪出马，大呼："认得燕人张翼德么？"马超曰："吾家屡世公侯，岂识村野匹夫！"张飞大怒。两马齐出，二枪并举，约战百余合，不分胜负。玄德观之，叹曰："真虎将也。"恐张飞有失，急鸣金收军。两将各回。张飞回到阵中，略歇马片时，不用头盔，只裹包巾上马，又出阵前，搦马超厮杀。超又出，两个再战。玄德恐张飞有失，自披挂下关，直至阵前，看张飞与马超又斗百余合。两个精神倍加。玄德教鸣金收军，二将分开，各回本阵。

是日，天色已晚，玄德谓张飞曰："马超英勇，不可轻敌，且退上关，来日再战。"张飞杀得性起，那里肯休，大叫曰："誓死不回！"玄德曰："今日天晚，不可战矣。"飞曰："多点火把，安排夜战。"马超亦换了马，再出阵前，大叫曰："张飞敢夜战么？"张飞性起，向玄德换了坐下马，抢出阵来，叫曰："我捉你不得，誓不上关！"超曰："我胜你不得，誓不回寨！"两军呐喊，点起千百火把，照耀如同白日。两将又向阵前鏖战。到二十余合，马超拨回马便走。张飞大叫曰："走那里去？"原来马超见赢不得张飞，心生一计，诈败佯输，赚张飞赶来，暗掣铜锤在手，扭回身，觑着张飞便打来。张飞见马超走，心中也提防；比及铜锤打来时，张飞一闪，从耳朵边过去。张飞便勒回马走时，马超却又赶来。张飞带住马，拈弓搭箭，回射马超，超却闪过。二将各自回阵。玄德自于阵前叫曰："吾以仁义待人，不施谲诈。马孟起，你收兵歇息，我不乘势赶你。"马超闻言，亲自断后，诸军渐退。玄德亦收军上关。

次日，张飞又欲下关战马超。人报军师来到。玄德接着孔明。孔明曰："亮闻孟起世之虎将，若与翼德死战，必有一伤。故令子龙、汉升守绵竹，我星夜来此，可用条小计，令马超归降主公。"玄德曰："吾见马超英勇，甚爱之，如何可得？"孔明曰："亮闻东川张鲁欲自立为汉宁王，手下谋士杨松极贪贿赂。可差人从小路径投汉中，先用金银结好杨松，后进书于张鲁云：'吾与刘璋争西川，是与汝报仇，不可听信离间之语。事定之后，保汝为汉宁王。'令其撤回马超兵。待其来撤时，便可用计招降马超矣。"玄德大喜，即时修书，差孙乾赍金珠，从小路径至汉中。

先来见杨松，说知此事，送了金珠。松大喜，先引孙乾见张鲁，陈言方便。鲁曰："玄德只是左将军，如何保得我为汉宁王？"杨松曰："他是大汉皇叔，正合保奏。"张鲁大喜，便差人教马超罢兵。孙乾只在杨松家听回信。不一日，使者回报："马超言未成功，不可退兵。"张鲁又遣人去唤，又不肯回。一连三次不至。杨松曰："此人素无信行。不肯罢兵，其意必反。"遂使人流言云："马超意欲夺西川，自为蜀主，与父报仇，不肯臣于汉中。"张鲁闻之，问计于杨松。松曰："一面差人去说与马超：'汝既欲成功，与汝一月限，要依我三件事。若依得，便有赏，否则必诛。一要取西川，二要刘璋首级，三要退荆州兵。三件事不成，可献头来。'一面教张卫点军，守把关隘，防马超兵变。"鲁从之，差人到马超寨中，说这三件事。超大惊曰："如何变得恁的①！"乃与马岱商议，不如罢兵。杨松又流言曰：

———————

① 恁的：如此，这样。

"马超回兵，必怀异心。"于是张卫分七路军，坚守隘口，不放马超兵入。超进退不得，无计可施。

孔明谓玄德曰："今马超正在两难之际，亮凭三寸不烂之舌，亲往超寨，说马超来降。"玄德曰："先生乃吾之股肱心腹，倘有疏虞，如之奈何？"孔明坚意要去，玄德再三不肯放去。正踌躇间，忽报赵云有书，荐西川一人来降。玄德召入问之，其人乃建宁俞元人也，姓李名恢字德昂。玄德曰："向日闻公苦谏刘璋，今何故归我？"恢曰："吾闻良禽相木而栖，贤臣择主而事。前谏刘益州者，以尽人臣之心；既不能用，知必败矣。今将军仁德布于蜀中，知事必成，故来归耳。"玄德曰："先生此来，必有益于刘备。"恢曰："今闻马超在进退两难之际。恢昔在陇西，与彼有一面之交，愿往说马超归降，若何？"孔明曰："正欲得一人替吾一往，愿闻公之说词。"李恢于孔明耳畔，陈说如此如此。孔明大喜，即时遣行。

恢行至超寨，先使人通姓名。马超曰："吾知李恢乃辩士，今必来说我。"先唤二十刀斧手伏于帐下，嘱曰："令汝砍，即砍为肉酱。"须臾，李恢昂然而入。马超端坐帐中不动，叱李恢曰："汝来为何？"恢曰："特来作说客。"超曰："吾匣中宝剑新磨。汝试言之。其言不通，便请试剑。"恢笑曰："将军之祸不远矣！但恐新磨之剑，不能试吾之头，将欲自试也。"超曰："吾有何祸？"恢曰："吾闻越之西子①，善毁者不能闭其美；齐之无盐②，善美者不能掩其丑。日中则昃，月满则亏③，此天下之常理也。今将军与曹操有杀父之仇，而陇西又有切齿之恨，前不能救刘璋而退荆州之兵，后不能制杨松而见张鲁之面，目下四海难容，一身无主，若复有渭桥之败、冀城之失，何

---

① 西子：春秋时越国的美女西施。

② 无盐：指钟离春，是战国时齐国无盐邑的女子，有德而貌丑，为齐宣王王后。

③ 日中则昃（zè），月满则亏：太阳过了正午就要西斜，月亮到最圆的时候就要开始缺损，比喻事物盛极而衰，到了极端就会向反方向转化。

面目见天下之人乎？"超顿首谢曰："公言极善。但超无路可行。"恢曰："公既听吾言，帐外何故伏刀斧手？"超大惭，尽叱退。恢曰："刘皇叔礼贤下士，吾知其必成，故舍刘璋而归之。公之尊人，昔年曾与皇叔约共讨贼。公何不背暗投明，以图上报父仇、下立功名乎？"马超大喜，即唤杨柏入，一剑斩之，将首级共恢一同上关来降玄德。玄德亲自接入，待以上宾之礼。超顿首谢曰："今遇明主，如拨云雾而见青天。"

时孙乾已回。玄德复命霍峻、孟达守关，便撤兵来取成都。赵云、黄忠接入绵竹。人报蜀将刘晙、马汉引军到。赵云曰："某愿往擒此二人。"言讫，上马引军出。玄德在城上管待马超吃酒①。未曾安席，子龙已斩二人之头，献于筵前。马超亦惊，倍加敬重。超曰："不须主公军马厮杀，超自唤出刘璋来降；如不肯降，超自与弟马岱取成都，双手奉献。"玄德大喜。是日尽欢。

却说败兵回到益州报刘璋。璋大惊，闭门不出。人报城北马超救兵到，刘璋方敢登城望之，见马超、马岱立于城下，大叫："请刘季玉答话。"刘璋在城上问之。超在马上以鞭指曰："吾本领张鲁兵来救益州，谁想张鲁听信杨松谗言，反欲害我。今已归降刘皇叔。公可纳士拜降，免致生灵受苦；如或执迷，吾先攻城矣。"刘璋惊得面如土色，气倒于城上。众官救醒。璋曰："吾之不明，悔之何及！不若开门投降，以救满城百姓。"董和曰："城中尚有兵三万余人，钱帛粮草可支一年，奈何便降？"刘璋曰："吾父子在蜀二十余年，无恩德以加百姓。攻战三年，血肉捐于草野，皆我罪也，我心何安？不如投降，以安百姓。"众人闻之，皆堕泪。忽一人进曰："主公之言，正合天意。"视之，乃巴西西充国人也，姓谯名周字允南。此人素晓天文。璋问之，周曰："某夜观乾象，见群星聚于蜀郡，其大星

---

① 管待：照顾接待。

光如皓月，乃帝王之象也。况一载之前，小儿谣云：'若要吃新饭，须待先主来。'此乃预兆，不可逆天道。"黄权、刘巴闻言，皆大怒，欲斩之。刘璋当住。忽报："蜀郡太守许靖窬①城出降矣！"刘璋大哭归府。

次日，人报刘皇叔遣幕宾简雍在城下唤门，璋令开门接入。雍坐车中，傲睨自若。忽一人掣剑大喝曰："小辈得志，傍若无人，汝敢藐视吾蜀中人物耶？"雍慌下车迎之。此人乃广汉绵竹人也，姓秦名宓字子敕。雍笑曰："不识贤兄，幸勿见责。"遂同入见刘璋，具说玄德宽洪大度，并无相害之意。于是刘璋决计投降，厚待简雍。次日，亲赍印绶文籍，与简雍同车出城投降。玄德出寨迎接，握手流涕曰："非吾不行仁义，奈势不得已也。"共入寨，交割印绶文籍，并马入城。

玄德入成都，百姓香花灯烛，迎门而接。玄德到公厅，升堂坐定。郡内诸官皆拜于堂下，惟黄权、刘巴闭门不出。众将忿怒，欲往杀之。玄德慌忙传令曰："如有害此二人者，灭其三族。"玄德亲自登门，请二人出仕。二人感玄德恩礼，乃出。孔明请曰："今西川平定，难容二主，可将刘璋送去荆州。"玄德曰："吾方得蜀郡，未可令季玉远去。"孔明曰："刘璋失基业者，皆因太弱也。主公若以妇人之仁，临事不决，恐此土难以长久。"玄德从之，设一大宴，请刘璋收拾财物，佩领振威将军印绶，令将妻子良贱尽赴南郡公安住歇，即日起行。

玄德自领益州牧，其所降文武，尽皆重赏，定拟名爵：严颜为前将军，法正为蜀郡太守，董和为掌军中郎将，许靖为左将军长史，庞义为营中司马，刘巴为左将军，黄权为右将军，其余吴懿、费观、彭羕、卓膺、李严、吴兰、雷同、李恢、张翼、秦宓、谯周、吕义、

---

① 窬（yú）城：从墙上爬出城。

霍峻、邓芝、杨洪、周群、费祎、费诗、孟达，文武投降官员，共六十余人，并皆擢用①；诸葛亮为军师，关云长为荡寇将军、汉寿亭侯，张飞为征远将军、新亭侯，赵云为镇远将军，黄忠为征西将军，魏延为扬武将军，马超为平西将军，孙乾、简雍、糜竺、糜芳、刘封、关平、周仓、廖化、马良、马谡、蒋琬、伊籍，及旧日荆襄一班文武官员，尽皆升赏。遣使赍黄金五百斤，白银一千斤，钱五千万，蜀锦一千匹，赐与云长。其余官将，给赐有差②。杀牛宰马，大饷士卒；开仓赈济百姓。军民大悦。

益州既定，玄德欲将成都有名田宅分赐诸官。赵云谏曰："益州人民屡遭兵火，田宅皆空。今当归还百姓，令安居复业，民心方服；不宜夺之为私赏也。"玄德大喜，从其言。使诸葛军师定拟治国条例，刑法颇重。法正曰："昔高祖约法三章③，黎民皆感其德。愿军师宽刑省法，以慰民望。"孔明曰："君知其一，未知其二。秦用法暴虐，万民皆怨，故高祖以宽仁得之。今刘璋暗弱，德政不举，威刑不肃，君臣之道，渐以陵替。宠之以位，位极则残；顺之以恩，恩竭则慢。所以致弊，实由于此。吾今威之以法，法行则知恩；限之以爵，爵加则知荣。恩荣并济，上下有节，为治之道，于斯著矣。"法正拜服。自此军民安靖④。四十一州地面，分兵镇抚，并皆平定。法正为蜀郡太守，凡平日一餐之德，睚眦之怨⑤，无不报复。或告孔明曰："孝直太横，宜稍斥之。"孔明曰："昔主公困守荆州，北畏曹操，东惮孙权，赖孝直为之辅翼，遂翻然翱翔，不可复制。今奈何禁止孝直，使不得少行其意耶？"因竟不问。法正闻之，亦自

---

① 擢（zhuó）用：提拔任用。

② 给赐有差：按等级奖赏和赐予各人的东西略有差别。

③ 约法三章：汉高祖刘邦入咸阳，临时制定三条法律，与民共守："杀人者死，伤人及盗抵罪，其余秦法全部废除。"

④ 安靖：平静安宁。

⑤ 睚眦（yázì）：发怒时瞪眼睛的样子，借指极小的仇恨。

敛戢①。

一日，玄德正与孔明闲叙，忽报云长遣关平来谢所赐金帛。玄德召入。平拜罢，呈上书信曰："父亲知马超武艺过人，要入川来与之比试高低，教就禀伯父此事。"玄德大惊曰："若云长入蜀，与孟起比试，势不两立。"孔明曰："无妨，亮自作书回之。"玄德只恐云长性急，便教孔明写了书，发付关平，星夜回荆州。平回至荆州，云长问曰："我欲与马孟起比试，汝曾说否？"平答曰："军师有书在此。"云长拆开视之，其书曰：

> 亮闻将军欲与孟起分别高下。以亮度之，孟起虽雄烈过人，亦乃黥布、彭越之徒耳②，当与翼德并驱争先，犹未及美髯公之绝伦超群也。今公受任守荆州，不为不重，倘一入川，若荆州有失，罪莫大焉。惟冀明照。

云长看毕，自绰其髯笑曰："孔明知我心也。"将书遍示宾客，遂无入川之意。

却说东吴孙权知玄德并吞西川，将刘璋逐于公安，遂召张昭、顾雍商议曰："当初刘备借我荆州时，说取了西川，便还荆州。今已得巴蜀四十一州，须用取索汉上诸郡。如其不还，即动干戈。"张昭曰："吴中方宁，不可动兵。昭有一计，使刘备将荆州双手奉还主公。"正是：

> 西蜀方开新日月，东吴又索旧山川。

未知其计如何，且看下文分解。

---

① 敛戢（jí）：自我克制、约束行动。

② 黥（qíng）布、彭越：黥布，原名英布，初属项羽，后归刘邦，封淮南王；彭越，秦末聚义起兵，后归刘邦，拜魏相国、建成侯。两人皆为西汉开国的猛将，与韩信并称汉初三大名将。

第六十六回

关云长单刀赴会　伏皇后为国捐生

却说孙权要索荆州。张昭献计曰："刘备所倚仗者，诸葛亮耳。其兄诸葛瑾今仕于吴，何不将瑾老小执下，使瑾入川告其弟，令劝刘备交割荆州？如其不还，必累及我老小。亮念同胞之情，必然应允。"权曰："诸葛瑾乃诚实君子，安忍拘其老小？"昭曰："明教知是计策，自然放心。"权从之，召诸葛瑾老小虚监在府，一面修书，打发诸葛瑾往西川去。不数日，到了成都，先使人报知玄德。玄德问孔明曰："令兄此来为何？"孔明曰："来索荆州耳。"玄德曰："何以答之？"孔明曰："只须如此如此。"

计会已定，孔明出郭接瑾，不到私宅，径入宾馆。参拜毕，瑾放声大哭。亮曰："兄长有事但说，何故发哀？"瑾曰："吾一家老小休矣！"亮曰："莫非为不还荆州乎？因弟之故，执下兄长老小，弟心何安！兄休忧虑，弟自有计还荆州便了。"瑾大喜，即同孔明入见玄德，呈上孙权书。玄德看了，怒曰："孙权既以妹嫁我，却乘我不在荆州，竟将妹子潜地取去，情理难容。我正要大起川兵，杀下江南，报我之恨，却还想来索荆州乎？"孔明哭拜于地，曰："吴侯执下亮兄长老小，倘若不还，吾兄将全家被戮。兄死，亮岂能独生？望主公看亮之面，将荆州还了东吴，全亮兄弟之情。"玄德再三不肯，孔明只是哭求。玄德徐徐曰："既如此，看军师面，分荆州一半还之，将长沙、零陵、桂阳三郡与他。"亮曰："既蒙见允，便可写书与云长，令交割三郡。"玄德曰："子瑜到彼，须用善言求吾弟。吾弟性如烈火，吾尚惧之，切宜仔细。”

瑾求了书，辞了玄德，别了孔明，登途径到荆州。云长请入中堂，宾主相叙。瑾出玄德书曰：“皇叔许先以三郡还东吴，望将军即日交割，令瑾好回见吾主。”云长变色曰：“吾与吾兄桃园结义，誓共匡扶汉室。荆州本大汉疆土，岂得妄以尺寸与人？将在外，君命有所不受。虽吾兄有书来，我却只不还。”瑾曰：“今吴侯执下瑾老小，若不得荆州，必将被诛，望将军怜之。”云长曰：“此是吴侯谲计，如何瞒得我过！”瑾曰：“将军何太无面目？”云长执剑在手曰：“休再言，此剑上并无面目。”关平告曰：“军师面上不好看，望父亲息怒。”云长曰：“不看军师面上，教你回不得东吴。”瑾满面羞惭，急辞下船，再往西川见孔明。孔明已自出巡去了。瑾只得再见玄德，哭告云长欲杀之事。玄德曰：“吾弟性急，极难与言。子瑜可暂回，容我取了东川汉中诸郡，调云长往守之，那时方得交付荆州。”

瑾不得已，只得回东吴见孙权，具言前事。孙权大怒曰：“子瑜此去，反复奔走，莫非皆是诸葛亮之计？”瑾曰：“非也。吾弟亦哭告玄德，方许将三郡先还，又无奈云长恃顽不肯。”孙权曰：“既刘备有先还三郡之言，便可差官前去长沙、零陵、桂阳三处赴任，且看如何。”瑾曰：“主公所言极是。”权乃令瑾取回老小，一面差官往三郡赴任。不一日，三郡差去官吏尽被逐回，告孙权曰：“关云长不肯相容，连夜赶逐回吴，迟后者便要杀。”孙权大怒，差人召鲁肃，责之曰：“子敬昔为刘备作保，借吾荆州。今刘备已得西川，不肯归还，子敬岂得坐视？”肃曰：“肃已思得一计，正欲告主公。”权问何计。肃曰：“今屯兵于陆口，使人请关云长赴会。若云长肯来，以善言说之，如其不从，伏下刀斧手杀之；如彼不肯来，随即进兵，与决胜负，夺取荆州便了。”孙权曰：“正合我意，可即行之。”阚泽进曰：“不可。关云长乃世之虎将，非等闲可及。恐事不谐，反遭其害。”孙权怒曰：“若如此，荆州何日可得？”便命鲁肃速行此计。

肃乃辞孙权，至陆口，召吕蒙、甘宁商议，设宴于陆口寨外临江亭上，修下请书，选帐下能言快语一人为使，登舟渡江。江口关平问了，遂引使人入荆州，叩见云长，具道鲁肃相邀赴会之意，呈上请书。云长看书毕，谓来人曰："既子敬相请，我明日便来赴宴。汝可先回。"使者辞去。

关平曰："鲁肃相邀，必无好意，父亲何故许之？"云长笑曰："吾岂不知耶？此是诸葛瑾回报孙权，说吾不肯还三郡，故令鲁肃屯兵陆口，邀我赴会，便索荆州。吾若不往，道吾怯矣。吾来日独驾小舟，只用亲随十余人，单刀赴会，看鲁肃如何近我！"平谏曰："父亲奈何以万金之躯亲蹈虎狼之穴？恐非所以重伯父之寄托也。"云长曰："吾于千枪万刃之中，矢石交攻之际，匹马纵横，如入无人之境，岂忧江东群鼠乎？"马良亦谏曰："鲁肃虽有长者之风，但今事急，不容不生异心。将军不可轻往。"云长曰："昔战国时，赵人蔺相如无缚鸡之力，于渑池会上觑秦国君臣如无物①，况吾曾学万人敌者乎②？既已许诺，不可失信。"良曰："纵将军去，亦当有准备。"云长曰："只教吾儿选快船十只，藏善水军五百于江上等候，看吾认旗起处，便过江来。"平领命，自去准备。

却说使者回报肃，说云长慨然应允，来日准到。肃与吕蒙商议："此来若何？"蒙曰："彼带军马来，某与甘宁各人领一军伏于岸侧，放炮为号，准备厮杀。如无军来，只于庭后伏刀斧手五十人，就筵间杀之。"计会已定。次日，肃令人于岸口遥望，辰时后，见江面上一只船来，梢公水手只数人，一面红旗风中招飐，显出一个大"关"字来。船渐近岸，见云长青巾绿袍，坐于船上，傍边周仓捧着大刀，

---

① 渑（miǎn）池会：战国时赵惠文王与秦昭王会于渑池，秦昭王原想恃强而侮辱赵王，要求赵王鼓瑟，并索取十五座城池，但蔺相如智勇双全，机智地保护了赵王，保全了国土。

② 万人敌：指兵法，是古代的军事学。

八九个关西大汉各跨腰刀一口。鲁肃惊疑，接入亭内，叙礼毕，入席饮酒，举杯相劝，不敢仰视。云长谈笑自若。

酒至半酣，肃曰："有一言诉与君侯，幸垂听焉。昔日令兄皇叔使肃于吾主之前，保借荆州暂驻，约于取川之后归还。今西川已得，而荆州未还，得毋失信乎？"云长曰："此国家之事，筵间不必论之。"肃曰："吾主只区区江东之地，而肯以荆州相借者，为念君侯等兵败远来，无以为资故也。今已得益州，则荆州自应见还。乃皇叔但肯先割三郡，而君侯又不从，恐于理上说不去。"云长曰："乌林之役，左将军亲冒矢石，戮力破敌，岂得徒劳而无尺土相资？今足下复来索地耶？"肃曰："不然。君侯始与皇叔同败于长坂，计穷虑极，将欲远窜。吾主矜愍皇叔身无处所①，不爱土地②，使有所托足，以图后功。而皇叔愆德隳好③，已得西川，又占荆州，贪而背义，恐为天下所耻笑，惟君侯察之。"云长曰："此皆吾兄之事，非某所宜与也④。"肃曰："某闻君侯与皇叔桃园结义，誓同生死，皇叔即君侯也，何得推托乎？"云长未及回答，周仓在阶下厉声言曰："天下土地，惟有德者居之，岂独是汝东吴当有耶？"云长变色而起，夺周仓所捧大刀，立于庭中，目视周仓而叱曰："此国家之事，汝何敢多言！可速去。"仓会意，先到岸口，把红旗一招。关平船如箭发，奔过江东来。云长右手提刀，左手挽住鲁肃手，佯推醉曰："公今请吾赴宴，莫提起荆州之事。吾今已醉，恐伤故旧之情，他日令人请公到荆州赴会，另作商议。"鲁肃魂不附体，被云长扯至江边。吕蒙、甘宁各引本部军欲出，见云长手提大刀，亲握鲁肃，恐肃被伤，遂不敢动。云长到船边，却才放手，早立于船首，与鲁肃作别。

---

① 矜愍（jīnmǐn）：哀怜，同情。
② 爱：吝惜。
③ 愆（qiān）德隳（huī）好：损害道义，破坏友好。愆，过失。隳，毁坏。
④ 与（yù）：参与，过问，干预。

肃如痴似呆，看关公船已乘风而去。后人有诗赞关公曰：

> 藐视吴臣如小儿，单刀赴会敢平欺。
>
> 当年一段英雄气，尤胜相如在渑池。

云长自回荆州。

鲁肃与吕蒙共议："此计又不成，如之奈何？"蒙曰："可申报主公，起兵与云长决战。"肃即时使人申报孙权。权闻之大怒，商议起倾国之兵，来取荆州。忽报："曹操又起三十万大军来也。"权大惊，且教鲁肃休惹荆州之兵，移兵向合淝、濡须，以拒曹操。

却说操将欲起程南征，参军傅幹字彦材，上书谏操。书略曰：

> 幹闻用武则先威，用文则先听；威德相济，而后王业成。往者天下大乱，明公用武攘之，十平其九。今未承王命者，吴与蜀耳。吴有长江之险，蜀有崇山之阻，难以威胜。愚以为且宜增修文德，按甲寝兵[1]，息军养士，待时而动。今若举数十万之众，顿长江之滨[2]，倘贼凭险深藏，使我士马不得逞其能，奇变无所用其权，则天威屈矣。惟明公详察焉。

曹操览之，遂罢南征，兴设学校，延礼文士，于是侍中王粲、杜袭、卫凯、和洽四人，议欲尊曹操为魏王。中书令荀攸曰："不可。丞相官至魏公，荣加九锡，位已极矣。今又进升王位，于理不可。"曹操闻之，怒曰："此人欲效荀彧耶？"荀攸知之，忧愤成疾，卧病十数日而卒，亡年五十八岁。操厚葬之，遂罢魏王事。

一日，曹操带剑入宫。献帝正与伏后共坐。伏后见操来，慌忙起身。帝见曹操，战栗不已。操曰："孙权、刘备各霸一方，不尊朝廷，当如之何？"帝曰："尽在魏公裁处。"操怒曰："陛下出此言，外人闻之，只道吾欺君也。"帝曰："君若肯相辅，则幸甚。不尔[3]，愿

---

① 按甲寝兵：放下铠甲和兵器，停止作战。

② 顿：止宿，屯驻。

③ 不尔：不如此，不这样。

垂恩相舍。"操闻言，怒目视帝，恨恨而出。

左右或奏帝曰："近闻魏公欲自立为王，不久必将篡位。"帝与伏后大哭。后曰："妾父伏完常有杀操之心。妾今当修书一封，密与父图之。"帝曰："昔董承为事不密，反遭大祸。今又恐泄漏，朕与汝皆休矣。"后曰："旦夕如坐针毡，似此为人，不如早亡。妾看宦官中之忠义可托者，莫如穆顺，当令寄此书。"乃即召穆顺入屏后，退去左右近侍。帝、后大哭，告顺曰："操贼欲为魏王，早晚必行篡夺之事。朕欲令后父伏完密图此贼，而左右之人，俱贼心腹，无可托者，欲汝将皇后密书寄与伏完。量汝忠义，必不负朕。"顺泣曰："臣感陛下大恩，敢不以死报！臣即请行。"后乃修书付顺，顺藏书于发中，潜出禁宫，径至伏完宅，将书呈上。完见是伏后亲笔，乃谓穆顺曰："操贼心腹甚众，不可遽图，除非江东孙权、西川刘备二处起兵于外，操必自往，此时却求在朝忠义之臣，一同谋之，内外夹攻，庶可有济。"顺曰："皇丈可作书覆帝后，求密诏，暗遣人往吴、蜀二处，令约会起兵，讨贼救主。"伏完即取纸写书付顺。顺乃藏于头髻内，辞完回宫。

原来早有人报知曹操，操先于宫门等候。穆顺回遇曹操。操问："那里去来？"顺答曰："皇后有病，命求医去。"操曰："召得医人何在？"顺曰："还未召至。"操喝左右遍搜身上，并无夹带，放行。忽然，风吹落其帽。操又唤回，取帽视之，遍观无物，还帽令戴。穆顺双手倒戴其帽。操心疑，令左右搜其头发中，搜出伏完书来。操看时，书中言欲结连孙、刘为外应。操大怒，执下穆顺于密室问之。顺不肯招。操连夜点起甲兵三千，围住伏完私宅，老幼并皆拿下，搜出伏后亲笔之书，随将伏氏三族尽皆下狱。平明，使御林将军郗虑持节入宫，先收皇后玺绶。

是日，帝在外殿，见郗虑引三百甲兵直入。帝问曰："有何事？"虑曰："奉魏公命，收皇后玺。"帝知自泄，心胆皆碎。虑至后宫，伏后方起。虑便唤管玺绶人，索取玉玺而出。伏后情知事发，便于殿后椒房内夹壁中藏躲①。少顷，尚书令华歆引五百甲兵，入到后殿，问宫人："伏后何在？"宫人皆推不知。歆教甲兵打开朱户，寻觅不见，料在壁中，便喝甲士破壁搜寻。歆亲自动手，揪后头髻拖出。后曰："望免我一命。"歆叱曰："汝自见魏公诉去。"后披发跣足，二甲士推拥而出。

原来华歆素有文名，向与邴原、管宁相友善，时人称三人为一龙，华歆为龙头，邴原为龙腹，管宁为龙尾。一日，宁与歆共种园蔬，锄地见金。宁挥锄不顾。歆拾而视之，然后掷下。又一日，宁与歆同坐观书，闻户外传呼之声，有贵人乘轩而过②。宁端坐不动，歆弃书往观。宁自此鄙歆之为人，遂割席分坐，不复与之为友。后来管宁避居辽东，常带白帽，坐卧一楼，足不履地，终身不肯仕魏。而歆乃先事孙权，后事曹操，至此乃有收捕伏皇后一事。后人有诗叹华歆曰：

> 华歆当日逞凶谋，破壁生将母后收。
>
> 助虐一朝添虎翼，骂名千载笑龙头。

又有诗赞管宁曰：

> 辽东传有管宁楼，人去楼空名独留。
>
> 笑杀子愉贪富贵，岂如白帽自风流。

且说华歆将伏后拥至外殿。帝望见后，乃下殿，抱后而哭。歆曰："魏公有命，可速行。"后哭谓帝曰："不能复相活耶？"帝曰："我命亦不知在何时也。"甲士拥后而去。帝捶胸大恸，见郗虑在侧，帝曰："郗公，天下宁有是事乎？"哭倒在地。郗虑令左右扶帝入宫。华歆拿伏后见操。操骂曰："吾以诚心待汝等，汝等反欲害我耶？吾

---

① 椒房：汉代皇后居住的宫殿，以椒和泥涂壁，使室内温暖、芳香，象征多子。后来泛指后妃的居室。

② 轩：古代一种有围棚或帷幕的车。

不杀汝，汝必杀我。"喝左右乱棒打死。随即入宫，将伏后所生二子皆鸩杀之。当晚，将伏完、穆顺等宗族二百余口，皆斩于市。朝野之人，无不惊骇。时建安十九年十一月也。后人有诗叹曰：

曹瞒凶残世所无，伏完忠义欲何如。

可怜帝后分离处，不及民间妇与夫。

献帝自从坏了伏后，连日不食。操入曰："陛下无忧，臣无异心。臣女已与陛下为贵人，大贤大孝，宜居正宫。"献帝安敢不从，于建安二十年正月朔，就庆贺正旦之节①，册立曹操女曹贵人为正宫皇后。群下莫敢有言。

此时曹操威势日甚，会大臣商议收吴灭蜀之事。贾诩曰："须召夏侯惇、曹仁二人回，商议此事。"操即时发使，星夜唤回。夏侯惇未至，曹仁先到，连夜便入府中见操。操方被酒而卧，许褚仗剑立于堂门之内。曹仁欲入，被许褚当住。曹仁大怒曰："吾乃曹氏宗族，汝何敢阻当耶？"许褚曰："将军虽亲，乃外藩镇守之官；许褚虽疏，见充内侍。主公醉卧堂上，不敢放入。"仁乃不敢入。曹操闻之，叹曰："许褚真忠臣也。"不数日，夏侯惇亦至，共议征伐。惇曰："吴、蜀急未可攻，宜先取汉中张鲁，以得胜之兵取蜀，可一鼓而下也。"曹操曰："正合吾意。"遂起兵西征。正是：

方逞凶谋欺弱主，又驱劲卒扫偏邦。

未知后事如何，且看下文分解。

---

① 正旦：农历正月初一。

第六十七回

曹操平定汉中地　张辽威震逍遥津

　　却说曹操兴兵西征，分兵三队，前部先锋夏侯渊、张郃，操自领诸将居中，后部曹仁、夏侯惇押运粮草。早有细作报入汉中来。张鲁与弟张卫商议退敌之策。卫曰："汉中最险，无如阳平关。可于关之左右依山傍林。下十余个寨栅，迎敌曹兵。兄在汉宁，多拨粮草应付。"张鲁依言，遣大将杨昂、杨任与其弟即日起程。军马到阳平关，下寨已定，夏侯渊、张郃前军随到，闻阳平关已有准备，离关一十五里下寨。是夜军士疲困，各自歇息。忽寨后一把火起，杨昂、杨任两路兵杀来劫寨。夏侯渊、张郃急上得马。四下里大兵拥入，曹兵大败。退见曹操，操怒曰："汝二人行军许多年，岂不知兵若远行疲困，可防劫寨？如何不作准备？"欲斩二人，以明军法。众官告免。

　　操次日自引兵为前队，见山势险恶，林木丛杂，不知路径，恐有伏兵，即引军回寨，谓许褚、徐晃二将曰："吾若知此处如此险恶，必不起兵来。"许褚曰："兵已至此，主公不可惮劳。"次日，操上马，只带许褚、徐晃二人来看张卫寨栅。三匹马转过山坡，早望见张卫寨栅。操扬鞭遥指，谓二将曰："如此坚固，急切难下。"言未定，背后一声喊起，箭如雨发，杨昂、杨任分两路杀来。操大惊。许褚大呼曰："吾当敌贼，徐公明善保主公！"说罢，提刀纵马向前，力敌二将。杨昂、杨任不能当许褚之勇，回马退去，其余不敢向前。徐晃保着曹操，奔过山坡。前面又一军到，看时，却是夏侯渊、张部二将，听得喊声，故引军杀来接应。于是，杀退杨昂、杨任，救得曹操回寨。操重赏四将。自此两边相拒五十余日，只不交战。

曹操传令退军。贾诩曰："贼势未见强弱，主公何故自退耶？"操曰："吾料贼兵每日提备，急难取胜。吾以退军为名，使贼懈而无备，然后分轻骑抄袭其后，必胜贼矣。"贾诩曰："丞相神机，不可测也。"于是令夏侯渊、张郃分兵两路，各以轻骑三千，取小路抄阳平关后，曹操一面引大军拔寨尽起。杨昂听得曹兵退，请杨任商议，欲乘势击之。杨任曰："操诡计极多，未知真实，不可追赶。"杨昂曰："公不往，吾当自去。"杨任苦谏不从。杨昂尽提五寨军马前进，只留些少军士守寨。是日大雾迷漫，对面不相见。杨昂军至半路不能行，且权扎驻。

却说夏侯渊一军抄过山后，见重雾垂空，又闻人语马嘶，恐有伏兵，急催人马行动，大雾中误走到杨昂寨前。守寨军士听得马蹄响，只道是杨昂兵回，开门纳之。曹军一拥而入，见是空寨，便就寨中放起火来。五寨军士尽皆弃寨而走。比及雾散，杨任领兵来救，与夏侯渊战不数合，背后张郃兵到。杨任杀条大路，奔回南郑。杨昂待要回时，已被夏侯渊、张郃两个占了寨栅，背后曹操大队军马赶来，两下夹攻，四边无路。杨昂欲突阵而出，正撞着张郃，两个交手，被张郃杀死。败兵回投阳平关，来见张卫。原来卫知二将败走，诸营已失，半夜弃关奔回去了。曹操遂得阳平关并诸寨。张卫、杨任回见张鲁。卫言二将失了隘口，因此守关不住。张鲁大怒，欲斩杨任。任曰："某曾谏杨昂，休追操兵。他不肯听信，故有此败。任再乞一军，前去挑战，必斩曹操。如不胜，甘当军令！"张鲁取了军令状。杨任上马，引二万军离南郑下寨。

却说曹操提军将进，先令夏侯渊领五千军，往南郑路上哨探。正迎着杨任军马，两军摆开。任遣部将昌奇出马，与渊交锋，战不三合，被渊一刀斩于马下。杨任自挺枪出马，与渊战三十余合，不分胜负。渊佯败而走。任从后追来，被渊用拖刀计斩于马下。军士大败而回。曹操知夏侯渊斩了杨任，即时进兵，直抵南郑下寨。

张鲁慌聚文武商议。阎圃曰："某保一人，可敌曹操手下诸将。"鲁问是谁，圃曰："南安庞德前随马超投降主公，后马超往西川，庞德卧病不曾行，见今蒙主公恩养。何不令此人去？"张鲁大喜，即召庞德至，厚加赏劳；点一万军马，令庞德出，离城十余里，与曹兵相对。庞德出马搦战。曹操在渭桥时深知庞德之勇，乃嘱诸将曰："庞德乃西凉勇将，原属马超，今虽依张鲁，未称其心。吾欲得此人。汝等须皆与缓斗，使其力乏，然后擒之。"张郃先出，战了数合便退。夏侯渊也战数合退了。徐晃又战三五合也退了。临后许褚战五十余合亦退。庞德力战四将，并无惧怯。各将皆于操前夸庞德好武艺。曹操心中大喜，与众商议："如何得此人投降？"贾诩曰："某知张鲁手下有一谋士杨松，其人极贪贿赂。今可暗以金帛送之，使谮庞德于张鲁，便可图矣。"操曰："何由得人入南郑？"诩曰："来日交锋，诈败佯输，弃寨而走，使庞德据我寨。我却于黉夜引兵劫寨，庞德必退入城。却选一能言军士扮作彼军，杂在阵中，便得入城。"操听其计，选一精细军校，重加赏赐，付与金掩心甲一付，令披在贴肉，外穿汉中军士号衣，先于半路上等候。次日，先拨夏侯渊、张郃两枝军，远去埋伏，却教徐晃挑战，不数合败走。庞德招军掩杀，曹兵尽退。庞德却夺了曹操寨栅，见寨中粮草极多，大喜，即时申报张鲁，一面在寨中设宴庆贺。当夜二更之后，忽然三路火起，正中是徐晃、许褚，左张郃，右夏侯渊，三路军马齐来劫寨。庞德不及提备，只得上马冲杀出来，望城而走。背后三路兵追来。庞德急唤开城门，领兵一拥而入。

此时细作已杂到城中，径投杨松府下谒见，具说："魏公曹丞相久闻盛德，特使某送金甲为信，更有密书呈上。"松大喜，看了密书中言语，谓细作曰："上覆魏公，但请放心，某自有良策奉报。"打发来人先回，便连夜入见张鲁，说庞德受了曹操贿赂，卖此一阵。张鲁大怒，唤庞德责骂，欲斩之。阎圃苦谏。张鲁曰："你来日出战，不胜必斩。"庞德抱恨而退。次日，曹兵攻城。庞德引兵冲出。操令许褚交战。褚诈败，庞德来赶，操自乘马于山坡上唤曰："庞令名何不早降？"庞德寻思："拿住曹操，抵一千员上将。"遂飞马上坡。一声喊起，天崩地塌，连人和马跌入陷坑内去。四壁钩索一齐上前，活捉了庞德，押上坡来。曹操下马叱退军士，亲释其缚，问庞德肯降否。庞德寻思张鲁不仁，情愿拜降。曹操亲扶上马，共回大寨，故意教城上望见。人报张鲁："德与操并马而行。"鲁益信杨松之言为实。

　　次日，曹操三面竖立云梯，飞炮攻打。张鲁见其势已极，与弟张卫商议。卫曰："放火尽烧仓廪府库，出奔南山，去守巴中可也。"杨松曰："不如开门投降。"张鲁犹豫不定。卫曰："只是烧了便行。"张鲁曰："我向本欲归命国家，而意未得达。今不得已而出奔，仓廪府库，国家之有，不可废也。"遂尽封锁。是夜二更，张鲁引全家老小，开南门杀出。曹操教休追赶。提兵入南郑，见鲁封闭库藏，心甚怜之，遂差人往巴中，劝使投降。张鲁欲降，张卫不肯。杨松以密书报操，便教进兵，松为内应。操得书，亲自引兵往巴中。张鲁使弟卫领兵出敌，与许褚交锋，被褚斩于马下。败军回报张鲁。鲁欲坚守。杨松曰："今若不出，坐而待毙矣。某守城，主公当亲与决一死战。"鲁从之。阎圃谏鲁休出。鲁不听，遂引军出迎。未及交锋，后军已走。张鲁急退，背后曹兵赶来。鲁到城下，杨松闭门不开。张鲁无路可走。操从后追至，大叫："何不早降？"鲁乃下马投拜。操大喜，念其封仓库之心，优礼相待，封鲁为镇南将军，阎圃等皆封列侯，于是汉中皆平。曹操传令，各郡分设太守，置都尉，大赏士卒。惟有杨松卖主求荣，即命斩之于市曹示众。后人有诗叹曰：

> 妨贤卖主逞奇功，积得金银总是空。
>
> 家未荣华身受戮，令人千载笑杨松。

曹操已得东川，主簿司马懿进曰："刘备以诈力取刘璋，蜀人尚未归心。今主公已得汉中，益州震动，可速进兵攻之，势必瓦解。智者贵于乘时，时不可失也。"曹操叹曰："人苦不知足，既得陇，复望蜀耶？"刘晔曰："司马仲达之言是也。若少迟缓，诸葛亮明于治国而为相，关、张等勇冠三军而为将，蜀民既定，据守关隘，不可犯矣。"操曰："士卒远涉劳苦，且宜存恤。"遂按兵不动。

却说西川百姓听知曹操已取东川，料必来取西川，一日之间，数遍惊恐。玄德请军师商议。孔明曰："亮有一计，曹操自退。"玄德问何计。孔明曰："曹操分军屯合淝，惧孙权也。今我若分江夏、长沙、桂阳三郡还吴，遣舌辩之士陈说利害，令吴起兵袭合淝，牵动其势，操必勒兵南向矣。"玄德问："谁可为使？"伊籍曰："某愿往。"玄德大喜，遂作书具礼，令伊籍先到荆州知会云长，然后入吴，到秣陵来见孙权。先通了姓名，权召籍入。籍见权。礼毕，权问曰："汝到此为何？"籍曰："昨承诸葛子瑜取长沙等三郡，为军师不在，有失交割，今传书送还。所有荆州南郡、零陵，本欲送还，被曹操袭取东川，使关将军无容身之地。今合淝空虚，望君侯起兵攻之，使曹操撤兵回南。吾主若取了东川，即还荆州全土。"权曰："汝且归馆舍，容吾商议。"伊籍退出。

权问计于众谋士。张昭曰："此是刘备恐曹操取西川，故为此谋。虽然如此，可因操在汉中，乘势取合淝，亦是上计。"权从之，发付伊籍回蜀去讫，便议起兵攻操；令鲁肃收取长沙、江夏、桂阳三郡，屯兵于陆口，取吕蒙、甘宁回，又去余杭，取凌统回。不一日，吕蒙、甘宁先到。蒙献策曰："见今曹操令庐江太守朱光屯兵于皖城，大开稻田，纳谷于合淝，以充军实。今可先取皖城，然后攻合淝。"权曰："此计甚合吾意。"遂教吕蒙、甘宁为先锋，蒋钦、潘璋为合后，权自引周泰、陈武、董袭、徐盛为中军。时程普、黄盖、韩当在各处镇守，都未随征。

却说军马渡江取和州，径到皖城。皖城太守朱光使人往合淝求救，一面固守城池，坚壁不出。权自到城下看时，城上箭如雨发，射中孙权麾盖。权回寨，问众将曰："如何取得皖城？"董袭曰："可差军士筑起土山攻之。"徐盛曰："可竖云梯，造虹桥，下观城中而攻之。"吕蒙曰："此法皆费日月而成，合淝救军一至，不可图矣。今我军初到，士气方锐，正可乘此锐气奋力攻击，来日平明进兵，午未时便当破城。"权从之。次日五更饭毕，三军大进。城上矢石齐下。甘宁手执铁链，冒矢石而上。朱光令弓弩手齐射。甘宁拨开箭林，一链打倒朱光。吕蒙亲自播鼓。士卒皆一拥而上，乱刀砍死朱光，余众多降。得了皖城，方才辰时。张辽引军至半路，哨马回报："皖城已失。"辽即回兵归合淝。

孙权入皖城，凌统亦引军到。权慰劳毕，大犒三军，重赏吕蒙、甘宁诸将，设宴庆功。吕蒙逊甘宁上坐，盛称其功劳。酒至半酣，凌统想起甘宁杀父之仇，又见吕蒙夸美之，心中大怒，瞪目直视。良久，忽拔左右所佩之剑，立于筵上曰："筵前无乐，看吾舞剑。"甘宁知其意，推开果桌起身，两手取两枝戟挟定，纵步出曰："看我筵前使戟。"吕蒙见二人各无好意，便一手挽牌，一手提刀，立于其中曰："二公虽能，皆不如我巧也。"说罢，舞起刀牌，将二人分于两下。早有人报知孙权。权慌跨马，直到筵前。众见权至，方各放下军器。权曰："吾常言二人休念旧仇，今日又何如此？"凌统哭拜于地，孙权再三劝止。至次日，起兵进取合淝，三军尽发。

张辽为失了皖城，回到合淝，心中愁闷。忽曹操差薛悌送木匣一个，上有操封，傍书云："贼来乃发。"是日，报说孙权自引十万大军，来攻合淝，张辽便开匣观之。内书云："若孙权至，张、李二将军出战，乐将军守城。"张辽将教帖与李典①。乐进观之，乐进曰："将军之意若何？"张辽曰："主公远征在外，吴兵以为破我必矣。今可发兵出迎，奋力与战，折其锋锐，以安众心，然后可守也。"李典素与张辽不睦，闻辽此言，默然不答。乐进见李典不语，便道："贼众我寡，难以迎敌，不如坚守。"张辽曰："公等皆是私意，不顾公事。吾今自出迎敌，决一死战。"便教左右备马。李典慨然而起曰："将军如此，典岂敢以私憾而忘公事乎？愿听指挥。"张辽大喜曰："既曼成肯相助，来日引一军于逍遥津北埋伏，待吴兵杀过来，可先断小师桥，吾与乐文谦击之。"李典领命，自去点军埋伏。

却说孙权令吕蒙、甘宁为前队，自与凌统居中，其余诸将，陆续进发，望合淝杀来。吕蒙、甘宁前队兵进，正与乐进相迎。甘宁出马，与乐进交锋。战不数合，乐进诈败而走。甘宁招呼吕蒙，一齐引军赶去。孙权在第二队听得前军得胜，催兵行至逍遥津北。忽闻连珠炮响，左边张辽一军杀来，右边李典一军杀来。孙权大惊，急令人唤吕蒙、甘宁回救时，张辽兵已到。凌统手下止有三百余骑，当不得曹军势如山倒。凌统大呼曰："主公何不速渡小师桥？"言未毕，张辽引二千余骑当先杀至，凌统翻身死战。孙权纵马上桥，桥南已折丈余，并无一片板。孙权惊得手足无措。牙将谷利大呼曰②："主公可约马退后，再放马向前，跳过桥去。"孙权收回马来有三丈余远，然后纵辔加鞭，那马一跳，飞过桥南。后人有诗曰：

> 的卢当日跳檀溪，又见吴侯败合淝。
>
> 退后着鞭驰骏骑，逍遥津上玉龙飞。

孙权跳过桥南，徐盛、董袭驾舟相迎。凌统、谷利抵住张辽，甘宁、吕蒙引军回救，却被乐进从后追来，李典又截住厮杀。吴兵折了大半。凌统所领三百余人尽被杀死。统身中数枪，杀到桥边，

---

① 教帖：公侯、大臣的命令，此处指曹操的来书。

② 牙将：副将。

桥已折断，绕河而逃。孙权在舟中望见，急令董袭掉舟接之，乃得渡回。吕蒙、甘宁皆死命逃过河南。这一阵，杀得江南人人害怕，闻张辽大名，小儿也不敢夜啼。众将保护孙权回营。权乃重赏凌统、谷利，收军回濡须，整顿船只，商议水陆并进，一面差人回江南，再起人马来助战。

却说张辽闻孙权在濡须，将欲兴兵进攻，恐合淝兵少，难以抵敌，急令薛悌星夜往汉中报知曹操，求请救兵。操同众官议曰："此时可收西川否？"刘晔曰："今蜀中稍定，已有提备，不可击也。不如撤兵去救合淝之急，就下江南。"操乃留夏侯渊守汉中定军山隘口，留张郃守蒙头岩等隘口，其余军兵，拔寨都起，杀奔濡须坞来。正是：

铁骑甫能平陇右[1]，旌旄又复指江南。

未知胜负如何，且看下文分解。

---

[1] 甫能：才能够。

第六十八回

甘宁百骑劫魏营 左慈掷杯戏曹操

却说孙权在濡须口收拾军马，忽报曹操自汉中领兵四十万，前来救合淝。孙权与谋士计议，拨董袭、徐盛二人领五十只大船，在濡须口埋伏；令陈武带领人马，往来江岸巡哨。张昭曰："今曹操远来，必须先挫其锐气。"权乃问帐下曰："曹操远来，谁敢当先破敌，以挫其锐气？"凌统出曰："某愿往。"权曰："带多少军去？"统曰："三千人足矣。"甘宁曰："只须百骑，便可破敌，何须三千！"凌统大怒，两个就在孙权面前争竞起来。权曰："曹军势大，不可轻敌，乃命凌统带三千军，出濡须口去哨探，遇曹兵便与交战。"凌统领命，引着三千人马离濡须坞。尘头起处，曹兵早到。先锋张辽与凌统交锋，斗五十合，不分胜败。孙权恐凌统有失，令吕蒙接应回营。

甘宁见凌统回，即告权曰："宁今夜只带一百人马去劫操营，若折了一人一骑，也不算功。"孙权壮之，乃调拨帐下一百精锐马兵付宁，又以酒五十瓶、羊肉五十斤，赏赐军士。甘宁回到寨中，教一百人皆列坐，先将银碗斟酒，自吃两碗，乃语百人曰："今夜奉命劫寨，请诸公各满饮一觞，努力向前。"众人闻言，面面相觑。甘宁见众人有难色，乃拔剑在手，怒叱曰："我为上将，且不惜命，汝等何得迟疑！"众人见甘宁作色，皆起拜曰："愿效死力。"甘宁将酒肉与百人共饮食尽，约至二更时分，取白鹅翎一百根，插于盔上为号；都披甲上马，飞奔曹操寨边，拔开鹿角，大喊一声，杀入寨中，径奔中军，来杀曹操。原来中军人马以车仗伏路穿连，围得铁桶相似，不能得进。甘宁只将百骑左冲右突。曹兵惊慌，正不知敌兵多少，自相扰乱。那甘宁百骑在营内纵横驰骤，逢着便杀。各营鼓噪，举火如星，喊声大震。甘宁从寨之南门杀出，无人敢当。孙权令周泰引一枝兵来接应。甘宁将百骑回到濡须。操兵恐有埋伏，不敢追袭。后人有诗赞曰：

> 鼙鼓声喧震地来[①]，吴师到处鬼神哀。
>
> 百翎直贯曹家寨，尽说甘宁虎将才。

甘宁引百骑到寨，不折一人一骑；至营门，令百人皆击鼓吹笛，口称万岁，欢声大震。孙权自来迎接。甘宁下马拜伏。权扶起，携宁手曰："将军此去，足使老贼惊骇。非孤相舍，正欲观卿胆耳！"即赐绢千匹，利刀百口。宁拜受讫，遂分赏百人。权语诸将曰："孟德有张辽，孤有甘兴霸，足以相敌也。"

次日，张辽引兵搦战。凌统见甘宁有功，奋然曰："统愿敌张辽。"权许之。统遂领兵五千离濡须，权自引甘宁临阵观战。对阵圆处，张辽出马，左有李典，右有乐进。凌统纵马提刀，出至阵前。张辽使乐进出迎。两个斗到五十合，未分胜败。曹操闻知，亲自策马到门旗下来看，见二将酣斗，乃令曹休暗放冷箭。曹休便闪在张辽背后，开弓一箭，正中凌统坐下马。那马直立起来，把凌统掀翻在地。乐进连忙持枪来刺。枪还未到，只听得弓弦响处，一箭射中乐进面门，翻身落马。两军齐出，各救一将回营，鸣金罢战。凌统回寨中，拜谢孙权。权曰："放箭救你者，甘宁也。"凌统乃顿首拜宁曰："不想公能如此垂恩！"自此与甘宁结为生死之交，再不为恶。

且说曹操见乐进中箭，令自到帐中调治。次日分兵五路，来袭濡须。操自领中路，左一路张辽，二路李典，右一路徐晃，二路庞

---

① 鼙鼓：古代军队中用的小鼓。

德，每路各带一万人马，杀奔江边来。时董袭、徐盛二将，在楼船上见五路军马来到，顾诸军各有惧色。徐盛曰："食君之禄，忠君之事，何惧哉！"遂引猛士数百人，用小船渡过江边，杀入李典军中去了。董袭在船上，令众军擂鼓呐喊助威。忽然江上猛风大作，白浪掀天，波涛汹涌。军士见大船将覆，争下脚舰逃命。董袭仗剑大喝曰："将受君命，在此防贼，怎敢弃船而去？"立斩下船军士十余人。须臾，风急船覆，董袭竟死于江口水中。徐盛在李典军中，往来冲突。

却说陈武听得江边厮杀，引一军来，正与庞德相遇，两军混战。孙权在濡须坞中听得曹兵杀到江边，亲自与周泰引军前来助战，正见徐盛在李典军中，搅做一团厮杀，便麾军杀入接应，却被张辽、徐晃两枝军，把孙权困在垓心。曹操上高阜处，看见孙权被围，急令许褚纵马持刀，杀入军中，把孙权军冲作两段，彼此不能相救。

却说周泰从军中杀出，到江边，不见了孙权，勒回马，从外又杀入阵中，问本部军："主公何在？"军人以手指兵马厚处曰："主公被围甚急。"周泰挺身杀入，寻见孙权。泰曰："主公可随泰杀出。"于是泰在前，权在后，奋力冲突。泰到江边，回头又不见孙权，乃复翻身杀入围中，又寻见孙权。权曰："弓弩齐发，不能得出，如何？"泰曰："主公在前，某在后，可以出围。"孙权乃纵马前行。周泰左右遮护，身被数枪，箭透重铠，救得孙权。到江边，吕蒙引一枝水军前来，接应下船。权曰："吾亏周泰三番冲杀，得脱重围；但徐盛在垓心，如何得脱？"周泰曰："吾再救去。"遂轮枪复翻身杀入重围之中，救出徐盛。二将各带重伤。吕蒙教军士乱箭射住岸上兵，救二将下船。

却说陈武与庞德大战，后面又无应兵，被庞德赶到峪口。树林丛密，陈武再欲回身交战，被树株抓住袍袖，不能迎敌，为庞德所杀。曹操见孙权走脱了，自策马驱兵赶到江边对射。吕蒙箭尽，正慌间，忽对江一宗船到，为首一员大将，乃是孙策女婿陆逊自引十万兵到。一阵射退曹兵，乘势登岸，追杀曹兵，复夺战马数百匹。曹兵伤者不计其数，大败而回。于乱军中寻见陈武尸首。

孙权知陈武已亡，董袭又沉江而死，哀痛至切，令人水中寻见董袭尸首，与陈武尸一齐厚葬之；又感周泰救护之功，设宴款之。权亲自把盏，抚其背，泪流满面，曰："卿两番相救，不惜性命，被枪数十，肤如刻画，孤亦何心，不待卿以骨肉之恩，委卿以兵马之重乎？卿乃孤之功臣，孤当与卿共荣辱、同休戚也！"言罢，令周泰解衣，与众将观之：皮肉肌肤，如同刀剜，盘根遍体。孙权手指其痕，一一问之。周泰具言战斗被伤之状，一处伤，令吃一觥酒。是日周泰大醉。权以青罗伞赐之，令出入张盖，以为显耀。

权在濡须，与操相拒月余，不能取胜。张昭、顾雍上言："曹操势大，不可力取，若与久斗，大损士卒；不若求和，安民为上。"孙权从其言，令步骘往曹营求和，许年纳岁贡。操见江南急未可下，乃从之，令："孙权先撤人马，吾然后班师。"步骘回覆。权只留蒋钦、周泰守濡须口，尽发大兵，上船回秣陵。

操留曹仁、张辽屯合淝，班师回许昌。文武众官皆议立曹操为魏王，尚书崔琰力言不可。众官曰："汝独不见荀文若乎？"琰大怒曰："时乎时乎！会当有变，任自为之！"有与琰不和者，告知操。操大怒，收琰下狱问之。琰虎目虬髯，只是大骂曹操欺君奸贼。廷尉白操，操令杖杀崔琰于狱中。后人有赞曰：

> 清河崔琰，天性坚刚。虬髯虎目，铁石心肠。
>
> 奸邪辟易[1]，声节显昂。忠于汉主，千古名扬。

建安二十一年夏五月，群臣表奏献帝，颂魏公曹操功德，极天际地，伊周莫及，宜进爵为王。献帝即令钟繇草诏，册立曹操为魏

---

[1] 辟易：惊退。

王。曹操假意上书三辞，诏三报不许。操乃拜命，受魏王之爵，冕十二旒①，乘金根车②，驾六马③，用天子车服銮仪，出警入跸④。于邺郡盖魏王宫，议立世子。操大妻丁夫人无出，妾刘氏生子曹昂，因征张绣时死于宛城。卞氏所生四子：长曰丕，次曰彰，三曰植，四曰熊。于是黜丁夫人，而立卞氏为魏王后。第三子曹植字子建，极聪明，举笔成章，操欲立之为后嗣。长子曹丕恐不得立，乃问计于中大夫贾诩。诩教如此如此。自是但凡操出征，诸子送行，曹植乃称述功德，发言成章，惟曹丕辞父，只是流泪而拜，左右皆感伤。于是操疑植乖巧，诚心不及丕也。丕又使人买嘱近侍，皆言丕之德。操欲立后嗣，踌躇不定，乃问贾诩曰："孤欲立后嗣，当立谁？"贾诩不答。操问其故，诩曰："正有所思，故不能即答耳。"操曰："何所思？"诩对曰："思袁本初、刘景升父子也。"操大笑，遂立长子曹丕为王世子。

冬十月，魏王宫成，差人往各处收取奇花异果，栽植后苑。有使者到吴地，见了孙权，传魏王令旨，再往温州取柑子。时孙权正尊让魏王，便令人于本城选了大柑子四十余担，星夜送往邺郡。至中途，挑担役夫疲困，歇于山脚下，见一先生，眇一目⑤，跛一足，头戴白藤冠，身穿青懒衣，来与脚夫作礼；言曰："你等挑担劳苦，贫道都替你挑一肩如何？"众人大喜，于是先生每担各挑五里。但是先生挑过的担儿都轻了，众皆惊疑。先生临去，与领柑子官说："贫道乃魏王乡中故人，姓左名慈字元放，道号乌角先生。如你到邺郡，

---

① 冕（miǎn）十二旒（liú）：冕，礼帽；旒，礼帽前后端垂下的穿玉丝绳。冕旒是古代最尊贵的一种礼帽，天子的礼帽有十二旒，诸侯以下递减。此处曹操冕十二旒，礼同帝王。

② 金根车：帝王所乘的以黄金为饰的车。

③ 驾六马：驾六匹马拉的马车，是古代天子专属的一种礼制，即"天子驾六"。此处是曹操的出行待遇与天子同。

④ 出警入跸（bì）：指帝王出行时肃清道路，闲人回避。

⑤ 眇（miǎo）：瞎了一只眼。

可说左慈申意。"遂拂袖而去。

取柑人至邺郡见操，呈上柑子。操亲剖之，但只空壳，内并无肉。操大惊，问取柑人。取柑人以左慈之事对。操未肯信。门吏忽报："有一先生，自称左慈，求见大王。"操召入。取柑人曰："此正途中所见之人。"操叱之曰："汝以何妖术摄吾佳果？"慈笑曰："岂有此事！"取柑剖之，内皆有肉，其味甚甜；但操自剖者皆空壳。操愈惊，乃赐左慈坐而问之。慈索酒肉，操令与之。饮酒五斗不醉，肉食全羊不饱。操问曰："汝有何术，以至于此？"慈曰："贫道于西川嘉陵峨嵋山中，学道三十年，忽闻石壁中有声，呼我之名，及视不见。如此者数日。忽有天雷震碎石壁，得天书三卷，名曰《遁甲天书》。上卷名《天遁》，中卷名《地遁》，下卷名《人遁》。天遁能腾云跨风，飞升太虚[①]；地遁能穿山透石；人遁能云游四海，藏形变身，飞剑掷刀，取人首级。大王位极人臣，何不退步，跟贫道往峨嵋山中修行？当以三卷天书相授。"操曰："吾亦久思急流勇退，奈朝廷未得其人耳。"慈笑曰："益州刘玄德乃帝室之胄，何不让此位与之？不然，贫道当飞剑取汝之头也。"操大怒曰："此正是刘备细作！"喝左右拿下。慈大笑不止。操令十数狱卒捉下拷之。狱卒着力痛打，看左慈时却鼾鼾熟睡，全无痛楚。操怒，命取大枷铁钉钉了，铁锁锁了，送入牢中监收，令人看守。只见枷锁尽落，左慈卧于地上，并无伤损。连监禁七日，不与饮食。及看时，慈端坐于地上，面皮转红。狱卒报知曹操。操取出问之，慈曰："我数十年不食亦不妨，日食千羊亦能尽。"操无可奈何。

是日，诸官皆至王宫大宴。正行酒间，左慈足穿木履，立于筵前。众官惊怪。左慈曰："大王今日水陆俱备，大宴群臣，四方异物极多。内中欠少何物，贫道愿取之。"操曰："我要龙肝作羹，汝能取

---

① 太虚：天空。

否？"慈曰："有何难哉！"取墨笔于粉墙上画一条龙，以袍袖一拂，龙腹自开。左慈于龙腹中提出龙肝一副，鲜血尚流。操不信，叱之曰："汝先藏于袖中耳。"慈曰："即今天寒，草木枯死，大王要甚好花，随意所欲。"操曰："吾只要牡丹花。"慈曰："易耳！"令取大花盆放筵前，以水噀之①，顷刻发出牡丹一株，开放双花。众官大惊，邀慈同坐而食。少刻，庖人进鱼脍。慈曰："脍必松江鲈鱼者方美。"操曰："千里之隔，安能取之？"慈曰："此亦何难取！"教把钓竿来，于堂下鱼池中钓之，顷刻，钓出数十尾大鲈鱼，放在殿上。操曰："吾池中原有此鱼。"慈曰："大王何相欺耶？天下鲈鱼只两腮，惟松江鲈鱼有四腮，此可辨也。"众官视之，果是四腮。慈曰："烹松江鲈鱼，须紫芽姜方可。"操曰："汝亦能取之否？"慈曰："易耳。"令取金盆一个，慈以衣覆之，须臾，得紫芽姜满盆，进上操前。操以手取之，忽盆内有书一本，题曰《孟德新书》。操取视之，一字不差。操大疑。慈取桌上玉杯，满斟佳酿，进操曰："大王可饮此酒，寿有千年。"操曰："汝可先饮。"慈遂拔冠上玉簪，于杯中一画，将酒分为两半，自饮一半，将一半奉操。操叱之。慈掷杯于空中，化成一白鸠，绕殿而飞。众官仰面视之，左慈不知所往。

左右忽报："左慈出宫门去了。"操曰："如此妖人，必当除之，否则必将为害。"遂命许褚引三百铁甲军追擒之。褚上马引军，赶至城门，望见左慈穿木履，在前慢步而行。褚飞马追之，却只追不上。直赶到一山中，有牧羊小童赶着一群羊而来。慈走入羊群内。褚取箭射之，慈即不见。褚尽杀群羊而回。牧羊小童守羊而哭，忽见羊头在地上作人言，唤小童曰："汝可将羊头都辏在死羊腔子上②。"小童大惊，掩面而走。忽闻有人在后呼曰："不须惊走，还汝活羊。"小童回顾，见左慈已将地上死羊辏活，赶将来了。小童急欲问时，左

---

① 噀（xùn）：含在口中而喷出。

② 辏（còu）：聚集。

慈已拂袖而去，其行如飞，倏忽不见。

　　小童归告主人。主人不敢隐讳，报知曹操。操画影图形，各处捉拿左慈。三日之内，城里城外所捉眇一目、跛一足、白藤冠、青懒衣、穿木履先生，都一般模样者，有三四百个，哄动街市。操令众将将猪羊血泼之，押送城南教场。曹操亲自引甲兵五百人围住，尽皆斩之。人人颈腔内各起一道青气，到上天聚成一处，化成一个左慈，向空招白鹤一只骑坐，拍手大笑曰："土鼠随金虎，奸雄一旦休。"操令众将以弓箭射之。忽然狂风大作，走石扬沙，所斩之尸皆跳起来，手提其头，奔上演武厅，来打曹操。文官武将掩面惊倒，各不相顾。正是：

　　　　奸雄权势能倾国，道士仙机更异人。

未知曹操性命如何，且看下文分解。

第六十九回

卜周易管辂知机　讨汉贼五臣死节

　　却说当日曹操见黑风中群尸皆起，惊倒于地。须臾风定，群尸皆不见。左右扶操回宫，惊而成疾。后人有诗赞左慈曰：

　　　　飞步凌云遍九州，独凭遁甲自遨游。

　　　　等闲施设神仙术，点悟曹瞒不转头。

曹操染病，服药无愈。

　　适太史丞许芝自许昌来见操，操令芝卜《易》。芝曰："大王曾闻神卜管辂否？"操曰："颇闻其名，未知其术，汝可详言之。"芝曰："管辂字公明，平原人，容貌粗丑，好酒疏狂。其父曾为琅琊郡丘长。辂自幼便喜仰视星辰，夜不能寐，父母不能禁止。常云：'家鸡野鹄，尚自知时，何况为人在世乎？'与邻儿共戏，辄画地为天文，分布日月星辰。及稍长，即深明《周易》，仰观风角①，数学通神，兼善相术。琅琊太守单子春闻其名，召辂相见。时有坐客百余人，皆能言之士。辂谓子春曰：'辂年少，胆气未坚，先请美酒三升，饮而后言。'子春奇之，遂与酒三升。饮毕，辂问子春：'今欲与辂为对者，若府君四座之士耶？'子春曰：'吾自与君旗鼓相当！'于是与辂讲论《易》理。辂亹亹而谈②，言言精奥。子春反复辩难，辂对答如流。从晓至暮，酒食不行。子春及众宾客无不叹服，于是天下号

---

① 风角：古代的一种占卜术，观察风的动向来定吉凶。

② 亹亹（wěiwěi）：连续而不倦怠。

为神童。后有居民郭恩者，兄弟三人，皆得躄疾^①，请辂卜之。辂曰：'卦中有君家本墓中女鬼，非君伯母，即叔母也。昔饥荒之年，谋数升米之利，推之落井，以大石压破其头，孤魂痛苦，自诉于天，故君兄弟有此报，不可禳也。'郭恩等涕泣伏罪。安平太守王基，知辂神卜，延辂至家。适信都令妻常患头风，其子又患心痛，因请辂卜之。辂曰：'此堂之西角有二死尸，一男持矛，一男持弓箭，头在壁内，脚在壁外。持矛者主刺头，故头痛；持弓箭者主刺胸腹，故心痛。'乃掘之，入地八尺，果有二棺，一棺中有矛，一棺中有角弓及箭，木俱已朽烂。辂令徙骸骨，去城外十里埋之，妻与子遂无恙。馆陶令诸葛原迁新兴太守，辂往送行。客言辂能射覆^②。诸葛原不信，暗取燕卵、蜂窠、蜘蛛三物分置三盒之中，令辂卜之。卦成，各写四句于盒上，其一曰：'含气须变，依乎宇堂。雌雄以形，羽翼舒张。'此燕卵也。其二曰：'家室倒悬，门户众多。藏精育毒，得秋乃化。'此蜂窠也。其三曰：'觳觫长足^③，吐丝成罗。寻网求食，利在昏夜。'此蜘蛛也。满座惊骇。乡中有老妇失牛，求卜之。辂判曰：'北溪之滨，七人宰烹，急往追寻，皮肉尚存。'老妇果往寻之，见七人于茅舍后煮食，皮肉犹存。妇告本郡太守刘邠，捕七人罪之，因问老妇曰：'汝何以知之？'妇告以管辂之神卜。刘邠不信，请辂至府，取印囊及山鸡毛藏于盒中，令卜之。辂卜其一曰：'内方外圆，五色成文，含宝守信，出则有章。'此印囊也。其二曰：'岩岩有鸟，锦体朱衣。羽翼玄黄，鸣不失晨。'此山鸡毛也。刘邠大惊，遂待为上宾。一日出郊闲行，见一少年耕于田中。辂立道傍，观之良久，问之曰：'少年高姓贵庚？'答曰：'姓赵名颜，年十九岁。敢问先生为谁？'辂曰：'吾管辂也。吾见汝眉间有死气，三日内必死。

---

① 躄（bì）：跛脚。
② 射覆：一种猜物游戏，将物品藏在碗盆下，让人猜想，也用来占卜。
③ 觳觫：因恐惧而颤抖的样子。

汝貌美，可惜无寿。'赵颜回家，急告其父。父闻之，赶上管辂，哭拜于地曰：'请归救吾子。'辂曰：'此乃天命也，安可禳乎！'父告曰：'老夫止有此子，望乞垂救。'赵颜亦哭求。辂见其父子情切，乃谓赵颜曰：'汝可备净酒一瓶，鹿脯一块，来日赍往南山之中，大树之下，看盘石上有二人弈棋。一人向南坐，穿白袍，其貌甚恶；一人向北坐，穿红衣，其貌甚美。汝可乘其弈兴浓时，将酒及鹿脯跪进之。待其饮食毕，汝乃哭拜求寿，必得益算矣。但切勿言是吾所教。'老人留辂在家。次日，赵颜携酒脯杯盘入南山之中。约行五六里，果有二人于大松树下盘石上着棋，全然不顾。赵颜跪进酒脯。二人贪着棋，不觉饮酒已尽。赵颜哭拜于地而求寿。二人大惊。穿红袍者曰：'此必管子之言也。吾二人既受其私，必须怜之。'穿白袍者乃于身边取出簿籍检看，谓赵颜曰：'汝今年十九岁当死，吾今于"十"字上添一"九"字，汝寿可至九十九。回见管辂，教再休泄漏天机。不然，必致天谴。'穿红者出笔添讫，一阵香风过处，二人化作二白鹤，冲天而去。赵颜归问管辂，辂曰：'穿红者南斗也，穿白者北斗也。'颜曰：'吾闻北斗九星，何止一人？'辂曰：'散而为九，合而为一也。北斗注死，南斗注生。今已添注寿算，子复何忧？'父子拜谢。自此管辂恐泄天机，更不轻为人卜。此人见在平原。大王欲知休咎，何不召之？"操大喜，即差人往平原召辂。

　　辂至，参拜讫，操令卜之。辂答曰："此幻术耳，何必为忧！"操心安，病乃渐可。操令卜天下之事。辂卜曰："三八纵横，黄猪遇虎。定军之南，伤折一股。"又令卜传祚修短之数①。辂卜曰："狮子宫中，以安神位。王道鼎新，子孙极贵。"操问其详。辂曰："茫茫天数，不可预知，待后自验。"操欲封辂为太史。辂曰："命薄相穷，不称此职，不敢受也。"操问其故，答曰："辂额无主骨，眼无守睛，鼻无梁柱，

---

① 传祚修短：皇位的传递与寿命的长短。祚，帝位。

脚无天根，背无三甲，腹无三壬，只可泰山治鬼，不能治生人也。"操曰："汝相吾若何？"辂曰："位极人臣，又何必相！"再三问之，辂但笑而不答。操令遍相文武官僚，辂曰："皆治世之臣也。"操问休咎，皆不肯尽言。后人有诗赞管辂曰：

> 平原神卜管公明，能算南辰北斗星。
>
> 八卦幽微通鬼窍，六爻玄奥究天庭。
>
> 预知相法应无寿，自觉心源极有灵。
>
> 可惜当年奇异术，后人无复授遗经。

操令卜东吴、西蜀二处。辂设卦云："东吴主亡一大将，西蜀有兵犯界。"操不信。忽合淝报来："东吴陆口守将鲁肃身故。"操大惊，便差人往汉中探听消息。不数日，飞报刘玄德遣张飞、马超屯兵下辨取关。操大怒，便欲自领大兵，再入汉中，令管辂卜之。辂曰："大王未可妄动，来春许都必有火灾。"操见辂言累验，故不敢轻动，留居邺郡；使曹洪领兵五万，往助夏侯渊、张郃同守东川；又差夏侯惇领兵三万于许都，来往巡警，以备不虞；又教长史王必总督御林军马。主簿司马懿曰："王必嗜酒性宽，恐不堪任此职。"操曰："王必是孤披荆棘历艰难时相随之人，忠而且勤，心如铁石，最足相当。"遂委王必领御林军马，屯于许昌东华门外。

时有一人，姓耿名纪字季行，洛阳人也。旧为丞相府掾，后迁侍中少府，与司直韦晃甚厚。见曹操进封王爵，出入用天子车服，心甚不平。时建安二十三年春正月，耿纪与韦晃密议曰："操贼奸恶日甚，将来必为篡逆之事。吾等为汉臣，岂可同恶相济？"韦晃曰："吾有心腹人，姓金名祎，乃汉相金日磾之后，素有讨操之心，更兼与王必甚厚。若得同谋，大事济矣。"耿纪曰："他既与王必交厚，岂肯与我等同谋乎？"韦晃曰："且往说之，看是如何。"于是二人同至金祎宅中。

祎接入后堂。坐定，晃曰："德伟与王长史甚厚，吾二人特来告求。"祎曰:"所求何事?"晃曰:"吾闻魏王早晚受禅,将登大宝,公与王长史必高迁,望不相弃,曲赐提携,感德非浅。"祎拂袖而起。适从者奉茶至,便将茶泼于地上。晃佯惊曰:"德伟故人,何薄情也?"祎曰:"吾与汝交厚,为汝等是汉朝臣宰之后。今不思报本,欲辅造反之人,吾有何面目与汝为友?"耿纪曰:"奈天数如此,不得不为耳。"祎大怒。耿纪、韦晃见祎果有忠义之心,乃以实情相告曰:"吾等本欲讨贼,来求足下。前言特相试耳!"祎曰:"吾累世汉臣,安能从贼!公等欲扶汉室,有何高见?"晃曰:"虽有报国之心,未有讨贼之计。"祎曰:"吾欲里应外合,杀了王必,夺其兵权,扶助銮舆,更结刘皇叔为外援,操贼可灭矣。"二人闻之,抚掌称善。祎曰:"我有心腹二人,与操贼有杀父之仇,见居城外,可用为羽翼。"耿纪问是何人,祎曰:"太医吉平之子,长名吉邈字文然,次名吉穆字思然。操昔日为董承衣带诏事,曾杀其父,二子逃窜远乡,得免于难,今已潜归许都。若使相助讨贼,无有不从。"耿纪、韦晃大喜。

金祎即使人密唤二吉。须臾二人至,祎具言其事,二人感愤流泪,怨气冲天,誓杀国贼。金祎曰:"正月十五日夜间,城中大张灯火,庆赏元宵,耿少府、韦司直,你二人各领家僮,杀到王必营前,只看营中火起,分两路杀入。杀了王必,径跟我入内请天子登五凤楼,召百官面谕讨贼。吉文然兄弟于城外杀入,放火为号,各要扬声,叫百姓诛杀国贼,截住城内救军。待天子降诏,招安已定,便进兵杀投邺郡擒曹操,即发使赍诏召刘皇叔。今日约定,至期二更举事,勿似董承自取其祸。"五人对天设誓,歃血为盟。各自归家,整顿军马器械,临期而行。

且说耿纪、韦晃二人各有家僮三四百,预备器械。吉邈兄弟亦聚三百人口,只推围猎,安排已定。金祎先期来见王必,言:"方今海宇稍安,魏王威震天下。今值元宵令节,不可不放灯火,以示太平气象。"王必然其言，告谕城内居民，尽张灯结彩，庆赏佳节。至正月十五夜，天色晴霁，星月交辉，六街三市，竞放花灯，真个金吾不禁，玉漏无催①。王必与御林诸将在营中饮宴。二更以后，忽闻营中呐喊。人报："营后火起。"王必慌忙出帐看时，只见火光乱滚，又闻喊杀连天，知是营中有变，急上马出南门。正遇耿纪，一箭射中肩膊，几乎坠马，遂望西门而走。背后有军赶来，王必着忙弃马步行，至金祎门首，慌叩其门。原来金祎一面使人于营中放火，一面亲领家僮随后助战，只留妇女在家。时家中闻王必叩门之声，只道金祎归来。祎妻从隔门便问曰："王必那厮杀了么？"王必大惊，方悟金祎同谋，径投曹休家，报知金祎、耿纪等同谋反。休急披挂上马，引千余人在城中拒敌。城内四下火起，烧着五凤楼，帝避于深宫。曹氏心腹爪牙死据宫门。城中但闻人叫："杀尽曹贼，以扶汉室！"

　　原来夏侯惇奉曹操命，巡警许昌，领三万军离城五里屯扎。是夜遥望见城中火起，便领大军前来，围住许都，使一枝军入城接应，曹休直混杀至天明。耿纪、韦晃等无人相助。人报金祎二吉皆被杀死。耿纪、韦晃夺路杀出城门，正遇夏侯惇大军围住，活捉去了。手下百余人皆被杀。夏侯惇入城，救灭遗火，尽收五家老小宗族，使人飞报曹操。操传令教将耿、韦二人，及五家宗族老小皆斩于市，并将在朝大小百官，尽行拿解邺郡，听候发落。夏侯惇押耿、韦二人至市曹。耿纪厉声大叫曰："曹阿瞒，吾生不能杀汝，死当作厉鬼以击贼！"刽子以刀搠其口，流血满地，大骂不绝而死。韦晃以面颊顿地曰："可恨！可恨！"咬牙皆碎而死。后人有诗赞曰：

---

① 金吾不禁，玉漏无催：金吾，即执金吾，汉代掌管京城的治安官；漏，即滴漏，是古代计时的器具。这两个词用在此处指元宵节当晚没有夜禁，出入无阻，不受警卫军的干涉和时间的限制。

耿纪精忠韦晃贤，各持空手欲扶天。

谁知汉祚相将尽，恨满心胸丧九泉。

夏侯惇尽斩五家老小宗族，将百官解赴邺郡。曹操于教场立红旗于左、白旗于右，下令曰："耿纪、韦晃等造反，放火焚许都。汝等亦有出救火者，亦有闭门不出者。如曾救火者，可立于红旗下；如不曾救火者，可立于白旗下。"众官自思："救火者必无罪。"于是多奔红旗之下，三停内，只有一停立于白旗之下。操教尽拿立于红旗下者。众官各言无罪。操曰："汝当时之心，非是救火，实欲助贼耳！"尽命牵出漳河边斩之，死者三百余员。其立于白旗下者，尽皆赏赐，仍令还许都。时王必已被箭疮发而死，操命厚葬之。令曹休总督御林军马，钟繇为相国，华歆为御史大夫；遂定侯爵六等十八级，关西侯爵十七级，皆金印紫绶；又置关内外侯十六级，银印龟组墨绶；五大夫十五级，铜印镮组绶；定爵封官，朝廷又换一班人物。曹操方悟管辂火灾之说，遂重赏辂。辂不受。

却说曹洪领兵到汉中，令张郃、夏侯渊各据险要，曹洪亲自进兵拒敌。时张飞自与雷同守把巴西。马超兵至下辨，令吴兰为先锋，领军哨出，正与曹洪军相遇。吴兰欲退。牙将任夔曰："贼兵初至，若不先挫其锐气，何颜见孟起乎？"于是骤马挺枪，搦曹洪战。洪自提刀跃马而出，交锋三合，斩夔于马下，乘势掩杀。吴兰大败，回见马超。超责之曰："汝不得吾令，何故轻敌致败？"吴兰曰："任夔不听吾言，故有此败。"马超曰："可紧守隘口，勿与交锋。"一面申报成都，听候行止。

曹洪见马超连日不出，恐有诈谋，引军退回南郑。张郃来见曹洪，问曰："将军既已斩将，如何退兵？"洪曰："吾见马超不出，恐有别谋。且我在邺郡问神卜管辂，有言当于此地折一员大将。吾疑此言，故不敢轻进。"张郃大笑曰："将军行兵半生，今奈何信卜者之言，而惑其心哉？郃虽不才，愿以本部兵取巴西；若得巴西，蜀郡易耳。"洪曰："巴西守将张飞非比等闲，不可轻敌。"张郃曰："人皆怕张飞，吾视之如小儿耳，此去必擒之。"洪曰："倘有疏失，若何？"郃曰："甘当军令。"洪勒了文状，张郃进兵。正是：

自古骄兵多致败，从来轻敌少成功。

未知胜负如何，且看下文分解。

第七十回

猛张飞智取瓦口隘　老黄忠计夺天荡山

却说张郃部兵三万，向分三寨，各傍山险，一名岩渠寨，一名蒙头寨，一名荡石寨。当日，张郃于三寨中各分军一半，去取巴西，留一半守寨。早有探马报到巴西，说张郃引兵来了。张飞急唤雷同商议。同曰："阆中地恶山险，可以埋伏。将军引兵出战，我出奇兵相助，郃可擒矣。"张飞拨精兵五千与雷同去讫。飞自引兵一万，离阆中三十里，与张郃兵相遇。两军摆开，张飞出马，单搦张郃。郃挺枪纵马而出。战到二十余合，郃后军忽然喊起，原来望见山背后有蜀兵旗幡，故此扰乱。张郃不敢恋战，拨马回走。张飞从后掩杀。前面雷同又引兵杀出，两下夹攻，郃兵大败。张飞、雷同连夜追袭，直赶到岩渠山。张郃仍旧分兵守住三寨，多置擂木炮石，坚守不战。张飞离岩渠十里下寨。次日，引兵搦战。郃在山上大吹大擂饮酒，并不下山。张飞令军士大骂，郃只不出。飞只得还营。次日，令雷同又去山下搦战。郃又不出。雷同驱军士上山，山上擂木炮石打将下来，雷同急退。荡石、蒙头两寨兵出，杀败雷同。次日，张飞又去搦战，张郃又不出，飞使军人百般秽骂，郃在山上亦骂。张飞寻思无计可施，相拒五十余日。飞就在山前扎驻大寨，每日饮酒至大醉，坐于山前辱骂。

玄德差人犒军，见张飞终日饮酒。使者回报玄德。玄德大惊，忙来问孔明。孔明笑曰："原来如此！军前恐无好酒，成都佳酿极多，可将五十瓮作三车装，送到军前，与张将军饮。"玄德曰："吾弟自来饮酒失事，军师何故反送酒与他？"孔明笑曰："主公与翼德做了许多年兄弟，还不知其为人耶？翼德自来刚强，然前于收川之时，义释严颜，此非勇夫所为也。今与张郃相拒五十余日，酒醉之后，便坐山前辱骂，傍若无人。此非贪杯，乃败张郃之计耳。"玄德曰："虽然如此，未可托大^①，可使魏延助之。"孔明令魏延解酒赴军前，车上各插黄旗，大书"军前公用美酒"。魏延领命，解酒到寨中，见张飞，传说主公赐酒。飞拜受讫，分付魏延、雷同各引一枝人马，为左右翼，只看军中红旗起，便各进兵。教将酒排列帐下，令军士大开旗鼓而饮。

有细作报上山来。张郃自来山顶观望，见张飞坐于帐下饮酒，令二小卒于面前相扑为戏^②。郃曰："张飞欺我太甚！"传令今夜下山劫飞寨，令蒙头、荡石二寨，皆出为左右援。当夜，张郃乘着月色微明，引军从山侧而下，径到寨前。遥望张飞大明灯烛，正在帐中饮酒。张郃当先大喊一声，山头擂鼓为助，直杀入中军，但见张飞端坐不动。张郃骤马到面前，一枪刺倒，却是一个草人。急勒马回时，帐后连珠炮起，一将当先，拦住去路，睁圆环眼，声若巨雷，乃张飞也。挺矛跃马，直取张郃。两将在火光中战到三五十合。张郃只盼两寨来救，谁知两寨救兵已被魏延、雷同两将杀退，就势夺了二寨。张郃不见救兵至，正没奈何，又见山上火起，已被张飞后军夺了寨栅。张郃三寨俱失，只得奔瓦口关去了。张飞大获胜捷，报入成都。玄德大喜，方知翼德饮酒是计，只要诱张郃下山。

却说张郃退守瓦口关，三万军已折了二万，遣人问曹洪求救。洪大怒曰："汝不听吾言，强要进兵，失了紧要隘口，却又来求救。"遂不肯发兵，使人催督张郃出战。郃心慌，只得定计，分两军去关口前山僻埋伏，分付曰："我诈败，张飞必然赶来，汝等就截其归

---

① 托大：骄傲自大。
② 相扑：是二人以力技扑倒对方的一种游戏，类似于今天的摔跤。

路。"当日张郃引军前进，正遇雷同。战不数合，张郃败走。雷同赶来，两军齐出，截断回路。张郃复回，刺雷同于马下。败军回报张飞。飞自来与张郃挑战。郃又诈败，张飞不赶。郃又回战，不数合，又败走。张飞知是计，收军回寨，与魏延商议曰："张郃用埋伏计杀了雷同，又要赚吾，何不将计就计？"延问曰："如何？"飞曰："我明日先引一军前往，汝却引精兵于后。待伏兵出，汝可分兵击之；用车十余乘，各藏柴草，塞住小路，放火烧之。吾乘势擒张郃，与雷同报仇。"魏延领计。次日，张飞引兵前进。张郃兵又至，与张飞交锋。战到十合，郃又诈败，张飞引马步军赶来。郃且战且走，引张飞过山峪口。郃将后军为前，复扎住营，与飞又战，指望两彪伏兵出，要围困张飞。不想伏兵却被魏延精兵到，赶入谷口，将车辆截住山路，放火烧车，山峪草木皆着，烟迷其径，兵不得出。张飞只顾引军冲突。张郃大败，死命杀开条路，走上瓦口关，收聚败兵，坚守不出。

张飞和魏延连日攻打关隘不下。飞见不济事，把军退二十里，却和魏延引数十骑自来两边哨探小路。忽见男女数人各背小包，于山僻路攀藤附葛而走。飞于马上用鞭指与魏延曰："夺瓦口关，只在这几个百姓身上。"便唤军士分付："休要惊恐他，好生唤那几个百姓来。"军士连忙唤到马前。飞用好言以安其心，问其何来。百姓告曰："某等皆汉中居民，今欲还乡，听知大军厮杀，塞闭阆中官道，今过苍溪，从梓潼山桧钎川入汉中，还家去。"飞曰："这条路取瓦口关，远近若何？"百姓曰："从梓潼山小路，却是瓦口关背后。"飞大喜，带百姓入寨中，与了酒食，分付魏延："引兵扣关攻打，我亲自引轻骑出梓潼山，攻关后。"便令百姓引路，选轻骑五百，从小路而进。

却说张郃为救军不到，心中正闷。人报魏延在关下攻打。张郃披挂上马，却待下山，忽报："关后四五路火起，不知何处兵来。"

郃自领兵来迎，旗开处，早见张飞。郃大惊，急往小路而走。马不堪行，后面张飞追赶甚急。郃弃马上山，寻径而逃，方得走脱，随行只有十余人。步行入南郑，见曹洪。洪见张郃只剩下十余人，大怒曰："吾教汝休去，汝取下文状要去。今日折尽大兵，尚不自死，还来做甚！"喝令左右推出斩之。行军司马郭淮谏曰："三军易得，一将难求。张郃虽然有罪，乃魏王所深爱者也，不可便诛。可再与五千兵，径取葭萌关，牵动其各处之兵，汉中自安矣。如不成功，二罪俱罚。"曹洪从之，又与兵五千，教张郃取葭萌关。郃领命而去。

却说葭萌关守将孟达、霍峻知张郃兵来。霍峻只要坚守；孟达定要迎敌，引军下关，与张郃交锋，大败而回。霍峻急申文书到成都，玄德闻知，请军师商议。孔明聚众将于堂上，问曰："今葭萌关紧急，必须阆中取翼德，方可退张郃也。"法正曰："今翼德兵屯瓦口，镇守阆中，是亦紧要之地，不可取回！帐中诸将内，选一人去破张郃。"孔明笑曰："张郃乃魏之名将，非等闲可及，除非翼德，无人可当。"忽一人厉声而出曰："军师何轻视众人耶？吾虽不才，愿斩张郃首级，献于麾下。"众视之，乃老将黄忠也。孔明曰："汉升虽勇，争奈年老，恐非张郃对手。"忠听了，白须倒竖而言曰："某虽老，两臂尚开三石之弓，浑身还有千斤之力，岂不足敌张郃匹夫耶？"孔明曰："将军年近七十，如何不老？"忠趋步下堂，取架上大刀，轮动如飞，壁上硬弓，连拽折两张。孔明曰："将军要去，谁为副将？"忠曰："老将军严颜可同我去。但有疏虞，先纳下这白头。"玄德大喜，即时令严颜、黄忠去与张郃交战。赵云谏曰："今张郃亲犯葭萌关，军师休为儿戏。若葭萌一失，益州危矣。何故以二老当此大敌乎？"孔明曰："汝以二人老迈，不能成事，吾料汉中必于此二人手内可得。"赵云等各各哂笑而退。

却说黄忠、严颜到关上。孟达、霍峻见了，心中亦笑孔明欠调度：“是这般紧要去处，如何只教两个老的来？”黄忠谓严颜曰：“你见诸人动静么？他笑我二人年老。今可建奇功，以服众心。”严颜曰：“愿听将军之令。”两个商议定了。黄忠引军下关，与张郃对阵。张郃出马，见了黄忠，笑曰：“你许大年纪①，犹不识羞，尚欲出战耶？”忠怒曰：“竖子欺吾年老，吾手中宝刀却不老。”遂拍马向前，与郃决战。二马相交，约战二十余合，忽然背后喊声起，原来是严颜从小路抄在张郃军后。两军夹攻，张郃大败。连夜赶去，张郃兵退八九十里。黄忠、严颜收兵入寨，俱各按兵不动。曹洪听知张郃输了一阵，又欲见罪。郭淮曰：“张郃被迫，必投西蜀。今可遣将助之，就如监临，使不生外心。”曹洪从之，即遣夏侯惇之侄夏侯尚、并降将韩玄之弟韩浩二人，引五千兵，前来助战。二将即时起行，到张郃寨中，问及军情。郃言：“老将黄忠甚是英雄，更有严颜相助，不可轻敌。”韩浩曰：“我在长沙知此老贼利害，他和魏延献了城池，害吾亲兄。今既相遇，必当报仇。”遂与夏侯尚引新军，离寨前进。原来黄忠连日哨探，已知路径。严颜曰：“此去有山，名天荡山，山中乃是曹操屯粮积草之地。若取得那个去处，断其粮草，汉中可得也。”忠曰：“将军之言，正合吾意。可与吾如此如此。”严颜依计，自领一枝军去了。

却说黄忠听知夏侯尚、韩浩来，遂引军马出营。韩浩在阵前大骂黄忠：“无义老贼！”拍马挺枪，来取黄忠。夏侯尚便出夹攻。黄忠力战二将，各斗十余合，黄忠败走。二将赶二十余里，夺了黄忠营寨。忠又草创一营。次日，夏侯尚、韩浩赶来。忠又出阵，战数合，又败走。二将又赶二十余里，夺了黄忠营寨，唤张郃守后寨。郃来前寨谏曰：“黄忠连退二日，于中必有诡计。”夏侯尚叱张郃曰：“你如此胆怯，可知屡次战败。今再休多言，看吾二人建功。”张郃

---

① 许大：这么大，亦作“许来大”。

羞赧而退。次日，二将又战，黄忠又败退二十里。二将迤逦赶上。次日，二将兵出，黄忠望风而走，连败数阵，直退在关上。二将扣关下寨，黄忠坚守不出。

孟达暗暗发书，申报玄德，说黄忠连输数阵，现今退在关上。玄德慌问孔明，孔明曰："此乃老将骄兵之计也。"赵云等不信。玄德差刘封来关上，接应黄忠。忠与封相见，问刘封曰："小将军来助战何意？"封曰："父亲得知将军数败，故差某来。"忠笑曰："此老夫骄兵之计也。看今夜一阵，可尽复诸营，夺其粮食马匹，此是借寨与彼屯辎重耳。今夜留霍峻守关，孟将军可与我搬粮草、夺马匹，小将军看我破敌。"是夜二更，忠引五千军开关直下。原来夏侯尚、韩浩二将，连日见关上不出，尽皆懈怠，被黄忠破寨直入，人不及甲，马不及鞍，二将各自逃命而走。军马自相践踏，死者无数。比及天明，连夺三寨，寨中丢下军器鞍马无数，尽教孟达搬运入关。黄忠催军马随后而进。刘封曰："军士力困，可以暂歇。"忠曰："不入虎穴，焉得虎子！"策马先进。士卒皆努力向前。张郃军兵反被自家败兵冲动，都屯扎不住，望后而走，尽弃了许多栅寨，直奔至汉水傍。

张郃寻见夏侯尚、韩浩，议曰："此天荡山，乃粮草之所，更接米仓山，亦屯粮之地，是汉中军士养命之源。倘若疏失，是无汉中也，当思所以保之。"夏侯尚曰："米仓山有吾叔夏侯渊分兵守护，那里正接定军山，不必忧虑。天荡山有吾兄夏侯德镇守，我等宜往投之，就保此山。"于是张郃与二将连夜投天荡山来，见夏侯德，具言前事。夏侯德曰："吾此处屯十万兵，你可引去，复取原寨。"郃曰："只宜坚守，不可妄动。"忽听山前金鼓大震，人报黄忠兵到。夏侯德大笑曰："老贼不谙兵法，只恃勇耳。"郃曰："黄忠有谋，非止勇也。"德曰："川兵远涉而来，连日疲困，更兼深入战境，此无谋也。"郃曰："亦不可轻敌，且宜坚守。"韩浩曰："愿借精兵三千击之，当无不克。"德遂分兵与浩下山。

黄忠整兵来迎。刘封谏曰:"日已西沉矣,军皆远来劳困,且宜暂息。"忠笑曰:"不然。此天赐奇功,不取是逆天也。"言毕,鼓噪大进。韩浩引兵来战。黄忠挥刀直取浩,只一合,斩浩于马下。蜀兵大喊,杀上山来。张郃、夏侯尚急引军来迎。忽听山后大喊,火光冲天而起,上下通红。夏侯德提兵来救火时,正遇老将严颜,手起刀落,斩夏侯德于马下。原来黄忠预先使严颜引军伏埋于山僻去处,只等黄忠军到,却来放火,柴草堆上一齐点着,烈焰飞腾,照耀山峪。严颜既斩夏侯德,从山后杀来。张郃、夏侯尚前后不能相顾,只得弃天荡山,望定军山投奔夏侯渊去了。

黄忠、严颜守住天荡山,捷音飞报成都。玄德闻之,聚众将庆喜。法正曰:"昔曹操降张鲁、定汉中,不因此势以图巴蜀,乃留夏侯渊、张郃二将屯守,而自引大军北还,此失计也。今张郃新败,天荡失守,主公若乘此时举大兵,亲往征之,汉中可定也。既定汉中,然后练兵积粟,观衅伺隙①,进可讨贼,退可自守。此天与之时,不可失也。"玄德、孔明皆深然之;遂传令赵云、张飞为先锋,玄德与孔明亲自引兵十万,择日围汉中;传檄各处,严加提备。

时建安二十三年秋七月吉日,玄德大军出葭萌关下营,召黄忠、严颜到寨,厚赏之。玄德曰:"人皆言将军老矣,惟军师独知将军之能,今果立奇功。但今汉中定军山乃南郑保障,粮草积聚之所。若得定军山,阳平一路无足忧矣。将军还敢取定军山否?"黄忠慨然应诺,便要领兵前去。孔明急止之曰:"老将军虽然英勇,然夏侯渊非张郃之比也。渊深通韬略,善晓兵机,曹操倚之为西凉藩蔽,先曾屯兵长安,拒马孟起,今又屯兵汉中。操不托他人而独托渊者,以渊有将才也。今将军虽胜张郃,未卜能胜夏侯渊。吾欲酌量着一人去荆州,替回关将军来,方可敌之。"忠奋然答曰:"昔廉颇年

---

① 观衅伺隙:观察对方的破绽,等待机会行动。

八十，尚食斗米、肉十斤，诸侯畏其勇，不敢侵犯赵界，何况黄忠未及七十乎？军师言吾老，吾今并不用副将，只将本部兵三千人去，立斩夏侯渊首级，纳于麾下。"孔明再三不容，黄忠只是要去。孔明曰："既将军要去，吾使一人为监军，同去若何？"正是：

<blockquote>请将须行激将法，少年不若老年人。</blockquote>

未知其人是谁，且看下文分解。

第七十一回

占对山黄忠逸待劳　据汉水赵云寡胜众

却说孔明分付黄忠："你既要去，吾教法正助你，凡事计议而行。吾随后拨人马来接应。"黄忠应允，和法正领本部兵去了。孔明告玄德曰："此老将不着言语激他，虽去不能成功。他今既去，须拨人马前去接应。"乃唤赵云："将一枝人马，从小路出奇兵，接应黄忠。若忠胜，不必出战；倘忠有失，即去救应。"又遣刘封、孟达："领三千兵，于山中险要去处，多立旌旗，以壮我兵之声势，令敌人惊疑。"三人各自领兵去了。又差人往下辨，授计与马超，令他如此而行。又差严颜往巴西阆中守隘，替张飞、魏延来同取汉中。

却说张郃与夏侯尚来见夏侯渊，说："天荡山已失，折了夏侯德、韩浩。今闻刘备亲自领兵，来取汉中，可速奏魏王，早发精兵猛将，前来策应。"夏侯渊便差人报知曹洪。洪星夜前到许昌，禀知曹操。操大惊，急聚文武，商议发兵救汉中。长史刘晔进曰："汉中若失，中原震动。大王休辞劳苦，必须亲自征讨。"操自悔曰："恨当时不用卿言，以致如此！"忙传令旨，起兵四十万亲征。时建安二十三年秋七月也。曹操兵分三路而进，前部先锋夏侯惇，操自领中军；使曹休押后。三军陆续起行。操骑白马金鞍，玉带锦衣；武士手执大红罗销金伞盖，左右金瓜银钺，镫棒戈矛，打日月龙凤旌旗；护驾龙虎官军二万五千，分为五队，每队五千，按青黄赤白黑五色，旗幡甲马，并依本色，光辉灿烂，极其雄壮。

兵出潼关。操在马上望见一簇林木，极其茂盛，问近侍曰："此何处也？"答曰："此名蓝田。林木之间，乃蔡邕庄也。今邕女蔡琰与其夫董祀居此。"原来操与蔡邕相善。先时其女蔡琰乃卫道玠之妻，后被北方掳去，于北地生二子，作《胡笳十八拍》，流入中原。操深怜之，使人持千金入北方赎之。左贤王惧操之势，送蔡琰还汉。操乃以琰配与董祀为妻。当日到庄前，因想起蔡邕之事，令军马先行，操引近侍百余骑，到庄门下马。

　　时董祀出仕于外，止有蔡琰在家。琰闻操至，忙出迎接。操至堂，琰起居毕，侍立于侧。操偶见壁间悬一碑文图轴，起身观之，问于蔡琰。琰答曰："此乃曹娥之碑也。昔和帝时，上虞有一巫者，名曹盱，能婆娑乐神①。五月五日，醉舞舟中，堕江而死。其女年十四岁，绕江啼哭七昼夜，跳入波中。后五日，负父之尸，浮于江面。里人葬之江边。上虞令度尚奏闻朝廷，表为孝女。度尚令邯郸淳作文，镌碑以记其事。时邯郸淳年方十三岁，文不加点②，一挥而就，立石墓侧。时人奇之。妾父蔡邕闻而往观，时日已暮，乃于暗中以手摸碑文而读之，索笔大书八字于其背。后人镌石，并镌此八字。"操读八字云："黄绢幼妇外孙齑臼③。"操问琰曰："汝解此意否？"琰曰："虽先人遗笔，妾实不解其意。"操回顾众谋士曰："汝等解否？"众皆不能答。于内一人出曰："某已解其意。"操视之，乃主簿杨修也。操曰："卿且勿言，容吾思之。"遂辞了蔡琰，引众出庄；上马行三里，忽省悟，笑谓修曰："卿试言之。"修曰："此隐语耳。黄绢乃颜色之丝也，'色'傍加'丝'是'绝'字；幼妇者少女也，'女'傍'少'字是'妙'字；外孙乃女之子也，'女'傍'子'字是"好"字；齑臼乃受五辛之器也④，'受'傍'辛'字是'辞'字。

① 婆娑：舞蹈。
② 文不加点：写文章不用涂改，一写就是定稿，形容文思敏捷、下笔成章。点，涂改、修改字句，不是现在所说的标点。
③ 齑（jī）：捣碎的姜、蒜或韭菜碎末儿。
④ 五辛：指五种辛味的蔬菜。

总而言之，是'绝妙好辞'四字。"操大惊曰："正合孤意。"众皆叹羡杨修才识之敏。

不一日，军至南郑。曹洪接着，备言张郃之事。操曰："非郃之罪，胜负乃兵家常事耳。"洪曰："目今刘备使黄忠攻打定军山。夏侯渊知大王兵至，固守未曾出战。"操曰："若不出战，是示懦也。"便差人持节到定军山，教夏侯渊进兵。刘晔谏曰："渊性太刚，恐中奸计。"操乃作手书与之。使命持节到渊营，渊接入。使者出书，渊拆视之，略曰：

> 凡为将者，当以刚柔相济，不可徒恃其勇。若但任勇，则是一夫之敌耳。吾今屯大军于南郑，欲观卿之妙才，勿辱二字可也。

夏侯渊览毕，大喜，打发使命回讫，乃与张郃商议曰："今魏王率大兵屯于南郑，以讨刘备。吾与汝久守此地，岂能建立功业？来日吾出战，务要生擒黄忠。"张郃曰："黄忠谋勇兼备，况有法正相助，不可轻敌。此间山路险峻，只宜坚守。"渊曰："若他人建了功劳，吾与汝有何面目见魏王耶？汝只守山，吾去出战。"遂下令曰："谁敢出哨诱敌？"夏侯尚曰："吾愿往。"渊曰："汝去出哨，与黄忠交战，只宜输，不宜赢。吾有妙计，如此如此。"尚受令，引三千军离定军山大寨，前行。

却说黄忠与法正引兵屯于定军山口，累次挑战，夏侯渊坚守不出；欲要进攻，又恐山路危险，难以料敌，只得据守。是日，忽报："山上曹兵下来搦战。"黄忠恰待引军出迎，牙将陈式曰："将军休动，某愿当之。"忠大喜，遂令陈式引军一千，出山口列阵。夏侯尚兵至，遂与交锋。不数合，尚诈败而走。式赶去，行到半路，被两山上擂木炮石打将下来，不能前进。正欲回时，背后夏侯渊引兵突出。陈式不能抵当，被夏侯渊生擒回寨。部卒多降。有败军逃得性命，回报黄忠，说陈式被擒。忠慌与法正商议。正曰："渊为人轻躁，恃勇少谋。可激劝士卒，拔寨前进，步步为营，诱渊来战而擒之。此乃反客为主之法。"忠用其谋，将应有之物尽赏三军，欢声满谷，愿效死战。黄忠即日拔寨而进，步步为营，每营住数日又进。

渊闻知，欲出战。张郃曰："此乃反客为主之计。不可出战，战则有失。"渊不从，令夏侯尚引数千兵出战，直到黄忠寨前。忠上马提刀出迎，与夏侯尚交马，只一合，生擒夏侯尚归寨。余皆败走，回报夏侯渊。渊急使人到黄忠寨，言愿将陈式来换夏侯尚。忠约定来日阵前相换。次日，两军皆到，山谷阔处，布成阵势。黄忠、夏侯渊各立马于本阵门旗之下。黄忠带着夏侯尚，夏侯渊带着陈式，各不与袍铠，只穿蔽体薄衣。一声鼓响，陈式、夏侯尚各望本阵奔回。夏侯尚比及到阵门时，被黄忠一箭射中后心，尚带箭而回。渊大怒，骤马径取黄忠。忠正要激渊厮杀。两将交马，战到二十余合，曹营内忽然鸣金收兵。渊慌拨马而回，被忠乘势杀了一阵。渊回阵，问押阵官："为何鸣金？"答曰："某见山凹中有蜀兵旗幡数处，恐是伏兵，故急招将军回。"渊信其说，遂坚守不出。

黄忠逼到定军山下，与法正商议。正以手指曰："定军山西，巍然有一座高山，四下皆是险道，此山上足可下视定军山之虚实。将军若取得此山，定军山只在掌中也。"忠仰见山头稍平，山上有些少人马。是夜二更，忠引军士鸣金击鼓，直杀上山顶。此山有夏侯渊部将杜袭守把，止有数百余人。当时见黄忠大队拥上，只得弃山而走。忠得了山顶，正与定军山相对。法正曰："将军可守在半山，某居山顶。待夏侯渊兵至，吾举白旗为号，将军却按兵勿动；待他倦怠无备，吾却举起红旗，将军便下山击之。以逸待劳，必当取胜。"忠大喜，从其计。

却说杜袭引军逃回，见夏侯渊，说黄忠夺了对山。渊大怒曰："黄忠占了对山，不容我出战。"张郃谏曰："此乃法正之谋也，将军不可出战，只宜坚守。"渊曰："占了吾对山，观吾虚实，如何不出战！"郃苦谏不听。渊分军围住对山，大骂挑战。法正在山上举起白旗，任从夏侯渊百般辱骂，黄忠只不出战。午时以后，法正见曹兵倦怠，锐气已堕，多下马坐息，乃将红旗招展，鼓角齐鸣，喊声大震。黄忠一马当先，驰下山来，犹如天崩地塌之势。夏侯渊措手不及，被黄忠赶到麾盖之下，大喝一声，犹如雷吼。渊未及相迎，黄忠宝刀已落，连头带肩，砍为两段。后人有诗赞黄忠曰：

苍头临大敌，皓首逞神威。力趁雕弓发，风迎雪刃挥。

雄声如虎吼，骏马似龙飞。献馘功勋重①，开疆展帝畿②。

黄忠斩了夏侯渊，曹兵大溃，各自逃生。黄忠乘势去夺定军山。张郃领兵来迎。忠与陈式两下夹攻，混杀一阵，张郃败走。忽然山傍闪出一彪人马，当住去路，为首一员大将大叫："常山赵子龙在此。"张郃大惊，引败军夺路，望定军山而走。只见前面一枝兵来迎，乃杜袭也。袭曰："今定军山已被刘封、孟达夺了。"郃大惊，遂与杜袭引败兵到汉水扎营，一面令人飞报曹操。操闻渊死，放声大哭，方悟管辂所言"三八纵横"，乃建安二十四年也；"黄猪遇虎"，乃岁在己亥正月也；"定军之南"，乃定军山之南也；"伤折一股"，乃渊与操有兄弟之亲情也。操令人寻管辂时，不知何处去了。操深恨黄忠，遂亲统大军，来定军山与夏侯渊报仇。令徐晃作先锋。行到汉水，张郃、杜袭接着曹操。二将曰："今定军山已失，可将米仓山粮草移于北山寨中屯积，然后进兵。"曹操依允。

却说黄忠将了夏侯渊首级，来葭萌关上，见玄德献功。玄德大喜，加忠为征西大将军，设宴庆贺。忽牙将张著来报说："曹操自领大军二十万，来与夏侯渊报仇。目今张郃在米仓山搬运粮草，移于汉水北山脚下。"孔明曰："今操引大兵至此，恐粮草不敷，故勒兵不进。若得一人深入其境，烧其粮草，夺其辎重，则操之锐气挫矣。"

① 献馘（guó）：古代战争中割掉敌人的左耳计数献功。
② 帝畿：疆土。畿，国都及其附近的地方。

黄忠曰："老夫愿当此任。"孔明曰："操非夏侯渊之比，不可轻敌。"玄德曰："夏侯渊虽是总帅，乃一勇夫耳，安及张郃？若斩得张郃，胜斩夏侯渊十倍也。"忠奋然曰："吾愿往斩之！"孔明曰："你可与赵子龙同领一枝兵去，凡事计议而行，看谁立功。"忠应允便行。孔明就令张著为副将同去。

云谓忠曰："今操引二十万众，分屯十营。将军在主公前要去夺粮，非小可之事。将军当用何策？"忠曰："看我先去如何？"云曰："等我先去。"忠曰："我是主将，你是副将，如何争先？"云曰："我与你都一般为主公出力，何必计较。我二人拈阄，拈着的先去。"忠依允。当时黄忠拈着先去。云曰："既将军先去，某当相助。可约定时刻，如将军依时而还，某按兵不动；若将军过时而不还，某即引军来接应。"忠曰："公言是也。"于是二人约定午时为期。云回本寨，谓部将张翼曰："黄汉升约定明日去夺粮草，若午时不回，我当往助。吾营前临汉水，地势危险。我若去时，汝可谨守寨栅，不可轻动。"张翼应诺。

却说黄忠回到寨中，谓副将张著曰："我斩了夏侯渊，张郃丧胆。吾明日领命去劫粮草，只留五百军守营，你可助吾。今夜三更尽皆饱食，四更离营，杀到北山脚下，先捉张郃，后劫粮草。"张著依令。当夜黄忠领人马在前，张著在后，偷过汉水，直到北山之下。东方日出，见粮积如山，有些少军士看守，见蜀兵到，尽弃而走。黄忠教马军一齐下马，取柴堆于米粮之上。正欲放火，张郃兵到，与忠混战一处。曹操闻知，急令徐晃接应。晃领兵前进，将黄忠困在垓心。张著引三百军走脱，正要回寨，忽一枝兵撞出，拦住去路，为首大将乃是文聘。后面曹兵又至，把张著围住。

却说赵云在营中，看看等到午时，不见忠回，急忙披挂上马，引三千军向前接应。临行，谓张翼曰："汝可坚守营寨，两壁厢多设弓弩，以为准备。"翼连声应诺。云挺枪骤马，直杀往前去。迎头一

554

将拦住，乃文聘部将慕容烈也，拍马舞刀，来迎赵云，被云手起一枪刺死。曹兵败走。云直杀入重围，又一枝兵截住，为首乃魏将焦炳。云喝问曰："蜀兵何在？"炳曰："已杀尽矣。"云大怒，骤马一枪，又刺死焦炳。杀散余兵，直至北山之下，见张郃、徐晃两人围住黄忠，军士被困多时。云大喊一声，挺枪骤马，杀入重围，左冲右突，如入无人之境。那枪浑身上下，若舞梨花；遍体纷纷，如飘瑞雪。张郃、徐晃心惊胆战，不敢迎战。云救出黄忠，且战且走，所到之处，无人敢阻。操于高处望见，惊问众将曰："此将何人也？"有识者告曰："此乃常山赵子龙也。"操曰："昔日当阳长坂英雄尚在。"急传令曰："所到之处，不许轻敌。"赵云救了黄忠，杀透重围。有军士指曰："东南上围的必是副将张著。"云不回本营，遂望东南杀来，所到之处，但见"常山赵云"四字旗号。曾在当阳长坂知其勇者，互相传说，尽皆逃窜。云又救了张著。

曹操见云东冲西突，所向无前，莫敢迎敌，救了黄忠，又救了张著，奋然大怒，自领左右将士，来赶赵云。云已杀回本寨。部将张翼接着，望见后面尘起，知是曹兵追来，即谓云曰："追兵渐近，可令军士闭上寨门，上敌楼防护。"云喝曰："休闭寨门。汝岂不知吾昔在当阳长坂时，单枪匹马，觑曹兵八十三万如草芥？今有军有将，又何惧哉！"遂拨弓弩手于寨外壕中埋伏，将营内旗枪尽皆倒偃，金鼓不鸣。云匹马单枪，立于营门之外。

却说张郃、徐晃领兵追至蜀寨，天色已暮，见寨中偃旗息鼓，又见赵云匹马单枪，立于营外，寨门大开。二将不敢前进。正疑之间，曹操亲到，急催督众军向前。众军听令，大喊一声，杀奔营前，见赵云全然不动，曹兵翻身就回。赵云把枪一招，壕中弓弩齐发。时天色昏黑，正不知蜀兵多少。操先拨马回走，只听后面喊声大震，鼓角齐鸣，蜀兵赶来。曹兵自相践踏，拥到汉水河边，落水死者不知其数。赵云、黄忠、张著各引兵一枝，追杀甚急。操正奔走间，忽刘封、孟达率二枝兵从米仓山路杀来，放火烧粮草。操弃了北山粮草，忙回南郑。徐晃、张郃扎脚不住，亦弃本寨而走。赵云占了曹寨，黄忠夺了粮草，汉水所得军器无数，大获胜捷。差人去报玄德。玄德遂同孔明前至汉水，问赵云的部卒曰："子龙如何厮杀？"军士将子龙救黄忠、拒汉水之事，细述一遍。玄德大喜，看了山前山后险峻之路，欣然谓孔明曰："子龙一身都是胆也！"后人有诗赞曰：

> 昔日战长坂，威风犹未减。
>
> 突阵显英雄，破围施勇敢。
>
> 鬼哭与神号，天惊并地惨。
>
> 常山赵子龙，一身都是胆。

于是玄德号子龙为虎威将军，大劳将士，欢宴至晚。

忽报曹操复遣大军从斜谷小路而进，来取汉水。玄德笑曰："操此来无能为也。我料必得汉水矣。"乃率兵于汉水之西以迎之。曹操命徐晃为先锋，前来决战。帐前一人出曰："某深知地理，愿助徐将军同去破蜀。"操视之，乃巴西宕渠人也，姓王名平字子均，见充牙门将军。操大喜，遂命王平为副先锋，相助徐晃。操屯兵于定军山北，徐晃、王平引军至汉水。晃令前军渡水列阵。平曰："军若渡水，倘要急退，如之奈何？"晃曰："昔韩信背水为阵①，所谓致之死地而后生也。"平曰："不然。昔者韩信料敌人无谋，而用此计；今将军能料赵云、黄忠之意否？"晃曰："汝可引步军拒敌，看我引马军破之。"遂令搭起浮桥，随即过河，来战蜀兵，正是：

> 魏人妄意宗韩信，蜀相那知是子房。

未知胜负如何，且看下文分解。

---

① 背水为阵：背水列阵，使士兵前临大敌，后无退路而拼死作战，韩信以此背水阵击溃赵军。后用来比喻死里求生的境地。

第七十二回

诸葛亮智取汉中　曹阿瞒兵退斜谷

却说徐晃引军渡汉水，王平苦谏不听，渡过汉水扎营。黄忠、赵云告玄德曰："某等各引本部兵去迎曹兵。"玄德应允。二人引兵而行。忠谓云曰："今徐晃恃勇而来，且休与敌，待日暮兵疲，你我分兵两路击之可也。"云然之。各引一军，据住寨栅。徐晃引兵从辰时搦战，直至申时。蜀兵不动。晃尽教弓弩手向前，望蜀营射去。黄忠谓赵云曰："徐晃令弓弩射者，其军必将退也，可乘时击之。"言未已，忽报曹兵后队果然退动，于是蜀营鼓声大震，黄忠领兵左出，赵云领兵右出，两下夹攻。徐晃大败，军士逼入汉水，死者无数。晃死战得脱回营，责王平曰："汝见吾军势将危，如何不救？"平曰："我若来救，此寨亦不能保。我曾谏公休去，公不肯听，以致此败。"晃大怒，欲杀王平。平当夜引本部军就营中放起火来。曹兵大乱，徐晃弃营而走。王平渡汉水来投赵云。云引见玄德。王平尽言汉水地理。玄德大喜曰："孤得王子均，取汉中无疑矣。"遂命王平为偏将军，领乡导使。

却说徐晃逃回见操，说："王平反去降刘备矣。"操大怒，亲统大军，来夺汉水寨栅。赵云恐孤军难立，遂退于汉水之西。两军隔水相拒。玄德与孔明来观形势。孔明见汉水上流头有一带土山，可伏千余人，乃回到营中，唤赵云分付："汝可引五百人，皆带鼓角，伏于土山之下，或半夜，或黄昏，只听我营中炮响，炮响一番，擂鼓一番，只不要出战。"子龙受计去了。孔明却在高山上暗窥。次日，曹兵到来搦战。蜀营中一人不出，弓弩亦都不发。曹兵自回。当夜更深，孔明见曹营灯火方熄，军士歇定，遂放号炮。子龙听得，令鼓角齐鸣。曹兵惊慌，只疑劫寨，及至出营，不见一军。方才回营欲歇，号炮又响，鼓角又鸣，呐喊震地，山谷应声。曹兵彻夜不安。一连三夜，如此惊疑。操心怯，拔寨退三十里，就空阔处扎营。孔明笑曰："曹操虽知兵法，不知诡计。"遂请玄德亲渡汉水，背水结营。玄德问计。孔明曰："可如此如此。"

曹操见玄德背水下寨，心中疑惑，使人下战书。孔明批"来日决战"。次日，两军会于中路五界山前，列成阵势。操出马，立于门旗下，两行布列龙凤旌旗，擂鼓三通，唤玄德答话。玄德引刘封、孟达，并川中诸将而出。操扬鞭大骂曰："刘备忘恩失义，反叛朝廷之贼！"玄德曰："吾乃大汉宗亲，奉诏讨贼。汝上弑母后，自立为王，僭用天子銮舆，非反而何？"操怒，命徐晃出马来战。刘封出迎。交战之时，玄德先走入阵。封敌晃不住，拨马便走。操下令："捉得刘备，便为西川之主。"大军齐呐喊，杀过阵来。蜀兵望汉水而逃，尽弃营寨。马匹军器丢满道上，曹军皆争取。操急鸣金收军。众将曰："某等正待捉刘备，大王何故收军？"操曰："吾见蜀兵背汉水安营，其可疑一也；多弃马匹军器，其可疑二也。可急退军，休取衣物。"遂下令曰："妄取一物者立斩。"火速退兵。曹兵方回头时，孔明号旗举起，玄德中军领兵便出，黄忠左边杀来，赵云右边杀来。曹兵大溃而逃。孔明连夜追赶。操传令："军回南郑。"只见五路火起，原来魏延、张飞得严颜代守阆中，分兵杀来，先得了南郑。操心惊，望阳平关而走。玄德大兵追至南郑褒州。安民已毕，玄德问孔明曰："曹操此来，何败之速也？"孔明曰："操平生为人多疑，虽能用兵，疑则多败。吾以疑兵胜之。"玄德曰："今操退守阳平关，其势已孤，先生将何策以退之？"孔明曰："亮已算定了。"便差张飞、魏延分兵两路，去截曹操粮道；令黄忠、赵云分兵两路，去放火烧山。四路军将，各引乡导官军去了。

却说曹操退守阳平关，令军哨探。回报曰："今蜀兵将远近小路尽皆塞断，砍柴去处，尽放火烧绝，不知兵在何处。"操正疑惑间，又报张飞、魏延分兵劫粮。操问曰："谁敢敌张飞？"许褚曰："某愿往。"操令许褚引一千精兵，去阳平关路上，护接粮草。解粮官接着，喜曰："若非将军到此，粮不得到阳平矣。"遂将车上的酒肉献与许褚。褚痛饮，不觉大醉，便乘酒兴，催粮车行。解粮官曰："日已暮矣。前褒州之地，山势险恶，未可过去。"褚曰："吾有万夫之勇，岂惧他人哉！今夜乘着月色，正好使粮车行走。"许褚当先，横刀纵马，引军前进。二更以后，往褒州路上而来。行至半路，忽山凹里鼓角震天，一枝军当住，为首大将乃张飞也，挺矛纵马，直取许褚。褚舞刀来迎，却因酒醉，敌不住张飞，战不数合，被飞一矛刺中肩膊，翻身落马。军士急忙救起，退后便走。张飞尽夺粮草车辆而回。

却说众将保着许褚，回见曹操。操令医士疗治金疮，一面亲自提兵，来与蜀兵决战。玄德引军出迎。两阵对圆，玄德令刘封出马。操骂曰："卖履小儿，常使假子拒敌①。吾若唤黄须儿来，汝假子为肉泥矣！"刘封大怒，挺枪骤马，径取曹操。操令徐晃来迎。封诈败而走，操引兵追赶。蜀兵营中四下炮响，鼓角齐鸣。操恐有伏兵，急教退军。曹兵自相践踏，死者极多，奔回阳平关。方才歇定。蜀兵赶到城下，东门放火，西门呐喊，南门放火，北门擂鼓。操大惧，弃关而走。蜀兵从后追袭。操正走之间，前面张飞引一枝兵截住，赵云引一枝兵从背后杀来，黄忠又引兵从褒州杀来。操大败，诸将保护曹操，夺路而走。方逃至斜谷界口，前面尘头忽起，一枝兵到。操曰："此军若是伏兵，吾休矣。"及兵将近，乃操次子曹彰也。

彰字子文，少善骑射，膂力过人，能手格猛兽。操尝戒之曰：

---

① 假子：养子，义子。

"汝不读书而好弓马，此匹夫之勇，何足贵乎！"彰曰："大丈夫当学卫青、霍去病①，立功沙漠，长驱数十万众，纵横天下，何能作博士耶②？"操尝问诸子之志。彰曰："好为将。"操问："为将何如？"彰曰："披坚执锐，临难不顾，身先士卒，赏必行，罚必信。"操大笑。建安二十三年，代郡乌桓反，操令彰引兵五万讨之。临行，戒之曰："居家为父子，受事为君臣，法不徇情，尔宜深戒。"彰到代北，身先战阵，直杀至桑乾，北方皆平。因闻操在阳平败阵，故来助战。

操见彰至，大喜曰："我黄须儿来，破刘备必矣！"遂勒兵复回，于斜谷界口安营。有人报玄德，言曹彰到。玄德问："谁敢去战曹彰？"刘封曰："某愿往。"孟达又说要去。玄德曰："汝二人同去，看谁成功。"各引兵五千来迎。刘封在先，孟达在后。曹彰出马，与封交战，只三合，封大败而回。孟达引兵前进，方欲交锋，只见曹兵大乱，原来马超、吴兰两军杀来。曹兵惊动，孟达引兵夹攻。马超士卒蓄锐日久，到此耀武扬威，势不可当。曹兵败走。曹彰正遇吴兰，两个交锋。不数合，曹彰一戟刺吴兰于马下。三军混战。操收兵于斜谷界口扎驻。

操屯兵日久，欲要进兵，又被马超拒守，欲收兵回，又恐被蜀兵耻笑，心中犹豫不决。适庖官进鸡汤，操见碗中有鸡肋，因而有感于怀。正沉吟间，夏侯惇入帐，禀请夜间口号。操随口曰："鸡肋，鸡肋。"惇传令众官，都称"鸡肋"。行军主簿杨修见传"鸡肋"二字，便教随行军士各收拾行装，准备归程。有人报知夏侯惇。惇大惊，遂请杨修至营中，问曰："公何收拾行装？"修曰："以今夜号令，便知魏王不日将退兵归也。鸡肋者，食之无肉，弃之有味。今进不能胜，退恐人笑，在此无益，不如早归。来日魏王必班师矣，故先收拾行装，免得临行慌乱。"夏侯惇曰："公真知魏王肺腑也。"

---

① 卫青、霍去病：汉武帝时的两位名将，多次与匈奴作战，立下战功。
② 博士：古代学官名。起源于战国，秦汉时设置，多通晓古今，学术上精通一艺。

遂亦收拾行装。于是寨中诸将无不准备归计。当夜曹操心乱，不能稳睡，遂手提钢斧，绕寨私行，只见夏侯惇寨内军士各准备行装。操大惊，急回帐，召惇，问其故。惇曰："主簿杨德祖先知大王欲归之意。"操唤杨修问之。修以鸡肋之意对。操大怒曰："汝怎敢造言，乱我军心？"喝刀斧手推出斩之，将首级号令于辕门外。

　　原来杨修为人恃才放旷，数犯曹操之忌。操尝造花园一所。造成，操往观之，不置褒贬，只取笔于门上书一"活"字而去。人皆不晓其意。修曰："门内添'活'字，乃'阔'字也。丞相嫌园门阔耳。"于是再筑墙围，改造停当，又请操观之。操大喜，问曰："谁知吾意？"左右曰："杨修也。"操虽称美，心甚忌之。又一日，塞北送酥一盒至，操自写"一合酥"三字于盒上，置之案头。修入见之，竟取匙与众分食讫。操问其故，修答曰："盒上明书'一人一口酥'，岂敢违丞相之命乎？"操虽喜笑，而心恶之。操恐人暗中谋害己身，常分付左右："吾梦中好杀人，凡吾睡着，汝等切勿近前。"一日，昼寝帐中，落被于地，一近侍慌取覆盖。操跃起，拔剑斩之，复上床睡；半晌而起，佯惊问："何人杀吾近侍？"众以实对。操痛哭，命厚葬之。人皆以为操果梦中杀人，惟修知其意。临葬时，指而叹曰："丞相非在梦中，君乃在梦中耳！"操闻而愈恶之。操第三子曹植爱修之才，常邀修谈论，终夜不息。操与众商议，欲立植为世子。曹丕知之，密请朝歌长吴质入内府商议，因恐有人知觉，乃用大簏藏吴质于中①，只说是绢匹在内，载入府中。修知其事，径来告操。操令人于丕府门伺察之。丕慌告吴质。质曰："无忧也。明日用大簏装绢再入以惑之。"丕如其言，以大簏载绢入。使者搜看簏中，果绢也，回报曹操。操因疑修潜害曹丕，愈恶之。操欲试曹丕、曹植之才干。一日，令各出邺城门，却密使人分付门吏，令勿放出。曹丕

――――――――――
① 簏：竹箱。

先至，门吏阻之。丕只得退回。植闻知，问于修。修曰："君奉王命而出，如有阻当者，竟斩之可也。"植然其言。及至门，门吏阻住。植叱曰："吾奉王命，谁敢阻当！"立斩之。于是曹操以植为能。后有人告操曰："此乃杨修之所教也。"操大怒，因此亦不喜植。修又尝为曹植作答教十余条，但操有问，植即依条答之。操每以军国之事问植，植对答如流。操心中甚疑。后曹丕暗买植左右，偷答教来告操。操见了，大怒曰："匹夫安敢欺我耶？"此时已有杀修之心，今乃借惑乱军心之罪杀之。修死年三十四岁。后人有诗叹曰：

> 聪明杨德祖，世代继簪缨。
>
> 笔下龙蛇走，胸中锦绣成。
>
> 闲谈惊四座，捷对冠群英。
>
> 身死因才误，非关欲退兵。

曹操既杀杨修，佯怒夏侯惇，亦欲斩之。众官告免。操乃叱退夏侯惇，下令来日进兵。次日，兵出斜谷界口。前面一军相迎，为首大将乃魏延也。操招魏延归降，魏延大骂。操令庞德出战。二将正斗间，曹寨内火起，人报马超劫了中后二寨。操拔剑在手曰："诸将退后者斩！"众将努力向前。魏延诈败而走。操方麾军回战马超，自立马于高阜处，看两军争战。忽一彪军撞至面前，大叫："魏延在此！"拈弓搭箭，射中曹操，操翻身落马。延弃弓绰刀，骤马上山坡来杀曹操。刺斜里闪出一将，大叫："休伤吾主！"视之，乃庞德也。德奋力向前，战退魏延，保操前行。马超兵已退。操带伤归寨，原来被魏延射中人中，折却门牙两个，急令医士调治，方忆杨修之言，随将修尸收回厚葬，就令班师，却教庞德断后。操卧于毡车之中，左右虎贲军护卫而行。忽报斜谷山上两边火起，伏兵赶来，曹兵人人惊恐。正是：

> 依稀昔日潼关厄，仿佛当年赤壁危。

未知曹操性命如何，且看下文分解。

第七十三回

玄德进位汉中王　云长攻拔襄阳郡

却说曹操退兵至斜谷。孔明料他必弃汉中而走，故差马超等诸将分兵十数路，不时攻劫，因此操不能久住。又被魏延射了一箭，急急班师。三军锐气堕尽。前队才行，两下火起，乃是马超伏兵追赶。曹兵人人丧胆。操令军士急行，晓夜奔走无停。直至京兆，方始安心。

且说玄德命刘封、孟达、王平等攻取上庸诸郡。申耽等闻操已弃汉中而走，遂皆投降。玄德安民已定，大赏三军，人心大悦。于是众将皆有推尊玄德为帝之心，未敢径启，却来禀告诸葛军师。孔明曰："吾意已有定夺了。"随引法正等人见玄德曰："今曹操专权，百姓无主。主公仁义著于天下，今已抚有两川之地，可以应天顺人，即皇帝位。名正言顺，以讨国贼。事不宜迟，便请择吉。"玄德大惊曰："军师之言差矣！刘备虽然汉之宗室，乃臣子也；若为此事，是反汉矣。"孔明曰："非也。方今天下分崩，英雄并起，各霸一方，四海才德之士舍死亡生而事其上者，皆欲攀龙附凤，建立功名也。今主公避嫌守义，恐失众人之望，愿主公熟思之。"玄德曰："要吾僭居尊位，吾必不敢。可再商议长策。"诸将齐言曰："主公若只推却，众心解矣。"孔明曰："主公平生以义为本，未肯便称尊号；今有荆襄两川之地，可暂为汉中王。"玄德曰："汝等虽欲尊吾为王，不得天子明诏，是僭也。"孔明曰："今宜从权，不可拘执常理。"张飞大叫曰："异姓之人皆欲为君，何况哥哥乃汉朝宗派？莫说汉中王，就称皇帝，有何不可。"玄德叱曰："汝勿多言。"孔明曰："主公宜从权变，先进位汉中王，然后表奏天子，未为迟也。"玄德再三推辞不过，只得依允。

建安二十四年秋七月，筑坛于沔阳，方圆九里，分布五方，各设旌旗仪仗。群臣皆依次序排列。许靖、法正请玄德登坛，进冠冕玺绶讫，面南而坐，受文武官员拜贺，为汉中王。子刘禅立为王世子，封许靖为太傅，法正为尚书令，诸葛亮为军师，总理军国重事；封关羽、张飞、赵云、马超、黄忠为五虎大将，魏延为汉中太守。其余各拟功勋定爵。

玄德既为汉中王，遂修表一道，差人赍赴许都。表曰：

备以具臣之才，荷上将之任，总督三军，奉辞于外，不能扫除寇难，靖匡王室，久使陛下圣教陵迟，六合之内，否而未泰①，惟忧反侧，疢如疾首。曩者董卓伪为乱阶，自是之后，群凶纵横，残剥海内。赖陛下圣德威临，人臣同应，或忠义奋讨，或上天降罚，暴逆并殪，以渐冰消。惟独曹操，久未枭除，侵擅国权，恣心极乱。臣昔与车骑将军董承图谋讨操，机事不密，承见陷害。臣播越失据，忠义不果，遂得使操穷凶极逆，主后戮杀，皇子鸩害。虽纠合同盟，念在奋力，懦弱不武，历年未效；常恐殒没，辜负国恩，寤寐永叹，夕惕若厉。今臣群僚以为：在昔《虞书》②，敦叙九族，庶明励翼，帝王相传，此道不废。周监二代，并建诸姬，实赖晋、郑，夹辅之力。高祖龙兴，尊王子弟，大启九国，卒斩诸吕，以安大宗。今操恶直丑正，实繁有徒，包藏祸心，篡盗已显。既宗室微弱，帝族无位，斟酌古式，依假权宜，上臣为大司马、汉中王。臣伏自三省，受国

---

① 六合之内，否而未泰：天下处于混乱之中，没有安定下来。六合，天地四方；否，恶、乱；泰，平安。

② 《虞书》：《尚书》的组成部分，相传是记载唐尧、虞舜、夏禹等事迹的书。

厚恩，荷任一方，陈力未效，所获已过，不宜复忝高位，以重罪谤。群僚见逼，迫臣以义。臣退惟寇贼不枭，国难未已，宗庙倾危，社稷将坠，诚臣忧心碎首之日。若应权通变，以宁静圣朝，虽赴水火，所不得辞，辄顺众议，拜受印玺，以崇国威。仰惟爵号，位高宠厚，俯思报效，忧深责重。惊怖惕息，如临于谷，敢不尽力输诚，奖励六师，率齐群义，应天顺时，以宁社稷！谨拜表以闻。

表到许都。曹操在邺郡，闻知玄德自立汉中王，大怒曰："织席小儿，安敢如此！吾誓灭之！"即时传令，尽起倾国之兵，赴两川与汉中王决雌雄。一人出班谏曰："大王不可因一时之怒，亲劳车驾远征。臣有一计，不须张弓只箭，令刘备在蜀自受其祸。待其兵衰力尽，只须一将往征之，便可成功。"操视其人，乃司马懿也。操喜，问曰："仲达有何高见？"懿曰："江东孙权以妹嫁刘备，而又乘间窃取回去；刘备又占据荆州不还，彼此俱存切齿之恨。今可差一舌辨之士，赍书往说孙权，使兴兵取荆州，刘备必发两川之兵以救荆州。那时大王兴兵去取汉川，令刘备首尾不能相救，势必危矣。"操大喜，即修书令满宠为使，星夜投江东来见孙权。

权知满宠到，遂与谋士商议。张昭进曰："魏与吴本无仇，前因听诸葛之说词，致两家连年征战不息，生灵遭其涂炭。今满伯宁来，必有讲和之意，可以礼接之。"权依其言，令众谋士接满宠入城。相见礼毕，权以宾礼待宠。宠呈上操书曰："吴、魏自来无仇，皆因刘备之故，致生衅隙①。魏王差某到此，约将军攻取荆州；魏王以兵临汉川，首尾夹击。破刘之后，共分疆土，誓不相侵。"孙权览书毕，设筵相待满宠，送归馆舍安歇。

权与众谋士商议。顾雍曰："虽是说词，其中有理。今可一面送

---

① 衅隙：意见不合，感情出现裂痕。

满宠回，约会曹操，首尾相击，一面使人过江，探云长动静，方可行事。”诸葛瑾曰：“某闻云长自到荆州，刘备娶与妻室，先生一子，次生一女，其女尚幼未许字人。某愿往，与主公世子求婚。若云长肯许，即与云长计议，共破曹操；若云长不肯，然后助曹取荆州。”孙权用其谋，先送满宠回许都，却遣诸葛瑾为使，投荆州来。入城见云长。礼毕，云长曰：“子瑜此来何意？”瑾曰：“特来求结两家之好。吾主吴侯有一子，甚聪明，闻将军有一女，特来求亲，两家结好，并力破曹。此诚美事，请君侯思之。”云长勃然大怒曰：“吾虎女安肯嫁犬子乎？不看汝弟之面，立斩汝首！再休多言！”遂唤左右逐出。瑾抱头鼠窜，回见吴侯，不敢隐匿，遂以实告。权大怒曰：“何太无礼耶！”便唤张昭等文武官员，商议取荆州之策。步骘曰：“曹操久欲篡汉，所惧者刘备也。今遣使来，令吴兴兵吞蜀，此嫁祸于吴也。”权曰：“孤亦欲取荆州久矣。”骘曰：“今曹仁见屯兵于襄阳、樊城，又无长江之险，旱路可取荆州，如何不取，却令主公动兵？只此便见其心。主公可遣使去许都见操，令曹仁旱路先起兵取荆州，云长必掣荆州之兵而取樊城；若云长一动，主公可遣一将，暗取荆州，一举可得矣。”权从其议，即时遣使过江，上书曹操陈说此事。操大喜，发付使者先回，随遣满宠往樊城，助曹仁为参谋官，商议动兵；一面驰檄东吴，令领兵水路接应，以取荆州。

却说汉中王令魏延总督军马，守御东川，遂引百官回成都，差官起造宫廷，又置馆舍。自成都至白水，共建四百余处馆舍亭邮，广积粮草，多造军器，以图进取中原。细作人探听得曹操结连东吴，欲取荆州，即飞报入蜀。汉中王忙请孔明商议。孔明曰：“某已料曹操必有此谋。然吴中谋士极多，必教操令曹仁先兴兵矣。”汉中王曰：“似此，如之奈何？”孔明曰：“可差使命，就送官诰与云长[1]，令

———

[1] 官诰：皇帝赐爵或授官的诏令。

先起兵取樊城，使敌军胆寒，自然瓦解矣。"汉中王大喜，即差前部司马费诗为使，赍捧诰命，投荆州来。云长出郭，迎接入城。至公厅，礼毕，云发问曰："汉中王封我何爵？"诗曰："五虎大将之首。"云长问："那五虎将？"诗曰："关、张、赵、马、黄是也。"云长怒曰："翼德吾弟也，孟起世代名家，子龙久随吾兄，即吾弟也，位与吾相并可也。黄忠何等人，敢与吾同列？大丈夫终不与老卒为伍。"遂不肯受印。诗笑曰："将军差矣。昔萧何、曹参与高祖同举大事，最为亲近；而韩信乃楚之亡将也；然信位为王，居萧、曹之上，未闻萧、曹以此为怨。今汉中王虽有五虎将之封，而与将军有兄弟之义，视同一体。将军即汉中王，汉中王即将军也，岂与诸人等哉？将军受汉中王厚恩，当与同休戚，共祸福，不宜计较官号之高下。愿将军熟思之。"云长大悟，乃再拜曰："某之不明，非足下见教，几误大事。"即拜受印绶。

费诗方出王旨，令云长领兵取樊城。云长领命，即时便差傅士仁、糜芳二人为先锋，先引一军于荆州城外屯扎，一面设宴城中，款待费诗。饮至二更，忽报城外寨中火起。云长急披挂上马，出城看时，乃是傅士仁、糜芳饮酒，帐后遗火，烧着火炮，满营撼动，把军器粮草尽皆烧毁。云长引兵救扑，至四更，方才火灭。云长入城，召傅士仁、糜芳，责之曰："吾令汝二人作先锋，不曾出军，先将许多军器粮草烧毁，火炮打死本部军人。如此误事，要你二人何用！"叱令斩之。费诗告曰："未曾出师，先斩大将，于军不利。可暂免其罪。"云长怒气不息，叱二人曰："吾不看费司马之面，必斩汝二人之首。"乃唤武士各杖四十，摘去先锋印绶，罚糜芳守南郡，傅士仁守公安，且曰："若吾得胜回来之日，稍有差池，二罪俱罚。"二人满面羞惭，喏喏而去。云长便令廖化为先锋，关平为副将，自总中军，马良、伊籍为参谋，一同征进。先是有胡华之子胡班到荆州来投降关公。公念其旧日相救之情，甚爱之，令随费诗入川，见汉中王受爵。费诗辞别关公，带了胡班，自回蜀中去了。

且说关公是日祭了"帅"字大旗，假寐于帐中。忽见一猪其大如牛，浑身黑色，奔入帐中，径咬云长之足。云长大怒，急拔剑斩之，声如裂帛。霎时惊觉，乃是一梦，便觉左足阴阴疼痛。心中大疑，唤关平至，以梦告之。平对曰："猪亦有龙像，龙附足乃升腾之意，不必疑忌。"云长聚众官于帐下，告以梦兆。或言祥者，或言不祥者，众论不一。云长曰："吾大丈夫年近六旬，即死何憾！"正言间，蜀使至，传汉中王旨，拜云长为前将军，假节钺，都督荆襄九郡事。云长受命讫，众官拜贺曰："此足见猪龙之瑞也。"于是云长坦然不疑，遂起兵奔襄阳大路而来。

　　曹仁正在城中。忽报云长自领兵来，仁大惊，欲坚守不出。副将翟元曰："今魏王令将军约会东吴取荆州。今彼自来，是送死也，何故避之？"参谋满宠谏曰："吾素知云长，勇而有谋，未可轻敌。不如坚守，乃为上策。"骁将夏侯存曰："此书生之言耳！岂不闻水来土掩，将至兵迎？我军以逸待劳，自可取胜。"曹仁从其言，令满宠守樊城，自领兵来迎云长。云长知曹兵来，唤关平、廖化二将，受计而往，与曹兵两阵对圆。廖化出马搦战，翟元出迎。二将战不多时，化诈败，拨马便走，翟元从后追杀，荆州兵退二十里。次日，又来搦战，夏侯存、翟元一齐出迎，荆州兵又败，又追杀二十余里。忽听得背后喊声大震，鼓角齐鸣，曹仁急命前军速回。背后关平、廖化杀来，曹兵大乱。曹仁知是中计，先掣一军飞奔襄阳。离城数里，前面绣旗招飐，云长勒马横刀拦住去路。曹仁胆战心惊，不敢交锋，望襄阳斜路而走。云长不赶。须臾夏侯存军至，见了云长大怒，便与云长交锋，只一合，被云长砍死。翟元便走，被关平赶上，一刀斩之，乘势追杀。曹兵大半死于襄江之中。曹仁退守樊城。

　　云长得了襄阳，赏军抚民。随军司马王甫曰："将军一鼓而下襄阳，曹兵虽然丧胆，然以愚意论之，今东吴吕蒙屯兵陆口，常有吞并荆州之意。倘率兵径取荆州，如之奈何？"云长曰："吾亦念及此。

汝便可提调此事去，沿江上下，或二十里，或三十里，选高阜处置一烽火台，每台用五十军守之。倘吴兵渡江，夜则明火，昼则举烟为号，我当亲往击之。"王甫曰："糜芳、傅士仁守二隘口，恐不竭力，必须再得一人以总督荆州。"云长曰："我已差治中潘濬守之，有何虑焉？"甫曰："潘濬平生多忌而好利，不可任用。可差军前都督粮料官赵累代之。赵累为人忠诚廉直，若用此人，万无一失。"云长曰："我素知潘濬为人，今既差定，不必更改。赵累现掌粮料，亦是重事。汝勿多疑，只与我筑烽火台去。"王甫怏怏拜辞而行。云长令关平准备船只渡襄江，攻打樊城。

却说曹仁折了二将，退守樊城，谓满宠曰："不听公言，兵败将亡，失却襄阳，如之奈何？"宠曰："云长虎将，足智多谋，不可轻敌，只宜坚守。"正言间，人报云长渡江而来，攻打樊城。仁大惊。宠曰："只宜坚守。"部将吕常奋然曰："某乞兵数千，愿当来军于襄江之内。"宠谏曰："不可。"吕常怒曰："据汝等文官之言，只宜坚守，何能退敌？岂不闻兵法云：'军半渡可击。'今云长军半渡襄江，何不击之？若兵临城下，将至濠边，急难抵当矣。"仁即与兵二千，令吕常出樊城迎战。吕常来至江口，只见前面绣旗开处，云长横刀出马。吕常却欲来迎，后面众军见云长神威凛凛，不战先走。吕常喝止不住。云长混杀过来。曹兵大败，马步军折其大半，残败军奔入樊城。曹仁急差人求救。使命星夜至长安，将书呈上曹操，言："云长破了襄阳，现围樊城甚急，望拨大将前来救援。"曹操指班部内一人而言曰："汝可去解樊城之围。"其将应声而出，众视之，乃于禁也。禁曰："某求一将作先锋，领兵同去。"操又问众人曰："谁敢作先锋？"一人奋然出曰："某愿施犬马之劳，生擒关某，献于麾下。"操视之，大喜。正是：

未见东吴来伺隙，先看北魏又添兵。

未知此人是谁，且看下文分解。

第七十四回

庞令名抬榇决死战　关云长放水淹七军

却说曹操欲使于禁赴樊城救援，问众将谁敢作先锋，一人应声愿往。操视之，乃庞德也。操大喜曰："关某威震华夏，未逢对手，今遇令名，真劲敌也。"遂加于禁为征南将军，加庞德为征西都先锋，大起七军，前往樊城。这七军，皆北方强壮之士。两员领军将校，一名董衡，一名董超，当日引各头目参拜于禁。董衡曰："今将军提七枝重兵，去解樊城之厄，期在必胜。乃用庞德为先锋，岂不误事？"禁惊问其故。衡曰："庞德原系马超手下副将，不得已而降魏，今其故主在蜀，职居五虎上将，况其亲兄庞柔亦在西川为官；今使他为先锋，是泼油救火也。将军何不启知魏王，别换一人去？"

禁闻此语，遂连夜入府，启知曹操。操省悟，即唤庞德至阶下，令纳下先锋印。德大惊曰："某正欲与大王出力，何故不肯见用？"操曰："孤本无猜疑；但今马超现在西川，汝兄庞柔亦在西川，俱佐刘备。孤纵不疑，奈众口何？"庞德闻之，免冠顿首，流血满面而告曰："某自汉中投降大王，每感厚恩，虽肝脑涂地，不能补报，大王何疑于德也？德昔在故乡时，与兄同居，嫂甚不贤，德乘醉杀之；兄恨德入骨髓，誓不相见，恩已断矣。故主马超，有勇无谋，兵败地亡，孤身入川，今与德各事其主，旧义已绝。德感大王恩遇，安敢萌异志？惟大王察之！"操乃扶起庞德，抚慰曰："孤素知卿忠义，前言特以安众人之心耳。卿可努力建功，卿不负孤，孤亦必不负卿也！"

德拜谢回家，令匠人造一木榇①；次日请诸友赴席，列榇于堂。众亲友见之，皆惊问曰："将军出师，何用此不祥之物？"德举杯谓亲友曰："吾受魏王厚恩，誓以死报。今去樊城，与关某决战。我若不能杀彼，必为彼所杀；即不为彼所杀，我亦当自杀，故先备此榇，以示无空回之理。"众皆嗟叹。德唤其妻李氏与其子庞会出，谓其妻曰："吾今为先锋，义当效死疆场。我若死，汝好生看养吾儿。吾儿有异相，长大必当与吾报仇也。"妻子痛哭送别。德令扶榇而行。临行，谓部将曰："吾今去与关某死战，我若被关某所杀，汝等即取吾尸置此榇中；我若杀了关某，吾亦即取其首，置此榇内，回献魏王。"部将五百人皆曰："将军如此忠勇，某等敢不竭力相助！"于是引军前进。有人将此言报知曹操。操喜曰："庞德忠勇如此，孤何忧焉！"贾诩曰："庞德恃血气之勇，欲与关某决死战，臣窃虑之。"操然其言，急令人传旨戒庞德曰："关某智勇双全，切不可轻敌。可取则取，不可取则宜谨守。"庞德闻命，谓众将曰："大王何重视关某也！吾料此去，当挫关某三十年之声价。"禁曰："魏王之言，不可不从。"德奋然趱军，前至樊城，耀武扬威，鸣锣击鼓。

却说关公正坐帐中。忽探马飞报："曹操差于禁为将，领七枝精壮兵到来。前部先锋庞德，军前抬一木榇，口出不逊之言，誓欲与将军决一死战。兵离城止三十里矣。"关公闻言，勃然变色，美髯飘动，大怒曰："天下英雄，闻吾之名，无不畏服。庞德竖子，何敢藐视吾耶。"唤关平："一面攻打樊城，吾自去斩此匹夫，以雪吾恨。"平曰："父亲不可以泰山之重与顽石争高下。辱子愿代父去战庞德。"关公曰："汝试一往，吾随后便来接应。"关平出帐，提刀上马，领兵来迎庞德。两阵对圆。魏营一面皂旗上大书"南安庞德"四个白字，庞德青袍银铠，钢刀白马，立于阵前。背后五百军兵紧随，步

---

① 木榇（chèn）：棺材。

卒数人肩抬木樣而出。关平大骂庞德："背主之贼！"庞德问部卒曰："此何人也？"或答曰："此关公义子关平也。"德叫曰："吾奉魏王旨，来取汝父之首。汝乃疥癞小儿①，吾不杀汝，快唤汝父来。"平大怒，纵马舞刀，来取庞德。德横刀来迎，战三十合，不分胜负。两家各歇。

　　蚤有人报知关公。公大怒，令廖化去攻樊城，自己亲来迎敌庞德。关平接着，言与庞德交战，不分胜负。关公随即横刀出马，大叫曰："关云长在此，庞德何不蚤来受死？"鼓声响处，庞德出马曰："吾奉魏王旨，特来取汝首。恐汝不信，备樣在此。汝若怕死，早下马受降。"关公大骂曰："量汝一匹夫，亦何能为！可惜我青龙刀斩汝鼠贼。"纵马舞刀，来取庞德。德轮刀来迎。二将战有百余合，精神倍长。两军各看得痴呆了。魏军恐庞德有失，急令鸣金收军。关平恐父年老，亦急鸣金。二将各退。庞德归寨，对众曰："人言关公英雄，今日方信也！"正言间，于禁至。相见毕，禁曰："闻将军战关公，百合之上，未得便宜，何不且退军避之？"德奋然曰："魏王命将军为大将，何太弱也？吾来日与关某共决一死，誓不退避！"禁不敢阻而回。

　　却说关公回寨，谓关平曰："庞德刀法惯熟，真吾敌手。"平曰："俗云：初生之犊不惧虎。父亲纵然斩了此人，只是西羌一小卒耳；倘有疏虞，非所以重伯父之托也。"关公曰："吾不杀此人，何以雪恨！吾意已决，再勿多言。"次日，上马引兵前进。庞德亦引兵来迎。两阵对圆，二将齐出，更不打话，出马交锋。斗至五十余合，庞德拨回马，拖刀而走。关公从后追赶，关平恐有疏失，亦随后赶去。关公口中大骂："庞贼，欲使拖刀计，吾岂惧汝！"原来庞德虚

①疥癞小儿：微不足道的小人物。疥，疥疮；癞，黄癣。两种都是皮肤病，此处用来作轻蔑之语。

572

作拖刀势，却把刀就鞍鞒挂住①，偷拽雕弓，搭上箭射将来。关平眼快，见庞德拽弓，大叫："贼将休放冷箭！"关公急睁眼看时，弓弦响处，箭早到来，躲闪不及，正中左臂。关平马到，救父回营。庞德勒回马，轮刀赶来，忽听得本营锣声大震。德恐后军有失，急勒马回。原来于禁见庞德射中关公，恐他成了大功，灭禁威风，故鸣金收军。庞德回马，问："何故鸣金？"于禁曰："魏王有戒，关公智勇双全，他虽中箭，只恐有诈，故鸣金收军。"德曰："若不收军，吾已斩了此人也。"禁曰："紧行无好步，当缓图之。"庞德不知于禁之意，只懊悔不已。

却说关公回营，拔了箭头，幸得箭射不深，用金疮药敷之。关公痛恨庞德，谓众将曰："吾誓报此一箭之仇！"众将对曰："将军且待安息几日，然后与战未迟。"次日，人报："庞德引兵搦战。"关公就要出战。众将劝住。庞德令小军毁骂。关平把住隘口，分付众将休报知关公。庞德搦战十余日，无人出迎，乃与于禁商议曰："眼见关公箭疮举发，不能动作，不若乘此机会，统七军一拥杀入寨中，可救樊城之围。"于禁恐庞德成功，只把魏王戒旨相推，不肯动兵。庞德累欲动兵。于禁只不允，乃移七军，转过山口，离樊城北十里，依山下寨。禁自领兵，截断大路，令庞德屯兵于谷后，使德不能进兵成功。

却说关平见关公箭疮已合，甚是喜悦，忽听得于禁移七军于樊城之北下寨，未知其谋，即报知关公。公遂上马，引数骑上高阜处望之，见樊城城上旗号不整，军士慌乱；城北十里山谷之内，屯着军马；又见襄江水势甚急。看了半晌，唤乡导官问曰："樊城北十里山谷，是何地？"对曰："罾口川也。"关公大喜曰："于禁必为我擒矣！"将士问曰："将军何以知之？"关公曰："鱼入罾口，岂能久

---

① 鞍鞒：马鞍，因马鞍拱起的形状像桥而得名。

乎?"诸将未信。公回本寨。时值八月秋天,骤雨数日,公令人预备船筏,收拾水具。关平问曰:"陆地相持,何用水具?"公曰:"非汝所知也。于禁七军不屯于广易之地,而聚于罾口川险隘之处。方今秋雨连绵,襄江之水必然泛涨。吾已差人堰住各处水口,待水发时,乘高就船,放水一淹,樊城、罾口川之兵皆为鱼鳖矣。"关平拜服。

却说魏军屯于罾口川,连日大雨不止。督将成何来见于禁曰:"大军屯于川口,地势甚低,虽有土山,离营稍远。即今秋雨连绵,军士艰辛。近有人报说荆州兵移于高阜处,又于汉水口预备战筏。倘江水泛涨,我军危矣,宜蚤为计。"于禁叱曰:"匹夫惑吾军心耶?再有多言者斩之。"成何羞惭而退,却来见庞德,说此事。德曰:"汝所见甚当。于将军不肯移兵,吾明日自移军屯于他处。"计议方定。是夜风雨大作。庞德坐于帐中,只听得万马争奔,征鼙震地。德大惊,急出帐,上马看时,四面八方,大水骤至。七军乱窜,随波逐浪者,不计其数。平地水深丈余。于禁、庞德与诸将各登小山避水。比及平明,关公及众将皆摇旗鼓噪,乘大船而来。于禁见四下无路,左右止有五六十人,料不能逃,口称"愿降"。关公令尽去衣甲,拘收入船,然后来擒庞德。

时庞德并二董及成何,与步卒五百人皆无衣甲,立在堤上。见关公来,庞德全无惧怯,奋然前来接战。关公将船四面围定,军士一齐放箭,射死魏兵大半。董衡、董超见势已危,乃告庞德曰:"军士折伤大半,四下无路,不如投降。"庞德大怒曰:"吾受魏王厚恩,岂肯屈节于人?"遂亲斩董超、董衡于前,厉声曰:"再说降者,以此二人为例。"于是众皆奋力御敌,自平明战至日中,勇力倍增。关公催四面急攻,矢石如雨。德令军士用短兵接战。德回顾成何曰:"吾闻勇将不怯死以苟免,壮士不毁节而求生。今日乃我死日也!汝可努力死战!"成何依令向前,被关公一箭射落水中。众军皆降,止有庞德一人力战。正遇荆州数十人驾小舟近堤来。德提刀,飞身一跃，早上小船，立杀十余人，余皆弃船赴水逃命。庞德一手提刀，一手使短棹，欲向樊城而走。只见上流头一将撑大筏而至，将小船撞翻，庞德落于水中。船上那将跳下水去，生擒庞德上船，众视之，擒庞德者乃周仓也。仓素知水性，又在荆州住了数年，愈加惯熟；更兼力大，因此擒了庞德。于禁所领七军皆死于水中，其会水者，料无去路，亦俱投降。后人有诗曰：

> 夜半征鼙响震天，襄樊平地作深渊。
>
> 关公神算谁能及，华夏威名万古传。

关公回到高阜去处，升帐而坐。群刀手押过于禁来。禁拜伏于地，乞哀请命。关公曰："汝怎敢抗吾？"禁曰："上命差遣，身不由己；望君侯怜悯，誓以死报。"公绰髯笑曰："吾杀汝，犹杀狗彘耳，空污刀斧。"令人："缚送荆州大牢内监候。待吾回，别作区处。"发落去讫。关公又令押过庞德。德睁眉怒目，立而不跪。关公曰："汝兄现在汉中，汝故主马超亦在蜀中为大将，汝如何不蚤降？"德大怒曰："吾宁死于刀下，岂降汝耶？"骂不绝口。公大怒，喝令刀斧手推出斩之。德引颈受刑。关公怜而葬之。于是乘水势未退，复上战船，引大小将校来攻樊城。

却说樊城周围白浪滔天，水势益甚，城垣渐渐浸塌。男女担土搬砖，填塞不住。曹军众将无不丧胆，慌忙来告曹仁。仁曰："今日之危，非力可救。可趁敌军未至，乘舟夜走，虽然失城，尚可全身。"正商议，方欲备船出走，满宠谏曰："不可。山水骤至，岂能长存？不旬日即当自退。关公虽未攻城，已遣别将在郏下，其所以不敢轻进者，虑吾军袭其后也。今若弃城而去，黄河以南，非国家之有矣。愿将军固守此城，以为保障。"仁拱手称谢曰："非伯宁之教，几误大事！"乃骑白马上城，聚众将发誓曰："吾受魏王命，保守此城。但有言弃城而去者斩。"诸将皆曰："某等愿以死据守。"仁大喜，就城上设弓弩数百，军士昼夜防护，不敢懈怠。老幼居民担土石填塞城垣。旬日之内，水势渐退。

　　关公自擒魏将于禁等，威震天下，无不惊骇。忽次子关兴来寨内省亲。公就令兴赍诸官立功文书，去成都见汉中王，各求升迁。兴拜辞父亲，径投成都去讫。

　　却说关公分兵一半，直抵郏下。公自领兵四面攻打樊城。当日关公自到北门，立马扬鞭，指而问曰："汝等鼠辈，不蚤来降，更待何时！"正言间，曹仁在敌楼上见关公身上止披掩心甲，斜袒绿袍，乃急招五百弓弩手，一齐放箭。公急勒马回时，右臂上中一弩箭，翻身落马。正是：

　　　　　　水里七军方丧胆，城中一箭忽伤身。

未知关公性命如何，且看下文分解。

第七十五回
关云长刮骨疗毒　吕子明白衣渡江

却说曹仁见关公落马，即引兵冲出城来；被关平一阵杀回，救关公归寨，拔出臂箭。原来箭头有药，毒已入骨，右臂青肿，不能运动。关平慌与众将商议曰："父亲若损此臂，安能出敌？不如暂回荆州调理。"于是与众将入帐见关公。公问曰："汝等来有何事？"众对曰："某等因见君侯右臂损伤，恐临敌致怒，冲突不便，众议可暂班师回荆州调理。"公怒曰："吾取樊城只在目前，取了樊城即当长驱大进，径到许都，剿灭操贼，以安汉室。岂可因小疮而误大事？汝等敢慢吾军心耶？"平等默然而退。众将见公不肯退兵，疮又不痊，只得四方访问名医。

忽一日，有人从江东驾小舟而来，直至寨前。小校引见关平。平视其人，方巾阔服，臂挽青囊，自言姓名："乃沛国谯郡人，姓华名佗字元化，因闻关将军乃天下英雄，今中毒箭，特来医治。"平曰："莫非昔日医东吴周泰者乎？"佗曰："然。"平大喜，即与众将同引华佗入帐见关公。时关公本是臂疼，恐慢军心，无可消遣，正与马良弈棋。闻有医者至，即召入。礼毕，赐坐。茶罢，佗请臂视之。公袒下衣袍，伸臂令佗看视。佗曰："此乃弩箭所伤，其中有乌头之药①，直透入骨。若不早治，此臂无用矣。"公曰："用何物治之？"佗曰："某自有治法，但恐君侯惧耳。"公笑曰："吾视死如归，有何惧

---

① 乌头：多年生草本植物，可入药，毒性强。

哉!"佗曰:"当于静处立一标柱,上钉大环,请君侯将臂穿于环中,以绳系之,然后以被蒙其首,吾用尖刀割开皮肉,直至于骨,刮去骨上箭毒,用药敷之,以线缝其口,方可无事。但恐君侯惧耳。"公笑曰:"如此容易,何用柱环!"令设酒席相待。

公饮数杯酒毕,一面仍与马良弈棋,伸臂令佗割之。佗取尖刀在手,令一小校捧一大盆于臂下接血。佗曰:"某便下手,君侯勿惊。"公曰:"任汝医治,吾岂比世间俗子惧痛者耶!"佗乃下刀,割开皮肉,直至于骨,骨上已青。佗用刀刮骨,悉悉有声。帐上帐下,见者皆掩面失色。公饮酒食肉,谈笑弈棋,全无痛苦之色。须臾,血流盈盆。佗刮尽其毒,敷上药,以线缝之。公大笑而起,谓众将曰:"此臂伸舒如故,并无痛矣。先生真神医也!"佗曰:"某为医一生,未尝见此,君侯真天神也!"后人有诗曰:

> 治病须分内外科,世间妙艺苦无多。
>
> 神威罕及惟关将,圣手能医说华佗。

关公箭疮既愈,设席款谢华佗。佗曰:"君侯箭疮虽治,然须爱护,切勿怒气伤触,过百日后,平复如旧矣。"关公以金百两酬之。佗曰:"某闻君侯高义,特来医治,岂望报乎!"坚辞不受。留药一贴,以敷疮口,辞别而去。

却说关公擒了于禁,斩了庞德,威名大震,华夏皆惊。探马报到许都,曹操大惊,聚文武商议曰:"孤素知云长智勇盖世,今据荆襄,如虎生翼。于禁被擒,庞德被斩,魏兵挫锐。倘彼率兵直至许都,如之奈何?孤欲迁都以避之。"司马懿谏曰:"不可。于禁等被水所淹,非战之故。于国家大计,本无所损。今孙刘失好,云长得志,孙权必不喜。大王可遣使去东吴陈说利害,令孙权暗暗起兵,蹑云长之后①,许事平之日,割江南之地,以封孙权,则樊城之危自

---

① 蹑:跟踪,跟随。

解矣。"主簿蒋济曰："仲达之言是也。今可即发使往东吴，不必迁都动众。"操依允，遂不迁都，因叹谓诸将曰："于禁从孤三十年，何期临危反不如庞德也？今一面遣使致书东吴，一面必得一大将，以当云长之锐。"言未毕，阶下一将应声而出曰："某愿往。"操视之，乃徐晃也。操大喜，遂发精兵五万，令徐晃为将，吕建副之，克日起兵，前到阳陵坡驻扎，看东南有应，然后征进。

却说孙权接得曹操书信，览毕，欣然应允，即修书发付使者先回，乃聚文武商议。张昭曰："近闻云长擒于禁，斩庞德，威震华夏。操欲迁都，以避其锋。今樊城危急，遣使求救，事定之后，恐有反复。"权未及发言，急报吕蒙乘小舟自陆口来，有事面禀。权召入，问之，蒙曰："今云长提兵围樊城，可乘其远出，袭取荆州。"权曰："孤欲北取徐州。如何？"蒙曰："今操远在河北，未暇东顾，徐州守兵无多，往自可克。然其地势利于陆战，不利水战，纵然得之，亦难保守。不如先取荆州，全据长江，别作良图。"权曰："孤本欲取荆州，前言特以试卿耳。卿可速为孤图之，孤当随后便起兵也。"

吕蒙辞了孙权，回至陆口。蚤有哨马报说："沿江上下，或二十里，或三十里，高阜处各有烽火台；又闻荆州军马整肃，预有准备。"蒙大惊曰："若如此，急难图也。我一时在吴侯面前劝取荆州，今却如何处置？"寻思无计，乃托病不出，使人回报孙权。权闻吕蒙患病，心甚怏怏。陆逊进言曰："吕子明之病，乃诈耳，非真病也。"权曰："伯言既知其诈，可往视之。"陆逊领命，星夜至陆口寨中，来见吕蒙：果然面无病色。逊曰："某奉吴侯命，敬探子明贵恙。"蒙曰："贱躯偶病，何劳探问！"逊曰："吴侯以重任付公，公不乘时而动，空怀郁结，何也？"蒙目视陆逊，良久不语。逊又曰："愚有小方，能治将军之疾，未审可用否？"蒙乃屏退左右而问曰："伯言良方，乞早赐教。"逊笑曰："子明之疾，不过因荆州兵马整肃，沿江有烽火台之备耳。予有一计，令沿江守吏不能举火，荆州之兵束手归降，可乎？"蒙惊谢曰："伯言之语，如见我肺腑。愿闻良策。"陆逊曰："云长倚恃英雄，自料无敌，所虑者惟将军耳。将军乘此机会，托疾辞职，以陆口之任让之他人，使他人卑辞赞美关公，以骄其心，彼必尽撤荆州之兵，以向樊城。若荆州无备，用一旅之师，别出奇计以袭之，则荆州在掌握之中矣。"蒙大喜曰："真良策也！"由是吕蒙托病不起，上书辞职。

陆逊回见孙权，具言前计。孙权乃召吕蒙还建业养病。蒙至，入见权。权问曰："陆口之任，昔周公瑾荐鲁子敬以自代，后子敬又荐卿自代；今卿亦须荐一才望兼隆者，代卿为妙。"蒙曰："若用望重之人，云长必然提备。陆逊意思深长①，而未有远名，非云长所忌；若即用以代臣之任，必有所济。"权大喜，即日拜陆逊为偏将军、右都督，代蒙守陆口。逊谢曰："某年幼无学，恐不堪大任。"权曰："子明保卿，必不差错。卿毋得推辞。"逊乃拜受印绶，连夜往陆口。交割马步水三军已毕，即修书一封，具名马、异锦、酒礼等物，遣使赍赴樊城见关公。

时公正将息箭疮，按兵不动。忽报："江东陆口守将吕蒙病危，孙权取回调理。近拜陆逊为将，代吕蒙守陆口。今逊差人赍书具礼，特来拜见。"关公召入，指来使而言曰："仲谋见识短浅，用此孺子为将。"来使伏地告曰："陆将军呈书备礼，一来与君侯作贺，二来求两家和好，幸乞笑留。"公拆书视之，书词极其卑谨。关公览毕，仰面大笑，令左右收了礼物，发付使者回去。

使者回见陆逊曰："关公欣喜，无复有忧江东之意。"逊大喜，密遣人探得关公果然撤荆州大半兵赴樊城听调，只待箭疮痊可，便欲进兵。逊察知备细，即差人星夜报知孙权。孙权召吕蒙商议曰："今云长果撤荆州之兵，攻取樊城，便可设计袭取荆州。卿与吾弟孙皎

---

① 意思：思想，心思。

同引大军前去，如何？"孙皎字叔明，乃孙权叔父孙静之次子也。蒙曰："主公若以蒙可用，则独用蒙；若以叔明可用，则独用叔明。岂不闻昔日周瑜、程普为左右都督，事虽决于瑜，然普自以旧臣而居瑜下，颇不相睦。后因见瑜之才，方始敬服。今蒙之才不及瑜，而叔明之亲胜于普，恐未必能相济也。"权大悟，遂拜吕蒙为大都督，总制江东诸路军马，令孙皎在后接应粮草。

　　蒙拜谢，点兵三万，快船八十余只，选会水者扮作商人，皆穿白衣，在船上摇橹，却将精兵伏于艨舻船中①；次调韩当、蒋钦、朱然、潘璋、周泰、徐盛、丁奉等七员大将，相继而进；其余皆随吴侯为合后救应。一面遣使致书曹操，令进兵以袭云长之后；一面先传报陆逊。然后发白衣人驾快船，往浔阳江去，昼夜趱行，直抵北岸。江边烽火台上，守台军盘问时，吴人答曰："我等皆是客商，因江中阻风，到此一避。"随将财物送与守台军士。军士信之，遂任其停泊江边。约至二更，艨舻中精兵齐出，将烽火台上官军缚倒。暗号一声，八十余船精兵俱起，将紧要去处墩台之军尽行捉入船中，不曾走了一个。于是长驱大进，径取荆州，无人知觉。将至荆州，吕蒙将沿江墩台所获官军用好言抚慰，各各重赏，令赚开城门，纵火为号。众军领命，吕蒙便教前导。比及半夜，到城下叫门。门吏认得是荆州之兵，开了城门。众军一声喊起，就城门里放起号火。吴兵齐入，袭了荆州。吕蒙便传令："军中如有妄杀一人，妄取民间一物者，定按军法。"原任官吏，并依旧职。将关公家属另养别宅，不许闲人搅扰，一面遣人申报孙权。

　　一日大雨，蒙上马，引数骑点看四门。忽见一人取民间箬笠以盖铠甲②。蒙喝左右执下问之，乃蒙之乡人也。蒙曰："汝虽系我同

---

① 艨舻（gōulù）：吴地的一种大船。
② 箬（ruò）笠：用箬竹叶编制的斗笠。

乡，但吾号令已出，汝故犯之，当按军法。"其人泣告曰："某恐雨湿官铠，故取遮盖，非为私用。乞将军念同乡之情。"蒙曰："吾固知汝为覆官铠，然终是不应取民间之物。"叱左右推下斩之。枭首传示毕，然后收其尸首，泣而葬之。自是三军震肃。

不一日，孙权领众至。吕蒙出郭，迎接入衙。权慰劳毕，仍命潘濬为治中，掌荆州事。监内放出于禁，遣归曹操。安民赏军，设宴庆贺。权谓吕蒙曰："今荆州已得，但公安傅士仁、南郡糜芳，此二处如何收复？"言未毕，忽一人出曰："不须引弓发箭，某凭三寸不烂之舌，说公安傅士仁来降，可乎？"众视之，乃虞翻也。权曰："仲翔有何良策，可使傅士仁归降？"翻曰："某自幼与士仁交厚，今若以利害说之，彼必归矣。"权大喜，遂令虞翻领五百军，径奔公安来。

却说傅士仁听知荆州已失，急令闭城坚守。虞翻至，见城门紧闭，遂写书拴于箭上，射入城中。军士拾得，献与傅士仁。士仁拆书视之，乃招降之意。览毕，想起关公去日恨吾之意，不如蚤降。即令大开城门，请虞翻入城。二人礼毕，各叙旧情。翻说吴侯宽洪大度，礼贤下士。士仁大喜，即同虞翻赍印绶，来荆州投降。孙权大悦，仍令去守公安。吕蒙密谓权曰："今云长未获，留士仁于公安，久必有变。不若使往南郡，招糜芳归降。"权乃召傅士仁谓曰："糜芳与卿交厚，卿可招来归降，孤自当有重赏。"傅士仁慨然领诺，遂引十余骑，径投南郡招安糜芳。正是：

> 今日公安无守志，从前王甫是良言。

未知此去如何，且看下文分解。

第七十六回

徐公明大战沔水　关云长败走麦城

却说糜芳闻荆州有失，正无计可施，忽报："公安守将傅士仁至。"芳忙接入城，问其事故。士仁曰："吾非不忠，势危力困，不能支持。我今已降东吴，将军亦不如早降。"芳曰："吾等受汉中王厚恩，安忍背之？"士仁曰："关公去日，痛恨吾二人。倘一日得胜而回，必无轻恕。公细察之。"芳曰："吾兄弟久事汉中王，岂可一朝相背？"正犹豫间，忽报关公遣使至。接入厅上，使者曰："关公军中缺粮，特来南郡、公安二处取白米十万石，令二将军星夜解去军前交割，如迟立斩。"芳大惊，顾谓傅士仁曰："今荆州已被东吴所取，此粮怎得过去？"士仁厉声曰："不必多疑。"遂拔剑斩来使于堂上。芳惊曰："公如何？"士仁曰："关公此意，正要斩我二人。我等安可束手受死？公今不蚤降东吴，必被关公所杀。"正说间，忽报吕蒙引兵杀至城下。芳大惊，乃同傅士仁出城投降。蒙大喜，引见孙权。权重赏二人。安民已毕，大犒三军。

时曹操在许都，正与众谋士议荆州之事，忽报："东吴遣使奉书至。"操召入。使者呈上书信。操拆视之。书中具言吴兵将袭荆州，求操夹攻云长，且嘱勿泄漏，使云长有备也。操与众谋士商议。主簿董昭曰："今樊城被困，引颈望救。不如令人将书射入樊城，以宽军心；且使关公知东吴将袭荆州。彼恐荆州有失，必速退兵。却令徐晃乘势掩杀，可获全功。"操从其谋，一面差人催徐晃急战，一面亲统大兵，径往洛阳之南阳陆坡驻扎，以救曹仁。

却说徐晃正坐帐中，忽报魏王使至。晃接入，问之。使曰："今魏王引兵已过洛阳，令将军急战关公，以解樊城之困。"正说间，探马报说："关平屯兵在偃城，廖化屯兵在四冢，前后一十二个寨栅，连络不绝。"晃即差副将徐商、吕建假着徐晃旗号，前赴偃城，与关平交战；晃却自引精兵五百，循沔水去袭偃城之后。

且说关平闻徐晃自引兵至，遂提本部兵迎敌。两阵对圆。关平出马，与徐商交锋，只三合，商大败而走。吕建出战，五六合亦败走。平乘势追杀二十余里。忽报城中火起。平知中计，急勒兵回救偃城，正遇一彪军摆开，徐晃立马在门旗下，高叫曰："关平贤侄，好不知死！汝荆州已被东吴夺了，犹然在此狂为。"平大怒，纵马轮刀，直取徐晃。不三四合，三军喊叫："偃城中火光大起！"平不敢恋战，杀条大路，径奔四冢寨来。廖化接着。化曰："人言荆州已被吕蒙袭了，军心惊慌，如之奈何？"平曰："此必讹言也！军士再言者斩之。"忽流星马到，报说正北第一屯被徐晃领兵攻打。平曰："若第一屯有失，诸营岂得安宁？此间皆靠沔水，贼兵不敢到此，吾与汝同去救第一屯。"廖化唤部将分付曰："汝等坚守营寨，如有贼到，即便举火。"部将曰："四冢寨鹿角十重，虽飞鸟亦不能入，何虑贼兵！"于是关平、廖化尽起四冢寨精兵，奔至第一屯驻扎。

关平看见魏兵屯于浅山之上，谓廖化曰："徐晃屯兵不得地利，今夜可引兵劫寨。"化曰："将军可分兵一半前去，某当谨守本寨。"是夜，关平引一枝兵杀入魏寨，不见一人。平知是计，火速退时，左边徐商、右边吕建，两下夹攻，平大败回营。魏兵乘势追杀前来，四面围住。关平、廖化支持不住，弃了第一屯，径投四冢寨来。早望见寨中火起，急到寨前，只见皆是魏兵旗号。关平等退兵，忙奔樊城大路而走，前面一军拦住，为首大将乃徐晃也。平、化两人奋力死战，夺路而走，回到大寨，来见关公曰："今徐晃夺了偃城等处，又兼曹操自引大军，分三路来救樊城。多有人言荆州已被吕蒙袭了。"关公喝曰:"此敌人讹言,以乱我军心耳!东吴吕蒙病危,孺子陆逊代之,不足为虑。"

言未毕,忽报徐晃兵至。公令备马。平谏曰:"父体未痊,不可与敌。"公曰:"徐晃与吾有旧,深知其能。若彼不退,吾先斩之,以警魏将。"遂披挂提刀上马,奋然而出。魏军见之,无不惊惧。公勒马问曰:"徐公明安在?"魏营门旗开处,徐晃出马,欠身而言曰:"自别君侯,倏忽数载,不想君侯须发已苍白矣。忆昔壮年相从,多蒙教诲,感谢不忘。今君侯英风震于华夏,使故人闻之,不胜叹羡。兹幸得一见,深慰渴怀。"公曰:"吾与公明交契深厚,非比他人,今何故数穷吾儿耶?①"晃回顾众将,厉声大叫曰:"若取得云长首级者,重赏千金!"公惊曰:"公明何出此言?"晃曰:"今日乃国家之事,某不敢以私废公。"言讫,挥大斧直取关公。公大怒,亦挥刀迎之,战八十余合。公虽武艺绝伦,终是右臂少力。关平恐公有失,火急鸣金。公拨马回寨。

忽闻四下里喊声大震,原来是樊城曹仁闻曹操救兵至,引军杀出城来,与徐晃会合,两下夹攻,荆州兵大乱。关公上马,引众将急奔襄江上流头。背后魏兵追至。关公急渡过襄江,望襄阳而奔。忽流星马到,报说:"荆州已被吕蒙所夺,家眷被陷。"关公大惊,不敢奔襄阳,提兵投公安来。探马又报:"公安傅士仁已降东吴了。"关公大怒。忽催粮人到,报说:"公安傅士仁往南郡杀了使命,招糜芳都降东吴去了。"关公闻言,怒气冲塞,疮口迸裂,昏绝于地。众将救醒。公顾谓司马王甫曰:"悔不听足下之言,今日果有此事。"因问:"沿江上下,何不举火?"探马答曰:"吕蒙使水手尽穿白衣,扮作客商渡江,将精兵伏于䑦舻之中,先擒了守台士卒,因此不得举火。"公跌足叹曰:"吾中奸贼之谋矣,有何面目见兄长耶!"管粮都

---

① 数穷:屡次窘逼。

督赵累曰："今事急矣，可一面差人往成都求救，一面从旱路去取荆州。"关公依言，差马良、伊籍赍文三道，星夜赴成都求救，一面引兵来取荆州。自领前队先行，留廖化、关平断后。

却说樊城围解，曹仁引众将来见曹操，泣拜请罪。操曰："此乃天数，非汝等之罪也。"操重赏三军，亲至四冢寨周围阅视，顾谓诸将曰："荆州兵围堑鹿角数重，徐公明深入其中，竟获全功。孤用兵三十余年，未敢长驱径入敌围。公明真胆识兼优者也！"众皆叹服。操班师，还于摩陂驻扎。徐晃兵至，操亲出寨迎之，见晃军皆按队伍而行，并无差乱。操大喜曰："徐将军真有周亚夫之风矣①！"遂封徐晃为平南将军，同夏侯尚守襄阳，以遏关公之师。操因荆州未定，就屯兵于摩陂，以候消息。

却说关公在荆州路上，进退无路，谓赵累曰："目今前有吴兵，后有魏兵，吾在其中，救兵不至，如之奈何？"累曰："昔吕蒙在陆口时，尝致书君侯，两家约好，共诛操贼。今却助操而袭我，是背盟也。君侯暂驻军于此，可差人遗书吕蒙责之，看彼如何对答。"关公从其言，遂修书，差使赴荆州来。

却说吕蒙在荆州，传下号令："凡荆州诸郡有随关公出征将士之家，不许吴兵搅扰，按月给与粮米；有患病者，遣医治疗。"将士之家感其恩惠，安堵不动。忽报关公使至。吕蒙出郭迎接入城，以宾礼相待。使者呈书与蒙。蒙看毕，谓来使曰："蒙昔日与关将军结好，乃一己之私见；今日之事，乃上命差遣，不得自主。烦使者回报将军，善言致意。"遂设宴款待，送归馆驿安歇。于是随征将士之家皆来问信，有附家书者，有口传音信者，皆言家门无恙，衣食不缺。使者辞别吕蒙。蒙亲送出城。使者回见关公，具道吕蒙之语，并说："荆州城中，君侯宝眷并诸将家属，俱各无恙，供给不缺。"公

―――――――――――
① 周亚夫：西汉名将，以严整治军著称。

586

大怒曰："此奸贼之计也。吾生不能杀此贼，死必杀之，以雪吾恨！"喝退使者。使者出寨，众将皆来探问家中之事。使者具言各家安好，吕蒙极其恩恤，并将书信传送各将。各将欣喜，皆无战心。

关公率兵取荆州。军行之次，将士多有逃回荆州者。关公愈加恨怒，遂催军前进。忽然喊声大震，一彪军拦住，为首大将乃蒋钦也，勒马挺枪大叫曰："云长何不早降？"关公骂曰："吾乃汉将，岂降贼乎？"拍马舞刀，直取蒋钦。不三合，钦败走。关公提刀追杀二十余里，喊声忽起，左边山谷中，韩当领军冲出；右边山谷中，周泰引军冲出；蒋钦回马复战，三路夹攻。关公急撤军回走。行无数里，只见南山岗上人烟聚集，一面白旗招飐，上写"荆州土人"四字，众人都叫："本处人速速投降！"关公大怒，欲上岗杀之。山崦内又有两军撞出，左边丁奉，右边徐盛，并合蒋钦等三路军马，喊声震地，鼓角喧天，将关公困在垓心。手下将士渐渐消疏。比及杀到黄昏，关公遥望四山之上，皆是荆州土兵，呼兄唤弟，觅子寻爷，喊声不住。军心尽变，皆应声而去。关公止喝不住，部从止有三百余人。

杀至三更，正东上喊声连天，乃是关平、廖化分两路兵杀入重围，救出关公。关平告曰："军心乱矣，必得城池暂屯，以待援兵。麦城虽小，足可屯扎。"关公从之，催促残军，前至麦城。分兵紧守四门，聚将士商议。赵累曰："此处相近上庸，现有刘封、孟达在彼把守，可速差人往求救兵。若得这枝军马接济，以待川兵大至，军心自安矣。"正议间，忽报吴兵已至，将城四面围定。公问曰："谁敢突围而出，往上庸求救？"廖化曰："某愿往。"关平曰："我护送汝出重围。"关公即修书付廖化藏于身畔，饱食上马，开门出城；正遇吴将丁奉截住，被关平奋力冲杀。奉败走。廖化乘势杀出重围，投上庸去了。关平入城，坚守不出。

且说刘封、孟达自取上庸，太守申耽率众归降，因此汉中王加刘封为副将军，与孟达同守上庸。当日探知关公兵败，二人正议间，忽报廖化至。封令请入，问之。化曰："关公兵败，见困于麦城，被围至急。蜀中援兵不能旦夕即至，特命某突围而出，来此求救。望二将军速起上庸之兵，以救此危。倘稍迟延，公必陷矣！"封曰："将军且歇，容某计议。"化乃至馆驿安歇，专候发兵。

　　刘封谓孟达曰："叔父被困，如之奈何？"达曰："东吴兵精将勇，且荆州九郡俱已属彼，止有麦城，乃弹丸之地。又闻曹操亲督大军四五十万，屯于摩陂。量我等山城之众，安能敌两家之强兵？不可轻敌。"封曰："吾亦知之，奈关公是吾叔父，安忍坐视而不救乎？"达笑曰："将军以关公为叔，恐关公未必以将军为侄也。某闻汉中王初嗣将军之时，关公即不悦；后汉中王登位之后，欲立后嗣，问于孔明。孔明曰：'此家事也，问关、张可矣。'汉中王遂遣人至荆州问关公。关公以将军乃螟蛉之子，不可僭立，劝汉中王远置将军于上庸山城之地，以杜后患。此事人人知之，将军岂反不知耶？何今日犹沾沾以叔侄之义，而欲冒险轻动乎？"封曰："君言虽是，但以何词却之？"达曰："但言山城初附，民心未定，不敢造次兴兵，恐失所守。"封从其言。次日请廖化至，言此山城初附之所，未能分兵相救。化大惊，以头叩地曰："若如此，则关公休矣！"达曰："我今即往，一杯之水，安能救一车薪之火乎？将军速回，静候蜀兵至可也。"化大恸告求。刘封、孟达皆拂袖而入。廖化知事不谐，寻思须告汉中王求救，遂上马，大骂出城，望成都而去。

　　却说关公在麦城，盼望上庸兵到，却不见动静。手下止有五六百人，多半带伤，城中无粮，甚是苦楚。忽报："城下一人教休放箭，有话来见君侯。"公令放入，问之，乃诸葛瑾也。礼毕，茶罢，瑾曰："今奉吴侯命，特来劝谕将军。自古道：'识时务者为俊杰。'今将军所统汉上九郡，皆已属他人矣，止有孤城一区，内无粮草，外无救兵，危在旦夕。将军何不从瑾之言，归顺吴侯，复镇荆襄，可以保全家眷？幸君侯熟思之。"关公正色而言曰："吾乃解良一武夫，蒙我主以手足相待，安肯背义投敌国乎？城若破，有死而已。玉可碎而不可改其白，竹可焚而不可毁其节。身虽殒，名可垂于竹帛也。汝勿多言，速请出城，吾欲与孙权决一死战。"瑾曰："吴侯欲与君侯结秦晋之好，同力破曹，共扶汉室，别无他意，君侯何执迷如是？"言未毕，关平拔剑而前，欲斩诸葛瑾。公止之曰："彼弟孔明在蜀，佐汝伯父。今若杀彼，伤其兄弟之情也。"遂令左右逐出诸葛瑾。

瑾满面羞惭，上马出城，回见吴侯曰："关公心如铁石，不可说也。"孙权曰："真忠臣也。似此，如之奈何？"吕范曰："某请卜其休咎。"权即令卜之。范揲蓍成象，乃"地水师"卦①，更有玄武临应，主敌人远奔。权问吕蒙曰："卦主敌人远奔，卿以何策擒之？"蒙笑曰："卦象正合某之机也。关公虽有冲天之翼，飞不出吾罗网矣。"正是：

> 龙游沟壑遭虾戏，凤入牢笼被鸟欺。

毕竟吕蒙之计若何，且看下文分解。

---

① "地水师"卦：《师》是《易经》里的一个卦名，由坎下坤上组成，坤代表地，坎代表水，所以叫"地水师"卦。

第七十七回

玉泉山关公显圣　洛阳城曹操感神

却说孙权求计于吕蒙。蒙曰："吾料关某兵少，必不从大路而逃。麦城正北有险峻小路，必从此路而去。可令朱然引精兵五千，伏于麦城之北二十里；彼军至，不可与敌，只可随后掩杀，彼军定无战心，必奔临沮。却令潘璋引精兵五百，伏于临沮山僻小路，关某可擒矣。今遣将士各门攻打，只空北门，待其出走。"权闻计，令吕范再卜之。卦成，范告曰："此卦主敌人投西北而走，今夜亥时必然就擒。"权大喜，遂令朱然、潘璋领两枝精兵，各依军令埋伏去讫。

且说关公在麦城，计点马步军兵，止剩三百余人，粮草又尽。是夜，城外吴兵招唤各军姓名，越城而去者甚多。救兵又不见到，心中无计，谓王甫曰："吾悔昔日不用公言，今日危急，将复何如？"甫哭告曰："今日之事，虽子牙复生，亦无计可施也。"赵累曰："上庸救兵不至，乃刘封、孟达按兵不发之故，何不弃此孤城，奔入西川，再整兵来，以图恢复？"公曰："吾亦欲如此。"遂上城观之，见北门外敌军不多，因问本城居民："此去往北，地势若何？"答曰："此去皆是山僻小路，可通西川。"公曰："今夜可走此路。"王甫谏曰："小路有埋伏，可走大路。"公曰："虽有埋伏，吾何惧哉！"即下令，马步官军严整装束，准备出城。甫哭曰："君侯于路小心保重。某与部卒百余人，死据此城。城虽破，身不降也。专望君侯速来救援。"公亦与泣别，遂留周仓与王甫同守麦城，关公自与关平、赵累引残卒二百余人，突出北门。

关公横刀前进。行至初更以后，约走二十余里，只见山凹处金鼓齐鸣，喊声大震，一彪军到，为首大将朱然，骤马挺枪叫曰："云长休走，趁蚤投降，免得一死！"公大怒，拍马轮刀来战。朱然便走。公乘势追杀。一棒鼓响，四下伏兵皆起。公不敢战，望临沮小路而走。朱然率兵掩杀。关公所随之兵渐渐稀少。走不得四五里，前面喊声又震，火光大起，潘璋骤马舞刀杀来。公大怒，轮刀相迎。只三合，潘璋败走。公不敢恋战，急望山路而走。背后关平赶来，报说赵累已死于乱军中。关公不胜悲惶，遂令关平断后，公自在前开路。随行止剩得十余人。行至决石，两下是山，山边皆芦苇败草，树木丛杂。时已五更将尽，正走之间，一声喊起，两下伏兵尽出，长钩套索，一齐并举，先把关公坐下马绊倒。关公翻身落马，被潘璋部将马忠所获。关平知父被擒，火速来救，背后潘璋、朱然率兵骤至，把关平四下围住。平孤身独战，力尽亦被执。

至天明，孙权闻关公父子已被擒获，大喜，聚众将于帐中。少时，马忠簇拥关公至前。权曰："孤久慕将军盛德，欲结秦晋之好，何相弃耶？公平昔自以为天下无敌，今日何由被吾所擒？将军今日还服孙权否？"关公厉声骂曰："碧眼小儿，紫髯鼠辈！吾与刘皇叔桃园结义，誓扶汉室，岂与汝叛汉之贼为伍耶？我今误中奸计，有死而已，何必多言！"权回顾众官曰："云长世之豪杰，孤深爱之。今欲以礼相待，劝使归降，何如？"主簿左咸曰："不可。昔曹操得此人时，封侯赐爵，三日一小宴，五日一大宴，上马一提金，下马一提银，如此恩礼，毕竟留之不住，听其斩关杀将而去，致使今日反为所逼，几欲迁都以避其锋。今主公既已擒之，若不即除，恐贻后患。"孙权沉吟半响，曰："斯言是也！"遂命推出。于是关公父子皆遇害，时建安二十四年冬十月也。关公亡年五十八岁。后人有诗叹曰：

> 汉末才无敌，云长独出群。
>
> 神威能奋武，儒雅更知文。
>
> 天日心如镜，《春秋》义薄云。
>
> 昭然垂万古，不止冠三分。

又有诗曰：

> 人杰惟追古解良，士民争拜汉云长。
>
> 桃园一日兄和弟，俎豆千秋帝与王[①]。
>
> 气挟风雷无匹敌，志垂日月有光芒。
>
> 至今庙貌盈天下，古木寒鸦几夕阳。

关公既殁，坐下赤兔马被马忠所获，献与孙权。权即赐马忠骑坐。其马数日不食草料而死。

却说王甫在麦城中，骨颤肉惊，乃问周仓曰："昨夜梦见主公浑身血污，立于前；急问之，忽然惊觉，不知主何吉凶。"正说间，忽报吴兵在城下，将关公父子首级招安。王甫、周仓大惊，急登城视之，果关公父子首级也。王甫大叫一声，堕城而死。周仓自刎而亡。于是麦城亦属东吴。

却说关公一魂不散，荡荡悠悠，直至一处，乃荆门州当阳县一座山，名为玉泉山。山上有一老僧，法名普静，原是氾水关镇国寺中长老；后因云游天下，来到此处，见山明水秀，就此结草为庵，每日坐禅参道。身边只有一小行者，化饭度日。是夜，月白风清。三更以后，普静正在庵中默坐，忽闻空中有人大呼曰："还我头来！"普静仰面谛观，只见空中一人骑赤兔马，提青龙刀，左有一白面将军，右有一黑脸虬髯之人相随，一齐按落云头，至玉泉山顶。普静认得是关公，遂以手中麈尾击其户曰[②]："云长安在？"关公英魂

---

① 俎（zǔ）豆：俎、豆是古代祭祀、宴享时用来盛祭品的两种礼器。用在这里是指关羽和刘备、张飞桃园结义是受人千古传颂的佳话。

② 麈（zhǔ）尾：用麈的尾毛做成的拂尘。麈，古书上指鹿一类的动物。

顿悟，即下马，乘风落于庵前，叉手问曰："吾师何人，愿求法号。"
普静曰："老僧普静，昔日汜水关前镇国寺中曾与君侯相会，今日岂
遂忘之耶？"公曰："向蒙相救，铭感不忘。今某已遇祸而死，愿求
清诲，指点迷途。"普静曰："昔非今是，一切休论。后果前因，彼
此不爽①。今将军为吕蒙所害，大呼：'还我头来！'然则颜良、文丑、
五关六将等众人之头又将向谁索耶？"于是关公恍然大悟，稽首皈
依而去②。后往往于玉泉山显圣护民。乡人感其德，就于山顶上建庙，
四时致祭。后人题一联于其庙云：

赤面秉赤心骑赤兔追风驰驱时无忘赤帝

青灯观青史仗青龙偃月隐微处不愧青天

却说孙权既害了关公，遂尽得荆襄之地，赏犒三军，设宴大会
诸将庆功。置吕蒙于上座，顾谓诸将曰："孤久不得荆州，今唾手而
得，皆子明之功也。"蒙再三逊谢。权曰："昔周郎雄略过人，破曹
操于赤壁，不幸早夭，鲁子敬代之。子敬初见孤时，便及帝王大略，
此一快也。曹操东下，诸人皆劝孤降，子敬独劝孤召公瑾，逆而击
之，此二快也。惟劝吾借荆州与刘备，是其一短。今子明设计定谋，
立取荆州，胜子敬、周郎多矣。"于是亲酌酒赐吕蒙。吕蒙接酒欲
饮，忽然掷杯于地，一手揪住孙权，厉声大骂曰："碧眼小儿，紫髯
鼠辈！还识我否？"众将大惊。急救时，蒙推倒孙权，大步前进，坐
于孙权位上，两眉倒竖，双眼圆睁，大喝曰："我自破黄巾以来，纵
横天下三十余年，今被汝一旦以奸计图我。我生不能啖汝之肉，死
当追吕贼之魂。我乃汉寿亭侯关云长也！"权大惊，慌忙率大小将
士皆下拜。只见吕蒙倒于地上，七窍流血而死。众将见之，无不恐
惧。权将吕蒙尸首具棺安葬，赠南郡太守、孱陵侯，命其子吕霸袭

---

① 不爽：不违背。

② 稽（qǐ）首皈（guī）依：诚心诚意地归向佛门。稽首，古时的一种跪拜礼，叩头至地，
是九拜中最恭敬的。皈依，佛教名词，身心归向于佛。

爵。孙权自此感关公之事，惊讶不已。

忽报张昭自建业而来。权召入，问之，昭曰："今主公损了关公父子，江东祸不远矣。此人与刘备桃园结义之时，誓同生死，今刘备已有两川之兵，更兼诸葛亮之谋，张、黄、马、赵之勇。备若知云长父子遇害，必起倾国之兵，奋力报仇，恐东吴难与敌也。"权闻之大惊，跌足曰："孤失计较也。似此，如之奈何？"昭曰："主公勿忧。某有一计，令西蜀之兵不犯东吴，荆州如磐石之安。"权问何计。昭曰："今曹操拥百万之众，虎视华夏，刘备急欲报仇，必与操约和。若二处连兵而来，东吴危矣。不如先遣人将关公首级转送与曹操，明教刘备知是操之所使，必痛恨于操，西蜀之兵，不向吴而向魏矣。吾乃观其胜负，于中取事，此为上策。"权从其言，随遣使者，以木匣盛关公首级，星夜送与曹操。

时操从摩陂班师回洛阳，闻东吴送关公首级至，喜曰："云长已死，吾夜眠贴席矣！"阶下一人出曰："此乃东吴移祸之计也。"操视之，乃主簿司马懿也。操问其故。懿曰："昔刘、关、张三人桃园结义之时，誓同生死。今东吴害了关公，惧其复仇，故将首级献与大王，使刘备迁怒大王，不攻吴而攻魏，他却于中乘便而图事耳。"操曰："仲达之言是也，孤以何策解之？"懿曰："此事极易。大王可将关公首级刻一木香之躯以配之，葬以大臣之礼。刘备知之，必深恨孙权，尽力南征。我却观其胜负，蜀胜则击吴，吴胜则击蜀；二处若得一处，那一处亦不久也。"操大喜，从其计，遂召吴使入，呈上木匣。操开匣视之，见关公面如平日。操笑曰："云长公别来无恙！"言未讫，只见关公口开目动，须发皆张。操惊倒。众官急救，良久方醒，顾谓众官曰："关将军真天神也！"吴使又将关公显圣附体、骂孙权、追吕蒙之事告操。操愈加恐惧，遂设牲醴祭祀，刻沉香木为躯，以王侯之礼，葬于洛阳南门外，令大小官员送殡。操自拜祭，赠为荆王，差官守墓，即遣吴使回江东去讫。

却说汉中王自东川回成都。法正奏曰："王上先夫人去世，孙夫人又南归，未必再来。人伦之道，不可废也，必纳王妃，以襄内政。"汉中王从之。法正复奏曰："吴懿有一妹，美而且贤，尝闻有相者相此女后必大贵。先曾许刘焉之子刘瑁。瑁蚤夭，其女至今寡居。大王可纳之为妃。"汉中王曰："刘瑁与我同宗，于理不可。"法正曰："论其亲疏，何异晋文之与怀嬴乎①？"汉中王乃依允，遂纳吴氏为王妃，后生二子：长刘永，字公寿；次刘理，字奉孝。

且说东、西两川民安国富，田禾大成。忽有人自荆州来，言东吴求婚于关公，关公力拒之。孔明曰："荆州危矣。可使人替关公回。"正商议间，荆州捷报使命络绎而至。不一日，关兴到，具言水淹七军之事。忽又报马到来，报说关公于江边多设墩台，提防甚密，万无一失。因此玄德放心。

忽一日，玄德自觉浑身肉颤，行坐不安。至夜，不能宁睡。起坐内室，秉烛看书，觉神思昏迷，伏几而卧。就室中起一阵冷风，灯灭复明，抬头见一人立于灯下。玄德问曰："汝何人，黉夜至吾内室？"其人不答。玄德疑怪，自起视之，乃是关公于灯影下往来躲避。玄德曰："贤弟别来无恙。夜深至此，必有大故。吾与汝情同骨肉，因何回避？"关公泣告曰："愿兄起兵，以雪弟恨。"言讫，冷风骤起，关公不见。玄德忽然惊觉，乃是一梦。时正三鼓。玄德大疑，急出前殿，使人请孔明来。孔明入见，玄德细言梦警。孔明曰："此乃王上心思关公，故有此梦，何必多疑。"玄德再三疑虑，孔明以善言解之。

孔明辞出，至中门外，迎见许靖。靖曰："某才赴军师府下，报一机密，听知军师入宫，特来至此。"孔明曰："有何机密？"靖曰："某适闻外人传说，东吴吕蒙已袭荆州，关公已遇害，故特来密报军

---

① 晋文之与怀嬴：怀嬴，秦穆公之女，二嫁与人，先嫁给晋怀公子圉，后改嫁给晋文公的伯父晋文公重耳。

师。"孔明曰:"吾夜观天象,见将星落于荆楚之地,已知云长必然被祸。但恐王上忧虑,故未敢言。"二人正说之间,忽然殿内转出一人,扯住孔明衣袖而言曰:"如此凶信,公何瞒我?"孔明视之,乃玄德也。孔明、许靖奏曰:"适来所言,皆传闻之事,未足深信。愿王上宽怀,勿生忧虑。"玄德曰:"孤与云长,誓同生死。彼若有失,孤岂能独生耶?"

孔明、许靖正劝解之间,忽近侍奏曰:"马良、伊籍至。"玄德急召入,问之,二人具说荆州已失,关公兵败求救。呈上表章。未及拆观,侍臣又奏:"荆州廖化至。"玄德急召入。化哭拜于地,细奏刘封、孟达不发救兵之事。玄德大惊曰:"若如此,吾弟休矣!"孔明曰:"刘封、孟达,如此无礼,罪不容诛!王上宽心,亮亲提一旅之师去,救荆襄之急。"玄德泣曰:"云长有失,孤断不独生。孤来日自提一军,去救云长。"遂一面差人赴阆中报知翼德,一面差人会集人马。未及天明,一连数次报说关公夜走临沮,为吴将所获,义不屈节,父子归神。玄德听罢,大叫一声,昏绝于地。正是:

　　为念当年同誓死,忍教今日独捐生。

未知玄德性命如何,且看下文分解。

第七十八回

治风疾神医身死 传遗命奸雄数终

却说汉中王闻关公父子遇害，哭倒于地；众文武急救，半晌方醒，扶入内殿。孔明劝曰："王上少忧。自古道：'死生有命。'关公平日刚而自矜，故今日有此祸。王上且宜保养尊体，徐图报仇。"玄德曰："孤与关、张二弟桃园结义时，誓同生死。今云长已亡，孤岂能独享富贵乎？"言未已，只见关兴号恸而来。玄德见了，大叫一声，又哭绝于地。众官救醒。一日哭绝三五次，三日水浆不进，只是痛哭，泣湿衣襟，斑斑成血。孔明与众官再三劝解。玄德曰："孤与东吴，誓不同日月也！"孔明曰："闻东吴将关公首级献之曹操，操以王侯礼祭葬之。"玄德曰："此何意也？"孔明曰："此是东吴欲移祸于曹操，操知是谋，故以厚礼葬关公，令王上归怨于吴也。"玄德曰："吾今即提兵问罪于吴，以雪吾恨！"孔明谏曰："不可。方今吴欲令我伐魏，魏亦欲令我伐吴，各怀谲计，伺隙而乘。王上只宜按兵不动，且与关公发丧；待吴、魏不和，乘时而伐之可也。"众官又再三劝谏，玄德方才进膳，传旨川中大小将士尽皆挂孝。汉中王亲出南门，招魂祭葬，号哭终日。

却说曹操在洛阳，自葬关公后，每夜合眼便见关公。操甚惊惧，问于众官。众官曰："洛阳行宫，旧殿多妖，可造新殿居之。"操曰："吾欲起一殿，名建始殿，恨无良工。"贾诩曰："洛阳良工有苏越者，最有思巧。"操召入，令画图像。苏越画成九间大殿，前后廊庑楼阁，呈与操。操视之，曰："汝画甚合孤意，但恐无栋梁之材。"苏越曰："此去离城三十里，有一潭，名跃龙潭。前有一祠，名跃龙祠。祠傍有一株大梨树，高十余丈，堪作建始殿之梁。"操大喜，即令工人到彼砍伐。

次日回报："梨树锯解不开，斧砍不入，不能斩伐。"操不信，自领数百骑，直至跃龙祠前下马，仰观那树，亭亭如华盖，直侵云汉[①]，并无曲节。操命砍之。乡老数人前来谏曰："此树已数百年矣，常有神人居其上，恐未可伐。"操大怒曰："吾平生游历普天之下，四十余年，上至天子，下及庶人，无不惧孤。是何妖神，敢违孤意？"言讫，拔所佩剑，亲自砍之，铮然有声，血溅满身。操愕然大惊，掷剑上马，回至宫内。是夜二更，操睡卧不安，坐于殿中，隐几而寐[②]。忽见一人披发仗剑，身穿皂衣，直至面前，指操喝曰："吾乃梨树之神也。汝盖建始殿，意欲篡逆，却来伐吾神木。吾知汝数尽，特来杀汝！"操大惊，急呼："武士安在？"皂衣人仗剑欲砍操。操大叫一声，忽然惊觉，头脑疼痛不可忍；急传旨，遍求良医治疗，不能痊可。众官皆忧。

华歆入奏曰："大王知有神医华佗否？"操曰："即江东医周泰者乎？"歆曰："是也。"操曰："虽闻其名，未知其术。"歆曰："华佗字元化，沛国谯郡人也。其医术之妙，世所罕有。但有患者，或用药，或用针，或用灸，随手而愈。若患五脏六腑之疾，药不能效者，以麻肺汤饮之，令病者如醉死，却用尖刀剖开其腹，以药汤洗其脏腑，病人略无疼痛。洗毕，然后以药线缝口，用药敷之，或一月，或二十日，即平复矣。其神妙如此。一日，佗行于道上，闻一人呻吟之声。佗曰：'此饮食不下之病。'问之，果然。佗令取蒜齑汁三升饮之，吐蛇一条，长二三尺，饮食即下。广陵太守陈登心中烦懑，面赤不能饮食，求佗医治。佗以药饮之，吐虫三升，皆赤

---

① 云汉：银河。
② 隐（yìn）几：倚靠几案。几，一种矮脚桌。

598

头，首尾动摇。登问其故。佗曰：'此因多食鱼腥，故有此毒。今日虽可，三年之后，必将复发，不可救也。'后陈登果三年而死。又有一人，眉间生一瘤，痒不可当，令佗视之。佗曰：'内有飞物。'人皆笑之。佗以刀割开，一黄雀飞去，病者即愈。有一人被犬咬足指，随长肉二块，一痛一痒，俱不可忍。佗曰：'痛者内有针十个，痒者内有黑白棋子二枚。'人皆不信。佗以刀割开，果应其言。此人真扁鹊、仓公一流也①！见居金城，离此不远，大王何不召之？"

操即差人星夜请华佗入内，令诊脉视疾。佗曰："大王头脑疼痛，因患风而起。病根在脑袋中，风涎不能出，枉服汤药，不可治疗。某有一法，先饮麻肺汤，然后用利斧砍开脑袋，取出风涎，方可除根。"操大怒曰："汝要杀孤耶？"佗曰："大王曾闻关公中毒箭，伤其右臂，某刮骨疗毒，关公略无惧色。今大王小可之疾，何多疑焉？"操曰："臂痛可刮，脑袋安可砍开？汝必与关公情熟，乘此机会，欲报仇耳！"呼左右拿下狱中，拷问其情。贾诩谏曰："似此良医，世罕其匹，未可废也。"操叱曰："此人欲乘机害我，正与吉平无异。"急令追拷。

华佗在狱，有一狱卒姓吴，人皆称为"吴押狱"。此人每日以酒食供奉华佗。佗感其恩，乃告曰："我今将死，恨有《青囊书》未传于世。感公厚意，无可为报。我修一书，公可遣人送与我家，取《青囊书》来赠公，以继吾术。"吴押狱大喜曰："我若得此书，弃了此役，医治天下病人，以传先生之德。"佗即修书付吴押狱，吴押狱直至金城，问佗之妻取了《青囊书》，回至狱中，付与华佗检看毕，佗即将书赠与吴押狱。吴押狱持回家中藏之。旬日之后，华佗竟死于狱中。吴押狱买棺殡殓讫，脱了差役，回家欲取《青囊书》看习。只见其妻正将书在那里焚烧。吴押狱大惊，连忙抢夺，全卷已被烧

---

① 扁鹊、仓公：扁鹊，姓秦，名越人，春秋时的名医；仓公，即淳于意，西汉时的名医。

毁，只剩得一两叶。吴押狱怒骂其妻。妻曰："纵然学得与华佗一般神妙，只落得死于牢中，要他何用！"吴押狱嗟叹而止。因此《青囊书》不曾传于世，所传者，止阉鸡猪等小法，乃烧剩一两叶中所载也。后人有诗叹曰：

> 华佗仙术比长桑，神识如窥垣一方。
>
> 惆怅人亡书亦绝，后人无复见《青囊》。

却说曹操自杀华佗之后，病势愈重，又忧吴蜀之事。正虑间，近臣忽奏："东吴遣使上书。"操取书拆视之，略曰：

> 臣孙权久知天命已归王上，伏望早正大位，遣将剿灭刘备，扫平两川，臣即率群下纳士归降矣。

操观毕，大笑，出示群臣曰："是儿欲使吾居炉火上耶①？"侍中陈群等奏："汉室久已衰微，殿下功德巍巍，生灵仰望。今孙权称臣归命，此天人之应，异气齐声。殿下宜应天顺人，早正大位。"操笑曰："吾事汉多年，虽有功德及民，然位至于王，名爵已极，何敢更有他望？苟天命在孤，孤为周文王矣。"司马懿曰："今孙权敬称臣归附，王上可封官赐爵，令拒刘备。"操从之，表封孙权为骠骑将军、南昌侯，领荆州牧，即日遣使赍诰敕赴东吴去讫。

操病势转加。忽一夜，梦三马同槽而食。及晓，问贾诩曰："孤向日曾梦三马同槽，疑是马腾父子为祸。今腾已死，昨宵复梦三马同槽，主何吉凶？"诩曰："禄马吉兆也，禄马归于曹，王上何必疑乎！"操因此不疑。后人有诗曰：

> 三马同槽事可疑，不知已植晋根基。
>
> 曹瞒空有奸雄略，岂识朝中司马师。

是夜，操卧寝室，至三更，觉头目昏眩，乃起，伏几而卧。忽

---

① 是儿欲使吾居炉火上耶：这小子想把我放在炉火上（烧烤）。这句话有双关的意思：一是汉代属"火德"，居火上就是取代汉朝，自己做皇帝；二是曹操一旦称帝，可能会引起更多汉臣的反对，相当于把自己放在火上烤。

闻殿中声如裂帛，操惊视之，忽见伏皇后、董贵人、二皇子并伏完、董承等二十余人，浑身血污，立于愁云之内，隐隐闻索命之声。操急拔剑，望空砍去，忽然一声响亮，震塌殿宇西南一角。操惊倒于地。近侍救出，迁于别宫养病。次夜，又闻殿外男女哭声不绝。至晓，操召群臣入曰："孤在戎马之中，三十余年，未尝信怪异之事，今日为何如此？"群臣奏曰："大王当命道士设醮修禳。"操叹曰："圣人云：'获罪于天，无所祷也。'孤天命已尽，安可救乎！"遂不允设醮。次日，觉气冲上焦^①，目不见物，急召夏侯惇商议。惇至，殿门前忽见伏皇后、董贵人、二皇子、伏完、董承等立在阴云之中。惇大惊，昏倒，左右扶出，自此得病。

操召曹洪、陈群、贾诩、司马懿等同至卧榻前，嘱以后事。曹洪等顿首曰："大王善保玉体，不日定当霍然^②。"操曰："孤纵横天下三十余年，群雄皆灭，止有江东孙权、西蜀刘备未曾剿除。孤今病危，不能再与卿等相叙，特以家事相托。孤长子曹昂，刘氏所生，不幸早年殁于宛城。卞氏生四子：丕、彰、植、熊。孤平生所爱第三子植，为人虚华，少诚实，嗜酒放纵，因此不立；次子曹彰，勇而无谋；四子曹熊，多病难保；惟长子曹丕，笃厚恭谨，可继我业。卿等宜辅佐之。"曹洪等涕泣领命而出。

操令近侍取平日所藏名香，分赐诸侍妾，且嘱曰："吾死之后，汝等须勤习女工，多造丝履卖之，可以得钱自给。"又命诸妾多居于铜雀台中，每日设祭，必令女伎奏乐上食。又遗命："于彰德府讲武城外，设立疑冢七十二，勿令后人知吾葬处，恐为人所发掘故也。"嘱毕，长叹一声，泪如雨下。须臾，气绝而死，寿六十六岁。时建安二十五年春正月也。后人有《邺中歌》一篇，叹曹操云：

---

① 上焦：中医术语，有上中下三焦，上焦指横膈以上的部位，内含心、肺、食管等，主要功能是呼吸、血液循环等。

② 霍然：快速，突然。这里形容病症一下子就痊愈。

邺则邺城水漳水，定有异人从此起。雄谋韵事与文心，君臣兄弟而父子。英雄未有俗胸中，出没岂随人眼底。功首罪魁非两人，遗臭流芳本一身。文章有神霸有气，岂能苟尔化为群。横流筑台距太行，气与理势相低昂。安有斯人不作逆，小不为霸大不王。霸王降作儿女鸣，无可奈何中不平。向帐明知非有益，分香未可谓无情。呜呼！古人作事无巨细，寂寞豪华皆有意。书生轻议冢中人，冢中笑尔书生气。

却说曹操身亡，文武官员尽皆举哀，一面遣人赴世子曹丕、鄢陵侯曹彰、临淄侯曹植、萧怀侯曹熊处报丧。众官用金棺银椁将操入殓，星夜举灵榇赴邺郡来。曹丕闻知父丧，放声痛哭，率大小官员，出城十里，伏道迎榇入城，停于偏殿。官僚挂孝，聚哭于殿上。忽一人挺身而出曰："请世子息哀，且议大事。"众视之，乃中庶子司马孚也。孚曰："魏王既薨，天下震动，当早立嗣王，以安众心，何但哭泣耶？"群臣曰："世子宜嗣位，但未得天子诏命，岂可造次而行？"兵部尚书陈矫曰："王薨于外，爱子私立，彼此生变，则社稷危矣。"遂拔剑割下袍袖，厉声曰："即今日便请世子嗣位，众官有异议者，以此袍为例！"百官悚惧。忽报华歆自许昌飞马而至，众皆大惊。须臾，华歆入。众问其来意。歆曰："今魏王薨逝，天下震动，何不早请世子嗣位？"众官曰："正因不及候诏命，方议欲以王后卞氏慈旨，立世子为王。"歆曰："吾已于汉帝处索得诏命在此。"众皆踊跃称贺。歆于怀中取出诏命开读。原来华歆谄事魏，故草此诏，威逼献帝降之。帝只得听从，故下诏即封曹丕为魏王、丞相、冀州牧。丕即日登位，受大小官僚拜舞起居。

正宴会庆贺间，忽报鄢陵侯曹彰自长安领十万大军来到。丕大惊，遂问群臣曰："黄须小弟，平日性刚，深通武艺。今提兵远来，必与孤争王位也。如之奈何？"忽阶下一人应声出曰："臣请往见鄢陵侯，以片言折之①。"众皆曰："非大夫莫能解此祸也。"正是：

试看曹氏丕彰事，几作袁家谭尚争。

未知此人是谁，且看下文分解。

---

① 以片言折之：用一句话说服他。折，折服。

第七十九回

兄逼弟曹植赋诗　侄陷叔刘封伏法

却说曹丕闻曹彰提兵而来，惊问众官。一人挺身而出，愿往折服之。众视其人，乃谏议大夫贾逵也。曹丕大喜，即命贾逵前往。逵领命出城，迎见曹彰。彰问曰："先王玺绶安在？"逵正色而言曰："家有长子，国有储君。先王玺绶非君侯之所宜问也。"彰默然无语，乃与贾逵同入城。至宫门前，逵问曰："君侯此来，欲奔丧耶？欲争位耶？"彰曰："吾来奔丧，别无异心。"逵曰："即无异心，何故带兵入城？"彰即时叱退左右将士，只身入内，拜见曹丕。兄弟二人，相抱大哭。曹彰将本部军马尽交与曹丕。丕令彰回鄢陵自守。彰拜辞而去。于是曹丕安居王位，改建安二十五年为延康元年，封贾诩为太尉，华歆为相国，王朗为御史大夫，大小官僚尽皆升赏；谥曹操曰武王，葬于邺郡高陵，令于禁董治陵事①。

禁奉令到彼，只见陵屋中白粉壁上，图画关云长水淹七军、擒获于禁之事：画云长俨然上坐，庞德愤怒不屈，于禁拜伏于地、哀求乞命之状。原来曹丕以于禁兵败被擒，不能死节，既降敌而复归，心鄙其为人，故先令人图画陵屋粉壁，故意使之往见以愧之。当下，于禁见此画像，又羞又恼，气愤成病，不久而死。后人有诗叹曰：

> 三十年来说旧交，可怜临难不忠曹。
>
> 知人未向心中识，画虎今从骨里描。

---

① 董治：监督处理。

却说华歆奏曹丕曰："鄢陵侯已交割军马，赴本国去了。临淄侯植、萧怀侯熊二人竟不来奔丧，理当问罪。"丕从之，即分遣二使，往二处问罪。不一日，萧怀使者回报："萧怀侯曹熊惧罪，自缢身死。"丕令厚葬之，追赠萧怀王。又过了一日，临淄使者回报，说："临淄侯日与丁仪、丁廙兄弟二人酣饮，悖慢无礼①。闻使命至，临淄侯端坐不动，丁仪骂曰：'昔日先王本欲立吾主为世子，被谗臣所阻；今王丧未远，便问罪于骨肉，何也？'丁廙又曰：'据吾主聪明冠世，自当承嗣大位，今反不得立；汝那庙堂之臣，何不识人才若此？'临淄侯因怒叱武士，将臣乱棒打出。"丕闻之，大怒，即令许褚领虎卫军三千，火速至临淄，擒曹植等一干人来。褚奉命引军至临淄城。守将拦阻，褚立斩之，直入城中，无一人敢当锋锐。径到府堂，只见曹植与丁仪、丁廙等尽皆醉倒。褚皆缚之，载于车上，并将府下大小属官，尽行拿解邺郡，听候曹丕发落。丕下令，先将丁仪、丁廙等尽行诛戮。丁仪字正礼，丁廙字敬礼，沛郡人，乃一时文士。及其被杀，人多惜之。

却说曹丕之母卞氏听得曹熊缢死，心甚悲伤；忽又闻曹植被擒，其党丁仪等已杀，大惊，急出殿，召曹丕相见。丕见母出殿，慌来拜谒。卞氏哭谓丕曰："汝弟植平生嗜酒疏狂，盖因自恃胸中之才，故尔放纵。汝可念同胞之情，存其性命，吾至九泉亦瞑目也！"丕曰："儿亦深爱其才，安肯害他？今正欲戒其性耳！母亲勿忧。"卞氏洒泪而入。丕出偏殿，召曹植入见。华歆问曰："适来莫非太后劝殿下勿杀子建乎？"丕曰："然。"歆曰："子建怀才抱智，终非池中物。若不早除，必为后患。"丕曰："母命不可违。"歆曰："人皆言子建出口成章，臣未深信。王上可召入，以才试之。若不能，即杀之；若果能，则贬之，以绝天下文人之口。"丕从之。

---

① 悖慢：狂傲不敬。

须臾，曹植入见，惶恐伏拜请罪。丕曰："吾与汝情虽兄弟，义属君臣。汝安敢恃才蔑礼？昔先君在日，汝常以文章夸示于人，吾深疑汝必用他人代笔。吾今限汝行七步吟诗一首，若果能，则免一死；若不能，则从重加罪，决不姑恕。"植曰："愿乞题目。"时殿上悬一水墨画，画着两只牛斗于土墙之下，一牛坠井而亡。丕指画曰："即以此画为题。诗中不许犯着'二牛斗墙下，一牛坠井死'字样。"植行七步，其诗已成。诗曰：

> 两肉齐道行，头上带凹骨。
>
> 相遇块山下，欻起相搪突①。
>
> 二敌不俱刚，一肉卧土窟。
>
> 非是力不如，盛气不泄毕。

曹丕及群臣皆惊。丕又曰："七步成章，吾犹以为迟。汝能应声而作诗一首否？"植曰："愿即命题。"丕曰："吾与汝乃兄弟也，以此为题，亦不许犯着'兄弟'字样。"植略不思索，即口占一首曰：

> 煮豆燃豆萁②，豆在釜中泣。
>
> 本是同根生，相煎何太急！

曹丕闻之，潸然泪下。其母卞氏从殿后出曰："兄何逼弟之甚耶？"丕慌忙离坐，告曰："国法不可废耳。"于是贬曹植为安乡侯。植拜辞，上马而去。

曹丕自继位之后，法令一新；威逼汉帝，甚于其父。早有细作报入成都。汉中王闻之，大惊，即与文武商议曰："曹操已死，曹丕继位，威逼天子，更甚于操。东吴孙权拱手称臣。孤欲先伐东吴，以报云长之仇，次讨中原，以除乱贼。"言未毕，廖化出班，哭拜于地曰："关公父子遇害，实刘封、孟达之罪，乞诛此二贼。"玄德便欲遣人擒之。孔明谏曰："不可，且宜缓图之，急则生变矣。可升此

---

① 欻（xū）：忽然。

② 豆萁：豆秸。

二人为郡守，分调开去，然后可擒。"玄德从之，遂遣使升刘封去守绵竹。

原来彭羕与孟达甚厚，听知此事，急回家作书，遣心腹人驰报孟达。使者方出南门外，被马超巡视军捉获，解见马超。超审知此事，即往见彭羕。羕接入，置酒相待。酒至数巡，超以言挑之曰："昔汉中王待公甚厚，今何渐薄也？"羕因酒醉，恨骂曰："老革荒悖①，吾必有以报之。"超又探曰："某亦怀怨心久矣。"羕曰："公起本部军，结连孟达为外合，某领川兵为内应，大事可图也。"超曰："先生之言甚当，来日再议。"超辞了彭羕，即将人与书解见汉中王，细言其事。玄德大怒，即令擒彭羕下狱，拷问其情。羕在狱中，悔之无及。玄德问孔明曰："彭羕有谋反之意，当何以治之？"孔明曰："羕虽狂士，然留之，久必生祸。"于是玄德赐彭羕死于狱。

彭羕既死，有人报知孟达。达大惊，举止失措。忽使命至，调刘封回守绵竹去讫。孟达慌请上庸、房陵都尉申耽、申仪弟兄二人商议曰："我与法孝直同有功于汉中王，今孝直已死，而汉中王忘我前功，乃欲见害，为之奈何？"耽曰："某有一计，使汉中王不能加害于公。"达大喜，急问何计。耽曰："吾弟兄欲投魏久矣！公可作一表，辞了汉中王，投魏王曹丕，丕必重用。吾二人亦随后来降也。"达猛然省悟，即写表一通，付与来使，当晚引五十余骑，投魏去了。使命持表回成都，奏汉中王，言孟达投魏之事。先主大怒，览其表曰：

> 臣达伏惟殿下将建伊、吕之业，追桓、文之功，大事草创，假势吴楚，是以有为之士，望风归顺。臣委质以来，愆戾山积②，臣犹自知，况于君乎！今王朝英俊鳞集；臣内无辅佐之器，

---

① 老革：老兵，是轻蔑刘备的话。
② 愆戾：过失，罪过。

外无将领之才，列次功臣，诚足自愧。臣闻范蠡识微^①，浮于五湖；舅犯谢罪^②，逡巡河上。夫际会之间，请命乞身，何哉？欲洁去就之分也。况臣卑鄙，无元功巨勋，自系于时，窃慕前贤，蚤思远耻。昔申生至孝^③，见疑于亲；子胥至忠^④，见诛于君；蒙恬拓境而被大刑^⑤，乐毅破齐而遭谗佞。臣每读其书，未尝不感慨流涕；而亲当其事，益用伤悼。迩者荆州覆败，大臣失节，百无一还。惟臣寻事，自致房陵、上庸，而复乞身，自放于外。伏愿殿下圣恩感悟，愍臣之心，悼臣之举。臣诚小人，不能始终，知而为之，敢谓非罪？臣每闻交绝无恶声，去臣无怨辞。臣过奉教于君子，愿君王勉之。臣不胜惶恐之至。

玄德看毕，大怒曰："匹夫叛君，安敢以文辞相戏耶？"即欲起兵擒之。孔明曰："可就遣刘封进兵，令二虎相并。刘封或有功，或败绩，必归成都，就而除之，可绝两害。"玄德从之，遂遣使到绵竹，传谕刘封。封受命，率兵来擒孟达。

却说曹丕正聚文武议事。忽近臣奏曰："蜀将孟达来降。"丕召入，问曰："汝此来莫非诈降乎？"达曰："臣为不救关公之危，汉中王欲杀臣，因此惧罪来降，别无他意。"曹丕尚未准信。忽报："刘封引五万兵来取襄阳，单搦孟达厮杀。"丕曰："汝既是真心，便可去襄阳，取刘封首级来，孤方准信。"达曰："臣以利害说之，不必动兵，令刘封亦来降也。"丕大喜，遂加孟达为散骑常侍、建武将军、平阳

---

① 范蠡（lǐ）：春秋时楚国人，与文种共同辅佐越王勾践，灭吴国后尊为上将军。他认为勾践为人可共患难，难以同安乐，于是离去，变更姓名，泛舟五湖。

② 舅犯：即狐偃，字子犯，晋文公的母舅，故称舅犯，是春秋时晋国的大夫，跟随晋文公流亡十九年，回国路上将要渡黄河的时候，他怕晋文公忘了他的功劳而专记过失，便向晋文公作出谢罪告别的姿态。

③ 申生：春秋时晋献公的太子，晋献公宠爱骊姬，想要立其子奚齐为太子，晋献公去世后申生被逼自杀。

④ 子胥：即伍子胥，春秋楚国人，辅佐吴王夫差大破越国，后被谗自杀。

⑤ 蒙恬：秦朝大将，防备匈奴有功，后被赵高所害，自杀身亡。

亭侯，领新城太守，去守襄阳、樊城。原来夏侯尚、徐晃已先在襄阳，正将收取上庸诸郡。孟达到了襄阳，与二将礼毕，探得刘封离城五十里下寨。达即修书一封，使人赍赴蜀寨，招降刘封。刘封览书，大怒曰："此贼误吾叔侄之义，又间吾父子之亲，使吾为不忠不孝之人也！"遂扯碎来书，斩其使。次日，引军前来搦战。

孟达知刘封扯书斩使，勃然大怒，亦领兵出迎。两阵对圆。封立马于门旗下，以刀指骂曰："背国反贼，安敢乱言！"孟达曰："汝死已临头上，还自执迷不省。"封大怒，拍马轮刀，直奔孟达。战不三合，达败走。封乘虚追杀二十余里。一声喊起，伏兵尽出，左边夏侯尚杀来，右边徐晃杀来，孟达回身复战。三军夹攻。刘封大败而走，连夜奔回上庸。背后魏兵赶来。刘封到城下叫门。城上乱箭射下，申耽在敌楼上叫曰："吾已降了魏也！"封大怒，欲要攻城，背后追军将至。封立脚不住，只得望房陵而奔，见城上已尽插魏旗。申仪在敌楼上将旗一飐，城后一彪军出，旗上大书"右将军徐晃"。封抵敌不住，急望西川而走。晃乘势追杀。刘封部下，只剩得百余骑，到了成都，入见汉中王，哭拜于地，细奏前事。玄德怒曰："辱子有何面目复来见吾？"封曰："叔父之难，非儿不救，因孟达谏阻故耳。"玄德转怒曰："汝须食人食，穿人衣，非土木偶人，安可听谗贼所阻？"命左右推出斩之。汉中王既斩刘封，后闻孟达招之，毁书斩使之事，心中颇悔；又哀痛关公，以致染病，因此按兵不动。

且说魏王曹丕，自即王位，将文武官僚尽皆升赏，遂统甲兵三十万，南巡沛国谯县，大飨先茔①。乡中父老，扬尘遮道，奉觞进酒，效汉高祖还沛之事。人报："大将军夏侯惇病危。"丕即还邺郡，时惇已卒。丕为挂孝，以厚礼殡葬。

是岁八月间，报称石邑县凤凰来仪，临淄城麒麟出现，黄龙现

_____

① 先茔（yíng）：祖先的坟墓。

于邺郡。于是中郎将李伏、太史丞许芝商议："种种瑞征，乃魏当代汉之兆。可安排受禅之礼，令汉帝将天下让与魏王。"遂同华歆、王朗、辛毗、贾诩、刘廙、刘晔、陈矫、陈群、桓阶等一班文武官僚，四十余人，直入内殿，来奏汉献帝，请禅位于魏王曹丕。正是：

　　　　魏家社稷今将建，汉代江山忽已移。

未知献帝如何回答，且看下文分解。

第八十回

曹丕废帝篡炎刘　汉王正位续大统

却说华歆等一班文武入见献帝。歆奏曰："伏睹魏王，自登位以来，德布四方，仁及万物，越古超今，虽唐、虞无以过此。群臣会议，言汉祚已终，望陛下效尧、舜之道，以山川社稷禅与魏王，上合天心，下合民意，则陛下安享清闲之福，祖宗幸甚，生灵幸甚。臣等议定，特来奏请。"帝闻奏，大惊，半晌无言，觑百官而哭曰："朕想高祖提三尺剑，斩蛇起义，平秦灭楚，创造基业，世统相传，四百年矣。朕虽不才，初无过恶，安忍将祖宗大业等闲弃了？汝百官再从公计议。"

华歆引李伏、许芝近前奏曰："陛下若不信，可问此二人。"李伏奏曰："自魏王即位以来，麒麟降生，凤凰来仪，黄龙出现，嘉禾蔚生，甘露下降。此是上天示瑞，魏当代汉之象也。"许芝又奏曰："臣等职掌司天，夜观乾象，见炎汉气数已终，陛下帝星隐匿不明。魏国乾象，极天察地，言之难尽，更兼上应图谶。其谶曰：'鬼在边，委相连。当代汉，无可言。言在东，午在西，两日并光上下移。'以此论之，陛下可早禅位。鬼在边，委相连，是'魏'字也。言在东，午在西，乃'许'字也。两日并光上下移，乃'昌'字也。此是魏在许昌，应受汉禅也。愿陛下察之。"帝曰："祥瑞图谶皆虚妄之事。奈何以虚妄之事，而遽欲朕舍祖宗之基业乎？"王朗奏曰："自古以来，有兴必有废，有盛必有衰，岂有不亡之国，不败之家乎？汉室相传四百余年，延至陛下，气数已尽。宜早退避，不可迟疑，迟则生变矣。”帝大哭，入后殿去了。百官哂笑而退。

　　次日，官僚又集于大殿，令宦官入请献帝。帝忧惧，不敢出。曹后曰：“百官请陛下设朝，陛下何故推阻？”帝泣曰：“汝兄欲篡位，令百官相逼，朕故不出。”曹后大怒曰：“吾兄奈何为此乱逆之事耶？”言未已，只见曹洪、曹休带剑而入，请帝出殿。曹后大骂曰：“俱是汝等乱贼希图富贵，共造逆谋。吾父功盖寰区，威震天下，然且不敢篡窃神器①。今吾兄嗣位未几，辄思篡汉，皇天必不祚尔！”言罢，痛哭入宫。左右侍者皆歔欷流涕。

　　曹洪、曹休力请献帝出殿。帝被逼不过，只得更衣出前殿。华歆奏曰：“陛下可依臣等昨日之议，免遭大祸。”帝痛哭曰：“卿等皆食汉禄久矣，中间多有汉朝功臣子孙，何忍作此不臣之事？”歆曰：“陛下若不从众议，恐旦夕萧墙祸起②，非臣等不忠于陛下也。”帝曰：“谁敢弑朕耶？”歆厉声曰：“天下之人，皆知陛下无人君之福，以致四方大乱。若非魏王在朝，弑陛下者，何止一人！陛下尚不知以恩报德，直欲令天下人共伐陛下耶？”帝大惊，拂袖而起。王朗以目视华歆。歆纵步向前，扯住龙袍，变色而言曰：“许与不许，早发一言。”帝战栗，不能答。曹洪、曹休拔剑大呼曰：“符宝郎何在③？”祖弼应声出曰：“符宝郎在此。”曹洪索要玉玺。祖弼叱曰：“玉玺乃天子之宝，安得擅索？”洪喝令武士推出斩之。祖弼大骂不绝口而死。后人有诗赞曰：

　　　　奸宄专权汉室亡④，诈称禅位效虞唐。

　　　　满朝百辟皆尊魏，仅见忠臣符宝郎。

　　帝颤栗不已，只见阶下披甲持戈数百余人，皆是魏兵。帝泣谓

---

① 神器：指帝位。
② 萧墙祸起：灾祸发生于内部。萧墙，古代宫室内作为屏障的矮墙。
③ 符宝郎：官职名，掌管皇帝玉玺及虎符、竹符的官员。
④ 奸宄（guǐ）：犯法作乱的坏人。

群臣曰："朕愿将天下禅与魏王，幸留残喘，以终天年。"贾诩曰：
"魏王必不负陛下。陛下可急降诏，以安众心。"帝只得令陈群草禅
国之诏，令华歆赍捧诏玺，引百官直至魏王宫献纳。曹丕大喜。开
读诏曰：

> 朕在位三十二年，遭天下荡覆，幸赖祖宗之灵，危而复存。
> 然今仰瞻天象，俯察民心，炎精之数既终，行运在乎曹氏，是
> 以前王既树神武之迹，今王又光耀明德，以应其期，历数昭明，
> 信可知矣。夫大道之行，天下为公。唐尧不私于厥子，而名播
> 于无穷，朕窃慕焉。今其追踵尧典，禅位于丞相魏王。王其
> 毋辞。

曹丕听毕，便欲受诏。司马懿谏曰："不可。虽然诏玺已至，殿下宜
且上表谦辞，以绝天下之谤。"丕从之，令王朗作表，自称德薄，请
别求大贤，以嗣天位。帝览表，心甚惊疑，谓群臣曰："魏王谦逊，
如之奈何？"华歆曰："昔魏武王受王爵之时，三辞而诏不许，然后
受之。今陛下可再降诏，魏王自当允从。"帝不得已，又令桓阶草
诏，遣高庙使张音，持节奉玺至魏王宫。曹丕开读诏曰：

> 咨尔魏王，上书谦让。朕窃为汉道陵迟，为日已久，幸赖
> 武王操德膺符运，奋扬神武，芟除凶暴，清定区夏。今王丕缵
> 承前绪①，至德光昭，声教被四海，仁风扇八区，天之历数，实
> 在尔躬。昔虞舜有大功二十，而放勋禅以天下②；大禹有疏导之
> 绩，而重华禅以帝位③。汉承尧运，有传圣之义，加顺灵祇，绍
> 天明命。使行御史大夫张音，持节奉皇帝玺绶，王其受之。

曹丕接诏欣喜，谓贾诩曰："虽二次有诏，然终恐天下后世不免
篡窃之名也。"诩曰："此事极易。可再命张音赍回玺绶，却教华歆令

---

① 缵（zuǎn）承：继承。
② 放勋：远古帝王唐尧的名字，相传虞舜有功，他就把帝位禅让给舜了。
③ 重华：远古帝王虞舜的名字，相传夏禹治水有功，他就把帝位禅让给禹了。

汉帝筑一台，名受禅台；择吉日良辰，集大小公卿，尽到台下，令天子亲奉玺绶，禅天下与王，便可以释群疑而绝众议矣。"丕大喜，即令张音捧回玺绶，仍作表谦辞。音回奏献帝。帝问群臣曰："魏王又让，其意若何？"华歆奏曰："陛下可筑一台，名曰受禅台，集公卿庶民，明白禅位，则陛下子子孙孙必蒙魏恩矣。"帝从之，乃遣太常院官卜地于繁阳，筑起三层高台，择于十月庚午日寅时禅让。

至期，献帝请魏王曹丕登台受禅，台下集大小官僚四百余员，御林虎贲禁军三十余万。帝亲捧玉玺奉曹丕，丕受之。台下群臣跪听册曰：

> 咨尔魏王。昔者唐尧禅位于虞舜，舜亦以命禹。天命不于常，惟归有德。汉道凌迟[1]，世失其序，降及朕躬，大乱滋昏，群凶恣逆，宇内颠覆。赖武王神武，拯兹难于四方，惟清区夏，以保绥我宗庙，岂予一人获乂[2]，俾九服实受其赐[3]。今王钦承前绪，光于乃德，恢文武之大业，昭尔考之弘烈[4]。皇灵降瑞，人神告征，诞惟亮采，师锡朕命。佥曰[5]：尔度克协于虞舜，用率我唐典，敬逊尔位。於戏！"天之历数在尔躬"，君其祗顺大礼[6]，飨万国以肃承天命。

读册已毕，魏王曹丕即受八般大礼[7]，登了帝位。贾诩引大小官僚朝于台下，改延康元年为黄初元年，国号大魏。丕即传旨，大赦天下，谥父曹操为太祖武皇帝。华歆奏曰："天无二日，民无二王。汉帝既禅天下，理宜退就藩服。乞降明旨，安置刘氏于何地？"言讫，扶

---

① 凌迟：衰败。

② 获乂（yì）：获得安定。

③ 九服：古代京畿以外的地区，每五百里划为一区，按距离的远近分为九等。后用来泛指全国各地。

④ 尔考：你死去的父亲。

⑤ 佥：众人，大家。

⑥ 祗：恭敬。

⑦ 八般大礼：古时帝王登基时所接受的各种大礼。

献帝跪于台下听旨。丕降旨，封帝为山阳公，即日便行。华歆按剑指帝，厉声而言曰："立一帝，废一帝，古之常道。今上仁慈，不忍加害，封汝为山阳公，今日便行，非宣召不许入朝。"献帝含泪拜谢，上马而去。台下军民人等见之，伤感不已。丕谓群臣曰："舜禹之事，朕知之矣！"群臣皆呼"万岁"。后人观此受禅台，有诗叹曰：

> 两汉经营事颇难，一朝失却旧江山。
>
> 黄初欲学唐虞事，司马将来作样看。

百官请曹丕答谢天地。丕方下拜，忽然台前卷起一阵怪风，飞砂走石，急如骤雨，对面不见。台上火烛尽皆吹灭。丕惊倒于台上，百官急救下台，半晌方醒。侍臣扶入宫中，数日不能设朝。后病稍可，方出殿，受群臣朝贺。封华歆为司徒，王朗为司空，大小官僚，一一升赏。丕疾未痊，疑许昌宫室多妖，乃自许昌幸洛阳，大建宫室。

蚤有人到成都，报说曹丕自立为大魏皇帝，于洛阳盖造宫殿，且传言汉帝已遇害。汉中王闻知，痛哭终日，下令百官挂孝，遥望设祭，上尊谥曰孝愍皇帝。玄德因此忧虑，致染成疾，不能理事，政务皆托与孔明。孔明与太傅许靖、光禄大夫谯周商议，言："天下不可一日无君，欲尊汉中王为帝。"谯周曰："近有祥风庆云之瑞，成都西北角有黄气数十丈，冲霄而起；帝星见于毕胃昴之分，煌煌如月，此正应汉中王当即帝位，以继汉统，更复何疑！"于是孔明与许靖引大小官僚上表，请汉中王即皇帝位。

汉中王览表，大惊曰："卿等欲陷孤为不忠不义之人耶？"孔明奏曰："非也。曹丕篡汉自立，王上乃汉室苗裔，理合继统以延汉祀。"汉中王勃然变色曰："孤岂效逆贼所为！"拂袖而起，入于后宫。众官皆散。三日后，孔明又引众官入朝，请汉中王出，众皆拜伏于前。许靖奏曰："今汉天子已被曹丕所弑，王上不即帝位，兴师讨逆，不得为忠义也。今天下无不欲王上为君，为孝愍皇帝雪恨。若不从臣等所议，是失民望矣。"汉中王曰："孤虽是景帝之孙，并未有德泽以布于民。今一旦自立为帝，与篡窃何异？"孔明苦劝数次，汉中王坚执不从。孔明乃设一计，谓众官曰如此如此。于是孔明托病不出。

汉中王闻孔明病笃，亲到府中，直入卧榻边，问曰："军师所感何病？"孔明答曰："忧心如焚，命不久矣！"汉中王曰："军师所忧何事？"连问数次，孔明只推病重，瞑目不答。汉中王再三请问。孔明喟然叹曰："臣自出茅庐，得遇大王，相随至今，言听计从。今幸大王有两川之地，不负臣夙昔之言。目今曹丕篡位，汉祀将斩，文武官僚，咸欲奉大王为帝，灭魏兴刘，共图功名。不想大王坚执不肯。众官皆有怨心，不久必尽散矣。若文武皆散，吴、魏来攻，两川难保，臣安得不忧乎？"汉中王曰："吾非推阻，恐天下人议论耳。"孔明曰："圣人云：'名不正则言不顺。'今大王名正言顺，有何可议？岂不闻'天与弗取，反受其咎？'"汉中王曰："待军师病可，行之未迟。"孔明听罢，从榻上跃然而起，将屏风一击，外面文武众官皆入，拜伏于地曰："王上既允，便请择日以行大礼。"汉中王视之，乃是太傅许靖、安汉将军糜竺、青衣侯尚举、阳泉侯刘豹、别驾赵祚、治中杨洪、议曹杜琼、从事张爽、太常卿赖恭、光禄卿黄权、祭酒何曾、学士尹默、司业谯周、大司马殷纯、偏将军张裔、少府王谋、昭文博士伊籍、从事郎秦宓等众也。汉中王惊曰："陷孤于不义，皆卿等也！"孔明曰："王上既允所请，便可筑台择吉，恭行大礼。"即时送汉中王还宫，一面令博士许慈、谏议郎孟光掌礼，筑台于成都武担之南。

诸事齐备，多官整设銮驾，迎请汉中王登坛致祭。谯周在坛上高声朗读祭文曰：

惟建安二十六年四月丙午朔，越十二日丁巳，皇帝备敢昭告于皇天后土：汉有天下，历数无疆。曩者王莽篡盗，光武皇帝震怒致诛，社稷复存。今曹操阻兵残忍，戮杀主后，罪恶滔天。操子丕载肆凶逆，窃据神器。群下将士以为汉祀堕废，备宜延之，嗣武二祖，躬行天罚。备惧无德忝帝位[1]，询于庶民，外及遐荒君长[2]。佥曰：天命不可以不答，祖业不可以久替，四海不可以无主。率土式望[3]，在备一人。备畏天明命，又惧高、光之业将坠于地，谨择吉日，登坛告祭，受皇帝玺绶，抚临四方。惟神飨祚汉家，永绥历服。

读罢祭文，孔明率众官奉上玉玺。汉中王受了，捧于坛上，再三推让曰："备无才德，请择有才德者受之。"孔明奏曰："王上平定四海，功德昭于天下，况是大汉宗派？宜即正位。已祭告天神，复何让焉？"文武各官皆呼"万岁"。拜舞礼毕，改元章武元年。立妃吴氏为皇后，长子刘禅为太子；封次子刘永为鲁王，刘理为梁王；封诸葛亮为丞相，许靖为司徒，大小官僚一一升赏。大赦天下。两川军民无不欣跃。

次日设朝，文武官僚拜毕，列为两班。先主降诏曰："朕自桃园与关、张结义，誓同生死，不幸二弟云长被东吴孙权所害；若不报仇，是负盟也。朕欲起倾国之兵，翦伐东吴，生擒逆贼，以雪此恨。"言未毕，班内一人拜伏于阶下，谏曰："不可。"先主视之，乃虎威将军赵云也。正是：

　　　　君王未及行天讨，臣下曾闻进直言。

未知子龙所谏若何，且看下文分解。

---

① 忝：辱。
② 遐荒君长：荒远地区的老人。
③ 率土式望：天下敬望。式，通"轼"，古代的一种敬礼。

第八十一回

急兄仇张飞遇害　雪弟恨先主兴兵

却说先主欲起兵东征。赵云谏曰："国贼乃曹操，非孙权也。今曹丕篡汉，神人共怒。陛下可早图关中，屯兵渭河上流，以讨凶逆，则关东义士必裹粮策马以迎王师。若舍魏以伐吴，兵势一交，岂能骤解？愿陛下察之。"先主曰："孙权害了朕弟，又兼傅士仁、糜芳、潘璋、马忠，皆有切齿之仇，啖其肉而灭其族，方雪朕恨，卿何阻耶！"云曰："汉贼之仇公也，兄弟之仇私也。愿以天下为重！"先主答曰："朕不为弟报仇，虽有万里江山，何足为贵？"遂不听赵云之谏，下令起兵伐吴。且发使往五谿，借番兵五万，共相策应；一面差使往阆中，迁张飞为车骑将军，领司隶校尉，封西乡侯，兼阆中牧。使命赍诏而去。

却说张飞在阆中，闻知关公为东吴所害，旦夕号泣，血湿衣襟。诸将以酒劝解，酒醉，怒气愈加。帐上帐下但有犯者，即鞭挞之，多有鞭死者。每日望南，切齿睁目怒恨，放声痛哭不已。忽报使至，慌忙接入，开读诏旨。飞受爵，望北拜毕，设酒款待来使。飞曰："吾兄被害，仇深似海，庙堂之臣何不早奏兴兵？"使者曰："多有劝先灭魏而后伐吴者。"飞怒曰："是何言也！昔我三人桃园结义，誓同生死，今不幸二兄半途而逝，吾安得独享富贵耶？吾当面见天子，愿为前部先锋，挂孝伐吴，生擒逆贼，祭告二兄，以践前盟！"言讫，就同使命望成都而来。

却说先主每日自下教场，操演军马，克日兴师，御驾亲征。于是公卿都至丞相府中见孔明曰："今天子初临大位，亲统军伍，非所以重社稷也。丞相秉钧衡之职，何不规谏？"孔明曰："吾苦谏数次，只是不听。今日公等随我入教场谏去。"当下孔明引百官来奏先主曰："陛下初登宝位，若欲北讨汉贼，以伸大义于天下，方可亲统六师；若只欲伐吴，命一上将统军伐之可也，何必亲劳圣驾！"先主见孔明苦谏，心中稍回。

忽报张飞到来。先主急召入。飞至演武厅拜伏于地，抱先主足而哭。先主亦哭。飞曰："陛下今日为君，早忘了桃园之誓！二兄之仇如何不报？"先主曰："多官谏阻，未敢轻举。"飞曰："他人岂知昔日之盟？若陛下不去，臣舍此躯与二兄报仇！若不能报时，臣宁死不见陛下也！"先主曰："朕与卿同往。卿提本部兵，自阆州而出，朕统精兵会于江州，共伐东吴，以雪此恨！"飞临行，先主嘱曰："朕素知卿酒后暴怒，鞭挞健儿，而复令在左右，此取祸之道也。今后务宜宽容，不可如前。"飞拜辞而去。

次日，先主整兵要行。学士秦宓奏曰："陛下舍万乘之躯，而徇小义，古人所不取也。愿陛下思之。"先主曰："云长与朕犹一体也，大义尚在，岂可忘耶？"宓伏地不起曰："陛下不从臣言，诚恐有失。"先主大怒曰："朕欲兴兵，尔何出此不利之言！"叱武士推出斩之。宓面不改色，回顾先主而笑曰："臣死何恨！但可惜新创之业，又将颠覆耳。"众官皆为秦宓告免，先主曰："暂且囚下，待朕报仇回时发落。"孔明闻知，即上表救秦宓，其略曰：

> 臣亮等切以吴贼逞奸诡之计，致荆州有覆亡之祸；陨将星于斗牛，折天柱于楚地，此情哀痛，诚不可忘。但念迁汉鼎者，罪由曹操；移刘祚者，过非孙权。窃谓魏贼若除，则吴自宾服。愿陛下纳秦宓金石之言，以养士卒之力，别作良图，则社稷幸甚！天下幸甚！

先主看毕，掷表于地曰："朕意已决，无得再谏！"遂命丞相诸葛亮保太子守两川，骠骑将军马超并弟马岱，助镇北将军魏延守汉中，以当魏兵；虎威将军赵云为后应，兼督粮草；黄权、程畿为参谋；马良、陈震掌理文书；黄忠为前部先锋；冯习、张南为副将；傅彤、张翼为中军护尉；赵融、廖淳为合后。川将数百员，并五谿番将等，共兵七十五万，择定章武元年七月丙寅日出师。

却说张飞回到阆中，下令军中：限三日内制办白旗白甲，三军挂孝伐吴。次日，帐下两员末将范疆、张达入帐告曰："白旗白甲一时无措，须宽限方可。"飞大怒曰："吾急欲报仇，恨不明日便到逆贼之境！汝安敢违我将令？"叱武士缚于树上，各鞭背五十。鞭毕，以手指之曰："来日俱要完备。若违了限，即杀汝二人示众！"打得二人满口出血，回到营中商议。范疆曰："今日受了刑责，着我等如何办得？其人性暴如火，倘来日不完，你我皆被杀矣！"张达曰："比如他杀我，不如我杀他！"疆曰："怎奈不得近前？"达曰："我两个若不当死，则他醉于床上；若是当死，则他不醉。"二人商议停当。

却说张飞在帐中神思皆乱，动止恍惚，乃问部将曰："吾今心惊肉颤，坐卧不安，此何意也？"部将答曰："此是君侯思念关公，以致如此。"飞令人将酒来，与部将同饮，不觉大醉，卧于帐中。范、张二贼探知消息，初更时分，各藏短刀，密入帐中，诈言欲禀机密重事，直至床前。原来张飞每睡不合眼，当夜寝于帐中，二贼见他须竖目张，本不敢动手；因闻鼻息如雷，方敢近前，以短刀刺入飞腹。飞大叫一声而亡，时年五十五岁。后人有诗叹曰：

> 安喜曾闻鞭督邮，黄巾扫尽佐炎刘。
>
> 虎牢关上声先震，长坂桥边水逆流。
>
> 义释严颜安蜀境，智欺张郃定中州。
>
> 伐吴未克身先死，秋草长遗阆地愁。

却说二贼当夜割了张飞首级，便引数十人，连夜投东吴去了。次日，军中闻知，起兵追之不及。时有张飞部将吴班，向自荆州来见先主，先主用为牙门将，使佐张飞守阆中。当下吴班先发表章，奏知天子，然后令长子张苞具棺椁盛贮，令弟张绍守阆中，苞自来报先主。时先主已择期出师，大小官员皆随孔明送十里方回。孔明回至成都，怏怏不乐，顾谓众官曰："法孝直若在，必能制主上东行也。"

却说先主是夜心惊肉颤，寝卧不安，出帐仰视天文，见西北一星，其大如斗，忽然坠地。先主惊疑，连夜令人来问孔明。孔明回奏曰："合损一上将。三日之内，必有警报。"先主因此按兵不动。忽侍臣奏曰："阆中张车骑部将吴班差人赍表至。"先主顿足曰："噫！三弟休矣！"及至览表，果报张飞凶信。先主放声大哭，昏绝于地。众官救醒。次日，人报一队军马骤风而至。先主出营观之，良久，见一员小将，白袍银铠，滚鞍下马，伏地而哭，乃张苞也。苞曰："范疆、张达杀了臣父，将首级投吴去了。"先主哀痛至甚，饮食不进。群臣苦谏曰："陛下方欲为二弟报仇，何可先自摧残龙体？"先主方才进膳，遂谓张苞曰："卿与吴班敢引本部军作先锋，为卿父报仇否？"苞曰："为国为父，万死不辞！"先主正欲遣苞起兵，又报一彪军蜂拥而至。先主令侍臣探之。须臾，侍臣引一小将军，白袍银铠，入营伏地而哭。先主视之，乃关兴也。先主见了关兴，想起关公，又放声大哭。众官苦劝。先主曰："朕想布衣时，与关、张结义，誓同生死。今朕为天子，正欲与二弟共享富贵，不幸俱死于非命。见此二侄，能不断肠？"言讫又哭。众官曰："二小将军且退，容圣上将息龙体。"侍臣奏曰："陛下年过六旬，不宜过于哀痛。"先主曰："二弟俱亡，朕安忍独生！"言讫，以头顿地而哭。

多官商议曰："今天子如此烦恼，将何解劝？"马良曰："主上亲统大兵伐吴，终日号泣，于军不利。"陈震曰："吾闻成都青城山之西，有一隐者，姓李名意。世人传说，此老已三百余岁，能知人之生死吉凶，乃当世之神仙也。何不奏知天子，召此老来？问他吉凶，胜如吾等之言。"遂入奏先主。先主从之，即遣陈震赍诏，往青城山宣召。震星夜到了青城，令乡人引入山谷深处，遥望仙庄，清云隐隐，瑞气非凡。忽见一小童来迎曰："来者莫非陈孝起乎？"震大惊曰："仙童如何知我姓字？"童子曰："吾师昨者有言：'今日必有皇帝诏命至，使者必是陈孝起。'"震曰："真神仙也！人言信不诬矣！"遂与小童同入仙庄，拜见李意，宣天子诏命。李意推老不行。震曰："天子急欲见仙翁一面，幸勿吝鹤驾。"再三敦请，李意方行。既至御营，入见先主。先主见李意鹤发童颜，碧眼方瞳，灼灼有光，身如古柏之状，知是异人，优礼相待。李意曰："老夫乃荒山村叟，无学无识，辱陛下宣召，不知有何见谕？"先主曰："朕与关、张二弟结生死之交，三十余年矣。今二弟被害，亲统大军报仇，未知休咎如何。久闻仙翁通晓玄机，望乞赐教。"李意曰："此乃天数，非老夫所知也。"先主再三求问，意乃索纸笔，画兵马器械四十余张，画毕，便一一扯碎；又画一大人仰卧于地上，傍边一人掘土埋之，上写一大"白"字；遂稽首而去。先主不悦，谓群臣曰："此狂叟也，不足为信。"即以火焚之，便催军前进。

张苞入奏曰："吴班军马已至，小臣乞为先锋。"先主壮其志，即取先锋印赐张苞。苞方欲挂印，又一少年将奋然出曰："留下印与我！"视之，乃关兴也。苞曰："我已奉诏矣。"兴曰："汝有何能，敢当此任？"苞曰："我自幼习学武艺，箭无虚发。"先主曰："朕正欲观贤侄武艺，以定优劣。"苞令军士于百步之外，立一面旗，旗上画一红心。苞拈弓取箭，连射三箭，皆中红心。众皆称善。关兴挽弓在手曰："射中红心，何足为奇！"正言间，忽值头上一行雁过。兴指曰："吾射这飞雁第三只。"一箭射去，那只雁应弦而落。文武官僚齐声喝采。苞大怒，飞身上马，手挺父所使丈八点钢矛，大叫曰："你敢与我比试武艺否？"兴亦上马，绰家传大砍刀，纵马而出曰："偏你能使矛，吾岂不能使刀？"二将方欲交锋，先主喝曰："二子休得无礼！"兴、苞二人慌忙下马，各弃兵器，拜伏请罪。先主曰："朕自涿郡与卿等之父结异姓之交，亲如骨肉。今汝二人亦是昆仲之分，正当同心协力，共报父仇，奈何自相争竞，失其大义？父丧未远，而犹如此，况日后乎？"二人再拜伏罪。先主问曰："卿二人谁年长？"苞曰："臣长关兴一岁。"先主即命兴拜苞为兄，二人就帐前折箭为誓，永相救护。先主下诏，使吴班为先锋，令张苞、关兴护驾，水陆并进，船骑双行，浩浩荡荡，杀奔吴国来。

却说范疆、张达将张飞首级投献吴侯，细告前事。孙权听罢，收了二人，乃谓百官曰："今刘玄德即了帝位，统精兵七十余万，御驾亲征，其势甚大，如之奈何？"百官尽皆失色，面面相觑。诸葛瑾出曰："某食君侯之禄久矣，无可报效，愿舍残生，去见蜀主，以利害说之，使两国相和，共讨曹丕之罪。"权大喜，即遣诸葛瑾为使，来说先主罢兵。正是：

> 两国相争通使命，一言解难赖行人。

未知诸葛瑾此去如何，且看下文分解。

第八十二回

孙权降魏受九锡　先主征吴赏六军

却说章武元年秋八月，先主起大军至夔关，驾屯白帝城，前队军马已出川口。近臣奏曰："吴使诸葛瑾至。"先主传旨，教休放入。黄权奏曰："瑾弟在蜀为相，必有事而来，陛下何故绝之？当召入，看他言语，可从则从，如不可，则就借彼口说与孙权，令知问罪有名也。"先主从之，召瑾入城。瑾拜伏于地。先主问曰："子瑜远来，有何事故？"瑾曰："臣弟久事陛下，臣故不避斧钺，特来奏荆州之事。前者关公在荆州时，吴侯数次求亲，关公不允。后关公取襄阳，曹操屡次致书吴侯，使袭荆州；吴侯本不肯许，因吕蒙与关公不睦，故擅自兴兵，误成大事。今吴侯悔之不及。此乃吕蒙之罪，非吴侯之过也。今吕蒙已死，冤仇已息，孙夫人一向思归。今吴侯令臣为使，愿送归夫人，缚还降将，并将荆州仍旧交还，永结盟好，共灭曹丕，以正篡逆之罪。"先主怒曰："汝东吴害了朕弟，今日敢以巧言来说乎？"瑾曰："臣请以轻重大小之事，与陛下论之。陛下乃汉朝皇叔，今汉帝已被曹丕篡夺，不思剿除，却为异姓之亲，而屈万乘之尊，是舍大义而就小义也。中原乃海内之地，两都皆大汉创业之方，陛下不取，而但争荆州，是弃重而取轻也。天下皆知陛下即位，必兴汉室，恢复山河，今陛下置魏不问，反欲伐吴，窃为陛下不取。"先主大怒曰："杀吾弟之仇，不共戴天！欲朕罢兵，除死方休！不看丞相之面，先斩汝首。今且放汝回去，说与孙权，洗颈就戮！"诸葛瑾见先主不听，只得自回江南。

却说张昭见孙权曰:"诸葛子瑜知蜀兵势大,故假以讲和为辞,欲背吴入蜀,此去必不回矣!"权曰:"孤与子瑜有生死不易之盟,孤不负子瑜,子瑜亦不负孤。昔子瑜在柴桑时,孔明来吴,孤欲使子瑜留之,子瑜曰:'弟已事玄德,义无二心,弟之不留,犹瑾之不往。'其言足贯神明。今日岂肯降蜀乎?孤与子瑜可谓神交,非外言所得间也。"正言间,忽报诸葛瑾回。权曰:"孤言若何?"张昭满面羞惭而退。

瑾见孙权,言先主不肯通和之意。权大惊曰:"若如此,则江南危矣!"阶下一人进曰:"某有一计,可解此危。"视之,乃中大夫赵咨也。权曰:"德度有何良策?"咨曰:"主公可作一表,某愿为使,往见魏帝曹丕,陈说利害,使袭汉中,则蜀兵自危矣。"权曰:"此计虽善,但卿此去,休失了东吴气象。"咨曰:"若有些小差失,即投江而死,安有面目见江南人物乎?"权大喜,即写表称臣,令赵咨为使,星夜到了许都,先见太尉贾诩等并大小官僚。次日早朝,贾诩出班奏曰:"东吴遣中大夫赵咨上表。"曹丕笑曰:"此欲退蜀兵故也。"即令召入。咨拜伏于丹墀。丕览表毕,遂问咨曰:"吴侯乃何如主也?"咨曰:"聪明仁智雄略之主也。"丕笑曰:"卿褒奖毋乃太甚!"咨曰:"臣非过誉也。吴侯纳鲁肃于凡品,是其聪也;拔吕蒙于行阵,是其明也;获于禁而不害,是其仁也;取荆州兵不血刃,是其智也;据三江虎视天下,是其雄也;屈身于陛下,是其略也。以此论之,岂不为聪明仁智雄略之主乎?"丕又问曰:"吴主颇知学乎?"咨曰:"吴主浮江万艘,带甲百万,任贤使能,志存经略,少有余闲,博览书传,历观史籍,采其大旨,不效书生寻章摘句而已。"丕曰:"朕欲伐吴可乎?"咨曰:"大国有征伐之兵,小国有御备之策。"丕曰:"吴畏魏乎?"咨曰:"带甲百万,江汉为池[1],何畏之有!"丕曰:"东吴

---

① 池:护城河。

如大夫者几人？"咨曰："聪明特达者八九十人，如臣之辈，车载斗量，不可胜数。"丕叹曰："使于四方，不辱君命，卿可以当之矣！"于是即降诏，命太常卿邢贞赍册，封孙权为吴王，加九锡。赵咨谢恩出城。

大夫刘晔谏曰："今孙权惧蜀兵之势，故来请降。以臣愚见，吴蜀交兵，乃天亡之也。今若遣上将，提数万之兵，渡江袭之，蜀攻其外，魏攻其内，吴国之亡，不出旬日。吴亡则蜀孤矣。陛下何不早图之？"丕曰："孙权既以礼服朕，朕若攻之，是沮天下欲降者之心。不若纳之为是。"刘晔又曰："孙权虽有雄才，乃残汉骠骑将军南昌侯之职，官轻则势微，尚有畏中原之心。若加以王位，则去陛下一阶耳①。今陛下信其诈降，崇其位号，以封殖之，是与虎添翼也。"丕曰："不然。朕不助吴，亦不助蜀，待看吴、蜀交兵。若灭一国，止存一国，那时除之，有何难哉？朕意已决，卿勿复言。"遂命太常卿邢贞，同赵咨捧执册锡，径至东吴。

却说孙权聚集百官，商议御蜀兵之策。忽报魏帝封主公为王，礼当远接。顾雍谏曰："主公宜自称上将军、九州伯之位，不当受魏帝封爵。"权曰："当日沛公受项羽之封②，盖因时也，何故却之！"遂率百官出城迎接。邢贞自恃上国天使，入门不下车。张昭大怒，厉声曰："礼无不敬，法无不肃。而君敢自尊大，岂以江南无方寸之刃耶？"邢贞慌忙下车，与孙权相见，并车入城。忽车后一人放声哭曰："吾等不能奋身舍命，为主并魏吞蜀，乃令主公受人封爵，不亦辱乎！"众视之，乃徐盛也。邢贞闻之，叹曰："江东将相如此，终非久在人下者也！"

却说孙权受了封爵，众文武官僚拜贺已毕，命收拾美玉明珠等

---

① 去陛下一阶耳：与皇帝只相差一级了。
② 沛公受项羽之封：刘邦、项羽灭秦后，刘邦因势力不及项羽，曾接受项羽所给的"汉王"封号。

物，遣人赍进谢恩。早有细作报说："蜀主引本国大兵，及蛮王沙摩柯番兵数万，又有洞溪汉将杜路、刘宁二枝兵，水陆并进，声势震天。水路军已出巫口，旱路军已到秭归。"时孙权虽登王位，奈魏主不肯接应，乃问文武曰："蜀兵势大，当复如何？"众皆默然。权叹曰："周郎之后有鲁肃，鲁肃之后有吕蒙，今吕蒙已亡，无人与孤分忧也。"言未毕，忽班部中一少年将奋然而出，伏地奏曰："臣虽年幼，颇习兵书，愿乞数万之兵，以破蜀兵。"权视之，乃孙桓也。桓字叔武，其父名河，本姓俞氏；孙策爱子，赐姓孙，因此亦系吴王宗族。河生四子，桓居其长，弓马熟娴，常从吴王征讨，屡立奇功，官授武卫都尉，时年二十五岁。权曰："汝有何策胜之？"桓曰："臣有大将二员，一名李异，一名谢旌，俱有万夫不当之勇，乞数万之众，往擒刘备。"权曰："侄虽英勇，争奈年幼，必得一人相助方可。"虎威将军朱然出曰："臣愿与小将军同擒刘备。"权许之，遂点水陆军五万，封孙桓为左都督，朱然为右都督，即日起兵。哨马探得蜀兵已至宜都下寨。孙桓引二万五千马军，屯于宜都界口，前后分作三营，以拒蜀兵。

却说蜀将吴班领先锋之印，自出川以来，所到之处，望风而降，兵不血刃，直到宜都；探知孙桓在彼下寨，飞奏先主。时先主已到秭归，闻奏怒曰："量此小儿，安敢与朕抗耶？"关兴奏曰："既孙权令此子为将，不劳陛下遣大将，臣愿往擒之。"先主曰："朕正欲观汝壮气。"即命关兴前往。兴拜辞欲行。张苞出曰："既关兴前去讨贼，臣愿同行。"先主曰："二侄同去甚妙。但须谨慎，不可造次。"二人拜辞先主，会合先锋，一同进兵，列成阵势。

孙桓听知蜀兵大至，合寨多起。两阵对圆，桓领李异、谢旌立马于门旗之下，见蜀营中拥出二员大将，皆银盔银铠，白马白旗，上首张苞，挺丈八点钢矛，下首关兴，横着大砍刀。苞大骂曰："孙桓竖子，死在临时，尚敢抗拒天兵乎？"桓亦骂曰："汝父已作无头之鬼，今汝又来讨死，好生不智。"张苞大怒，挺枪直取孙桓。桓背后谢旌骤马来迎。两将战有三十余合，旌败走，苞乘胜赶来。李异见谢旌败了，慌忙拍马轮蘸金斧接战。张苞与战二十余合，不分胜负。吴军中裨将谭雄见张苞英勇，李异不能胜，却放一冷箭，正射中张苞所骑之马。那马负痛奔回本阵，未到门旗边，扑地便倒，将张苞掀在地上。李异急向前，轮起大斧，望张苞脑袋便砍。忽一道红光闪处，李异头早落地。原来关兴见张苞马回，正待接应，忽见张苞马倒，李异赶来。兴大喝一声，劈李异于马下，救了张苞，乘势掩杀。孙桓大败。各自鸣金收军。

次日，孙桓又引军来。张苞、关兴齐出。关兴立马于阵前，单搦孙桓交锋。桓大怒，拍马挥刀，与关兴战三十余合，气力不加，大败回阵。二小将追杀入营，吴班引着张南、冯习驱兵掩杀。张苞奋勇当先，杀入吴军，正遇谢旌，被苞一矛刺死。吴军四散奔走。蜀将得胜收兵，只不见了关兴。张苞大惊曰："安国有失，吾不独生！"言讫，绰枪上马，寻不数里，只见关兴左手提刀，右手活挟一将。苞问曰："此是何人？"兴笑答曰："吾在乱军中，正遇仇人，故生擒来。"苞视之，乃昨日放冷箭的谭雄也。苞大喜，同回本营，斩首沥血，祭了死马。遂写表，差人赴先主处报捷。

孙桓折了李异、谢旌、谭雄等许多将士，力穷势孤，不能抵敌，即差人回吴求救。蜀将张南、冯习谓吴班曰："目今吴兵势败，正好乘虚劫寨。"班曰："孙桓虽然折了许多将士，朱然水军见今结营江上，未曾损折。今日若去劫寨，倘水军上岸，断我归路，如之奈何？"南曰："此事至易。可教关、张二将军各引五千军，伏于山谷中，如朱然来救，左右两军齐出夹攻，必然取胜。"班曰："不如先使小卒，诈作降兵，却将劫寨事告与朱然，然见火起，必来救应，却令伏兵击之，则大事济矣。"冯习等大喜，遂依计而行。

却说朱然听知孙桓损兵折将，正欲来救，忽伏路军引几个小卒上船投降。然问之。小卒曰："我等是冯习帐下士卒，因赏罚不明，特来投降，就报机密。"然曰："所报何事？"小卒曰："今晚冯习乘虚要劫孙将军营寨，约定举火为号。"朱然听毕，即使人报知孙桓。报事人行至半途，被关兴杀了。朱然一面商议，欲引兵去救应孙桓。部将崔禹曰："小卒之言，未可深信，倘有疏虞，水陆二军尽皆休矣！将军只宜稳守水寨，某愿替将军一行。"然从之，遂令崔禹引一万军前去。是夜，冯习、张南、吴班分兵三路，直杀入孙桓寨中。四面火起，吴兵大乱，寻路奔走。

且说崔禹正行之间，忽见火起，急催兵前进。刚才转过山来，忽山谷中鼓声大震，左边关兴，右边张苞，两路夹攻。崔禹大惊，方欲奔走。正遇张苞，交马只一合，被苞生擒而回。朱然听知危急，将船往下水退五六十里去了。孙桓引败军逃走，问部将曰："前去何处城坚粮广？"部将曰："此去正北彝陵城，可以屯兵。"桓引败军急望彝陵而走。方进得城，吴班等追至，将城四面围定。关兴、张苞等解崔禹到秭归来。先主大喜，传旨就将崔禹斩却，大赏三军。自此威风震动，江南诸将无不胆寒。

却说孙桓令人求救于吴王。吴王大惊，即召文武商议曰："今孙桓受困于彝陵，朱然大败于江中。蜀兵势大，如之奈何？"张昭奏曰："今诸将虽多物故[1]，然尚有十余人，何虑于刘备？可命韩当为正将，周泰为副将，潘璋为先锋，凌统为合后，甘宁为救应，起兵十万拒之。"权依所奏，即命诸将速行。此时甘宁已患痢疾，带病从征。

却说先主从巫峡建平起，直接彝陵界，分七十余里，连结四十余寨；见关兴、张苞屡立大功，叹曰："昔日从朕诸将，皆老迈无用矣，复有二侄如此英雄，朕何虑孙权乎！"正言间，忽报周泰领兵

---

① 物故：去世。

来到。先主方欲遣将迎敌，近臣奏曰："老将黄忠引五六人投东吴去了。"先主笑曰："黄汉升非反叛之人也。因朕失口误言老者无用，彼必不服老，故奋力去相持矣。"即召关兴、张苞曰："黄汉升此去，必然有失。贤侄休辞劳苦，可去相助，略有微功，便可令回，勿使有失。"二小将拜辞先主，引本部军来助黄忠。正是：

　　　老臣素矢忠君志，年少能成报国功。

未知黄忠此去如何，且看下文分解。

第八十三回
战猇亭先主得仇人　守江口书生拜大将

却说章武二年春正月，武威后将军黄忠随先主伐吴，忽闻先主言老将无用，即提刀上马，引亲随五六人，径到彝陵营中。吴班与张南、冯习接入，问曰："老将军此来，有何事故？"忠曰："吾自长沙跟天子到今，多负勤劳，今虽七旬有余，尚食肉十斤，臂开二石之弓，能乘千里之马，未足为老。昨日主上言吾等老迈无用，故来此与东吴交锋，看吾斩将，老也不老！"正言间，忽报吴兵前部已到，哨马临营。忠奋然而起，出帐上马。冯习等劝曰："老将军且休轻进！"忠不听，纵马而去。吴班令冯习引兵助战。

忠在吴军阵前，勒马横刀，单搦先锋潘璋交战。璋引部将史迹出马。迹欺忠年老，挺枪出战，斗不三合，被忠一刀斩于马下。潘璋大怒，挥关公使的青龙刀，来战黄忠。交马数合，不分胜负。忠奋力恶战。璋料敌不过，拨马便走。忠乘势追杀，全胜而回，路逢关兴、张苞。兴曰："我等奉圣旨来助老将军，既已立功了，速请回营。"忠不听。次日，潘璋又来搦战。黄忠奋然上马。兴、苞二人要助战，忠不从。吴班要助战，忠亦不从，只自引五千军出迎。战不数合，璋拖刀便走。忠纵马追之，厉声大叫曰："贼将休走，吾今为关公报仇！"追至三十余里，四面喊声大震，伏兵齐出，右边周泰，左边韩当，前有潘璋，后有凌统，把黄忠困在垓心。忽然狂风大起。忠急退时，山坡上马忠引一军出，一箭射中黄忠肩窝，险些儿落马。吴兵见忠中箭，一齐来攻。忽后面喊声大起，两路军杀来，吴兵溃散，救出黄忠，乃关兴、张苞也。二小将保送黄忠，径到御前营中。

忠年老血衰，箭疮痛裂，病甚沉重。先主御驾自来看视，抚其背曰：“令老将军中伤，是朕之过也！”忠曰：“臣乃一武夫耳，幸遇陛下！臣今年七十有五，寿亦足矣，望陛下善保龙体，以图中原！”言讫，不省人事，是夜殒于御营。后人有诗叹曰：

老将说黄忠，收川立大功。重披金锁甲，双挽铁胎弓。

胆气惊河北，威名镇蜀中。临亡头似雪，犹自显英雄。

先主见黄忠气绝，哀伤不已，敕具棺椁，葬于成都。先主叹曰：“五虎大将，已亡三人，朕尚不能复仇，深可痛哉！”乃引御林军直至猇亭，大会诸将，分军八路，水陆俱进。水路令黄权领兵，先主自率大军，于旱路进发。时章武二年二月中旬也。

韩当、周泰听知先主御驾来征，引兵出迎。两阵对圆，韩当、周泰出马，只见蜀营门旗开处，先主自出，黄罗销金伞盖、左右白旄黄钺，金银旌节，前后围绕。当大叫曰：“陛下今为蜀主，何自轻出？倘有疏虞，悔之何及。”先主遥指骂曰：“汝等吴狗，伤朕手足，誓不与立于天地之间！”当回顾众将曰：“谁敢冲突蜀兵？”部将夏恂挺枪出马。先主背后张苞挺丈八矛，纵马而出，大喝一声，直取夏恂。恂见苞声若巨雷，心中惊惧，恰待要走，周泰弟周平见恂抵敌不住，挥刀纵马而来。关兴见了，跃马提刀来迎。张苞大喝一声，一矛刺中夏恂，倒撞下马。周平大惊，措手不及，被关兴一刀斩了。二小将便取韩当、周泰，韩、周二人慌退入阵。先主视之，叹曰：“虎父无犬子也！”用御鞭一指，蜀兵一齐掩杀过去，吴兵大败。那八路兵势如泉涌，杀得那吴军尸横遍野，血流成河。

却说甘宁正在船中养病，听知蜀兵大至，火急上马，正遇一彪蛮兵，人皆披发跣足，皆使弓弩长枪，搪牌刀斧；为首乃是番王沙摩柯，生得面如喷血，碧眼突出，使一个铁蒺藜骨朵[①]，腰带两张弓，威风抖擞。甘宁见其势大，不敢交锋，拨马而走，被沙摩柯一箭射中头颅。宁带箭而走，到于富池口，坐于大树之下而死。树上群鸦数百，围绕其尸。吴王闻之，哀痛不已，具礼厚葬，立庙祭祀。后人有诗叹曰：

> 吴郡甘兴霸，长江锦幔舟。酬君重知己，报友化仇雠。
>
> 劫寨将轻骑，驱兵饮巨瓯。神鸦能显圣，香火永千秋。

却说先主乘势追杀，遂得猇亭。吴兵四散逃走。先主收兵，只不见关兴，先主慌令张苞等四面跟寻。原来关兴杀入吴阵，正遇仇人潘璋，骤马追之。璋大惊，奔入山谷内，不知所往。兴寻思只在山里，往来寻觅不见，看看天晚，迷踪失路。幸得星月有光，追至山僻之间，时已二更。到一庄上，下马叩门。一老者出问何人，兴曰：“吾是战将，迷路到此，求一饭充饥。”老人引入。兴见堂内点着明烛，中堂绘画关公神像，兴大哭而拜。老人问曰：“将军何故哭拜？”兴曰：“此吾父也。”老人闻言，即便下拜。兴曰：“何故供养吾父？”老人答曰：“此间皆是尊神地方，在生之日，家家侍奉，何况今日为神乎？老夫只望蜀兵早早报仇。今将军到此，百姓有福矣！”遂置酒食待之，卸鞍喂马。

三更已后，忽门外又有一人击户。老人出而问之，乃吴将潘璋，亦来投宿，恰入草堂。关兴见了，按剑大喝曰：“反贼休走！”璋回身便出。忽门外一人面如重枣，丹凤眼，卧蚕眉，飘三缕美髯，绿袍金铠，按剑而入。璋见是关公显圣，大叫一声，神魂惊散，欲待转身，早被关兴手起剑落，斩于地上，取心沥血，就关公神像前祭祀。兴得了父亲的青龙偃月刀，却将潘璋首级摽于马项之下，辞了老人，就骑了潘璋的马，望本营而来。老人自将潘璋之尸拖出烧化。

---

① 铁蒺藜骨朵：古代兵器，用铁或硬木制成，一头装柄，一头长圆形，上有铁刺。

且说关兴行无数里，忽听得人言马嘶，一彪军来到，为首一将，乃潘璋部将马忠也。忠见兴杀了主将潘璋，将首级系于马项之下，青龙刀又被兴得了，勃然大怒，纵马来取关兴。兴见马忠是害父仇人，气冲牛斗，举青龙刀望忠便砍。忠部下三百军并力上前，一声喊起，将关兴围在垓心。兴力孤势危，忽见西北上一彪军杀来，乃是张苞。马忠见救兵到来，慌忙引军自退。关兴、张苞一处赶来。赶不数里，前面糜芳、傅士仁引兵来寻马忠，两军相合，混战一处。苞、兴二人兵少，慌忙撤退。回至猇亭，来见先主，献上首级，具言此事。先主惊异，赏犒三军。

　　却说马忠回见韩当、周泰，收聚败军，各分头守把。军士中伤者不计其数。马忠带傅士仁、糜芳于江渚屯扎。当夜三更，军士皆哭声不止。糜芳暗听之，有一伙军言曰："我等皆是荆州之兵，被吕蒙诡计送了主公性命。今刘皇叔御驾亲征，东吴早晚休矣。所恨者糜芳、傅士仁也。我等何不杀此二贼，去蜀营投降？功劳不小。"又一伙军言曰："不要性急，等个空儿，便就下手。"糜芳听毕，大惊，遂与傅士仁商议曰："军心变动，我二人性命难保。今蜀主所恨者马忠耳，何不杀了他将首级去献蜀主？告称我等不得已而降吴，今知御驾前来，特地诣营请罪。"仁曰："不可！去必有祸。"芳曰："蜀主宽仁厚德，目今阿斗太子是我外甥。彼但念我国戚之情，必不肯加害！"

　　二人计较已定，先备了马，三更时分，入帐刺杀马忠，将首级割了。二人带数十骑，径投猇亭而来。伏路军人先引见张南、冯习，具说其事。次日到御营中，来见先主，献上马忠首级，哭告于前曰："臣等实无反心，被吕蒙诡计，称是关公已亡，赚开城门，臣等不得已而降。今闻圣驾前来，特杀此贼以雪陛下之恨，伏乞陛下恕臣等之罪。"先主大怒曰："朕自离成都许多时，你两个如何不来请罪？今日势危，故来巧言，欲全性命。朕若饶你，至九泉之下有何面目见关公乎？"言讫，令关兴在御营中设关公灵位，先主亲捧马忠首级，诣前祭祀。又令关兴将糜芳、傅士仁剥去衣服，跪于灵前，亲自用刀剐之，以祭关公。忽张苞上帐，哭拜于前曰："二伯父仇人皆已诛戮，臣父冤仇何日可报！"先主曰："贤侄勿忧，朕当削平江南，杀尽吴狗，务擒二贼，与汝亲自醢之^①，以祭汝父。"苞泣谢而退。

此时先主威声大振，江南之人尽皆胆裂，日夜号哭。韩当、周泰大惊，急奏吴主，具言糜芳、傅士仁杀了马忠，去归蜀帝，亦被蜀帝杀了。孙权心怯，遂聚文武商议。步骘奏曰："蜀主所恨者，乃吕蒙、潘璋、马忠、糜芳、傅士仁也。今此数人皆亡，独有范疆、张达二人，见在东吴。何不擒此二人，并张飞首级，遣使送还，交与荆州，送归夫人，上表求和，再会前情，共图灭魏，则蜀兵自退矣！"权从其言，遂具沉香木匣，盛贮飞首，绑缚范疆、张达，囚于槛车之内，令程秉为使，赍国书望猇亭而来。

却说先主欲发兵前进，忽近臣奏曰："东吴遣使送张车骑之首，并囚范疆、张达二贼至。"先主两手加额曰^②："此天之所赐，亦由三弟之灵也！"即令张苞设飞灵位。先主见张飞首级在匣中面不改色，放声大哭。张苞自仗利刀，将范疆、张达万剐凌迟，祭父之灵。祭毕，先主怒气不息，定要灭吴。马良奏曰："仇人尽戮，其恨可雪矣。吴大夫程秉到此，欲还荆州，送回夫人，永结盟好，共图灭魏，伏候圣旨。"先主怒曰："朕切齿仇人，乃孙权也！今若与之连和，是负二弟当日之盟矣！今先灭吴，次灭魏！"便欲斩来使，以绝吴情。多官苦告方免。

程秉抱头鼠窜，回奏吴主曰："蜀不从讲和，誓欲先灭东吴，然后伐魏。众臣苦谏不听，如之奈何？"权大惊，举止失措。阚泽出班奏曰："见有擎天之柱，如何不用耶？"权急问何人。泽曰："昔日东

---

① 醢（hǎi）：本义是肉酱，作动词用是指古代的一种酷刑，把人杀死后剁成肉酱。

② 两手加额：举起双手放在额头，是古人表示庆幸的一种方式。

吴大事，全任周郎，后鲁子敬代之。子敬亡后，决于吕子明。今子明虽丧，见有陆伯言在荆州。此人名虽儒生，实有雄才大略，以臣论之，不在周郎之下。前破关公，其谋皆出于伯言。主上若能用之，破蜀必矣。如或有失，臣愿与同罪！"权曰："非德润之言，孤几误大事！"张昭曰："陆逊乃一书生耳，非刘备敌手，恐不可用。"顾雍亦曰："陆逊年幼望轻，恐诸公不服；若不服，则生祸乱，必误大事。"步骘亦曰："逊才堪治郡耳，若托以大事，非其宜也。"阚泽大呼曰："若不用陆伯言，则东吴休矣！臣愿以全家保之！"权曰："孤亦素知陆伯言，乃奇才也。孤意已决，卿等勿言。"于是命召陆逊。

　　逊本名陆议，后改名逊，字伯言，乃吴郡吴人也；汉城门校尉陆纡之孙，九江都尉陆骏之子；身长八尺，面如美玉，官领镇西将军。当下奉召而至。参拜毕，权曰："今蜀兵临境，孤特命卿总督军马，以破刘备。"逊曰："江东文武皆大王故旧之臣，臣年幼无才，安能制之？"权曰："阚德润以全家保卿，孤亦素知卿才。今拜卿为大都督，卿勿推辞。"逊曰："倘文武不服，何如？"权取所佩剑与之，曰："如有不听号令者，先斩后奏！"逊曰："荷蒙重托，敢不拜命！但乞大王于来日会聚众官，然后赐臣。"阚泽曰："古之命将，必筑台会众，赐白旄黄钺，印绶兵符，然后威行令肃。今大王宜遵此礼，择日筑坛，拜伯言为大都督，假节钺，则众人自无不服矣。"权从之，命人连夜筑坛完备，大会百官，请陆逊登坛，拜为大都督、右护军镇西将军，进封娄侯，赐以宝剑印绶，令掌六郡八十一州兼荆楚诸路军马。吴王嘱之曰："阃以内，孤主之；阃以外，将军制之[1]。"逊领命下坛，令徐盛、丁奉为护卫，即日出师，一面调诸路军马水陆并进。

　　文书到猇亭，韩当、周泰大惊曰："主上如何以一书生总兵耶？"

---

[1] 阃（kǔn）以外，将军制之：京城以外的地区，由将军指挥。这是古代对出征的大将授以全权的意思。阃，城门的门限。

比及逊至，众皆不服。逊升帐议事，众人勉强参贺。逊曰："主上命吾为大将，督军破蜀。军有常法，公等各宜遵守，违者王法无亲，勿致后悔。"众皆默然。周泰曰："目今安东将军孙桓乃主上之侄，见困于彝陵城中，内无粮草，外无救兵，请都督早施良策，救出孙桓，以安主上之心。"逊曰："吾素知孙安东深得军心，必能坚守，不必救之。待我破蜀后，彼自出矣。"众皆暗笑而退。韩当谓周泰曰："命此孺子为将，东吴休矣。公见彼所行乎？"泰曰："吾聊以言试之，早无一计，安能破蜀也？"

次日，陆逊传下号令，教诸将各处关防，牢守隘口，不许轻敌。众皆笑其懦，不肯坚守。次日，陆逊升帐，唤诸将曰："吾钦承王命，总督诸军。昨已三令五申，令汝等各处坚守。俱不遵吾令，何也？"韩当曰："吾自从孙将军平定江南，经数百战；其余诸将，或从讨逆将军，或从当今大王，皆披坚执锐，出生入死之士。今主上命公为大都督，令退蜀兵，宜早定计，调拨军马，分头征进，以图大事。乃只令坚守勿战，岂欲待天自杀贼耶？吾非贪生怕死之人，奈何使吾等堕其锐气？"于是帐下诸将皆应声而言曰："韩将军之言是也！吾等情愿决一死战！"陆逊听毕，掣剑在手，厉声曰："仆虽一介书生，今蒙主上托以重任者，以吾有尺寸可取^①，能忍辱负重故也。汝等只各守隘口，牢把险要，不许妄动，如违令者皆斩！"众皆愤愤而退。

却说先主自猇亭布列军马，直至川口，接连七百里，前后四十营寨，昼则旌旗蔽日，夜则火光耀天。忽细作报说："东吴用陆逊为大都督，总制军马。逊令诸将各守险要不出。"先主问曰："陆逊何如人也？"马良奏曰："逊虽东吴一书生，然年幼多才，深有谋略。前袭荆州，皆系此人之诡计。"先主大怒曰："竖子诡谋，损朕二弟，

---

① 尺寸可取：有些许长处。这是对自己才能的一种谦逊的说法。尺、寸，长度单位，皆不长。

今当擒之。"便传令进兵。马良谏曰："陆逊之才，不亚周郎，未可轻敌。"先主曰："朕用兵老矣，岂反不如一黄口孺子耶？"遂亲领前军，攻打诸处关津隘口。

韩当见先主兵来，差人报知陆逊。逊恐韩当妄动，急飞马自来观看，正见韩当立马于山上，远望蜀兵，漫山遍野而来，军中隐隐有黄罗盖伞。韩当接着陆逊，并马而观。当指曰："军中必有刘备，吾欲击之。"逊曰："刘备举兵东下，连胜十余阵，锐气正盛。今只乘高守险，不可轻出，出则不利。但宜奖励将士，广布守御之策，以视其变。今彼驰骋于平原旷野之间，正自得志。我坚守不出，彼求战不得，必移屯于山林树木间，吾当以奇计胜之。"韩当口虽应诺，心中只是不服。

先主使前队搦战，辱骂百端。逊令塞耳休听，不许出迎，亲自遍历诸关隘口，抚慰将士，皆令坚守。先主见吴军不出，心中焦躁。马良曰："陆逊深有谋略，今陛下远来攻战，自春历夏，彼之不出，欲待我军之变也。愿陛下察也。"先主曰："彼有何谋，但怯敌耳！向者数败，今安敢再出？"先锋冯习奏曰："即今天气炎热，军屯于赤火之中，取水深为不便。"先主遂命各营皆移于山林茂盛之地，近溪傍涧，待过夏到秋，并力进兵。冯习遂奉旨，将诸寨皆移于林木阴密之处。马良奏曰："吾军若动，倘吴兵骤至，如之奈何？"先主曰："朕令吴班引万余弱兵，近吴寨平地屯驻，朕亲选八千精兵，伏于山谷之中。若陆逊知朕移营，必乘势来击，却令吴班诈败。逊若追来，朕引兵突出，断其归路，小子可擒矣。"文武皆贺曰："陛下神机妙算，诸臣不及也！"

马良曰："近闻诸葛丞相在东川，点看各处隘口，恐魏兵入寇。陛下何不将各营移居之地，画成图本，问于丞相？"先主曰："朕亦颇知兵法，何必又问丞相！"良曰："古云：'兼听则明，偏听则蔽。'望陛下察之。"先主曰："卿可自去各营，画成四至八道图本，亲到

东川，去问丞相。如有不便，可急来报知。"马良领命而去。于是先
主移兵于林木阴密处避暑。早有细作报知韩当、周泰。二人听得此
事，大喜，来见陆逊曰："目今蜀兵四十余营皆移于山林密处，依溪
傍涧，就水歇凉，都督可乘虚击之。"正是：

　　　　蜀主有谋能设伏，吴兵好勇定遭擒。

未知陆逊可听其言否，且看下文分解。

第八十四回

陆逊营烧七百里　孔明巧布八阵图

却说韩当、周泰探知先主移营就凉，急来报知陆逊。逊大喜，遂引兵自来观看动静。只见平地一屯，不满万余人，大半皆是老弱之众，大书"先锋吴班"旗号。周泰曰："吾视此等兵，如儿戏耳，愿同韩将军分两路击之，如其不胜，甘当军令。"陆逊看了良久，以鞭指曰："前面山谷中隐隐有杀气起，其下必有伏兵，故于平地设此弱兵，以诱我耳。诸公切不可出！"众将听了，皆以为懦。

次日，吴班引兵到关前搦战，耀武扬威，辱骂不绝，多有解衣卸甲、赤身裸体，或睡或坐。徐盛、丁奉入帐禀陆逊曰："蜀兵欺我太甚！某等愿出击之。"逊笑曰："公等但恃血气之勇，未知孙吴妙法。此彼诱敌之计也，三日后，必见其诈矣。"徐盛曰："三日后，彼移营已定，安能击之乎？"逊曰："吾正欲令彼移营也。"诸将哂笑而退。过三日后，会诸将于关上观望，见吴班兵已退去。逊指曰："杀气起矣，刘备必从山谷中出也。"言未毕，只见蜀兵皆全装贯束，拥先主而过。吴兵见了，尽皆胆裂。逊曰："吾之不听诸公击班者，正为此也。今伏兵已出，旬日之内，必破蜀矣。"诸将皆曰："破蜀当在初时。今连营五六百里，相守经七八月，其诸要害皆已固守，安能破乎？"逊曰："诸公不知兵法。备乃世之枭雄，更多智谋，其兵始集，法度精专，今守之久矣，不得我便，兵疲意阻，取之正在今日。"诸将方才叹服。后人有诗赞曰：

虎帐谈兵按《六韬》，安排香饵钓鲸鳌。

三分自是多英俊，又显江南陆逊高。

却说陆逊已定了破蜀之策，遂修笺遣使奏闻孙权，言指日可以破蜀之意。权览毕，大喜曰："江东复有此异人，孤何忧哉！诸将皆上书，言其懦，孤独不信。今观其言，固非懦也。"于是大起吴兵来接应。

却说先主于猇亭尽驱水军，顺流而下，沿江屯扎水寨，深入吴境。黄权谏曰："水军沿江而下，进则易，退则难。臣愿为前驱，陛下宜在后阵，庶万无一失。"先主曰："吴贼胆落，朕长驱大进，有何碍乎？"众官苦谏，先主不从，遂分兵两路，命黄权督江北之兵，以防魏寇，先主自督江南诸军，夹江分立营寨，以图进取。

细作探知，连夜报知魏主，言："蜀兵伐吴，树栅连营，纵横七百余里，分四十余屯，皆傍山林下寨。今黄权督兵在江北岸，每日出哨百余里，不知何意。"魏主闻之，仰面笑曰："刘备将败矣！"群臣请问其故。魏主曰："刘玄德不晓兵法，岂有连营七百里，而可以拒敌者乎？包原隰险阻屯兵者①，此兵法之大忌也。玄德必败于东吴陆逊之手。旬日之内，消息必至矣。"群臣犹未信，皆请拨兵备之。魏主曰："陆逊若胜，必尽举东吴兵去取西川，吴兵远去，国中空虚，朕虚托以兵助战，令三路一齐进兵，东吴唾手可取也。"众皆拜服。魏主下令："使曹仁督一军出濡须，曹休督一军出洞口，曹真督一军出南郡，三路军马会合日期，暗袭东吴，朕随后自来接应。"调遣已定。

不说魏兵袭吴。且说马良至川，入见孔明，呈上图本而言曰："今移营夹江，横占七百里，下四十余屯，皆依溪傍涧，林木茂盛之处。皇上令良将图本来与丞相观之。"孔明看讫，拍案叫苦曰："是

---

① 包原隰（xí）险阻屯兵：把大军铺开驻扎在地形过于复杂的大片地方。包，通"苞"，指草木丛生的地方；原，高平处；隰，低湿的地方；险阻，地势险要的地方。

何人教主上如此下寨？可斩此人！"马良曰："皆主上自为，非他人之谋。"孔明叹曰："汉朝气数休矣！"良问其故，孔明曰："包原隰险阻而结营，此兵家之大忌。倘彼用火攻，何以解救？又岂有连营七百里，而可拒敌乎？祸不远矣！陆逊拒守不出，正为此也。汝当速去见天子，改屯诸营，不可如此。"良曰："倘今吴兵已胜，如之奈何？"孔明曰："陆逊不敢来追，成都可保无虞。"良曰："逊何故不追？"孔明曰："恐魏兵袭其后也。主上若有失，当投白帝城避之。吾入川时，已伏下十万兵在鱼腹浦矣。"良大惊曰："某于鱼腹浦往来数次，未尝见一卒。丞相何作此诈语？"孔明曰："后来必见，不劳多问。"马良求了表章，火速投御营来。孔明自回成都，调拨军马救应。

却说陆逊见蜀兵懈怠，不复提防，升帐聚大小将士听令，曰："吾自受命以来，未尝出战。今观蜀兵，足知动静，故欲先取江南岸一营，谁敢去取？"言未毕，韩当、周泰、凌统等应声而出曰："某等愿往。"逊教皆退不用，独唤阶下末将淳于丹曰："吾与汝五千军，去取江南第四营，蜀将傅彤所守。今晚就要成功。吾自提兵接应。"淳于丹引兵去了。又唤徐盛、丁奉曰："汝等各领兵三千，屯于寨外五里。如淳于丹败回，有兵赶来，当出救之，却不可追去。"二将自引军去了。

却说淳于丹于黄昏时分，领兵前进。到蜀寨时，已三更之后。丹令众军鼓噪而入。蜀营内傅彤引军杀出，挺枪直取淳于丹。丹敌不住，拨马便回。忽然喊声大震，一彪军拦住去路，为首大将赵融。丹夺路而走，折兵大半。正走之间，山后一彪蛮兵拦住，为首番将沙摩柯。丹死战得脱。背后三路军赶来。比及离营五里，吴军徐盛、丁奉二人两下杀来，蜀兵退去，救了淳于丹回营。丹带箭入见陆逊请罪。逊曰："非汝之过也，吾欲试敌人之虚实耳。破蜀之计，吾已定矣！"徐盛、丁奉曰："蜀兵势大，难以破之，空自损兵折将耳。"

逊笑曰:"吾这条计,但瞒不过诸葛亮耳!天幸此人不在,使我成大功也。"遂集大小将士听令:使朱然于水路进兵,来日午后,东南风大作,用船装载茅草,依计而行;韩当引一军攻江北岸,周泰引一军攻江南岸,每人手执茅草一把,内藏硫黄焰硝,各带火种,各执枪刀,一齐而上,但到蜀营,顺风举火,蜀兵四十屯,只烧二十屯,每间一屯烧一屯。各军预带干粮,不许暂退,昼夜追袭,只擒了刘备方止。众将听了军令,各受计而去。

却说先主正在御营,寻思破吴之计,忽见帐前中军旗幡无风自倒,乃问程畿曰:"此为何兆?"畿曰:"今夜莫非吴兵来劫营?"先主曰:"昨夜杀尽,安敢再来!"畿曰:"倘是陆逊试敌,奈何?"正言间,人报山上远远望见吴兵尽沿山望东去了。先主曰:"此是疑兵,令众休动。"命关兴、张苞各引五百骑出巡。

黄昏时分,关兴回奏曰:"江北营中火起。"先主急令关兴往江北,张苞往江南,探看虚实:"倘吴兵到时,可急回报。"二将领命去了。初更时分,东南风骤起,只见御营左屯火起。方欲救时,御营右屯又火起。风紧火急,树木皆着,喊声大震。两屯军马齐出,奔离御营中。御营军自相践踏,死者不知其数。后面吴兵杀到,又不知多少军马。先主急上马,奔冯习营时,习营中火光连天而起,江南江北照耀如同白日。冯习慌上马,引数十骑而走,正逢吴将徐盛军到,敌住厮杀。先主见了,拨马投西便走。徐盛舍了冯习,引兵追来。先主正慌,前面又一军拦住,乃是吴将丁奉,两下夹攻。先主大惊,四面无路。忽然喊声大震,一彪军杀入重围,乃是张苞,救了先主,引御林军奔走。正行之间,前面一军又到,乃蜀将傅彤也,合兵一处而行。背后吴兵追至。先主前到一山,名马鞍山。张苞、傅彤请先主上的山时,山下喊声又起,陆逊大队人马将马鞍山围住。张苞、傅彤死据山口。先主遥望遍野,火光不绝,死尸重叠,塞江而下。

次日，吴兵又四下放火烧山。军士乱窜，先主惊慌。忽然，火光中一将引数骑杀上山来，视之，乃关兴也。兴伏地请曰："四下火光逼近，不可久停。陛下速奔白帝城，再收军马可也。"先主曰："谁敢断后？"傅彤奏曰："臣愿以死当之。"当日黄昏，关兴在前，张苞在中，傅彤断后，保着先主杀下山来。吴军见先主奔走，皆要争功，各引大军，遮天盖地，往西追赶。先主令军士尽脱袍铠，塞道而焚，以断后军。正奔走间，喊声大震，吴将朱然引一军从江岸边杀来，截住去路。先主叫曰："朕死于此矣！"关兴、张苞纵马冲突，被乱箭射回，各带重伤，不能杀出。背后喊声又起，陆逊引大军从山谷中杀来。

先主正慌急之间，此时天色已微明，只见前面喊声震天，朱然军纷纷落涧，滚滚投岩，一彪军杀入，前来救驾。先主大喜，视之，乃常山赵子龙也。时赵云在川中江州，闻吴蜀交兵，遂引军出。忽见东南一带火光冲天，云心惊，远远探视，不想先主被困，云奋勇冲杀而来。陆逊闻是赵云，急令军退。云正杀之间，忽遇朱然，便与交锋，不一合，一枪刺朱然于马下，杀散吴兵，救出先主，望白帝城而走。先主曰："朕虽得脱，诸将士将奈何？"云曰："敌军在后，不可久迟！陛下且入白帝城歇息，臣再引兵去救应诸将。"此时先主仅存百余人入白帝城。后人有诗赞陆逊曰：

> 持矛举火破连营，玄德穷奔白帝城。
>
> 一旦威名惊蜀魏，吴王宁不敬书生！

却说傅彤断后，被吴军八面围住。丁奉大叫曰："川将死者无数，降者极多，汝主刘备已被擒获！今汝力穷势孤，何不早降？"傅彤叱曰："吾乃汉将，安肯降吴狗乎！"挺枪纵马，率蜀军奋力死战，不下百余合，往来冲突，不能得脱。彤长叹曰："吾今休矣！"言讫，口中吐血，死于吴军之中。后人赞傅彤诗曰：

> 彝陵吴蜀大交兵，陆逊施谋用火焚。
>
> 至死犹然骂"吴狗"，傅彤不愧汉将军。

蜀祭酒程畿匹马奔至江边，招呼水军赴敌。吴兵随后追来，水军四散奔逃。畿部将叫曰："吴兵至矣，程祭酒快走罢！"畿怒曰："吾自从主上出军，未尝赴敌而逃……"言未毕，吴兵骤至，四下无路，畿拔剑自刎。后人有诗赞曰：

> 慷慨蜀中程祭酒，身留一剑答君王。
>
> 临危不改平生志，博得声名万古香。

时吴班、张南久围彝陵城，忽冯习到，言蜀兵败，遂引军来救先主，孙桓方才得脱。张、冯二将正行之间，前面吴兵杀来，背后孙桓从彝陵城杀出，两下夹攻。张南、冯习奋力冲突，不能得脱，死于乱军之中。后人有诗赞曰：

> 冯习忠无二，张南义少双。
>
> 沙场甘战死，史册共流芳。

吴班杀出重围，又遇吴兵追赶，幸得赵云接着，救回白帝城去了。时有番将沙摩柯匹马奔走，正逢周泰，战二十余合，被泰所杀。蜀将杜路、刘宁尽皆降吴。蜀营一应粮草器仗，尺寸不存。蜀将川兵，降者无数。时孙夫人在吴，闻猇亭兵败，讹传先主死于军中，遂驱车至江边，望西遥哭，投江而死。后人立庙江滨，号曰"枭姬祠"。尚论者作诗叹之曰：

> 先主兵归白帝城，夫人闻难独捐生。
>
> 至今江畔遗碑在，犹著千秋烈女名。

　　却说陆逊大获全功，引得胜之兵，往西追袭。离夔关不远，逊在马上看见前面临山傍江，一阵杀气冲天而起，遂勒马回顾众将曰："前面必有埋伏，三军不可轻进！"即倒退十余里，于地势空阔处，排成阵势，以御敌军，即差哨马前去探视。回报并无军屯在此。逊不信，下马登高望之，杀气复起。逊再令人仔细探视。哨马回报："前面并无一人一骑。"逊见日将西沉，杀气越加，心中犹豫，令心腹人再往探看。回报："江边只有乱石八九十堆，并无人马。"逊大疑，令寻土人问之。须臾，有数人到。逊问曰："何人将乱石作堆？如何乱石堆中有杀气冲起？"土人曰："此处地名鱼腹浦。诸葛亮入川之时，驱兵到此，取石排成阵势于沙滩之上，自此常常有气如云，从内而起。"陆逊听罢，上马引数十骑来看石阵；立马于山坡之上，但见四面八方，皆有门有户。逊笑曰："此乃惑人之术耳，有何益焉！"遂引数骑下山坡来，直入石阵观看。部将曰："日暮矣，请都督早回。"逊方欲出阵，忽然狂风大作，一霎时飞沙走石，遮天盖地，但见怪石嵯峨①，槎枒似剑②，横沙立土，重叠如山，江声浪涌，有如剑鼓之声。逊大惊曰："吾中诸葛之计也！"急欲回时，无路可出。

正惊疑间，忽见一老人立于马前，笑曰："将军欲出此阵乎？"逊曰："愿长者引出。"老人策杖，徐徐而行，径出石阵，并无所碍，送至山坡之上。逊问曰："长者何人？"老人答曰："老夫乃诸葛孔明之岳父黄承彦也。昔小婿入川之时，于此布下石阵，名八阵图；反复八门，按遁甲休生伤杜景死惊开，每日每时，变化无端，可比十万精兵。临去之时，曾分付老夫道：'后有东吴大将迷于阵中，莫要引他出来。'老夫适于山岩之上，见将军从死门而入，料想不识此阵，必为所迷。老夫平生好善，不忍将军陷没于此，故特自生门引出也。"逊曰："公曾学此阵法否？"黄承彦曰："变化无穷，不能学也。"逊慌忙下马，拜谢而回。后杜工部有诗曰：

功盖三分国，名成八阵图。

江流石不转，遗恨失吞吴。

陆逊回寨，叹曰："孔明真卧龙也，吾不能及。"于是下令班师。左右曰："刘备兵败势穷，困守一城，正好乘势击之。今见石阵而退，何也？"逊曰："吾非惧石阵而退。吾料魏主曹丕，其奸诈与父

---

① 嵯（cuó）峨：山势高峻的样子，此处指怪石巨大。

② 槎枒：形容参差错杂。

无异，今知吾追赶蜀兵，必乘虚来袭。吾若深入西川，急难退矣！"遂令一将断后，逊引大军而回。退兵未及二日，三处人来飞报："魏兵曹仁出濡须，曹休出洞口，曹真出南郡，三路兵马数十万，星夜至境，未知何意。"逊笑曰："不出吾之所料。吾已令兵拒之矣。"正是：

雄心方欲吞西蜀，胜算还须御北朝。

未知如何退兵，且看下文分解。

第八十五回

刘先主遗诏托孤儿　诸葛亮安居平五路

却说章武二年夏六月，东吴陆逊大破蜀兵于猇亭彝陵之地。先主奔回白帝城，赵云引兵据守。忽马良至，见大军已败，懊悔不及，将孔明之言奏知先主。先主叹曰："朕早听丞相之言，不致今日之败！今有何面目复回成都见群臣乎？"遂传旨就白帝驻扎，将馆驿改为永安宫。人报冯习、张南、傅肜、程畿、沙摩柯等皆殁于王事，先主伤感不已。又近臣奏称："黄权引江北之兵降魏去了，陛下可将彼家属送有司问罪。"先主曰："黄权被吴兵隔断在江北岸，欲归无路，不得已而降魏，是朕负权，非权负朕也，何必罪其家属？仍给禄米以养之。"

却说黄权降魏，诸将引见曹丕。丕曰："卿今降朕，欲追慕于陈、韩耶①？"权泣而奏曰："臣受蜀帝之恩，殊遇甚厚，令臣督诸军于江北，被陆逊绝断。臣归蜀无路，降吴不可，故来投陛下。败军之将，免死为幸，安敢追慕于古人耶？"丕大喜，遂拜黄权为镇南将军。权坚辞不受。忽近臣奏曰："有细作人自蜀中来说，蜀主将黄权家属尽皆诛戮。"权曰："臣与蜀主推诚相信，知臣本心，必不肯杀臣之家小也！"丕然之。后人有诗责黄权曰：

---

① 陈、韩：指陈平、韩信。二人原是项羽部下，后投刘邦，帮助刘邦灭项羽，成为开国功臣。

降吴不可却降曹，忠义安能事两朝。

堪叹黄权惜一死，紫阳书法不轻饶[1]。

曹丕问贾诩曰："朕欲一统天下，先取蜀乎？先取吴乎？"诩曰："刘备雄才，更兼诸葛亮善能治国；东吴孙权能识虚实，陆逊现屯兵于险要，隔江泛湖，皆难卒谋。以臣观之，诸将之中皆无孙权、刘备敌手。虽以陛下天威临之，亦未见万全之势也。只可持守，以待二国之变。"丕曰："朕已遣三路大兵伐吴，安有不胜之理。"尚书刘晔曰："近东吴陆逊新破蜀兵七十万，上下齐心，更有江湖之阻，不可卒制。陆逊多谋，必有准备。"丕曰："卿前劝朕伐吴，今又谏阻，何也？"晔曰："时有不同也。昔东吴累败于蜀，其势顿挫，故可击耳。今既获全胜，锐气百倍，未可攻也。"丕曰："朕意已决，卿勿复言！"遂引御林军，亲往接应三路兵马。早有哨马报说："东吴已有准备。令吕范引兵拒住曹休，诸葛瑾引兵在南郡拒住曹真，朱桓引兵当住濡须，以拒曹仁。"刘晔曰："既有准备，去恐无益。"丕不从，引兵而去。

却说吴将朱桓，年方二十七岁，极有胆略，孙权甚爱之。时督军于濡须，闻曹仁引大军去取羡溪。桓遂尽拨军守把羡溪去了，止留五千骑守城。忽报："曹仁令大将常雕，同诸葛虔、王双，引五万精兵，飞奔濡须城来。"众军皆有惧色。桓按剑而言曰："胜负在将，不在兵之多寡。兵法云：'客兵倍而主兵半者，主兵尚能胜于客兵。'今曹仁千里跋涉，人马疲困。吾与汝等共据高城，南临大江，北背山险，以逸待劳，以主制客，此乃百战百胜之势。虽曹丕自来，尚不足忧，况仁等耶？"于是传令，教众军偃旗息鼓，只作无人守把之状。

且说魏将先锋常雕，领精兵来取濡须城，遥望城上，并无军马；

---

① 紫阳书法：南宋朱熹与门人根据《资治通鉴》《举要补遗》等书编撰了《通鉴纲目》一书，书中纪年以蜀汉为据，以宣扬正统观念。紫阳，朱熹别名；书法，指记史事的春秋笔法，微言大义。

雕催军急进。离城不远，一声炮响，旌旗齐竖，朱桓横刀飞马而出，直取常雕，战不三合，被桓一刀斩常雕于马下。吴兵乘势冲杀一阵，魏兵大败，死者无数。朱桓大胜，得了无数旌旗军器战马。曹仁领兵随后到来，却被吴兵从羡溪杀出。曹仁大败而退，回见魏主，细奏大败之事。丕大惊。正议之间，忽探马报："曹真、夏侯尚围了南郡，被陆逊伏兵于内，诸葛瑾伏兵于外，内外夹攻，因此大败。"言未毕，忽探马又报，曹休亦被吕范杀败。丕听知三路兵败，乃喟然叹曰："朕不听贾诩、刘晔之言，果有此败！"时值夏天，大疫流行，马步军十死六七，遂引军回洛阳。吴、魏自此不和。

却说先主在永安宫染病不起，渐渐沉重。至章武三年夏四月，先主自知病入四肢，又哭关、张二弟，其病愈深，两目昏花，厌见侍从之人，乃叱退左右，独卧于龙榻之上。忽然阴风骤起，将灯吹摇，灭而复明，只见灯影之下，二人侍立。先主怒曰："朕心绪不宁，教汝等且退，何故又来？"叱之不退。先主起而视之，上首乃云长，下首乃翼德也。先主大惊曰："二弟原来尚在！"云长曰："臣等非人，乃是鬼也。上帝以臣二人平生不失信义，皆敕命为神，哥哥与兄弟聚会不远矣。"先主扯定大哭，忽然惊觉，二弟不见，即唤从人问之，时正三更。先主叹曰："朕不久于人世矣！"遂遣使往成都，请丞相诸葛亮、尚书令李严等，星夜来永安宫，听受遗命。孔明等与先主次子鲁王刘永、梁王刘理来永安宫见帝，留太子刘禅守成都。

且说孔明到永安宫，见先主病危，慌忙拜伏于龙榻之上。先主传旨，请孔明坐于龙榻之侧，抚其背曰："朕自得丞相，幸成帝业；何期智识浅陋，不纳丞相之言，自取其败，悔恨成疾，死在旦夕。嗣子孱弱，不得不以大事相托。"言讫，泪流满面。孔明亦涕泣曰："愿陛下善保龙体，以副天下之望①！"先主以目遍视，只见马良之

---

① 副：符合。

弟马谡在傍。先主令且退。谡退出，先主谓孔明曰："丞相观马谡之才何如？"孔明曰："此人亦当世之英才也！"先主曰："不然。朕观此人，言过其实，不可大用。丞相宜深察之。"分付毕，传旨召诸臣入殿，取纸笔写了遗诏，递与孔明而叹曰："朕不读书，粗知大略。圣人云：'鸟之将死，其鸣也哀；人之将死，其言也善。'朕本待与卿等同灭曹贼，共扶汉室，不幸中道而别。烦丞相将诏付与太子禅，令勿以为常言！凡事更望丞相教之！"孔明等泣拜于地曰："愿陛下将息龙体，臣等愿效犬马之劳，以报陛下知遇之恩也！"先主命内侍扶起孔明，一手掩泪，一手执其手曰："朕今死矣，有心腹之言相告。"孔明曰："有何圣谕？"先主泣曰："君才十倍曹丕，必能安邦定国，终定大事。若嗣子可辅则辅之，如其不才，君可自为成都之主。"孔明听毕，汗流遍体，手足失措，泣拜于地曰："臣安敢不竭股肱之力，效忠贞之节，继之以死乎！"言讫，叩头流血。先主又请孔明坐于榻上，唤鲁王刘永、梁王刘理近前，分付曰："尔等皆记朕言：朕亡之后，尔兄弟三人皆以父事丞相，不可怠慢。"言罢，遂命二王同拜孔明。二王拜毕，孔明曰："臣虽肝脑涂地，安能报知遇之恩也！"

先主谓众官曰："朕已托孤于丞相，令嗣子以父事之。卿等俱不可怠慢，以负朕望！"又嘱赵云曰："朕与卿于患难之中相从到今，不想于此地分别。卿可想朕故交，早晚看觑吾子[1]，勿负朕言！"云泣拜曰："臣敢不效犬马之劳！"先主又谓众官曰："卿等众官，朕不能一一分嘱，愿皆自爱！"言毕，驾崩，寿六十三岁。时章武三年夏四月二十四日也。后杜工部有诗叹曰：

> 蜀主窥吴向三峡，崩年亦在永安宫。
> 翠华想像空山外，玉殿虚无野寺中。

---

[1] 看觑（qù）：看顾，照料。

古庙杉松巢水鹤，岁时伏腊走村翁。

武侯祠屋长邻近，一体君臣祭祀同。

先主驾崩，文武官僚无不哀痛。孔明率众官，奉梓宫还成都[①]。太子刘禅出城迎接灵柩，安于正殿之内，举哀行礼毕，开读遗诏。诏曰：

朕初得疾，但下痢耳，后转生杂病，殆不自济。朕闻人年五十，不称夭寿。今朕年六十有余，死复何恨？但以卿兄弟为念耳。勉之，勉之！勿以恶小而为之，勿以善小而不为！惟贤惟德，可以服人！卿父德薄，不足效也。卿与丞相从事，事之如父，勿怠！勿忘！卿兄弟更求闻达，至嘱！至嘱！

群臣读诏已毕，孔明曰："国不可一日无君，请立嗣君以承汉统。"乃立太子禅即皇帝位，改元建兴，加诸葛亮为武乡侯，领益州牧；葬先主于惠陵，谥曰昭烈皇帝；尊皇后吴氏为皇太后，谥甘夫人为昭烈皇后，糜夫人亦追谥为皇后；升赏群臣，大赦天下。

早有魏军探知此事，报入中原。近臣奏知魏主，曹丕大喜曰："刘备已亡，朕无忧矣！何不乘其国中无主，起兵伐之？"贾诩谏曰："刘备虽亡，必托孤于诸葛亮；亮感备知遇之恩，必倾心竭力，扶持嗣主。陛下不可仓卒伐之！"正言间，忽一人从班部中奋然而出曰："不乘此时进兵，更待何时？"众视之，乃司马懿也。丕大喜，遂问计于懿。懿曰："若只起中国之兵，急难取胜。须用五路大兵，四面夹攻，令诸葛亮首尾不能救应，然后可图。"丕问："何五路？"懿曰："可修书一封，差使往辽东鲜卑国，见国王轲比能，赂以金帛，令起辽西羌兵十万，先从旱路取西平关，此一路也。再修书遣使，赍官诰赏赐，直入南蛮，见蛮王孟获，令起兵十万，攻打益州、永昌、牂牁、越巂四郡，以击西川之南，此二路也。再遣使入吴修好，许

---

① 梓宫：皇帝的棺木，以梓木做成。

以割地，令孙权起兵十万，攻两川夹口，径取涪城，此三路也。又可差使至降将孟达处，起上庸兵十万，西攻汉中，此四路也。然后命大将军曹真为大都督，提兵十万，由京兆径出阳平关，取西川，此五路也。共大兵五十万，五路并进，诸葛亮便有吕望之才，安能当此乎？"丕大喜，随即密遣能言官四员为使前去，又命曹真为大都督，领兵十万，径取阳平关。此时张辽等一班旧将皆封列侯，俱在冀、徐、青及合淝等处，据守关津隘口，故不复调用。

却说蜀汉后主刘禅自即位以来，旧臣多有病亡者，不能细说。凡一应朝廷选法、钱粮词讼等事，皆听诸葛丞相裁处。时后主未立皇后。孔明与群臣上言："故车骑将军张飞之女甚贤，年十七岁，可纳为正宫皇后。"后主即纳之。

建兴元年秋八月，忽有边报，说："魏调五路大兵来取西川：第一路曹真为大都督，起兵十万，取阳平关；第二路乃反将孟达，起上庸兵十万，犯汉中；第三路乃东吴孙权，起精兵十万，取峡口入川；第四路乃蛮王孟获，起蛮兵十万，犯益州四郡；第五路乃番王轲比能，起羌兵十万，犯西平关。此五路军马，甚是利害，已先报知丞相。丞相不知为何，数日不出视事。"后主听罢大惊，即差近侍赍旨，宣召孔明入朝。使命去了半日，回报："丞相府下人言：丞相染病不出。"后主转慌。次日，又命黄门侍郎董允、谏议大夫杜琼去丞相卧榻前，告此大事。董、杜二人到丞相府前，皆不得入。杜琼曰："先帝托孤于丞相，今主上初登宝位，被曹丕五路兵犯境，军情至急，丞相何故推病不出？"良久，门吏传丞相令，言病体稍可，明早出都堂议事。董、杜二人叹息而回。

次日，多官又来丞相府前伺候，从早至晚，又不见出。多官惶惶，只得散去。杜琼入奏后主曰："请陛下圣驾亲往丞相府问计。"后主即引多官入宫，启奏皇太后。太后大惊曰："丞相何故如此？有负先帝委托之意也！我当自往。"董允奏曰："娘娘未可轻往。臣料丞相必有高明之见。且待主上先往，如果怠慢，请娘娘于太庙中，召丞相问之未迟。”太后依奏。

次日，后主车驾亲至相府。门吏见驾到，慌忙拜伏于地而迎。后主问曰：“丞相在何处？”门吏曰：“不知在何处，只有丞相钧旨，教当住百官，勿得辄入。”后主乃下车步行，独进第三重门，见孔明独倚竹杖，在小池边观鱼。后主在后立久，乃徐徐而言曰：“丞相安乐否？”孔明回顾，见是后主，慌忙弃杖，拜伏于地曰：“臣该万死！”后主扶起，问曰：“今曹丕分兵五路，犯境甚急，相父缘何不肯出府视事①？”孔明大笑，扶后主入内室坐定，奏曰：“五路兵至，臣安得不知？臣非观鱼，有所思也。”后主曰：“如之奈何？”孔明曰：“羌王轲比能、蛮王孟获、反将孟达、魏将曹真，此四路兵，臣已皆退去了也。止有孙权这一路兵，臣已有退兵之计，但须一能言之人为使，因未得其人，故熟思之。陛下何必忧乎！”

后主听罢，又惊又喜曰：“相父果有鬼神不测之机也！愿闻退兵之策。”孔明曰：“先帝以陛下付托与臣，臣安敢旦夕怠慢！成都众官，皆不晓兵法之妙，贵在使人不测，岂可泄漏于人？老臣先知西番国王轲比能引兵犯西平关。臣料马超积祖西川人氏，素得羌人之心，羌人以超为神威天将军。臣已先遣一人星夜驰檄，令马超紧守西平关，伏四路奇兵，每日交换，以兵拒之，此一路不必忧矣。又南蛮孟获兵犯四郡，臣亦飞檄遣魏延领一军，左出右入，右出左入，为疑兵之计。蛮兵惟凭勇力，其心多疑，若见疑兵，必不敢进，此一路又不足忧矣。又知孟达引兵出汉中。达与李严曾结生死之交；臣回成都时，留李严守永安宫。臣已作一书，只做李严亲笔，令人送与孟达；达必然推病不出，以慢军心，此一路又不足忧矣。又知曹真引兵犯阳平关，此地险峻，可以保守。臣已调赵云引一军守把

① 相父：皇帝对丞相的尊称，表示事之如父。

关隘，并不出战；曹真若见我兵不出，不久自退矣。此四路兵俱不足忧。臣尚恐不能全保，又密调关兴、张苞二将，各引兵三万屯于紧要之处，为各路救应。此数处调遣之事，皆不曾经由成都，故无人知觉。只有东吴这一路兵，未必便动。如见四路兵胜，川中危急，必来相攻；若四路不济，安肯动乎？臣料孙权想曹丕三路侵吴之怨，必不肯从其言。虽然如此，须用一舌辩之士，径往东吴，以利害说之，则先退东吴，其四路之兵何足忧乎？但未得说吴之人，臣故踌躇。何劳陛下圣驾来临？"后主曰："太后亦欲来见相父。今朕闻相父之言，如梦初觉，复何忧哉！"

孔明与后主共饮数杯，送后主出府。众官皆环立于门外，见后主面有喜色。后主别了孔明，上御车回朝。众皆疑惑不定。孔明见众官中一人仰天而笑，面亦有喜色。孔明视之，乃义阳新野人，姓邓名芝字伯苗，见为户部尚书，汉司马邓禹之后。孔明暗令人留住邓芝。多官皆散。孔明请芝到书院中，问芝曰："今蜀、魏、吴鼎分三国，欲讨二国，一统中兴，当先伐何国？"芝曰："以愚意论之，魏虽汉贼，其势甚大，急难摇动，当徐徐缓图。今主上初登宝位，民心未安，当与东吴连合，结为唇齿，一洗先帝旧怨，此乃长久之计也。未审丞相钧意若何。"孔明大笑曰："吾思之久矣，奈未得其人，今日方得也！"芝曰："丞相欲其人何为？"孔明曰："吾欲使人往结东吴。公既能明此意，必能不辱君命，使吴之任，非公不可。"芝曰："愚才疏智浅，恐不堪当此任。"孔明曰："吾来日奏知天子，便请伯苗一行，切勿推辞。"芝应允而退。至次日，孔明奏准后主，差邓芝往说东吴。芝拜辞，望东吴而来。正是：

吴人方见干戈息，蜀使还将玉帛通。

未知邓芝此去若何，且看下文分解。

第八十六回

难张温秦宓逞天辩　破曹丕徐盛用火攻

却说东吴陆逊自退魏兵之后，吴王拜逊为辅国将军江陵侯，领荆州牧，自此军权皆归于逊。张昭、顾雍启奏吴王，请自改元。权从之，遂改为黄武元年。忽报："魏主遣使至。"权召入。使命陈说："蜀前使人求救于魏，魏一时不明，故发兵应之。今已大悔，欲起四路兵收川，东吴可来接应。若得蜀土，各分一半。"权闻言，不能决，乃问于张昭、顾雍等。昭曰："陆伯言极有高见，可问之。"权即召陆逊至，逊奏曰："曹丕坐镇中原，急不可图，今君不从，必为仇矣。臣料魏与吴皆无诸葛亮之敌手，今且勉强应允，整军预备，只探听四路如何。若四路兵胜，川中危急，诸葛亮首尾不能救，主上则发兵以应之，先取成都，深为上策。如四路兵败，别作商议。"权从之，乃谓魏使曰："军需未办，择日便当起程。"使者拜辞而去。

权令人探得西番兵出西平关，见了马超，不战自退；南蛮孟获起兵攻四郡，皆被魏延用疑兵计杀退，回洞去了；上庸孟达兵至半路，忽然染病不能行；曹真兵出阳平关，赵子龙拒住各处险道，果然一将守关，万夫莫开，曹真屯兵于斜谷道，不能取胜而回。孙权知了此信，乃谓文武曰："陆伯言真神算也！孤若妄动，又结怨于西蜀矣！"

忽报："西蜀遣邓芝到。"张昭曰："此又是诸葛亮退兵之计，遣邓芝为说客也。"权曰："当何以答之？"昭曰："先于殿前立一大鼎，贮油数百斤，下用炭烧；待其油沸，可选身长面大武士一千人，各执刀在手，从宫门前直摆至殿上，却唤芝入见；休等此人开言下说词，责以郦食其说齐故事①，效此例烹之，看其人如何对答。"权从其言，遂立油鼎，命武士侍于左右，各执军器，召邓芝入。

芝整衣冠而入，行至宫门前，只见两行武士威风凛凛，各持钢刀大斧，长戟短剑，直列至殿上。芝晓其意，并无惧色，昂然而行。至殿前，又见鼎镬内热油正沸②，左右武士以目视之，芝但微微而笑。近臣引至帘前，邓芝长揖不拜。权令卷起珠帘，大喝曰："何不拜？"芝昂然而答曰："上国天使不拜小邦之主。"权大怒曰："汝不自料，欲掉三寸之舌，效郦生说齐乎？可速入油鼎！"芝大笑曰："人皆言东吴多贤，谁想惧一儒生。"权转怒曰："孤何惧尔一匹夫耶？"芝曰："既不惧邓伯苗，何愁来说汝等也？"权曰："尔欲为诸葛亮作说客，来说孤绝魏向蜀，是否？"芝曰："吾乃蜀中一儒生，特为吴国利害而来，乃陈兵设鼎，以拒一使，何其局量之不能容物耶③？"

权闻言惶愧，即叱退武士，命芝上殿，赐坐而问曰："吴、魏之利害若何，愿先生教我。"芝曰："大王欲与蜀和，还是欲与魏和？"权曰："孤正欲与蜀主讲和，但恐蜀主年轻识浅，不能全始全终耳！"芝曰："大王乃命世之英豪④，诸葛亮亦一时之俊杰；蜀有山川之险，吴有三江之固。若二国连和，共为唇齿，进则可以兼吞天下，退则可以鼎足而立。今大王若委质称臣于魏⑤，魏必望大王朝觐，求太子以为内侍；如其不从，则兴兵来攻，蜀亦顺流而进取。如此则江南之地，不复为大王有矣！若大王以愚言为不然，愚将就死于大王之

---

① 郦食（yì）其（jī）说齐：楚汉相争之时，郦食其作为刘邦的使者劝说齐王田广归顺于汉，齐王从其言，解除战备，汉将韩信却趁机袭击齐，齐王认为是郦食其出卖了他，将他烹死。
② 鼎镬（huò）：烹煮食物的器具。鼎，三足两耳的金属器具；镬，无足无耳的器具。
③ 局量：度量，器量。
④ 命世：有名于世。
⑤ 委质：向君主献礼，表示献身，引申为臣服、归附。

前，以绝说客之名也。"言讫，撩衣下殿，望油鼎中便跳。权急命止之，请入后殿，以上宾之礼相待。权曰："先生之言，正合孤意。孤正欲与蜀主连和，先生肯为我介绍乎？"芝曰："适欲烹小臣者，乃大王也；今欲使小臣者，亦大王也。大王犹自狐疑未定，安能取信于人？"权曰："孤意已决，先生勿疑。"

于是吴王留住邓芝，集多官问曰："孤掌江南八十一州，更有荆楚之地，反不如西蜀偏僻之处也。蜀有邓芝，不辱其主；吴并无一人入蜀，以达孤意。"忽一人出班奏曰："臣愿为使。"众视人，乃吴郡吴人，姓张名温字惠恕，见为中郎将。权曰："恐卿到蜀见诸葛亮，不能达孤之情。"温曰："孔明亦人耳，臣何畏彼哉？"权大喜，重赏张温，使同邓芝入川通好。

却说孔明自邓芝去后，奏后主曰："邓芝此去，其事必成。吴地多贤，定有人来答礼，陛下当礼貌之。令彼回吴，以通盟好。吴若通和，魏必不敢加兵于蜀矣。吴、魏宁靖，臣当征南平定蛮方，然后图魏。魏削则东吴亦不能久存，可以复一统之基业也！"后主然之。

忽报："东吴遣张温与邓芝入川答礼。"后主聚文武于丹墀，令邓芝、张温入。温自以为得志，昂然上殿，见后主施礼。后主赐锦墩坐于殿左，设御宴待之。后主但敬礼而已。宴罢，百官送张温到馆舍。次日，孔明设宴相待。孔明谓张温曰："先帝在日，与吴不睦，今已晏驾。当今主上深慕吴王，欲捐旧忿，永结盟好，并力破魏，望大夫善言回奏。"张温领诺。酒至半酣，张温喜笑自若，颇有傲慢之意。

次日，后主将金帛赐与张温，设宴于城南邮亭之上，命众官相送。孔明殷勤劝酒。忽一人乘醉而入，昂然长揖，入席就坐。温怪之，乃问孔明曰："此何人也？"孔明答曰："姓秦名宓字子敕，见为益州学士。"温笑曰："名称学士，未知胸中曾学事否？"宓正色而

658

言曰：“蜀中三尺小童，尚皆就学，何况于我？”温曰：“且说公何所学？”宓对曰：“上至天文，下至地理，三教九流，诸子百家，无所不通；古今兴废，圣贤经传，无所不览。”温笑曰：“公既出大言，请即以天为问。天有头乎？”宓曰：“有头。”温曰：“头在何方？”宓曰：“在西方。《诗》云：‘乃眷西顾[1]。’以此推之，头在西方也。”温又问：“天有耳乎？”宓曰：“天处高而听卑。《诗》云：‘鹤鸣于九皋[2]，声闻于天。’无耳何能听？”温又问：“天有足乎？”宓曰：“有足。《诗》云：‘天步艰难。’无足何能步？”温又问：“天有姓乎？”宓曰：“岂得无姓。”温曰：“何姓？”宓答曰：“姓刘。”温曰：“何以知之？”宓曰：“天子姓刘，以故知之。”温又问曰：“日生于东乎？”宓对曰：“虽生于东，而没于西。”

此时秦宓语言清朗，答问如流，满座皆惊。张温无语。宓乃问曰：“先生东吴名士，既以天事下问，必能深明天之理。昔混沌既分，阴阳剖判，轻清者上浮而为天，重浊者下凝而为地，至共工氏战败，头触不周山，天柱折，地维缺[3]，天倾西北，地陷东南。天既轻清而上浮，何以倾其西北乎？又未知轻清之外，还是何物？愿先生教我。”张温无言可对，乃避席而谢曰：“不意蜀中多出俊杰，恰闻讲论，使仆顿开茅塞。”孔明恐温羞愧，故以善言解之曰：“席间问难，皆戏谈耳。足下深知安邦定国之道，何在唇齿之戏哉！”温拜谢。孔明又令邓芝入吴答礼，就与张温同行。张、邓二人拜谢孔明，望东吴而来。

却说吴王见张温入蜀未还，乃聚文武商议。忽近臣奏曰：“蜀遣邓芝同张温入国答礼。”权召入，张温拜于殿前，备称后主、孔明之

----

① 乃眷西顾：回头向西看。眷，回顾。

② 九皋（gāo）：水泽深处。

③ 共工氏战败，头触不周山，天柱折，地维缺：古代神话传说，共工与颛顼相斗，一怒之下头撞不周山，于是把支撑天的柱子碰断了，大地的一角也缺失了。

德，愿求永结盟好，特遣邓尚书又来答礼。权大喜，乃设宴待之。权问邓芝曰："若吴、蜀二国同心灭魏，得天下太平，二主分治，岂不乐乎？"芝答曰："天无二日，民无二王。如灭魏之后，未识天命所归何人，但为君者各修其德，为臣者各尽其忠，则战争方息耳。"权大笑曰："君之诚款，乃如是耶？"遂厚赠邓芝还蜀，自此吴、蜀通好。

却说魏国细作探知此事，火速报入中原。魏主曹丕听知，大怒曰："吴、蜀连和，必有图中原之意也，不若朕先伐之。"于是大集文武，商议起兵伐吴。此时大司马曹仁、太尉贾诩已亡，侍中辛毗出班奏曰："中原之地，土阔民稀，而欲用兵，未见其利。今日之计，莫若养兵，屯田十年，足食足兵，然后用之，则吴、蜀方可破也。"丕怒曰："此迂儒之论也。今吴、蜀连和，早晚必来侵境，何暇等待十年！"即传旨，起兵伐吴。司马懿奏曰："吴有长江之险，非船莫渡。陛下必御驾亲征，可选大小战船，从蔡颍而入淮，取寿春，至广陵，渡江口，径取南徐，此为上策。"丕从之，于是日夜并工，造龙舟十只，长二十余丈，可容二千余人；收拾战船三千余只。魏黄初五年秋八月，会聚大小将士，令曹真为前部，张辽、张郃、文聘、徐晃等为大将先行，许褚、吕虔为中军护卫，曹休为合后，刘晔、蒋济为参谋官。前后水陆军马三十余万，克日起兵。封司马懿为尚书仆射，留在许昌，凡国政大事，并皆听懿决断。

不说魏兵起程。却说东吴细作探知此事，报入吴国。近臣慌奏吴王曰："今魏王曹丕亲自乘驾龙舟，提水陆大军三十余万，从蔡颍出淮，必取广陵，渡江来下江南，甚为利害。"孙权大惊，即聚众文武商议。顾雍曰："今主上既与西蜀连和，可修书与诸葛孔明，令起兵出汉中，以分其势。一面遣一大将，屯兵南徐以拒之。"权曰："非陆伯言不可当此大任。"雍曰："陆伯言镇守荆州，不可轻动。"权曰："孤非不知，奈眼前无替力之人。"言未尽，一人从班部内应声而出曰："臣虽不才，愿统一军，以当魏兵。若曹丕亲渡大江，臣必生擒以献殿下；若不渡江，亦杀魏兵大半，令魏兵不敢正视东吴！"权视之，乃徐盛也。权大喜曰："如得卿守江南一带，孤何忧哉！"遂封徐盛为安东将军，总镇都督建业、南徐军马。

盛谢恩领命而退；即传令，教众官军多置器械，多设旌旗，以为守护江岸之计。忽一人挺身出曰："今日大王以重任委托将军，欲破魏兵，以擒曹丕。将军何不早发军马，渡江于淮南之地迎敌？直待曹丕兵至，恐无及矣。"盛视之，乃吴王侄孙韶也。韶字公礼，官授扬威将军，曾在广陵守御，年幼负气①，极有胆勇。盛曰："曹丕势大，更有名将为先锋，不可渡江迎敌。待彼船皆集于北岸，吾自有计破之。"韶曰："吾手下自有三千军马，更兼深知广陵路势。吾愿自去江北，与曹丕决一死战。如不胜，甘当军令。"盛不从。韶坚执要去，盛只是不肯。韶再三要行，盛怒曰："汝如此不听号令，吾安能制诸将乎？"叱武士推出斩之。刀斧手拥孙韶出辕门之外，立起皂旗。韶部将飞报孙权。权听知，急上马来救。武士恰待行刑，孙权早到，喝散刀斧手，救了孙韶。韶哭奏曰："臣往年在广陵，深知地利，不就那里与曹丕厮杀，直待他下了长江，东吴指日休矣！"

权径入营来。徐盛迎接入帐，奏曰："大王命臣为都督，提兵拒魏。今扬威将军孙韶不遵军法，违令当斩，大王何故赦之？"权曰："韶倚血气之壮，误犯军法，万希宽恕！"盛曰："法非臣所立，亦非大王所立，乃国家之典刑也。若以亲而免之，何以令众乎？"权曰："韶犯法，本应任将军处治。奈此子虽本姓俞氏，然孤兄甚爱之，赐姓孙，于孤颇有劳绩。今若杀之，负兄义矣！"盛曰："且看大王之面，寄下死罪。"权令孙韶拜谢。韶不肯拜，厉声而言曰："据吾之见，只是引军去破曹丕，便死也不服你的见识！"徐盛变色。权叱退

---

① 负气：意气很盛。

孙韶，谓徐盛曰："便无此子，何损于吴？今后勿再用之。"言讫自回。是夜，人报徐盛说，孙韶引本部三千精兵，潜地过江去了。盛恐有失，于吴王面上不好看，乃唤丁奉，授以密计，引三千兵渡江接应。

却说魏王驾龙舟至广陵，前部曹真已领兵列于大江之岸。曹丕问曰："江岸有多少兵？"真曰："隔岸远望，并不见一人，亦无旌旗营寨。"丕曰："此必诡计也！朕自往观其虚实。"于是大开江道，放龙舟直至大江，泊于江岸。船上建龙凤日月五色旌旗，仪銮簇拥，光耀射目。曹丕端坐舟中，遥望江南，不见一人，回顾刘晔、蒋济曰："可渡江否？"晔曰："兵法实实虚虚。彼见大军至，如何不作整备？陛下未可造次，且待三五日，看其动静，然后发先锋渡江以探之。"丕曰："卿言正合朕意。"是日天晚，宿于江中。

当夜月黑，军士皆执灯火，明耀天地，恰如白昼。遥望江南，并不见半点儿火光。丕问左右曰："此何故也？"近臣奏曰："想闻陛下天兵来到，故望风逃窜耳。"丕暗笑。及至天晓，大雾迷漫，对面不见。须臾风起，雾散云收，望见江南一带皆是连城，城楼上枪刀耀日，遍城尽插旌旗号带。顷刻数次人来报，南徐沿江一带，直至石头城，一连数百里城廓，舟车连绵不绝，一夜成就。曹丕大惊。原来徐盛束缚芦苇为人，尽穿青衣，执旌旗立于假城疑楼之上。魏兵见城上许多人马，如何不胆寒？丕叹曰："魏虽有武士千群，无所用之。江南人物如此，未可图也！"

正惊讶间，忽然狂风大作，白浪滔天，江水溅湿龙袍，大船将覆。曹真慌令文聘撑小舟，急来救驾。龙舟上人立站不住。文聘跳上龙舟，负丕下得小舟，奔入河港。忽流星马报："赵云引兵出阳平关，径取长安。"丕听得，大惊失色，便教回军。众军各自奔走。背后吴兵追至。丕传旨，教尽弃御用之物而走。龙舟将次入淮，忽然鼓角齐鸣，喊声大震，刺斜里一彪军杀到，为首大将乃孙韶也。魏

662

兵不能抵当，折其大半，淹死者无数。诸将奋力救出魏主。魏主渡淮河，行不三十里，淮河中一带芦苇，预灌鱼油，尽皆火着，顺风而下，风势甚急，火焰漫空，截住龙舟。丕大惊，急下小船傍岸时，龙舟上早已火着。丕慌忙上马。岸上一彪军杀来，为首大将，乃丁奉也。张辽急拍马来迎，被奉一箭射中其腰，却得徐晃救了，同保魏主而走，折军无数。背后孙韶、丁奉，夺到马匹车仗船只器械，不计其数。魏兵大败而回。吴将徐盛全获大功，吴王重加赏赐。张辽回到许昌，箭疮迸裂而亡。曹丕厚葬之，不在话下。

却说赵云引兵杀出阳平关之次，忽报丞相有文书到，说益州耆帅雍闿，结连蛮王孟获，起十万蛮兵，侵掠四郡，因此宣云回军，令马超坚守阳平关，丞相欲自南征。赵云乃急收兵而回。此时孔明在成都，整饬军马，亲自南征。正是：

　　　　方见东吴敌北魏，又看西蜀战南蛮。

未知胜负如何，且看下文分解。

第八十七回

征南寇丞相大兴师　抗天兵蛮王初受执

却说诸葛丞相在于成都，事无大小，皆亲自从公决断。两川之民，忻乐太平，夜不闭户，路不拾遗。又幸连年大熟，老幼鼓腹讴歌，凡遇差徭，争先早办。因此军需器械应用之物，无不完备，米满仓廒，财盈府库。

建兴三年，益州飞报："蛮王孟获大起蛮兵十万，犯境侵掠。建宁太守雍闿，乃汉朝什方侯雍齿之后，今结连孟获造反。牂牁郡太守朱褒、越巂郡太守高定二人献了城，止有永昌郡太守王伉不肯反。见今雍闿、朱褒、高定三人部下人马，皆与孟获为乡导官，攻打永昌郡。今王伉与功曹吕凯，会集百姓，死守此城，其势甚急。"孔明乃入朝，奏后主曰："臣观南蛮不服，实国家之大患也。臣当自领大军，前去征讨。"后主曰："东有孙权，北有曹丕；今相父弃朕而去，倘吴、魏来攻，如之奈何？"孔明曰："东吴方与我国讲和，料无异心。若有异心，李严在白帝城，此人可当陆逊也。曹丕新败，锐气已丧，未能远图；且有马超守把汉中诸处关口，不必忧也。臣又留关兴、张苞等，分两军为救应，保陛下万无一失！今臣先去扫荡蛮方，然后北伐，以图中原，报先帝三顾之恩、托孤之重！"后主曰："朕年幼无知，惟相父斟酌行之。"

言未毕，班部内一人出曰："不可，不可。"众视之，乃南阳人也，姓王名连字文仪，见为谏议大夫。连谏曰："南方不毛之地[①]，瘴

---

① 不毛之地：荒凉贫瘠、不生草木的土地。

664

疫之乡，丞相秉钧衡之重任，而自远征，非所宜也。且雍闿等乃癣疥之疾，丞相只须遣一大将讨之，必然成功。"孔明曰："南蛮之地，离国甚远，人多不习王化，收服甚难。吾当亲去征之，可刚可柔，别有斟酌，非可容易托人①。"王连再三苦劝，孔明不从。

是日，孔明辞了后主，令蒋琬为参军，费祎为长史，董厥、樊建二人为掾史，赵云、魏延为大将，总督军马，王平、张翼为副将，并川将数十员，共起川兵五十万，前望益州进发。忽有关公第三子关索，入军来见孔明，曰："自荆州失陷，逃难在鲍家庄养病，每要赴川见先帝报仇，疮痕未合，不能起行。近已安痊，打探得东吴仇人已皆诛戮，径来西川见帝，恰在途中遇见征南之兵，特来投见。"孔明闻之，嗟讶不已，一面遣人申报朝廷，就令关索为前部先锋，一同征南。大队人马各依队伍而行，饥餐渴饮，夜住晓行，所经之处，秋毫无犯。

却说雍闿听知孔明自统大军而来，即与高定、朱褒商议，分兵三路，高定取中路，雍闿在左，朱褒在右，三路各引兵五六万迎敌。于是高定令鄂焕为前部先锋。焕身长九尺，面貌丑恶，使一枝方天戟，有万夫不当之勇，领本部兵离了大寨，来迎蜀兵。

却说孔明引大军已到益州界分。前部先锋魏延，副将张翼、王平，才入界口，正遇鄂焕军马。两阵对圆。魏延出马大骂曰："反贼早早受降！"鄂焕拍马，与魏延交锋。战不数合，延诈败走。焕随后赶来。走不数里，喊声大震，张翼、王平两路军杀来，绝其后路。延复回，三员将并力拒战，生擒鄂焕，解到大寨，入见孔明。孔明令去其缚，以酒食待之，问曰："汝是何人部将？"焕曰："某是高定部将。"孔明曰："吾知高定乃忠义之士，今为雍闿所惑，以致如此。吾今放汝回去，令高太守早早归降，免遭大祸。"鄂焕拜谢而去，回

---

① 容易：随便，轻率。

见高定，说孔明之德。定亦感激不已。次日，雍闿至寨。礼毕，闿曰："如何得鄂焕回也？"定曰："诸葛亮以义放之。"闿曰："此乃诸葛亮反间之计，欲令我两人不和，故施此谋也。"定半信半疑，心中犹豫。忽报蜀将搦战，闿自引三万兵出迎。战不数合，闿拨马便走。延率兵大进，追杀二十余里。次日，雍闿又起兵来迎。孔明一连三日不出。至第四日，雍闿、高定分兵两路来取蜀寨。

却说孔明令魏延等两路伺候。果然雍闿、高定两路兵来，被伏兵杀伤大半，生擒者无数，都解到大寨来。雍闿的人囚在一边，高定的人囚在一边，却令军士谣说："但是高定的人免死，雍闿的人尽杀。"众军皆闻此言。少时，孔明令取雍闿的人到帐前，问曰："汝等是何人部从？"众伪曰："高定部下人也。"孔明教皆免其死，与酒食赏劳，令人送出界首，纵放回寨。孔明又唤高定的人问之。众皆告曰："吾等实是高定部下军士。"孔明亦皆免其死，赐以酒食，却扬言曰："雍闿今日使人投降，要献汝主并朱褒首级，以为功劳。吾甚不忍。汝等既是高定部下军，吾放汝等回去，再不可背反；若再擒来，决不轻恕！"众皆拜谢而去。

回到本寨，入见高定，说知此事。定乃密遣人去雍闿寨中探听，却有一般放回的人，言说孔明之德，因此雍闿部军多有归顺高定之心。虽然如此，高定心中不稳，又令一人来孔明寨中探听虚实，被伏路军捉来见孔明。孔明故意认做雍闿的人，唤入帐中问曰："汝元帅既约下献高定、朱褒二人首级，因何误了日期？汝这厮不精细，如何做得细作？"军士含糊答应。孔明以酒食赐之，修密书一封，付军士曰："汝持此书付雍闿，教他早早下手，休得误事。"细作拜谢而去，回见高定，呈上孔明之书，说雍闿如此如此。定看书毕，大怒曰："吾以真心待之，彼反欲害吾，情理难容！"便唤鄂焕商议。焕曰："孔明乃仁人，背之不祥。我等谋反作恶，皆雍闿之故；不如杀闿，以投孔明。"定曰："如何下手？"焕曰："可设一席，令人去请雍闿。彼若无异心，必坦然而来；若其不来，必有异心。我主可攻其前，某伏于寨后小路候之，闿可擒矣。”高定从其言，设席请雍闿。闿果疑前日放回军士之言，惧而不来。是夜，高定引兵杀投雍闿寨中。原来有孔明放回免死的人，皆想高定之德，乘势助战。雍闿军不战自乱。闿上马望山路而走，行不二里，鼓声响处，一彪军出，乃鄂焕也，挺方天戟，骤马当先。雍闿措手不及，被焕一戟刺于马下，就枭其首级。闿部下军士皆降高定。

定引两部军来降孔明，献雍闿首级于帐下。孔明高坐于帐上，喝令左右：“推转高定，斩首报来。”定曰：“某感丞相大恩，今将雍闿首级来降，何故斩也？”孔明大笑曰：“汝来诈降，敢瞒吾耶？”定曰：“丞相何以知吾诈降？”孔明于匣中取出一缄与高定，曰：“朱褒已使人密献降书，说你与雍闿结生死之交，岂肯一旦便杀此人？吾故知汝诈也。”定叫屈曰：“朱褒乃反间之计也，丞相切不可信！”孔明曰：“吾亦难凭一面之词。汝若捉得朱褒，方表真心。”定曰：“丞相休疑，某去擒朱褒来见丞相，若何？”孔明曰：“若如此，吾疑心方息也。”

高定即引部将鄂焕并本部兵，杀奔朱褒营来。比及离寨约有十里，山后一彪军到，乃朱褒也。褒见高定军来，慌忙与高定答话。定大骂曰：“汝如何写书与诸葛丞相处，使反间之计害吾耶？”褒目瞪口呆，不能回答。忽然，鄂焕于马后转过，一戟刺朱褒于马下。定厉声而言曰：“如不顺者皆戮之！”于是众军一齐拜降。定引两部军来见孔明，献朱褒首级于帐下。孔明大笑曰：“吾故使汝杀此二贼，以表忠心。”遂命高定为益州太守，总摄三郡；令鄂焕为牙将。三路军马已平。

于是永昌太守王伉出城迎接孔明，孔明入城已毕，问曰：“谁与公守此城，以保无虞？”伉曰：“某今日得此郡无危者，皆赖永昌不韦人，姓吕名凯字季平，皆此人之力。”孔明遂请吕凯至。凯入见。礼毕，孔明曰："久闻公乃永昌高士，多亏公保守此城。今欲平蛮方，公有何高见？"吕凯遂取一图，呈与孔明曰："某自历仕以来，知南人欲反久矣，故密遣人入其境，察看可屯兵交战之处，画成一图，名曰平蛮指掌图，今敢献与明公。明公试观之，可为征蛮之一助也。"孔明大喜，就用吕凯为行军教授兼乡导官。于是孔明提兵大进，深入南蛮之境。

正行军之次，忽报天子差使命至。孔明请入中军，但见一人素袍白衣而进，乃马谡也；为兄马良新亡，因此挂孝。谡曰："奉主上敕命，赐众军酒帛。"孔明接诏已毕，依命一一给散，遂留马谡在帐叙话。孔明问曰："吾奉天子诏，削平蛮方。久闻幼常高见，望乞赐教。"谡曰："愚有片言，望丞相察之。南蛮恃其地远山险，不服久矣；虽今日破之，明日复叛。丞相大军到彼，必然平服；但班师之日，必用北伐曹丕。蛮兵若知内虚，其反必速。夫用兵之道，攻心为上，攻城为下；心战为上，兵战为下。愿丞相但服其心足矣。"孔明叹曰："幼常足知吾肺腑也！"于是孔明遂令马谡为参军，即统大兵前进。

却说蛮王孟获听知孔明智破雍闿等，遂聚三洞元帅商议。第一洞乃金环三结元帅，第二洞乃董荼那元帅，第三洞乃阿会喃元帅。三洞元帅入见孟获。获曰："今诸葛丞相领大军来侵我境界，不得不并力敌之。汝三人可分兵三路而进，如得胜者，便为洞主。"于是分金环三结取中路，董荼那取左路，阿会喃取右路，各引五万蛮兵，依令而行。

却说孔明正在寨中议事。忽哨马飞报，说三洞元帅分兵三路到来。孔明听毕，即唤赵云、魏延至，却都不分付；更唤王平、马忠至，嘱之曰："今蛮兵三路而来，吾欲令子龙、文长去，此二人不识地理，未敢用之。王平可往左路迎敌，马忠可往右路迎敌，吾却使子龙、文长随后接应。今日整顿军马，来日平明进发。"二人听令而去。又唤张嶷、张翼分付曰："汝二人同领一军，往中路迎敌。今日整点军马，来日与王平、马忠约会而进。吾欲令子龙、文长去取，奈二人不识地理，故未敢用之。"张嶷、张翼听令去了。赵云、魏延见孔明不用，各有愠色。孔明曰："吾非不用汝二人，但恐以中年涉险，为蛮人所算，失其锐气耳！"赵云曰："倘我等识地理若何？"孔明曰："汝二人只宜小心，休得妄动。"二人怏怏而退。

赵云请魏延到自己寨内，商议曰："吾二人为先锋，却说不识地理，而不肯用。今用此后辈，吾等岂不羞乎？"延曰："吾二人只今就上马，亲去探之，捉住土人，便教引进，以敌蛮兵，大事可成。"云从之，遂上马径取中路而来。方行不数里，远远望见尘头大起。二人上山坡看时，果见数十骑蛮兵纵马而来。二人两路冲出。蛮兵见了，大惊而走。赵云、魏延各生擒几人，回到本寨，以酒食待之，却细问其故。蛮兵告曰："前面是金环三结元帅大寨，正在山口，寨边东西两路，却通五溪洞，并董荼那、阿会喃各寨之后。"赵云、魏延听知此话，遂点精兵五千，教擒来蛮兵引路。

比及起军时，已是二更天气，月明星朗，趁着月色而行。刚到金环三结大寨之时，约有四更，蛮兵方起造饭，准备天明厮杀。忽然，赵云、魏延两路杀入，蛮兵大乱。赵云直杀入中军，正逢金环三结元帅，交马只一合，被云一枪刺落马下，就枭其首级；余军溃散。魏延便分兵一半，望东路抄董荼那寨来；赵云分兵一半，望西路抄阿会喃寨来。比及杀到蛮兵大寨之时，天已平时。先说魏延杀奔董荼那寨来。董荼那听知寨后有军杀至，便引兵出寨拒敌。忽然寨前门一声喊起，蛮兵大乱，原来王平军马早已到了。两下夹攻，蛮兵大败。董荼那夺路走脱，魏延追赶不上。

却说赵云引兵杀到阿会喃寨后之时，马忠已杀至寨前，两下夹攻，蛮兵大败。阿会喃乘乱走脱。各自收军，回见孔明。孔明问曰："三洞蛮兵走了两洞之主，金环三结元帅首级安在？"赵云将首级献功。众皆言曰："董荼那、阿会喃皆弃马越岭而去，因此赶他不上。"孔明大笑曰："二人吾已擒下了。"赵、魏二人并诸将皆不信。少顷，张嶷解董荼那到，张翼解阿会喃到。众皆惊讶。孔明曰："吾观吕凯图本，已知他各人下的寨子，故以言激子龙、文长之锐气，故教深入重地，先破金环三结，随即分兵左右寨后抄出，以王平、马忠应之，非子龙、文长不可当此任也！吾料董荼那、阿会喃必从便径往山路而走，故遣张嶷、张翼以伏兵待之，令关索以兵接应，擒此二人。"诸将皆拜伏曰："丞相机算，神鬼莫测！"

孔明令押过董荼那、阿会喃至帐下，尽去其缚，以酒食衣服赐之，令各自归洞，勿得助恶。二人泣拜，各投小路而去。孔明谓诸将曰："来日孟获必然亲自引兵厮杀，便可就此擒之。"乃唤赵云、魏延至，付与计策，各引五千兵去了。又唤王平、关索同引一军，授计而去。孔明分拨已毕，坐于帐上待之。

却说蛮王孟获在帐中正坐，忽哨马报来，说三洞元帅俱被孔明捉将去了，部下之兵，各自溃散。获大怒，遂起蛮兵迤逦进发，正遇王平军马。两阵对圆。王平出马，横刀望之，只见门旗开放，数百南蛮骑将，两势摆开；中间孟获出马，头顶嵌宝紫金冠，身披缨络红锦袍，腰系碾玉狮子带，脚穿鹰嘴抹绿靴，骑一匹卷毛赤兔马，悬两口松纹镶宝剑，昂然观望，回顾左右蛮将曰："人每说诸葛亮善能用兵，今观此阵，旌旗杂乱，队伍交错，刀枪器械无一可能胜吾者，始知前日之言谬也。早知如此，吾反多时矣！谁敢去擒蜀将，以振军威？"言未毕，一将应声而出，名唤忙牙长，使一口截头大刀，骑一匹黄骠马，来取王平。二将交锋，战不数合，王平便走。孟获驱兵大进，迤逦追赶。关索略战又走，约退二十余里。

孟获正追杀之间，忽然喊声大起，左有张嶷，右有张翼，两路兵杀出，截断归路。王平、关索复兵杀回，前后夹攻，蛮兵大败。孟获引部将死战得脱，望锦带山而逃。背后三路兵追杀将来。获正奔走之间，前面喊声大起，一彪军拦住，为首大将乃常山赵子龙也。获见了，大惊，慌忙奔锦带山小路而走。子龙冲杀一阵，蛮兵大败，生擒者无数。孟获止与数十骑奔入山谷之中，背后追兵至近，前面路狭，马不能行，乃弃了马匹，爬山越岭而逃。忽然山谷中一声鼓响，乃是魏延受了孔明计策，引五百步军伏于此处。孟获抵敌不住，被魏延生擒活捉了。从骑皆降。

　　魏延解孟获到大寨来见孔明。孔明早已杀牛宰马，设宴在寨，却教帐中排开七重围子手①，刀枪剑戟，灿若霜雪，又执御赐黄金钺斧，曲柄伞盖，前后羽葆鼓吹，左右排开御林军，布列得十分严整。孔明端坐于帐上，只见蛮兵纷纷攘攘，解到无数。孔明唤到帐中，尽去其缚，抚谕曰："汝等皆是好百姓，不幸被孟获所拘，今受惊唬。吾想汝等父母、兄弟、妻子必倚门而望，若听知阵败，定然割肚牵肠，眼中流血。吾今尽放汝等回去，以安各人父母、兄弟、妻子之心。"言讫，各赐酒食米粮而遣之。蛮兵深感其恩，泣拜而去。

　　孔明教唤武士押过孟获来，不移时，前推后拥，缚至帐前。获跪于帐下，孔明曰："先帝待汝不薄，汝何敢背反？"获曰："两川之地，皆是他人所占地土，汝主倚强夺之，自称为帝。吾世居此处，汝等无礼，侵我土地，何为反耶？"孔明曰："吾今擒汝，汝心服否？"获曰："山僻路狭，误遭汝手，如何肯服！"孔明曰："汝既不服，吾放汝去，若何？"获曰："汝放我回去，再整军马，共决雌雄。若能再擒吾，吾方服也。"孔明即令去其缚，与衣服穿了，赐以酒食，给与鞍马，差人送出路径，望本寨而去。正是：

　　　　　　寇入掌中还放去，人居化外未能降。

未知再来交战若何，且看下文分解。

---

① 围子手：即"围宿军"的俗称，元代早期皇城未筑，朝会时用军士围护，叫围宿军。这是小说中保留元代俗语的痕迹。

第八十八回

渡泸水再缚番王　识诈降三擒孟获

却说孔明放了孟获。众将上帐问曰："孟获乃南蛮渠魁[①]，今幸被擒，南方便定，丞相何故放之？"孔明笑曰："吾擒此人，如囊中取物耳！直须降伏其心，自然平矣。"诸将闻言，皆未肯信。

当日孟获行至泸水，正遇手下败残的蛮兵，皆来寻探。众兵见了孟获，且惊且喜，拜问曰："大王如何能够回来？"获曰："蜀人监我在帐中，被我杀死十余人，乘夜黑而走。正行间，逢着一哨马军，亦被我杀之，夺了此马，因此得脱。"众皆大喜，拥孟获渡了泸水，下住寨栅，会集各洞酋长，陆续招聚原放回的蛮兵，约有十余万骑。此时董荼那、阿会喃已在洞中，孟获使人去请，二人惧怕，只得也引洞兵来。获传令曰："吾已知诸葛亮之计矣！不可与战，战则中他诡计。彼川兵远来劳苦，况即日天炎，彼兵岂能久驻？吾等有此泸水之险，将船筏尽拘在南岸一带，皆筑土城，深沟高垒，看诸葛亮如何施谋。"众酋长从其计，尽拘船筏于南岸一带，筑起土城，有依山傍崖之地，高竖敌楼，楼上多设弓弩炮石，准备久处之计。粮草皆是各洞供运。孟获以为万全之策，坦然不忧。

却说孔明提兵大进，前军已至泸水。哨马飞报说："泸水之内并无船筏，又兼水势甚急。隔岸一带，筑起土城，皆有蛮兵守把。"时值五月，天气炎热，南方之地分外炎酷，军马衣甲皆穿不得。孔明

---

① 渠魁：盗寇中的首领。

自至泸水边观毕，回到本寨，聚诸将至帐中，传令曰："今孟获兵屯泸水之南，深沟高垒，以拒我兵。吾既提兵至此，如何空回？汝等各各引兵，依山傍树，拣林木茂盛之处与我将息人马。"乃遣吕凯离泸水百里，拣阴凉之地，分作四个寨子，使王平、张嶷、张翼、关索各守一寨，内外皆搭草棚，遮盖马匹将士，乘凉以避暑气。参军蒋琬看了，入问孔明曰："某看吕凯所造之寨甚不好，正犯昔日先帝败于东吴时之地势矣。倘蛮兵偷渡泸水，前来劫寨，若用火攻，如何解救？"孔明笑曰："公勿多疑，吾自有妙算。"蒋琬等皆不晓其意。

忽报："蜀中差马岱解暑药并粮米到。"孔明令入。岱参拜毕，一面将米药分派四寨。孔明问曰："汝将带多少军来？"马岱曰："有三千军。"孔明曰："吾军累战疲困，欲用汝军，未知肯向前否？"岱曰："皆是朝廷军马，何分彼我。丞相要用，虽死不辞。"孔明曰："今孟获拒住泸水，无路可渡。吾欲先断其粮道，令彼军自乱。"岱曰："如何断得？"孔明曰："离此一百五十里，泸水下流沙口，此处水慢，可以扎筏而渡。汝提本部三千军渡水，直入蛮洞，先断其粮，然后会合董荼那、阿会喃两个洞主，使为内应，不可有误。"

马岱欣然去了，领兵前到沙口，驱兵渡水。因见水浅，大半不下筏，只裸衣而过，半渡皆倒，急救傍岸，口鼻出血而死。马岱大惊，连夜回告孔明。孔明唤乡导土人问之。土人曰："目今炎天，毒聚泸水，日间甚热，毒气正发，有人渡水，必中其毒，或饮此水，其人必死。若要渡时，须待夜静水冷，毒气不起，饱食渡之，方可无事。"孔明遂令土人引路，又选精壮军五六百，随着马岱，来到泸水沙口，扎起木筏，半夜渡水，果然无事。岱领着二千壮军，令土人引路，径取蛮洞运粮总路口夹山峪而来。那夹山峪两下是山，中间一条路，止容一人一马而过。马岱占了夹山峪，分拨军士，立起寨栅。洞蛮不知，正解粮到，被岱前后截住，夺粮百余车。蛮人报入孟获大寨中。

此时孟获在寨中，终日饮酒取乐，不理军务，谓众酋长曰："吾若与诸葛亮对敌，必中奸计。今靠此泸水之险，深沟高垒以待之。蜀人受不过酷热，必然退走，那时吾与汝等随后击之，便可擒诸葛亮也！"言讫，呵呵大笑。忽然班内一酋长曰："沙口水浅，倘蜀兵透漏过来，深为利害。当分军守把。"获笑曰："汝是本处土人，如何不知？吾正要蜀兵来渡此水，渡则必死于水中矣。"酋长又曰："倘有土人说与夜渡之法，当复何如？"获曰："不必多疑。吾境内之人，安肯助敌人耶？"正言之间，忽报蜀兵不知多少，暗渡泸水，绝断了夹山粮道，打着"平北将军马岱"旗号。获笑曰："量此小辈，何足道哉！"即遣副将忙牙长引三千兵，投夹山峪来。

却说马岱望见蛮兵已到，遂将二千军摆在山前。两阵对圆，忙牙长出马，与马岱交锋，只一合，被岱一刀斩于马下。蛮兵大败走回，来见孟获，细言其事。获唤诸将问曰："谁敢去敌马岱？"言未毕，董荼那出曰："某愿往。"孟获大喜，遂与三千兵而去。获又恐有人再渡泸水，即遣阿会喃引三千兵去守把沙口。

却说董荼那引蛮兵到了夹山峪下寨。马岱引兵来迎。部内军有认得是董荼那，说与马岱，如此如此。岱纵马向前大骂曰："无义背恩之徒！吾丞相饶汝性命，今又背反，岂不自羞？"董荼那满面羞惭，无言可答，不战而退。马岱掩杀一阵而回。董荼那回见孟获曰："马岱英雄，抵敌不住。"获大怒曰："吾知汝原受诸葛亮之恩，今故不战而退，正是卖阵之计。"喝教推出斩了。众酋长再三哀告，方才免死；叱武士将董荼那打了一百大棍，放归本寨。诸多酋长皆来告董荼那曰："我等虽居蛮方，未尝敢犯中国，中国亦不曾侵我。今因孟获势力相逼，不得已而造反。想孔明神机莫测，曹操、孙权尚自惧之，何况我等蛮方乎？况我等皆受其活命之恩，无可为报，今欲舍一死命，杀孟获去投孔明，以免洞中百姓涂炭之苦。"董荼那曰："未知汝等心下若何？"内有原蒙孔明放回的人，一齐同声应曰："愿往。"于是董荼那手执钢刀，引百余人，直奔大寨而来。时孟获大醉于帐中。董荼那引众人持刀而入，帐下有两将侍立，董荼那以刀指曰："汝等亦受诸葛丞相活命之恩，宜当报效。"二将曰："不须将军下手，某当生擒孟获，去献丞相。"于是一齐入帐，将孟获执缚已定，押到泸水边，驾船直过北岸，先使人报知孔明。

却说孔明已有细作探知此事，于是密传号令，教各寨将士整顿军器，方教为首酋长解孟获入来，其余皆回本寨听候。董荼那先入中军，见孔明，细说其事。孔明重加赏劳，用好言抚慰，遣董荼那引众酋长去了，然后令刀斧手推孟获入。孔明笑曰："汝前者有言，但再擒得，便肯降服。今日如何？"获曰："此非汝之能也，乃吾手下之人自相残害，以致如此，如何肯服？"孔明曰："吾今再放汝去，若何？"孟获曰："吾虽蛮人，颇知兵法。若丞相端的放吾回洞中，吾当率兵再决胜负。若丞相这番再擒得我，那时倾心吐胆归降，并不敢改移也。"孔明曰："这番生擒，如又不服，必无轻恕。"令左右去其绳索，仍前赐以酒食，列坐于帐上。孔明曰："吾自出茅庐，战无不胜，攻无不取。汝蛮邦之人，何为不服？"获默然不答。

孔明酒后，唤孟获同上马出寨，看视诸营寨栅，所屯粮草，所积军器。孔明指谓孟获曰："汝不降吾，真愚人也！吾有如此之精兵猛将。粮草兵器，汝安能胜吾哉？汝若早降，吾当奏闻天子，令汝不失王位，子子孙孙，永镇蛮邦，意下若何？"获曰："某虽肯降，怎奈洞中之人未肯心服。若丞相肯再放回去，就当招安本部人马，同心合胆，方可归顺。"孔明忻然又与孟获回到大寨，饮酒至晚。获辞去，孔明亲自送至泸水边，以船送获归寨。

孟获来到本寨，先伏刀斧手于帐下，差心腹人到董荼那、阿会喃寨中，只推孔明有使命至，将二人赚到大寨帐下，尽皆杀之，弃尸于涧。孟获随即遣亲信之人守把隘口，自引军出了夹山峪，要与马岱交战，却并不见一人。及问土人，皆言昨夜尽搬粮草，复渡泸水，归大寨去了。获再回洞中，与亲弟孟优商议曰："如今诸葛亮之虚实，吾已尽知。汝可去如此如此。"孟优领了兄计，引百余蛮兵，搬载金珠宝贝象牙犀角之类，渡了泸水，径投孔明大寨而来。方才过了河时，前面鼓角齐鸣，一彪军摆开，为首大将乃马岱也。孟优大惊。岱问了来情，令在外厢，差人来报孔明。

孔明正在帐中与马谡、吕凯、蒋琬、费祎等共议平蛮之事，忽帐下一人报称："孟获差弟孟优来进宝贝。"孔明回顾马谡曰："汝知其来意否？"谡曰："不敢明言，容某暗写于纸上，呈与丞相，看合钧意否。"孔明从之。马谡写讫，呈与孔明。孔明看毕，抚掌大笑曰："擒孟获之计，吾已差派下也。汝之所见，正与吾同。"遂唤赵云入，向耳畔分付如此如此；又唤魏延入，亦低言分付；又唤王平、马忠、关索入，亦密密地分付。各人受了计策，皆依令而去。方召孟优入帐。优再拜于帐下曰："家兄孟获感丞相活命之恩，无可奉献，辄具金珠宝贝若干，权为赏军之资，续后别有进贡天子礼物。"孔明曰："汝兄今在何处？"优曰："为感丞相天恩，径往银坑山中，收拾宝物去了，少时便回来也。"孔明曰："汝带多少人来？"优曰："不敢多带，只是随行百余人，皆运货物者。"孔明尽教入帐，看时，皆是青眼黑面、黄发紫须、耳带金环，鬅头跣足①、身长力大之士。孔明就令随席而坐，教诸将劝酒，殷勤相待。

却说孟获在帐中专望回音，忽报有二人回了，唤入问之，具说："诸葛亮受了礼物，大喜，将随行之人皆唤入帐中，杀牛宰马，设宴相待。二大王令其密报大王，今夜二更，里应外合，以成大事。"孟获听知，甚喜，即点起三万蛮兵，分三队，获唤各洞酋长，分付曰："各军尽带火具，今晚到了蜀寨时，放火为号。吾当自取中军，以擒诸葛亮。"诸多蛮将受了计策，黄昏左侧，各渡泸水而来。孟获带领

---

① 鬅（péng）头：头发散乱的样子。

心腹蛮将百余人，径投孔明大寨，于路并无一军阻当。前至寨门，获率众将骤马而入，乃是空寨，并不见一人。获撞入中军，只见帐中灯烛荧煌，孟优并番兵尽皆醉倒。原来孟优被孔明教马谡、吕凯二人管待，令乐人搬做杂剧，殷勤劝酒。酒内下药，尽皆昏倒，浑如醉死之人。孟获入帐问之，内有醒者，但指口而已。获知中计，急救了孟优等一干人，却待奔回中队，前面喊声大震，火光骤起，蛮兵各自逃窜。一彪军杀到，乃是蜀将王平。获大惊，急奔左队时，火光冲天，一彪军杀到，为首蜀将乃是魏延。获慌忙望右队而来，只见火光又起，又一彪军杀到，为首蜀将乃是赵云。三路军夹将攻来。四下无路，孟获弃了军士，匹马望泸水而逃。正见泸水上数十个蛮兵，驾一小舟，获慌令近岸。人马方才下船，一声号起，将孟获缚住。原来马岱受了计策，引本部兵扮作蛮兵，撑船在此，诱擒孟获。于是孔明招安蛮兵，降者无数。孔明一一抚慰，并不加害。就教救灭了余火。

须臾，马岱擒孟获至，赵云擒孟优至，魏延、马忠、王平、关索擒诸洞酋长至。孔明指孟获而笑曰："汝先令汝弟以礼诈降，如何瞒得吾过？今番又被我擒，汝可服否？"获曰："此乃吾弟贪口腹之故，误中汝毒，因此失了大事。吾若自来，弟以兵应之，必然成功。此乃天败，非吾之不能也，如何肯服？"孔明曰："今已三次，如何不服？"孟获低头无语。孔明笑曰："吾再放汝回去。"孟获曰："丞相若肯放我弟兄回去，收拾家下亲丁，和丞相大战一场，那时擒得，方才死心塌地而降。"孔明曰："再若擒住，必不轻恕。汝可小心在意，勤攻韬略之书，再整亲信之士，早用良策，勿生后悔。"遂令武士去其绳索，放起孟获并孟优及各洞酋长，一齐都放。孟获等拜谢去了。此时蜀兵已渡泸水。孟获等过了泸水，只见岸口陈兵列将，旗帜纷纷。获到营前，马岱高坐，以剑指之曰："这番拿住，必无轻放！"孟获到了自己寨时，赵云早已袭了此寨，布列马兵。云坐于大旗下，按剑而言曰："丞相如此相待，休忘大恩！"获喏喏连声而去。将出界口山坡，魏延引一千精兵，摆在坡上，勒马厉声而言曰："吾今已深入巢穴，夺汝险要。汝尚自愚迷，抗拒大军。这回拿住，碎尸万段，决不轻饶！"孟获等抱头鼠窜，望本洞而去。后人有诗赞曰：

> 五月驱兵入不毛，月明泸水瘴烟高。
>
> 誓将雄略酬三顾，岂惮征蛮七纵劳。

却说孔明渡了泸水，下寨已毕，大赏三军；聚诸将于帐下曰："孟获第二番擒来，吾令遍观各营虚实，正欲令其来劫营也。吾知孟获颇晓兵法，吾已将兵马粮草炫耀，实令孟获看吾破绽，必用火攻。彼令其弟诈降，欲为内应耳。吾三番擒之而不杀，诚欲服其心，不欲灭其类也。吾今明告汝等，勿得辞劳，可用心报国。"众将拜服曰："丞相智、仁、勇三者足备，虽子牙、张良，不能及也！"孔明曰："吾今安敢望古人耶？皆赖汝等之力，共成功业耳！"帐下诸将听得孔明之言，尽皆喜悦。

却说孟获受了三擒之气，忿忿归到银坑洞中，即差心腹人赍金珠宝贝，往八番九十三甸等处，并蛮方部落，借使牌刀獠丁军健数十万，克日齐备。各队人马，云堆雾拥，俱听孟获调用。伏路军探知其事，来报孔明。孔明笑曰："吾正欲令蛮兵皆至，见吾之能也。"遂上小车而行。正是：

> 若非洞主威风猛，怎显军师手段高。

未知胜负如何，且看下文分解。

第八十九回

武乡侯四番用计　南蛮王五次遭擒

却说孔明自驾小车，引数百骑前来探路。前有一河，名曰西洱河，水势虽慢，并无一只船筏。孔明令伐木为筏而渡，其木到水皆沉。孔明遂问吕凯。凯曰："闻西洱河上流有一山，其山多竹，大者数围。可令人伐之，于河上搭起竹桥，以渡军马。"孔明即调三万人入山，伐竹数十万根，顺水放下，于河面狭处，搭起竹桥，阔十余丈。乃调大军于河北岸，一字儿下寨，便以为壕堑，以浮桥为门，垒土为城。过桥南岸，一字下三个大营，以待蛮兵。

却说孟获引数十万蛮兵，恨怒而来。将近西洱河，孟获引前部一万刀牌獠丁，直扣前寨搦战。孔明头戴纶巾，身穿鹤氅，手执羽扇，乘驷马车，左右众将簇拥而出。孔明见孟获身穿犀皮甲，头顶朱红盔，左手挽牌，右手执刀，骑赤毛牛，口中辱骂；手下万余洞丁，各舞刀牌，往来冲突。孔明急令退回本寨，四面紧闭，不许出战。蛮兵皆裸衣赤身，直到寨门前叫骂。诸将大怒，皆来禀孔明曰："某等情愿出寨，决一死战！"孔明不许。诸将再三欲战。孔明止曰："蛮方之人，不遵王化，今此一来，狂恶正盛，不可迎也。且宜坚守数日，待其猖獗少懈，吾自有妙计破之。"于是蜀兵坚守数日。

孔明在高阜处探之，窥见蛮兵已多懈怠，乃聚诸将曰："汝等敢出战否？"众将欣然要出。孔明先唤赵云、魏延入帐，向耳畔低言，分付如此如此。二人受了计策先进。却唤王平、马忠入帐，受计去了。又唤马岱分付曰："吾今弃此三寨，退过河北。吾军一退，汝可便拆浮桥，移于下流，却渡赵云、魏延军马，过河来接应。"岱受计而去。又唤张翼曰："吾军退去，寨中多设灯火，孟获知之，必来追赶，汝却断其后。"张翼受计而退。孔明只教关索护车。众军退去，寨中多设灯火。蛮兵望见，不敢冲突。

次日平明，孟获引大队蛮兵，径到蜀寨之时，只见三个大寨皆无人马，于内弃下粮草车仗数百余辆。孟优曰："诸葛弃寨而走，莫非有计否？"孟获曰："吾料诸葛亮弃辎重而去，必因国中有紧急之事，若非吴侵，定是魏伐，故虚张灯火，以为疑兵，弃车仗而去也。可速追之，不可错过。"于是孟获自驱前部，直到西洱河边，望见河北岸上，寨中旗帜，整齐如故，灿若云锦，沿河一带，又设锦城。蛮兵哨见，皆不敢进。获谓优曰："此是诸葛亮惧吾追赶，故就河北岸少住，不二日必走矣。"遂将蛮兵屯于河岸，又使人去山上砍竹为筏，以备渡河，却将敢战之兵，皆移于寨前面。——却不知蜀兵早已入自己之境。

是日，狂风大起，四壁厢火明鼓响，蜀兵杀到。蛮兵獠丁自相冲突。孟获大惊，急引宗族洞丁杀开条路，径奔旧寨。忽一彪军从寨中杀出，乃是赵云。获慌忙回西洱河，望山僻处而走，又一彪军杀出，乃是马岱。孟获只剩得数十个败残兵，望山谷中而逃，见南北西三处尘头火光，因此不敢前进，只得望东奔走。方才转过山口，见一大林之前，数十从人引一辆小车，车上端坐孔明，呵呵大笑曰："蛮王孟获大败至此，吾已等候多时也！"获大怒，回顾左右曰："吾遭此人诡计，受辱三次，今幸得这里相遇。汝可奋力前去，连人带马，砍为粉碎！"数骑蛮兵猛力向前。孟获当先呐喊，抢到大林之前，扢踏一声，踏了陷坑，一齐倒塌。大林之内转出魏延，引数百军来，一个个拖出，用索缚定。

孔明先到寨中，招安蛮兵，并诸甸酋长洞丁——此时大半皆归本乡去了——除死伤外，其余尽皆归降。孔明以酒肉相待，以好言抚慰，尽令放回。蛮兵皆感叹而去。少顷，张翼解孟优至。孔明诲之曰："汝兄愚迷，汝当谏之。今被吾擒了四番，有何面目再见人耶？"孟优羞惭满面，伏地告求免死。孔明曰："吾杀汝不在今日。吾且饶汝性命，劝谕汝兄。"令武士解其绳索，放起孟优。优泣拜而去。

不一时，魏延解孟获至，孔明大怒曰："你今番又被吾擒了，有何理说？"获曰："吾今误中诡计，死不瞑目！"孔明叱武士推出斩之。获全无惧色，回顾孔明曰："若敢再放吾回去，必然报四番之恨。"孔明大笑，令左右去其缚，赐酒压惊，就坐于帐中。孔明问曰："吾今四次以礼相待，汝尚然不服，何也？"获曰："吾虽是化外之人，不似丞相专施诡计。吾如何肯服？"孔明曰："吾再放汝回去，复能战乎？"获曰："丞相若再拿住吾，吾那时倾心降服，尽献本洞之物犒军，誓不反乱！"孔明即笑而遣之。

获忻然拜谢而去。于是聚得诸洞壮丁数千人，望南迤逦而行，早望见尘头起处，一队兵到，乃是兄弟孟优重整残兵，来与兄报仇。兄弟二人抱头相哭，诉说前事。优曰："我兵屡败，蜀兵屡胜，难以抵挡。只可就山阴洞中，退避不出。蜀兵受不过暑气，自然退矣。"获问曰："何处可避？"优曰："此去西南有一洞，名曰秃龙洞，洞主朵思大王，与弟甚厚，可投之。"于是孟获先教孟优到秃龙洞，见了朵思大王。朵思慌引洞兵出迎。孟获入洞，礼毕，诉说前事。朵思曰："大王宽心，若川兵到来，令他一人一骑不得还乡，与诸葛亮皆死于此处！"获大喜，问计于朵思。朵思曰："此洞中止有两条路：东北上一路，就是大王所来之路，地势平坦，土厚水甜，人马可行；若以木石垒断洞口，虽有百万之众，不能进也。西北上有一条路，山险岭恶，道路窄狭，其中虽有小路，多藏毒蛇恶蝎，黄昏时分，烟瘴大起，直至巳、午时方收，惟未、申、酉三时[①]，可以往来，水

---

① 未、申、酉三时：分别是下午一点到三点、三点到五点、五点到七点。

不可饮，人马难行。此处更有四个毒泉：一名哑泉，其水颇甜，人若饮之，则不能言，不过旬日必死；二曰灭泉，此水与汤无异，人若沐浴，则皮肉皆烂，见骨而死；三曰黑泉，其水微清，人若溅之在身，则手足皆黑而死；四曰柔泉，其水如冰，人若饮之，咽喉无暖气，身躯软弱，如绵而死。此处虫鸟皆无，惟有汉伏波将军曾到，自此以后，更无一人到此。今垒断东北大路，令大王稳居敝洞，若蜀兵见东路截断，必从西路而入，于路无水，若见此四泉，定然饮水，虽百万之众，皆无归矣，何用刀兵耶？”孟获大喜，以手加额曰：“今日方有容身之地！”又望北指曰：“任诸葛神机妙算，难以施设。四泉之水，足以报败兵之恨也！”自此孟获、孟优终日与朵思大王筵宴。

却说孔明连日不见孟获兵出，遂传号令，教大军离西洱河，望南进发。此时正当六月炎天，其热如火。有后人咏南方苦热诗曰：

> 山泽欲焦枯，火光覆太虚。
>
> 不知天地外，暑气更何如。

又有诗曰：

> 赤帝施权柄，阴云不敢生。
>
> 云蒸孤鹤喘，海热巨鳌惊。
>
> 忍舍溪边坐，慵抛竹里行。
>
> 如何沙塞客，擐甲复长征。

孔明统领大军，正行之际，忽哨马飞报：“孟获退往秃龙洞中不出，将洞口要路垒断，内有兵把守。山恶岭峻，不能前进。”孔明请吕凯问之。凯曰：“某曾闻此洞有条路，实不知详细。”蒋琬曰：“孟获四次遭擒，既已丧胆，安敢再出？况今天气炎热，军马疲乏，征之无益，不如班师回国。”孔明曰：“若如此，正中孟获之计也。吾军一退，彼必乘势追之。今已到此，安有复回之理？”遂令王平领数百军为前部，却教新降蛮兵引路，寻西北小径而入。

前到一泉，人马皆渴，争饮此水。王平探有此路，回报孔明，比及到大寨之时，皆不能言，但指口而已。孔明大惊，知是中毒，遂自驾小车，引数十人，前来看时，见一潭清水，深不见底，水气凛凛，军不敢试。孔明下车，登高望之，四壁峰岭，鸟雀不闻，心中大疑。忽望见远远山岗之上有一古庙。孔明攀藤附葛而到，见一石屋之中，塑一将军端坐，傍有石碑，乃汉伏波将军马援之庙，因平蛮到此，土人立庙祀之。孔明再拜曰："亮受先帝托孤之重，今承圣旨，到此平蛮，欲待蛮方既平，然后伐魏吞吴，重安汉室。今军士不识地理，误饮毒水，不能出声。万望尊神念本朝恩义，通灵显圣，护祐三军。"

祈祷已毕，出庙寻土人问之。隐隐望见对山一老叟扶杖而来，形容甚异。孔明请老叟入庙，礼毕，对坐于石上。孔明问曰："丈者高姓？"老叟曰："老夫久闻大国丞相隆名，幸得拜见。蛮方之人多蒙丞相活命，皆感恩不浅。"孔明问泉水之故。老叟答曰："军所饮水，乃哑泉之水也，饮之难言，数日而死。此泉之外，又有三泉：东南有一泉，其水至冷，人若饮之，咽喉无暖气，身躯软弱而死，名曰柔泉；正南有一泉，人若溅之在身，手足皆黑而死，名曰黑泉；西南有一泉，沸如热汤，人若浴之，皮肉尽脱而死，名曰灭泉。敝处有此四泉，毒气所聚，无药可治。又烟瘴甚起，惟未、申、酉三时辰可往来，余者时辰皆瘴气密布，触之即死。"孔明曰："如此则蛮方不可平矣！蛮方不平，安能并吴吞魏，再兴汉室？有负先帝托孤之重，生不如死也！"

老叟曰："丞相勿忧，老夫指引一处，可以解之。"孔明曰："老丈有何高见？望乞指教。"老叟曰："此去正西数里，有一山谷，入内行二十里，有一溪，名曰万安溪。上有一高士，号为万安隐者。此人不出溪，有数十余年矣。其草庵后有一泉，名安乐泉，人若中毒，汲其水饮之即愈。有人或生疥癞，或感瘴气，于万安溪内浴之，自然无事。更兼庵前有一等草，名曰薤叶芸香，人若口含一叶，则瘴气不染。丞相可速往求之。"孔明拜谢，问曰："承丈者如此活命之德，感刻不胜，愿闻高姓。"老叟入庙曰："吾乃本处山神，奉伏波将军之命，特来指引。"言讫，喝开庙后石壁而入。孔明惊讶不已，再拜庙神，寻旧路上车，回到大寨。

次日，孔明备信香礼物[1]，引王平及众哑军，连夜望山神所言去处，迤逦而进。入山谷小径，约行二十余里，但见长松大柏，茂竹奇花，环绕一庄，篱落之中，有数间茅屋，闻得馨香喷鼻。孔明大喜，到庄前叩户。有一小童出。孔明方欲通姓名，早有一人竹冠草履，白袍皂绦，碧眼黄发，忻然出曰："来者莫非汉丞相否？"孔明笑曰："高士何以知之？"隐者曰："久闻丞相大纛南征[2]，安得不知！"遂邀孔明入草堂。礼毕，分宾主坐定，孔明告曰："亮受昭烈皇帝托孤之重，今承嗣君圣旨，领大军至此，欲服蛮邦，使归王化。不期孟获潜入洞中，军士误饮哑泉之水。夜来蒙伏波将军显圣，言高士有药泉可以治之。望乞矜念，赐神水以救众兵残生。"隐者曰："量老夫山野废人，何劳丞相枉驾？此泉就在庵后，教取来饮。"于是童子引王平等一起哑军来到溪边，汲水饮之，随即吐出恶涎，便能言语。童子又引众军到万安溪中沐浴。

隐者于庵中，进柏子茶、松花菜以待孔明。隐者告曰："此间蛮洞多毒蛇恶蝎，柳花飘入溪泉之间，水不可饮。但掘地为泉，汲水饮之方可。"孔明求薤叶芸香。隐者令众军尽意采取，各人口含一叶，自然瘴气不侵。孔明拜求隐者姓名。隐者笑曰："某乃孟获之兄孟节是也。"孔明愕然。隐者又曰："丞相休疑，容伸片言。某一父母所生三人，长即老夫孟节，次孟获，又次孟优。父母皆亡。二弟强

---

[1] 信香：祭神用的香。迷信的说法，虔诚地焚香，香烟就可以作为信使，到达神的面前，使神知道烧香人的愿望。

[2] 大纛（dào）：古代行军时的大旗，此处指大军、军队。

恶，不归王化，某屡谏不从，故更名改姓，隐居于此。今辱弟造反，又劳丞相深入不毛之地，如此生受①，孟节合该万死，故先于丞相之前请罪。"孔明叹曰："方信盗跖、下惠事②，今亦有之！"遂与孟节曰："吾申奏天子，立公为王可乎？"节曰："为嫌功名而逃于此，岂复有贪富贵之意？"孔明乃具金帛赠之，孟节坚辞不受。孔明嗟叹不已，拜别而回。后人有诗曰：

> 高士幽栖独闭关，武侯曾此破诸蛮。
>
> 至今古木无人境，犹有寒烟锁旧山。

孔明回到大寨之中，令军士掘地取水。掘下二十余丈，并无滴水。凡掘十余处，皆是如此。军心惊慌。孔明夜半焚香告天曰："臣亮不才，仰承大汉之福，受命平蛮。今涂中乏水，军马枯渴，倘上天不绝大汉，即赐甘泉；若气运已终，臣亮等愿死于此处。"是夜祝罢，平明视之，皆得满井甘泉。后人有诗曰：

> 为国平蛮统大兵，心存正道合神明。
>
> 耿恭拜井甘泉出，诸葛虔诚水夜生。

孔明军马既得甘泉，遂安然由小径直入秃龙洞前下寨。

蛮兵探知，来报孟获曰："蜀兵不染瘴疫之气，又无枯渴之患，诸泉皆不应。"朵思大王闻知，不信，自与孟获来高山望之，只见蜀兵安然无事，大桶小担，搬运水浆，饮马造饭。朵思见之，毛发耸然，回顾孟获曰："此乃神兵也！"获曰："吾兄弟二人与蜀兵决一死战，就殒于军前，安肯束手受缚！"朵思曰："若大王兵败，吾妻子亦休矣！当杀牛宰马，大赏洞丁，不避水火，直冲蜀寨，方可得胜。"于是大赏蛮兵。

正欲起程，忽报洞后迤西银冶洞二十一洞主杨锋，引三万兵来

---

① 生受：难为，麻烦。

② 盗跖（zhí）、下惠：春秋时人，相传二人是兄弟，为人却完全不同，柳下惠是有名的贤人，盗跖却是一个大盗，生性暴虐。

助战。孟获大喜曰："邻兵助我，我必胜矣！"即与朵思大王出洞迎接。杨锋引兵入曰："吾有精兵三万，皆披铁甲，能飞山越岭，足以敌蜀兵百万。我有五子，皆武艺足备，愿助大王。"锋令五子入拜，皆彪躯虎体，威风抖擞。孟获大喜，遂设席相待。杨锋父子酒至半酣，锋曰："军中少乐，吾随军有蛮姑，善舞刀牌，以助一笑。"获忻然从之。须臾，数十蛮姑皆披发跣足，从帐外舞跳而入。群蛮拍手，以歌和之。杨锋令二子把盏，二子举杯，诣孟获、孟优前。二人接杯，方欲饮酒，锋大喝一声，二子早将孟获、孟优执下座来。朵思大王却待要走，已被杨锋擒了。蛮姑横截于帐上，谁敢近前？获曰："兔死狐悲，物伤其类。吾与汝皆是各洞之主，往日无冤，何故害我？"锋曰："吾兄弟子侄皆感诸葛丞相活命之恩，无可以报。今汝反叛，何不擒献？"于是各洞蛮兵皆走回本乡。

　　杨锋将孟获、孟优、朵思等解赴孔明寨来。孔明令入。杨锋等拜于帐下曰："某等子侄皆感丞相恩德，故擒孟获、孟优等呈献。"孔明重赏之，令驱孟获入。孔明笑曰："汝今心服乎？"获曰："非汝之能，乃吾洞中之人自相残害，以致如此。要杀便杀，只是不服。"孔明曰："汝赚吾入无水之地，更以哑泉、灭泉、黑泉、柔泉如此之毒，吾军无恙，岂非天意乎？汝何如此执迷？"获又曰："吾祖居银坑山中，有三江之险，重关之固。汝若就彼擒之，吾当子子孙孙，倾心服事。"孔明曰："吾再放汝回去，重整兵马，与吾共决胜负。如那时擒住，汝再不服，当灭九族！"叱左右去其缚，放起孟获。获再拜而去。孔明又将孟优并朵思大王皆释其缚，赐酒食压惊。二人悚惧，不敢正视。孔明令鞍马送回。正是：

深临险地非容易，更展奇谋岂偶然。

未知孟获整兵再来，胜负如何，且看下文分解。

第九十回
驱巨兽六破蛮兵 烧藤甲七擒孟获

　　却说孔明放了孟获等一干人，杨锋父子皆封官爵，重赏洞兵。杨锋等拜谢而去。孟获等连夜奔回银坑洞。那洞外有三江，乃是泸水、甘南水、西城水，三路水会合，故为三江。其洞北近平坦二百余里，多产万物。洞西二百里有盐井，西南二百里直抵泸、甘，正南三百里乃是梁都洞。洞中有山，环抱其洞，山上出银矿，故名为银坑山。山中置宫殿楼台，以为蛮王巢穴。其中建一祖庙，名曰家鬼。四时杀牛宰马享祭，名曰卜鬼。每年常以蜀人并外乡之人祭之。若人患病，不肯服药，只祷师巫，名曰药鬼。其处无刑法，但犯罪即斩。有女长成，却于溪中沐浴，男女自相混淆，任其自配，父母不禁，名为学艺。年岁雨水均调，则种稻谷；倘若不熟，杀蛇为羹，煮象为饭。每方隅之中，上户号曰洞主，次曰酋长。每月初一、十五两日，皆在三江城中买卖，转易货物，其风俗如此。

　　却说孟获在洞中聚集宗党千余人，谓之曰："吾屡受辱于蜀兵，立誓欲报之。汝等有何高见？"言未毕，一人应曰："吾举一人，可破诸葛亮。"众视之，乃孟获妻弟，见为八番部长，名曰带来洞主。获大喜，急问何人。带来洞主曰："此去西南八纳洞，洞主木鹿大王，深通法术，出则骑象，能呼风唤雨，常有虎豹豺狼、毒蛇恶蝎跟随，手下更有三万神兵，甚是英勇。大王可修书具礼，某亲往求之。此人若允，何惧蜀兵哉？"获忻然，令国舅赍书而去，却令朵思大王守把三江城，以为前面屏障。

却说孔明提兵直至三江城，遥望见此城，三面傍江，一面通旱，即遣魏延、赵云同领一军，于旱路打城。军到城下时，城上弓弩齐发。原来洞中之人多习弓弩，一弩齐发十矢，箭头上皆用毒药，但有中箭者，皮肉皆烂，见五脏而死。赵云、魏延不能取胜，回见孔明，言药箭之事。孔明自乘小车到军前，看了虚实，回到寨中，令军退数里下寨。蛮兵望见蜀兵远退，皆大笑作贺，只疑蜀兵惧怯而退，因此夜间安心稳睡，不去哨探。

却说孔明约军退后，即闭寨不出，一连五日，并无号令。黄昏左侧忽起微风，孔明传令曰："每军要衣襟一幅，限一更时分应点，无者立斩。"诸将皆不知其意。众军依令预备。初更时分，又传令曰："每军衣襟一幅，包土一包，无者立斩。"众军亦不知其意，只得依令预备。孔明又传令曰："诸军包土俱在三江城下交割，先到者有赏。"众军闻令，皆包净土，飞奔城下。孔明令积土为磴道①，先上城者为头功。于是蜀兵十余万并降兵万余，将所包之土一齐弃于城下，一霎时积土成山，接连城上。一声暗号，蜀兵皆上城。蛮兵急放弩时，大半早被执下，余者弃城而走。朵思大王死于乱军之中。蜀将督军分路剿杀。孔明取了三江城，所得珍宝，皆赏三军。败残蛮兵奔回见孟获，说："朵思大王身死，失了三江城。"获大惊，正虑之间，人报："蜀兵已渡江，见在本洞前下寨。"孟获甚是慌张。

忽屏风后一人大笑而出曰："既为男子，何无智也？我虽是一妇人，愿与你出战。"获视之，乃妻祝融夫人也。夫人世居南蛮，乃祝融氏之后②，善使飞刀，百发百中。孟获起身称谢。夫人忻然上马，引宗党猛将数百员，生力洞兵五万，出银坑宫阙，来与蜀兵对敌。方才转过洞口，一彪军拦住，为首蜀将乃是张嶷。蛮兵见之，却早两路摆开。祝融夫人背插五口飞刀，手挺丈八长标，坐下卷毛赤

① 磴道：有阶踏的坡道。
② 祝融氏：传说中的远古帝王之一。

兔马。张嶷见之，暗暗称奇。二人骤马交锋。战不数合，夫人拨马便走，张嶷赶去，空中一把飞刀落下，嶷急用手隔，正中左臂，翻身落马。蛮兵发一声喊，将张嶷执缚去了。马忠听得张嶷被执，急出救时，早被蛮兵困住。望见祝融夫人挺标勒马而立，忠忿怒向前去战，坐下马绊倒，亦被擒了。都解入洞中，来见孟获。获设席庆贺。夫人叱刀斧手，推出张嶷、马忠要斩，获止曰："诸葛亮放吾五次，今番若杀彼将，是不义也。且囚在洞中，待擒住诸葛亮，杀之未迟。"夫人从其言，笑饮作乐。

却说败残兵来见孔明，告知其事。孔明即唤马岱、赵云、魏延三人受计，各自领军前去。次日，蛮兵报入洞中，说赵云搦战。祝融夫人即上马出迎。二人战不数合，云拨马便走。夫人恐有埋伏，勒兵而回。魏延又引军来搦战，夫人纵马相迎。正交锋紧急，延诈败而逃。夫人只不赶。次日，赵云又引军来搦战。夫人领洞兵出迎。二人战不数合，云诈败而走。夫人按标不赶。欲收兵回洞时，魏延引军齐声辱骂。夫人急挺标来取魏延。延拨马便走，夫人忿怒赶来。延骤马奔入山僻小路，忽然背后一声响亮，延回头视之，夫人仰鞍落马。原来马岱埋伏在此，用绊马索绊倒，就里擒缚，解投大营而来。蛮将洞兵皆来救时，赵云一阵杀散。孔明端坐于帐上。马岱解祝融夫人至，孔明急令武士去其缚，请在别帐，赐酒压惊；遣使往告孟获，欲送夫人换张嶷、马忠二将。孟获允诺，即放出张嶷、马忠，还了孔明，孔明遂送夫人入洞。孟获接入，又喜又恼。

忽报八纳洞主到。孟获出洞迎接，见其人骑着白象，身穿金珠璎珞，腰悬两口大刀，领着一班喂养虎豹豺狼之士，簇拥而入。获再拜哀告，诉说前事。木鹿大王许以报仇。获大喜，设宴相待。次日，木鹿大王引本洞兵带猛兽而出。赵云、魏延听知蛮兵出，遂将军马布成阵势。二将并辔立于阵前视之，只见蛮兵旗帜器械皆别；人多不穿衣甲，尽裸身赤体，面目丑陋，身带四把尖刀；军中不鸣鼓角，但筛金为号。木鹿大王腰挂两把宝刀，手执蒂钟，身骑白象，从大旗中而出。赵云见了，谓魏延曰："我等上阵一生，未尝见如此人物。"二人正沉吟之际，只见木鹿大王口中不知念甚咒语，手摇蒂钟，忽然狂风大作，飞砂走石，如同骤雨，一声画角响，虎豹豺狼毒蛇猛兽乘风而出，张牙舞爪，冲将过来。蜀兵如何抵当，往后便退。蛮兵追杀，直赶到三江界路方回。

赵云、魏延收聚败兵，来孔明帐前请罪，细说此事。孔明笑曰："非汝二人之罪。吾未出茅庐之时，先知南蛮有驱虎豹之法，吾在蜀中已办下破此阵之物也。随军有二十辆车，俱封记在此，今日且用一半，留下一半，后有别用。"遂令左右取了十辆红油柜车到帐下，留十辆黑油柜车在后，众皆不知其意。孔明将柜打开，皆是木刻彩画巨兽，俱用五色绒线为毛衣，钢铁为牙爪，一个可骑坐十人。孔明选了精壮军士一千余人，领了一百口，内装烟火之物，藏在车中。

次日，孔明驱兵大进，布于洞口。蛮兵探知，入洞报与蛮王。木鹿大王自谓无敌，即与孟获引洞兵而出。孔明纶巾羽扇，身衣道袍，端坐于车上。孟获指曰："车上坐的，便是诸葛亮。若擒住此人，大事定矣。"木鹿大王口中念咒，手摇蒂钟，顷刻之间，狂风大作，猛兽突出。孔明将羽扇一摇，其风便回吹彼阵中去了。蜀阵中假兽拥出，蛮洞真兽见蜀阵巨兽口吐火焰，鼻出黑烟，身摇铜铃，张牙舞爪而来，诸恶兽不敢前进，皆奔回蛮洞，反将蛮兵冲倒无数。孔明驱兵大进，鼓角齐鸣，望前追杀。木鹿大王死于乱军之中。洞内孟获宗党皆弃宫阙，爬山越岭而走。孔明大军占了银坑洞。

次日，孔明正欲分兵缉擒孟获，忽报："蛮王孟获妻弟带来洞主因劝孟获归降，获不从，今将孟获并祝融夫人及宗党数百余人，尽皆擒来，献与丞相。"孔明听知，即唤张嶷、马忠，分付如此如此。二将受了计，引二千精壮兵，伏于两廊。孔明即令守门将俱放进来。带来洞主引刀斧手，解孟获等数百人，拜于殿下。孔明大喝曰："与

690

吾擒下！"两廊壮兵齐出，二人捉一人，尽被执缚。孔明大笑曰：
"量汝些小诡计，如何瞒得我！见汝二次俱是本洞人擒汝来降，吾不
加害。汝只道吾深信，故来诈降，欲就洞中杀吾。"喝令武士搜其
身畔，果然各带利刀。孔明问孟获曰："汝原说在汝家擒住，方始心
服，今日如何？"获曰："此是我等自来送死，非汝之能也，吾心未
服。"孔明曰："吾擒汝六番，尚然不服，欲待何时耶？"获曰："汝
第七次擒住，吾方倾心归服，誓不反矣！"孔明曰："巢穴已破，吾
何虑哉！"令武士尽去其缚，叱之曰："这番擒住，再若支吾，必不
轻恕。"孟获等抱头鼠窜而去。

　　却说败残蛮兵有千余人，大半中伤而逃，正遇蛮王。孟获收了
败兵，心中稍喜，却与带来洞主商议曰："吾今洞府已被蜀兵所占，
今投何地安身？"带来洞主曰："只有一国可以破蜀。"获喜曰："何处
可去？"带来洞主曰："此去东南七百里，有一国名乌戈国，国主兀
突骨，身长二丈，不食五谷，以生蛇恶兽为饭，身有鳞甲，刀箭不
能侵。其手下军士，俱穿藤甲。其藤生于山涧之中，盘于石壁之内，
国人采取，浸于油中，半年方取出晒之，晒干复浸，凡十余遍，却
才造成铠甲，穿在身上，渡江不沉，经水不湿，刀箭皆不能入，因
此号为藤甲军。今大王可往求之，若得彼相助，擒诸葛亮如利刀破
竹也。"孟获大喜，遂投乌戈国，来见兀突骨。其洞无宇舍，皆居土
穴之内。孟获入洞再拜，哀告前事。兀突骨曰："吾起本洞之兵，与
汝报仇。"获忻然拜谢。于是兀突骨唤两个领兵俘长，一名土安，一
名奚泥，起三万兵，皆穿藤甲，离乌戈国望东北而来。行至一江，
名桃花水，两岸有桃树，历年落叶于水中。若别国人饮之尽死，惟
乌戈国人饮之，倍添精神。兀突骨兵至桃花渡口下寨，以待蜀兵。

　　却说孔明令蛮人哨探孟获消息，回报曰："孟获请乌戈国主，引
三万藤甲军，见屯于桃花渡口。孟获又在各番聚集蛮兵，并力拒
战。"孔明听说，提兵大进，直至桃花渡口。隔岸望见蛮兵，不类人

形，甚是丑恶。又问土人，言说即日桃叶正落，水不可饮。孔明退五里下寨，留魏延守寨。次日，乌戈国主引一彪藤甲军过河来，金鼓大震。魏延引兵出迎。蛮兵卷地而至，蜀兵以弩箭射到藤甲之上，皆不能透，俱落于地；刀砍枪刺，亦不能入。蛮兵皆使利刀钢叉，蜀兵如何抵当？尽皆败走。蛮兵不赶而回。魏延复回，赶到桃花渡口，只见蛮兵带甲渡水而去；内有困乏者，将甲脱下，放在水面，以身坐其上而渡。魏延急回大寨，来禀孔明，细言其事。孔明请吕凯并土人问之。凯曰："某素闻南蛮中有一乌戈国，无人伦者也。更有藤甲护身，急切难伤；又有桃叶恶水，本国人饮之，反添精神，别国人饮之即死。如此蛮方，纵使全胜，有何益焉？不如班师早回。"孔明笑曰："吾非容易到此，岂可便去？吾明日自有平蛮之策。"于是令赵云助魏延守寨，且休轻出。

次日，孔明令土人引路，自乘小车到桃花渡口北岸山僻去处，遍观地理。山险岭峻之处，车不能行。孔明弃车步行。忽到一山，望见一谷，形如长蛇，皆危峭石壁，并无树木，中间一条大路。孔明问土人曰："此谷何名？"土人答曰："此处名为盘蛇谷，出谷则三江城大路，谷前名塔郎甸。"孔明大喜曰："此乃天赐吾成功于此也！"遂回旧路，上车归寨，唤马岱分付曰："与汝黑油柜车十辆，须用竹竿千条，柜内之物如此如此。可将本部兵去，把住盘蛇谷两头，依法而行。与汝半月限，一切完备，至期如此施设。倘有走漏，定按军法。"马岱受计而去。又唤赵云分付曰："汝去盘蛇谷后三江大路口，如此守把，所用之物，克日完备。"赵云受计而去。又唤魏延分付曰："汝可引本部兵去桃花渡口下寨，如蛮兵渡水来敌，汝便弃了寨，望白旗处而走。限半个月内，须要连输十五阵，弃七个寨栅。若输十四阵，也休来见我。"魏延领命，心中不乐，怏怏而去。孔明又唤张翼另引一军，依所指之处，筑立寨栅去了；却令张嶷、马忠引本洞所降千人，如此行之。各人都依计而行。

却说孟获与乌戈国主兀突骨曰："诸葛亮多有巧计，只是埋伏。今后交战，分付三军，但见山谷之中，林木多处，切不可轻进。"兀突骨曰："大王说的有理。吾已知道中国人多行诡计，今后依此言行之：吾在前面厮杀，汝在背后教道。"两人商量已定。忽报："蜀兵在桃花渡口北岸立寨。"兀突骨即差二俘长，引藤甲军渡了河，来与蜀兵交战。不数合，魏延败走。蛮兵恐有埋伏，不赶自回。次日，魏延又去立了营寨。蛮兵哨得，又有众军渡过河来战。延出迎之。不数合，延败走。蛮兵追杀十余里，见四下并无动静，便在蜀寨中屯驻。次日，二俘长请兀突骨到寨，说知此事。兀突骨即引兵大进，将魏延追一阵。蜀兵皆弃甲抛戈而走。只见前有白旗，延引败兵，急奔回白旗处，早有一寨，就寨中屯驻。兀突骨驱兵追至。魏延引兵弃寨而走。蛮兵得了蜀寨。次日，又望前追杀，魏延回兵交战，不三合又败，只看白旗处而走，又有一寨，延就寨屯驻。次日，蛮兵又至。延略战又走。蛮兵占了蜀寨。

话休絮烦，魏延且战且走，已败十五阵，连弃七个营寨。蛮兵大进追杀。兀突骨自在军前破敌，于路但见林木茂盛之处，便不敢进，却使人远望，果见树阴之中旌旗招飐。兀突骨谓孟获曰："果不出大王所料。"孟获大笑曰："诸葛亮今番被吾识破。大王连日胜了他十五阵，夺了七个营寨。蜀兵望风而走，诸葛亮已是计穷。只此一进，大事定矣！"兀突骨大喜，遂不以蜀兵为念。

至第十六日，魏延引败残兵来与藤甲军对敌。兀突骨骑象当先，头戴日月狼须帽，身披金珠缨络，两肋下露出生鳞甲，眼目中微有光芒，手指魏延大骂。延拨马便走，后面蛮兵大进。魏延引兵转过了盘蛇谷，望白旗而走。兀突骨统引兵众，随后追杀。兀突骨望见山上并无草木，料无埋伏，放心追杀。赶到谷中，见数十辆黑油柜车在当路，蛮兵报曰："此是蜀兵运粮道路，因大王兵至，撇下粮车而走。"兀突骨大喜，催兵追赶。将出谷口，不见蜀兵，只见横木乱石滚下，垒断谷口。兀突骨令兵开路而进。忽见前面大小车辆装载干柴，尽皆火起，兀突骨忙教退兵，只闻后军发喊，报说谷中已被干柴垒断，车中原来皆是火药，一齐烧着。兀突骨见无草木，心尚不慌，令寻路而走。只见山上两边，乱丢火把，火把到处，地中药线皆着，就地飞起铁炮，满谷中火光乱舞，但逢藤甲，无有不着，将兀突骨并三万藤甲军烧得互相拥抱，死于盘蛇谷中。孔明在山上往下看时，只见蛮兵被火烧的伸拳舒腿，大半被铁炮打的头脸粉碎，皆死于谷中，臭不可闻。孔明垂泪而叹曰："吾虽有功于社稷，必损寿矣！"左右将士无不感叹。

却说孟获在寨中，正望蛮兵回报，忽然千余人笑拜于寨前，言说："乌戈国兵与蜀兵大战，将诸葛亮围在盘蛇谷中了，特请大王前去接应。我等皆是本洞之人，不得已而降蜀，今知大王前到，特来助战。"孟获大喜，即引宗党并所聚番人，连夜上马，就令蛮兵引路。方到盘蛇谷时，只见火光甚起，臭味难闻。获知中计，急退兵时，左边张嶷、右边马忠，两路军杀出。获方欲抵敌，一声喊起，蛮兵中大半皆是蜀兵，将蛮王宗党并聚集的番人尽皆擒了。孟获匹马杀出重围，望山径而走。

正走之间，见山凹里一簇人马，拥出一辆小车，车中端坐一人，纶巾羽扇，身衣道袍，乃孔明也。孔明大喝曰："反贼孟获，今番如何！"获急回马走，傍边闪过一将，拦住去路，乃是马岱。孟获措手不及，被马岱生擒活捉了。此时王平、张嶷已引一军赶至蛮寨，将祝融夫人并一应老小皆活捉而来。

孔明归到寨中，升帐而坐，谓众将曰："吾今此计，不得已而用之，大损阴德。我料敌人必算吾于林木多处埋伏，吾却空设旌旗，实无兵马，疑其心也。吾令魏文长连输十五阵者，坚其心也。吾见盘蛇谷止一条路，两壁厢皆是光石，并无树木，下面都是沙土，因令马岱将黑油车安排于谷中。车中油柜内皆是预先造下的火炮，名

694

曰地雷，一炮中藏九炮，三十步埋之，中用竹竿通节，以引药线，才一发动，山损石裂。吾又令赵子龙预备草车，安排于谷中，又于山上准备大木乱石，却令魏延赚兀突骨并藤甲军入谷，放出魏延，即断其路，随后焚之。吾闻利于水者，必不利于火。藤甲虽刀箭不能入，乃油浸之物，见火必着。蛮兵如此顽皮，非火攻安能取胜？使乌戈国之人不留种类者，是吾之大罪也！"众将拜伏曰："丞相天机，鬼神莫测也！"孔明令押过孟获来，孟获跪于帐下。孔明令去其缚，教且在别帐，与酒食压惊。孔明唤管酒食官至坐榻前，如此如此，分付而去。

却说孟获与祝融夫人并孟优、带来洞主、一切宗党，在别帐饮酒。忽一人入帐，谓孟获曰："丞相面羞，不欲与公相见，特令我来放公回去，再招人马来决胜负。公今可速去。"孟获垂泪言曰："七擒七纵，自古未尝有也。吾虽化外之人，颇知礼义，直如此无羞耻乎？"遂同兄弟妻子宗党人等，皆匍匐跪于帐下，肉袒谢罪曰[1]："丞相天威，南人不复反矣！"孔明曰："公今服乎？"获泣谢曰："某子子孙孙皆感覆载生成之恩，安得不服！"孔明乃请孟获上帐，设宴庆贺，就令永为洞主；所夺之地，尽皆退还。孟获宗党及诸蛮兵无不感戴，皆欣然跳跃而去。后人有诗赞孔明曰：

羽扇纶巾拥碧幢[2]，七擒妙策制蛮王。

至今溪洞传威德，为选高原立庙堂。

长史费祎入谏曰："今丞相亲提士卒，深入不毛，收服蛮方。今蛮王既已归服，何不置官吏，与孟获一同守之？"孔明曰："如此有三不易：留外人则当留兵，兵无所食，一不易也；蛮人伤破，父兄死亡，留外人而不留兵，必成祸患，二不易也；蛮人累有废杀之罪，自有嫌疑，留外人终不相信，三不易也。今吾不留人，不运粮，与

---

① 肉袒：脱去上衣，露出身体表示请罪，愿意接受刑罚。此处是诚心诚意降服的意思。

② 碧幢：青绿色车帘，这里指诸葛亮所乘的小车。

相安于无事而已。"众人尽服，于是蛮方皆感孔明恩德，乃为孔明立生祠，四时享祭，皆呼之为慈父，各送珍珠金宝，丹漆药材，耕牛战马，以资军用，誓不再反。南方已定。

却说孔明犒军已毕，班师回蜀，令魏延引本部兵为前锋。延引兵方至泸水，忽然阴云四合，水面上一阵狂风骤起，飞沙走石，军不能进。延退兵，回报孔明。孔明遂请孟获问之。正是：

　　　　塞外蛮人方帖服，水边鬼卒又猖狂。

未知孟获所言若何，且看下文分解。

第九十一回

祭泸水汉相班师　伐中原武侯上表

却说孔明班师回国，孟获率引大小洞主、酋长及诸部落，罗拜相送。前军至泸水，时值九月秋天，忽然阴云布合，狂风骤起，兵不能渡，回报孔明。孔明遂问孟获。获曰："此水原有猖神作祸，往来者必须祭之。"孔明曰："用何物祭享？"获曰："旧时国中因猖神作祸，用七七四十九颗人头并黑牛白羊祭之，自然风恬浪静，更兼连年丰稔。"孔明曰："吾今事已平定，安可妄杀一人？"遂自到泸水岸边观看，果见阴风大起，波涛汹涌，人马皆惊。孔明甚疑，即寻土人问之。土人告说："自丞相经过之后，夜夜只闻得水边鬼哭神号，自黄昏直至天晓，哭声不绝，瘴烟之内，阴鬼无数，因此作祸，无人敢渡。"孔明曰："此乃我之罪愆也。前者马岱引蜀兵千余，皆死于水中；更兼杀死南人，尽弃此处，狂魂怨鬼不能释解，以致如此。吾今晚当亲自往祭。"土人曰："须依旧例，杀四十九颗人头为祭，则怨鬼自散也。"孔明曰："本为人死而成怨鬼，岂可又杀生人耶？吾自有主意。"唤行厨宰杀牛马，和面为剂，塑成人头，内以牛羊等肉代之，名曰馒头。当夜于泸水岸上，设香案，铺祭物，列灯四十九盏，扬幡招魂，将馒头等物陈设于地。三更时分，孔明金冠鹤氅，亲自临祭，令董厥读祭文。其文曰：

> 维大汉建兴三年秋九月一日，武乡侯领益州牧、丞相诸葛亮，谨陈祭仪，享于故殁王事蜀中将校及南人亡者阴魂曰：我大汉皇帝，威胜五霸，明继三王。昨自远方侵境，异俗起兵，

纵虿尾以兴妖^①，恣狼心而逞乱。我奉王命，问罪遐荒，大举貔貅，悉除蝼蚁，雄军云集，狂寇冰消，才闻破竹之声，便是失猿之势。但士卒儿郎，尽是九州豪杰；官僚将校，皆为四海英雄。习武从戎，投明事主，莫不同申三令，共展七擒；齐坚奉国之诚，并效忠君之志。何期汝等偶失兵机，缘落奸计，或为流矢所中，魂掩泉台^②；或为刀剑所伤，魄归长夜^③。生则有勇，死则成名。今凯歌欲还，献俘将及。汝等英灵尚在，祈祷必闻：随我旌旗，逐我部曲，同回上国，各认本乡。受骨肉之蒸尝，领家人之祭祀；莫作他乡之鬼，徒为异域之魂。我当奏之天子，使尔等各家尽沾恩露，年给衣粮，月赐廪禄，用兹酬答，以慰汝心。至于本境土神，南方亡鬼，血食有常，凭依不远，生者既凛天威，死者亦归王化，想宜宁帖^④，毋致号啕。聊表丹诚，敬陈祭祀。呜呼，哀哉！伏惟尚飨！

读毕祭文，孔明放声大哭，极其痛切。情动三军，无不下泪。孟获等众尽皆哭泣。只见愁云怨雾之中，隐隐有数千鬼魂，皆随风而散。于是孔明令左右将祭物弃于泸水之中。次日，孔明引大军俱到泸水南岸，但见云收雾散，风静浪平。蜀兵安然尽渡泸水，果然鞭敲金镫响，人唱凯歌还。

行到永昌，孔明留王伉、吕凯守四郡，发付孟获领众自回，嘱其勤政驭下，善抚居民，勿失农务。孟获涕泣拜别而去。孔明自引大军回成都。后主排銮驾出郭三十里迎接，下辇立于道傍，以候孔明。孔明慌下车，伏道而言曰："臣不能速平南方，使主上怀忧，臣之罪也！"后主扶起孔明，并车而回，设太平筵会，重赏三军。自此

---

① 虿（chài）尾：比喻害人的人。虿，蝎子一类的虫子，其尾有毒。
② 泉台：坟墓，墓穴，亦指阴间。
③ 长夜：人死长埋地下，不见天日，故称埋葬为长夜，此处代指阴间。
④ 宁帖：安宁，平静。

远邦进贡来朝者二百余处。孔明奏准后主，将殁于王事者之家一一优恤，人心欢悦，朝野清平。

却说魏主曹丕在位七年，即蜀汉建兴四年也。丕先纳夫人甄氏，即袁绍次子袁熙之妇，前破邺城时所得。后生一子，名睿字元仲，自幼聪明，丕甚爱之。后丕又纳安平广宗人郭永之女为贵妃，甚有颜色①。其父尝曰："吾女乃女中之王也。"故号为女王。自丕纳为贵妃。因甄夫人失宠，郭贵妃欲谋为后，却与幸臣张韬商议。时丕有疾，韬乃诈称于甄夫人宫中掘得桐木偶人，上书天子年月日时，为魇镇之事②。丕大怒，遂将甄夫人赐死，立郭贵妃为后。因无出，养曹睿为己子，虽甚爱之，不立为嗣。睿年至十五岁，弓马熟娴。当年春二月，丕带睿出猎，行于山坞之间，赶出子母二鹿。丕一箭射倒母鹿，回视小鹿，驰于曹睿马前。丕大呼曰："吾儿何不射之？"睿在马上泣告曰："陛下已杀其母，安忍复杀其子？"丕闻之，掷弓于地曰："吾儿真仁德之主也！"于是遂封睿为平原王。

夏五月，丕感寒疾，医治不痊，乃召中军大将军曹真、镇军大将军陈群、抚军大将军司马懿三人入寝宫。丕唤曹睿至，指谓曹真等曰："今朕病已沉重，不能复生！此子年幼，卿等三人可善辅之，勿负朕心！"三人皆告曰："陛下何出此言！臣等愿竭力以事陛下，至千秋万岁！"丕曰："今年许昌城门无故自崩，乃不祥之兆，朕故自知必死也！"正言间，内侍奏："征东大将军曹休入宫问安。"丕召入，谓曰："卿等皆国家柱石之臣也，若能同心辅朕之子，朕死亦瞑目矣！"言讫，堕泪而薨，时年四十岁，在位七年。于是曹真、陈群、司马懿、曹休等，一面举哀，一面拥立曹睿为大魏皇帝，谥父丕为文皇帝，谥母甄氏为文昭皇后；封钟繇为太傅，曹真为大将军，

---

① 颜色：姿色。
② 魇（yǎn）镇：一种迷信做法，用木制假人代替某一真人，以为诅咒假人便会在真人身上应验。

曹休为大司马，华歆为太尉，王朗为司徒，陈群为司空，司马懿为骠骑大将军；其余文武官僚，各各封赠；大赦天下。时雍、凉二州缺人守把，司马懿上表，乞守西凉等处。曹睿从之，遂封懿提督雍、凉等处兵马，领诏去讫。

早有细作飞报入川。孔明大惊曰："曹丕已死，孺子曹睿即位，余皆不足虑，司马懿深有谋略，今督雍、凉兵马，倘训练成时，必为蜀中之大患，不如先起兵伐之。"参军马谡曰："今丞相平南方回，军马疲敝，只宜存恤，岂可复远征？某有一计，使司马懿自死于曹睿之手，未知丞相钧意允否？"孔明问是何计，马谡曰："司马懿虽是魏国大臣，曹睿素怀疑忌。何不密遣人往洛阳、邺郡等处，布散流言，道此人欲反，更作司马懿告示天下榜文，遍贴诸处，使曹睿心疑，必然杀此人也！"孔明从之，即遣人密行此计去了。

却说邺城门上，忽一日，见贴下告示一道。守门者揭了，来奏曹睿。睿观之，其文曰：

> 骠骑大将军总领雍、凉等处兵马事司马懿，谨以信义布告天下：昔太祖武皇帝创立基业，本欲立陈思王子建为社稷主；不幸奸谗交集，岁久潜龙。皇孙曹睿，素无德行，妄自居尊，有负太祖之遗意。今吾应天顺人，克日兴师，以慰万民之望。告示到日，各宜归命新君；如不顺者，当灭九族。先此告闻，想宜知悉。

曹睿览毕，大惊失色，急问群臣。太尉华歆奏曰："司马懿上表乞守雍、凉，正为此也。先时太祖武皇帝尝谓臣曰：'司马懿鹰视狼顾，不可付以兵权，久必为国家大祸。'今日反情已萌，可速诛之。"王朗奏曰："司马懿深明韬略，善晓兵机，素有大志，若不早除，久必为祸。"睿乃降旨，欲兴兵御驾亲征。忽班部中闪出大将军曹真，奏曰："不可。文皇帝托孤于臣等数人，是知司马仲达无异志也。今事未知真假，遽尔加兵，乃逼之反耳。或者蜀、吴奸细行反间之计，使我君臣自乱，彼却乘虚而击，未可知也。陛下幸察之！"睿曰："司马懿若果谋反，将奈何？"真曰："如陛下心疑，可仿汉高伪游云梦之计^①，御驾幸安邑，司马懿必然来迎，观其动静，就车前擒之可也。"睿从之，遂命曹真监国，亲自领御林军十万，径到安邑。

司马懿不知其故，欲令天子知其威严，乃整兵马率甲士数万来迎。近臣奏曰："司马懿果率兵十余万前来抗拒，实有反心矣！"睿慌命曹休先领兵迎之。司马懿见兵马前来，只疑车驾亲至，伏道而迎。曹休出曰："仲达受先帝托孤之重，何故反耶？"懿大惊失色，汗流遍体，乃问其故。休备言前事。懿曰："此吴、蜀奸细反间之计，欲使我君臣自相残害，彼却乘虚而袭。某当自见天子辨之！"遂急退了军马，至睿车前，俯伏泣奏曰："臣受先帝托孤之重，安敢有异心？必是吴蜀之奸计。臣请提一旅之师，先破蜀，后伐吴，报先帝与陛下，以明臣心。"睿疑虑未决。华歆奏曰："不可付之兵权，可即罢归田里。"睿依言将司马懿削职回乡，命曹休总督雍、凉军马。曹睿驾回洛阳。

却说细作探知此事，报入川中。孔明闻之，大喜曰："吾欲伐魏久矣，奈有司马懿总雍、凉之兵。今既中计遭贬，吾有何忧？"次日，后主早朝，大会官僚。孔明出班，上《出师表》一道。表曰：

臣亮言：先帝创业未半，而中道崩殂。今天下三分，益州罢敝，此诚危急存亡之秋也。然侍卫之臣不懈于内、忠志之士忘身于外者，盖追先帝之殊遇，欲报之于陛下也。诚宜开张圣听，以光先帝遗德，恢弘志士之气，不宜妄自菲薄，引喻失义，以塞忠谏之路也。宫中府中，俱为一体，陟罚臧否，不宜异同。若有作奸犯科，及为忠善者，宜付有司，论其刑赏，以昭陛下

---

① 汉高伪游云梦之计：汉高祖刘邦怀疑韩信谋反，用陈平的计策，假装到云梦去巡游，骗韩信去迎接，因而抓住韩信。

平明之治，不宜偏私，使内外异法也。侍中侍郎郭攸之、费祎、董允等，此皆良实，志虑忠纯，是以先帝简拔以遗陛下。愚以为宫中之事，事无大小，悉以咨之，然后施行，必得裨补阙漏，有所广益。将军向宠，性行淑均，晓畅军事，试用于昔日，先帝称之曰"能"，是以众议举宠以为督。愚以为营中之事，事无大小，悉以咨之，必能使行阵和穆，优劣得所也。亲贤臣，远小人，此先汉所以兴隆也；亲小人，远贤臣，此后汉所以倾颓也。先帝在时，每与臣论此事，未尝不叹息痛恨于桓、灵也！侍中、尚书、长史、参军，此悉贞亮死节之臣也，愿陛下亲之信之，则汉室之隆，可计日而待也。

臣本布衣，躬耕南阳，苟全性命于乱世，不求闻达于诸侯。先帝不以臣卑鄙①，猥自枉屈，三顾臣于草庐之中，谘臣以当世之事，由是感激，遂许先帝以驱驰。后值倾覆，受任于败军之际，奉命于危难之间，尔来二十有一年矣。先帝知臣谨慎，故临崩寄臣以大事也。受命以来，夙夜忧虑，恐付托不效，以伤先帝之明。故五月渡泸，深入不毛。今南方已定，甲兵已足，当奖帅三军，北定中原，庶竭驽钝，攘除奸凶，兴复汉室，还于旧都：此臣所以报先帝而忠陛下之职分也。至于斟酌损益，进尽忠言，则攸之、祎、允之任也。愿陛下托臣以讨贼兴复之效，不效则治臣之罪，以告先帝之灵。若无兴复之言，则责攸之、祎、允等之咎，以彰其慢。陛下亦宜自谋，以谘诹善道②，察纳雅言，深追先帝遗诏。臣不胜受恩感激！今当远离，临表涕泣，不知所云。

后主览表曰："相父南征，远涉艰难，方始回都，坐未安席；今又欲北征，恐劳神思。"孔明曰："臣受先帝托孤之重，夙夜未尝有

---

① 卑鄙：地位卑微。
② 咨诹（zōu）善道：询问好的策略。

息。今南方已平，可无内顾之忧，不就此时讨贼，恢复中原，更待何日！"忽班部中太史谯周出奏曰："臣夜观天象，北方旺气正盛，星曜倍明，未可图也。"乃顾孔明曰："丞相深明天文，何故强为？"孔明曰："天道变易不常，岂可拘执？吾今且驻军于汉中，观其动静而后行。"谯周苦谏不从。于是孔明乃留郭攸之、董允、费祎等为侍中，总摄宫中之事；又留向宠为大将，总督御林军马，陈震为侍中，蒋琬为参军，张裔为长史，掌丞相府事；杜琼为谏议大夫，杜微、杨洪为尚书，孟光、来敏为祭酒，尹默、李譔为博士，郤正、费诗为秘书，谯周为太史，内外文武官僚一百余员，同理蜀中之事。

孔明受诏归府，唤诸将听令：前督部：镇北将军、领丞相司马、凉州刺史、都亭侯魏延；前军都督：领扶风太守张翼；牙门将：裨将军王平；后军领兵使：安汉将军、领建宁太守李恢，副将：定远将军、领汉中太守吕义；兼管运粮左军领兵使：平北将军、陈仓侯马岱，副将：飞卫将军廖化；右军领兵使：奋威将军、博阳亭侯马忠，镇抚将军、关内侯张嶷；行中军师：车骑大将军、都乡侯刘琰；中监军：扬武将军邓芝；中参军：安远将军马谡；前将军：都亭侯袁綝；左将军：高阳侯吴懿；右将军：玄都侯高翔；后将军：安乐侯吴班；领长史：绥军将军杨仪；前将军：征南将军刘巴；前护军：偏将军、汉成亭侯许允；左护军：笃信中郎将丁咸；右护军：偏将军刘敏；后护军：典军中郎将上官雝；行参军：昭武中郎将胡济；行参军：谏议将军阎晏；行参军：偏将军爨习；行参军：裨将军杜义；武略中郎将军杜祺，绥军都尉盛勃；从事：武略中郎将樊岐；典军书记：樊建；丞相令史：董厥；帐前左护卫使：龙骧将军关兴；右护卫使：虎翼将军张苞。以上一应官员，都随着平北大都督、丞相、武乡侯、领益州牧、知内外事诸葛亮。分拨已定，又檄李严等守川口，以拒东吴。选定建兴五年春三月丙寅日，出师伐魏。

忽帐下一老将厉声而进曰："我虽年迈，尚有廉颇之勇、马援之雄①。此二古人皆不服老，何故不用我耶？"众视之，乃赵云也。孔明曰："吾自平南回都，马孟起病故，予甚惜之，以为折一臂也。今将军年纪已高，倘稍有参差，动摇一世英名，减却蜀中锐气。"云厉声曰："吾自随先帝以来，临阵不退，遇敌则先。大丈夫得死于疆场者幸也，吾何恨焉？愿为前部先锋。"孔明再三苦劝不住。云曰："如不教我为先锋，就撞死于阶下。"孔明曰："将军既要为先锋，须得一人同去。"言未尽，一人应曰："某虽不才，愿助老将军，先引一军前去破敌。"孔明视之，乃邓芝也。孔明大喜，即拨精兵五千、副将十员，随赵云、邓芝去讫。孔明出师，后主引百官送于北门外十里。孔明辞了后主，旌旗蔽野，戈戟如林，率军望汉中迤逦进发。

却说边庭探知此事②，报入洛阳。是日，曹睿设朝。近臣奏曰："边官报称诸葛亮率领大兵三十余万，出屯汉中。令赵云、邓芝为前部先锋，引兵入境。"睿大惊，问群臣曰："谁可为将，以退蜀兵？"忽一人应声而出曰："臣父死于汉中，切齿之恨，未尝得报。今蜀兵犯境，臣愿引本部猛将，更乞陛下赐关西之兵，前往破蜀，上为国家效力，下报父仇！臣万死不恨！"众视之，乃夏侯渊之子夏侯楙也。楙字子休，其性最急，又最吝，自幼嗣与夏侯惇为子。后夏侯渊为黄忠所斩，曹操怜之，以女清河公主招楙为驸马，因此朝中钦敬。虽掌兵权，未尝临阵，当时自请出征。曹睿即命为大都督，调关西诸路军马，前去迎敌。司徒王朗谏曰："不可。夏侯驸马素不曾经战，今付以大任，非其所宜。更兼诸葛亮足智多谋，深通韬略，不可轻敌。"夏侯楙叱曰："司徒莫非结连诸葛，欲为内应耶？吾自幼从父学习韬略，深通兵法，汝何欺我年幼？吾若不生擒诸葛亮，誓不回见天子！"王朗等皆不敢言。夏侯楙辞了魏主，星夜到长安，

---

① 马援：西汉末年著名将领，东汉开国功臣，年迈时仍东征西讨，官至伏波将军，被尊称为"马伏波"。
② 边庭：防守边境的官署。

调关西诸路军马二十余万，来敌孔明。正是：

欲秉白旄麾将士，却教黄吻掌兵权①。

未知胜负如何，且看下文分解。

---

① 黄吻：黄嘴小儿，指夏侯楙。

第九十二回

赵子龙力斩五将　诸葛亮智取三城

　　却说孔明率兵前至沔阳，经过马超坟墓，乃令其弟马岱挂孝，孔明亲自祭之。祭毕，回到寨中，商议进兵。忽哨马报道："魏主曹睿遣驸马夏侯楙，调关中诸路军马，前来拒敌。"魏延上帐献策曰："夏侯楙乃膏粱子弟①，懦弱无谋。延愿得精兵五千，取路出褒中，循秦岭以东，当子午谷而投北，不过十日，可到长安。夏侯楙若闻某骤至，必然弃城望横门邸阁而走。某却从东方而来，丞相可大驱士马，自斜谷而进。如此行之，则咸阳以西，一举可定也。"孔明笑曰："此非万全之计也！汝欺中原无好人物。倘有人进言，于山僻中以兵截杀，非惟五千人受害，亦大伤锐气，决不可用！"魏延又曰："丞相兵从大路进发，彼必尽起关中之兵，于路迎敌，则旷日持久，何时而得中原？"孔明曰："吾从陇右取平坦大路依法进兵，何忧不胜！"遂不用魏延之计。魏延怏怏不悦。孔明差人令赵云进兵。

　　却说夏侯楙在长安，聚集诸路军马。时有西凉大将韩德，善使开山大斧，有万夫不当之勇，引西羌诸路兵八万到来，见了夏侯楙。楙重赏之，就遣为先锋。德有四子，皆精通武艺，弓马过人：长子韩瑛，次子韩瑶，三子韩琼，四子韩琪。韩德带四子并西羌兵八万，取路至凤鸣山，正遇蜀兵。两阵对圆，韩德出马，四子列于两边。德厉声大骂曰："反国之贼，安敢犯吾境界！"赵云大怒，挺枪纵马，

―――――――――――
① 膏粱子弟：指富贵人家的子弟。膏，肥肉；粱，精粮。

单搦韩德交战。长子韩瑛跃马来迎，战不三合，被赵云一枪刺死于马下。次子韩瑶见之，纵马挥刀来战。赵云施逞旧日虎威，抖擞精神迎战。瑶抵敌不住，三子韩琼急挺方天戟，骤马前来夹攻。云全然不惧，枪法不乱。四子韩琪见二兄战云不下，也纵马轮两口日月刀而来，围住赵云。云在中央独战三将。少时，韩琪中枪落马，韩阵中偏将急出救去。云拖枪便走。韩琼按戟，急取弓箭射之，连放三箭，皆被云用枪拨落。琼大怒，仍绰方天戟纵马赶来，却被云一箭射中面门，落马而死。韩瑶纵马举宝刀便砍赵云。云弃枪于地，闪过宝刀，生擒韩瑶归阵，复纵马取枪，杀过阵来。韩德见四子皆丧于赵云之手，肝胆皆裂，先走入阵去。西凉兵素知赵云之名，今见其英勇如昔，谁敢交锋？赵云马到处，阵阵倒退。赵云匹马单枪，往来冲突，如入无人之境。后人有诗赞曰：

> 忆昔常山赵子龙，年登七十建奇功。

> 独诛四将来冲阵，犹似当阳救主雄。

邓芝见赵云大胜，率蜀兵掩杀。西凉兵大败而走。韩德险被赵云擒住，弃甲步行而逃。云与邓芝收军回寨，芝贺曰："将军寿已七旬，英勇如昨，今日阵前力斩四将，世所罕有！"云曰："丞相以吾年迈，不肯见用，吾故聊以自表耳！"遂差人解韩瑶，申报捷书，以达孔明。

却说韩德引败军回见夏侯楙，哭告其事。楙自统兵来迎赵云。探马报入蜀寨，说夏侯楙引兵到。云上马绰枪，引千余军，就凤鸣山前摆成阵势。当日夏侯楙戴金盔，坐白马，手提大砍刀，立在门旗之下，见赵云跃马挺枪，往来驰骋。楙欲自战，韩德曰："杀吾四子之仇，如何不报！"纵马轮开山大斧，直取赵云。云奋怒，挺枪来迎，战不三合，枪起处，韩德刺死于马下。急拨马直取夏侯楙，楙慌忙闪入本阵。邓芝驱兵掩杀。魏兵又折一阵，退十余里下寨。

楙连夜与众将商议曰："吾久闻赵云之名，未尝见面。今日年老，英雄尚在，方信当阳长坂之事。似此无人可敌，如之奈何？"参军程武乃程昱之子也，进言曰："某料赵云有勇无谋，不足为虑。来日都督再引兵出，先伏两军于左右，都督临阵先退，诱赵云到伏兵处，都督却登山指挥，四面军马重叠围住，云可擒矣。"楙从其言，遂遣董禧引三万军伏于左，薛则引三万军伏于右，二人埋伏已定。

次日，夏侯楙复整金鼓旗幡，率兵而进。赵云、邓芝出迎。芝在马上谓赵云曰："昨夜魏兵大败而走，今日复来，必有诈也。老将军防之。"子龙曰："量此乳臭小儿，何足道哉！吾今日必当擒之。"便跃马而出。魏将潘遂出迎，战不三合，拨马便走。赵云赶去，魏阵中八员将一齐来迎，放过夏侯楙先走。八将陆续奔走，赵云乘势追杀。邓芝引兵继进。赵云深入重地，只听得四面喊声大震，邓芝急收军退回，左有董禧，右有薛则，两路兵杀到。邓芝兵少，不能解救。赵云被困在垓心，东冲西突，魏兵越厚。时云手下止有千余人，杀到山坡之下，只见夏侯楙在山上指挥三军，赵云投东则望东指，投西则望西指，因此赵云不能突围，乃引兵杀上山来。半山中擂木炮石打将下来，不能上山。赵云从辰时杀至酉时，不得脱走，只得下马少歇，且待月明再战；却才卸甲而坐，月光方出，忽四下火光冲天，鼓声大震，矢石如雨，魏兵杀到，皆叫曰："赵云蚤降！"云急上马迎敌。四面军马渐渐逼近，八方弩箭交射甚急，人马皆不能向前。云仰天叹曰："吾不服老，死于此地矣！"

忽东北角上喊声大起，魏兵纷纷乱窜，一彪军杀到，为首大将持丈八点钢矛，马项下挂一颗人头，云视之，乃张苞也。苞见了赵云，言曰："丞相恐老将军有失，特遣某引五千兵接应，闻老将军被困，故杀透重围，正遇魏将薛则拦路，被某杀之。"云大喜，即与张苞杀出西北角来，只见魏兵弃戈奔走，一彪军从外呐喊杀入，为首大将提偃月青龙刀，手挽人头，云视之，乃关兴也。兴曰："奉丞相之命，恐老将军有失，特引五千兵前来接应，却才阵上逢着魏将董禧，被吾一刀斩之，枭首在此。丞相随后便到也。"云曰："二将军已建奇功，何不趁今日擒住夏侯楙，以定大事？"张苞闻言，遂引兵去了。兴曰："我也干功去。"遂亦引兵去了。云回顾左右曰："他两个是吾子侄辈，尚且争先干功。吾乃国家上将，朝廷旧臣，反不如此小儿耶？吾当舍老命，以报先帝之恩！"于是引兵来捉夏侯楙。当夜三路兵夹攻，大破魏军一阵。邓芝引兵接应，杀得尸横遍野，血流成河。

夏侯楙乃无谋之人，更兼年幼，不曾经战，见军大乱，遂引帐下骁将百余人望南安郡而走。众军因见无主。尽皆逃窜。兴、苞二将闻夏侯楙望南安郡去了，连夜赶来。楙走入城中，令紧闭城门，驱兵守御。兴、苞二人赶到，将城围住。赵云随后也到，三面攻打。少时，邓芝亦引兵到。一连围了十日，攻打不下。

忽报丞相留后军驻沔阳，左军屯阳平，右军屯石城，自引中军来到。赵云、邓芝、关兴、张苞皆来拜问孔明，说连日攻城不下。孔明遂乘小车，亲到城边，周围看了一遍，回寨升帐而坐。众将环立听令。孔明曰："此郡壕深城峻，不易攻也。吾正事不在此城。汝等如只久攻，倘魏兵分道而出，以取汉中，吾军危矣！"邓芝曰："夏侯楙乃魏之驸马，若擒此人，胜斩百将。今困于此，岂可弃之而去？"孔明曰："吾自有计。此处西连天水郡北，北抵安定郡，二处太守不知何人。"探卒答曰："天水太守马遵，安定太守崔谅。"孔明大喜，乃唤魏延受计，如此如此；又唤关兴、张苞受计，如此如此；又唤心腹军二人受计，如此行之。各将领命，引兵而去。孔明却在南安城外，令军运柴草堆于城下，口称烧城。魏兵闻知，皆大笑不惧。

却说安定太守崔谅在城中闻蜀兵围了南安，困住夏侯楙，十分慌惧，即点军马，总共四千，守住城池。忽见一人自正南而来，口称有机密事。崔谅唤入，问之，答曰："某是夏侯楙都督帐下心腹将裴绪，奉都督将令，特来求救于天水、安定二郡。南安甚急，每日城上纵火为号，专望二郡救兵，并不见到，因复差某杀出重围，来此告急。可星夜起兵为外应。都督若见二郡兵到，却开城门接应也。"谅曰："有都督文书否？"绪贴肉取出，汗已湿透，略教一视，急令手下换了匹马，便出城望天水而去。不二日，又有报马到，说天水太守已起兵救援南安去了，教安定蚤蚤接应。崔谅与府官商议。多官曰："若不去救，失了南安，送了夏侯驸马，皆我两郡之罪也，只得救之。"谅即点起人马，离城而去，只留文官守城。崔谅提兵，向南安大路进发，遥望见火光冲天，催兵星夜前进。离南安尚有五十余里，忽闻前后喊声大震，哨马报道："前面关兴截住去路，背后张苞杀来。"安定之兵四下逃窜。谅大惊，乃领手下百余人，往小路死战得脱，奔回安定方到城壕边，城上乱箭射下来，蜀将魏延在城上叫曰："吾已取了城也。何不早降？"原来魏延扮作安定军，黄夜赚开城门，蜀兵尽入，因此得了安定。

崔谅慌投天水郡来。行不到一程，前面一彪军摆开，大旗之下，一人纶巾羽扇，道袍鹤氅，端坐于车上。谅视之，乃孔明也，急拨回马走。关兴、张苞两路兵追到，只叫蚤降。崔谅见四面皆是蜀兵，不得已遂降，同归大寨。孔明以上宾相待。孔明曰："南安太守与足下交厚否？"谅曰："此人乃杨阜之族弟杨陵也，与某邻郡，交契甚厚。"孔明曰："今欲烦足下入城，说杨陵擒夏侯楙，可乎？"谅曰："丞相若令某去，可暂退军马，容某入城说之。"孔明从其言，即时传令，教四面军马各退二十里下寨。

崔谅匹马到城边，叫开城门，入到府中，与杨陵礼毕，细言其事。陵曰："我等受魏主大恩，安忍背之？可将计就计而行。"遂引崔谅到夏侯楙处，备细说知。楙曰："当用何计？"杨陵曰："只推某献城门，赚蜀兵入，却就城中杀之。"崔谅依计而行，出城见孔明，说："杨陵献城门，放大军入城，以擒夏侯楙。杨陵本欲自捉，因手下勇士不多，未敢轻动。"孔明曰："此事至易。今有足下原降兵百余人，于内暗藏蜀将，扮作安定军马，带入城去，先伏于夏侯楙府下，却暗约杨陵，待半夜之时，献开城门，里应外合。"崔谅暗思："若不带蜀将去，恐孔明生疑，且带入去，就内先斩之，举火为号，赚孔明入来，杀之可也。"因此应允。孔明嘱曰："吾遣亲信将关兴、张苞随足下先去，只推救军，杀入城中，以安夏侯楙之心。但举火，吾当亲入城去擒之。"

时值黄昏，关兴、张苞受了孔明密计，披挂上马，各执兵器，杂在安定军中，随崔谅来到南安城下。杨陵在城上撑起悬空板，倚定护心栏，问曰："何处军马？"崔谅曰："安定救军来到。"谅先射一号箭上城，箭上带着密书曰："今诸葛亮先遣二将伏于城中，要里应外合，且不可惊动，恐泄漏计策，待入府中图之。"杨陵将书见了夏侯楙，细言其事。楙曰："既然诸葛亮中计，可教刀斧手百余人伏于府中；如二将随崔太守到府下马，闭门斩之。却于城上举火，赚诸葛亮入城，伏兵齐出，亮可擒矣！"安排已毕，杨陵回到城上言曰："既是安定军马，可放入城。"关兴跟崔谅先行，张苞在后。杨陵下城，在门边迎接。兴手起刀落，斩杨陵于马下。崔谅大惊，急拨马走到吊桥边。张苞大喝曰："贼子休走！汝等诡计，如何瞒得丞相耶？"手起一枪，刺崔谅于马下。关兴早到城上，放起火来，四面蜀兵齐入。夏侯楙措手不及，开南门并力杀出，一彪军拦住，为首大将，乃是王平。交马只一合，生擒夏侯楙于马上，余皆杀死。孔明入南安，招谕军民，秋毫无犯。众将各各献功。孔明将夏侯楙囚于车中。

邓芝问曰："丞相何故知崔谅诈也？"孔明曰："吾已知此人无降心，故意使入城，彼必尽情告与夏侯楙，欲将计就计而行。吾见来情，足知其诈，复使二将同去，以稳其心。此人若有真心，必然阻当。彼忻然同去者，恐吾疑也。他意中度二将同去，赚入城内，杀之未迟；又令吾军有托，放心而进。吾已暗嘱二将，就城门下图之，城内必无准备，吾军随后便到。此出其不意也。"众将拜服。孔明曰："赚崔谅者，吾使心腹人诈作魏将裴绪也。吾又去赚天水郡，至今未到，不知何故。今可乘势取之。"乃留吴懿守南安，刘琰守安定，替出魏延军马，去取天水郡。

却说天水郡太守马遵，听知夏侯楙困在南安城中，乃聚文武官商议。功曹梁绪、主簿尹赏、主记梁虔等曰："夏侯驸马乃金枝玉叶，倘有疏虞，难逃坐视之罪。太守何不尽起本部兵以救之？"马遵正疑虑间，忽报夏侯驸马差心腹将裴绪到。绪入府，取公文付马遵，说："都督求安定、天水两郡之兵，星夜救应。"言讫，匆匆而去。次日，又有报马到，称说："安定兵已先去了，教太守火急前来会合。"

马遵正欲起兵，忽一人自外而入曰："太守中诸葛亮之计矣！"众视之，乃天水冀人也，姓姜名维字伯约。父名冏，昔日曾为天水郡功曹，因羌人乱，没于王事。维自幼博览群书，兵法武艺，无所不通；奉母至孝，郡人敬之；后为中郎将，就参本部军事。当日姜维谓马遵曰："近闻诸葛亮杀败夏侯楙，困于南安，水泄不通，安得有人自重围之中而出？又且裴绪乃无名下将，从不曾见；况安定报马，又无公文。以此察之，此人乃蜀将诈称魏将，赚得太守出城，料城中无备，必然暗伏一军，于左近乘虚而取天水也。"马遵大悟曰："非伯约之言，则误中奸计矣！"维笑曰："太守放心，某有一计，可擒诸葛亮，解南安之危。"正是：

> 运筹又遇强中手，斗智还逢意外人。

未知其计如何，且看下文分解。

第九十三回

姜伯约归降孔明　武乡侯骂死王朗

　　却说姜维献计于马遵曰："诸葛亮必伏兵于郡后，赚我兵出城，乘虚袭我。某愿请精兵三千，伏于要路，太守随后发兵出城，不可远去，止行三十里便回。但看火起为号，前后夹攻，可获大胜。如诸葛亮自来，必为某所擒矣！"遵用其计，付精兵与姜维去讫，然后自与梁虔引兵出城等候，只留梁绪、尹赏守城。原来孔明果遣赵云引一军伏于山僻之中，只待天水人马离城，便乘虚袭之。当日细作回报赵云，说："天水太守马遵起兵出城，只留文官守城。"赵云大喜，又令人报与张翼、高翔，教于要路截杀马遵。此二处兵亦是孔明预先埋伏。

　　却说赵云引五千兵，径投天水郡城下，高叫曰："吾乃常山赵子龙也！汝知中计，早献城池，免遭诛戮！"城上梁绪大笑曰："汝中吾姜伯约之计，尚然不知耶？"云恰待攻城，忽然喊声大震，四面火光冲天，当先一员少年将军，挺枪跃马而言曰："汝见天水姜伯约乎？"云挺枪直取姜维。战不数合，维精神倍长。云大惊，暗忖曰："谁想此处有这般人物！"正战时，两路军夹攻来，乃是马遵、梁虔引军杀回。赵云首尾不能相顾，冲开条路，引败兵奔走。姜维赶来，亏得张翼、高翔两路军杀出，接应回去。赵云归见孔明，说中了敌人之计。孔明惊问曰："此是何人，识吾玄机？"有南安人告曰："此人姓姜名维字伯约，天水冀人也。事母至孝，文武双全，智勇足备，真当世之英杰也！"赵云又夸奖姜维枪法，与他人大不同。孔明曰：

"吾今欲取天水，不想有此人。"遂起大军前来。

却说姜维回见马遵曰："赵云败去，孔明必然自来。彼料我军必在城中，今郡可将本军马分为四枝，某引一军伏于城东，如彼兵到，则截之；太守与梁虔、尹赏各引一军城外埋伏；梁绪率百姓在城上守御。"分拨已定。

却说孔明因虑姜维，自为前部，望天水郡进发。将到城边，孔明传令曰："凡攻城池，以初到之日，激励三军，鼓噪直上。若迟延日久，锐气尽隳，急难破矣。"于是大军径到城下，因见城上旗帜整齐，未敢轻攻。候至半夜，忽然四下火光冲天，喊声震地，正不知何处兵来。只见城上亦鼓噪呐喊相应。蜀兵乱窜，孔明急上马，有关兴、张苞二将保护，杀出重围。回头看时，正东上马军一带火光，势若长蛇。孔明令关兴探视，回报曰："此姜维兵也。"孔明叹曰："兵不在多，在人之调遣耳。此人真将才也！"收兵归寨，思之良久，乃唤安定人问曰："姜维之母现在何处？"答曰："维母今居冀县。"孔明唤魏延分付曰："汝可引一军，虚张声势，诈取冀县。若姜维到，可放入城。"又问："此地何处紧要？"安定人曰："天水钱粮，皆在上邽。若打破上邽，则粮道自绝矣。"孔明大喜，教赵云引一军去攻上邽。孔明离城三十里下寨。早有人报入天水郡，说："蜀兵分为三路，一军守此郡，一军取上邽，一军取冀城。"姜维闻之，哀告马遵曰："维母现在冀城，恐母有失，维乞一军往救此城，兼保老母。"马遵从之，遂令姜维引三千军去保冀城，梁虔引三千军去保上邽。

却说姜维引兵至冀城。前面一彪军摆开，为首蜀将乃是魏延。二将交锋数合，延诈败奔走。维入城闭门，率兵守护，拜见老母，并不出战。赵云亦放过梁虔，入上邽城去了。孔明乃令人去南安郡，取夏侯楙至帐下。孔明曰："汝惧死乎？"楙慌拜伏乞命。孔明曰："目今天水姜维现守冀城，使人持书来说：'但得驸马在，我愿来降。'吾今饶汝性命，汝肯招安姜维否？"楙曰："情愿招安。"孔明乃与衣服鞍马，不令人跟随，放之自去。楙得脱出寨，欲寻路而走，奈不知路径。正行之间，忽逢人奔走。楙问之，答曰："我等是冀县百姓，今被姜维献了城池，归降诸葛亮。蜀将魏延纵火劫财，我等因此弃家奔走，投上邽去也。"楙又问曰："今守天水城是谁？"土人曰："天水城中乃马太守也。"楙闻之，纵马望天水而行。又见百姓携男抱女远来，所说皆同。

楙至天水城下叫门，城上人认得是夏侯楙，慌忙开门迎接。马遵惊拜问之，楙细言姜维之事，又将百姓所言说了。遵叹曰："不想姜维反投蜀矣！"梁绪曰："彼意欲救都督，故以此言虚降。"楙曰："今维已降，何为虚也？"正踌躇间，时已初更，蜀兵又来攻城，火光中见姜维在城下挺枪勒马大叫曰："请夏侯都督答话。"夏侯楙与马遵等皆到城上，见姜维耀武扬威，大叫曰："我为都督而降，都督何背前言？"楙曰："汝受魏恩，何故降蜀？有何前言耶？"维应曰："汝写书教我降蜀，何出此言？汝要脱身，却将我陷了。我今降蜀，加为上将，安有还魏之理！"言讫，驱兵打城，至晓便退。原来夜间妆姜维者，乃孔明之计，令部卒形貌相似者，假扮姜维攻城，因火光之中，不辨真伪。

孔明却引兵来攻冀城，城中粮少，军食不敷。姜维在城上，见蜀军大车小辆，搬运粮草入魏延寨中去了。维引三千兵出城，径来劫粮，蜀兵尽弃了粮草，寻路而走。姜维夺得粮车，欲要入城，忽然一彪军拦住，为首蜀将张翼也。二将交锋，战不数合，王平引一军又到，两下夹攻。维力穷，抵敌不住，夺路归城。城上早插蜀兵旗号，原来已被魏延袭了。维杀条路，奔天水城。手下尚有十余骑，又遇张苞杀了一阵，维止剩得匹马单枪，来到天水城下叫门。城上军见是姜维，慌报马遵。遵曰："此是姜维来赚我城门也。"令城上乱箭射下。姜维回顾蜀兵至近，遂飞奔上邽城来。城上梁虔见了姜维，大骂曰："反国之贼，安敢来赚我城池！吾已知汝降蜀矣。"遂乱箭射下。姜维不能分说，仰天大叹，两眼泪流，拨马望长安而走。

行不数里，前至一派大树茂林之处，一声喊起，数千兵拥出，为首蜀将关兴，截住去路。维人困马乏，不能抵当，勒回马便走。忽然一辆小车从山坡中转出，其人头戴纶巾，身披鹤氅，手摇羽扇，乃孔明也。孔明唤姜维曰："伯约此时，何尚不降？"维寻思良久，前有孔明，后有关兴，又无去路，只得下马投降。孔明慌忙下车而迎，执维手曰："吾自出茅庐以来，遍求贤者，欲传授平生之学，恨未得其人。今遇伯约，吾愿足矣！"维大喜，拜谢。

孔明遂同姜维回寨，升帐商议取天水、上邽之计。维曰："天水城中尹赏、梁绪，与某至厚，当写密书二封射入城中，使其内乱，城可得矣。"孔明从之。姜维写了二封密书，拴在箭上，纵马直至城下，射入城中。小校拾得，呈与马遵。遵大疑，与夏侯楙商议曰："梁绪、尹赏与姜维结连，欲为内应，都督宜早决之。"楙曰："可杀二人。"尹赏知此消息，乃谓梁绪曰："不如纳城降蜀，以图进用。"是夜，夏侯楙数次使人请梁、尹二人说话。二人料知事急，遂披挂上马，各执兵器，引本部军，大开城门，放蜀兵入。夏侯楙、马遵惊慌，引数百人出西门，弃城投羌城而去。梁绪、尹赏迎接孔明入城。安民已毕，孔明问取上邽之计。梁绪曰："此城乃某亲弟梁虔守之，愿招来降。"孔明大喜。绪当日到上邽，唤梁虔出城来降孔明。孔明重加赏劳，就令梁绪为天水太守，尹赏为冀城令，梁虔为上邽令。孔明分拨已毕，整兵进发。诸将问曰："丞相何不去擒夏侯楙？"孔明曰："吾放夏侯楙，如放一鸭耳！今得伯约，得一凤也！"

孔明自得三城之后，威声大震，远近州郡望风归降。孔明整顿军马，尽提汉中之兵，前出祁山，兵临渭水之西。细作报入洛阳。

时魏主曹睿太和元年，升殿设朝。近臣奏曰："夏侯驸马已失三郡，逃窜羌中去了。今蜀兵已到祁山，前军临渭水之西，乞蚤发兵破敌。"睿大惊，乃问群臣曰："谁可为朕退蜀兵耶？"司徒王朗出班奏曰："臣观先帝每用大将军曹真，所到必克。今陛下何不拜为大都督，以退蜀兵？"睿准奏，乃宣曹真曰："先帝托孤与卿，今蜀兵入寇中原，卿安忍坐视乎？"真奏曰："臣才疏智浅，不称其职。"王朗曰："将军乃社稷之臣，不可固辞。老臣虽驽钝①，愿随将军一往。"真又奏曰："臣受大恩，安敢推辞？但乞一人为副将。"睿曰："卿自举之。"真乃保太原阳曲人，姓郭名淮字伯济，官封射亭侯，领雍州刺史。睿从之，遂拜曹真为大都督，赐节钺，命郭淮为副都督，王朗为军师。朗时年已七十六岁矣。选拨东西二京军马二十万与曹真。真命宗弟曹遵为先锋，又命荡寇将军朱赞为副先锋，当年十一月出师。魏主曹睿亲自送出西门之外方回。

曹真令大军来到长安，过渭水之西下寨。真与王朗、郭淮共议退兵之策，朗曰："来日可严整队伍，大展旌旗，老夫自出，只用一席话，管教诸葛亮拱手而降，蜀兵不战自退！"真大喜。是夜传令，来日四更造饭，平明务要队伍整齐，人马威仪，旌旗鼓角，各按次序。当时使人先下战书。

次日，两军相迎，列成阵势于祁山之前。蜀军见魏兵甚是雄壮，与夏侯楙大不相同。三通鼓角已罢，司徒王朗乘马而出，上首乃都督曹真，下首乃副都督郭淮，两个先锋压住阵角。探子马出军前，大叫曰："请对阵主将答话。"只见蜀兵门旗开处，关兴、张苞分左右而出，立马于两边，次后一队队骁将分列，门旗影下，中央一辆四轮车，孔明端坐车中，纶巾羽扇，素衣皂绦，飘然而出。

孔明举目见魏阵前，三个麾盖，旗上大书姓名，中央白髯老者，乃军师、司徒王朗。孔明暗忖曰："王朗必下说词，吾当随机应之。"遂教推车于阵外，令护军小校传曰："汉丞相与司徒会话。"王朗纵马而出。孔明于车上拱手，朗在马上欠身答礼。朗曰："久闻公之大

---

① 驽钝：自谦才德低劣。驽，劣马。钝，钝刀。

名，今幸一会。公既知天命，识时务，何故兴无名之兵？"孔明曰："吾奉诏讨贼，何谓无名？"朗曰："天数有变，神器更易，而归有德之人，此自然之理也。曩自桓、灵以来，黄巾倡乱，天下争横。降至初平、建安之岁，董卓造逆，催、汜继虐，袁术僭号于寿春，袁绍称雄于邺土，刘表占据荆州，吕布虎吞徐郡。盗贼蜂起，奸雄鹰扬，社稷有垒卵之危，生灵有倒悬之急。我太祖武皇帝扫清六合，席卷八荒，万姓倾心，四方仰德，非以权势取之，实天命所归也。世祖文帝，神文圣武，以膺大统，应天合人，法尧禅舜，处中国以治万邦，岂非天心人意乎！今公蕴大才，抱大器，自欲比于管、乐，何乃强欲逆天理、背人情而行事耶？岂不闻古人云：'顺天者昌，逆天者亡。'今我大魏带甲百万，良将千员，量腐草之萤光，怎及天心之皓月。公可倒戈卸甲，以礼来降，不失封侯之位。国安民乐，岂不美哉！"

孔明在车上大笑曰："吾以为汉朝大老元臣必有高论，岂期出此鄙言！吾有一言，诸军静听。昔日桓、灵之世，汉统凌替，宦官酿祸，国乱岁凶，四方扰攘。黄巾之后，董卓、催、汜等接踵而起，迁劫汉帝，残暴生灵。因庙堂之上，朽木为官；殿陛之间，禽兽食禄。狼心狗行之辈，滚滚当朝；奴颜婢膝之徒，纷纷秉政。以致社稷丘墟①，苍生涂炭。吾素知汝所行，世居东海之滨，初举孝廉入仕，理合匡君辅国，安汉兴刘，何期反助逆贼，同谋篡位？罪恶深重，天地不容，天下之人愿食汝肉！今幸天意不绝炎汉，昭烈皇帝继统西川。吾今奉嗣君之旨，兴师讨贼。汝既为谄谀之臣，只可潜身缩首，苟图衣食，安敢在行伍之前，妄称天数耶？皓首匹夫，苍髯老贼！汝即日将归于九泉之下，何面目见二十四帝乎？老贼速退，可教反臣与吾共决胜负！"王朗听罢，气满胸膛，大叫一声，撞死于

---

① 丘墟：破败荒凉。

马下。后人有诗赞孔明曰：

兵马出西秦，雄才敌万人。

轻摇三寸舌，骂死老奸臣。

孔明以扇指曹真曰："吾不逼汝。汝可整顿军马，来日决战。"言讫回车。于是两军皆退。曹真将王朗尸首用棺木盛贮，送回长安去了。副都督郭淮曰："诸葛亮料吾军中治丧，今夜必来劫寨。可分兵四路，两路兵从山僻小路乘虚去劫蜀寨，两路兵伏于本寨外，左右击之。"曹真大喜曰："此计与吾相合！"遂传令，唤曹遵、朱赞两个先锋分付曰："汝二人各引一万军，抄出祁山之后，但见蜀兵望吾寨而来，汝可进兵去劫蜀寨；如蜀兵不动，便撤兵回，不可轻进。"二人受计，引兵而去。真谓淮曰："我两个各引一枝军，伏于寨外。寨中虚堆柴草，只留数人。如蜀兵到，放火为号。"诸将皆分左右，各自准备去了。

却说孔明归帐，先唤赵云、魏延听令。孔明曰："汝二人各引本部兵，去劫寨也。"魏延进曰："曹真深明兵法，必料我乘丧劫寨，他岂不提防？"孔明笑曰："吾正欲曹真知吾去劫寨也。彼必伏兵在祁山之后，待我兵过去，却来袭我寨。吾故令汝二人引兵前去，过山脚后路，远下营寨，任魏兵来劫吾寨。汝看火起为号，分兵两路，文长拒住山口，子龙引兵杀回，必遇魏兵，却放彼走回，汝乘势攻之，彼必自相掩杀，可获全胜。"二将引兵受计而去。又唤关兴、张苞分付曰："汝二人各引一军，伏于祁山要路，放过魏兵，却从魏兵来路杀奔魏寨而去。"二人引兵受计去了。又令马岱、王平、张翼、张嶷四将，伏于寨外，四面迎击魏兵。孔明乃虚立寨栅，居中堆起柴草，以备火号，自引诸将退于寨后，以观动静。

却说魏先锋曹遵、朱赞黄昏离寨，迤逦前进。二更左侧，遥望山前隐隐有军行动。曹遵自思曰："郭都督真神机妙算！"遂催兵急进。到蜀寨时，将及三更，曹遵先杀入寨，却是空寨，并无一人，料知中计，急撤军回。寨中火起，朱赞兵到，自相掩杀，人马大乱。曹遵与朱赞交马，方知自相践踏。急合兵时，忽四面喊声大震，王平、马岱、张翼、张嶷杀到。曹、朱二人引心腹军百余骑，望大路奔走。忽然鼓角齐鸣，一彪军截住去路，为首大将，乃常山赵子龙也。大叫曰："贼将那里去？早早受死！"曹、朱二人夺路而走。忽喊声又起，魏延又引一彪军杀到。曹、朱二人大败，夺路奔回本寨。守寨军士只道蜀兵来劫寨，慌忙放起火号，左边曹真杀至，右边郭淮杀至，自相掩杀。背后三路蜀兵杀到，中央魏延，左边关兴，右边张苞，大杀一阵。魏兵败走十余里，魏将死者极多。孔明全获大胜，方始收兵。曹真、郭淮收拾败军，回寨商议曰："今魏兵势孤，蜀兵势大，将何策以退之？"淮曰："胜负乃兵家常事，不足为忧。某有一计，使蜀兵首尾不能相顾，定然自走矣！"正是：

> 可怜魏将难成事，欲向西方索救兵。

未知其计如何，且看下文分解。

第九十四回

诸葛亮乘雪破羌兵　司马懿克日擒孟达

却说郭淮谓曹真曰："西羌之人，自太祖时年年入贡，文皇帝亦有恩惠加之。我等今可据住险阻，遣人从小路直入羌中求救，许以和亲，羌人必起兵袭蜀兵之后。吾却以大兵击之，首尾夹攻，岂不大胜！"真从之，即遣人星夜驰书赴羌。

却说西羌国王彻里吉，自曹操时年年入贡，手下有一文一武，文乃雅丹丞相，武乃越吉元帅。时魏使赍金珠并书到国，先来见雅丹丞相，送了礼物，具言求救之意。雅丹引见国王，呈上书礼。彻里吉览了书，与众商议。雅丹曰："我与魏国素相往来，今曹都督求救，且许和亲，理合依允。"彻里吉从其言，即命雅丹与越吉元帅，起羌兵二十五万，皆惯使弓弩枪刀、蒺藜飞锤等器，又有战车用铁叶裹钉，装载粮食军器什物，或用骆驼驾车，或用骡马驾车，号为铁车兵。二人辞了国王，领兵直扣西平关。守关蜀将韩祯急差人赍文报知孔明。

孔明闻报，问众将曰："谁敢去退羌兵？"张苞、关兴应曰："某等愿往。"孔明曰："汝二人要去，奈路途不熟。"遂唤马岱曰："汝素知羌人之性，久居彼处，可作乡导。"便起精兵五万，与兴、苞二人同往。兴、苞等引兵而去。行有数日，早遇羌兵。关兴先引百余骑登山坡看时，只见羌兵把铁车首尾相连，随处结寨，车上遍排兵器，就似城池一般。兴睹之良久，无破敌之策，回寨与张苞、马岱商议。岱曰："且待来日见阵，观其虚实，另作计议。"

次早，分兵三路，关兴在中，张苞在左，马岱在右，三路兵齐进羌兵阵里。越吉元帅手挽铁锤，腰悬宝雕弓，跃马奋勇而出。关兴招三路兵径进，忽见羌兵分在两边，中央放出铁车，如涌潮一般，弓弩一齐骤发。蜀兵大败。马岱、张苞两军先退，关兴一军被羌兵一裹，直围入西北角上去了。

兴在垓心，左冲右突，不能得脱。铁车密围，就如城池，蜀兵你我不能相顾。兴望山谷中寻路而走。看看天晚，但见一簇皂旗，蜂拥而来，一员羌将手提铁锤，大叫曰："小将休走！吾乃越吉元帅也！"关兴急走到前面，尽力纵马加鞭，正遇断涧，只得回马来战越吉。兴终是胆寒，抵敌不住，望涧中而逃，被越吉赶到，一铁锤打来。兴急闪过，正中马胯。那马望涧中便倒，兴落于水中。忽听得一声响处，背后越吉连人带马，平白地倒下水来。兴就水中挣起看时，只见岸上一员大将杀退羌兵。兴提刀待砍越吉，吉跃水而走。关兴得了越吉马，牵到岸上，整顿鞍辔，绰刀上马。只见那员将尚在前面追杀羌兵。兴自思："此人救我性命，当与相见。"遂拍马赶来，看看至近，只见云雾之中隐隐有一大将，面如重枣，眉若卧蚕，绿袍金铠，提青龙刀，骑赤兔马，手绰美髯，分明认得是父亲关公。兴大惊，忽见关公以手望东南指曰："吾儿可速望此路去，吾当护汝归寨。"言讫不见。关兴望东南急走，至半夜，忽见一彪军到，乃张苞也，问兴曰："你曾见二伯父否？"兴曰："你何由知之？"苞曰："我被铁车军追急，忽见伯父自空而下，惊退羌兵，指曰：'汝从这条路去救吾儿。'因此引军径来寻你。"关兴亦说前事，共相嗟异。二人同归寨内。马岱接着，对二人说："此军无计可退。我守住寨栅，你二人去禀丞相，用计破之。"于是兴、苞二人星夜来见孔明，备说此事。

孔明随命赵云、魏延各引一军埋伏去讫，然后点三万军，带了姜维、张翼、关兴、张苞，亲自来到马岱寨中歇定。次日上高阜处观看，见铁车连络不绝，人马纵横，往来驰骤。孔明曰："此不难破也。"唤马岱、张翼分付如此如此。二人去了。乃唤姜维曰："伯约知破车之法否？"维曰："羌人惟恃一勇力，岂知妙计乎？"孔明笑曰："汝知吾心也。今彤云密布，朔风紧急，天将降雪，吾计可施矣！"便令关兴、张苞二人引兵埋伏去讫，令姜维领兵出战，但有铁车兵来，退后便走。寨口虚立旌旗，不设军马，准备已定。

是时十二月终，果然天降大雪。姜维引军出。越吉引铁车兵来，姜维即退走。羌兵赶到寨前，姜维从寨后而去。羌兵直到寨外观看，听得寨内鼓琴之声，四壁皆空竖旌旗，急回报越吉。越吉心疑，未敢轻进。雅丹丞相曰："此诸葛亮诡计，虚设疑兵耳！可以攻之。"越吉引兵至寨前，但见孔明携琴上车，引数骑入寨，望后而走。羌兵抢入寨栅，直赶过山口，见小车隐隐转入林中去了。雅丹谓越吉曰："这等兵，虽有埋伏，不足为惧。"遂引大兵追赶。又见姜维兵俱在雪地之中奔走。越吉大怒，催兵急追。山路被雪漫盖，一望平坦。正赶之间，忽报蜀兵自山后而出。雅丹曰："纵有些小伏兵，何足惧哉！"只顾催趱兵马，往前进发。忽然一声响，如山崩地陷，羌兵俱落于坑堑之中。背后铁车正行得紧溜，急难收止，并拥而来，自相践踏。后兵急要回时，左边关兴，右边张苞，两军冲出，万弩齐发。背后姜维、马岱、张翼三路兵又杀到，铁车兵大乱。越吉元帅望后面山谷中而逃，正逢关兴，交马只一合，被兴举刀大喝一声，砍死于马下。雅丹丞相早被马岱活捉，解投大寨来。羌兵四散逃窜。

孔明升帐，马岱押过雅丹来。孔明叱武士去其缚，赐酒压惊，用好言抚慰。雅丹深感其德。孔明曰："吾主乃大汉皇帝，今命吾讨贼，尔如何反助逆？吾今放汝回去，说与汝主，吾国与尔乃邻邦，永结盟好，勿听反贼之言。"遂将所获羌兵及车马器械尽给还雅丹，俱放回国。众皆拜谢而去。孔明引三军连夜投祁山大寨而来，命关兴、张苞引军先行，一面差人赍表，奏报捷音。

却说曹真连日望羌人消息，忽有伏路军来报，说蜀兵拔寨，收拾起程。郭淮大喜曰："此因羌兵攻击，故尔退去。"遂分两路追赶。前面蜀兵乱走，魏兵随后追袭。先锋曹遵正赶之间，忽然鼓声大震，一彪军闪出，为首大将乃魏延也，大叫："反贼休走！"曹遵大惊，拍马交锋，不三合，被魏延一刀，斩于马下。副先锋朱赞引兵追赶，忽然一彪军闪出，为首大将乃赵云也。朱赞措手不及，被云一枪刺死。曹真、郭淮见两路先锋有失，欲收兵回，背后喊声大震，鼓角齐鸣，关兴、张苞两路兵杀出，围了曹真、郭淮，痛杀一阵。曹、郭二人引败军冲路走脱。蜀兵全胜，直追到渭水，夺了魏寨。曹真折了两个先锋，哀伤不已，只得写本申朝，乞拨援兵。

　　却说魏主曹睿设朝。近臣奏曰："大都督曹真数败于蜀，折了两个先锋，羌兵又折了无数，其势甚急。今上表求救，请陛下裁处。"睿大惊，急问退军之策。华歆奏曰："须是陛下御驾亲征，大会诸侯，人皆用命，方可退也。不然，长安有失，关中危矣！"太傅钟繇奏曰："凡为将者，知过于人，则能制人。孙子云：'知彼知己，百战百胜。'臣量曹真虽久用兵，非诸葛亮对手。臣以全家良贱保举一人，可退蜀兵，未知圣意准否？"睿曰："卿乃大老元臣，有何贤士，可退蜀兵？早召来与朕分忧。"钟繇奏曰："向者诸葛亮欲兴师犯境，但惧此人，故散流言，使陛下疑而去之，方敢长驱大进。今若复用之，则亮自退矣。"睿问："何人？"繇曰："骠骑大将军司马懿也。"睿叹曰："此事朕亦悔之。今仲达现在何地？"繇曰："近闻仲达在宛城闲住。"睿即降诏，遣使持节，复司马懿官职，加为平西都督，就起南阳诸路军马，前赴长安。睿御驾亲征，令司马懿克日到彼聚会。使命星夜望宛城去了。

　　却说孔明自出师以来，累获全胜，心中甚喜，正在祁山寨中，会众议事。忽报："镇守永安宫李严令子李丰来见。"孔明只道东吴犯境，心甚惊疑，唤入帐中问之。丰曰："特来报喜。"孔明曰："有何喜?"丰曰:"昔日孟达降魏,乃不得已也。彼时曹丕爱其才,时以骏马金珠赐之,曾同辇出入,封为散骑常侍,领新城太守,镇守上庸、金城等处,委以西南之任。自丕死后,曹睿即位,朝中多人嫉妒。孟达日夜不安,常谓诸将曰:'我本蜀将,势逼于此。'今累差心腹人持书来见家父,教早晚代禀丞相,前者五路下川之时,曾有此意;今在新城,听知丞相伐魏,欲起金城、新城、上庸三处军马,就彼举事,径取洛阳。丞相取长安,两京大定矣。今某引来人,并累次书信呈上。"孔明大喜,厚赏李丰等。

忽细作入报,说:"魏主曹睿一面驾幸长安,一面诏司马懿复职,加为平西都督,起本处之兵,于长安聚会。"孔明大惊。参军马谡曰:"量曹睿何足道!若来长安,可就而擒之。丞相何故惊讶?"孔明曰:"吾岂惧曹睿耶?所患者,惟司马懿一人而已。今孟达欲举大事,若遇司马懿,事必败矣。达非司马懿对手,必被所擒。孟达若死,中原不易得也!"马谡曰:"何不急修书,令孟达提防?"孔明从之,即修书,令来人星夜回报孟达。

却说孟达在新城专望心腹人回报。一日,心腹人到来,将孔明回书呈上。孟达拆封视之,书略曰:

　　近得书,足知公忠义之心,不忘故旧,吾甚喜慰。若成大事,则公汉朝中兴第一功臣也。然极宜谨密,不可轻易托人。慎之!戒之!近闻曹睿复诏司马懿,起宛、洛之兵,若闻公举事,必先至矣。须万全提备,勿视为等闲也!

孟达览毕,笑曰:"人言孔明心多,今观此事可知矣。"乃具回书,令心腹人来答孔明。孔明唤入帐中,其人呈上回书。孔明拆封视之,书曰:

　　适承钧教,安敢少息。窃谓司马懿之事,不必惧也。宛城离洛城约八百里,至新城一千二百里,若司马懿闻达举事,须表奏魏主,往复一月间事,达城池已固,诸将与三军皆在深险之地，司马懿即来，达何惧哉？丞相宽怀，惟听捷报。

孔明看毕，掷书于地而顿足曰：“孟达必死于司马懿之手矣！”马谡问曰：“丞相何谓也？”孔明曰：“兵法云：‘攻其不备，出其不意。’岂容料在一月之期？曹睿既委任司马懿，逢寇即除，何待奏闻！若知孟达反，不须十日，兵必到矣，安能措手耶[①]？”众将皆服。孔明急令来人回报曰：“若未举事，切莫教同事者知之，知则必败。”其人拜辞，归新城去了。

却说司马懿在宛城闲住，闻知魏兵累败于蜀，乃仰天长叹。懿长子司马师字子元，次子司马昭字子尚，二人素有大志，通晓兵书。当日侍立于侧，见懿长叹，乃问曰：“父亲为何长叹？”懿曰：“汝辈岂知大事耶！”司马师曰：“莫非叹魏主不用乎？”司马昭笑曰：“早晚必来宣召父亲也。”言未已，忽报天使持节至。懿听诏毕，遂调宛城诸路军马。忽又报金城太守申仪家人有机密事求见。懿唤入密室问之。其人细说孟达欲反之事，更有孟达心腹人李辅，并达外甥邓贤，随状出首。司马懿听毕，以手加额曰：“此乃皇上齐天之洪福也！诸葛亮兵在祁山，杀得内外人皆胆落，今天子不得已而幸长安。若旦夕不用吾时，孟达一举，两京休矣！此贼必通谋诸葛亮。吾先破之，诸葛亮定然心寒，自退兵也。”长子司马师曰：“父亲可急写表申奏天子。”懿曰：“若等圣旨，往复一月之间，事无及矣。”即传令教人马起程，一日要行二日之路，如迟立斩；一面令参军梁畿赍檄星夜去新城，教孟达等准备征进，使其不疑。梁畿先行，懿随后发兵。

行了二日，山坡下转出一军，乃是右将军徐晃。晃下马见懿，说天子驾到长安，亲拒蜀兵，问都督何往。懿低言曰：“今孟达造反，吾去擒之耳。”晃曰：“某愿为先锋。”懿大喜，合兵一处。徐晃

[①] 措手：应付。

为前部，懿在中军，二子押后。又行了二日，前军哨马捉住孟达心腹人，搜出孔明回书，来见司马懿。懿曰："吾不杀汝，汝从头细说。"其人只得将孔明、孟达往复之事，一一告说。懿看了孔明回书，大惊曰："世间能者，所见皆同。吾机先被孔明识破，幸得天子有福，获此消息！孟达今无能为矣！"遂星夜催军前行。

却说孟达在新城，约下金城太守申仪，上庸太守申耽，克日举事。耽、仪二人佯许之，每日调练军马，只待魏兵到，便为内应；却报孟达，军器粮草俱未完备，不敢约期起事。达信之不疑。忽报参军梁畿来到，孟达迎入城中。畿传司马懿将令曰："司马都督今奉天子诏，起诸路军以退蜀兵。太守可集本部军马，听候调遣。"达问曰："都督何日起程？"畿曰："此时约离宛城，望长安去了。"达暗喜曰："吾大事成矣！"遂设宴待了梁畿，送出城外，即报申耽、申仪知道，明日举事，换上大汉旗号，发诸路军马，径取洛阳。忽报："城外尘土冲天，不知何处兵来。"孟达登城视之，只见一彪军，打着"右将军徐晃"旗号，飞奔城下。达大惊，急扯起吊桥。徐晃坐下马收拾不住，直来到壕边，高叫曰："反贼孟达，早早受降！"达大怒，急开弓射之，正中徐晃头额，魏将救去。城上乱箭射下，魏兵方退。孟达恰待开门追赶，四面旌旗蔽日，司马懿兵到。达仰天长叹曰："果不出孔明所料也！"于是闭门坚守。

却说徐晃被孟达射中头额，众军救到寨中，取了箭头，令医调治，当晚身死，时年五十九岁。司马懿令人扶柩还洛阳安葬。次日，孟达登城遍视，只见魏兵四面围得铁桶相似。达行坐不安，惊疑未定。忽见两路兵自外杀来，旗上大书"申耽""申仪"。孟达只道是救军到，忙引本部兵，大开城门杀出。耽、仪大叫曰："反贼休走，早早受死！"达见事变，拨马望城中便走。城上乱箭射下，李辅、邓贤二人在城上大骂曰："吾等已献了城也！"达夺路而走。申耽赶来。达人困马乏，措手不及，被申耽一枪刺于马下，枭其首级。余军皆降。李辅、邓贤大开城门，迎接司马懿入城。抚民劳军已毕，遂遣人奏知魏主曹睿。睿大喜，教将孟达首级去洛阳城市示众；加申耽、申仪官职，就随司马懿征进；命李辅、邓贤守新城、上庸。

却说司马懿引兵到长安城外下寨。懿入城来见魏主。睿大喜曰："朕一时不明，误中反间之计，悔之无及。今达造反，非卿等制之，两京休矣！"懿奏曰："臣闻申仪密告反情，意欲表奏陛下，恐往复迟滞，故不待圣旨，星夜而去。若待奏闻，则中诸葛亮之计也。"言罢，将孔明回孟达密书奉上。睿看毕，大喜曰："卿之学识，过于孙、吴矣！赐金钺斧一对。后遇机密重事，不必奏闻，便宜行事。"就令司马懿出关破蜀。懿奏曰："臣举一大将，可为先锋。"睿曰："卿举何人？"懿曰："右将军张郃，可当此任。"睿笑曰："朕正欲用之。"遂命张郃为前部先锋，随司马懿离长安来破蜀兵。正是：

　　　　既有谋臣能用智，又求猛将助施威。

未知胜负如何，且看下文分解。

第九十五回

马谡拒谏失街亭　武侯弹琴退仲达

却说魏主曹睿令张郃为先锋，与司马懿一同征进；一面令辛毗、孙礼二人，领兵五万，往助曹真。二人奉诏而去。

且说司马懿引二十万军出关下寨，请先锋张郃至帐下曰："诸葛亮平生谨慎，未敢造次行事。若是吾用兵，先从子午谷径取长安，早得多时矣！他非无谋，但怕有失，不肯弄险。今必出军斜谷，来取郿城。若取郿城，必分兵两路，一军取箕谷矣。吾已发檄文，令子丹拒守郿城，若兵来，不可出战。令孙礼、辛毗截住箕谷道口，若兵来，则出奇兵击之。"郃曰："今将军当于何处进兵？"懿曰："吾素知秦岭之西，有一条路，地名街亭。傍有一城，名列柳城。此二处皆是汉中咽喉。诸葛亮欺子丹无备，定从此进。吾与汝径取街亭，望阳平关不远矣。亮若知吾断其街亭要路，绝其粮道，则陇西一境，不能安守，必然连夜奔回汉中去也。彼若回动，吾提兵于小路击之，可得全胜。若不归时，吾却将诸处小路尽皆垒断，俱以兵守之，一月无粮，蜀兵皆饿死，亮必被吾擒矣。"张郃大悟，拜伏于地曰："都督神算也！"懿曰："虽然如此，诸葛亮不比孟达，将军为先锋，不可轻进，当传与诸将，循山西路，远远哨探，如无伏兵，方可前进；若是怠忽，必中诸葛亮之计。"张郃受计引军而行。

却说孔明在祁山寨中，忽报新城探细人来到。孔明急唤入问之。细作告曰："司马懿倍道而行，八日已到新城。孟达措手不及，又被申耽、申仪、李辅、邓贤为内应，孟达被乱军所杀。今司马懿撤兵到长安,见了魏主,同张郃引兵出关,来拒我师也。"孔明大惊曰:"孟达作事不密,死固当然。今司马懿出关,必取街亭,断吾咽喉之路。"便问:"谁敢引兵去守街亭?"言未毕,参军马谡曰:"某愿往。"孔明曰:"街亭虽小,干系甚重。倘街亭有失,吾大军皆休矣!汝虽深通谋略,此地奈无城郭,又无险阻,守之极难。"谡曰:"某自幼熟读兵书,颇知兵法,岂一街亭不能守耶?"孔明曰:"司马懿非等闲之辈,更有先锋张郃,乃魏之名将,恐汝不能敌之。"谡曰:"休道司马懿、张郃,便是曹睿亲来,有何惧哉?若有差失,乞斩全家!"孔明曰:"军中无戏言!"谡曰:"愿立军令状!"孔明从之。谡遂写了军令状呈上。孔明曰:"吾与汝二万五千精兵,再拨一员上将,相助你去。"即唤王平分付曰:"我素知汝平生谨慎,故特以此重任相托。汝可小心谨守此地,卜寨必当要道之处,使贼兵急切不能偷过。安营既毕,便画四至八道地理形状图本来我看。凡事商议停当而行,不可轻易。如所守无危,则是取长安第一功也。戒之!戒之!"二人拜辞,引兵而去。

　　孔明寻思,恐二人有失,又唤高翔曰:"街亭东北上有一城,名列柳城,乃山僻小路,此可以屯兵扎寨。与汝一万兵,去此城屯扎;但街亭危,可引兵救之。"高翔引兵而去。孔明又思:"高翔非张郃对手,必得一员大将,屯兵于街亭之右,方可防之。"遂唤魏延引本部兵,去街亭之后屯扎。延曰:"某为前部,理合当先破敌,何故置某于安闲之地?"孔明曰:"前锋破敌,乃偏裨之事耳。今令汝接应街亭,当阳平关冲要道路,总守汉中咽喉,此乃大任也,何为安闲乎?汝勿以等闲视之,失吾大事,切宜小心在意!"魏延大喜,引兵而去。孔明恰才心安,乃唤赵云、邓芝分付曰:"今司马懿出兵,与旧日不同。汝二人各引一军,出箕谷以为疑兵,如逢魏兵,或战或不战,以惊其心。吾自统大军,由斜谷径取郿城,若得郿城,长安可破矣。"二人受命而去。孔明令姜维作先锋,兵出斜谷。

却说马谡、王平二人兵到街亭。看了地势，马谡笑曰："丞相何故多心也？量此山僻之处，魏兵如何敢来？"王平曰："虽然魏兵不敢来，可就此五路总口下寨。"却令军士伐木为栅，以图久计。谡曰："当道岂是下寨之地？此处侧边一山，四面皆不相连，且树木极广，此乃天赐之险也，可就山上屯军。"平曰："参军差矣！若屯兵当道，筑起城垣，贼兵纵有十万，不能偷过。今若弃此要路，屯兵于山上，倘魏兵骤至，四面围定，将何策保之？"谡大笑曰："汝真女子之见。兵法云：'凭高视下，势如劈竹。'若魏兵到来，吾教他片甲不回！"平曰："我累随丞相经阵，每到之处，丞相尽意指教。今观此山，乃绝地也。若魏兵断我汲水之道，军士不战自乱矣。"谡曰："汝莫乱道。孙子云：'置之死地而后生。'若魏兵绝我汲水之道，蜀兵岂不死战？以一可当百也。吾素读兵书，丞相诸事尚问于我，汝奈何相阻耶？"平曰："若参军欲在山上下寨，可分兵与我自于山西下一小寨，为掎角之势。倘魏兵至，可以相应。"马谡不从。忽然山中居民，成群结队，飞奔而来，报说魏兵已到。王平欲辞去，马谡曰："汝既不听吾令，与汝五千兵，自去下寨。待我破了魏兵，到丞相面前，须分不得功。"王平引兵，离山十里下寨，画成图本，星夜差人去禀孔明，具说马谡自于山上下寨。

　　却说司马懿在城中，令次子司马昭去探前路："若街亭有兵守御，即当按兵不行。"司马昭奉令探了一遍，回见父曰："街亭有兵守把。"懿叹曰："诸葛亮真乃神人，吾不如也！"昭笑曰："父亲何故自堕志气耶？男料街亭易取。"懿问曰："汝安敢出此大言？"昭曰："男亲自哨见，当道并无寨栅，军皆屯于山上，故知可破也。"懿大喜曰："若兵果在山上，乃天使吾成功矣！"遂更换衣服，引百余骑亲自来看。是夜天晴月朗。直至山下，周围巡哨了一遍方回。马谡在山上见之，大笑曰："彼若有命，不来围山。"传令与诸将："倘兵来，只看山顶上红旗招动，即四面皆下。"

却说司马懿回到寨中，使人打听，是何将引兵守街亭。回报曰："乃马良之弟马谡也。"懿笑曰："徒有虚名，乃庸才耳。孔明用如此人物，如何不误事！"又问："街亭左右别有军否？"探马报曰："离山十里，有王平安营。"懿乃命张郃引一军，当住王平来路；又令申仪、申耽引两路兵围山，先断了汲水道路，待蜀兵自乱，然后乘势击之。当夜调度已定。次日天明，张郃引兵，先往背后去了。司马懿大驱军马，一拥而进，把山四面围定。马谡在山上看时，只见魏兵漫山遍野，旌旗队伍，甚是严整。蜀兵见之，尽皆丧胆，不敢下山。马谡将红旗招动，军将你我相推，无一人敢动。谡大怒，自杀二将。众军惊惧，只得努力下山，来冲魏兵。魏兵端然不动。蜀兵又退上山去。马谡见事不谐，教军紧守寨门，只等外应。

却说王平见魏兵到，引军杀来，正遇张郃。战有数十余合，平力穷势孤，只得退去。魏兵自辰时困至戌时。山上无水，军不得食，寨中大乱，嚷至半夜时分。山南蜀兵大开寨门，下山降魏。马谡禁止不住。司马懿又令人于沿山放火，山上蜀兵愈乱。马谡料守不住，只得驱残兵杀下山西逃奔。司马懿放条大路，让过马谡，背后张郃引兵追来。赶到三十余里，前面鼓角齐鸣，一彪军出，放过马谡，拦住张郃，视之乃魏延也。挥刀纵马，直取张郃。郃回军便走，延驱兵赶来，复夺街亭。赶到五十余里，一声喊起，两边伏兵齐出，左边司马懿，右边司马昭，却抄在魏延背后，把延困在垓心。张郃复来，三路兵合在一处。魏延左冲右突，不得脱身，折兵大半。正危急间，忽一彪军杀入，乃王平也。延大喜曰："吾得生矣！"二将合兵一处，大杀一阵，魏兵方退。二将慌忙奔回寨时，营中皆是魏兵旌旗，申耽、申仪从营中杀出。王平、魏延径奔列柳城，来投高翔。

此时高翔闻知街亭有失，尽起列柳城之兵，前来接应，正遇延、平二人，诉说前事。高翔曰："不如今晚去劫魏寨，再复街亭。"当时三人在山坡下商议已定。待天色将晚，分兵三路，魏延引兵先进，径到街亭，不见一人，心中大疑，不敢轻进，且伏在路口等候。忽见高翔兵到，二人共说魏兵不知在何处。正没理会，却不见王平兵到。忽然一声炮响，火光冲天，鼓声震地，魏兵齐出，把魏延、高翔围在垓心。二人往来冲突，不得脱身。忽听得山坡后喊声若雷，一彪军杀入，乃是王平，救了高、魏二人，径奔列柳城来。比及奔到城下时，城边早有一军杀到，旗上大书"魏都督郭淮"字样。原来郭淮与曹真商议，恐司马懿得了全功，乃分淮来取街亭，闻知司马懿、张郃成了此功，遂引兵径袭列柳城。正遇三将，大杀一阵。蜀兵伤者极多。魏延恐阳平关有失，慌与王平、高翔望阳平关来。

却说郭淮收了军马，乃谓左右曰："吾虽不得街亭，却取了列柳城，亦是大功。"引兵径到城下叫门，只见城上一声炮响，旗帜皆竖，当头一面大旗，上书"平西都督司马懿"。懿撑起悬空板，倚定护心木栏干，大笑曰："郭伯济来何迟也？"淮大惊曰："仲达神机，吾不及也！"遂入城相见。已毕，懿曰："今街亭已失，诸葛亮必走，公可速与子丹星夜追之。"郭淮从其言，出城而去。懿唤张郃曰："子丹、伯济恐吾全获大功，故来取此城池。吾非独欲成功，乃侥幸而已。吾料魏延、王平、马谡、高翔等辈，必先去据阳平关。吾若去取此关，诸葛亮必随后掩杀，中其计矣。兵法云：'归师勿掩，穷寇莫追。'汝可从小路抄箕谷退兵，吾自引兵当斜谷之兵。若彼败走，不可相拒，只宜中途截住蜀兵，辎重可尽得也。"张郃受计，引兵一半去了。懿下令："径取斜谷，由西城而进。西城虽山僻小县，乃蜀兵屯粮之所，又南安、天水、安定三郡总路，若得此城，三郡可复矣。"于是司马懿留申耽、申仪守列柳城，自领大军望斜谷进发。

却说孔明自令马谡等守街亭去后，犹豫不定。忽报："王平使人送图本至。"孔明唤入，左右呈上图本。孔明就文几上拆开视之，拍案大惊曰："马谡无知，坑陷吾军矣！"左右问曰："丞相何故失惊？"

孔明曰："吾观此图本，失却要路，占山为寨。倘魏兵大至，四面围合，断汲水道路，不须二日，军自乱矣。若街亭有失，吾等安归？"长史杨仪进曰："某虽不才，愿替马幼常回。"孔明将安营之法，一一分付与杨仪。

正待要行，忽报马到来，说："街亭、列柳城尽皆失了！"孔明跌足长叹曰："大事去矣！此吾之过也！"急唤关兴、张苞分付曰："汝二人各引三千精兵，投武功山小路而行，如遇魏兵，不可大击，只鼓噪呐喊为疑兵惊之。彼当自走，亦不可追。待军退尽，便投阳平关去。"又令张翼先引军去修理剑阁，以备归路；又密传号令，教大军暗暗收拾行装，以备起程；又令马岱、姜维断后，先伏于山谷中，待诸军退尽，方始收兵；又差心腹人，分路报与天水、南安、安定三郡官吏军民，皆入汉中；又遣心腹人到冀县，搬取姜维老母，送入汉中。

孔明分拨已定，先引五千兵退去西城县，搬运粮草。忽然十余次飞马报到，说："司马懿引大军十五万，望西城蜂拥而来。"时孔明身边并无大将，止有一班文官；所引五千军，已分一半先运粮草去了，只剩二千五百军在城中。众官听得这个消息，尽皆失色。孔明登城望之，果然尘土冲天，魏兵分两路望西城县杀来。孔明传令，教："将旌旗尽皆藏匿，诸军各守城铺①，如有妄行出入及高声言语者，立斩！大开四门，每一门上用二十军士，扮作百姓，洒扫街道，如魏兵到时，不可擅动，吾自有计。"孔明乃披鹤氅，戴纶巾，引二小童，携琴一张，于城上敌楼前，凭栏而坐，焚香操琴。

却说司马懿前军哨到城下，见了如此模样，皆不敢进，急报与司马懿。懿笑而不信，遂止住三军，自飞马远远望之，果见孔明坐于城楼之上，笑容可掬，焚香操琴；左有一童子手捧宝剑，右有一

---

① 城铺：城上巡哨的岗棚。

童子手执麈尾，城门内外有二十余百姓，低头洒扫，傍若无人。懿看毕大疑，便到中军，教后军作前军，前军作后军，望北山路而退。次子司马昭曰："莫非诸葛亮无军，故作此态？父亲何故便退兵？"懿曰："亮平生谨慎，不会弄险。今大开城门，必有埋伏。我军若进，中其计也。汝辈岂知？宜速退！"于是两路兵尽皆退去。

　　孔明见魏军远去，抚掌而笑。众官无不骇然，乃问孔明曰："司马懿乃魏之名将，今统十五万精兵到此，见了丞相，便速退去，何也？"孔明曰："此人料我平生谨慎，必不弄险，见如此规模，疑有伏兵，所以退去。吾非行险，盖因不得已而用之。此人必引军投山北小路去也，吾已令兴、苞二人在彼等候。"众皆惊服曰："丞相之机，神鬼莫测！若某等之见，必弃城而走矣。"孔明曰："吾兵只有二千五百，若弃城而走，必不能远遁，得不为司马懿所擒乎？"后人有诗赞曰：

　　　　瑶琴三尺胜雄师，诸葛西城退敌时。

　　　　十五万人回马处，土人指点到今疑。

言讫，拍手大笑曰："吾若为司马懿，必不便退也。"遂下令教西城百姓随军入汉中，司马懿必将复来。于是孔明离西城，望汉中而走。天水、安定、南安三郡官吏军民，陆续而来。

　　却说司马懿望武功山小路而走，忽然山坡后喊杀连天，鼓声震地。懿回顾二子曰："吾若不走，必中诸葛之计矣！"只见大路上一军杀来，旗上大书"右护卫使虎翼将军张苞"。魏兵皆弃甲抛戈而走。行不到一程，山谷中喊声震地，鼓角喧天，前面一杆大旗，上书"左护卫使龙骧将军关兴"。山谷应声，不知蜀兵多少，更兼魏军心疑，不敢久停，只得尽弃辎重而去。兴、苞二人皆遵将令不敢追袭，多得军器粮草而归。司马懿见山谷中皆有蜀兵，不敢出大路，遂回街亭。此时曹真听知孔明退兵，急引兵追赶。山背后一声炮起，蜀兵漫山遍野而来，为首大将，乃是姜维、马岱。真大惊，急退军时，先锋陈造已被马岱所斩。真引兵鼠窜而还。蜀兵连夜皆奔回汉中。

却说赵云、邓芝伏兵于箕谷道中，闻孔明传令回军。云谓芝曰："魏军知吾兵退，必然来追。吾先引一军伏于其后，公却引兵打吾旗号，徐徐而退，吾一步步自有护送也。"

却说郭淮提兵再回箕谷道中，唤先锋苏颙分付曰："蜀将赵云英勇无敌，汝可小心提防。彼军若退，必有计也。"苏颙欣然曰："都督若肯接应，某当生擒赵云！"遂引前部三千兵奔入箕谷。看看赶上蜀兵，只见山坡后闪出红旗白字，上书"赵云"。苏颙急收兵退走。行不到数里，喊声大震，一彪军撞出，为首大将挺枪跃马，大喝曰："汝识赵子龙否？"苏颙大惊曰："如何这里又有赵云？"措手不及，被云一枪刺死于马下。余军溃散。云迤逦前进。背后又一军到，乃郭淮部将万政也。云见魏兵追急，乃勒马挺枪立于路口，待来将交锋。蜀兵已去三十余里。万政认得是赵云，不敢前进。云等得天色黄昏，方才拨回马，缓缓而进。郭淮兵到，万政言："赵云英勇如旧，因此不敢近前。"淮传令教军急赶。政令数百骑壮士赶来，行至一大林，忽听得背后大喝一声曰："赵子龙在此！"惊得魏兵落马者百余人，余者皆越岭而去。万政勉强来敌，被云一箭射中盔缨，惊跌于涧中。云以枪指之曰："吾饶汝性命，回去快教郭淮赶来！"万政脱命而回。云护送车仗人马，望汉中而去，沿途并无遗失。曹真、郭淮复夺三郡，以为己功。

却说司马懿分兵而进。此时蜀兵尽回汉中去了。懿引一军复到西城，因问遗下居民及山僻隐者，皆言孔明止有二千五百军在城中，又无武将，只有几个文官，别无埋伏。武功山土民告曰："关兴、张苞只各有三千军，转山呐喊，鼓噪惊追，又无别军，并不敢厮杀。"懿悔之不及，仰天叹曰："吾不如孔明也！"遂安抚了诸处官民，引兵径还长安，朝见魏主。睿曰："今日复得陇西诸郡，皆卿之功也。"

懿奏曰:"今蜀兵皆在汉中,须尽剿灭。臣乞大兵,并力收川,以报陛下。"睿大喜,令懿即便兴兵。忽班内一人出奏曰:"臣有一计,足可定蜀降吴。"正是:

　　蜀中将相方归国,魏地君臣又逞谋。

未知献计者是谁,且看下文分解。

第九十六回

孔明挥泪斩马谡　周鲂断发赚曹休

却说献计者，乃尚书孙资也。曹睿问曰："卿有何妙计？"资奏曰："昔太祖武皇帝收张鲁时，危而后济，常对群臣曰：'南郑之地，真为天狱[①]。中斜谷道，为五百里石穴，非用武之地。'今若尽起天下之兵伐蜀，则东吴又将入寇，不如以现在之兵，分命大将，据守险要，养精蓄锐。不过数年，中国日盛，吴、蜀二国必自相残害，那时图之，岂非胜算？乞陛下裁之！"睿乃问司马懿曰："此论若何？"懿奏曰："孙尚书所言极当。"睿从之，命懿分拨诸将守把险要，留郭淮、张郃守长安，大赏三军，驾回洛阳。

却说孔明回到汉中，计点军士，只少赵云、邓芝，心中甚忧，乃令关兴、张苞各引一军，接应二人。正欲起身，忽报："赵云、邓芝到来，并不曾折一人一骑；辎重等器，亦无遗失。"孔明大喜，亲引诸将出迎。赵云慌忙下马伏地，曰："败军之将，何劳丞相远接！"孔明急扶起，执手而言曰："是吾不识贤愚，以致如此。各处兵将败损，惟子龙不折一人一骑，何也？"邓芝告曰："某引兵先行，子龙独自断后，斩将立功。敌人惊怕，因此军资什物，不曾遗弃。"孔明曰："真将军也！"遂取金五十斤以赠赵云，又取绢一万匹赏云部卒。云辞曰："三军无尺寸之功，某等俱各有罪者，反受赏，乃丞相赏罚不明也。且请寄库，候今冬赐与诸军未迟。"孔明叹曰："先帝在日，

[①] 天狱：天然的牢狱，形容地势凶险，出入困难。

738

常称子龙之德，今果如此！”乃倍加钦敬。

　　忽报马谡、王平、魏延、高翔至。孔明先唤王平入帐，责之曰：“吾令汝同马谡守街亭，汝何不谏之，致使失事？”平曰：“某再三相劝，要在当道筑土城，安营守把。参军大怒不从。某因此自引五千军，离山十里下寨。魏兵骤至，把山四面围合。某引兵冲杀十余次，皆不能入。次日土崩瓦解，降者无数。某孤军难立，故投魏文长求救，半途又被魏兵困在山谷之中，某奋死杀出。比及归寨，早被魏兵占了。及投列柳城时，路逢高翔，遂分兵三路去劫魏寨，指望克复街亭。因见街亭并无伏路军，以此心疑，登高望之，只见魏延、高翔被魏兵围住，某即杀入重围，救出二将，就同参军并在一处。某恐失却阳平关，因此急来回守。非某之不谏也！丞相不信，可问各部将校。”孔明喝退，又唤马谡入帐。

　　谡自缚跪于帐前。孔明变色曰：“汝自幼饱读兵书，熟谙战法。吾累次丁宁告戒，街亭是吾根本。汝以全家之命，领此重任。汝若早听王平之言，岂有此祸？今败军折将，失地陷城，皆汝之过也！若不明正军律，何以服众？汝今犯法，休得怨吾。汝死之后，汝之家小，吾按月给与禄粮，汝不必挂心。”叱左右推出斩之。谡泣曰：“丞相视某如子，某以丞相为父。某之死罪，实已难逃。愿丞相思舜帝殛鲧用禹之义①，某虽死，亦无恨于九泉！”言讫大哭。孔明挥泪曰：“吾与汝义同兄弟，汝之子即吾之子也，不必多嘱。”左右推出马谡，于辕门之外将斩，参军蒋琬自成都至，见武士欲斩马谡，大惊，高叫：“留人！”入见孔明曰：“昔楚杀得臣而文公喜②，今天下未定，而戮智谋之臣，岂不可惜乎？”孔明流涕而答曰：“昔孙武所以能制

①　舜帝殛（jí）鲧（gǔn）用禹：相传鲧治水失败，舜帝杀之，又用鲧的儿子大禹去治水，终成大功。后常用来指一人有罪，不株连家人。殛，杀。
②　楚杀得臣而文公喜：成得臣是楚国大将，由于对晋战争失败，回国后被逼自杀，晋文公听到这个消息非常高兴。

胜于天下者，用法明也。今四方分争，兵交方始，若复废法，何以讨贼耶？合当斩之！"须臾，武士献马谡首级于阶下。孔明大哭不已。蒋琬问曰："今幼常得罪，既正军法，丞相何故哭耶？"孔明曰："吾非为马谡而哭，吾想先帝在白帝城临危之时，曾嘱吾曰：'马谡言过其实，不可大用。'今果应此言，乃深恨己之不明，追思先帝之明，因此痛哭耳！"大小将士，无不流涕。马谡亡年三十九岁。时建兴六年夏五月也。后人有诗曰：

> 失守街亭罪不轻，堪嗟马谡枉谈兵。

> 辕门斩首严军法，拭泪犹思先帝明。

却说孔明斩了马谡，将首级遍示各营已毕，用线缝在尸上，具棺葬之，自修祭文享祀；将谡家小加意抚恤，按月给与禄米。于是孔明自作表文，令蒋琬申奏后主，请自贬丞相之职。琬回成都，入见后主，进上孔明表章。后主拆视曰：

> 臣本庸才，叨窃非据①，亲秉旄钺，以励三军，不能训章明法，临事而惧，至有街亭违命之阙，箕谷不戒之失，咎皆在臣。臣明不知人，虑事多暗，《春秋》责备，罪何所逃！请自贬三等，以督厥咎②。臣不胜惭愧，俯伏待命。

后主览毕，曰："胜负兵家常事，丞相何出此言！"侍中费祎奏曰："臣闻治国者，必以奉法为重。法若不行，何以服人？丞相败绩，自行贬降，正其宜也。"后主从之，乃诏贬孔明为右将军，行丞相事，照旧统督军马。就命费祎赍诏到汉中。孔明受诏。贬降讫，祎恐孔明羞赧，乃贺曰："蜀中之民知丞相初拔四县，深以为喜。"孔明变色曰："是何言也！得而复失，与不得同。公以此贺我，实足使我愧赧耳！"祎又曰："近闻丞相得姜维，天子甚喜。"孔明怒曰："兵败师还，不曾夺得寸土，此吾之大罪也。量得一姜维，于魏何

---

① 叨窃非据：没有根据就得到了不应该得到的职位。

② 以督厥咎：以此来责罚这个过失。督，责罚。

损？"祎又曰："丞相现统雄师数十万，可再伐魏乎？"孔明曰："昔大军屯于祁山、箕谷之时，我兵多于贼兵，而不能破贼，反为贼所破，此病不在兵之多寡，在主将耳。今欲减兵省将，明罚思过，较变通之道于将来。如其不然，虽兵多何用？自今以后，诸人有远虑于国者，但勤攻吾之阙，责吾之短，则事可定，贼可灭，功可翘足而待矣①！"费祎诸将皆服其论。费祎自回成都。孔明在汉中，惜军爱民，励兵讲武，置造攻城渡水之器，聚积粮草，预备战筏，以为后图。

细作探知，报入洛阳。魏主曹睿闻之，即召司马懿商议收川之策。懿曰："蜀未可攻也。方今天道亢炎，蜀兵必不出。若我军深入其地，彼守其险要，急切难下。"睿曰："倘蜀兵再来入寇，如之奈何？"懿曰："臣已算定，今番诸葛亮必效韩信暗度陈仓之计②。臣举一人往陈仓道口，筑城守御，万无一失。此人身长九尺，猿臂善射，深有谋略。若诸葛亮入寇，此人足可当之。"睿大喜，问曰："此何人也？"懿奏曰："乃太原人，姓郝名昭字伯道，现为杂号将军，镇守河西。"睿从之，加郝昭为镇西将军，命把守陈仓道口，遣使持诏去讫。

忽报扬州司马大都督曹休上表，说："东吴鄱阳太守周鲂愿以郡来降，密遣人陈言七事，说东吴可破，乞早发兵取之。睿就御床上展开，与司马懿同观。懿奏曰："此言极有理。吴当灭矣！臣愿引一军，往助曹休。"忽班中一人进曰："吴人之言，反复不一，未可深信。周鲂智谋之士，必不肯降，此特诱兵之诡计也。"众视之，乃建威将军贾逵也。懿曰："此言亦不可不听，机会亦不可错失。"魏主曰："仲达可与贾逵同助曹休。"二人领命去讫。于是曹休引大军径取

---

① 翘足而待：抬脚的工夫就会到来，形容极短的时间。

② 暗度陈仓：汉将韩信出兵攻打项羽，表面上公开派人修筑栈道，暗中却由陈仓出兵，平定三秦。后比喻出其不意、从旁突击的战略。陈仓，地名。

皖城；贾逵引前将军满宠、东皖太守胡质径取阳城，直向东关；司马懿引本部军径取江陵。

却说吴主孙权在武昌东关，会多官商议曰："今有鄱阳太守周鲂密表，告称魏扬州都督曹休有入寇之意。今鲂诈施诡计，暗陈七事，引诱魏兵，深入重地，可设伏兵擒之。今魏兵分三道而来，诸卿有何高见？"顾雍进曰："此大任，非陆伯言不敢当也！"权大喜，乃召陆逊，封为辅国大将军、平北都元帅，统御林大兵，摄行王事，授以白旄黄钺，文武百官，皆听约束。权亲自与逊执鞭。逊领命谢恩毕，乃保二人为左右都督，分兵以迎三道。权问："何人？"逊曰："奋威将军朱桓，绥南将军全琮，二人可为辅佐。"权从之，即命朱桓为左都督，全琮为右都督。于是陆逊总率江南八十一州并荆湖之众七十余万，令朱桓在左，全琮在右，逊自居中，三路进兵。朱桓献策曰："曹休以亲见任，非智勇之将也。今听周鲂诱言，深入重地。元帅以兵击之，曹休必败。败后必走两条路，左乃夹石，右乃桂车。此二条路皆山僻小径，最为险峻。某愿与全子璜各引一军，伏于山险，先以柴木大石塞断其路，曹休可擒矣。若擒了曹休，便长驱直进，唾手而得寿春，以窥许、洛，此万世一时也！"逊曰："此非善策，吾自有妙用。"于是朱桓怀不平而退。逊令诸葛瑾等拒守江陵，以敌司马懿，诸路俱各调拨停当。

却说曹休兵临皖城，周鲂来迎，径到曹休帐下。休问曰："近得足下之书，所陈七事，深为有理；奏闻天子，故起大军三路进发。若得江东之地，足下之功不小。有人言足下多谋，诚恐所言不实。吾料足下必不欺我！"周鲂大哭，急掣从人所佩剑，欲自刎。休急止之。鲂仗剑而言曰："吾所陈七事，恨不能吐出心肝！今反生疑，必有吴人使反间之计也。若听其言，吾必死矣。吾之忠心，惟天可表！"言讫，又欲自刎。曹休大惊，慌忙抱住曰："吾戏言尔，足下何故如此！"鲂乃用剑割发，掷于地曰："吾以忠心待公，公以吾为

742

戏。吾割父母所遗之发，以表此心！"曹休乃深信之，设宴相待。席罢，周鲂辞去。

忽报建威将军贾逵来见。休令人，问曰："汝此来何为？"逵曰："某料东吴之兵，必尽屯于皖城。都督不可轻进，待某两下夹攻，贼兵可破矣。"休怒曰："汝欲夺吾功耶？"逵曰："某闻周鲂截发为誓，此乃诈也。昔要离断臂，刺杀庆忌①，未可深信。"休大怒曰："我正欲进兵，汝何出此言，以慢军心？"叱左右推出斩之。众将告曰："未及进兵，先斩大将，于军不利，且乞暂免。"休从之，将贾逵兵留在寨中调用，自引一军来取东关。时周鲂听知贾逵削去兵权，暗喜曰："曹休若用贾逵之言，则东吴败矣。今天使我成功也！"即遣人密到皖城，报知陆逊。逊唤诸将听令，曰："前面石亭，虽是山路，足可埋伏。早先去占石亭阔处，布成阵势，以待魏军。"遂令徐盛为先锋，引兵前进。

却说曹休命周鲂引兵而进。正行间，休问曰："前至何处？"鲂曰："前面石亭也，堪以屯兵。"休从之，遂率大军并车仗等器，尽赴石亭驻扎。次日，哨马报道："前面吴兵，不知多少，据住山口。"休大惊曰："周鲂言无兵，为何有准备？"急寻鲂问之。人报："周鲂引数十人，不知何处去了。"休大悔曰："吾中贼之计矣！虽然如此，亦不足惧。"遂令大将张普为先锋，引数千兵来与吴兵交战。两阵对圆，张普出马骂曰："贼将蚤降！"徐盛出马相迎。战无数合，普抵敌不住，勒马收兵，回见曹休，言徐盛勇不可当。休曰："吾当以奇兵胜之。"就令张普引二万军伏于石亭之南，又令薛乔引二万军伏于石亭之北。"明日吾自引一千兵搦战，却佯输诈败，诱到北山之前，放炮为号，三面夹攻，必获大胜。"二将受计，各引二万军到晚埋伏

---

① 要离断臂，刺杀庆忌：要离，春秋时吴国人，奉吴公子光的命令去刺杀吴王僚的儿子庆忌。他为了骗取庆忌的信任，故意砍断自己的一只手臂，说是公子光砍的。后来果然刺杀庆忌成功。

去了。

却说陆逊唤朱桓、全琮分付曰："汝二人各引三万军，从石亭山路抄到曹休寨后，放火为号。吾亲率大军从中路而进，可擒曹休也。"当日黄昏，二将受计，引兵而进。二更时分，朱桓引一军正抄到魏寨后，迎着张普伏兵。普不知是吴兵，径来问时，被朱桓一刀斩于马下。魏兵便走。桓令后军放火。全琮引一军抄到魏寨后，正撞在薛乔阵里，就那里大杀一阵。薛乔败走。魏兵大损，奔回本寨。后面朱桓、全琮两路杀来。曹休寨中大乱，自相冲击。休慌上马，望夹石道奔走。徐盛引大队军马从正路杀来。魏兵死者不可胜数，逃命者尽弃衣甲。曹休大惊，在夹石道中奋力奔走。忽见一彪军从小路冲出，为首大将乃贾逵也。休惊慌少息，自愧曰："吾不用公言，果遭此败！"逵曰："都督可速出此道。若被吴兵以木石塞断，吾等皆危矣！"于是曹休骤马而行，贾逵断后。逵于林木盛茂处及险峻小径，多设旌旗，以为疑兵。及至徐盛赶到，见山坡下闪出旗角，疑有埋伏，不敢追赶，收兵而回。因此救了曹休。司马懿听知休败，亦引兵退去。

却说陆逊正望捷音，须臾徐盛、朱桓、全琮皆到，所得车仗牛马驴骡军资器械，不计其数，降兵数万余人。逊大喜，即同太守周鲂并诸将班师还吴。吴主孙权领文武官僚出武昌城迎接，以御盖覆逊而入。诸将尽皆升赏。权见周鲂无发，慰劳曰："卿断发成此大事，功名当书于竹帛也！"即封周鲂为关内侯。大设筵会，劳军庆贺。陆逊奏曰："今曹休大败，魏已丧胆，可修国书，遣使入川，教诸葛亮进兵攻之。"权从其言，遣使赍书入川去。正是：

　　　　只因东国能施计，致令西川又动兵。

未知孔明再来伐魏，胜负如何，且看下文分解。

第九十七回

讨魏国武侯再上表　破曹兵姜维诈献书

却说蜀汉建兴六年秋九月，魏都督曹休被东吴陆逊大破于石亭，车仗马匹、军资器械并皆罄尽。休惶恐之甚，气忧成病，到洛阳，疽发背而死。魏主曹睿敕令厚葬。司马懿引兵还。众将接入，问曰："曹都督兵败，即元帅之干系，何故急回耶？"懿曰："吾料诸葛亮知吾兵败，必乘虚来取长安。倘陇西紧急，何人救之？吾故回耳。"众皆以为惧怯，哂笑而退。

却说东吴遣使致书蜀中，请兵伐魏，并言大破曹休之事——一者显自己威风，二者通和会之好。后主大喜，令人持书至汉中，报知孔明。时孔明兵强马壮，粮草丰足，所用之物，一切完备，正要出师。听知此信，即设宴大会诸将，计议出师。忽一阵大风自东北角上而起，把庭前松树吹折。众皆大惊。孔明就占了一课，曰："此风主损一大将。"诸将未信。正饮酒间，忽报镇南将军赵云长子赵统、次子赵广来见丞相。孔明大惊，掷杯于地曰："子龙休矣！"二子入见，拜哭曰："某父昨夜三更病重而死。"孔明跌足而哭曰："子龙身故，国家损一栋梁，吾去一臂也！"众将无不挥涕。孔明令二子入成都面君报丧。后主闻云死，放声大哭曰："朕昔年幼，非子龙则死于乱军之中矣！"即下诏追赠大将军，谥顺平侯，敕葬于成都锦屏山之东，建立庙堂，四时享祭。后人有诗曰：

> 常山有虎将，智勇匹关张。
>
> 汉水功勋在，当阳姓字彰。

两番扶幼主，一念答先皇。

青史书忠烈，应流百世芳。

却说后主思念赵云昔日之功，祭葬甚厚；封赵统为虎贲中郎将，赵广为牙门将，就令守坟。二人辞谢而去。忽近臣奏曰："诸葛丞相将军马分拨已定，即日将出师伐魏。"后主问在朝诸臣。诸臣多言未可轻动。后主疑虑未决。忽奏丞相令杨仪赍《出师表》至。后主宣入。仪呈上表章。后主就御案上拆视。其表曰：

先帝虑汉贼不两立，王业不偏安，故托臣以讨贼也。以先帝之明，量臣之才，故知臣伐贼，才弱敌强也。然不伐贼，王业亦亡。惟坐而待亡，孰与伐之？是故托臣而弗疑也。臣受命之日，寝不安席，食不甘味，思惟北征，宜先入南。故五月渡泸，深入不毛，并日而食。臣非不自惜也，顾王业不可偏安于蜀都，故冒危难以奉先帝之遗意。而议者谓为非计。今贼适疲于西，又务于东，兵法"乘劳"，此进趋之时也。谨陈其事如左：

高帝明并日月，谋臣渊深，然涉险被创，危然后安；今陛下未及高帝，谋臣不如良、平，而欲以长策取胜，坐定天下，此臣之未解一也。刘繇、王朗，各据州郡，论安言计，动引圣人，群疑满腹，众难塞胸；今岁不战，明年不征，使孙权坐大，遂并江东，此臣之未解二也。曹操智计，殊绝于人，其用兵也，仿佛孙吴；然困于南阳，险于乌桓，危于祁连，逼于黎阳，几败北山，殆死潼关，然后伪定一时尔；况臣才弱，而欲以不危而定之，此臣之未解三也。曹操五攻昌霸不下，四越巢湖不成，任用李服而李服图之，委任夏侯而夏侯败亡，先帝每称操为能，犹有此失；况臣驽下，何能必胜，此臣之未解四也。自臣到汉中，中间期年耳，然丧赵云、阳群、马玉、阎芝、丁立、白寿、刘郃、邓铜等，及曲长屯将七十余人，突将无前，賨叟、青羌、散骑武骑一千余人，此皆数十年之内所纠合四方之精锐，非一州之所有；若复数年，则损三分之二也，当何以图敌？此臣之未解五也。今民穷兵疲，而事不可息；事不可息，则住与行，劳费正等，而不及早图之，欲以一州之地与贼持久，此臣之未解六也。

夫难平者，事也。昔先帝败军于楚，当此时，曹操拊手，谓天下已定。然后先帝东连吴越，西取巴蜀，举兵北征，夏侯授首，此操之失计而汉事将成也。然后吴更违盟，关某毁败，秭归蹉跌，曹丕称帝。凡事如是，难可逆料。臣鞠躬尽瘁，死而后已；至于成败利钝，非臣之明所能料睹也。

后主览表甚喜，即敕令孔明出师。孔明受命，起三十万精兵，令魏延总督前部先锋，径奔陈仓道口而来。

早有细作报入洛阳。司马懿奏知魏主，大会文武商议。大将军曹真出班奏曰："臣昨守陇西，功微罪大，不胜惶恐。今乞引大军，往擒诸葛亮。臣近得一员大将，使六十斤大刀，骑千里征宛马，开两石铁胎弓，暗藏三个流星锤，百发百中，有万夫不当之勇，乃陇西狄道人，姓王名双字子全。臣保此人为先锋。"睿大喜，便召王双上殿；视之，身长九尺，面黑睛黄，熊腰虎背。睿笑曰："朕得此大将，有何虑哉！"遂赐锦袍金甲，封为虎威将军、前部大先锋，曹真为大都督。真谢恩出朝，遂引十五万精兵，会合郭淮、张郃，分道把守隘口。

却说蜀兵前队哨至陈仓，回报孔明，说："陈仓口已筑起一城，内有大将郝昭守把，深沟高垒，遍排鹿角，十分谨严；不如弃了此城，从太白岭鸟道出祁山甚便。"孔明曰："陈仓正北是街亭，必得此城方可进兵。"命魏延引兵到城下，四面攻之。连日不能破。魏延复来告孔明，说城难打。孔明大怒，欲斩魏延。忽帐下一人告曰："某虽无才，随丞相多年，未尝报效；愿去陈仓城中，说郝昭来降，不用张弓只箭。"众视之，乃部曲靳祥也。孔明曰："汝用何言以说之？"祥曰："郝昭与某同是陇西人氏，自幼交契。某今到彼，以利害说之，必来降矣！"孔明即令前去。

靳祥骤马径到城下，叫曰："郝伯道，故人靳祥来见。"城上人报知郝昭。昭令开门放入，登城相见。昭问曰："故人因何到此？"祥曰："我在西蜀孔明帐下参赞军机，待以上宾之礼，特令某来见公，有言相告。"昭勃然变色曰："诸葛亮乃我国仇敌也！吾事魏，汝事蜀，各事其主。昔时为昆仲，今时为仇敌。汝再不必多言，便请出城。"靳祥又欲开言，郝昭已出敌楼上了。魏军急催上马，赶出城外。祥回头视之，见昭倚定护心木栏干。祥勒马以鞭指之曰："伯道贤弟，何太情薄耶？"昭曰："魏国法度，兄所知也。吾受国恩，但有死而已！兄不必下说词，早回见诸葛亮，教快来攻城，吾不惧也！"祥回告孔明曰："郝昭未等某开言，便先阻却。"孔明曰："汝可再去见他，以利害说之。"祥又到城下，请郝昭相见。昭出，到敌楼上。祥勒马高叫曰："伯道贤弟，听吾忠言：汝据守一孤城，怎拒数十万之众？今不早降，后悔无及。且不顺大汉，而事奸魏，抑何不知天命、不辨清浊乎？愿伯道思之。"郝昭大怒，拈弓搭箭，指靳祥而喝曰："吾前言已定，汝不必再言，可速退，吾不射汝。"

靳祥回见孔明，具言郝昭如此光景。孔明大怒曰："匹夫无礼太甚！岂欺吾无攻城之具耶？"随叫土人问曰："陈仓城中有多少人马？"土人告曰："虽不知的数，约有三千人。"孔明笑曰："量此小城，安能御我！休等他救兵到，火速攻之。"于是军中起百乘云梯，一乘上可立十数人，周围用木板遮护。军士各把短梯软索，听军中擂鼓，一齐上城。郝昭在敌楼上，望见蜀兵装起云梯，四面而来，即令三千军各执火箭，分布四面，待云梯近城，一齐射之。孔明只道城中无备，故大造云梯，令三军鼓噪呐喊而进。不期城上火箭齐发，云梯尽着，梯上军士多被烧死。城上矢石如雨，蜀兵皆退。孔明大怒曰："汝烧吾云梯，吾却用冲车之法。"于是连夜安排下冲车，次日又四面鼓噪，呐喊而进。郝昭急命运石凿眼，用葛绳穿定飞打。冲车皆被打折。孔明又令人运土填城壕，教廖化引三千锹镢军从夜间掘地道，暗入城去。郝昭又于城中掘重壕横截之。如此昼夜相攻，二十余日，无计可破。

孔明营中忧闷。忽报东边救兵到了，旗上书"魏先锋大将王双"。孔明问曰："谁可迎之？"魏延出曰："某愿往。"孔明曰："汝乃先锋大将，未可轻出。"又问："谁敢迎之？"裨将谢雄应声而出，孔明与三千军去了。孔明又问曰："谁敢再去？"裨将龚起应声要去，孔明亦与三千兵去了。孔明恐城内郝昭引兵冲出，乃把人马退二十里下寨。

却说谢雄引军前行，正遇王双，战不三合，被双一刀劈死。蜀兵败走。双随后赶来。龚起接着，交马只二合，亦被双所斩。败兵回报孔明。孔明大惊，忙令廖化、王平、张嶷三人出迎。两阵对圆，张嶷出马，王平、廖化压住阵角。王双纵马来与张嶷交马数合，不分胜负。双诈败便走，嶷随后赶去。王平见张嶷中计，忙叫曰："休赶！"嶷急回马时，王双流星锤早到，正中其背，嶷伏鞍而走。双回马赶来。王平、廖化截住，救得张嶷回阵。王双驱兵大杀一阵，蜀兵折伤甚多。嶷吐血数口，回见孔明，说："王双英雄无敌。如今将二万兵就陈仓城外下寨，四面立起排栅，筑起重城，深挑壕堑，守御甚严。"孔明见折二将，张嶷又被打伤，即唤姜维曰："陈仓道口这条路不可行，别求何策？"维曰："陈仓城池坚固，郝昭守御甚密，又得王双相助，实不可取。不若令一大将依山傍水下寨固守，再令良将守把要道，以防街亭之攻，却统大军去袭祁山，某却如此如此用计，可捉曹真也。"孔明从其言，即令王平、李恢引二枝兵守街亭小路，魏延引一军守陈仓口，马岱为先锋，关兴、张苞为前后救应，使从小径出斜谷，望祁山进发。

却说曹真因思前番被司马懿夺了功劳，因此到洛门，分调郭淮、孙礼，东西守把。又听得陈仓告急，已令王双去救；闻知王双斩将立功，大喜，乃令中护军大将费耀权摄前部总督，诸将各自守把隘口。忽报山谷中捉得细作来见。曹真令押入，跪于帐前。其人告曰："小人不是奸细，有机密来见都督，误被伏路军捉来，乞退左右。"真乃教去其缚，左右暂退。其人曰："小人乃姜伯约心腹人也，蒙本官遣送密书。"真曰："书安在？"其人于贴肉衣内取出呈上。真拆视曰：

> 罪将姜维百拜，书呈大都督曹麾下：维念世食魏禄，忝守边城，叨窃厚恩，无门补报。昨日误遭诸葛亮之计，陷身于巅崖之中，思念旧国，何日忘之？今幸蜀兵西出，诸葛亮甚不相疑；赖都督亲提大兵而来，如遇敌人，可以诈败，维当在后，以举火为号，先烧蜀人粮草，却以大兵翻身掩之，则诸葛亮可擒也。非敢立功报国，实欲自赎前罪。偷蒙照察，速须来命。

曹真看毕，大喜曰："天使吾成功也！"遂重赏来人，便令回报，依期会合。

真唤费耀商议曰："今姜维暗献密书，令吾如此如此。"耀曰："诸葛亮多谋，姜维智广，或者是诸葛亮所使，恐其中有诈。"真曰："他原是魏人，不得已而降蜀，有何疑乎？"耀曰："都督不可轻去，只守定本寨。某愿引一军接应姜维，如成功，尽归都督；倘有奸计，某自支当。"真大喜，遂令费耀引五万兵望斜谷而进。行了两三程，屯下军马，令人哨探。当日申时分，回报："斜口道中，有蜀兵来也。"耀忙催兵进。蜀兵未及交战，先退。耀引兵追之。蜀兵又来。方欲对阵，蜀兵又退。如此者三次。俄延至次日申时分，魏军一日一夜不曾敢歇，只恐蜀兵攻击。方欲屯军造饭，忽然四面喊声大震，鼓角齐鸣，蜀兵漫山遍野而来。门旗开处，闪出一辆四轮车，孔明端坐其中，令人请魏军主将答话。耀纵马而出，遥见孔明，心中暗喜，回顾左右曰："如蜀兵掩至，便退后走；若见山后火起，却回身杀去，自有兵来相应。"分付毕，跃马出呼曰："前者败将，今何敢又来！"孔明曰："汝唤曹真来答话。"耀骂曰："曹都督乃金枝玉叶，安肯与反贼相见耶！"孔明大怒，把羽扇一招，左有马岱，右有张嶷，两路兵冲出，魏兵便退。行不到三十里，望见蜀兵背后火起，喊声不绝。费耀只道号火，便回身杀来，蜀兵齐退。耀提刀在前，只望喊处追赶。将次近火，山路中鼓角喧天，喊声震地，两军杀出，左有关兴，右有张苞。山上矢石如雨，往下射来。魏兵大败。费耀知是中计，急退军望山谷中而走，人马困乏。背后关兴引生力军赶来，魏兵自相践踏，及落涧身死者，不知其数。耀逃命而走，正遇山坡口一彪军，乃是姜维。耀大骂曰："反贼无信，吾不幸误中汝奸计也！"维笑曰："吾欲擒曹真，误赚汝矣。速下马受降！"耀骤马夺路，望山谷口而走；忽见谷中火光冲天，背后追兵又至，耀自刎身死，余众尽降。孔明连夜驱兵，直出祁山前下寨，收住军马，重赏姜维。维曰："某恨不得杀曹真也！"孔明亦曰："可惜大计小用矣。"

却说曹真听知折了费耀，悔之不及，遂与郭淮商议退兵之策。于是孙礼、辛毗星夜具表，申奏魏主，言蜀兵又出祁山，曹真损兵折将，势甚危急。睿大惊，即召司马懿入内曰："曹真损兵折将，蜀兵又出祁山。卿有何策，可以退之？"懿曰："臣已有退诸葛亮之计，不用魏军扬武耀威，蜀兵自然走矣！"正是：

　　　　已见子丹无胜术，全凭仲达有良谋。

未知其计如何，且看下文分解。

第九十八回

追汉军王双受诛　袭陈仓武侯取胜

却说司马懿奏曰："臣尝奏陛下，言孔明必出陈仓，故以郝昭察之，今果然矣。彼若从陈仓入寇，运粮甚便。今幸有郝昭、王双守把，不敢从此路运粮，其余小道搬运艰难。臣算蜀兵行粮止有一月，利在急战，我军只宜久守。陛下可降诏，令曹真坚守诸路关隘，不要出战，不须一月，蜀兵自走。那时乘虚而击之，诸葛亮可擒也。"睿欣然曰："卿既有先见之明，何不自引一军以袭之？"懿曰："臣非惜身重命，实欲存下此兵，以防东吴陆逊耳。孙权不久必将僭号称尊。如称尊号，恐陛下伐之，定先入寇也。臣故欲以兵待之。"

正言间，忽近臣奏曰："曹都督奏报军情。"懿曰："陛下可即令人告戒曹真：凡追赶蜀兵，必须观其虚实，不可深入重地，以中诸葛亮之计。"睿即时下诏，遣太常卿韩暨持节告戒曹真："切不可战，务在谨守，只待蜀兵退去，方才击之。"司马懿送韩暨于城外，嘱之曰："吾以此功让与子丹。公见子丹，休言是吾所陈之意，只道天子降诏，教保守为上。追赶之人，大要仔细，勿遣性急气躁者追之。"暨辞去。

却说曹真正升帐议事，忽报天子遣太常卿韩暨持节至。真出寨接入。受诏已毕，退与郭淮、孙礼计议。淮笑曰："此乃司马仲达之见也。"真曰："此见若何？"淮曰："此言深识诸葛亮用兵之法。久后能御蜀兵者，必仲达也！"真曰："倘蜀兵不退，又将如何？"淮曰："可密令人去教王双引兵于小路巡哨，彼自不敢运粮。待其粮尽兵退，乘势追击，可获全胜。"孙礼曰："某去祁山虚妆做运粮兵，车上尽装干柴茅草，以硫黄焰硝灌之，却教人虚报陇西运粮到。若蜀兵无粮，必然来抢，待入其中，放火烧车，外以伏兵应之，可胜矣。"真喜曰："此计大妙。"即令孙礼引兵依计而行，又遣人教王双引兵于小路巡哨。郭淮引兵提调箕谷、街亭，令诸路军马守把险要。真又令张辽子张虎为先锋，乐进子乐綝为副先锋，同守头营，不许出战。

却说孔明在祁山寨中，每日令人挑战。魏兵坚守不出。孔明唤姜维等商议曰："魏兵坚守不出，是料吾军中无粮也。今陈仓转运不通，其余小路盘涉艰难，吾算随军粮草，不敷一月用度，如之奈何？"正踌躇间，忽报："陇西魏军运粮数千车于祁山之西，运粮官乃孙礼也。"孔明曰："其人如何？"有魏人告曰："此人曾随魏王出猎于大石山，忽惊起一猛虎，直奔御前。孙礼下马拔剑斩之，从此封为上将军，乃曹真心腹人也。"孔明笑曰："此是魏将料吾乏粮，故用此计。车上装载者，必是茅草引火之物。吾平生专用火攻，彼乃欲以此计诱我耶？彼若知吾军去劫粮车，必来劫吾寨矣。可将计就计而行。"遂唤马岱分付曰："汝引三千军，径到魏兵屯粮之所，不可入营，但于上风头放火。若烧着车仗，魏兵必来围吾寨。"又差马忠、张嶷各引五千兵，在外围住，内外夹攻。三人受计去了。又唤关兴、张苞分付曰："魏兵头营接连四通之路，今晚若西山火起，魏兵必来劫吾营。汝二人却伏于魏寨左右，只等他兵出寨，汝二人便可劫之。"又唤吴班、吴懿分付曰："汝二人各引一军伏于营外，如魏兵到，可截其归路。"孔明分拨已毕，自在祁山上凭高而坐。魏兵探知蜀兵要来劫粮，慌忙报与孙礼。礼令人飞报曹真。真遣人去头营，分付张虎、乐綝："看今夜山西火起，蜀兵必来救应，可以出军，如此如此。"二将受计，令人登楼，专看号火。

却说孙礼把军伏于山西，只待蜀兵到。是夜二更，马岱引三千兵来，人皆衔枚，马尽勒口，径到山西，见许多车仗，重重叠叠，攒绕成营。车仗虚插旌旗。正值西南风起，岱令军士径去营南放火，车仗尽着，火光冲天。孙礼只道蜀兵到魏寨内放号火，急引兵一齐掩至。背后鼓角喧天，两路兵杀来，乃是马忠、张嶷，把魏军围在垓心。孙礼大惊，又听的魏军中喊声起，一彪军从火光边杀来，乃是马岱。内外夹攻，魏兵大败；火紧风急，人马乱窜，死者无数。孙礼引中伤军突烟冒火而走。

却说张虎在营中望见火光，大开寨门，与乐綝尽引人马，杀奔蜀寨来。寨中却不见一人。急收军回时，吴班、吴懿两路兵杀出，断其归路。张、乐二将急冲出重围，奔回本寨，只见土城之上，箭如飞蝗。原来却被关兴、张苞袭了营寨。魏兵大败，皆投曹真寨来。方欲入寨，忽见一彪败军飞奔而来，乃是孙礼，遂同入寨见真，各言中计之事。真听知，谨守大寨，更不出战。

蜀兵得胜，回见孔明。孔明令人密授计与魏延，一面教拔寨齐起。杨仪曰："今已大胜，挫尽魏兵锐气，何故反欲收军？"孔明曰："吾兵无粮，利在急战。今彼坚守不出，吾受其病矣。彼今虽暂时兵败，中原必有添益，若以轻骑袭吾粮道，那时要归不能。今乘魏兵新败，不敢正视蜀兵，便可出其不意，乘机退去。所忧者，但魏延一军，在陈仓道口拒住王双，急不能脱身。吾已令人授以密计，教斩王双，使魏人不敢来追，只令后队先行。"当夜，孔明只留金鼓守在寨中打更，一夜兵已尽退，只落空营。

却说曹真正在寨中忧闷，忽报左将军张郃领军到。郃下马入帐，谓真曰："某奉圣旨，特来听调。"真曰："曾别仲达否？"郃曰："仲达分付云：'吾军胜，蜀兵必不便去；若吾军败，蜀兵必即去矣。'今吾军失利之后，都督曾往哨探蜀兵消息否？"真曰："未也。"于是即令人往探之，果是虚营，只插着数十面旌旗，兵已去了二日也。曹真懊悔无及。

且说魏延受了密计，当夜二更拔寨，急回汉中。早有细作报知王双。双大驱军马，并力追赶。追到二十余里，看看赶上，见魏延旗号在前，双大叫曰："魏延休走！"蜀兵更不回头。双拍马赶来，背后魏兵叫曰："城外寨中火起，恐中敌人奸计。"双急勒马回时，只见一片火光冲天，慌令退军。行到山坡左侧，忽一骑马从林中骤出，大喝曰："魏延在此！"王双大惊，措手不及，被延一刀砍于马下。魏兵疑有埋伏，四散逃走。延手下止有三十骑人马，望汉中缓缓而行。后人有诗赞曰：

> 孔明妙算胜孙庞，耿若长星照一方。
> 进退行兵神莫测，陈仓道口斩王双。

原来魏延受了孔明密计，先教存下三十骑，伏于王双营边，只待王双起兵赶时，却去他营中放火。待他回寨，出其不意，突出斩之。魏延斩了王双，引兵回到汉中，见孔明，交割了人马。孔明设宴大会，不在话下。

且说张郃追蜀兵不上，回到寨中。忽有陈仓城郝昭差人申报，言王双被斩。曹真闻知，伤感不已，因此忧成疾病；遂回洛阳，命郭淮、孙礼、张郃守长安诸道。

却说吴王孙权设朝，有细作人报说："蜀诸葛丞相出兵两次，魏都督曹真兵损将亡。"于是群臣皆劝吴王兴师伐魏，以图中原。权犹疑未决。张昭奏曰："近闻武昌东山凤凰来仪，大江之中黄龙屡现，主公德配唐虞，明并文武，可即皇帝位，然后兴兵。"多官皆应曰："子布之言是也！"遂选定夏四月丙寅日，筑坛于武昌南郊。是日群臣请权登坛，即皇帝位，改黄武八年为黄龙元年，谥父孙坚为武烈皇帝，母吴氏为武烈皇后，兄孙策为长沙桓王，立子孙登为皇太子；命诸葛瑾长子诸葛恪为太子左辅，张昭次子张休为太子右弼。

恪字元逊，身长七尺，极聪明，善应对，权甚爱之。年六岁时，值东吴宴会，恪随父在座。权见诸葛瑾面长，乃令人牵一驴来，用粉笔书其面曰："诸葛子瑜。"众皆大笑。恪趋至前，取粉笔添二字于其下，曰：“诸葛子瑜之驴。”满座之人无不惊讶。权大喜，遂将驴赐之。又一日，大宴官僚。权命恪把盏。巡至张昭面前，昭不饮，曰：“此非养老之礼也。”权谓恪曰：“汝能强子布饮乎？”恪领命，乃谓昭曰：“昔姜尚父年九十，秉旄仗钺，未尝言老。今临阵之日，先生在后；饮酒之日，先生在前，何谓不养老也？”昭无言可答，只得强饮。权因此爱之，故命辅太子。张昭佐吴王，位列三公之上，故以其子张休为太子右弼。又以顾雍为丞相，陆逊为上将军，辅太子守武昌。权复还建业。

群臣商议伐魏之策。张昭奏曰：“陛下初登宝位，未可动兵，只宜修文偃武，增设学校，以安民心；遣使入川，与蜀同盟，共分天下，缓缓图也。”权从其言，即令使命星夜入川，来见后主。礼毕，细奏其事。后主闻知，遂与群臣商议。众议皆谓孙权僭逆，宜绝其盟好。蒋琬曰：“可令人问于丞相。”后主即遣使到汉中问孔明。孔明曰：“可令人赍礼物入吴作贺，乞遣陆逊兴师伐魏，魏必命司马懿拒之。懿若南拒东吴，我再出祁山，长安可图也。”后主依言，遂令太尉陈震将名马、玉带、金珠、宝贝，入吴作贺。震至东吴，见了孙权，呈上国书。权大喜，设宴相待，打发回蜀。权召陆逊入，告以西蜀约会兴兵伐魏之事。逊曰：“此乃孔明惧司马懿之谋也！既与同谋，不得不从。今却虚作起兵之势，遥与西蜀为应，待孔明攻魏急，吾可乘虚取中原也。”即时下令，教荆襄各处都要训练人马，择日兴师。

却说陈震回到汉中，报知孔明。孔明尚忧陈仓不可轻进，先令人去哨探。回报说：“陈仓城中郝昭病重。”孔明曰：“大事成矣！”遂唤魏延、姜维分付曰：“汝二人领五千兵，星夜直奔陈仓城下，如见火起并力攻城。”二人俱未深信，又来告曰：“何日可行？”孔明曰：“三日都要完备，不须辞我，即便起行。”二人受计去了。又唤关兴、张苞至，附耳低言，如此如此。二人各受密计而去。

且说郭淮闻郝昭病重，乃与张郃商议曰："郝昭病重，你可速去替他，我自写表申奏朝廷，别行定夺。"张郃引着三千兵，急来替郝昭。时郝昭病危，当夜正呻吟之间，忽报蜀军到城下了。昭急令人上城守把时，各门上火起，城中大乱。昭听知惊死。蜀兵一拥入城。

　　却说魏延、姜维领兵到陈仓城下看时，并不见一面旗号，又无打更之人。二人惊疑，不敢攻城。忽听得城上一声炮响，四面旗帜齐竖，只见一人纶巾羽扇，鹤氅道袍，大叫曰："汝二人来的迟了。"二人视之，乃孔明也。二人慌忙下马，拜伏于地曰："丞相真神计也！"孔明令放入城，谓二人曰："吾打探得郝昭病重，吾令汝三日内领兵取城，此乃稳众人之心也。吾却令关兴、张苞只推点军，暗出汉中，吾即藏于军中，星夜倍道，径到城下，使彼不能调兵。吾早有细作在城内放火，发喊相助，令魏兵惊疑不定。兵无主将，必自乱矣。吾因而取之，易如反掌。兵法云：'出其不意，攻其无备。'正谓此也。"魏延、姜维拜服。孔明怜郝昭之死，令彼妻小扶灵枢回魏，以表其忠。

　　孔明谓魏延、姜维曰："汝二人且莫卸甲，可引兵去袭散关。把关之人若知兵到，必然惊走。若稍迟，必有魏兵至关，即难攻矣。"魏延、姜维受命，引兵径到散关。把关之人果然尽走。二人上关，才要卸甲，遥见关外尘头大起，魏兵到来。二人相谓曰："丞相神算，不可测度！"急登楼视之，乃魏将张郃也。二人乃分兵守住险道。张郃见蜀兵把住要路，遂令退军。魏延随后追杀一阵。魏兵死者无数，张郃大败而去。延回到关上，令人报知孔明。孔明先自领兵，出陈仓、斜谷，取了建威，后面蜀兵陆续进发。后主又命大将陈式来助。孔明驱大兵，复出祁山，安下营寨。孔明聚众言曰："吾二次出祁山，不得其利，今又到此。吾料魏人必依旧战之地，与吾相敌。彼意疑我取雍、郿二处，必以兵拒守。吾观阴平、武都二郡与汉连接，若得此城，亦可分魏兵之势。何人敢取之？"姜维曰：

“某愿往。”王平应曰：“某亦愿往。”孔明大喜，遂令姜维引兵一万取武都，王平引兵一万取阴平。二人领兵去了。

再说张郃回到长安，见郭淮、孙礼，说：“陈仓已失，郝昭已亡，散关亦被蜀兵夺了。今孔明复出祁山，分道进兵。”淮大惊曰：“若如此，必取雍、郿矣！”乃留张郃守长安，令孙礼保雍城，淮自引兵星夜来郿城守御，一面上表入洛阳告急。

却说魏主曹睿设朝，近臣奏曰：“陈仓城已失，郝昭已亡。诸葛亮又出祁山。散关亦被蜀兵夺了。”睿大惊。忽又奏：“满宠等有表，说东吴孙权僭称帝号，与蜀同盟。今遣陆逊在武昌，训练人马，听候调用，只在旦夕，必入寇矣。”睿闻知两处危急，举止失措，甚是惊慌。此时曹真病未痊，即召司马懿商议。懿奏曰：“以臣愚意所料，东吴必不举兵。”睿曰：“卿何以知之？”懿曰：“孔明尝思报猇亭之仇，非不欲吞吴也，只恐中原乘虚击彼，故暂与东吴结盟。陆逊亦知其意，故假作兴兵之势以应之，实是坐观成败耳。陛下不必防吴，只须防蜀。”睿曰：“卿真高见！”遂封懿为大都督，总摄陇西诸路军马；令近臣取曹真总兵将印来。懿曰：“臣自去取之。”遂辞帝出朝，径到曹真府下，先令人入府报知，懿方进见真。问病毕，懿曰：“东吴、西蜀会合，兴兵入寇。今孔明又出祁山下寨，明公知之乎？”真惊讶曰：“吾家人知我病重，不令我知。似此国家危急，何不拜仲达为都督，以退蜀兵耶？”懿曰：“某才薄智浅，不称其职。”真曰：“取印与仲达。”懿曰：“都督少虑，某愿助一臂之力，只不敢受此印也。”真跃起曰：“如仲达不领此任，中国必危矣！吾当抱病见帝以保之！”懿曰：“天子已有恩命，但懿不敢受耳。”真大喜曰：“仲达今领此任，可退蜀兵。”懿见真再三让印，遂受之，入内辞了魏主，引兵往长安来，与孔明决战。正是：

> 旧帅印为新帅取，两路兵惟一路来。

未知胜负如何，且看下文分解。

第九十九回

诸葛亮大破魏兵　司马懿入寇西蜀

　　蜀汉建兴七年夏四月，孔明兵在祁山，分作三寨，专候魏兵。

　　却说司马懿引兵到长安。张郃接见，备言前事。懿令郃为先锋，戴凌为副将，引十万兵到祁山，于渭水之南下寨。郭淮、孙礼入寨参见。懿问曰："汝等曾与蜀兵对阵否？"二人答曰："未也。"懿曰："蜀兵千里而来，利在速战；今来此不战，必有谋也。陇西诸路曾有信息否？"淮曰："已有细作探得各郡十分用心，日夜提防，并无他事。只有武都、阴平二处，未曾回报。"懿曰："吾自差人与孔明交战。汝二人急从小路去救二郡，却掩在蜀兵之后，彼必自乱矣！"二人受计，引兵五千，从陇西小路来救武都、阴平，就袭蜀兵之后。

　　郭淮于路谓孙礼曰："仲达比孔明如何？"礼曰："孔明胜仲达多矣！"淮曰："孔明虽胜，此一计足显仲达有过人之智。蜀兵如正攻两郡，我等从后抄到，彼岂不自乱乎？"正言间，忽哨马来报："阴平已被王平打破了，武都已被姜维打破了。前离蜀兵不远。"礼曰："蜀兵既已打破了城池，如何陈兵于外？必有诈也，不如速退。"郭淮从之，方传令教军退时，忽然一声炮响，山背后闪出一枝军马，来旗上大书"汉丞相诸葛亮"，中央一辆四轮车，孔明端坐于上，左有关兴，右有张苞。孙、郭二人见之大惊。孔明大笑曰："郭淮、孙礼休走！司马懿之计安能瞒得过吾？他每日令人在前交战，却教汝等袭吾军后。武都、阴平吾已取了，汝二人不早来降，欲驱兵与吾决战耶？"郭淮、孙礼听毕大慌。忽然背后喊杀连天，王平、姜维引兵从后杀来，兴、苞二将又引军从前面杀来，两下夹攻，魏兵大败。孙、郭二人弃马爬山而走。张苞望见，骤马赶来，不期连人带马跌入涧内。后军急忙救起，头已跌破。孔明令人送回成都养病。

却说郭、孙二人走脱，回见司马懿曰："武都、阴平二郡已失。孔明伏于要路，前后攻杀，因此大败；弃马步行，方得逃回。"懿曰："非汝等之罪，孔明智在吾先。可再引兵守把雍、郿二城，切勿出战，吾自有破敌之策。"二人拜辞而去。懿又唤张郃、戴凌分付曰："今孔明得了武都、阴平，必然抚百姓以安民心，不在营中矣。汝二人各引一万精兵，今夜起身，抄在蜀兵营后，一齐奋勇杀将过来；吾却引兵在前布阵，只待蜀兵势乱，吾大驱士马，攻杀进去。两军并力，可夺蜀寨也。若得此地山势，破敌何难？"二人受计，引兵而去。

戴凌在左，张郃在右，各取小路进发，深入蜀兵之后。三更时分，来到大路，两军相遇，合兵一处，却从蜀兵背后杀来。行不到三十里，前军不行。张、戴二人自纵马视之，只见数百辆草车横截去路。郃曰："此必有准备，可急取路而回。"才传令退军，只见满山火光齐明，鼓角大震，伏兵四下皆出，把二人围住。孔明在祁山上大叫曰："戴凌、张郃，可听吾言：司马懿料吾往武都、阴平抚民，不在营中，故令汝二人来劫吾寨，却中吾之计也。汝二人乃无名下将，吾不杀害，下马早降！"郃大怒，指孔明而骂曰："汝乃山野村夫，侵吾大国境界，如何敢发此言？吾若捉住汝时，碎尸万段！"言讫，纵马挺枪，杀上山来。山上矢石如雨，郃不能上山，乃拍马舞枪，冲出重围，无人敢当。蜀兵困戴凌在垓心。郃杀出旧路，不见戴凌，即奋勇翻身又杀入重围，救出戴凌而回。孔明在山上，见郃在万军之中往来冲突，英勇倍加，乃谓左右曰："尝闻张翼德大战张郃，人皆惊惧。吾今日见之，方知其勇也！若留下此人，必为蜀中之害，吾当除之。"遂收军还营。

却说司马懿引兵布成阵势，只待蜀兵乱动，一齐攻之；忽见张郃、戴凌狼狈而来，告曰："孔明先如此提防，因此大败而归。"懿大惊曰："孔明真神人也！不如且退。"即传令，教大军尽回本寨，坚守不出。

且说孔明大胜，所得器械马匹不计其数，乃引大军回寨，每日令魏延挑战。魏兵不出。一连半月，不曾交兵。孔明正在帐中思虑，忽报天子遣侍中费祎赍诏至。孔明接入营中，焚香礼毕，开诏读曰：

> 街亭之役，咎由马谡，而君引愆①，深自贬抑，重违君意，听顺所守。前年耀师，馘斩王双；今岁爰征，郭淮遁走。降集氐羌，复兴二郡，咸震凶暴，功勋显然。方今天下骚扰，元恶未枭。君受大任，干国之重，而久自抑损，非所以光扬洪烈也。今复君丞相，君其勿辞。

孔明听诏毕，谓费祎曰："吾国事未成，安可复丞相之职？"坚辞不受。祎曰："丞相若不受职，拂了天子之意，又冷淡了将士之心！宜且权受。"孔明方才拜受。祎辞去。

孔明见司马懿不出，思得一计，传令教各处皆拔寨而起。当有细作报知司马懿，说："孔明退兵了。"懿曰："孔明必有大谋，不可轻动。"张郃曰："此必因粮尽而回，如何不追？"懿曰："吾料孔明上年大收，今又麦熟，粮草丰足，然转运艰难，亦可支吾半载，安肯便走？彼见吾连日不战，故作此计引诱。可令人远远哨之。"军士探知，回报说："孔明离此三十里下寨。"懿曰："吾料孔明果不走，且坚守寨栅，不可轻进。"住了旬日，绝无音信，并不见蜀将来战。懿再令人哨探，回报说："蜀兵已起营去了。"懿未信，乃更换衣服，杂在军中，亲自来看，只见蜀兵又退三十里下寨。懿回营谓张郃曰："此乃孔明之计也，不可追赶。"又住了旬日，再令人哨探，回

_____

① 引愆：归罪于自己。愆，过失。

报说:"蜀兵又退三十里下寨。"郃曰:"孔明用缓兵之计,渐退汉中。都督何故怀疑,不早追之?郃愿往决一战。"懿曰:"孔明诡计极多,倘有差失,丧我军之锐气,不可轻进。"郃曰:"某去若败,甘当军令。"懿曰:"既汝要去,可分兵两枝,汝引一枝先行,须要奋力死战;吾随后接应,以防伏兵。汝次日先进,到半途驻扎,后日交战,使兵力不乏。"遂分兵已毕。次日,张郃、戴凌引副将数十员,精兵三万,奋勇先进。到半路下寨。司马懿留下许多军马守寨,只引五千精兵,随后进发。

原来孔明密令人哨探,见魏兵半路而歇。是夜,孔明唤众将商议曰:"今魏兵来追,必然死战,汝等须以一当十。吾以伏兵截其后,非智勇之将,不可当此任。"言毕,以目视魏延。延低头不语。王平出曰:"某愿当之。"孔明曰:"若有失如何?"平曰:"愿当军令。"孔明叹曰:"王平肯舍身亲冒矢石,真忠臣也!虽然如此,奈魏兵分两枝,前后而来,断吾伏兵在中,平纵然智勇,只可当一头,岂可分身两处?须再得一将,同去为妙。怎奈军中再无舍死当先之人!"言未毕,一将出曰:"某愿往。"孔明视之,乃张翼也。孔明曰:"张郃乃魏之名将,有万夫不当之勇,汝非敌手!"翼曰:"若有失事,愿献首于帐下!"孔明曰:"汝既敢去,可与王平各引一万精兵,伏于山谷中,只待魏兵赶上,任他过尽,汝等却引伏兵从后掩杀。若司马懿随后赶来,却分兵两头,张翼引一军,当住后队,王平引一军截其前队。两军须要死战,吾自有别计相助。"二人受计,引兵而去,孔明又唤姜维、廖化分付曰:"与汝二人一个锦囊,引三千精兵,偃旗息鼓,伏于前山之上。如见魏兵围住王平、张翼,十分危急,不必去救,只开锦囊看视,自有解危之策。"二人受计,引兵而去。又令吴班、吴懿、马忠、张嶷四将,附耳分付曰:"如来日魏兵到,锐气正盛,不可便迎,且战且走。只看关兴引兵来掠阵之时,汝等便回军赶杀,吾自有兵接应。"四将受计,引兵而去。又唤关兴分付曰："汝引五千精兵伏于山谷，只看山上红旗飐动，却引兵杀出。"兴受计，引兵而去。

却说张郃、戴凌领兵前来，骤如风雨。马忠、张嶷、吴懿、吴班四将接着，出马交锋。张郃大怒，驱兵追杀。蜀兵且战且走。魏兵追赶约有二十余里，时值六月天气，十分炎热，人马汗如泼水。走到五十里外，魏兵尽皆气喘。孔明在山上把红旗一招，关兴引兵杀出，马忠等四将一齐引兵掩杀回来。张郃、戴凌死战不退。忽然喊声大震，两路军杀出，乃王平、张翼也，各奋勇追杀，截其后路。郃大叫众将曰："汝等到此，不决一死战，更待何时！"魏兵奋力冲突，不得脱身。忽然背后鼓角喧天，司马懿自领精兵杀到。懿指挥众将把王平、张翼围在垓心。翼大呼曰："丞相真神人也，计已算定，必有良谋！吾等当决一死战！"即分兵两路，平引一军截住张郃、戴凌，翼引一军力当司马懿，两头死战，叫杀连天。

姜维、廖化在山上探望，见魏兵势大，蜀兵力危，渐渐抵当不住。维谓化曰："如此危急，可开锦囊看计。"二人拆开视之，内书云："若司马懿兵来，围王平、张翼至急，汝二人可分兵两枝，竟袭司马懿之营，懿必急退。汝可乘乱攻之，营虽不得，可获全胜。"二人大喜，即分兵两路，径袭司马懿营中而去。

原来司马懿亦恐中孔明之计，沿途不住的令人传报。懿正催战间，忽流星马飞报，言蜀兵两路竟取大寨去了。懿大惊失色，乃谓众将曰："吾料孔明有计，汝等不信，勉强追来，却误了大事！"即提兵急回。军心惶惶乱走。张翼随后掩杀，魏兵大败。张郃、戴凌见势孤，亦望山僻小路而走。蜀兵大胜。背后关兴引兵接应诸路。司马懿大败一阵，奔入寨时，蜀兵已自回去。懿收聚败军，责骂诸将曰："汝等不知兵法，只凭血气之勇，强欲出战，致有此败。今后切不许妄动，再有不遵，决正军法！"众皆羞惭而退。这一阵魏将死者极多，遗弃马匹器械无数。

却说孔明收得胜军马入寨，又欲起兵进取，忽报有人自成都来，说张苞身死。孔明闻知，放声大哭，口中吐血，昏绝于地。众人救醒。孔明自此得病，卧床不起。诸将无不感激。后人有诗叹曰：

悍勇张苞欲建功，可怜天不助英雄。

武侯泪向西风洒，为念无人佐鞠躬。

旬日之后，孔明唤董厥、樊建等入帐，分付曰："吾自觉昏沉，不能理事，不如且回汉中养病，再作良图。汝等切勿走泄。司马懿若知，必来攻击。"遂传号令，教当夜暗暗拔寨，皆回汉中。孔明去了五日，懿方得知，乃长叹曰："孔明真有神出鬼没之计，吾不能及也！"于是司马懿留诸将在寨中，分兵守把各处隘口，懿自班师回。

却说孔明将大军屯于汉中，自回成都养病。文武官僚出城迎接，送入丞相府中。后主御驾自来问病，命御医调治，日渐痊可。

建兴八年秋七月，魏都督曹真病可[①]，乃上表说："蜀兵数次侵界，屡犯中原，若不剿除，必为后患。今时值秋凉，人马安闲，正当征伐。臣愿与司马懿同领大军，径入汉中，殄灭奸党，以清边境。"魏主大喜，问侍中刘晔曰："子丹劝朕伐蜀，若何？"晔奏曰："大将军之言是也。今若不剿除，后必为大患。陛下便可行之。"睿点头。晔出内回家，有众大臣相探，问曰："闻天子与公计议兴兵伐蜀，此事如何？"晔应曰："无此事也。蜀有山川之险，非可易图，空费军马之劳，于国无益。"众官皆默然而出。杨暨入内奏曰："昨闻刘晔劝陛下伐蜀，今日与众臣议，又言不可伐，是欺陛下也。陛下何不召而问之？"睿即召刘晔入内问曰："卿劝朕伐蜀，今又言不可，何也？"晔曰："臣细详之，蜀不可伐。"睿大笑。少时，杨暨出内，晔奏曰："臣昨日劝陛下伐蜀，乃国之大事，岂可妄泄于人？夫兵者，诡道也。事未发，切宜秘之！"睿大悟曰："卿言是也！"自此

---

① 病可：病痊愈。

愈加敬重。旬日内，司马懿入朝，魏主将曹真表奏之事，逐一言之。懿奏曰："臣料东吴未敢动兵，今日正可乘此去伐蜀。"睿即拜曹真为大司马、征西大都督，司马懿为大将军、征西副都督，刘晔为军师。三人拜辞魏主，引四十万大兵前行，至长安，径奔剑阁，来取汉中；其余郭淮、孙礼等，各取路而行。

汉中人报入成都。此时孔明病好多时，每日操练人马，习学八阵之法，尽皆精熟，欲取中原；听得这个消息，遂唤张嶷、王平分付曰："汝二人先引一千兵去守陈仓古道，以当魏兵。吾却提大兵，便来接应。"二人告曰："人报魏兵四十万，诈称八十万，声势甚大，如何只与一千兵去守隘口？倘魏兵大至，何以拒之？"孔明曰："吾欲多与，恐士卒辛苦耳！"嶷与平面面相觑，皆不敢去。孔明曰："若有疏失，非汝等之罪。不必多言，可疾去！"二人又哀告曰："丞相欲杀其二人，就此请杀，只不敢去。"孔明笑曰："何其愚也！吾令汝等去，自有主见。吾昨夜仰观天文，见毕星躔于太阴之分①，此月内必有大雨淋漓。魏兵虽有四十万，安敢深入山险之地？因此不用多军，决不受害。吾将大军皆在汉中安居一月，待魏兵退，那时以大兵掩之，以逸待劳，吾十万之众可胜魏兵四十万也！"二人听毕，方大喜，拜辞而去。孔明遂统大军出汉中，传令教各处隘口预备干柴草料细粮，俱够一月人马支用，以防秋雨。将大军宽限一月，先给衣食，伺候出征。

却说曹真、司马懿同领大军，径到陈仓城内，不见一间房屋。寻土人问之，皆言孔明回时放火烧毁。曹真便要往陈仓道进发，懿曰："不可轻进。我夜观天文，见毕星躔于太阴之分，此月内必有大雨。若深入重地，常胜则可；倘有疏虞，人马受苦，要退则难。且宜在城中搭起窝铺驻扎②，以防阴雨。"真从其言。未及半月，天雨大

---

① 躔（chán）：日月星辰的运行。

② 窝铺：临时住宿的草棚。

降，淋漓不止。陈仓城外平地水深三尺，军器尽湿，人不得睡，昼夜不安。大雨连降三十日，马无草料，死者无数。军士怨声不绝，传入洛阳。魏主设坛求晴不得。黄门侍郎王肃上疏曰：

> 前志有之："千里馈粮，士有饥色；樵苏后爨，师不宿饱①。"此谓平途之行军者也，又况于深入险阻，凿路而前？则其为劳必相百也。今又加之以霖雨，山坡峻滑，众逼而不展，粮远而难继，实行军之大忌也。闻曹真发已逾月，而行方半谷，治道功大，战士悉作，是彼偏得以逸待劳，乃兵家之所惮也。言之前代，则武王伐纣，出关而复还；论之近事，则武文征权，临江而不济，岂非顺天知时，通于权变者哉！愿陛下念水雨艰剧之故，休息士卒。后日有衅，乘时用之，所谓悦以犯难，民忘其死者也。

魏主览表，正在犹豫，杨阜、华歆亦上疏谏。魏主即下诏，遣使诏曹真、司马懿还朝。

却说曹真与司马懿商议曰："今连阴三十日，军无战心，各有思归之意，如何禁止？"懿曰："不如且回。"真曰："倘孔明追来，怎生退之？"懿曰："先伏两军断后，方可回兵。"正议间，忽使命来召二人，遂将大军前队作后队，后队作前队，徐徐而退。

却说孔明计算一月秋雨，天气未晴，自提一军，屯于城固；又传令教大军会于赤坡驻扎。孔明升帐，唤众将言曰："吾料魏兵必走，魏主必下诏来取曹真、司马懿兵回。吾若追之，必有准备，不如任他且去，再作良图。"忽王平令人来报，说魏兵已回。孔明分付来人："传与王平，不可追袭，吾自有破魏兵之策。"正是：

> 魏兵纵使能埋伏，汉相原来不肯追。

未知孔明怎生破魏，且看下文分解。

---

① 樵苏后爨（cuàn），师不宿饱：现打柴草，然后做饭，士兵就不能吃饱饭睡觉。樵，砍柴；苏，打草；爨，烧火做饭。

第一百回

汉兵劫寨破曹真　武侯斗阵辱仲达

却说众将闻孔明不追魏兵，俱入帐告曰："魏兵苦雨，不能屯扎，因此回去，正好乘势追之。丞相如何不追？"孔明曰："司马懿善能用兵，今军退必有埋伏。吾若追之，正中其计。不如纵他远去，吾却分兵径出斜谷而取祁山，使魏人不提防也。"众将曰："取长安之地，别有路途，丞相只取祁山，何也？"孔明曰："祁山乃长安之首也。陇西诸郡倘有兵来，必经由此地；更兼前临渭滨，后靠斜谷，左出右入，可以伏兵，乃用武之地。吾故欲先取此，得地利也。"众将皆拜服。孔明令魏延、张嶷、杜琼、陈式出箕谷，马岱、王平、张翼、马忠出斜谷，俱会于祁山。调拨已定，孔明自提大军，令关兴、廖化为先锋，随后进发。

却说曹真、司马懿二人在后监督人马，令一军入陈仓古道探视，回报说蜀兵不来。又行旬日，后面埋伏众将皆回，说蜀兵全无音耗。真曰："连绵秋雨，栈道断绝，蜀人岂知吾等退军耶？"懿曰："蜀兵随后出矣。"真曰："何以知之？"懿曰："连日晴明，蜀兵不赶，料吾有伏兵也，故纵我兵远去。待我兵过尽，他却夺祁山矣。"曹真不信。懿曰："子丹如何不信？吾料孔明必从两谷而来。吾与子丹各守一谷口，十日为期。若无蜀兵来，我面涂红粉，身穿女衣，来营中伏罪。"真曰："若有蜀兵来，我愿将天子所赐玉带一条、御马一匹与你。"即分兵两路。真引兵屯于祁山之西斜谷口，懿引军屯于祁山之东箕谷口。各下寨已毕。

懿先引一枝兵伏于山谷中，其余军马各于要路安营。懿更换衣装，杂在众军之内，遍观各营。忽到一营，有一偏将仰天而怨曰："大雨淋了许多时，不肯回去。今又在这里顿住，强要赌赛①，却不苦了官军。"懿闻言，归寨升帐，聚众将皆到帐下，挨出那将来。懿叱之曰："朝廷养军千日，用在一时。汝安敢出怨言，以慢军心？"其人不招，懿叫出同伴之人对证。那将不能抵赖。懿曰："吾非赌赛，欲胜蜀兵，令汝各人有功回朝。汝乃妄出怨言，自取罪戾。"喝令武士："推出斩之！"须臾，献首帐下。众将悚然。懿曰："汝等诸将皆要尽心，以防蜀兵。听吾中军炮响，四面皆进。"众将受令而退。

却说魏延、张嶷、陈式、杜琼四将引二万兵，取箕谷而进。正行之间，忽报参谋邓芝到来。四将问其故。芝曰："丞相有令，如出箕谷，提防魏兵埋伏，不可轻进。"陈式曰："丞相用兵，何多疑耶？吾料魏兵连遭大雨，衣甲皆毁，必然急归，安得又有埋伏？今吾兵倍道而进，可获大胜，如何又教休进？"芝曰："丞相计无不中，谋无不成，汝安敢违令！"式笑曰："丞相若果多谋，不致街亭之失。"魏延想起孔明向日不听其计，亦笑曰："丞相若听吾言，径出子午谷，此时休说长安，连洛阳皆得矣！今执定要出祁山，有何益耶？即令进兵，今又教休进，何其号令不明！"式曰："吾自有五千兵，径出箕谷，先到祁山下寨，看丞相羞也不羞。"芝再三阻当。式只不听，径自引五千兵，出箕谷去了。邓芝只得飞报孔明。

却说陈式引兵行不数里，忽听得一声炮响，四面伏兵皆出。式急退时，魏兵塞满谷口，围得铁桶相似。式左冲右突，不能得脱。忽闻喊声大震，一彪军杀入，乃是魏延，救了陈式。回到谷中，五千兵只剩得四五百带伤人马。背后魏兵赶来，却得杜琼、张嶷引兵接应，魏兵方退。陈、魏二人方信孔明先见如神，懊悔不及。

---

① 赌赛：比赛优劣以定胜负。

且说邓芝回见孔明，言魏延、陈式如此无礼。孔明笑曰："魏延素有反相，吾知彼常有不平之意，因怜其勇而用之，久后必生患害。"正言间，忽流星马报到，说陈式折了四千余人，止有四五百带伤人马屯在谷中。孔明令邓芝再来箕谷，抚慰陈式，防其生变；一面唤马岱、王平分付曰："斜谷若有魏兵守把，汝二人引本部军越山岭，夜行昼伏，速出祁山之左，举火为号。"又唤马忠、张翼分付曰："汝等亦从山僻小路，昼伏夜行，径出祁山之右，举火为号，与马岱、王平会合，共劫曹真营寨。吾自从谷中三面攻之，魏兵可破也。"四人领命，分头引兵去了。孔明又唤关兴、廖化分付曰如此如此。二人受了密计，引兵而去。孔明自领精兵，倍道而行。正行间，又唤吴班、吴懿授与密计，亦引兵先行。

　　却说曹真心中不信蜀兵来，以此怠慢，纵令军士歇息，只等十日无事，要羞司马懿。不觉守了七日，忽有人报："谷中有些小蜀兵出来。"真令副将秦良引五千兵哨探，不许纵令蜀兵近界。秦良领命，引兵刚到谷口，哨见蜀兵退去，良急引兵赶来。行到五六十里，不见蜀兵，心下疑惑，教军士下马歇息。忽哨马报说，前面有蜀兵埋伏。良上马看时，只见山中尘土大起，急令军士提防。不一时，四壁厢喊声大震，前面吴班、吴懿引兵杀出，背后关兴、廖化引兵杀来，左右是山，皆无走路。山上蜀兵大叫："下马投降者免死！"魏军大半多降。秦良死战，被廖化一刀斩于马下。孔明把降卒拘于后军，却将魏军衣甲与蜀军五千人穿了，扮作魏兵，令关兴、廖化、吴班、吴懿四将引着，径奔曹真寨来。先令报马入寨，说只有些小蜀兵，尽赶去了。真大喜。

　　忽报："司马都督差心腹人至。"真唤入问之。其人告曰："今都督用埋伏计，杀蜀兵四千余人。司马都督致意将军，教休将赌赛为念，务要用心提备。"真曰："吾这里并无一个蜀兵。"遂打发来人回去。忽又报秦良引兵回来了。真自出帐迎之。比及到寨，人报前后两把火起。真急回寨后看时，关兴、廖化、吴班、吴懿四将，指麾蜀军，就营前杀将进来，马岱、王平从后面杀来，马忠、张翼亦引兵杀到。魏军措手不及，各自逃生。众将保曹真望东而走。背后蜀兵赶来。曹真正奔走，忽然喊声大震，一彪军杀到，真胆战心惊，视之乃司马懿也。懿大战一场，蜀兵方退。真得脱，羞惭无地。懿曰："诸葛亮夺了祁山地势，吾等不可久居此处，宜去渭滨安营，再作良图。"真曰："仲达何以知吾遭此大败也？"懿曰："见来人报称子丹说并无一个蜀兵，吾料孔明暗来劫寨，因此知之，故相接应。今果中计。切莫言赌赛之事，只同心报国。"曹真甚是惶恐，气成疾病，卧床不起，兵屯渭滨。懿恐军心有乱，不敢教真引兵。

却说孔明大驱士马，复出祁山。劳军已毕，魏延、陈式、杜琼、张嶷入帐，拜伏请罪。孔明曰："是谁失陷了军来？"延曰："陈式不听号令，潜入谷口，以此大败。"式曰："此事魏延教我行来。"孔明曰："他倒救你，你反攀他。将令既违，不必巧说。"即叱武士推出陈式斩之。须臾，悬首于帐前，以示诸将。此时孔明不杀魏延，欲留之以为后用也。

孔明既斩了陈式，正议进兵，忽有细作报说："曹真卧病不起，现在营中治疗。"孔明大喜，谓诸将曰："若曹真病轻，必便回长安。今魏兵不退，必为病重，故留于军中，以安众人之心。吾写下一书，教秦良的降兵持与曹真，真若见之，必然死矣。"遂唤降兵至帐下，问曰："汝等皆是魏军，父母妻子多在中原，不宜久居蜀中，今放汝等回家若何？"众军泣泪拜谢。孔明曰："曹子丹与吾有约。吾有一书，汝等带回，送与子丹，必有重赏。"魏军领了书，奔回本寨，将孔明书呈与曹真。真扶病而起，拆封视之。其书曰：

> 汉丞相武乡侯诸葛亮致书于大司马曹子丹之前：切谓夫为将者，能去能就，能柔能刚，能进能退，能弱能强；不动如山岳，难知如阴阳，无穷如天地，充实如太仓，浩渺如四海，眩

曜如三光；预知天文之旱涝，先识地理之平康；察阵势之期会，揣敌人之短长。嗟尔无学后辈，上逆穹苍，助篡国之反贼，称帝号于洛阳；走残兵于斜谷，遭霖雨于陈仓；水陆困乏，人马猖狂；抛盈郊之戈甲，弃满地之刀枪。都督心崩而胆裂，将军鼠窜而狼忙。无面见关中之父老，何颜入相府之厅堂？史官秉笔而记录，百姓众口而传扬。仲达闻阵而惕惕，子丹望风而遑遑。吾军兵强而马壮，大将虎奋以龙骧，扫秦川为平壤，荡魏国作丘荒。

曹真看毕，恨气填胸，至晚死于军中。司马懿用兵车装载，差人送赴洛阳安葬。

魏主闻知曹真已死，即下诏催司马懿出战。懿提大军来与孔明交锋，隔日先下战书。孔明谓诸将曰："曹真必死矣！"遂批回"来日交锋"。使者去了。孔明当夜教姜维受了密计，如此而行；又唤关兴分付如此如此。

次日，孔明尽起祁山之兵，前到渭滨，一边是河，一边是山，中央平川旷野，好片战场。两军相迎，以弓箭射住阵角。三通鼓罢，魏阵中门旗开处，司马懿出马，众将随后而出，只见孔明端坐于四轮车上，手摇羽扇。懿曰："吾主上法尧禅舜，相传二帝，坐镇中原，容汝蜀、吴二国者，乃吾主宽慈仁厚，恐伤百姓也。汝乃南阳一耕夫，不识天数，强要相侵，理宜殄灭。如省心改过，宜即早回，各守疆界，以成鼎足之势，免致生灵涂炭，汝等皆得全生。"孔明笑曰："吾受先帝托孤之重，安肯不倾心竭力以讨贼乎？汝曹氏不久为汉所灭。汝祖父皆为汉臣，世食汉禄，不思报效，反助篡逆，岂不自耻？"懿羞惭满面，曰："吾与汝决一雌雄。汝若能胜，吾誓不为大将！汝若败时，早归故里，吾并不加害。"

孔明曰："汝欲斗将，斗兵，斗阵法？"懿曰："先斗阵法。"孔明曰："先布阵我看。"懿入中军帐下，手执黄旗招飐，左右军动，排成一阵，复上马出阵，问曰："汝识吾阵否？"孔明笑曰："吾军中末将亦能布之，此乃混元一气阵也。"懿曰："汝布阵我看。"孔明入阵，把羽扇一摇，复出阵前，问曰："汝识我阵否？"懿曰："量此八卦阵，如何不识！"孔明曰："识便识了，敢打我阵否？"懿曰："既识之，如何不敢打！"孔明曰："汝只管打来。"司马懿回到本阵中，唤戴凌、张虎、乐綝三将分付曰："今孔明所布之阵，按休生伤杜景死惊开八门，汝三人可从正东生门打入，往西南休门杀出，复从正北开门杀入，此阵可破。汝等小心在意。"于是戴凌在中，张虎在前，乐綝在后，各引三十骑，从生门打入。两军呐喊相助。三人杀入蜀阵，只见阵如连城，冲突不出。三人慌引骑转过阵脚，往西南冲去，却被蜀兵射住，冲突不出。阵中重重叠叠，都有门户，那里分东西南北？三将不能相顾，只管乱撞，但见愁云漠漠，惨雾濛濛。喊声起处，魏军一个个皆被缚了，送到中军。

孔明坐于帐中，左右将张虎、戴凌、乐綝并九十个军，皆缚在帐下。孔明笑曰："吾纵然捉得汝等，何足为奇。吾放汝等回见司马懿，叫他再读兵书，重观战策，那时来决雌雄，未为迟也。汝等性命既饶，当留下军器战马。"遂将众人衣甲脱了，以墨涂面，步行出阵。司马懿见之，大怒，回顾诸将曰："如此挫败锐气，有何面目回见中原大臣耶？"即指挥三军，奋死掠阵。懿自拔剑在手，引百余骁将，催督冲杀。两军恰才相会，忽然阵后鼓角齐鸣，喊声大震，一彪军从西南上杀来，乃关兴也。懿分后军当之，复催军向前厮杀。忽然魏兵大乱，原来姜维引一彪军悄地杀来。蜀兵三路夹攻。懿大惊，急忙退军。蜀兵周围杀到。懿引三军望南死命冲出。魏兵十伤六七。司马懿退在渭滨南岸下寨，坚守不出。

孔明收得胜之兵，回到祁山时，永安城李严遣都尉苟安解送粮米至军中交割。苟安好酒，于路怠慢，违限十日。孔明大怒曰："吾军中专以粮为大事，误了三日，便该处斩。汝今误了十日，有何理说?"喝令推出斩之。长史杨仪曰:"苟安乃李严用人,又兼钱粮多出于西川,若杀此人,后无人敢送粮也。"孔明乃叱武士去其缚,杖八十放之。

苟安被责,心中怀恨,连夜引亲随五六骑径奔魏寨投降。懿唤入。苟安拜告前事。懿曰:"虽然如此,孔明多谋,汝言难信。汝能为我干一件大功,吾那时奏准天子,保汝为上将。"安曰:"但有甚事,即当效力。"懿曰:"汝可回成都,布散流言,说孔明有怨上之意,早晚欲称为帝,使汝主召回孔明,便是汝之功。"苟安允诺,竟回成都,见了宦官,布散流言,说孔明自倚大功,早晚必将篡国。宦官闻知,大惊,即入内奏帝,细言前事。后主惊讶曰:"似此如之奈何?"宦官曰:"可诏还成都,削其兵权,免生叛逆。"后主下诏,宣孔明班师回朝。蒋琬出班奏曰:"丞相自出师以来,累建大功,何故宣回?"后主曰:"朕有机密事,必须与丞相面议。"即遣使赍诏,星夜宣孔明回。

使命径到祁山大寨。孔明接入,受诏已毕,仰天叹曰:"主上年幼,必有佞臣在侧。吾正欲建功,何故取回?我若不回,是欺主矣;若奉命而退,日后再难得此机会也。"姜维问曰:"若大军退,司马懿乘势掩杀,当复如何?"孔明曰:"吾今退军,可分五路而退。今日先退此营。假如营内兵一千,却掘二千灶,今日掘三千灶,明日掘四千灶,每日退军,添灶而行。"杨仪曰:"昔孙膑擒庞涓,用添兵减灶之法。今丞相退兵,何故增灶?"孔明曰:"司马懿善能用兵,知吾兵退,必然追赶,心中疑吾有伏兵,定于旧营内数灶,见每日增灶,兵又不知退与不退,则疑而不敢追。吾徐徐而退,自无损兵之患。"遂传令退军。

却说司马懿料苟安行计定当,只待蜀兵退时,一齐掩杀。正踌躇间,忽报蜀寨空虚,人马皆去。懿因孔明多谋,不敢轻追,自引百余骑前来蜀营内踏看,教军士数灶,仍回本寨。次日又教军士赶到那个营内，查点灶数，回报说这营内之灶比前又增一分。司马懿谓诸将曰："吾料孔明多谋，今果添兵增灶，吾若追之，必中其计。不如且退，再作良图。"于是回军不追。孔明不折一人，望成都而去。次后，川口土人来报司马懿，说："孔明退兵之时，未见添兵，只见增灶。"懿仰天长叹曰："孔明效虞诩之法^①，瞒过吾也！其谋略吾不如之！"遂引大军还洛阳。正是：

> 棋逢敌手难相胜，将遇良才不敢骄。

未知孔明回到成都，竟是如何，且看下文分解。

---

① 虞诩（xǔ）：东汉武都太守，羌兵曾在陈仓、崤谷拦截虞诩，虞诩用每天增灶的计策迷惑对方，使之不敢追击，最后打败了羌兵。

第一百一回

出陇上诸葛妆神　奔剑阁张郃中计

却说孔明用减兵添灶之法，退兵到汉中。司马懿恐有埋伏，不敢追赶，亦收兵回长安去了。因此蜀兵不曾折了一人。孔明大赏三军已毕，回到成都，入见后主，奏曰："老臣出了祁山，欲取长安，忽承陛下降诏召回，不知有何大事。"后主无言可对，良久，乃曰："朕久不见丞相之面，心甚思慕，故特诏回，别无他事。"孔明曰："此非陛下本心，必有奸臣谗谮，言臣有异志也。"后主闻言，默然无语。孔明曰："老臣受先帝厚恩，誓以死报。今若内有奸邪，臣安能讨贼乎？"后主曰："朕因过听宦官之言①，一时召回丞相，今日茅塞方开，悔之不及矣。"孔明遂唤众宦官究问，方知是苟安流言，急令人捕之，已投魏国去了。孔明将妄奏的宦官诛戮，余皆废出宫外；又深责蒋琬、费祎等不能觉察奸邪，规谏天子。二人唯唯服罪。

孔明拜辞后主，复到汉中，一面发檄，令李严应付粮草，仍运赴军前，一面再议出师。杨仪曰："前数兴兵，军力罢弊，粮又不继。今不如分兵两班，以三个月为期。且如二十万之兵，只领十万出祁山，住了三个月，却教这十万替回，循环相转，若此则兵力不乏，然后徐徐而进，中原可图矣。"孔明曰："此言正合吾意。我伐中原，非一朝一夕之事，正当为此长久之计。"遂下令分兵两班，限一百日为期，循环相转，违限者按军法处治。

---

① 过听：误听。

建兴九年春二月，孔明复出师伐魏。时魏太和五年也。魏主曹睿知孔明又伐中原，急召司马懿商议。懿曰："今子丹已亡，臣愿竭一人之力，剿除寇贼，以报陛下。"睿大喜，设宴待之。次日，人报蜀兵寇急，睿即命司马懿出师御敌，亲排銮驾，送出城外。懿辞了魏主，径到长安，大会诸路人马，计议破蜀兵之策。张郃曰："吾愿引一军去守雍、郿，以拒蜀兵。"懿曰："吾前军不能独当孔明之众，而又分兵为前后，非胜算也。不如留兵守上邽，余众悉往祁山，公肯为先锋否？"郃大喜曰："我素怀忠义，欲尽心报国，惜未遇知己。今都督肯委重任，虽万死不辞！"于是司马懿令张郃为先锋，总督大军；又令郭淮守陇西诸郡，其余众将各分道而进。前军哨马报说："孔明率大军望祁山进发，前部先锋王平、张嶷，径出陈仓，过剑阁，由散关望斜谷而来。"司马懿谓张郃曰："今孔明长驱大进，必将割陇西小麦，以资军粮。汝可结营守祁山，吾与郭淮巡略天水诸郡，以防贼兵割麦。"郃领诺，遂引四万兵守祁山。懿引大军望陇西而去。

却说孔明兵至祁山，安营已毕，见渭滨有魏军提备，乃谓诸将曰："此必是司马懿也。即今营中乏粮，屡遣人催促李严运米应付，却只是不到。吾料陇上麦熟，可密引兵割之。"于是留王平、张嶷、吴班、吴懿四将守祁山营，孔明自引姜维、魏延等诸将，前到卤城。卤城太守素知孔明，慌忙开城出降。孔明抚慰毕，问曰："此时何处麦熟？"太守告曰："陇上麦已熟。"孔明乃留张翼、马忠守卤城，自引诸将并三军望陇上而来。前军回报说："司马懿引兵在此。"孔明惊曰："此人预知吾来割麦也。"即沐浴更衣，推过一般三辆四轮车来，车上皆要一样妆饰。此车乃孔明在蜀中预先造下的。当下令姜维引一千军护车，五百军擂鼓，伏在上邽之后，马岱在左，魏延在右，亦各引一千军护车，五百军擂鼓。每一辆车用二十四人，皂衣跣足，披发仗剑，手执七星皂幡，在左右推车。三人各受计，引兵推车而去。孔明又令三万军皆执镰刀幡绳，伺候割麦。却选二十四个精壮之士，各穿皂衣，披发跣足，仗剑簇拥四轮车，为推车使者；令关兴结束做天蓬模样[①]，手执七星皂幡，步行于车前。孔明端坐于上，望魏营而来。

　　哨探军见之大惊，不知是人是鬼，火速报知司马懿。懿自出营视之，只见孔明簪冠鹤氅，手摇羽扇，端坐于四轮车上；左右二十四人，披发仗剑；前面一人手执皂幡，隐隐似天神一般。懿曰："这个又是孔明作怪也。"遂拨二千人马分付曰："汝等疾去，连车带人尽情都捉来。"魏兵领命，一齐追赶。孔明见魏兵赶来，便教回车，遥望蜀营缓缓而行。魏兵皆骤马追赶，但见阴风习习，冷雾漫漫，尽力赶了一程，追之不上。各人大惊，都勒住马言曰："奇怪！我等急急赶了三十里，只见在前，追之不上，如之奈何？"孔明见兵不来，又令推车过来，朝着魏兵歇下。魏兵犹豫良久，又放马赶来。孔明复回车慢慢而行。魏兵又赶了二十里，只见在前，不曾赶上，尽皆痴呆。孔明教回过车，朝着魏兵，推车倒行。魏兵又欲追赶，后面司马懿自引一军到，传令曰："孔明善会八门遁甲，能驱六丁六甲之神[②]，此乃六甲天书内缩地之法也[③]，众军不可追之。"

　　众军方勒马回时，左势下战鼓大震，一彪军马杀来。懿急令兵拒之，只见蜀兵队里，二十四人，披发仗剑，皂衣跣足，拥出一辆四轮车，车上端坐孔明，簪冠鹤氅，手摆羽扇。懿大惊曰："方才那个车上坐着孔明，赶了五十里，追之不上，如何这里又有孔明？怪哉！怪哉！"言未毕，右势下战鼓又鸣，一彪军杀来，四轮车上亦坐着一个孔明，左右亦有二十四人，皂衣跣足，披发仗剑，拥车而来。

---

① 天蓬：指天蓬元帅，是古代传说中的天神。

② 六丁六甲：分别指道教传说中的六位阴神和六位阳神，供天帝驱使，道士可以用符咒召请他们驱鬼。

③ 缩地：相传东汉人费长房有仙术，一日之内，能与千里外几个地方的人见面，说是缩地术。

懿心中大疑，回顾诸将曰：“此必神兵也！”众军心下大乱，不敢交战，各自奔走。正行之际，忽然鼓声大震，又一彪军杀来，当先一辆四轮车，孔明端坐于上，左右前后，推车使者，同前一般。魏兵无不骇然。司马懿不知是人是鬼，又不知多少蜀兵，十分惊惧，急急引兵奔入上邽，闭门不出。此时，孔明早令三万精兵将陇上小麦割尽，运赴卤城打晒去了。

司马懿在上邽城中，三日不敢出城。后见蜀兵退去，方敢令军出哨，于路捉得一蜀兵，来见司马懿。懿问之，其人告曰：“某乃割麦之人，因走失马匹，被捉前来。”懿曰：“前者是何神兵？”答曰：“三路伏兵，皆不是孔明，乃姜维、马岱、魏延也。每一路只有一千军护车，五百军擂鼓，只是先来诱阵的车上，乃孔明也。”懿仰天长叹曰：“孔明有神出鬼没之机！”忽报副都督郭淮入见，懿接入。礼毕，淮曰：“吾闻蜀兵不多，见在卤城打麦，可以击之。”懿细言前事。淮笑曰：“只瞒过一时，今已识破，何足道哉！吾引一军攻其后，公引一军攻其前，卤城可破，孔明可擒矣！”懿从之，遂分兵两路而来。

却说孔明引军在卤城，打晒小麦，忽唤诸将听令曰：“今夜敌人必来攻城。吾料卤城东西麦田之内足可伏兵，谁敢为我一往？”姜维、魏延、马忠、马岱四将出曰：“某等愿往。”孔明大喜，乃命姜维、魏延各引二千兵，伏东南、西北两处，马岱、马忠各引二千兵，伏在西南、东北两处，只听炮响，四角一齐杀来。四将受计引兵去了。孔明自引百余人，各带火炮出城，伏在麦田之内等候。

却说司马懿引兵径到卤城下，日已昏黑，乃谓诸将曰：“若白日进兵，城中必有准备，今可乘夜晚攻之。此处城低壕浅，可便打破。”遂屯兵城外。一更时分，郭淮亦引兵到，两下合兵，一声鼓响，把卤城围得铁桶相似。城上万弩齐发，矢石如雨。魏兵不敢前进。忽然魏军中信炮连声，三军大惊，又不知何处兵来。淮令人去麦田搜时，四角上火光冲天，喊声大震，四路蜀兵一齐杀至，卤城四门大开，城内兵杀出，里应外合，大杀了一阵。魏兵死者无数。司马懿引败兵奋死突出重围，占住山头，郭淮亦引败兵奔到山后扎驻。孔明入城，令四将于四角下安营。郭淮告司马懿曰："今与蜀兵相持许久，无策可退，目下又被杀了一阵，折伤三千余人。若不早图，日后难退矣。"懿曰："当复如何？"淮曰："可发檄文，调雍、凉人马，并力剿杀。吾愿引军袭剑阁，截其归路，使彼粮草不通，三军慌乱，那时乘势击之，敌可灭矣。"懿从之，即发檄文，星夜往雍、凉调拨人马。不一日，大将孙礼引雍、凉诸郡人马到。懿即令孙礼约会郭淮，去袭剑阁。

却说孔明在卤城，相距日久，不见魏兵出战，乃唤马岱、姜维入城听令曰："今魏兵守住山险，不与我战，一者料吾麦尽无粮，二者令兵去袭剑阁，断吾粮道也。汝二人各引一万军，先去守住险要，魏兵见有准备，自然退去。"二人引兵去了。长史杨仪入帐告曰："向者丞相令大兵一百日一换，今已限足，汉中兵已出川口，前路公文已到，只待会兵交换。见存八万军内，四万该与换班。"孔明曰："既有令，便教速行。"众军闻知，各各收拾起程。

忽报孙礼引雍、凉人马二十万来助战，去袭剑阁；司马懿自引兵来攻卤城了。蜀兵无不惊骇。杨仪入告孔明曰："魏兵来得甚急，丞相可将换班军且留下退敌，待新来兵到，然后换之。"孔明曰："不可。吾用兵命将，以信为本。既有令在先，岂可失信？且蜀兵应去者，皆准备归计，其父母妻子倚扉而望，吾今便有大难，决不留他！"即传令，教应去之兵当日便行。众军闻之，皆大呼曰："丞相如此施恩于众，我等愿且不回，各舍一命，大杀魏兵，以报丞相。"孔明曰："尔等该还家，岂可复留于此？"众军皆要出战，不愿回家。孔明曰："汝等既要与我出战，可出城安营，待魏兵到，莫待他息喘，便急攻之。此以逸待劳之法也。"众兵领命，各执兵器，欢喜出城，列阵而待。

却说西凉人马倍道而来，走的人马困乏，方欲下营歇息，被蜀兵一拥而进，人人奋勇，将锐兵骁。雍、凉兵抵敌不住，望后便退。蜀兵奋力追杀，杀得那雍、凉兵尸横遍野，血流成渠。孔明出城，收聚得胜之兵，入城赏劳。忽报："永安李严有书告急。"孔明大惊，拆封视之，书云：

> 近闻东吴令人入洛阳，与魏连和。魏令吴取蜀，幸吴尚未起兵。今严探知消息，伏望丞相早作良图。

孔明览毕，甚是惊疑，乃聚诸将曰："若东吴兴兵寇蜀，吾须索速回也①。"即传令，教："祁山大寨人马且退回西川。司马懿知吾屯军在此，必不敢追赶。"于是王平、张嶷、吴班、吴懿分兵两路，徐徐退入西川去了。

张郃见蜀兵退去，恐有计策，不敢来追，乃引兵往见司马懿曰："今蜀兵退去，不知何意。"懿曰："孔明诡计极多，不可轻动。不如坚守，待他粮尽，自然退去。"大将魏平出曰："蜀兵拔祁山之营而退，正可乘势追之。都督按兵不动，畏蜀如虎，奈天下笑何！"懿坚执不从。

却说孔明知祁山兵已回，遂唤杨仪、马忠入帐，授以密计，令先引一万弓弩手去剑阁木门道两下埋伏："若魏兵追到，听我炮响，急滚下木石，先截其去路，两头一齐射之。"二人引兵去了。又唤魏延、关兴，引兵断后。城上四面遍插旌旗，城内乱堆柴草，虚放烟火，大兵尽望木门道而去。

魏营巡哨军来报司马懿曰："蜀兵大队已退，但不知城中还有多少兵。"懿自往视之，见城上插旗，城中烟起，笑曰："此乃空城也。"令人探之，果是空城。懿大喜曰："孔明已退，谁敢追之？"先锋张

---

① 须索：必须。

郃曰："吾愿往。"懿阻曰："公性急躁，不可去。"郃曰："都督出关之时，命我为先锋，今日正是立功之际，却不用吾，何也？"懿曰："蜀兵退去，险阻处必有埋伏，须十分仔细，方可追之。"郃曰："吾已知得，不必挂虑。"懿曰："公自欲去，莫要追悔。"郃曰："大丈夫舍身报国，虽万死无恨！"懿曰："公既坚执要去，可引五千兵先行，却教魏平引二万马步兵后行，以防埋伏。我却引三千兵随后策应。"张郃领命，引兵火速望前追赶。

行到三十余里，忽然背后一声喊起，树林内闪出一彪军，为首大将横刀勒马，大叫曰："贼将引兵那里去？"郃回头视之，乃魏延也。郃大怒，回马交锋，不十合，延诈败而走。郃又追赶三十余里，勒马回顾，全无伏兵，又策马前追。方转过山坡，忽喊声大起，一彪军拥出，为首大将乃关兴也，横刀勒马大叫曰："张郃休赶，有吾在此！"郃就拍马交锋，不十合，关兴拨马便走。郃随后追之。赶到一密林内，郃心疑，令人四下哨探，并无伏兵，于是放心又赶，不想魏延却抄在前面。郃又与战十余合，延又败走。郃奋怒追来，又被关兴抄在前面，截住去路。郃大怒，拍马交锋，战有十合，蜀兵尽弃衣甲什物等件，塞满道路，魏兵皆下马争取。延、兴二将轮流交战，张郃奋勇追赶。

看看天晚，赶到木门道口，魏延拨回马，高声大骂曰："张郃逆贼，吾不与汝相拒，汝只顾赶来。吾今与汝决一死战！"郃十分忿怒，挺枪骤马，直取魏延。延挥刀来迎。战不十合，延大败，尽弃衣甲头盔，匹马引败兵望木门道中而走。张郃杀的性起，又见魏延大败而逃，乃骤马赶来。此时天色昏黑，一声炮响，山上火光冲天，大石乱柴滚将下来，阻截去路。郃大惊曰："我中计矣！"急回马时，背后已被木石塞满了归路，中间只有一段空地，两边皆是峭壁，郃进退无路。忽一声梆子响，两下万弩齐发，将张郃并百余个部将皆射死于木门道中。后人有诗曰：

伏弩齐飞万点星，木门道上射雄兵。

至今剑阁行人过，犹说军师旧日名。

却说张郃已死。随后魏兵追到，见塞了道路，已知张郃中计。众军勒回马急退，忽听的山头上大叫曰："诸葛丞相在此！"众军仰视，只见孔明立于火光之中，指众军而言曰："我今日围猎，欲射一'马'，误中一'獐'。汝各人安心而去，上覆仲达，早晚必为吾所擒矣！"魏兵回见司马懿，细告前事。懿悲伤不已，仰天叹曰："张隽义身死，吾之过也！"乃收兵回洛阳。魏主闻张郃死，挥泪叹息，令人收其尸，厚葬之。

却说孔明入汉中，欲归成都见后主。都护李严妄奏后主曰："臣已办备军粮，行将运赴丞相军前，不知丞相何故，忽然班师。"后主闻奏，即命尚书费祎入汉中见孔明，问班师之故，祎至汉中，宣后主之意。孔明大惊曰："李严发书告急，说东吴将兴兵寇川，因此回师。"费祎曰："李严奏称军粮已办，丞相无故回师，天子因此命某来问耳。"孔明大怒，令人访察，乃是李严因军粮不济，怕丞相见罪，故发书取回；却又妄奏天子，遮饰己过。孔明大怒曰："匹夫为一己之故，废国家大事。"令人召至，欲斩之。费祎劝曰："丞相念先帝托孤之意，姑且宽恕。"孔明从之。费祎即具表，启奏后主。后主览表，勃然大怒。叱武士推李严出斩之。参军蒋琬出班奏曰："李严乃先帝托孤之臣，乞望恩宽恕。"后主从之，即谪为庶人，徙于梓潼郡闲住。

孔明回到成都，用李严子李丰为长史。积草屯粮，讲阵论武，整治军器，存恤将士[①]，三年然后出征。两川人民军士皆仰其恩德。光阴荏苒，不觉三年。时建兴十三年春二月，孔明入朝奏曰："臣今存恤军士，已经三年，粮草丰足，军器完备，人马雄壮，可以伐魏。

---

① 存恤：慰问，抚恤。

今番若不扫清奸党，恢复中原，誓不见陛下也！"后主曰："方今已成鼎足之势。吴魏不曾入寇，相父何不安享太平？"孔明曰："臣受先帝知遇之恩，梦寐之间，未尝不设伐魏之策。竭力尽忠，为陛下克复中原，重兴汉室，臣之愿也！"言未已，班部中一人出曰："丞相不可兴兵！"众视之，乃谯周也。正是：

武侯尽瘁惟忧国，太史知机又论天。

未知谯周有何议论，且看下文分解。

第一百二回

司马懿占北原渭桥　诸葛亮造木牛流马

却说谯周官居太史，颇明天文，见孔明又欲出师，乃奏后主曰："臣今职掌司天台，但有祸福，不可不奏。近有群鸟数万，自南飞来，投于汉水而死，此不祥之兆。臣又观天象，见奎星躔于太白之分，盛气在北，不利伐魏。又成都人民皆闻柏树夜哭。有此数般灾异，丞相只宜谨守，不可妄动。"孔明曰："吾受先帝托孤之重，当竭力讨贼，岂可以虚妄之灾氛，而废国家大事耶？"遂命有司设太牢，祭于昭烈之庙，涕泣拜告曰："臣亮五出祁山，未得寸土，负罪非轻。今臣复统全部，再出祁山，誓竭力尽心，剿灭汉贼，恢复中原，鞠躬尽瘁，死而后已！"祭毕，拜辞后主，星夜至汉中，聚集诸将，商议出师。忽报关兴病亡，孔明放声大哭，昏倒于地，半晌方苏。众将再三劝解。孔明叹曰："可怜忠义之人，天不与以寿！我今番出师，又少一员大将也！"后人有诗叹曰：

> 生死人常理，蜉蝣一样空[1]。
> 但存忠孝节，何必寿乔松[2]？

孔明引蜀兵三十四万，分五路而进，令姜维、魏延为先锋，皆出祁山取齐；令李恢先运粮草，于斜谷道口伺候。

却说魏国因旧岁有青龙自摩陂井内而出，改为青龙元年。此时乃青龙二年春二月也。近臣奏曰："边官飞报：蜀兵三十余万，分五

---

① 蜉蝣：虫类，多近水而飞，往往数小时即死，生存期极短。
② 乔松：王子乔和赤松子的并称，两人均为传说中的仙人。

路复出祁山。"魏主曹睿大惊，急召司马懿至，谓曰："蜀人三年不曾入寇，今诸葛亮又出祁山，如之奈何？"懿奏曰："臣夜观天象，见中原旺气正盛，奎星犯太白，不利于西川。今孔明自负才智，逆天而行，乃自取败亡也。臣托陛下洪福，当往破之。但愿保四人同去。"睿曰："卿保何人？"懿曰："夏侯渊有四子：长名霸，字仲权；次名威，字季权；三名惠，字雅权；四名和，字意权。霸、威二人弓马熟娴，惠、和二人谙知韬略。此四人常欲为父报仇。臣今保夏侯霸、夏侯威为左右先锋，夏侯惠、夏侯和为行军司马，共赞军机，以退蜀兵。"睿曰："向者夏侯楙驸马违误军机，失陷了许多人马，至今羞惭不回。今此四人亦与楙同否？"懿曰："此四人非楙之比也。"睿乃从其请，即命司马懿为大都督，凡将士悉听量才委用，各处兵马皆听调遣。懿受命，辞朝出城。睿又以手诏赐懿曰：

> 卿到渭滨，宜坚壁固守，勿与交锋。蜀兵不得志，必诈退诱敌，卿慎勿追。待彼粮尽，必将自走，然后乘虚攻之，则取胜不难，亦免军马疲劳之苦，计莫善于此也。

司马懿顿首受诏，即日到长安，聚集各处军马，共四十万，皆来渭滨下寨；又拨五万军于渭水上，搭起九座浮桥，令先锋夏侯霸、夏侯威过渭水安营；又于大营之后东原筑起一城，以防不虞。

懿正与众将商议间，忽报郭淮、孙礼来见。懿迎入。礼毕，淮曰："今蜀兵现在祁山，倘跨渭登原，接连北山，阻绝陇道，大可虞也。"懿曰："所言甚善。公可就总督陇西军马，据北原下寨，深沟高垒，按兵休动，只待彼兵粮尽，方可攻之。"郭淮、孙礼领命，引兵下寨去了。

却说孔明复出祁山，下五个大寨，按左右中前后，自斜谷直到剑阁，一连又下十四个大寨，分屯军马，以为久计。每日令人巡哨。忽报郭淮、孙礼领陇西之兵，于北原下寨。孔明谓诸将曰："魏兵于北原安营者，惧吾取此路，阻拥陇道也。吾今虚攻北原，却暗取渭滨，令人扎木筏百余只，上载草把，选惯熟水手五千人驾之。我黄夜只攻北原，司马懿必引兵来救。彼若少败，我把后军先渡过岸去，然后把前军下于筏中，休要上岸，顺水取浮桥放火烧断，以攻其后，吾自引一军去取前营之门。若得渭水之南，则进兵不难矣。”诸将遵令而行。

早有巡哨军飞报司马懿，懿唤诸将议曰："孔明如此设施，其中必有计。彼以取北为名，顺水来烧浮桥，乱吾后，却攻吾前也。"即传令与夏侯霸、夏侯威曰："若听得北原发喊，便提兵于渭水南山之中，待蜀兵至击之。"又令张虎、乐綝："引二千弓弩手，伏于渭水浮桥北岸，若蜀兵乘木筏顺水而来，可一齐射之，休令近桥。"又传令郭淮、孙礼曰："孔明来北原，暗渡渭水。汝新立之营，人马不多，可尽伏于半路，若蜀兵午后渡水，黄昏时分，必来攻汝。汝诈败而走，蜀兵必退，汝等皆以弓弩射之，吾水陆并进。若蜀兵大至，只看吾指挥而击之。"各处下令已毕，又令二子司马师、司马昭引兵救应前营，懿自引一军救北原。

却说孔明令魏延、马岱引兵渡渭水攻北原；令吴班、吴懿引木筏兵去烧浮桥；令王平、张嶷为前队，姜维、马忠为中队，廖化、张翼为后队，兵分三路，去攻渭水旱营。是日午时，人马离大寨，尽渡渭水，列成阵势，缓缓而行。

却说魏延、马岱将近北原，天色已昏。孙礼哨见，便弃营而走。魏延知有准备，急退军时，四下喊声大震，左有司马懿，右有郭淮，两路兵杀来。魏延、马岱奋力杀出，蜀兵多半落于水中，余众奔逃无路。幸得吴懿兵杀来，救了败兵，过岸拒住。吴班分一半兵撑筏，顺水来烧浮桥，却被张虎、乐綝在岸上乱箭射住。吴班中箭，落水而死，余军跳水逃命，木筏尽被魏兵夺去。

此时王平、张嶷不知北原兵败，直奔到魏营，已有二更天气。只听得喊声四起，王平谓张嶷曰："马军攻打北原，未知胜负，渭南之寨现在面前，如何不见一个魏兵？莫非司马懿知道了，先作准备也？我等且看浮桥火起，方可进兵。"二人勒住军马。忽背后一骑马来报说："丞相教军马急回，北原兵、浮桥兵俱失了。"王平、张嶷大惊，急退军时，却被魏兵抄在背后，一声炮响，一齐杀来，火光冲天。王平、张嶷引兵相迎，两军混战一场。平、嶷二人奋力杀出，蜀兵折伤大半。孔明回到祁山大寨，收聚残兵，约折了万余人，心中忧闷。

忽报："费祎自成都来见丞相。"孔明请入。费祎礼毕，孔明曰："吾有一书，正欲烦公去东吴投递，不知肯去否？"祎曰："丞相之命，岂敢推辞！"孔明即修书付费祎去了。祎持书径到建业，入见吴主孙权，呈上孔明之书。权拆视之，书略曰：

> 汉室不幸，王纲失纪，曹贼篡逆，蔓延及今。亮受昭烈皇帝寄托之重，敢不竭力尽忠？今大兵已会于祁山，狂寇将亡于渭水。伏望陛下念同盟之义，命将北征，共取中原，同分天下。书不尽言，万希圣听。

权览毕，大喜，乃谓费祎曰："朕久欲兴兵，未得会合孔明。今既有书到，即日朕自亲征，入居巢门，取魏新城。再令陆逊、诸葛瑾等屯兵于江夏、沔口，取襄阳；孙韶、张承等出兵广陵，取淮阳等处。三处一齐进军，共三十万，克日兴师。"费祎拜谢曰："诚如此，则中原不日自破矣！"权设宴，款待费祎。饮宴间，权问曰："丞相军前，用谁当先破敌？"祎曰："魏延为首。"权笑曰："此人勇有余而心不正，若一朝无孔明，彼必为祸，孔明岂未知耶？"祎曰："陛下之言极当。臣今归去，即当以此言告孔明。"遂拜辞孙权，回到祁山，见了孔明，具言吴主起大兵三十万，御驾亲征，兵分三路而进。孔明又问曰："吴主别有所言否？"费祎将论魏延之语告之。孔明叹曰："真聪明之主也！吾非不知此人，为借其勇，故用之耳。"祎曰："丞相早宜区处。"孔明曰："吾自有法。"祎辞别孔明，自回成都。

孔明正与诸将商议征进，忽报："有魏将来投降。"孔明唤入问之，曰："某乃魏国偏将军郑文也。近与秦朗同领人马，听司马懿调用，不料懿徇私偏向，加秦朗为前将军，而视文如草芥，因此不平，特来投降丞相，愿赐收录。"言未已，人报秦朗引兵在寨外，单搦郑文交战。孔明曰："此人武艺，比汝若何？"郑文曰："某当立斩之。"孔明曰："汝若先杀秦朗，吾方不疑。"郑文欣然上马出营，与秦朗交锋。孔明亲自出营视之。只见秦朗挺枪大骂曰："反贼盗我战马来此，可早早还我！"言讫，直取郑文。文拍马舞刀相迎，只一合，斩秦朗于马下。魏军各自逃走。郑文提首级入营。

孔明回到帐中坐定，唤郑文至，勃然大怒，叱左右推出斩之。郑文曰："小将无罪！"孔明曰："吾向识秦朗，汝今斩者，并非秦朗，安敢欺我！"文拜告曰："此实秦朗之弟秦明也。"孔明笑曰："司马懿令汝来诈降，于中取事，却如何瞒得我过？若不实说，必然斩汝。"郑文只得诉告其实是诈降，泣求免死。孔明曰："汝既求生，可修书一封，教司马懿自来劫营，吾便饶汝性命。若捉住司马懿，便是汝之功，还当重用。"郑文只得写了一书，呈与孔明。孔明令将郑文监下。樊建问曰："丞相何以知此人诈降？"孔明曰："司马懿不轻用人，若加秦朗为前将军，必武艺高强。今与郑文交马一合，便为文所杀，必不是秦朗也，以故知其诈。"众皆拜服。

孔明选一舌辩军士，附耳分付如此如此。军士领命，持书径来魏寨，求见司马懿。懿唤入，拆书看毕，问曰："汝何人也？"答曰："某乃中原人，流落蜀中。郑文与某同乡。今孔明因郑文有功，用为先锋，郑文特托某来献书，约于明日晚间举火为号，望乞都督尽提大军，前来劫寨，郑文在内为应。"司马懿反复诘问，又将来书仔细检看，果然是实，即赐军士酒食，分付曰："本日二更为期，我自来劫寨。大事若成，必重用汝。"军士拜别，回到本寨，告知孔明。孔明仗剑步罡①，祷祝已毕，唤王平、张嶷分付如此如此，又唤马忠、马岱分付如此如此，又唤魏延分付如此如此。孔明自引数十人，坐于高山之上，指挥众军。

却说司马懿见了郑文之书，便欲引二子提大兵来劫蜀寨。长子司马师谏曰："父亲何故据片纸而亲入重地？倘有疏虞，如之奈何？不如令别将先去，父亲为后应可也。"懿从之，遂令秦朗引一万兵去劫蜀寨，懿自引兵接应。是夜初更，风清月朗。将及二更时分，忽然阴云四合，黑气漫空，对面不见。懿大喜曰："天使我成功也！"于是人尽衔枚，马皆勒口，长驱大进。秦朗当先，引一万兵直杀入蜀寨中，并不见一人。朗知中计，忙叫退兵。四下火把齐明，喊声震地，左有王平、张嶷，右有马岱、马忠，两路兵杀来。秦朗死战，不能得出。背后司马懿见蜀寨火光冲天，喊声不绝，又不知魏兵胜负，只顾催兵接应，望火光中杀来。忽然一声喊起，鼓角喧天，火炮震地，左有魏延，右有姜维，两路杀出。魏兵大败，十伤八九，四散逃奔。此时秦朗所引一万兵都被蜀兵围住，箭如飞蝗，秦朗死于乱军之中。司马懿引败兵奔入本寨。三更以后，天复清朗。孔明在山头上，鸣金收军。原来二更时阴云暗黑，乃孔明用遁甲之法；后收兵已了，天复清朗，乃孔明驱六丁六甲扫荡浮云也。

当下孔明得胜回寨，命将郑文斩了，再议取渭南之策。每日令兵搦战，魏军只不出迎。孔明自乘小车，来祁山前，渭水东西，踏看地理。忽到一谷口，见其形如葫芦之状，内中可容千余人，两山又合一谷，可容四五百人，背后两山环抱，只可通一人一骑。孔明看了，心中大喜，问乡导官曰："此处是何地名？"答曰："此名上方谷，又号葫芦谷。"孔明回到帐中，唤裨将杜睿、胡忠二人，附耳授以密计，令唤集随军匠作一千余人，入葫芦谷中，制造木牛、流马

---

① 步罡：按北斗星象的位置步行转折。

应用。又令马岱领五百兵守住谷口。孔明嘱马岱曰："匠作人等不许放出，外人不许放入。吾还不时自来点视。捉司马懿之计，只在此举，切不可走漏消息。"马岱受命而去。杜睿等二人在谷中监督匠作，依法制造，孔明每日往来指示。

忽一日，长史杨仪入告曰："即今粮米皆在剑阁，人夫牛马搬运不便，如之奈何？"孔明笑曰："吾已运谋多时也。前者所积木料，并西川收买下的大木，教人制造木牛、流马，搬运粮米，甚是便利。牛马皆不水食，可以轻运，昼夜不绝。"众皆惊曰："自古及今，未闻有木牛、流马之事。不知丞相有何妙法，造此奇物？"孔明曰："吾已令人依法制造，尚未完备。吾今先将造木牛、流马之法，尺寸方圆，长短阔狭，开写明白，汝等视之。"众大喜。孔明即手书一纸，付众观看。众将环绕而视。其造木牛之法云：

方腹曲胫，一腹四足，头入领中，舌着于腹。载多而行少，独行者数十里，群行者三十里。曲者为牛头，双者为牛足，横者为牛领，转者为牛脚，覆者为牛背，方者为牛腹，垂者为牛舌，曲者为牛肋，刻者为牛齿，立者为牛角，细者为牛鞅，摄者为牛鞦轴[①]。牛御双辕，人行六尺，牛行四步，人不大劳，牛不饮食。

造流马之法云：

肋长三尺五寸，广三寸，厚二寸二分，左右同。前轴孔分墨去头四寸，径中二寸。前脚孔分墨去头四寸五分，长一寸五分，广一寸。前杠孔去前脚孔分墨二寸七分，孔长二寸，广一寸。后轴孔去前杠孔分墨一尺五寸，大小与前同。后杠孔去后脚孔分墨二寸二分。后杠孔分墨四寸五分。前杠长一尺八寸，广二寸，厚一寸五分，后杠与等。板方囊二枚，厚八分，长二

---

① 摄者为牛鞦（qiū）轴：牵引物是套在木牛后面的横轴。摄，拉、拽；鞦，通"鞧"，是套车时栓在驾辕牲口屁股周围的皮带、帆布带等。

尺七寸，高一尺六寸五分，广一尺六寸。每枚受米二斛三斗，从上杠孔去肋下七寸，前后同。上杠孔去下杠孔分墨一尺三寸，孔长一寸五分，广七分，八孔同。前后四脚广二寸，厚一寸五分，形制如象。靬长四寸，径面四寸三分，孔径中三脚，杠长二尺一寸，广一寸五分，厚一寸四分。

众将看了一遍，皆拜服曰："丞相真神人也!"过了数日，木牛、流马皆造完备，宛然如活者一般，上山下岭，各尽其便。众军见之，无不欣喜。孔明令右将军高翔引一千兵，驾着木牛、流马，自剑阁直抵祁山大寨，往来搬运粮草，供给蜀兵之用。后人有诗赞曰：

> 剑阁险峻驱流马，斜谷崎岖驾木牛。
>
> 后世若能行此法，输将安得使人愁。

却说司马懿正忧闷间，忽哨马报说："蜀兵用木牛、流马转运粮草，人不大劳，牛马不食。"懿大惊曰："吾所以坚守不出者，为彼粮草不能接济，欲待其自毙耳。今用此法，必为久远之计，不思退矣。如之奈何?"急唤张虎、乐綝二人分付曰："汝二人各引五百军，从斜谷小路抄出，待蜀兵驱过木牛、流马，任他过尽，一齐杀出，不可多抢，只抢三五匹便回。"二人依令，各引五百军，扮作蜀兵，夜间偷过小路，伏在谷中。果见高翔引兵驱木牛、流马而来，将次过尽，两边一齐鼓噪杀出。蜀兵措手不及，弃下数匹。张虎、乐綝欢喜驱回本寨。司马懿看了，果然进退如活的一般，乃大喜曰："汝会用此法，难道我不会用?"便令巧匠百余人，当面拆开，分付依其尺寸长短厚薄之法，一样制造木牛、流马。不消半月，造成二千余只，与孔明所造者一般法则，亦能奔走。遂令镇远将军岑威引一千军驱驾木牛、流马，去陇西搬运粮草，往来不绝。魏营军将，无不欢喜。

却说高翔回见孔明，说魏兵抢夺木牛、流马各五六匹去了。孔明笑曰："我正要他抢去。我只费了几匹木牛、流马，却不久便得军中许多资助也。"诸将问曰："丞相何以知之?"孔明曰："司马懿见了木牛、流马，必然仿我法度，一样制造，那时我又有计策。"数日后，人报魏兵也会造木牛、流马，往陇西搬运粮草。孔明大喜曰："不出吾之算也！"便唤王平分付曰："汝引一千兵，扮作魏人，星夜偷过北原，只说是巡粮军，混入彼运粮军中，将护粮之人尽皆杀散，却驱木牛、流马而回，径奔过北原来。此处必有魏兵追赶，汝便将木牛、流马口内舌头扭转，牛马就不能行动，汝等竟弃之而走。背后魏兵赶到，牵拽不动，扛抬不去。吾再有兵到，汝却回身再将牛马舌扭过来，长驱大行，魏兵必疑为怪也。"王平受计，引兵而去。

孔明又唤张嶷分付曰："汝引五百军，都扮作六丁六甲神兵，鬼头兽身，用五采涂面，妆作种种怪异之状，一手执绣旗，一手仗宝剑，身挂葫芦，内藏烟火之物，伏于山傍，待木牛、流马到时，放起烟火，一齐拥出，驱牛马而行。魏人见之，必疑是神鬼，不敢来追赶。"张嶷受计，引兵而去。孔明又唤魏延、姜维分付曰："汝二人同引一万兵，去北原寨口接应木牛、流马，以防交战。"又唤廖化、张翼分付曰："汝二人引五千兵，去断司马懿来路。"又唤马忠、马岱分付曰："汝二人引二千兵，去渭南搦战。"六人各各遵令而去。

且说魏将岑威引军驱木牛、流马，装载粮米。正行之间，忽报前面有兵巡粮。岑威令人哨探，果是魏兵，遂放心前进。两军合在一处，忽然喊声大震，蜀兵就本队里杀起，大呼："蜀中大将王平在此！"魏兵措手不及，被蜀兵杀死大半。岑威引败兵抵敌，被王平一刀斩了，余皆溃散。王平引兵尽驱木牛、流马而回。败兵飞奔，报入北原寨内。郭淮闻军粮被劫，疾忙引军来救。王平令兵扭转木牛、流马舌头，俱弃于道中，且战且走。郭淮教且莫追，只驱回木牛、流马。众军一齐驱赶，却那里驱得动。郭淮心中疑惑。正无奈何，忽鼓角喧天，喊声四起，两路兵杀来，乃魏延、姜维也。王平复引兵杀回。三路夹攻，郭淮大败而走。王平令军士将牛马舌头重复扭转，驱赶而行。郭淮望见，方欲回兵再追，只见山后烟云突起，一队神兵拥出，一个个手执旗剑，怪异之状，拥护木牛、流马，如风拥而去。郭淮大惊曰："此必神助也！"众军见了，无不惊畏，不敢追赶。

却说司马懿闻北原兵败，急自引军来救，方到半路，忽一声炮响，两路兵自险峻处杀出，喊声震地，旗上大书"汉将张翼廖化"。司马懿见了大惊。魏军着慌，各自逃窜。正是：

　　　　路逢神将粮遭劫，身遇奇兵命又危。

未知司马懿怎地抵敌，且看下文分解。

第一百三回

上方谷司马受困　五丈原诸葛禳星

却说司马懿被张翼、廖化一阵杀败，匹马单枪望密林间而走。张翼收住后军。廖化当先追赶，看看赶上。懿着慌，绕树而转。化一刀砍去，正砍在树上，及拔出刀时，懿已走出林外。廖化随后赶出，却不知去向，但见树林之东落下金盔一个。廖化取盔捎在马上，一直望东追赶。原来司马懿把金盔弃于林东，却反向西走去了。廖化追了一程，不见踪迹，奔出谷口，遇见姜维，同回寨见孔明。张嶷早驱木牛、流马到寨，交割已毕，获粮万余石。廖化献上金盔，录为头功。魏延心中不悦，口出怨言。孔明只做不知。

且说司马懿逃回寨中，心甚恼闷。忽使命赍诏至，言东吴三路入寇，朝廷正议命将抵敌，令懿等坚守勿战。懿受命已毕，深沟高垒，坚守不出。

却说曹睿闻孙权分兵三路而来，亦起兵三路迎之，命刘劭引兵救江夏，田豫引兵救襄阳，睿自与满宠率大军救合淝。满宠先引一军至巢湖口，望见东岸战船无数，旌旗整肃。宠入军中奏魏主曰："吴人必轻我远来，未曾提备。今夜可乘虚劫其水寨，必得全胜。"魏主曰："汝言正合朕意。"即令骁将张球领五千兵，各带火具，从湖口攻之；满宠引兵五千，从东岸攻之。是夜二更时分，张球、满宠各引军悄悄望湖口进发，将近水寨，一齐呐喊杀入。吴兵慌乱，不战而走，被魏军四下举火，烧毁战船粮草器具不计其数。诸葛瑾率败兵逃走沔口。魏兵大胜而回。

次日，哨军报知陆逊。逊集诸将议曰："吾当作表申奏主上，请撤新城之围，以兵断魏军归路。吾率众攻其前，彼首尾不敌，一鼓可破也。"众服其言。陆逊即具表，遣一小校，密地赍往新城。小校领命，赍着表文，行至渡口，不期被魏军伏路的捉住，解赴军中，见魏主曹睿。睿搜出陆逊表文，览毕，叹曰："东吴陆逊真妙算也！"遂命将吴卒监下，令刘劭谨防孙权后兵。

却说诸葛瑾大败一阵，又值暑天，人马多生疾病，乃修书一封，令人转达陆逊，议欲撤兵还国。逊看书毕，谓来人曰："拜上将军，吾自有主意。"使者回报诸葛瑾。瑾问："陆将军作何举动？"使者曰："但见陆将军催督众人于营外种豆菽，自与诸将在辕门射戏。"瑾大惊，亲自往陆逊营中与逊相见，问曰："今曹睿亲来，兵势甚盛，都督何以御之？"逊曰："吾前遣人奉表于主上，不料为敌人所获。机谋既泄，彼必知备，与战无益，不如且退。已差人奉表约主上，缓缓退兵矣。"瑾曰："都督既有此意，即宜速退，何又迟延？"逊曰："吾军欲退，当徐徐而动。今若便退，魏人必乘势追赶，此取败之道也！足下宜先督船只，诈为拒敌之意。吾悉以人马向襄阳而进，为疑敌之计，然后徐徐退归江东，魏兵自不敢近耳！"瑾依其计，辞逊归本营，整顿船只，预备起行。陆逊整肃部伍，张扬声势，望襄阳进发。

早有细作报知魏主，说吴兵已动，须用提防。魏将闻之，皆要出战。魏主素知陆逊之才，谕众将曰："陆逊有谋，莫非用诱敌之计？不可轻进！"众将乃止。数日后，哨卒来报："东吴三路兵马皆退矣。"魏主未信，再令人探之。回报果然尽退。魏主曰："陆逊用兵，不亚孙、吴。东南未可平也！"因敕诸将，各守险要，自引大军屯合淝，以伺其变。

却说孔明在祁山，欲为久驻之计，乃令蜀兵与魏民相杂种田，军一分，民二分，并不侵犯。魏民皆安心乐业。司马师入告其父曰：

"蜀兵劫去我许多粮米，今又令蜀兵与我民相杂，屯田于渭滨，以为久计，似此真为国家大患。父亲何不与孔明约期大战一场，以决雌雄？"懿曰："吾奉旨坚守，不可轻动。"正议间，忽报："魏延将着元帅前日所失金盔，前来骂战。"众将忿怒，俱欲出战。懿笑曰："圣人云：'小不忍则乱大谋。'但坚守为上。"诸将依令不出。魏延辱骂良久，方回。

孔明见司马懿不肯出战，乃密令马岱造成木栅，营中掘下深堑，多积干柴引火之物，周围山上，多用柴草虚搭窝铺，内外皆伏地雷。置备停当，孔明附耳嘱之曰："可将葫芦谷后路塞断，暗伏兵于谷中。若司马懿追到，任他入谷，便将地雷干柴一齐放起火来。"又令军士昼举七星号带于谷口，夜设七盏明灯于山上，以为暗号。马岱受计，引兵而去。孔明又唤魏延分付曰："汝可引五百兵，去魏寨讨战，务要诱司马懿出战。不可取胜，只可诈败。懿必追赶。汝却望七星旗处而入；若是夜间，则望七盏灯处而走。只要引得司马懿入葫芦谷内，吾自有擒之之计。"魏延受计，引兵而去。孔明又唤高翔分付曰："汝将木牛、流马或二三十为一群，或四五十为一群，各装米粮于山路往来行走，如魏兵抢去，便是汝之功。"高翔领计，驱驾木牛、流马去了。孔明将祁山兵一一调去，只推屯田，分付："如别兵来战，只许诈败；若司马懿自来，方并力只攻渭南，断其归路。"孔明分拨已毕，自引一军，近上方谷下营。

且说夏侯惠、夏侯和二人入寨告司马懿曰："今蜀兵四散结营，各处屯田，以为久计。若不趁此时除之，纵令安居日久，深根固蒂，难以摇动。"懿曰："此必又是孔明之计。"二人曰："都督若如此疑虑，寇敌何时得灭？我兄弟二人当奋力决一死战，以报国恩！"懿曰："既如此，汝二人可分头出战。"遂令夏侯惠、夏侯和各引五千兵去讫，懿坐待回音。

却说夏侯惠、夏侯和二人分兵两路，正行之间，忽见蜀兵驱木牛、流马而来。二人一齐杀将过去。蜀兵大败奔走，木牛、流马尽被魏兵抢获，解送司马懿营中。次日，又劫掳得人马百余，亦解赴大寨。懿将解到蜀兵，诘审虚实。蜀兵告曰："孔明只料都督坚守不出，尽命我等四散屯田，以为久计，不想却被擒获。"懿即将蜀兵尽皆放回。夏侯和曰："何不杀之？"懿曰："量此小卒，杀之无益，放归本寨，令说魏将宽厚仁慈，释彼战心。此吕蒙取荆州之计也。"遂传令："今后凡有擒到蜀兵，俱当善遣之，仍重赏有功将吏。"诸将皆听令而去。

却说孔明令高翔伴作运粮，驱驾木牛、流马，往来于上方谷内。夏侯惠等不时截杀，半月之间，连胜数阵。司马懿见蜀兵屡败，心中欢喜。一日，又擒到蜀兵数十人。懿唤至帐下，问曰："孔明今在何处？"众告曰："诸葛丞相不在祁山，在上方谷西十里下营安住，令每日运粮屯于上方谷。"懿备细问了，即将众人放去，乃唤诸将分付曰："孔明今不在祁山，在上方谷安营。汝等于明日可一齐并力攻取祁山大寨，吾自引兵来接应。"众将领命，各各准备出战。司马师曰："父亲何故反欲攻其后？"懿曰："祁山乃蜀人之根本，若见我兵攻之，各营必尽来救，我却取上方谷，烧其粮草，使彼首尾不接，必大败也。"司马师拜服。懿即发兵起行，令张虎、乐𬘭各引五千兵，在后救应。

且说孔明正在山上，望见魏兵或三五千一行，或一二千一行，队伍纷纷，前后顾盼，料必来取祁山大寨，乃密传令众将："若司马懿自来，汝等便往劫魏寨，夺了渭南。"众将各各听令。

却说魏兵皆奔祁山寨来。蜀兵四下一齐呐喊奔走，虚作救应之势。司马懿见蜀兵都去救祁山寨，便引二子并中军护卫人马，杀奔上方谷来。魏延在谷口，只盼司马懿到来。忽见一枝魏兵杀到，延纵马向前视之，正是司马懿。延大喝曰："司马懿休走！"舞刀相迎。懿挺枪接战，不上三合，延拨回马便走。懿随后赶来。延只望七星旗处而走。懿见魏延只一人，军马又少，放心追之，令司马师在左，司马昭在右，懿自居中，一齐攻杀将来。魏延引五百兵，皆退入谷中去。

懿追到谷口，先令人入谷中哨探。回报："谷内并无伏兵，山上皆是草房。"懿曰："此必是积粮之所也。"遂大驱士马，尽入谷中。懿忽见草房上尽是干柴，前面魏延已不见了，懿心疑，谓二子曰："倘有兵截断谷口，如之奈何？"言未已，只听得喊声大震，山上一齐丢下火把来，烧断谷口。魏兵奔逃无路。山上火箭射下，地雷一齐突出，草房内干柴都着，刮刮杂杂①，火势冲天。司马懿惊得手足无措，乃下马抱二子大哭曰："我父子三人皆死于此处矣！"正哭之间，忽然狂风大作，黑气漫空，一声霹雳响处，骤雨倾盆，满谷之火，尽皆浇灭，地雷不震，火器无功。司马懿大喜曰："不就此时杀出，更待何时！"即引兵奋力冲杀。张虎、乐綝亦各引兵杀来接应。马岱军少，不敢追赶。司马懿父子与张虎、乐綝合兵一处，同归渭南大寨，不想寨栅已被蜀兵夺了。郭淮、孙礼正在浮桥上与蜀兵接战。司马懿等引兵杀到，蜀兵退去。懿烧断浮桥，据住北岸。

且说魏兵在祁山攻打蜀寨，听知司马懿大败，失了渭南营寨，军心慌乱。急退时，四面蜀兵冲杀将来。魏兵大败，十伤八九，死者无数，余众奔过渭北逃生。孔明在山上，见魏延诱司马懿入谷，一霎时火光大起，心中甚喜，以为司马懿此番必死。不期天雨大降，火不能着。哨马报说："司马懿父子俱逃去了。"孔明叹曰："谋事在人，成事在天，不可强也！"后人有诗叹曰：

> 谷口风狂烈焰飘，何期骤雨降青霄。
>
> 武侯妙计如能就，安得山河属晋朝。

却说司马懿在渭北寨内，传令曰："渭南寨栅今已失了，诸将如

---

① 刮刮杂杂：象声词，形容枯柴着火的声音。

再言出战者，斩！"众将听令，据守不出。郭淮入告曰："近日孔明引兵巡哨，必将择地安营。"懿曰："孔明若出武功，依山而东，我等皆危矣。若出渭南，西止五丈原，方无事也。"令人探之，回报果屯五丈原。司马懿以手加额曰："大魏皇帝之洪福也！"遂令诸将："坚守勿出，彼久必自变。"

且说孔明自引一军，屯于五丈原，累令人搦战。魏兵只不出。孔明乃取巾帼并妇人缟素之服①，盛于大盒之内，修书一封，遣人送至魏寨。诸将不敢隐蔽，引来使入见司马懿。懿对众启盒视之，内有巾帼妇人之衣，并书一封。懿拆视其书，略曰：

> 仲达既为大将，统领中原之众，不思披坚执锐，以决雌雄，乃甘窟守土巢，谨避刀箭，与妇人又何异哉？今遣人送巾帼素衣至，如不出战，可再拜而受之。倘耻心未泯，犹有男子胸襟，早与批回，依期赴敌。

司马懿看毕，心中大怒，乃佯笑曰："孔明视我为妇人耶？"即受之，令重待来使。懿问曰："孔明寝食及事之烦简若何？"使者曰："丞相夙兴夜寐②，罚二十以上皆亲览焉。所啖之食，日不过数升。"懿顾谓诸将曰："孔明食少事烦，其能久乎？"

使者辞去，回到五丈原，见了孔明，具说："司马懿受了巾帼女衣，看了书札，并不嗔怒，只问丞相寝食及事之繁简，绝不提起军旅之事。某如此应对，彼言食少事烦，岂能长久。"孔明叹曰："彼深知我也！"主簿杨颙曰："某见丞相常自校簿书，窃以为不必。夫为治有体，上下不可相侵。譬之治家之道，必使仆执耕，婢典爨③，私业无旷，所求皆足，其家主从容自在，高枕饮食而已。若皆身亲其事，将形疲神困，终无一成，岂其智之不如婢仆哉？失为家主之道

---

① 巾帼：古代妇女用以覆发的头巾和发饰。
② 夙（sù）兴夜寐：早起晚睡。
③ 典爨：专管烧火做饭。典，主管。

也。是故古人称坐而论道，谓之三公；作而行之，谓之士大夫。昔丙吉忧牛喘，而不问横道死人①；陈平不知钱谷之数②，曰自有主者。今丞相亲理细事，汗流终日，岂不劳乎？司马懿之言，真至言也。"孔明泣曰："吾非不知，但受先帝托孤之重，唯恐他人不似我尽心也！"众皆垂泪。自此孔明自觉神思不宁，诸将因此未敢进兵。

却说魏将皆知孔明以巾帼女衣辱司马懿，懿受之不战。众将不忿，入帐告曰："我等皆大国名将，安忍受蜀人如此之辱！即请出战，以决雌雄。"懿曰："吾非不敢出战，而甘心受辱也，奈天子明诏，令坚守勿动。今若轻出，有违君命矣。"众将俱忿怒不平。懿曰："汝等既要出战，待我奏准天子，同力赴敌何如？"众皆允诺。懿乃写表，遣使直至合淝军前，奏闻魏主曹睿。睿拆表览之，表略曰：

> 臣才薄任重，伏蒙明旨，令臣坚守不战，以待蜀人之自毙。奈今诸葛亮遗臣以巾帼，待臣如妇人，耻辱至甚。臣谨先达圣聪③，旦夕将效死一战，以报朝廷之恩，以雪三军之耻。臣不胜激切之至！

睿览讫，乃谓多官曰："司马懿坚守不出，今何故又上表求战？"卫尉辛毗曰："司马懿本无战心，必因诸葛亮耻辱、众将忿怒之故，特上此表，欲更乞明旨，以遏诸将之心耳。"睿然其言，即令辛毗持节至渭北寨，传谕令勿出战。司马懿接诏入帐，辛毗宣谕曰："如再有敢言出战者，即以违旨论。"众将只得奉诏。懿暗谓辛毗曰："公真

---

① 丙吉忧牛喘，而不问横道死人：丙吉是西汉时的丞相，春天出行，看见路上有争斗死伤的人，他不过问，看见牛喘却很关心。有人问他原因，他说："处理争斗案件是京兆尹的职责，不是我应当关注的。这个时候天气还不太热，牛不应该喘。牛喘可能是天时不正，会影响年成。这是丞相的职责所在，我应当关注。"

② 陈平不知钱谷之数：陈平是西汉时的丞相，皇帝问他："一年判决多少案件，收多少钱粮？"他回答："可以去问主管部门，丞相只主管群臣，不管这些事。"

③ 先达圣聪：提前让皇上知道。

知我心也！"于是令军中传说：魏主命辛毗持节，传谕司马懿，勿得出战。

蜀将闻知此事，报与孔明。孔明笑曰："此乃司马懿安三军之法也。"姜维曰："丞相何以知之？"孔明曰："彼本无战心，所以请战者，以示武于众耳。岂不闻'将在外，君命有所不受'？安有千里而请战者乎？此乃司马懿因将士忿怒，故借曹睿之主，以制众人。今又播传此言，欲懈我军心也。"

正论间，忽报费祎到。孔明请入问之，祎曰："魏主曹睿闻东吴三路进兵，乃自引大军至合淝，令满宠、田豫、刘劭分兵三路迎敌。满宠设计，尽烧东吴粮草战具。吴兵多病，陆逊上表于吴王，约会前后夹攻，不意赍表人中途被魏兵所获，因此机关泄漏。吴兵无功而还。"孔明听知此信，长叹一声，不觉昏倒于地。众将急救，半晌方苏。孔明叹曰："吾心昏乱，旧病复发，恐不能生矣！"

是夜孔明扶病出帐，仰观天文，十分惊慌，入帐谓姜维曰："吾命在旦夕矣！"维曰："丞相何出此言？"孔明曰："吾见三台星中，客星倍明，主星幽暗，相辅列曜，其光昏暗。天象如此，吾命可知。"维曰："天象虽则如此，丞相何不用祈禳之法挽回之？"孔明曰："吾素谙祈禳之法，但未知天意若何。汝可引甲士四十九人，各执皂旗，穿皂衣，环绕帐外，我自于帐中祈禳北斗。若七日内主灯不灭，吾寿可增一纪①；如灯灭，吾必死矣。闲杂人等，休教放入。凡一应需用之物，只令二小童搬运。"姜维领命，自去准备。

时值八月中秋，是夜银河耿耿，玉露零零，旌旗不动，刁斗无声②。姜维在帐外，引四十九人守护，孔明自于帐中设香花祭物，地上分布七盏大灯，外布四十九盏小灯，内安本命灯一盏。孔明拜祝曰："亮生于乱世，甘老林泉。承昭烈皇帝三顾之恩，托孤之重，不

---

① 一纪：十二年。
② 刁斗：古代军中用的铜锅，白天用来做饭，晚上用来敲打巡逻。

敢不竭犬马之劳，誓讨国贼。不意将星欲坠，阳寿将终。谨书尺素[①]，上告穹苍，伏望天慈，俯垂鉴听，曲延臣算[②]，使得上报君恩，下救民命，克复旧物[③]，永延汉祀。非敢妄祈，实由情切。"拜祝毕，就帐中俯伏待旦。次日，扶病理事，吐血不止。日则计议军机，夜则步罡踏斗[④]。

却说司马懿在营中坚守，忽一夜仰观天文，大喜，谓夏侯霸曰："吾见将星失位，孔明必然有病，不久便死。你可引一千军直去五丈原哨探，若蜀人攘乱，不出接战，孔明必然患病矣，吾当乘势击之。"霸引兵而去。孔明在帐中祈禳，已及六夜，见主灯明亮，心中甚喜。姜维入帐，正见孔明披发仗剑，踏罡步斗，压镇将星。忽听得寨外呐喊，方欲令人出问，魏延飞步入告曰："魏兵至矣。"延脚步急，竟将主灯扑灭。孔明弃剑而叹曰："死生有命，不可得而禳也！"魏延惶恐，伏地请罪。姜维忿怒，拔剑欲杀魏延。正是：

> 万事不由人做主，一心难与命争衡。

未知魏延性命如何，且看下文分解。

---

① 尺素：古代用来书写的一尺宽的白色生绢，后来通指书信。这里指祝告的表文。
② 曲延臣算：请求通融，延长我的寿命。
③ 克复旧物：克，能够。复旧物，恢复旧时的典章文物，这里是指恢复汉朝的统治。
④ 步罡踏斗：是设坛建醮时为求召神灵而礼拜星斗的动作和步态，因按照斗宿魁罡之象或九宫八卦之图而步踏之，所以称为步罡踏斗，也简称为步罡。

第一百四回

陨大星汉丞相归天　见木像魏都督丧胆

却说姜维见魏延踏灭了灯，心中忿怒，拔剑欲杀之。孔明止之曰："此吾命当绝，非文长之过也。"维乃收剑。孔明吐血数口，卧倒床上，谓魏延曰："此是司马懿料吾有病，故令人来探视虚实。汝可急出迎敌。"魏延领命，出帐上马，引兵杀出寨来。夏侯霸见了魏延，慌忙引军退走。延追赶二十余里方回。孔明令魏延自回本寨把守。

姜维入帐，直至孔明榻前问安。孔明曰："吾本欲竭忠尽力，恢复中原，重兴汉室。奈天意如此，吾旦夕将死。吾平生所学，已著书二十四篇，计十万四千一百一十二字。内有八务、七戒、六恐、五惧之法。吾遍观诸将，无人可授，独汝可传我书，切勿轻忽！"维哭拜而受。孔明又曰："吾有连弩之法，不曾用得。其法矢长八寸，一弩可发十矢，皆画成图本，汝可依法造用。"维亦拜受。孔明又曰："蜀中诸道皆不必多忧，惟阴平之地，切须仔细。此地虽险峻，久必有失。"又唤马岱入帐，附耳低言，授以密计，嘱曰："我死之后，汝可依计行之。"岱领计而出。少顷，杨仪入。孔明唤至榻前，授与一锦囊，密嘱曰："我死，魏延必反。待其反时，汝与临阵方开此囊，那时自有斩魏延之人也。"孔明一一调度已毕，便昏然而倒，至晚方苏，便连夜表奏后主。

后主闻奏，大惊，急命尚书李福星夜至军中问安，兼询后事。李福领命，趱程赴五丈原，入见孔明，传后主之命。问安毕，孔明流涕曰："吾不幸中道丧亡，虚废国家大事，得罪于天下！我死后，公等宜竭忠辅主，国家旧制不可改易，吾所用之人亦不可轻废。吾兵法皆授与姜维，他自能继吾之志，为国家出力。吾命已在旦夕，当即有遗表上奏天子也！"李福领了言语，匆匆辞去。

孔明强支病体，令左右扶上小车，出寨遍观各营，自觉秋风吹面，彻骨生寒，乃长叹曰："再不能临阵讨贼矣！悠悠苍天，曷此其极！"叹息良久，回到帐中，病转沉重。乃唤杨仪分付曰："马岱、王平、廖化、张翼、张嶷等，皆忠义之士，久经战阵，多负勤劳，堪可委用。我死之后，凡事俱依旧法而行，缓缓退兵，不可急骤。汝深通谋略，不必多嘱。姜伯约智勇足备，可以断后。"杨仪泣拜受命。孔明令取文房四宝于卧榻上，手书遗表，以达后主。表略曰：

> 伏闻生死有常，难逃定数。死之将至，愿尽愚忠。臣亮赋性愚拙，遭时艰难，分符拥节，专掌钧衡，兴师北伐，未获成功。何期病入膏肓，命垂旦夕，不及终事陛下，饮恨无穷。伏愿陛下清心寡欲，约己爱民，达孝道于先皇，布仁恩于宇下，提拔幽隐，以进贤良，屏斥奸邪，以厚风俗。臣家有桑八百株，田五十顷，子孙衣食自有余饶。至于臣在外任，随身所需，悉仰于官，不别治生产。臣死之日，不使内有余帛，外有赢财，以负陛下也。

孔明写毕，又嘱杨仪曰："吾死之后，不可发丧；可作一大龛①，将吾尸坐于龛中，以米七粒放吾口内，脚下用明灯一盏。军中安静如常，切勿举哀，则将星不坠，吾阴魂更自起镇之。司马懿见将星不坠，必然惊疑。吾军可令后寨先行，然后一营一营，缓缓而退。若司马懿来追，汝可布成阵势，回旗反鼓；等他到来，却将我先时所雕木像安于车上，推出军前，令大小将士分列左右。懿见之，必惊走

---

① 龛：供奉佛像、神位等的小阁子。

矣!"杨仪一一领诺。是夜孔明令人扶出,仰观北斗,遥指一星曰:"此吾之将星也。"众视之,见其色昏暗,摇摇欲坠。孔明以剑指之,口中念咒,咒毕,急回帐时,不省人事。

众将正慌乱间,忽尚书李福又至,见孔明昏绝,口不能言,乃大哭曰:"我误国家之大事也!"须臾,孔明复醒,开目遍视,见李福立于榻前。孔明曰:"吾已知公复来之意。"福谢曰:"福奉天子命,问丞相百年后,谁可任大事者。适因匆遽,失于谘请,故复来耳!"孔明曰:"吾死之后,可任大事者,蒋公琰其宜也。"福曰:"公琰之后,谁可继之?"孔明曰:"费文伟可继之。"福又问:"文伟之后,谁当继者?"孔明不答。众将近前视之,已薨矣。时建兴十二年秋八月二十三日也,寿五十四岁。后杜工部有诗叹曰:

> 长星昨夜坠前营,讣报先生此日倾。
>
> 虎帐不闻施号令,麟台谁复著勋名。
>
> 空余门下三千客,辜负胸中十万兵。
>
> 好看绿阴清昼里,于今无复雅歌声。

白乐天亦有诗曰:

> 先生晦迹卧山林,三顾那逢贤主寻。
>
> 鱼到南阳方得水,龙飞天外便为霖。
>
> 托孤既尽殷勤礼,报国还倾忠义心。
>
> 前后出师遗表在,令人一览泪沾襟。

初,蜀长水校尉廖立自谓才名,宜为孔明之副。尝以职位闲散,快快不平,怨谤无已,于是孔明废之为庶人,徙之汶山。及闻孔明亡,乃垂泣曰:"吾终为左衽矣①!"李严闻之,亦大哭病死。盖严尝望孔明复收己,得自补前过,度孔明死后,人不能用之故也。后元微之有赞孔明诗曰:

---

① 左衽:古代中原人的衣襟向右掩,部分少数民族的衣襟向左掩,即"左衽"。

拨乱扶危主，殷勤受托孤。

英才过管乐，妙策胜孙吴。

凛凛出师表，堂堂八阵图。

如公全盛德，应叹古今无。

是夜，天愁地惨，月色无光，孔明奄然归天[①]。姜维、杨仪遵孔明遗命，不敢举哀，依法成殓，安置龛中，令心腹将卒三百人守护；随传密令，使魏延断后，各处营寨一一退去。

却说司马懿夜观天文，见一大星赤色，光芒有角，自东北方流于西南方，坠于蜀营内，三投再起，隐隐有声。懿惊喜曰："孔明死矣！"即传令起大兵追之。方出寨门，忽又疑虑曰："孔明善会六丁六甲之法，今见我久不出战，故以此术诈死，诱我出耳。今若追之，必中其计！"遂复勒马回寨不出，只令夏侯霸暗引兵数十骑，往五丈原山僻，哨探消息。

却说魏延在本寨中，夜作一梦，梦见头上忽生二角，醒来甚是疑异。次日，行军司马赵直至。延请入问曰："久知足下深明《易》理，吾夜梦头生二角，不知主何吉凶，烦足下为我决之。"赵直想了半晌，答曰："此大吉之兆。麒麟头上有角，苍龙头上有角，乃变化飞腾之象也！"延大喜曰："如应公言，当有重谢。"直辞去，行不数里，正遇尚书费祎。祎问何来，直曰："适至魏文长营中，文长梦头生角，令我决其吉凶。此本非吉兆，但恐直言见怪，因以麒麟、苍龙解之。"祎曰："足下何以知非吉兆？"直曰："角之字形，乃刀下用也。今头上有刀，其凶甚矣！"祎曰："君且勿泄漏！"直别去。

费祎至魏延寨中，屏退左右，告曰："昨夜三更，丞相已辞世矣！临终再三嘱付，令将军断后，以当司马懿，缓缓而退，不可发丧。今兵符在此，便可起兵。"延曰："何人代理丞相之大事？"祎曰：

---

① 奄然：忽然。

"丞相一应大事，尽托与杨仪；用兵密法，皆授与姜伯约。此兵符乃杨仪之令也。"延曰："丞相虽亡，吾今现在。杨仪不过一长史，安能当此大任？他只宜扶柩入川安葬，我自率大兵攻司马懿，务要成功。岂可因丞相一人，而废国家大事耶？"祎曰："丞相遗令教且暂退，不可有违。"延怒曰："丞相当时若依我计，取长安久矣！吾今官任前将军、征西大将军、南郑侯，安肯与长史断后！"祎曰："将军之言虽是，然不可轻动，令敌人耻笑。待吾往见杨仪，以利害说之，令彼将兵权让与将军，何如？"延依其言。

祎辞延出营，急到大寨见杨仪，具述魏延之语。仪曰："丞相临终，曾密嘱我曰：'魏延必有异志。'今我以兵符往，实欲探其心耳。今果应丞相之言。吾自令伯约断后可也。"于是杨仪领兵扶柩先行，令姜维断后，依孔明遗令，徐徐而退。魏延在寨中，不见费祎来回覆，心中疑惑，乃令马岱引十余骑往探消息。回报曰："后军乃姜维总督，前军大半退入谷中去了。"延大怒曰："竖儒安敢欺我！我必杀之！"因顾谓岱曰："公肯相助否？"岱曰："某亦素恨杨仪，今愿助将军攻之。"延大喜，即拔寨引本部兵，望南而行。

却说夏侯霸引军至五丈原看时，不见一人，急回报司马懿曰："蜀兵已尽退矣。"懿跌足曰："孔明真死矣！可速追之！"夏侯霸曰："都督不可轻追，当令偏将先往。"懿曰："此番须吾自行。"遂引兵同二子一齐杀奔五丈原来，呐喊摇旗，杀入蜀寨时，果无一人。懿顾二子曰："汝急催兵赶来，吾先引军前进。"于是司马师、司马昭在后催军，懿自引军当先，追到山脚下，望见蜀兵不远，乃奋力追赶。忽然山后一声炮响，喊声大震，只见蜀兵俱回旗返鼓，树影中飘出中军大旗，上书一行大字曰："汉丞相武乡侯诸葛亮。"懿大惊失色，定睛看时，只见中军数十员上将，拥出一辆四轮车来，车上端坐孔明，纶巾羽扇，鹤氅皂绦。懿大惊曰："孔明尚在，吾轻入重地，堕其计矣！"急勒回马便走。背后姜维大叫："贼将休走，你中了我丞相之计也！"魏兵魂飞魄散，弃甲丢盔，抛戈撇戟，各逃性命，自相践踏，死者无数。司马懿奔走了五十余里，背后两员魏将赶上，扯住马嚼环，叫曰："都督勿惊！"懿用手摸头曰："我有头否？"二将曰："都督休怕，蜀兵去远了。"懿喘息半晌，神色方定，睁目视之，乃夏侯霸、夏侯惠也。乃徐徐按辔，与二将寻小路奔归本寨，使众将引兵四散哨探。

过了两日，乡民奔告曰："蜀兵退入谷中之时，哀声震地，军中扬起白旗，孔明果然死了，止留姜维引一千兵断后。前日车上之孔明，乃木人也。"懿叹曰："吾能料其生，不能料其死也！"因此蜀中人谚曰："死诸葛能走生仲达。"后人有诗叹曰：

> 长星半夜落天枢，奔走还疑亮未殂。
>
> 关外至今人冷笑，头颅犹问有和无。

司马懿知孔明死信已确，乃复引兵追赶。行到赤岸坡，见蜀兵已去远，乃引还，顾谓众将曰："孔明已死，我等皆高枕无忧矣！"遂班师回。一路上见孔明安营下寨之处，前后左右，整整有法。懿叹曰："此天下奇才也！"于是引兵回长安，分调众将，各守隘口。懿自回洛阳面君去了。

却说杨仪、姜维排成阵势，缓缓退入栈阁道口，然后更衣发丧，扬幡举哀。蜀军皆撞跌而哭，至有哭死者。蜀兵前队正回到栈阁道口，忽见前面火光冲天，喊声震地，一彪军拦路。众将大惊，急报杨仪。正是：

> 已见魏营诸将去，不知蜀地甚兵来。

未知来者是何处军马，且看下文分解。

第一百五回

武侯预伏锦囊计　魏主拆取承露盘

却说杨仪闻报前路有军拦截，忙令人哨探。回报说："魏延烧绝栈道，引兵拦路。"仪大惊曰："丞相在日，料此人久后必反，谁想今日果然如此。今断吾归路，当复如何？"费祎曰："此人必先捏奏天子①，诬吾等造反，故烧绝栈道，阻遏归路。吾等亦当表奏天子，陈魏延反情，然后图之。"姜维曰："此间有一小径，名槎山，虽崎岖险峻，可以抄出栈道之后。"一面写表奏闻天子，一面将人马望槎山小道进发。

且说后主在成都寝食不安，动止不宁；后作一梦，梦见成都锦屏山崩倒，遂惊觉，坐而待旦，聚集文武入朝圆梦。谯周曰："臣昨夜仰观天文，见一星赤色，光芒有角，自东北落于西南，主丞相有大凶之事。今陛下梦山崩，正应此兆。"后主愈加惊怖。忽报李福到。后主急召入问之。福顿首泣奏："丞相已亡！"将丞相临终言语细述一遍。后主闻言大哭曰："天丧我也！"哭倒于龙床之上。侍臣扶入后宫。吴太后闻之，亦放声大哭不已。多官无不哀恸，百姓人人涕泣。后主连日伤感，不能设朝。

忽报："魏延表奏杨仪造反。"群臣大骇，入宫启奏后主。时吴太后亦在宫中。后主闻奏，大惊，命近臣读魏延表。其略曰：

征西大将军、南郑侯臣魏延，诚惶诚恐，顿首上言：杨仪

---

① 捏奏：虚奏，以虚假的内容奏报。

自总兵权，率众造反，劫丞相灵柩，欲引敌人入境。臣先烧绝
栈道，以兵守御，谨此奏闻。

读毕，后主曰："魏延乃勇将，足可拒杨仪等众，何故烧绝栈道？"
吴太后曰："尝闻先帝有言：'孔明识魏延脑后有反骨，每欲斩之，因
怜其勇，故姑留用。'今彼奏杨仪等造反，未可轻信。杨仪乃文人，
丞相委以长史之任，必其人可用。今日若听此一面之词，杨仪等必
投魏矣！此事当深虑远议，不可造次。"

众官正商议间，忽报："长史杨仪有紧急表到。"近臣拆表读曰：

长史、绥军将军臣杨仪，诚惶诚恐，顿首谨表：丞相临终，
将大事委于臣，照依旧制，不敢变更，使魏延断后，姜维次之。

今魏延不遵丞相遗语，自提本部人马，先入汉中，放火烧断栈
道，欲劫丞相灵车，谋为不轨。变起仓卒，谨飞章奏闻。

太后听毕，问："卿等所见若何？"蒋琬奏曰："以臣愚见，杨仪为人
虽禀性过急，不能容物，至于筹度粮草，参赞军机，与丞相办事多
时。今丞相临终，委以大事，决非背反之人。魏延平日恃功务高，
人皆下之[1]，仪独不假借[2]，延心怀恨。今见仪总兵，心中不服，故烧
栈道，断其归路，又诬奏而图陷害。臣愿将全家良贱保杨仪不反，
实不敢保魏延。"董允亦奏曰："魏延自恃功高，常有不平之心，口出
怨言。向所以不即反者，惧丞相耳。今丞相新亡，乘机为乱，势所
必然。若杨仪才干敏达[3]，为丞相所任用，必不背反！"后主曰："若
魏延果反，当用何策御之？"蒋琬曰："丞相素疑此人，必有遗计授
与杨仪。若仪无恃，安能退入谷口乎？延必中计矣！陛下宽心。"不
多时，魏延又表至，告称杨仪反了。正览表之间，杨仪又表到，奏
称魏延背反。二人接连具表，各陈是非。忽报费祎到。后主召入。

---

① 人皆下之：大家都退让他，由他占先。
② 假借：宽容。
③ 若：至于。

祎细奏魏延反情。后主曰：“若如此，且令董允假节释欢，用好言抚慰。”允奉诏而去。

却说魏延烧断栈道，屯兵南谷，把住隘口，自以为得计，不想杨仪、姜维星夜引兵抄到南谷之后。仪恐汉中有失，令先锋何平引三千兵先行，仪同姜维等引兵扶柩，望汉中而来。

且说何平引兵径到南谷之后，擂鼓呐喊。哨马飞报魏延，说：“杨仪令先锋何平引兵自槎山小路抄来搦战。”延大怒，急披挂上马，提刀引兵来迎。两阵对圆，何平出马，大骂曰：“反贼魏延安在？”延亦骂曰：“汝助杨仪造反，何敢骂我！”平叱曰：“丞相新亡，骨肉未寒，汝焉敢造反？”乃扬鞭指川兵曰：“汝等军士皆是西川之人，川中多有父母妻子兄弟亲朋。丞相在日，不曾薄待汝等，今不可助反贼，宜各回家乡，听候赏赐。”众军闻言，大喊一声，散去大半。延大怒，挥刀纵马，直取何平。平挺枪来迎。战不数合，平诈败而走。延随后赶来，众军弓弩齐发。延拨马而回，见众将纷纷溃散。延转怒，拍马赶上，杀了数人，却只止遏不住，只有马岱所领三百人不动。延谓岱曰：“公真心助我！事成之后，决不相负！”遂与马岱追杀何平。平引兵飞奔而去。魏延收聚残军，与马岱商议曰：“我等投魏若何？”岱曰：“将军之言，不智甚也！大丈夫何不自图霸业，乃轻屈膝于人耶？吾观将军智勇足备，两川之士，谁敢抵敌？吾誓同将军先取汉中，随后进攻西川。”延大喜，遂同马岱引兵直取南郑。

姜维在南郑城上，见魏延、马岱耀武扬威，蜂拥而来。维急令拽起吊桥。延、岱二人大叫早降。姜维令人请杨仪商议曰：“魏延勇猛，更兼马岱相助，虽然军少，何计退之？”仪曰：“丞相临终，遗一锦囊，嘱曰：‘若魏延造反，临城对敌之时，方可开拆，便有斩魏延之计。’今当取出一看。”遂出锦囊拆封看时，题曰：“待与魏延对敌马上，方许拆开。”维大喜曰：“既丞相有戒约，长史可收执。吾先引兵出城，列成阵势，公可便来。"姜维披挂上马，绰枪在手，引三千军开了城门，一齐冲出，鼓声大震，排成阵势。维挺枪立马于门旗之下，高声大骂曰："反贼魏延！丞相不曾亏你，今日如何背反？"延横刀勒马而言曰："伯约，不干你事，只教杨仪来。"仪在门旗影里拆开锦囊视之，如此如此。仪大喜，轻骑而出，立马阵前，手指魏延而笑曰："丞相在日，知汝久后必反，教我提备，今果应其言。汝敢在马上连叫三声'谁敢杀我'，便是真大丈夫，吾就献汉中城池与汝。"延大笑曰："杨仪匹夫听着，若孔明在日，吾尚惧三分；他今已亡，天下谁敢敌我？休道连叫三声，便叫三万声，亦有何难！"遂提刀按辔，于马上大叫曰："谁敢杀我？"一声未毕，脑后一人厉声而应曰："吾敢杀汝！"手起刀落，斩魏延于马下。众将骇然。斩魏延者，乃马岱也。原来孔明临终之时，授马岱以密计，只待魏延喊叫时，便出其不意斩之。当日杨仪读罢锦囊计策，已知伏下马岱在彼，故依计而行，果然杀了魏延。后人有诗曰：

> 诸葛先机识魏延，已知日后反西川。
>
> 锦囊遗计人难料，却见成功在马前。

却说董允未及到南郑，马岱已斩了魏延，与姜维合兵一处。杨仪具表，星夜奏闻后主。后主降旨曰："既已明正其罪，仍念前功，赐棺椁葬之。"杨仪等扶孔明灵柩到成都。后主引文武官僚尽皆挂孝，出城二十里迎接。后主放声大哭。上至公卿大夫，下及山林百姓，男女老幼，无不痛哭，哀声震地。后主命扶柩入城，停于丞相府中。其子诸葛瞻守孝居丧。

后主还朝，杨仪自缚请罪。后主令近臣去其缚曰："若非卿能依丞相遗教，灵柩何日得归？魏延如何得灭？大事保全，皆卿之力也！"遂加杨仪为中军师。马岱有讨逆之功，即以魏延之爵爵之。仪呈上孔明遗表。后主览毕，大哭，降旨卜地安葬。费祎奏曰："丞相临终，命葬于定军山，不用墙垣砖石，亦不用一切祭物。"后主从之，择本年十月吉日，后主自送灵柩，至定军山安葬。后主降诏致祭，谥号忠武侯，令建庙于沔阳，四时享祭。后杜工部有诗曰：

> 丞相祠堂何处寻？锦官城外柏森森。
>
> 映阶碧草自春色，隔叶黄鹂空好音。
>
> 三顾频烦天下计，两朝开济老臣心。
>
> 出师未捷身先死，长使英雄泪满襟。

又杜工部诗曰：

> 诸葛大名垂宇宙，宗臣遗像肃清高。
>
> 三分割据纡筹策，万古云霄一羽毛。
>
> 伯仲之间见伊吕，指挥若定失萧曹。
>
> 运移汉祚终难复，志决身歼军务劳。

却说后主回到成都，忽近臣奏曰："边庭报来：东吴令全琮引兵数万，屯于巴丘界口，未知何意。"后主惊曰："丞相新亡，东吴负盟侵界，如之奈何？"蒋琬奏曰："臣敢保王平、张嶷引兵数万，屯于永安，以防不测。陛下再命一人去东吴报丧，以探其动静。"后主曰："须得一舌辩之士为使。"一人应声而出曰："微臣愿往。"众视之，乃南阳安众人，姓宗名预字德艳，官任参军、右中郎将。后主大喜，即命宗预往东吴报丧，兼探虚实。

宗预领命，径到金陵，入见吴主孙权。礼毕，只见左右人皆着素衣。权作色而言曰："吴、蜀已为一家，卿主何故而增白帝之守也？"预曰："臣以为东益巴丘之戍，西增白帝之守，皆时势宜然，俱不足以相问也。"权笑曰："卿不亚于邓芝。"乃谓宗预曰："朕闻诸葛丞相归天，每日流涕，令官僚尽皆挂孝。朕恐魏人乘丧取蜀，故增巴丘守兵万人，以为救援，别无他意也。"预顿首拜谢。权曰："朕既许以同盟，安有背义之理！"预曰："天子因丞相新亡，特命臣来报丧。"权遂取金鈚箭一枝折之，设誓曰："朕若负前盟，子孙绝灭。"又命使赍香帛奠仪，入川致祭。

宗预拜辞吴主，同吴使还成都，入见后主，奏曰："吴主因丞相新亡，亦自流涕，令群臣皆挂孝。其益兵巴丘者，恐魏人乘虚而入，别无异心。今折箭为誓，并不背盟。"后主大喜，重赏宗预，厚待吴使去讫。遂依孔明遗言，加蒋琬为丞相、大将军，录尚书事；加费祎为尚书令，同理丞相事；加吴懿为车骑将军，假节督汉中；姜维为辅汉将军、平襄侯，总督诸处人马，同吴懿出屯汉中，以防魏兵。其余将校，各依旧职。

杨仪自以为年宦先于蒋琬①，而位出琬下，且自恃功高，未有重赏，口出怨言，谓费祎曰："昔日丞相初亡，吾若将全师投魏，宁当寂寞如此耶？"费祎乃将此言具表密奏后主。后主大怒，命将杨仪下狱勘问，欲斩之。蒋琬奏曰："仪虽有罪，但日前随丞相多立功劳，未可斩也，当废为庶人。"后主从之，遂贬杨仪赴汉中嘉郡为民。仪羞惭，自刎而死。

蜀汉建兴十三年，魏主曹睿青龙三年，吴主孙权嘉禾四年，三国各不兴兵。

单说魏主封司马懿为太尉，总督军马，安镇诸边。懿拜谢，回洛阳去讫。魏主在许昌大兴土木，建盖宫殿，又于洛阳造朝阳殿、太极殿，筑总章观，俱高十丈；又立崇华殿、青霄阁、凤凰楼、九龙池，命博士马钧监造，极其华丽，雕梁华栋，碧瓦金砖，光辉耀日。选天下巧匠三万余人，民夫三十余万，不分昼夜而造。民力疲困，怨声不绝。睿又降旨："起土木于芳林园，使公卿皆负土树木于其中。"司徒董寻上表切谏曰：

> 伏自建安以来，野战死亡，或门殚户尽。虽有存者，遗孤老弱。若今宫室狭小，欲广大之，犹宜随时，不妨农务，况作无益之物乎？陛下既尊群臣，显以冠冕，被以文绣，载以华舆，

---

① 年宦：做官的年期、资历。

所以异于小人也。今又使负木担土。沾体涂足，毁国之光，以崇无益，甚无谓也。孔子云："君使臣以礼，臣事君以忠。"无忠无礼，国何以立？臣知言出必死，而自比于牛之一毛，生既无益，死亦何损！秉笔流涕，心与世辞。臣有八子，臣死之后，累陛下矣！不胜战栗待命之至！

睿览表，怒曰："董寻不怕死耶？"左右奏请斩之。睿曰："此人素有忠义，今且废为庶人。再有妄言者必斩！"时有太子舍人张茂字彦材，亦上表切谏。睿命斩之。

即日召马钧问曰："朕建高台峻阁，欲与神仙往来，以求长生不老之方。"钧奏曰："汉朝二十四帝，惟武帝享国最久，寿算极高，盖因服天上日精月华之气也。尝于长安宫中，建柏梁台，台上立一铜人，手捧一盘，名曰承露盘，接三更北斗所降沆瀣之水①，其名曰天浆，又曰甘露。取此水，用美玉为屑，调和服之，可以反老还童。"睿大喜，曰："汝今可引人夫，星夜至长安，拆取铜人，移置芳林园中。"钧领命，引一万人至长安，令周围搭起木架，上柏梁台去。不移时间，五千人连绳引索，旋环而上。那柏梁台高二十丈，铜柱圆十围。马钧教先拆铜人。多人并力拆下铜人来，只见铜人眼中潸然泪下。众皆大惊。忽然台边一阵狂风起处，飞砂走石，急若骤雨，一声响亮，就如天崩地裂，台倾柱倒，压死千余人。钧取铜人及金盘回洛阳，入见魏主，献上铜人、承露盘。魏主问曰："铜柱安在？"钧奏曰："柱重百万斤，不能运至。"睿令将铜柱打碎，运来洛阳，铸成两个铜人，号为翁仲②，列于司马门外；又铸铜龙凤两个，龙高四丈，凤高三丈余，立在殿前；又于上林苑中，种奇花异木，蓄养珍禽怪兽。少傅杨阜上表谏曰：

---

① 沆瀣（hàngxiè）之水：夜间由雾气凝结而成的水，即露水。
② 翁仲：全名阮翁仲，秦朝人，身长一丈三尺，秦始皇令他戍守边界，匈奴人很惧怕他；在他死后，秦始皇给他铸造了一座铜像。后来就用"翁仲"代指铜像或者石像。

臣闻尧尚茅茨①，而万国安居；禹卑宫室，而天下乐业。及至殷、周，或堂崇三尺，度以九筵耳。古之圣帝明王，未有宫室高丽，以凋敝百姓之财力者也。桀作璇室、象廊，纣为倾宫、鹿台，致丧社稷；楚灵以筑章华而身受其祸；秦始皇作阿房宫而殃及其子，天下背叛，二世而灭。夫不度万民之力，以纵耳目之欲，未有不亡者也。陛下当以尧、舜、禹、汤、文、武为法，以桀、纣、楚、秦为诫，而乃自暇自逸，惟宫室是饰，必有危亡之祸矣。君作元首，臣为股肱，存亡一体，得失同之。臣虽驽怯，敢忘诤臣之义。言不切至，不足以感陛下。谨叩棺沐浴，伏候重诛。

表上，睿不省，只催督马钧建造高台，安置铜人、承露盘；又降旨广选天下美女，入芳林园中。众官纷纷上表谏诤。睿俱不听。

却说曹睿之后毛氏乃河内人也，先年睿为平原王时，最相恩爱。及即帝位，立为后。后睿因宠郭夫人，毛后失宠。郭夫人美而慧，睿甚嬖之②，每日取乐，月余不出宫闼。是岁春三月，芳林园中百花争放，睿同郭夫人到园中赏玩饮酒。郭夫人曰："何不请皇后同乐？"睿曰："若彼在，朕涓滴不能下咽也。"遂传谕宫娥，不许令毛后知道。毛后见睿月余不入正宫，是日引十余宫人来翠花楼上消遣。只听的乐声嘹亮，乃问曰："何处奏乐？"一宫官启曰："乃圣上与郭夫人于御花园中赏花饮酒。"毛后闻之，心中烦恼，回宫安歇。次日，毛皇后乘小车出宫游玩，正迎见睿于曲廊之间，乃笑曰："陛下昨游北园，其乐不浅也。"睿大怒，即命擒昨日侍奉诸人到，叱曰："昨游北园，朕禁左右不许使毛后知道，何得又宣露？"喝令宫官与诸侍奉人尽斩之。毛后大惊，回车至宫。睿即降诏："赐毛皇后死，立郭夫人为皇后。"朝臣莫敢谏者。

---

① 茅茨：用茅草或者芦苇盖的房子。
② 嬖：宠爱。

忽一日，幽州刺史毌丘俭上表，报称辽东公孙渊造反，自号为燕王，改元绍汉元年，建宫殿，立官职，兴兵入寇，摇动北方。睿大惊，即聚文武官僚，商议起兵退渊之策。正是：

　　　才将土木劳中国，又见干戈起外方。

未知何以御之，且看下文分解。

第一百六回

公孙渊兵败死襄平　司马懿诈病赚曹爽

却说公孙渊乃辽东公孙度之孙，公孙康之子也。建安十二年，曹操追袁尚，未到辽东，康斩尚首级献操。操封康为襄平侯。后康死，有二子，长曰晃，次曰渊，皆幼。康弟公孙恭继职。曹丕时，封恭为车骑将军、襄平侯。太和二年，渊长大，文武兼备，性刚好斗，夺其叔公孙恭之位。曹睿封渊为扬烈将军、辽东太守。后孙权遣张弥、许宴赍金宝珍玉赴辽东，封渊为燕王。渊惧中原，乃斩张、许二人，送首与曹睿。睿封渊为大司马、乐浪公。

渊心不足，与众商议，自号为燕王，改元绍汉元年。副将贾范谏曰："中原待主公以上公之爵，不为卑贱。今若背反，实为不顺。更兼司马懿善能用兵，西蜀诸葛武侯且不能取胜，何况主公乎？"渊大怒，叱左右缚贾范，将斩之。参军伦直谏曰："贾范之言是也。圣人云：'国家将亡，必有妖孽。'今国中屡见怪异之事。近有犬戴巾帻，身披红衣，上屋作人行。又城南乡民造饭，饭甑之中忽有一小儿蒸死于内。襄平北市中，地忽陷一穴，涌出一块肉，周围数尺，头面眼目口鼻都具，独无手足，刀箭不能伤，不知何物。卜者占之曰：'有形不成，有口不声。国家亡灭，故现其形。'有此三者，皆不祥之兆也。主公宜避凶就吉，不可轻举妄动。"渊勃然大怒，叱武士绑伦直并贾范同斩于市，令大将军卑衍为元帅，杨祚为先锋，起辽兵十五万，杀奔中原来。

边官报知魏主曹睿。睿大惊，乃召司马懿入朝计议。懿奏曰：

"臣部下马步官军四万，足可破贼。"睿曰："卿兵少路远，恐难收复。"懿曰："兵不在多，在能设奇用智耳。臣托陛下洪福，必擒公孙渊，以献陛下！"睿曰："卿料公孙渊作何举动？"懿曰："渊若弃城预走，是上计也；守辽东拒大军，是中计也；坐守襄平，是为下计，必被臣所擒矣。"睿曰："此去往复几时？"懿曰："四千里之地，往百日，攻百日，还百日，休息六十日，大约一年足矣。"睿曰："倘吴、蜀入寇，如之奈何？"懿曰："臣已定下守御之策，陛下勿忧。"睿大喜，即命司马懿兴师，往讨公孙渊。懿辞朝出城，令胡遵为先锋，引前部兵先到辽东下寨。哨马飞报公孙渊。渊令卑衍、杨祚分八万兵，屯于辽隧，围堑二十余里，环绕鹿角，甚是严密。胡遵令人报知司马懿。懿笑曰："贼不与我战，欲老我兵耳^①。我料贼众大半在此，其巢穴空虚，不若弃却此处，径奔襄平，贼必往救，却于中途击之，必获全功。"于是勒兵从小路向襄平进发。

却说卑衍与杨祚商议曰："若魏兵来攻，休与交战。彼千里而来，粮草不继，难以持久，粮尽必退。待他退时，然后出奇兵击之，司马懿可擒也。昔司马懿与蜀兵相拒，坚守渭南，孔明竟卒于军中。今日正与此理相同。"二人正商议间，忽报魏兵往南去了。卑衍大惊曰："彼知吾襄平军少，去袭老营也。若襄平有失，我等守此处无益矣！"遂拔寨随后而起。早有探马飞报司马懿。懿笑曰："中吾计矣！"乃令夏侯霸、夏侯威各引一军，伏于济水之滨，如辽兵到，两下齐出。二人受计而往，早望见卑衍、杨祚引兵前来。一声炮响，两边鼓噪摇旗，左有夏侯霸，右有夏侯威，一齐杀出。卑、杨二人无心恋战，夺路而走，奔至首山，正逢公孙渊兵到，合兵一处，回马再与魏兵交战。卑衍出马，骂曰："贼将休使诡计，汝敢出战否？"夏侯霸纵马挥刀来迎，战不数合，被夏侯霸一刀斩卑衍于马下。辽

---

① 欲老我兵耳：想把我军拖住，日久而士气懈怠罢了。老，指军队久驻不战，以致疲惫松懈。

兵大乱。霸驱兵掩杀。公孙渊引败兵奔入襄平城去，闭门坚守不出。魏兵四面围合。

时值秋雨连绵，一月不止，平地水深三尺，运粮船自辽河口直至襄平城下，魏兵皆在水中，行坐不安。左都督裴景入帐告曰："雨水不住，营中泥泞，军不可停，请移于前面山上。"懿怒曰："捉公孙渊只在旦夕，安可移营？如有再言移营者斩！"裴景嗟嗟而退。少顷，右都督仇连又来告曰："军士苦水，乞太尉移营高处。"懿大怒曰："吾军令已发，汝何敢故违？"即命推出斩之，悬首于辕门外。于是军心震慑。

懿令南寨人马暂退二十里，纵城内军民出城樵采柴薪，牧放牛马。司马陈群问曰："前太尉攻上庸之时，兵分八路，八日赶至城下，遂生擒孟达，而成大功。今带甲四万，数千里而来，不令攻打城池，却使久居泥泞之中，又纵贼众樵牧，某实不知太尉是何主意。"懿笑曰："公不知兵法耶？昔孟达粮多兵少，我粮少兵多，故不可不速战，出其不意，突然攻之，方可取胜。今辽兵多，我兵少，贼饥我饱，何必力攻？正当任彼自走，然后乘机击之。我今放开一条路，不绝彼之樵牧，是容彼自走也。"陈群拜服。于是司马懿遣人赴洛阳催粮。魏主曹睿设朝，群臣皆奏曰："近日秋雨连绵，一月不止，人马疲劳，可召回司马懿，权且罢兵。"睿曰："司马太尉善能用兵，临危制变，多有良谋，捉公孙渊，计日而待，卿等何必忧也！"遂不听群臣之谏，使人运粮解至司马懿军前。

懿在寨中，又过数日，雨止天晴。是夜懿出帐外，仰观天文，忽见一星其大如斗，流光数丈，自首山东北坠于襄平东南。各营将士无不惊骇。懿见之，大喜，乃谓众将曰："五日之后，星落处必斩公孙渊矣。来日可并力攻城。"众将得令，次日侵晨，引兵四面围合，筑土山，掘地道，立炮架，装云梯，日夜攻打不息。箭如急雨，射入城去。公孙渊在城中粮尽，皆宰牛马为食。人人怨恨，各无守心，欲斩渊首，献城归降。渊闻之，甚是惊忧，慌令相国王建、御史大夫柳甫往魏寨请降。二人自城上系下，来告司马懿曰："请太尉退二十里，我君臣自来投降。"懿大怒曰："公孙渊何不自来？殊为无理。"叱武士推出斩之，将首级付与从人。从人回报，公孙渊大惊，又遣侍中卫演来到魏营。司马懿升帐，聚众将立于两边。演膝行而进，跪于帐下，告曰："愿太尉息雷霆之怒，克日先送世子公孙修为质当，然后君臣自缚来降。"懿曰："军事大要有五：能战当战，不能战当守，不能守当走，不能走当降，不能降当死耳。何必送子为质当！"叱卫演回报公孙渊。演抱头鼠窜而去，归告公孙渊。渊大惊，乃与子公孙修密议停当，选下一千人马，当夜二更时分，开了南门，往东南而走。渊见无人，心中暗喜。行不到十里，忽听得山上一声炮响，鼓角齐鸣，一枝兵拦住，中央乃司马懿也，左有司马师，右有司马昭。二人大叫曰："反贼休走！"渊大惊，急拨马寻路奔逃。早有胡遵兵到，左有夏侯霸、夏侯威，右有张虎、乐綝，四面围得铁桶相似。公孙渊父子只得下马纳降。懿在马上顾诸将曰："吾前夜丙寅日见大星落于此处，今夜壬申日应矣！"众将称贺曰："太尉真神机也！"懿传令斩之。公孙渊父子对面受戮。

司马懿遂勒兵来取襄平，未及到城下时，胡遵早引兵入城中。人民焚香拜迎。魏兵尽皆入城。懿坐于衙上，将公孙渊宗族并同谋官僚人等俱杀之，计首级七十余颗，出榜安民。人告懿曰："贾范、伦直苦谏渊不可反叛，俱被渊所杀。"懿遂封其墓而荣其子孙。就将库内财物赏劳三军，班师回洛阳。

却说魏主在宫中，夜至三更，忽然一阵阴风，吹灭灯火，只见毛皇后引数十个宫人，哭至座前索命。睿因此得病，病渐沉重，命侍中光禄大夫刘放、孙资掌枢密院一切事务，又召文帝子燕王曹宇为大将军，佐太子曹芳摄政。宇为人恭俭温和，不肯当此大任，坚辞不受。睿召刘放、孙资问曰："宗族之内，何人可任？"二人久得曹真之惠，乃保奏曰："惟曹子丹之子曹爽可也。"睿从之。二人又奏曰："欲用曹爽，当遣燕王归国。"睿然其言。二人遂请睿降诏，赍出谕燕王曰："有天子手诏，命燕王归国，限即日就行。若无诏，不许入朝。"燕王涕泣而去。遂封曹爽为大将军，总摄朝政。

睿病渐危急，令使持节诏司马懿还朝。懿受命，径到许昌，入见魏主。睿曰："朕惟恐不得见卿，今日得见，死无恨矣！"懿顿首奏曰："臣在途中，闻陛下圣体不安，恨不肋生两翼，飞至阙下。今日得睹龙颜，臣之幸也！"睿宣太子曹芳，大将军曹爽，侍中刘放、孙资等，皆至御榻之前。睿执司马懿之手曰："昔刘玄德在白帝城病危，以幼子刘禅托孤于诸葛孔明，孔明因此竭尽忠诚，至死方休。偏邦尚然如此，何况大国乎？朕幼子曹芳年才八岁，不堪掌理社稷，幸太尉及宗兄元勋旧臣，竭力相辅，无负朕心！"又唤芳曰："仲达与朕一体，尔宜敬礼之。"遂命懿携芳近前。芳抱懿颈不放。睿曰："太尉勿忘幼子今日相恋之情！"言讫，潸然泪下。懿顿首流涕。魏主昏沉，口不能言，只以手指太子，须臾而卒。在位十三年，寿三十六岁。时魏景初三年春正月下旬也。

当下司马懿、曹爽扶太子曹芳即皇帝位。芳字兰卿，乃睿乞养之子，秘在宫中，人莫知其所由来。于是曹芳谥睿为明帝，葬于高平陵，尊郭皇后为皇太后，改元正始元年。司马懿与曹爽辅政。爽事懿甚谨，一应大事，必先启知。爽字昭伯，自幼出入宫中。明帝见爽谨慎，甚是爱敬。

爽门下有客五百人，内有五人以浮华相尚：一是何晏，字平叔；一是邓飏，字玄茂，乃邓禹之后；一是李胜，字公昭；一是丁谧，字彦静；一是毕范，字昭先。又有大司农桓范，字元则，颇有智谋，多人称为智囊。此数人皆爽所信任。何晏告爽曰："主公大权不可委托他人，恐生后患。"爽曰："司马公与我同受先帝托孤之命，安忍背之？"晏曰："昔日先公与仲达破蜀兵之时，累受此人之气，因而致死，主公如何不察也？"爽猛然省悟，遂与多官计议停当，入奏魏主曹芳曰："司马懿功高德重，可加为太傅。"芳从之，自是兵权皆归于爽。爽命弟曹羲为中领军，曹训为武卫将军，曹彦为散骑常侍，各引三千御林军，任其出入禁宫；又用何晏、邓飏、丁谧为尚书，毕范为司隶校尉，李胜为河南尹。此五人日夜与爽议事。于是曹爽门下，宾客日盛。司马懿推病不出，二子亦皆退职闲居。爽每日与何晏等饮酒作乐，凡用衣服器皿与朝廷无异，各处进贡玩好珍奇之物，先取上等者入己，然后进宫。佳人美女充满府院。黄门张当谄事曹爽，私选先帝侍妾七八人，送入府中。又选善歌舞良家子女三四十人为家乐；又建重楼画阁，造金银器皿，用巧匠数百人，昼夜工作。

却说何晏闻平原管辂明数术，请与论《易》。时邓飏在座，问辂曰："君自谓善《易》，而语不及《易》中词义，何也？"辂曰："夫善《易》者，不言《易》也。"晏笑而赞之曰："可谓要言不烦。"因谓辂曰："试为我卜一卦，可至三公否？"又问："连梦青蝇数十，来集鼻上，此是何兆？"辂曰："元恺辅舜①，周公佐周，皆以和惠谦恭，享有多福。今君侯位尊势重，而怀德者鲜，畏威者众，殆非小心求福之道。且鼻者山也，山高而不危，所以长守贵也。今青蝇臭恶而集焉，位峻者颠，可不惧乎！愿君侯衰多益寡②，非礼勿履，然后三公可至，青蝇可驱也。"邓飏怒曰："此老生之常谈耳！"辂曰："老生者见不生，常谈者见不谈。"遂拂袖而去。二人大笑曰："真狂士也！"辂到家，与舅言之。舅大惊曰："何、邓二人威权甚重，汝奈何犯之？"辂曰："吾与死人语，何所畏也！"舅问其故。辂曰："邓飏行步，筋不束骨，脉不制肉，起立倾倚，若无手足，此为鬼躁之

---

① 元恺辅舜：传说高辛氏有才子八人，称"八元"；高阳氏有才子八人，称"八恺"，他们都得到了舜的重用，辅佐舜把政事处理得很好。
② 衰（póu）多益寡：语出《易经·谦卦》，比喻多接受别人的意见，弥补自己的不足。衰，减少。

相。何晏视候①，魂不守宅，血不华色，精爽烟浮，容若槁木，此为鬼幽之相。二人早晚必有杀身之祸，何足畏也！"其舅大骂辂为狂子而去。

却说曹爽尝与何晏、邓飏等畋猎。其弟曹羲谏曰："兄威权太甚，而好外出游猎，倘为人所算，悔之无及！"爽叱曰："兵权在吾手中，何惧之有！"司农桓范亦谏，不听。时魏主曹芳改正始十年为嘉平元年。曹爽一向专权，不知仲达虚实，适魏主除李胜为青州刺史，即令李胜往辞仲达，就探消息。胜径到太傅府中。早有门吏报入，司马懿谓二子曰："此乃曹爽使来探吾病之虚实也。"乃去冠散发，上床拥被而坐，又令二婢扶策，方请李胜入府。胜至床前拜曰："一向不见太傅，谁想如此病重。今天子命某为青州刺史，特来拜辞。"懿佯答曰："并州近朔方，好为之备。"胜曰："除青州刺史，非并州也。"懿笑曰："你方从并州来。"胜曰："山东青州耳。"懿大笑曰："你从青州来也。"胜曰："太傅如何病得这等了？"左右曰："太傅耳聋。"胜曰："乞纸笔一用。"左右取纸笔与胜。胜写毕呈上。懿看之，笑曰："吾病的耳聋了，此去保重。"言讫，以手指口。侍婢进汤。懿将口就之，汤流满襟，乃作哽噎之声曰："吾今衰老病笃，死在旦夕矣。二子不肖，望君教之。若见大将军，千万看觑二子。"言讫，倒在床上，声嘶气喘。李胜拜辞仲达，回见曹爽，细言其事。爽大喜曰："此老若死，吾无忧矣！"

司马懿见李胜去了，遂起身谓二子曰："李胜此去，回报消息，曹爽必不忌我矣。只待他出城畋猎之时，方可图之。"不一日，曹爽请魏主曹芳去谒高平陵，祭祀先帝。大小官僚皆随驾出城。爽引三弟并心腹人何晏等及御林军，护驾正行，司农桓范叩马谏曰："主公总典禁兵，不宜兄弟皆出。倘城中有变，如之奈何？"爽以鞭指而

---

① 视候：外表征候。

824

叱之曰："谁敢为变？再勿乱言！"当日司马懿见爽出城，心中大喜，即起旧日手下破敌之人，并家将数十，引二子上马，径来谋杀曹爽。正是：

闲户忽然有起色，驱兵自此逞雄风。

未知曹爽性命如何，且看下文分解。

第一百七回

魏主政归司马氏　姜维兵败牛头山

却说司马懿闻曹爽同弟曹羲、曹训、曹彦，并心腹何晏、邓飏、丁谧、毕范、李胜等及御林军，随魏主曹芳出城，谒明帝墓，就去畋猎。懿大喜，即到省中，令司徒高柔假以节钺，行大将军事，先据曹爽营；又令太仆王观行中领军事，据曹羲营。懿引旧官入后宫，奏郭太后，言："爽背先帝托孤之恩，奸邪乱国，其罪当废。"郭太后大惊曰："天子在外，如之奈何？"懿曰："臣有奏天子之表，诛奸臣之计，太后勿忧。"太后惧怕，只得从之。懿急令太尉蒋济、尚书令司马孚一同写表，遣黄门赍出城外，径至帝前申奏。懿自引大军据武库。早有人报知曹爽家。其妻刘氏急出厅前，唤守府官问曰："今主公在外，仲达起兵何意？"守门将潘举曰："夫人勿惊，我去问来。"乃引弓弩手数十人，登门楼望之，正见司马懿引兵过府前。举令人乱箭射下。懿不得过。偏将孙谦在后止之曰："太傅为国家大事，休得放箭！"连止三次，举方不射。司马昭护父司马懿而过，引兵出城，屯于洛河，守住浮桥。

且说曹爽手下司马鲁芝见城中事变，来与参军辛敞商议曰："今仲达如此变乱，将如之何？"敞曰："可引本部兵出城，去见天子。"芝然其言。敞急入后堂。其姊辛宪英见之，问曰："汝有何事，慌速如此？"敞告曰："天子在外，太傅闭了城门，必将谋逆。"宪英曰："司马公未必谋逆，特欲杀曹将军耳！"敞惊曰："此事未知如何？"宪英曰："曹将军非司马公之对手，必然败矣。"敞曰："那日司马教我同去，未知可去否？"宪英曰："职守，人之大义也。凡人在难，犹或恤之，执鞭而弃，其事不祥莫大焉①。"敞从其言，乃与鲁芝引数十骑斩关夺门而出。

人报知司马懿。懿恐桓范亦走，急令人召之。范与其子商议。其子曰："车驾在外，不如南出。"范从其言，乃上马至平昌门。城门已闭，把门将乃桓范旧吏司蕃也。范袖中取出一竹版曰："太后有诏，可即开门。"司蕃曰："请诏验之。"范叱曰："汝是吾故吏，何敢如此！"蕃只得开门放出。范出的城外，唤司蕃曰："太傅造反，汝可速随我去。"蕃大惊，追之不及。人报知司马懿。懿大惊曰："智囊泄矣，如之奈何？"蒋济曰："驽马恋栈豆②，必不能用也！"懿乃召许允、陈泰曰："汝去见曹爽，说太傅别无他事，只是削汝兄弟兵权而已。"许、陈二人去了。又召殿中校尉尹大目至，令蒋济作书，与目持去见爽。懿分付曰："汝与爽厚，可领此任。汝见爽，说吾与蒋济指洛水为誓，只因兵权之事，别无他意。"尹大目依令而去。

却说曹爽正飞鹰走犬之际，忽报："城内有变，太傅有表。"爽大惊，几乎落马。黄门官捧表，跪于天子之前。爽接表拆封，令近臣读之。表略曰：

> 征西大都督、太傅臣司马懿，诚惶诚恐，顿首谨表：臣昔从辽东还，先帝诏陛下与秦王及臣等，升御床，把臣臂，深以后事为念。今大将军曹爽背弃顾命，败乱国典，内则僭拟，外专威权；以黄门张当为都监，专共交关，看察至尊，伺候神器，离间二宫，伤害骨肉；天下汹汹，人怀危惧，此非先帝诏陛下

---

① 凡人在难……其事不祥莫大焉：看到一般的人在患难中，还会怜悯救助，在人家手下服役，遇到危难，反而丢弃职守，这是最不祥的事了。但凡事情反常会带来灾难，古人就说"不祥"。

② 驽马恋栈豆：劣等的马只惦记着马棚里的饲料，比喻无能的人只贪图安逸，缺乏远大的志向和谋略。

及嘱臣之本意也。臣虽朽迈，敢忘往言？太尉臣济、尚书臣孚等，皆以爽为有无君之心，兄弟不宜典兵宿卫，奏永宁宫皇太后，令敕臣表奏施行。臣辄敕主者及黄门令，罢爽、羲、训吏兵，以候就第，不得逗遛，以稽车驾。敢有稽留，便以军法从事。臣辄力疾，将兵屯于洛水浮桥，伺察非常。谨此上闻，伏干圣听。

魏主曹芳听毕，乃唤曹爽曰："太傅之言若此，卿如何裁处？"爽手足失措，回顾二弟曰："如之奈何？"羲曰："劣弟亦曾谏兄，兄执迷不听，致有今日。司马懿谲诈无比，孔明尚不能胜，况我兄弟乎？不如自缚见之，以免一死。"

言未毕，参军辛敞、司马鲁芝到。爽问之。二人告曰："城中把得铁桶相似，太傅引兵屯于洛水浮桥，势将不可复归，宜早定大计。"正言间，司农桓范骤马而至，谓爽曰："太傅已变，将军何不请天子幸许都，调外兵，以讨司马懿耶？"爽曰："吾等全家皆在城中，岂可投他处求援？"范曰："匹夫临难，尚欲望活？今主公身随天子，号令天下，谁敢不应？岂可自投死地乎？"爽闻言不决，惟流涕而已。范又曰："此去许都，不过半宿；城中粮草，足支数载。今主公别营兵马，近在关南，呼之即至；大司马之印，某将在此①。主公可急行，迟则休矣！"爽曰："多官勿太催逼，待吾细细思之。"少顷，侍中许允、尚书令陈泰至。二人告曰："太傅只为将军权重，不过要削去兵权，别无他意。将军可早归城中。"爽默然不语。又只见殿中校尉尹大目到。目曰："太傅指洛水为誓，并无他意。有蒋太尉书在此。将军可削去兵权，早归相府。"爽信为良言。桓范又告曰："事急矣！休听外言，而就死地！"

是夜，曹爽意不能决，乃拔剑在手，嗟叹寻思，自黄昏直流泪

---

① 某将在此：我携带在此。

828

到晓，终是狐疑不定。桓范入帐催之曰："主公思虑一昼夜，何尚不能决？"爽掷剑而叹曰："我不起兵，情愿弃官，但为富家翁足矣！"范大哭出帐曰："曹子丹以智谋自矜，今兄弟三人，真豚犊耳！"痛哭不已。许允、陈泰令爽先纳印绶与司马懿。爽令将印送去。主簿杨综扯住印绶而哭曰："主公今日舍兵权，自缚去降，不免东市受戮也！"爽曰："太傅必不失信于我！"于是曹爽将印绶与陈、许二人，先赍与司马懿。众军见无将印，尽皆四散，爽手下只有数骑官僚。到浮桥时，懿传令教曹爽兄弟三人且回私宅，余皆发监，听候敕旨。爽等入城时，并无一人侍从。桓范至浮桥边，懿在马上以鞭指之曰："桓大夫何故如此？"范低头不语，入城而去。于是司马懿请驾拔营入洛阳。

曹爽兄弟三人回家之后，懿用大锁锁门，令居民八百人围守其宅。曹爽心中忧闷。羲谓爽曰："今家中乏粮，兄可作书与太傅借粮。如肯以粮借我，必无相害之心。"爽乃作书，令人持去。司马懿览书，遂遣人送粮一百斛，运至曹爽府内。爽大喜曰："司马公本无害我之心也！"遂不以为忧。原来司马懿先将黄门张当捉下狱中问罪。当曰："非我一人，更有何晏、邓飏、李胜、毕范、丁谧等五人，同谋篡逆。"懿取了张当供词，却捉何晏等，勘问明白，皆称三月间欲反。懿用长枷钉了。城门守将司蕃告称："桓范矫诏出城，口称太傅谋反。"懿曰："诬人反情，抵罪反坐。"亦将桓范等皆下狱。然后押曹爽兄弟三人，并一干人犯，皆斩于市曹，灭其三族。其家产财物，尽抄入库。

时有曹爽从弟文叔之妻，乃夏侯令女也，早寡而无子。其父欲改嫁之，女截耳自誓。及爽被诛，其父复将嫁之，女又断去其鼻。其家惊惶，谓之曰："人生世间如轻尘栖弱草，何至自苦如此？且夫家又被司马氏诛戮已尽，守此欲谁为哉？"女泣曰："吾闻仁者不以盛衰改节，义者不以存亡易心。曹氏盛时，尚欲保终，况今灭亡，何忍弃之？此禽兽之行，吾岂为乎！"懿闻而贤之，听使乞子自养，为曹氏后。后人有诗曰：

> 弱草微尘尽达观，夏侯有女义如山。
>
> 丈夫不及裙钗节，自顾须眉亦汗颜。

却说司马懿斩了曹爽，太尉蒋济曰："尚有鲁芝、辛敞斩关夺门而出，杨综夺印不与，皆不可纵。"懿曰："彼各为其主，乃义人也！"遂复各人旧职。辛敞叹曰："吾若不问于姊，失大义矣！"后人有诗赞辛宪英曰：

> 为臣食禄当思报，事主临危合尽忠。
>
> 辛氏宪英曾劝弟，故令千载颂高风。

司马懿饶了辛敞等，仍出榜晓谕，但有曹爽门下一应人等，尽皆免死。有官者照旧复职，军民各守家业，内外安堵。何、邓二人死于非命，果应管辂之言。后人有诗赞管辂曰：

> 传得圣贤真妙诀，平原管辂相通神。
>
> 鬼幽鬼躁分何邓，未丧先知是死人。

却说魏主曹芳封司马懿为丞相，加九锡。懿固辞不肯受。芳不准，令父子三人同领国事。懿忽然想起："曹爽全家虽诛，尚有夏侯霸守备雍州等处，系爽亲族，倘骤然作乱，如何提备？必当处置。"即下诏，遣使往雍州，取征西将军夏侯霸赴洛阳议事。夏侯霸听知，大惊，便引本部三千兵造反。有镇守雍州刺史郭淮听知夏侯霸反，即率本部兵来，与夏侯霸交战。淮出马大骂曰："汝既是大魏皇族，天子又不曾亏汝，何故背反？"霸亦骂曰："吾祖父于国家多建勤劳，今司马懿何等人，灭吾曹氏宗族，又来取我，早晚必思篡位。吾仗义讨贼，何反之有！"淮大怒，挺枪骤马，直取夏侯霸。霸挥刀纵马来迎，战不十合，淮败走。霸随后赶来，忽听得后军呐喊。霸急回马时，陈泰引兵杀来。郭淮复回，两路夹攻。霸大败而走，折兵大半，寻思无计，遂投汉中来降后主。

有人报与姜维。维心不信，令人体访得实①，方教入城。霸拜见毕，哭告前事。维曰："昔微子去周，成万古之名。公能匡扶汉室，无愧古人也！"遂设宴相待。维就席问曰："今司马懿父子掌握重权，有窥我国之志否？"霸曰："老贼方图谋逆，未暇及外。但魏国新有二人，正在妙龄之际，若使领兵马，实吴、蜀之大患也！"维问："二人是谁？"霸告曰："一人见为秘书郎，乃颍州长社人，姓钟名会字士季，太傅钟繇之子，幼有胆智。繇尝率二子见文帝，会时年七岁，其兄毓，年八岁。毓见帝惶惧，汗流满面。帝问毓曰：'卿何以汗？'毓对曰：'战战惶惶，汗出如浆。'帝问会曰：'卿何以不汗？'会对曰：'战战栗栗，汗不敢出。'帝独奇之。及稍长，喜读兵书，深明韬略，司马懿与蒋济皆称其才。一人见为掾吏，乃义阳人也，姓邓名艾字士载，幼年失父，素有大志。但见高山大泽，辄窥度指画，何处可以屯兵，何处可以积粮，何处可以埋伏。人皆笑之，独司马懿奇其才，遂令参赞军机。艾为人口吃，每奏事必称'艾……艾……'。懿戏谓曰：'卿称艾艾，当有几艾？'艾应声曰：'凤兮凤兮，故是一凤。'其资性敏捷，大抵如此。此二人深可畏也！"维笑曰："量此孺子，何足道哉！"

于是姜维引夏侯霸至成都，入见后主。维奏曰："司马懿谋杀曹爽，又来赚夏侯霸，霸因此投降。目今司马懿父子专权，曹芳懦弱，魏国将危。臣在汉中有年，兵精粮足，臣愿领王师，即以霸为乡导官，进取中原，重兴汉室，以报陛下之恩，以终丞相之志！"尚书令费祎谏曰："近者蒋琬、董允皆相继而亡，内治无人。伯约只宜待时，不宜轻动。"维曰："不然。人生如白驹过隙，似此迁延岁月，何日恢复中原乎？"祎又曰："孙子云：知彼知己，百战百胜。我等皆不如丞相远甚。丞相尚不能恢复中原，何况我等？"维曰："吾久居

---

① 体访：仔细察访。

陇上，深知羌人之心。今若结羌人为援，虽未能克复中原，自陇而西，可断而有也。"后主曰："卿既欲伐魏，可尽忠竭力，勿堕锐气，以负朕命。"于是姜维领敕辞朝，同夏侯霸径到汉中，计议起兵。维曰："可先遣使去羌人处通盟，然后出西平，近雍州先筑二城于麹山之下，令兵守之，以为掎角之势。我等尽发粮草于川口，依丞相旧制，次第进兵。"是年秋八月，先差蜀将句安、李歆同引一万五千兵，往麹山前连筑二城。句安守东城，李歆守西城。

早有细作报与雍州刺史郭淮。淮一面申报洛阳，一面遣副将陈泰，引兵五万，来与蜀兵交战。句安、李歆各引一军出迎，因兵少不能抵敌，退入城中。泰令兵四面围住攻打，又以兵断其汉中粮道。句安、李歆城中粮缺。郭淮自引兵亦到，看了地势，忻然而喜；回到寨中，乃与陈泰计议曰："此城山势高阜，必然水少，须出城取水。若断其上流，蜀兵皆渴死矣。"遂令军士掘土，堰断上流，城中果然无水。李歆引兵出城取水。雍州兵围困甚急，歆死战不能出，只得退入城去。句安城中亦无水，乃会了李歆，引兵出城，并在一处，大战良久，又败入城去。军士枯渴。安与歆曰："姜都督之兵至今未到，不知何故。"歆曰："我当舍命杀出求救。"遂引数十骑，开了城门，杀将出来。雍州兵四面围合。歆奋死冲突，方才得脱，只落得独一人，身带重伤，余皆殁于乱军之中。是夜北风大起，阴云布合，天降大雪，因此城内蜀兵分粮化雪而食。

却说李歆冲出重围，从西山小路，行了两日，正迎着姜维人马。歆下马伏地告曰："麹山二城，皆被魏兵围困，绝了水道。幸得天降大雪，因此化雪度日，甚是危急。"维曰："吾非救迟，为聚羌兵未到，因此误了。"遂令人送李歆入川养病。维问夏侯霸曰："羌兵未到，魏兵围困麹山甚急，将军有何高见？"霸曰："若等羌兵到麹山，二城皆陷矣。吾料雍州兵必尽来麹山攻打，雍州城定然空虚。将军可引兵径往牛头山，抄在雍州之后。郭淮、陈泰必回救雍州，则麹山之围自解矣。"维大喜曰:"此计最善!"于是姜维引兵望牛头山而去。

却说陈泰见李歆杀出城去了,乃谓郭淮曰:"李歆若告急于姜维,姜维料吾大兵皆在麹山,必抄牛头山,袭吾之后。将军可引一军去取洮水,断绝蜀兵粮道,吾分兵一半,径往牛头山击之。彼若知粮道已绝,必然自走矣。"郭淮从之,遂引一军暗取洮水。陈泰引一军径往牛头山来。

却说姜维兵至牛头山,忽听的前军发喊,报说魏兵截住去路。维慌忙自到军前视之,陈泰大喝曰:"汝欲袭吾雍州,吾已等候多时了。"维大怒,挺枪纵马,直取陈泰。泰挥刀而迎战,不三合,泰败走。维挥兵掩杀。雍州兵退回,占住山头。维收兵就牛头山下寨。维每日令兵搦战,不分胜负。夏侯霸谓姜维曰:"此处不是久停之所,连日交战,不分胜负,乃诱兵之计耳,必有异谋。不如暂退,再作良图。"

正言间,忽报郭淮引一军取洮水,断了粮道。维大惊,急令夏侯霸先退,维自断后。陈泰分兵五路赶来。维独拒五路总口,战住魏兵。泰勒兵土山,矢石如雨。维急退到洮水之时,郭淮引兵杀来。维引兵往来冲突。魏兵阻其去路,密如铁桶。维奋死杀出,折兵大半,飞奔上阳平关来。前面又一军杀到,为首一员大将,纵马横刀而出。那人生得圆面大耳,方口厚唇,左目下生个黑瘤,瘤上生数十根黑毛,乃司马懿长子,骠骑将军司马师也。维大怒曰:"孺子焉敢阻吾归路!"拍马挺枪,直来刺师。师挥刀相迎,只三合,杀败了司马师。维脱身径奔阳平关来,城上人开门,放入姜维。司马师也来抢关,两边伏弩齐发,一弩发十矢,乃武侯临终时所遗连弩之法也。正是:

> 难支此日三军败,犹赖当年十矢传。

未知司马师性命如何,且看下文分解。

第一百八回

丁奉雪中奋短兵　孙峻席间施密计

却说姜维正走，遇着司马师引兵拦截。原来姜维取雍州之时，郭淮飞报入朝。魏主与司马懿商议停当，懿遣长子司马师引兵五万，前来雍州助战。师听知郭淮敌退蜀兵。师料蜀兵势弱，就来半路击之，直赶到阳平关，却被姜维用武侯所传连弩法，于两边暗伏连弩百余张，一弩发十矢，皆是药箭。两边弩箭齐发，前军连人带马，射死不知其数。司马师于乱军之中逃命而回。

却说麴山城中，蜀将句安见援兵不至，乃开门降魏。姜维折兵数万，领败兵回汉中屯扎。司马师自还洛阳。至嘉平三年秋八月，司马懿染病，渐渐沉重，乃唤二子至榻前嘱曰："吾事魏历年，官授太傅。人臣之位极矣。人皆疑吾有异志，吾尝怀恐惧。吾死之后，汝二人善理国政，慎之！慎之！"言讫而亡。长子司马师，次子司马昭，二人申奏魏主曹芳。芳厚加祭葬，优锡赠谥，封师为大将军，总领尚书机密大事；昭为骠骑上将军。

却说吴主孙权先有太子孙登，乃徐夫人所生，于吴赤乌四年身亡，遂立次子孙和为太子，乃琅琊王夫人所生。和因与全公主不睦，被公主所谮，权废之。和忧恨而死。又立三子孙亮为太子，乃潘夫人所生。此时陆逊、诸葛瑾皆亡，一应大小事务皆归于诸葛恪。太元元年秋八月初一日，忽起大风，江海涌涛，平地水深八尺。吴主先陵所种松柏尽皆拔起，直飞到建业城南门外，倒插望道上。权因此受惊成病。至次年四月内，病势沉重，乃召太傅诸葛恪、大司马吕岱至榻前，嘱以后事，嘱讫而薨。在位二十四年，寿七十一岁，乃蜀汉延熙十五年也。后人有诗曰：

> 紫髯碧眼号英雄，能使臣僚肯尽忠。
> 二十四年兴大业，龙盘虎踞在江东。

孙权既亡，诸葛恪立孙亮为帝，大赦天下，改元大兴元年；谥权曰大皇帝，葬于蒋陵。

早有细作探知其事，报入洛阳。司马师闻孙权已死，遂议起兵伐吴。尚书傅嘏曰："吴有长江之险，先帝屡次征伐，皆不遂意。不如各守边疆，乃为上策。"师曰："天道三十年一变，岂得常为鼎峙乎①？吾欲伐吴。"昭曰："今孙权新亡，孙亮幼懦，其隙正可乘也。"遂令征南大将军王昶引兵十万攻东兴，镇南都督毌丘俭引兵十万攻武昌，三路进发。又遣弟司马昭为大都督，总领三路军马。

是年冬十月，司马昭兵至东吴边界，屯驻人马，唤王昶、胡遵、毌丘俭到帐中计议曰："东吴最紧要处，惟东兴郡也。今他筑起大堤，左右又筑两城，以防巢湖后面攻击，诸公须要仔细。"遂令王昶、毌丘俭："各引一万兵，列在左右，且勿进发，待取了东兴郡，那时一齐进兵。"昶、俭二人受令而去。昭又令胡遵为先锋，总领三路兵前去："先搭浮桥，取东兴大堤；若夺得左右二城，便是大功。"遵领兵来搭浮桥。

却说吴太傅诸葛恪听知魏兵三路而来，聚众商议。平北将军丁奉曰："东兴乃东吴紧要处所，若有失则南郡、武昌危矣。"恪曰："此论正合吾意。公可就引三千水兵，从江中去；吾随后令吕据、唐咨、刘纂各引一万马步兵，分三路来接应。但听连珠炮响，一齐进兵，吾自引大兵后至。"丁奉得令，即引三千水兵，分作三十只船，望东兴而来。

---

① 鼎峙：比喻为三方如鼎足般对立。

却说胡遵渡过浮桥，屯军于堤上，差桓嘉、韩综攻打二城。左城中乃吴将全怿守把，右城中乃吴将刘略守把。此二城高峻坚固，急切攻打不下。全、刘二人见魏兵势大，不敢出战，死守城池。胡遵在徐州下寨。时值严寒，天降大雪，胡遵与众将设席高会。忽报水上有三十只战船来到。遵出寨视之，见船将次傍岸，每船上约有百人，遂还帐中，谓诸将曰："不过三千人耳，何足惧哉！"只令部将哨探，仍前饮酒。丁奉将船一字儿抛在水上，乃谓部将曰："大丈夫立功名正在今日！"遂令众军脱去衣甲，卸了头盔，不用长枪大戟，止带短刀。魏兵见之，大笑，更不准备。忽然连珠炮响了三声，丁奉扯刀，当先一跃上岸。众军皆拔短刀，随奉上岸，砍入魏寨。魏兵措手不及。韩综急拔帐前大戟迎之，早被丁奉抢入怀内，手起刀落，砍翻在地。桓嘉从左边转出，忙绰枪刺丁奉，被奉挟住枪杆。嘉弃枪而走。奉一刀飞去，正中左肩，嘉望后便倒。奉赶上，就以枪刺之。三千吴兵在魏寨中左冲右突。胡遵急上马夺路而走。魏兵齐奔上浮桥，浮桥已断，大半落水而死。杀倒在雪地者，不知其数。车仗马匹军器，皆被吴兵所获。司马昭、王昶、毌丘俭听知东兴兵败，亦勒兵而退。

却说诸葛恪引兵至东兴，收兵赏劳了毕，乃聚诸将曰："司马昭兵败北归，正好乘胜进取中原。"遂一面遣人赍书入蜀，求姜维进兵攻其北，许以平分天下；一面起大兵二十万，来伐中原。临行时，忽见一道白气从地而起，遮断三军，对面不见。蒋延曰："此气乃白虹也，主丧兵之兆。太傅只可回朝，不可伐魏。"恪大怒曰："汝安敢出不利之言，以慢吾军心！"叱武士斩之。众皆告免。恪乃贬蒋延为庶人，仍催兵前进。丁奉曰："魏以新城为总隘口，若先取得此城，司马师破胆矣！"恪大喜，即趱兵直至新城。守城牙门将军张特，见吴兵大至，闭门坚守。恪令兵四面围定。早有流星马报入洛阳。主簿虞松告司马师曰："今诸葛恪围新城，且未可与战。吴兵远来，人多粮少，粮尽自走矣。待其将走，然后击之，必得全胜。但恐蜀兵犯境，不可不防。"师然其言，遂令司马昭引一军助郭淮防姜维，毌丘俭、胡遵拒住吴兵。

却说诸葛恪连月攻打新城不下，下令众将并力攻城，怠慢者立斩。于是诸将奋力攻打，城东北角将陷。张特在城中定下一计，乃令一舌辩之士赍捧册籍，赴吴寨见诸葛恪，告曰："魏国之法，若敌人困城，守城将坚守一百日而无救兵至，然后出城降敌者，家族不坐罪。今将军围城已九十余日，望乞再容数日，某主将尽率军民出城投降。今先具册籍呈上。"恪深信之，收了军马，遂不攻城。原来张特用缓兵之计，哄退吴兵，遂拆城中房屋，于破城处修补完备，乃登城大骂曰："吾城中尚有半年之粮，岂肯降吴狗耶？尽战无妨。"恪大怒，催兵打城。城上乱箭射下，恪额上正中一箭，翻身落马。诸将救起还寨，金疮举发。众军皆无战心，又因天气亢炎，军士多病。恪金疮稍可，欲催兵攻城。营吏告曰："人人皆病，安能战乎？"恪大怒曰："再说病者斩之！"众军闻知，逃者无数。忽报："都督蔡林引本部军投魏去了。"恪大惊，自乘马遍视各营，果见军士面色黄肿，各带病容，遂勒兵还吴。早有细作报知毌丘俭。俭尽起大兵，随后掩杀。吴兵大败而归。恪甚羞惭，托病不朝。吴主孙亮自幸其宅问安，文武官僚皆来拜见。恪恐人议论，先搜求众官将过失，轻则发遣边方，重则斩首示众。于是内外官僚无不悚惧。又令心腹将张约、朱恩管御林军，以为牙爪。

却说孙峻字子远，乃孙坚弟孙静曾孙，孙恭之子也。孙权在日，甚爱之，命掌御林军马。今闻诸葛恪令张约、朱恩二人掌御林军，夺其权，心中大怒。太常卿滕胤素与诸葛恪有隙，乃乘间说峻曰："诸葛恪专权恣虐，杀害公卿，将有不臣之心。公系宗室，何不早图之？"峻曰："我有是心久矣。今当即奏天子，请旨诛之。"于是孙峻、滕胤入见吴主孙亮，密奏其事。亮曰："朕见此人，亦甚恐怖，常欲除之，未得其便。今卿等果有忠义，可密图之。"胤曰："陛下可设席召恪，暗伏武士于壁衣中，掷杯为号，就席间杀之，以绝后患。"亮从之。

却说诸葛恪自兵败回朝，托病居家，心神恍惚。一日，偶出中堂，忽见一人穿麻挂孝而入。恪叱问之。其人大惊无措。恪令拿下拷问。其人告曰："某因新丧父亲，入城请僧追荐。初见是寺院而入，却不想是太傅之府，却怎生来到此处也？"恪怒召守门军士问之。军士告曰："某等数十人，皆荷戈把门，未尝暂离，并不见一人入来。"恪大怒，尽数斩之。是夜，恪睡卧不安，忽听得正堂中声响如霹雳。恪自出视之，见中梁折为两段。恪惊归寝室，忽然一阵阴风起处，见所杀披麻人与守门军士数十人，各提头索命。恪惊倒在地，良久方苏。次早洗面，闻水甚血臭。恪叱侍婢连换数十盆，皆臭无异。

恪正惊疑间，忽报："天子有使至，宣太傅赴宴。"恪令安排车仗，方欲出府，有黄犬衔住衣服，嘤嘤作声，如哭之状。恪怒曰："犬戏我也？"叱左右逐去之，遂乘车出府。行不数步，见车前一道白虹自地而起，如白练冲天而去。恪甚惊怪。心腹将张约进车前密告曰："今日宫中设宴，未知好歹，主公不可轻入。"恪听罢，便令回车。行不到十余步，孙峻、滕胤乘马至车前曰："太傅何故便回？"恪曰："吾忽然腹痛，不可见天子。"胤曰："朝廷为太傅军回，不曾面叙，故特设宴相召，兼议大事。太傅虽恙，还当勉强一行。"恪从其言，遂同孙峻、滕胤入宫。张约亦随入。

恪见吴主孙亮，施礼毕，就席而坐。亮命进酒。恪心疑，辞曰："病躯不胜杯酌。"孙峻曰："太傅府中常服药酒，可取饮乎？"恪曰："可也。"遂令从人回府，取自制药酒到，恪方才放心饮之。酒至数巡，吴主孙亮托事先起。孙峻下殿，脱了长服，着短衣，内披环甲，手提利刃，上殿大呼曰："天子有诏诛逆贼！"诸葛恪大惊，掷杯于地，欲拔剑迎之，头已落地。张约见峻斩恪，挥刀来迎。峻急闪过刀尖，伤其左指。峻转身一刀，砍中张约右臂。武士一齐拥出，砍倒张约，剁为肉泥。孙峻一面令武士收恪家眷，一面令人将张约并诸葛恪尸首用芦席包裹，以小车载出，弃于城南门外石子岗乱冢坑内。

却说诸葛恪之妻正在房中，心神恍惚，动止不宁。忽一婢女入房，恪妻问曰："汝遍身如何血臭？"其婢忽然反目切齿，飞身跳跃，头撞屋梁，口中大叫曰："吾乃诸葛恪也，被奸贼孙峻谋杀！"恪合家老幼惊惶号哭。不一时，军马至，围住府第，将恪全家老幼俱缚至市曹斩首。时吴大兴二年冬十月也。昔诸葛瑾存日，见恪聪明尽显于外，叹曰："此子非保家之主也！"又魏光禄大夫张缉曾对司马师曰："诸葛恪不久死矣。"师问其故，缉曰："威震其主，何能久乎！"至此果中其言。却说孙峻杀了诸葛恪，吴主孙亮封峻为丞相、大将军、富春侯，总督中外诸军事。自此权柄尽归孙峻矣。

且说姜维在成都，接得诸葛恪书，欲求相助伐魏，遂入朝奏准后主，复起大兵，北伐中原。正是：

　　　　一度兴师未奏绩，两番讨贼欲成功。

未知胜负如何，且看下文分解。

第一百九回

困司马汉将奇谋　废曹芳魏家果报

　　蜀汉延熙十六年秋，将军姜维起兵二十万，令廖化、张翼为左右先锋，夏侯霸为参谋，张嶷为运粮使，大兵出阳平关伐魏。维与夏侯霸商议曰："向取雍州，不克而还。今若再出，必又有备。公有何高见？"霸曰："陇上诸郡，只有南安钱粮最广。若先取之，足可为本。向者不克而还，盖因羌兵不至。今可先遣人会羌人于陇右，然后进兵出石营，从董亭直取南安。"维大喜曰："公言甚妙！"遂遣郤正为使，赍金珠、蜀锦入羌，结好羌王。羌王迷当得了礼物，便起兵五万，令羌将俄何烧戈为大先锋，引兵南安来。

　　魏左将军郭淮闻报，飞奏洛阳。司马师问诸将曰："谁敢去敌蜀兵？"辅国将军徐质曰："某愿往。"师知徐质英勇过人，心中大喜，即令徐质为先锋，令司马昭为大都督，领兵望陇西进发。军至董亭，正遇姜维。两军列成阵势。徐质使开山大斧，出马挑战。蜀阵中廖化出迎。战不数合，化拖刀败回。张翼纵马挺枪而迎，战不数合，又败入阵。徐质驱兵掩杀，蜀兵大败，退三十余里。司马昭亦收兵回，各自下寨。

　　姜维与夏侯霸商议曰："徐质勇甚，当以何策擒之？"霸曰："来日诈败，以埋伏之计胜之。"维曰："司马昭乃仲达之子，岂不知兵法？若见地势掩映①，必不肯追。吾见魏兵累次断吾粮道，今却用此

---

① 掩映：本义是遮蔽，这里有参差交错、重叠遮隐的意思。

计诱之，可斩徐质矣。"遂唤廖化，分付如此如此；又唤张翼，分付如此如此。二人领兵去了。一面令军士于路撒下铁蒺藜，寨外多排鹿角，示以久计。

徐质连日引兵搦战，蜀兵不出。哨马报司马昭说："蜀兵在铁笼山后用木牛、流马搬运粮草，以为久计，只待羌兵策应。"昭唤徐质曰："昔日所以胜蜀者，因断彼粮道也。今蜀兵在铁笼山后运粮。汝今夜引兵五千，断其粮道，蜀兵自退矣。"徐质领命，初更时分，引兵望铁笼山来，果见蜀兵二百余人，驱百余头木牛、流马，装载粮草而行。魏兵一声喊起，徐质当先拦住。蜀兵尽弃粮草而走。质分兵一半，押送粮草回寨，自引兵一半追来。追不到十里，前面车仗横截去路。质令军士下马，拆开车仗，只见两边忽然火起。质急勒马回走，后面山僻窄狭处，亦有车仗截路，火光迸起。质等冒烟突火，纵马而出。一声炮响，两路军杀来，左有廖化，右有张翼，大杀一阵。魏兵大败。徐质奋死只身而走，人困马乏。正奔走间，前面一枝兵杀到，乃姜维也。质大惊无措，被维一枪刺倒坐下马，徐质跌下马来，被众军乱刀砍死。质所分一半押粮兵亦被夏侯霸所擒，尽降其众。

霸将魏兵衣甲马匹令蜀兵穿了，就令骑坐，打着魏军旗号，从小路径奔回魏寨来。魏军见本部兵回。开门放入。蜀兵就寨中杀起。司马昭大惊，慌忙上马走时，前面廖化杀来。昭不能前进，急退时，姜维引兵从小路杀到。昭四下无路，只得勒兵上铁笼山据守。原来此山只有一条路，四下皆险峻难上，其上惟有一泉，止彀百人之饮。此时昭手下有六千人，被姜维绝其路口，山上泉水不敷，人马枯渴。昭仰天长叹曰："吾死于此地矣！"后人有诗曰：

妙算姜维不等闲，魏师受困铁笼间。

庞涓始入马陵道①，项羽初围九里山。

---
① 庞涓始入马陵道：庞涓是战国时魏国将军，曾与孙膑同师学习兵法，后陷害孙膑。在一次与齐兵的交战中，他被孙膑诱入马陵道，兵败自杀。

主簿王韬曰："昔日耿恭受困，拜井而得甘泉。将军何不效之？"昭从其言，遂上山顶泉边，再拜而祝曰："昭奉诏来退蜀兵。若昭合死，令甘泉枯竭，昭自当刎颈，教部军尽降；如寿禄未终，愿苍天早赐甘泉，以活众命！"祝毕，泉水涌出，取之不竭，因此人马不死。

却说姜维在山下困住魏兵，谓众将曰："昔日丞相在上方谷，不曾捉住司马懿，吾深为恨。今司马昭必被吾擒矣！"

却说郭淮听知司马昭困于铁笼山上，欲提兵来。陈泰曰："姜维会合羌兵，欲先取南安。今羌兵已到，将军若彻兵去救，羌兵必乘虚袭我后也。可先令人诈降羌人，于中取事。若退了此兵，方可救铁笼之围。"郭淮从之，遂令陈泰引五千兵，径到羌王寨内，解甲而入，泣拜曰："郭淮妄自尊大，常有杀泰之心，故来投降。郭淮军中虚实，某俱知之，只今夜愿引一军前去劫寨，便可成功。如兵到魏寨，自有内应。"迷当大喜，遂令俄何烧戈同陈泰来劫魏寨。俄何烧戈教泰降兵在后，令泰引羌兵为前部，是夜二更，竟到魏寨。寨门大开，陈泰一骑马先入。俄何烧戈骤马挺枪入寨之时，只叫得一声苦，连人带马跌在陷坑里。陈泰从后面杀来，郭淮从左边杀来。羌兵大乱，自相践踏，死者无数，生者尽降。俄何烧戈自刎而死。郭淮、陈泰引兵直杀到羌人寨中。迷当大王急出帐上马时，被魏兵生擒活捉，来见郭淮。淮慌下马，亲去其缚，用好言抚慰曰："朝廷素以公为忠义，今何故助蜀人也？"迷当惭愧伏罪。淮乃说迷当曰："公今为前部，去解铁笼山之围。退了蜀兵，吾奏准天子，自有厚赐。"迷当从之，遂引羌兵在前，魏兵在后，径奔铁笼山。

时值三更，先令人报知姜维。维大喜，教请入相见。魏兵多半杂在羌人部内，行到蜀寨前。维令大兵皆寨外屯扎。迷当引兵百余人，到中军帐前。姜维、夏侯霸二人出迎。魏将不等迷当开言，就从背后杀将起来。维大惊，急上马而走。羌、魏之兵一齐杀入，蜀兵四纷五落，各自逃生。维手无器械，腰间只有一副弓箭，走得慌忙，箭皆落了，只有空壶。维望山中而走。背后郭淮引兵赶来，见维手无寸铁，乃骤马挺枪追之。看看至近，维虚拽弓弦，连响十余次。淮连躲数番，不见箭到，知维无箭，乃挂住钢枪，拈弓搭箭射之。维急闪过，顺手接了，就扣在弓弦上，待淮追近，望面门上尽力射去，淮应弦落马。维勒回马来杀郭淮。魏军骤至，维下手不及，只掣得淮枪而去。魏兵不敢追赶，急救淮归寨，拔出箭头，血流不止而死。司马昭下山，引兵追赶，半途而回。夏侯霸随后逃至，与姜维一齐奔走。维折了许多人马，一路收扎不住，自回汉中。虽然兵败，却射死郭淮，杀死徐质，挫动魏国之威，将功补罪。

却说司马昭犒劳羌兵，发遣回国去讫，班师还洛阳，与兄司马师专制朝权，群臣莫敢不服。魏主曹芳每见师入朝，战栗不已，如针刺背。一日，芳设朝，见师挂剑上殿，慌忙下榻迎之。师笑曰："岂有君迎臣之礼也？请陛下稳便。"须臾，群臣奏事，司马师俱自剖断，并不启奏魏主。少时，师退，昂然下殿，乘车出内，前遮后拥，不下数千人马。

芳退入后殿，顾左右，止有三人，乃太常夏侯玄、中书令李丰、光禄大夫张缉。缉乃张皇后之父，曹芳之皇丈也。芳叱退近侍，同三人至密室商议。芳执张缉之手而哭曰："司马师视朕如小儿，觑百官如草芥，社稷早晚必归此人矣！"言讫大哭。李丰奏曰："陛下勿忧。臣虽不才，愿以陛下之明诏，聚四方之英杰，以剿此贼！"夏侯玄奏曰："臣兄夏侯霸降蜀，因惧司马兄弟谋害故耳。今若剿除此贼，臣兄必回也。臣乃国家旧戚，安敢坐视奸贼乱国？愿同奉诏讨之！"芳曰："但恐不能耳！"三人哭奏曰："臣等誓当同心讨贼，以报陛下！"芳脱下龙凤汗衫咬破指尖，写了血诏，授与张缉，乃嘱曰："朕祖武皇帝诛董承，盖为机事不密也。卿等须谨细，勿泄于外。"丰曰："陛下何出此不利之言？臣等非董承之辈，司马师安比武祖也？陛下勿疑。"

　　三人辞出，至东华门左侧，正见司马师带剑而来，从者数百人皆持兵器。三人立于道傍。师问曰："汝三人退朝何迟？"李丰曰："圣上在内庭观书，我三人侍读故耳。"师曰："所看何书？"丰曰："乃夏商周三代之书也。"师曰："上见此书，问何故事？"丰曰："天子所问伊尹扶商、周公摄政之事。我等皆奏曰：'今司马大将军即伊尹、周公也。'"师冷笑曰："汝等岂将吾比伊尹、周公？其心实指吾为王莽、董卓。"三人皆曰："我等皆将军门下之人，安敢如此？"师大怒曰："汝等乃口谀之人①，适间与天子在密室中所哭何事？"三人曰："实无此状。"师叱曰："汝三人泪眼尚红，如何抵赖！"夏侯玄知事已泄，乃厉声大骂曰："吾等所哭者，为汝威震其主，将谋篡逆耳！"师大怒，叱武士捉夏侯玄。玄揎拳裸袖，径击司马师，却被武士擒住。师令将各人搜检，于张缉身畔搜出一龙凤汗衫，上有血字。左右呈与司马师。师视之，乃密诏也。诏曰：

　　　　司马师弟兄共持大权，将图篡逆，所行诏制，皆非朕意。

　　各部官兵将士，可同仗忠义，讨灭贼臣，匡扶社稷。功成之日，

　　重加爵赏。

司马师看毕，勃然大怒曰："原来汝等正欲谋害吾兄弟，情理难容！"遂令将三人腰斩于市，灭其三族。三人骂不绝口。比临东市中，牙齿尽被打落，各人含糊数骂而死。

　　师直入后宫。魏主曹芳正与张皇后商议此事。皇后曰："内庭耳目颇多，倘事泄露，必累妾矣！"正言间，忽见师入，皇后大惊。师按剑谓芳曰："臣父立陛下为君，功德不在周公之下。臣事陛下，亦与伊尹何别乎？今反以恩为仇，以功为过，欲与二三小臣谋害臣兄弟，何也？"芳曰："朕无此心。"师袖中取出汗衫，掷之于地曰：

────────────

① 口谀：当面吹捧，表里不一。

844

"此谁人所作耶？"芳魂飞天外，魄散九霄，战栗而答曰："此皆为他人所逼故也，朕岂敢兴此心！"师曰："妄诬大臣造反，当如何罪？"芳跪告曰："朕合有罪，望大将军恕之！"师曰："陛下请起，国法未可废也。"乃指张皇后曰："此是张缉之女，理当除之。"芳大哭求免。师不从，叱左右将张后捉出，至东华门内，用白练绞死。后人有诗曰：

> 当年伏后出宫门，跣足哀号别至尊。
>
> 司马今朝依此例，天教还报在儿孙。

次日，司马师大会群臣，曰："今主上荒淫无道，亵近娼优，听信谗言，闭塞贤路，其罪甚于汉之昌邑[1]，不能主天下。吾谨按伊尹、霍光之法，别立新君，以保社稷，以安天下，如何？"众皆应曰："大将军行伊、霍之事，所谓应天顺人，谁敢违命！"师遂同多官入永宁宫，奏闻太后。太后曰："大将军欲立何人为君？"师曰："臣观彭城王曹据聪明仁孝，可以为天下之主。"太后曰："彭城王乃老身之叔，今立为君，我何以当之？今有高贵乡公曹髦，乃文皇帝之孙。此人温恭克让，可以立之。卿等大臣从长计议。"一人奏曰："太后之言是也，便可立之。"众视之，乃司马师宗叔司马孚也。师遂遣使往元城，召高贵乡公。请太后升太极殿，召芳责之曰："汝荒淫无度，亵近娼优，不可承天下，当纳下玺绶，复齐王之爵，目下起程，非宣召不许入朝。"芳泣拜太后，纳了国宝，乘王车大哭而去，只有数员忠义之臣，含泪而送。后人有诗曰：

> 昔日曹瞒相汉时，欺他寡妇与孤儿。
>
> 谁知四十余年后，寡妇孤儿亦被欺。

却说高贵乡公曹髦字彦士，乃文帝之孙，东海定王霖之子也。当日司马师以太后命宣至，文武官僚备銮驾于南掖门外拜迎。髦慌

---

[1] 汉之昌邑：汉昭帝刘弗陵死，无子，大将军霍光主持立昭帝的侄子昌邑王刘贺为帝；刘贺即位不久，一味胡闹，霍光又主持改立昭帝的侄孙刘询为帝，即汉宣帝。

忙答礼。太尉王肃曰:"主上不当答礼。"髦曰:"吾亦人臣也,安得不答礼乎!"文武扶髦上辇入宫。髦辞曰:"太后诏命,不知为何,吾安敢乘辇而入?"遂步行至太极东堂。司马师迎着,髦先下拜。师急扶起,问候已毕,引见太后。太后曰:"吾见汝年幼时有帝王之相。汝今可为天下之主,务须恭俭节用,布德施仁,勿辱先帝也!"髦再三谦辞。师令文武请髦出太极殿。是日,立为新君,改嘉平元年为正元元年,大赦天下;假大将军司马师黄钺,入朝不趋,奏事不名,带剑上殿。文武百官各有封赐。

正元二年春正月,有细作飞报说:"镇东将军毌丘俭、扬州刺史文钦,以废主为名,起兵前来。"司马师大惊。正是:

> 汉臣曾有勤王志,魏将还兴讨贼师。

未知如何迎敌,且看下文分解。

第一百十回

文鸯单骑退雄兵　姜维背水破大敌

却说魏正元二年正月，扬州刺史、镇东将军领淮南军马毌丘俭字仲闻，河东闻喜人也，闻司马师擅行废立之事，心中愤怒。长子毌丘甸曰："父亲官居方面[①]，司马师专权废主，国家有累卵之危，安可晏然自守？"俭曰："吾儿之言是也。"遂请刺史文钦商议。钦乃曹爽门下客，当日闻俭相请，即来拜谒。俭邀入后堂，礼毕。说话间，俭流泪不止。钦问其故。俭曰："司马师专权废主，天地反复，安得不伤心乎？"钦曰："都督镇守方面，若肯仗义讨贼，钦愿舍死相助。钦中子文淑，小字阿鸯，有万夫不当之勇，常欲杀司马师兄弟，与曹爽报仇。今可令为先锋。"俭大喜，即时酹酒为誓。二人诈称太后有密诏，令淮南大小官兵将士皆入寿春城，立一坛于西，宰白马，歃血为盟，宣言司马师大逆不道，今奉太后密诏，令尽起淮南军马，仗义讨贼。众皆悦服。俭提六万兵，屯于项城。文钦领兵二万，在外为游兵，往来接应。俭移檄诸郡，令各起兵相助。

却说司马师左眼肉瘤不时痛痒，乃命医官割之，以药封闭，连日在府养病。忽闻淮南告急，乃请太尉王肃商议。肃曰："昔关云长威震华夏，孙权令吕蒙袭取荆州，抚恤将士家属，因此关公军势瓦解。今淮南将士家属皆在中原，可急抚恤，更以兵断其归路，必有土崩之势矣。"师曰："公言极是，但吾新割目瘤，不能自往。若使他

---

① 官居方面：身任一个地区的军政要职或长官。

人，心又不稳。"时中书侍郎钟会在侧，进言曰："淮楚兵强，其锋甚锐。若遣人领兵去退，多是不利；倘有疏虞，则大事废矣！"师蹶然起曰[①]："非吾自往，不可破贼！"遂留弟司马昭守洛阳，总摄朝政。师乘软舆，带病东行，令镇东将军诸葛诞总督豫州诸军，从安风津取寿春；又令征东将军胡遵领青州诸军，出谯、宋之地，绝其归路；又遣豫州刺史、监军王基领前部兵，先取镇南之地。

师领大军屯于襄阳，聚文武于帐下商议。光禄勋郑袤曰："毌丘俭好谋而无断，文钦有勇而无智，今大军出其不意，江淮之卒锐气正盛，不可轻敌，只宜深沟高垒，以挫其锐，此亚夫之长策也。"监军王基曰："不可。淮南之反，非军民思乱也，皆因毌丘俭势力所逼，不得已而从之。若大军一临，必然瓦解。"师曰："此言甚妙。"遂进兵于濦水之上，中军屯于濦桥。基曰："南顿极好屯兵，可提兵星夜取之，若迟则毌丘俭必先至矣。"师遂令王基率前部兵，来南顿城下寨。

却说毌丘俭在项城，闻知司马师自来，乃聚众商议。先锋葛雍曰："南顿之地，依山傍水，极好屯兵。若魏兵先占，难以驱遣，可速取之。"俭然其言，起兵投南顿来。正行之间，前面流星马报说，南顿已有人马下寨。俭不信，自到军前视之，果然旌旗遍野，营寨齐整。俭回到军中，无计可施。忽哨马飞报："东吴孙峻提兵渡江袭寿春来了。"俭大惊曰："寿春若失，吾归何处？"是夜退兵于项城。

司马师见毌丘俭军退，聚多官商议。尚书傅嘏曰："今俭兵退者，忧吴人袭寿春也，必回项城，分兵拒守。将军可令一军取乐嘉城，一军取项城，一军取寿春，则淮南之卒必退矣。兖州刺史邓艾足智多谋，若领兵径取乐嘉，更以重兵应之，破贼不难也。"师从之，急遣使持檄文，教邓艾起兖州之兵，破乐嘉城。师随后引兵，

---

① 蹶（jué）然：突然而起的样子。

到彼会合。

却说毌丘俭在项城，不时差人去乐嘉城哨探，只恐有兵来，请文钦到营共议。钦曰："都督勿忧，我与拙子文鸯只消五千兵，敢保乐嘉城。"俭大喜。钦父子引五千兵投乐嘉来。前军报说："乐嘉城西皆是魏兵，约有万余，遥望中军白旌黄钺，皂盖朱幡，簇拥虎帐，内竖立一面锦绣'帅'字旗，此必司马师也。安立营寨，尚未完备。"时文鸯悬鞭立于父侧，闻知此语，乃告父曰："趁彼营寨未成，可分兵两路，左右击之，可全胜也。"钦曰："何时可去？"鸯曰："今夜黄昏，父引二千五百兵从城南杀来，儿引二千五百兵从城北杀来，三更时分要在魏寨会合。"钦从之，当晚分兵两路。且说文鸯年方十八岁，身长八尺，全妆贯甲，腰悬钢鞭，绰枪上马，遥望魏寨而进。

是夜，司马师兵到乐嘉，立下营寨，等邓艾未至。师为眼下新割肉瘤，疮口疼痛，卧于帐中，令数百甲士环立护卫。三更时分，忽然寨内喊声大震，人马大乱。师急问之。人报曰："一军从寨北斩围直入，为首一将勇不可当。"师大惊，心如火烈，眼珠从肉瘤疮口内迸出，血流遍地，疼痛难当；又恐有乱军心，只咬被头而忍，被皆咬烂。原来文鸯军马先到，一拥而进，在寨中左冲右突，所到之处，人不敢当。有相拒者，枪搠鞭打，无不被杀。鸯只望父到，以为外应，并不见来，数番杀到中军，皆被弓弩射回。

鸯直杀到天明，只听得北边鼓角喧天。鸯回顾从者曰："父亲不在南面为应，却从北至，何也？"鸯纵马看时，只见一军，行如猛风，为首一将乃邓艾也，跃马横刀，大叫曰："反贼休走！"鸯大怒，挺枪迎之，战有五十合，不分胜负。正斗间，魏兵大进，前后夹攻，鸯部下兵各自逃散，只文鸯单人独马，冲开魏兵，望南而走。背后数百员将，抖擞精神，骤马追来。将至乐嘉桥边，看看赶上，鸯忽然勒回马，大喝一声，直冲入魏将阵中来，钢鞭起处，纷纷落马，各各倒退。鸯复缓缓而行。魏将聚在一处，惊讶曰："此人尚敢退我等之众耶？可并力追之。"于是魏将百员，复来追赶。鸯勃然大怒曰："鼠辈何不惜命也！"提鞭拨马，杀入魏将丛中，用鞭打死数人，复回马，缓辔而行。魏将连追四五番，皆被文鸯一人杀退。后人有诗曰：

> 长坂当年独拒曹，子龙从此显英豪。
>
> 乐嘉城内争锋处，又见文鸯胆气高。

原来文钦被山路崎岖迷入谷中，行了半夜。比及寻路而出，天色已晓，文鸯人马不知所向，只见魏兵大胜。钦不战而退。魏兵乘势追杀。钦引兵望寿春而走。

却说魏殿中校尉尹大目，乃曹爽心腹之人，因爽被司马懿谋杀，故事司马师，常有杀师报爽之心；又素与文钦交厚，今见师眼瘤突出，不能动止，乃入帐告曰："文钦本无反心，今被毌丘俭逼迫，以致如此。某去说之，必然来降。"师从之。大目顶盔贯甲，乘马来赶文钦，看看赶上，乃高声大叫曰："文刺史见尹大目么？"钦回头视之。大目除盔放于鞍鞒之前，以鞭指曰："文刺史何不忍耐数日也？"此是大目知师将亡，故来留钦。钦不解其意，厉声大骂，便欲开弓射之。大目大哭而回。钦收聚人马，奔寿春时，已被诸葛诞引兵取了；欲复回项城时，胡遵、王基、邓艾三路兵皆到。钦见势危，遂投东吴孙峻去了。

却说毌丘俭在项城内，听知寿春已失，文钦势败，城外三路兵到，俭遂尽彻城中之兵出战，正与邓艾相遇。俭令葛雍出马，与艾交锋，不一合，被艾一刀斩之，引兵杀过阵来。毌丘俭死战相拒，江淮兵大乱。胡遵、王基引兵四面夹攻。毌丘俭敌不住，引十余骑夺路而走。前至慎县城下，县令宋白开门接入，设席待之。俭大醉，被宋白令人杀了，将头献与魏兵，于是淮南平定。

司马师卧病不起，唤诸葛诞入帐，赐以印绶，加为征东大将军，都督扬州诸路军马，一面班师回许昌。师目痛不止，每夜只见李丰、张缉、夏侯玄三人立于榻前。师心神恍惚，自料难保，令人往洛阳，取司马昭到。昭哭拜于床下。师遗言曰："吾今权重，虽欲卸肩，不可得也。汝继我为之，大事切不可轻托他人，自取灭族之祸。"言讫，以印绶付之，泪流满面。昭正欲问时，大叫一声，眼睛迸出而死。时正元二年二月也。于是司马昭发丧，申奏魏主曹髦。髦遣使持诏到许昌，即命暂留司马昭屯军许昌，以防东吴。昭心中犹豫未决。钟会曰："大将军新亡，人心未定。将军若留守于此，万一朝廷有变，悔之何及！"昭从之，即起兵还屯洛水之南。髦闻之，大惊。太尉王肃奏曰："昭既继其兄掌大权，陛下可封爵以安之。"髦遂命王肃持诏，封司马昭为大将军、录尚书事。昭入朝谢恩毕。自此中外大小事情，皆归于昭。

却说西蜀细作哨知此事，报入成都。姜维奏后主曰："司马师新亡，司马昭初握重权，必不敢擅离洛阳。臣请乘间伐魏，以复中原。"后主从之，遂命姜维兴师伐魏。维到汉中，整顿人马。征西大将军张翼曰："蜀地浅狭，钱粮浅薄，不宜远征，不如据险守分，恤军爱民，此乃保国之计也。"维曰："不然。昔丞相未出茅庐，已定三分天下，然且六出祁山，以图中原，不幸半途而丧，以致功业未成。今吾既受丞相遗命，当尽忠报国，以继其志，虽死而无恨也！今魏有隙可乘，不就此时伐之，更待何时！"夏侯霸曰："将军之言是也。可将轻骑先出枹罕，若得洮西、南安，则诸郡可定。"张翼曰："向者不克而还，皆因军出甚迟也。兵法云：'攻其无备，出其不意。'今若火速进兵，使魏人不能提防，必然全胜矣！"于是姜维引兵百万，望枹罕进发。

兵至洮水，守边军士报知雍州刺史王经、副将军陈泰。王经先起马步兵七万来迎。姜维分付张翼如此如此，又分付夏侯霸如此如此。二人领计去了。维乃自引大军，背洮水列阵。王经引数员牙将出而问曰："魏与吴、蜀已成鼎足之势，汝累次入寇，何也？"维曰：

"司马师无故废主，邻邦理宜问罪，何况仇敌之国乎？"经回顾张明、花永、刘达、朱芳四将曰："蜀兵背水为阵，败则皆殁于水矣。姜维骁勇，汝四将可战之。彼若退动，便可追击。"四将分左右而出，来战姜维。维略战数合，拨回马望本阵便走。王经大驱士马，一齐赶来。维引兵望洮西而走，将次近水，大呼将士曰："事急矣，诸将何不努力！"众将一齐奋力杀回，魏兵大败。张翼、夏侯霸抄在魏兵之后，分两路杀来，把魏兵困在垓心。维奋武扬威，杀入魏军之中，左冲右突。魏兵大乱，自相践踏，死者大半，逼入洮水者无数，斩首万余，叠尸数里。王经引败兵百骑，奋力杀出，径往狄道城而走，奔入城中，闭门保守。

姜维大获全功，犒军已毕，便欲进兵，攻打狄道城。张翼谏曰："将军功绩已成，威声大震，可以止矣。今若前进，倘不如意，正如画蛇添足也。"维曰："不然。向者兵败，尚欲进取，纵横中原；今日洮水一战，魏人胆裂，吾料狄道，唾手可得，汝勿自堕其志也。"张翼再三劝谏。维不从，遂勒兵来取狄道城。

却说雍州征西将军陈泰正欲起兵，与王经报兵败之仇，忽兖州刺史邓艾引兵到。泰接着。礼毕，艾曰："今奉大将军之命，特来助将军破敌。"泰问计于邓艾。艾曰："洮水得胜，若招羌人之众，东征关陇，传檄四郡，此吾兵之大患也。今彼不思如此，却图狄道城，其城垣坚固，急切难攻，空劳兵费力耳。吾今陈兵于项岭，然后进兵击之，蜀兵必败矣。"陈泰曰："真妙论也！"遂先拨二十队兵，每队五十人，尽带旌旗鼓角之类，日伏夜行，去狄道城东南高山深谷之中埋伏，只待兵来，一齐鸣鼓吹角为应，夜则举火放炮以惊之。调度已毕，专候蜀兵到来。于是陈泰、邓艾各引二万兵，相继而进。

却说姜维围住狄道城，令兵八面攻之，连攻数日不下，心中郁闷，无计可施。是夜黄昏时分，忽三五次流星马报说："有两路兵来，旗上明书大字，一路是征西将军陈泰，一路是兖州刺史邓艾。"

维大惊，遂请夏侯霸商议。霸曰："吾向尝为将军言，邓艾自幼深明兵法，善晓地理，今领兵到，颇为劲敌。"维曰："彼军远来，我休容他住脚，便可击之。"乃留张翼攻城，命夏侯霸引兵迎陈泰，维自引兵来迎邓艾。行不到五里，忽然东南一声炮响，鼓角震地，火光冲天。维纵马看时，只见周围皆见魏兵旗号。维大惊曰："中邓艾之计矣！"遂传令教夏侯霸、张翼各弃狄道而退。于是蜀兵皆退归汉中。维自断后，只听得背后鼓声不绝。维退入剑阁之时，方知火鼓二十余处，皆虚设也。维收兵退屯于钟堤。

且说后主因姜维有洮西之功，降诏封维为大将军。维受了职，上表谢恩毕，再议出师伐魏之策。正是：

　　　　成功不必添蛇足，讨贼犹思奋虎威。

未知此番北伐如何，且看下文分解。

第一百十一回

邓士载智败姜伯约　诸葛诞义讨司马昭

却说姜维退兵屯于钟堤，魏兵屯于狄道城外。王经迎接陈泰、邓艾入城，拜谢解围之事，设宴相待，大赏三军。泰将邓艾之功申奏魏主曹髦。髦封艾为安西将军，假节领护东羌校尉，同陈泰屯兵于雍、凉等处。邓艾上表谢恩毕。陈泰设席，与邓艾拜贺曰："姜维夜遁，其力已竭，不敢再出矣。"艾笑曰："吾料蜀兵，其必出有五。"泰问其故。艾曰："蜀兵虽退，终有乘胜之势，吾兵终有弱败之实，其必出一也；蜀兵皆是孔明教演精锐之兵，容易调遣，吾将不时更换，军又训练不熟，其必出二也；蜀人多以船行，吾军皆在旱地，劳逸不同，其必出三也；狄道、陇西、南安、祁山四处，皆是守战之地，蜀人或声东击西、指南攻北，吾兵必须分头守把，蜀兵合为一处而来，以一分当我四分，其必出四也；若蜀兵自南安、陇西，则可取羌人之谷为食，若出祁山，则有麦可就食，其必出五也。"陈泰叹服曰："公料敌如神，蜀兵何足虑哉！"于是，陈泰与邓艾结为忘年之交。艾遂将雍、凉等处之兵每日操练，各处隘口，皆立营寨，以防不测。

却说姜维在钟堤，大设筵宴，会集诸将，商议伐魏之事。令史樊建谏曰："将军屡出，未获全功。今日洮西之捷，魏人既服威名，何故又欲出也？万一不利，前功尽弃。"维曰："汝等只知魏国地宽人广，急不可得，却不知攻魏者有五可胜。"众问之，维答曰："彼洮西一败，挫尽锐气，吾兵虽退，不曾损折，今若进兵，一可胜也；

吾兵船载而进，不致劳困，彼兵皆从旱地来迎，二可胜也；吾兵久经训练之众，彼皆乌合之徒，不曾有法度，三可胜也；吾兵自出祁山，掠抄秋谷为食，四可胜也；彼兵虽各守备，军力分开，吾兵一处而去，彼安能救？五可胜也。不在此时伐魏，更待何日耶？”夏侯霸曰：“艾年虽幼，而机谋深远，近封为安西将军之职，必于各处准备，非同往日矣。”维厉声曰：“吾何畏彼哉？公等休长他人锐气，灭自己威风。吾意已决，必先取陇西！”众不敢谏。

维自领前部，令众将随后而进。于是蜀兵尽离钟堤，杀奔祁山来。哨马报说：“魏兵已先在祁山立下九个寨栅。”维不信，引数骑凭高望之，果见祁山九寨，势如长蛇，首尾相顾。维回顾左右曰：“夏侯霸之言，信不诬矣！此寨形势绝妙，止吾师诸葛丞相能之。今观邓艾所为，不在吾师之下。”遂回本寨，唤诸将曰：“魏人既有准备，必知吾来矣。吾料邓艾必在此间。汝等可虚张吾旗号，据此谷口下寨，每日令百余骑出哨，每出哨一回，换一番衣甲旗号，按青、黄、赤、白、黑五方旗帜更换，吾却提大兵偷出董亭，径袭南安去也。”遂令鲍素屯于祁山谷口，维尽率大兵，望南安进发。

却说邓艾知蜀兵出祁山，早与陈泰下寨准备，见蜀兵连日不来搦战，一日五番哨马出寨，或十里、十五里而回。艾凭高望毕，慌入帐，与陈泰曰：“姜维不在此间，必取董亭、袭南安去了。出寨哨马只是这几匹，更换衣甲往来哨探，其马皆困乏，主将必无能者。陈将军可引一军攻之，其寨可破也。破了寨栅，便引兵袭董亭之路，先断姜维之后。吾当先引一军救南安，径取武城山；若先占此山头，姜维必取上邽。上邽有一谷，名曰段谷，地狭山险，正好埋伏。彼来争武城山时，吾先伏两军于段谷，破维必矣。”泰曰：“吾守陇西二三十年，未尝如此明察地理。公之所言，真神算也！公可速去，吾自攻此处寨栅。”于是邓艾引军，星夜倍道而行，径到武城山。下寨已毕，蜀兵未到，即令子邓忠与帐前校尉师纂，各引五千兵，先去段谷埋伏，如此如此而行。二人受计而去。艾令偃旗息鼓，以待蜀兵。

却说姜维从董亭望南安而来，至武城山前，谓夏侯霸曰："近南安有一山，名武城山，若先得了，可夺南安之势。只恐邓艾多谋，必先提防。"正疑虑间，忽然山上一声炮响，喊声大震，鼓角齐鸣，旌旗遍竖，皆是魏兵。中央风飘起一黄旗，大书"邓艾"字样。蜀兵大惊。山上数处精兵杀下，势不可当。前军大败。维急率中军人马去救时，魏兵已退。维直来武城山下，搦邓艾战。山上魏兵并不下来。维令军士辱骂，至晚方欲退军，山上鼓角齐鸣，却又不见魏兵下来。维欲上山冲杀，山上炮石甚严，不能得进。守至三更欲回，山上鼓角又鸣。维移兵下山屯扎，比及令军搬运木石，方欲竖立为寨，山上鼓角又鸣，魏兵骤至。蜀兵大乱，自相践踏，退回旧寨。次日，姜维令军士运粮草车仗，至武城山，穿连排定，欲立起寨栅，以为屯兵之计。是夜二更，邓艾令五百人各执火把，分两路下山，放火烧车仗。两兵混杀了一夜，营寨又立不成。

维复引兵退，再与夏侯霸商议曰："南安未得，不如先取上邽。上邽乃南安屯粮之所，若得上邽，南安自危矣。"遂留霸屯于武城山，维尽引精兵猛将，径取上邽。行了一宿，将及天明，见山势狭峻，道路崎岖，乃问乡导官曰："此处何名？"答曰："段谷。"维大惊曰："其名不美，段谷者，断谷也。倘有人断其谷口，如之奈何！"正踌躇未决，忽前军来报，山后尘头大起，必有伏兵。维急令退军。师纂、邓忠两军杀出，维且战且走。前面喊声大震，邓艾引兵杀到。三路夹攻，蜀兵大败。幸得夏侯霸引兵杀到，魏兵方退，救了姜维，欲再往祁山。霸曰："祁山寨已被陈泰打破，鲍素阵亡，全寨人马皆退回汉中去了。"维不敢取董亭，急投山僻小路而回。后面邓艾急追。维令诸军前进，自为断后。正行之际，忽然山中一军突出，乃魏将陈泰也。魏兵一声喊起，将姜维困在垓心。维人马困乏，左冲右突，不能得出。荡寇将军张嶷闻姜维受困，引数百骑杀入重围。维因乘势杀出，嶷被魏兵乱箭射死。维得脱重围，复回汉中，因感张嶷忠勇，殁于王事，乃表赠其子孙。于是蜀中将士多有阵亡者，皆归罪于姜维。维照武侯街亭旧例，乃上表自贬为后将军，行大将军事。

却说邓艾见蜀兵退尽，乃与陈泰设宴相贺，大赏三军。泰表邓艾之功，司马昭遣使持节，加艾官爵，赐印绶，并封其子邓忠为亭侯。

时魏主曹髦改正元三年为甘露元年，司马昭自为天下兵马大都督，出入常令三千铁甲骁将前后簇拥，以为护卫，一应事务，不奏朝廷，就于相府裁处，自此常怀篡逆之心。有一心腹人，姓贾名充字公闾，乃故建威将军贾逵之子，为昭府下长史。充语昭曰："今主公掌握大柄，四方人心必然未安，且当暗访，然后徐图大事。"昭曰："吾正欲如此。汝可为我东行，只推慰劳出征军士为名，以探消息。"

贾充领命，径到淮南，入见镇东大将军诸葛诞。诞字公休，乃琅琊南阳人，即武侯之族弟也，向仕于魏。因武侯在蜀为相，因此不得重用。后武侯身亡，诞在魏历任重职，封高平侯，总摄两淮军马。当日贾充托名劳军，至淮南，见诸葛诞。诞设宴待之。酒至半酣，充以言挑诞曰："近来洛阳诸贤皆以主上懦弱，不堪为君。司马大将军三世辅国，功德弥天，可以禅代魏统，未审钧意若何？"诞大怒曰："汝乃贾豫州之子，世食魏禄，安敢出此乱言！"充谢曰："某以他人之言告公耳。"诞曰："朝廷有难，吾当以死报之！"充默然。次日辞归，见司马昭，细言其事。昭大怒曰："鼠辈安敢如此！"充曰："诞在淮南深得人心，久必为患，可速除之。"昭遂暗发密书，与扬州刺史乐綝；一面遣使赍诏，征诞为司空。

诞得了诏书，已知是贾充告变，遂捉来使拷问。使者曰："此事乐綝知之。"诞曰:"他如何得知?"使者曰:"司马将军已令人到扬州,送密书与乐綝矣。"诞大怒,叱左右斩了来使,遂起部下兵千人,杀奔扬州来。将至南门,城门已闭,吊桥拽起。诞在城下叫门,城上并无一人回答。诞大怒曰:"乐綝匹夫,安敢如此!"遂令将士打城。手下十余骁骑下马渡河,飞身上城,杀散军士,大开城门,于是诸葛诞引兵入城,乘风放火,杀至綝家。綝慌上楼避之。诞提剑上楼,大喝曰:"汝父乐进,昔日受魏国大恩,不思报本,反欲顺司马昭耶?"綝未及回言,为诞所杀。一面具表,数司马昭之罪,使人申奏洛阳;一面大聚两淮屯田户口十余万,并扬州新降兵四万余人,积草屯粮,准备进兵;又令长史吴纲送子诸葛靓入吴,为质求援,务要合兵,诛讨司马昭。

此时东吴丞相孙峻病亡,从弟孙綝辅政。綝字子通,为人强暴,杀大司马滕胤,将军吕据、王惇等,因此权柄皆归于綝。吴主孙亮虽然聪明,无可奈何。于是吴纲将诸葛靓至石头城,入拜孙綝。綝问其故,纲曰:"诸葛诞乃蜀汉诸葛武侯之族弟也,向事魏国。今见司马昭欺君罔上,废主弄权,欲兴师讨之,而力不及,故特来归降。诚恐无凭,专送亲子诸葛靓为质,伏望发兵相助。"綝从其请,便遣大将全怿、全端为主将,于诠为合后,朱异、唐咨为先锋,文钦为乡导,起兵七万,分三队而进。吴纲回寿春,报知诸葛诞。诞大喜,遂陈兵准备。

却说诸葛诞表文到洛阳。司马昭见了,大怒,欲自往讨之。贾充谏曰:"主公乘父兄之基业,恩德未及四海,今弃天子而去,若一朝有变,后悔何及!不如奏请太后及天子,一同出征,可保无虞。"昭喜曰:"此言正合吾意。"遂入奏太后曰:"诸葛诞谋反,臣与文武官僚计议停当,请太后同天子御驾亲征,以继先帝之遗意。"太后畏惧,只得从之。次日,昭请魏主曹髦起程。髦曰:"大将军都督天下军马,任从调遣,何必朕自行也?"昭曰:"不然。昔日武祖纵横四海，文帝、明帝有包括宇宙之志，并吞八荒之心，凡遇大敌，必须自行。陛下正宜追配先君，扫清故孽，何自畏也！"髦畏威权，只得从之。昭遂下诏，尽起两都之兵二十六万，命镇南将军王基为正先锋、安东将军陈骞为副先锋、监军石苞为左军、兖州刺史周太为右军，保护车驾，浩浩荡荡，杀奔淮南而来。

东吴先锋朱异引兵迎敌，两军对圆。魏军中王基出马，朱异来迎。战不三合，朱异败走。唐咨出马，战不三合，亦大败而走。王基驱兵掩杀，吴兵大败，退五十里下寨，报入寿春城中。诸葛诞自引本部锐兵，会合文钦并二子文鸯、文虎，雄兵数万，来敌司马昭。正是：

　　　　方见吴兵锐气堕，又看魏将劲兵来。

未知胜负如何，且看下文分解。

第一百十二回

救寿春于诠死节　取长城伯约鏖兵

　　却说司马昭闻诸葛诞会合吴兵，前来决战，乃召散骑长史裴秀、黄门侍郎钟会，商议破敌之策。钟会曰："吴兵之助诸葛诞，实为利也。以利诱之，则必胜矣。"昭从其言，遂令石苞、周太引两军于石头城埋伏，王基、陈骞领精兵在后，却令偏将成倅引兵数万①，先去诱敌，又令陈俊引车仗牛马驴骡装载赏军之物，四面聚集于阵中，如敌来，则弃之。

　　是日，诸葛诞令吴将朱异在左，文钦在右，见魏阵中人马不整，诞乃大驱士马径进。成倅退走。诞驱兵掩杀，见牛马驴骡遍满郊野，南兵争取，无心恋战。忽然一声炮响，两路兵杀来，左有石苞，右有周太。诞大惊，急欲退时，王基、陈骞精兵杀到，诞兵大败。司马昭又引兵接应。诞引败兵奔入寿春，闭门坚守。昭令兵四面围困，并力攻城。

　　时吴兵退屯安丰，魏主车驾驻于项城。钟会曰："今诸葛诞虽败，寿春城中粮草尚多，更有吴兵屯安丰，以为掎角之势。今吴兵四面攻围，彼缓则坚守，急则死战，吴兵或乘势来攻，吾军无益。不如三面攻之，留南门大路，容贼自走。走而击之，可全胜也。吴兵远来，粮必不继。我引轻骑，抄在其后，可不战而自破矣。"昭抚会背曰："君真吾之子房也！"遂令王基撤退南门之兵。

---

① 成倅：人名，魏武将。

却说吴兵屯于安丰,孙綝唤朱异责之曰:"量一寿春城不能救,安可并吞中原? 如再不胜,必斩!"朱异乃回本寨商议。于诠曰:"今寿春南门不围,某愿领一军,从南门入去,助诸葛诞守城。将军与魏兵挑战,我却从城中杀出,两路夹攻,魏兵可破矣。"异然其言,于是全怿、全端、文钦等皆愿入城,遂同于诠引兵一万,从南门而入城。魏兵不得将令,未敢轻敌,任吴兵入城,乃报知司马昭。昭曰:"此欲与朱异内外夹攻,以破我军也。"乃召王基、陈骞分付曰:"汝可引五千兵,截断朱异来路,从背后击之。"二人领命而去。朱异正引兵来,忽背后喊声大起,左有王基,右有陈骞,两路军杀来,吴兵大败。朱异回见孙綝。綝大怒曰:"累败之将,要汝何用!"叱武士推出斩之。又责全端子全祎曰:"若退不得魏兵,汝父子休来见我!"于是孙綝自回建业去了。

钟会与昭曰:"今孙綝退去,外无救兵,城可围矣。"昭从之,遂催军攻围。全祎引兵杀入寿春,意魏兵势大,寻思进退无路,遂降司马昭。昭加祎为偏将军。祎感昭恩德,乃修家书与父全端、叔全怿,言孙綝不仁,不若降魏,将书射入城中。怿得祎书,遂与端引数千人开门出降。诸葛诞在城中忧闷。谋士蒋班、焦彝进言曰:"城中粮少兵多,不能久守,可率吴楚之众,与魏兵决一死战!"诞大怒曰:"吾欲守,汝欲战,莫非有异心乎? 再言必斩!"二人仰天长叹曰:"诞将亡矣! 我等不如早降,免致一死。"是夜二更时分,蒋、焦二人窬城降魏,司马昭重用之。因此城中虽有敢战之士,不敢言战。

诞在城中,见魏兵四下筑起土城,以防淮水,只望水泛,冲倒土城,驱兵击之。不想自秋至冬,并无霖雨,淮水不泛。城中看看粮尽。文钦在小城内,与二子坚守,见军士渐渐饿倒,只得来告诞曰:"粮皆尽绝,军士饿损,不如将北方之兵尽放出城,以省其食。"诞大怒曰:"汝教我尽去北军,欲谋我耶?"叱左右,推出斩之。文莺、文虎见父被杀，各拔短刀，立杀数十人，飞身上城，一跃而下，越壕赴魏寨投降。司马昭恨文鸯昔日单骑退兵之仇，欲斩之。钟会谏曰："罪在文钦。今文钦已亡，二子势穷来归，若杀降将，是坚城内人之心也。"昭从之，遂召文鸯、文虎入帐，用好言抚慰，赐骏马、锦衣，加为偏将军，封关内侯。二子拜谢上马，绕城大叫曰："我二人蒙大将军赦罪赐爵，汝等何不早降？"城内人闻言，皆计议曰："文鸯乃司马氏仇人，尚且重用，何况我等乎？"于是皆欲投降。诸葛诞闻之，大怒，日夜自来巡城，以杀为威。

钟会知城中人心已变，乃入帐告昭曰："可乘此时攻城矣。"昭大喜，遂激三军，四面云集，一齐攻打。守将曾宣献了北门，放魏兵入城。诞知魏兵已入，慌引麾下数百人自城中小路突出，至吊桥边，正撞着胡奋，手起刀落，斩诞于马下，数百人皆被缚。王基引兵杀到西门，正遇吴将于诠。基大喝曰："何不早降？"诠大怒曰："受命而出，为人救难，既不能救，又降他人，义所不为也！"乃掷盔于地，大呼曰："人生在世，得死于战场者幸耳！"急挥刀死战三十余合，人困马乏，为乱军所杀。后人有诗赞曰：

> 司马当年围寿春，降兵无数拜车尘。
>
> 东吴虽有英雄士，谁及于诠肯杀身？

司马昭入寿春，将诸葛诞老小尽皆枭首，灭其三族。武士将所擒诸葛诞部卒数百人缚至。昭曰："汝等降否？"众皆大叫曰："愿与诸葛公同死，决不降汝！"昭大怒，叱武士尽缚于城外，逐一问曰："降者免死。"并无一人言降，直杀至尽，终无一人降者。昭深加叹息不已，令皆埋之。后人有诗叹曰：

> 忠臣矢志不偷生，诸葛公休帐下兵。
>
> 《薤露》歌声应未断①，遗踪直欲继田横。

---

① 《薤（xiè）露》：古代的挽歌。相传为秦末起义首领田横的门人为田横自杀所作的悲歌，感叹生命短暂如薤叶上的露水。

却说吴兵大半降魏。裴秀告司马昭曰："吴兵老小尽在东南江淮之地，今若留之，必久为变，不如坑之[①]。"钟会曰："不然。古之用兵者，全国为上[②]，戮其元恶而已。若尽坑之，是不仁也。不如放归江南，以显中国之宽大。"昭曰："此妙论也！"遂将吴兵尽皆放归本国。唐咨因惧孙綝，不敢回国，亦来降魏。昭皆重用，令分布三河之地。淮南已平，正欲退兵，忽报："西蜀姜维引兵来取长城，邀截粮草。"昭大惊，与多官计议退兵之策。

时蜀汉延熙二十年，改为景耀元年[③]，姜维在汉中选川将两员，每日操练人马，一是蒋舒，一是傅佥。二人颇有胆勇，维甚爱之。忽报："淮南诸葛诞起兵讨司马昭，东吴孙綝助之。昭大起两淮之兵，将魏太后并魏主一同出征去了。"维大喜曰："吾今番大事济矣。"遂表奏后主，愿兴兵伐魏。中散大夫谯周听知，叹曰："近来朝廷溺于酒色，信任中贵黄皓，不理国事，只图欢乐。伯约累欲征伐，不恤军士，国将危矣！"乃作《仇国论》一篇，寄与姜维。维拆封视之，论曰：

> 或问：古往能以弱胜强者，其术如何？曰：处大国无患者，恒多慢[④]；处小国有忧者，恒思善。多慢则生乱，思善则生治，理之常也。故周文养民，以少取多；勾践恤众，以弱毙强，此其术也。或曰：曩者楚强汉弱，约分鸿沟，张良以为民志既定，则难动也，率兵追羽，终毙项氏，岂必由文王、勾践之事乎？曰：商周之际，王侯世尊，君臣久固。当此之时，虽有汉祖，安能仗剑取天下乎？及秦罢侯置守之后，民疲秦役，天下土崩，

---

① 坑：活埋。
② 全国为上：语出《孙子·谋攻篇》，意为完整地得到敌国的土地和人民，最为有利。意思是最好少杀人、少破坏而取得充分的胜利。
③ 改为景耀元年：蜀汉改元景耀，实际上是在延熙二十一年，即公元258年。但本回所叙姜维此次出骆谷伐魏，确实是在延熙二十年，即公元257年。
④ 慢：怠慢，懈怠。

于是豪杰并争。今我与彼，皆传国易世矣，既非秦末鼎沸之时，实有六国并据之势，故可以为文王，难为汉祖。时可而后动，数合而后举，故汤、武之师，不再战而克，诚重民劳而度时审也。如遂极武黩征，不幸遇难，虽有智者，不能谋之矣。

姜维看毕，大怒曰："此腐儒之论也！"掷之于地，遂提川兵来取中原。又问傅佥曰："以公度之，可出何地？"佥曰："魏屯粮草皆在长城，今可径取骆谷，度沈岭，直到长城，先烧粮草，然后直取秦川，则中原指日可得矣。"维曰："公之见与吾计暗合也。"即提兵径取骆谷，度沈岭，望长城而来。

却说长城镇守将军司马望，乃司马昭之族兄也。城内粮草甚多，人马却少。望听知蜀兵到，急与王真、李鹏二将引兵离城二十里下寨。次日，蜀兵来到。望引二将出阵。姜维出马，指望而言曰："今司马昭迁主于军中，必有李傕、郭汜之意也。吾今奉朝廷明命，前来问罪，汝等早降。若还愚迷，全家诛戮。"望大声而答曰："汝等无礼，数犯上国，如不早退，令汝片甲不归。"言未毕，望背后王真挺枪出马，蜀阵中傅佥出迎。战不十合，佥卖个破绽，王真便挺枪来刺，傅佥闪过，活捉真于马上，便回本阵。李鹏大怒，纵马轮刀来救。佥故意放慢，等李鹏将近，努力掷真于地，暗掣四楞铁简在手。鹏赶上，举刀待砍，傅佥偷身回顾，向李鹏面门一简，打得眼珠进出，死于马下。王真被蜀军乱枪刺死。姜维驱兵大进。司马望弃寨入城，闭门不出。维下令曰："军士今夜且歇一宿，以养锐气，来日须要入城。"次日平明，蜀兵争先大进，一拥至城下，用火箭火炮打入城中。城上草屋一派烧着，魏兵自乱。维又令人取干柴堆满城下，一齐放火，烈焰冲天。城已将陷，魏兵在城内嚎啕痛哭，声闻四野。

正攻打之间，忽然背后喊声大震，维勒马回看，只见魏兵鼓噪摇旗，浩浩而来。维遂令后队为前队，自立于门旗下候之。只见魏

864

阵中一小将，全装贯带，挺枪纵马而出，年约二十余岁，面如傅粉，唇似抹朱，厉声大叫曰："认得邓将军否？"维自思曰："此必是邓艾矣。"挺枪纵马而迎，二人抖擞精神，战到三四十合，不分胜负。那小将军枪法无半点放闲①。维心中自思："不用此计，安得胜乎？"便拨马望左边山路中而走。那小将骤马追来。维挂住了钢枪，暗取雕弓羽箭射之。那小将眼乖②，早已见了，弓弦响处，把身望前一倒，放过羽箭。维回头看，小将已到，挺枪来刺，维闪过，那枪从肋傍边过，被维挟住。那小将弃枪望本阵而走，维嗟叹曰："可惜，可惜！"再拨马赶来，追至阵门前，一将提刀而出曰："姜维匹夫，勿赶吾儿！邓艾在此！"维大惊，原来小将乃艾之子邓忠也。维暗暗称奇，欲战邓艾，又恐马乏，乃虚指艾曰："吾今日识汝父子也。各且收兵，来日决战。"艾见战场不利，亦勒马应曰："既如此，各自收兵，暗算者非丈夫也。"于是两军皆退。邓艾据渭水下寨，姜维跨两山安营。

艾见蜀兵地理，乃作书与司马望曰："我等切不可战，只宜固守。待关中兵至时，蜀兵粮草皆尽，三面攻之，无不胜也。今遣长子邓忠相助守城。"一面差人于司马昭处求救。

却说姜维令人于艾寨中下战书，约来日大战。艾佯应之。次日五更，维令三军造饭，平明布阵等候。艾营中偃旗息鼓，却如无人之状。维至晚方回。次日，又令人下战书，责以失期之罪。艾以酒食待使，答曰："微躯小疾，有误相持，明日会战。"次日，维又引兵来，艾仍前不出。如此五六番。傅佥谓维曰："此必有谋也，宜防之。"维曰："此必捱关中兵到，三面击我耳。吾今令人持书与东吴孙綝，使并力攻之。"忽探马报说："司马昭攻打寿春，杀了诸葛诞，吴兵皆降。昭班师回洛阳，便欲引兵来救长城。"维大惊曰："今番

---

① 放闲：空隙。

② 乖：机灵。

伐魏，又成画饼矣！不如且回。"正是：

　　　　　　已叹四番难奏绩，又嗟五度未成功。

未知如何退兵，且看下文分解。

第一百十三回

丁奉定计斩孙綝　姜维斗阵破邓艾

却说姜维恐救兵到，先将军器车仗一应军需，步兵先退，然后将马军断后。细作报知邓艾，艾笑曰："姜维知大将军兵到，故先退去，不必追之。追则中彼之计也。"乃令人哨探回报，果然骆谷迫狭之处，堆积柴草，准备要烧追兵。众皆称艾曰："将军真神算也！"遂遣使赍表奏闻，于是司马昭大喜，又加赏邓艾。

却说东吴大将军孙綝，听知全端、唐咨等降魏，勃然大怒，将各人家眷尽皆斩之。吴主孙亮时年方十七，见綝杀戮太过，心甚不然。一日出西苑，因食生梅，令黄门取蜜。须臾取至，见蜜内有鼠粪数块，召藏吏责之。藏吏叩首曰："臣封闭甚严，安有鼠粪！"亮曰："黄门曾向尔求蜜食否？"藏吏曰："黄门于数日前，曾求蜜食，臣实不敢与。"亮指黄门曰："此必汝怒藏吏不与尔蜜，故置粪于蜜中，以陷之也。"黄门不服。亮曰："此事易知耳。若粪久在蜜中，则内外皆湿；若新在蜜中，则外湿内燥。"命剖视之，果然内燥。黄门服罪。亮之聪明大抵如此。虽然聪明，却被孙綝把持，不能主张。綝之弟威远将军孙据，入苍龙宿卫；武卫将军孙恩、偏将军孙干、长水校尉孙闿分屯诸营。

一日，吴主孙亮闷坐，黄门侍郎全纪在侧。纪乃国舅也。亮因泣告曰："孙綝专权妄杀，欺朕太甚。今不图之，必为后患！"纪曰："陛下但有用臣处，臣万死不辞！"亮曰："卿可只今点起禁兵，与将军刘丞各把城门，朕自出杀孙綝。但此事切不可令卿母知之。卿母乃綝之姊也，倘若泄漏，误朕非轻。"纪曰："乞陛下草诏与臣。临行事之时，臣将诏示众，使綝手下人皆不敢妄动。"亮从之，即写密诏付纪。纪受诏归家，密告其父全尚。尚知此事，乃告妻曰："三日内杀孙綝矣。"妻曰："杀之是也。"口虽应之，却私令人持书报知孙綝。綝大怒，当夜便唤弟兄四人，点起精兵，先围大内，一面将全尚、刘丞并其家小俱拿下。

比及平明，吴主孙亮听得宫门外金鼓大震。内侍慌入奏曰："孙綝引兵围了内苑。"亮大怒，指全后骂曰："汝父兄误我大事矣！"乃拔剑欲出。全后与侍中近臣皆牵其衣而哭，不放亮出。孙綝先将全尚、刘丞等杀讫，然后召文武于朝内，下令曰："主上荒淫久病，昏乱无道，不可以奉宗庙，今当废之。汝诸文武敢有不从者，以谋叛论。"众皆畏惧，应曰："愿从将军之令。"尚书桓彝大怒，从班部中挺然而出，指孙綝大骂曰："今上乃聪明之主，汝何敢出此乱言！吾宁死不从贼臣之命！"綝大怒，自拔剑斩之。即入内，指吴主孙亮骂曰："无道昏君，本当诛戮，以谢天下。看先帝之面，废汝为会稽王。吾自选有德者立之。"叱中书郎李崇夺其印绶，令邓程收之。亮大哭而去。后人有诗叹曰：

> 乱贼诬伊尹，奸臣冒霍光。
>
> 可怜聪明主，不得莅朝堂。

孙綝遣宗正孙楷、中书郎董朝往虎林，迎请琅琊王孙休为君。休字子烈，乃孙权第六子也，在虎林夜梦乘龙上天，回顾不见龙尾，失惊而觉。次日，孙楷、董朝至，拜请回都。行至曲阿，有一老人自称姓干名休，叩头言曰："事久必变，愿殿下速行。"休谢之。行至布塞亭，孙恩将车驾来迎。休不敢乘辇，乃坐小车而入。百官拜谒道傍，休慌忙下车答礼。孙綝出，令扶起，请入大殿，升御座，即天子位。休再三谦让，方受玉玺。文官武将朝贺已毕，大赦天下，改元永安元年。封孙綝为丞相荆州牧，多官各有封赏；又封兄之子孙皓为乌程侯。孙綝一门五侯，皆典禁兵，权倾人主。吴主孙休恐其内变，阳示恩宠，内实防之。綝骄横愈甚。

冬十二月，綝奉牛酒入宫上寿①。吴主孙休不受。綝怒，乃以牛酒诣左将军张布府中共饮。酒酣，乃谓布曰："吾初废会稽王时，人皆劝吾为君，吾为今上贤，故立之。今我上寿而见拒，是将我等闲相待，吾早晚教你看！"布闻言，唯唯而已。次日，布入宫，密奏孙休。休大惧，日夜不安。数日内。孙綝遣中书郎孟宗拨与中营所管精兵一万五千，出屯武昌；又尽将武库内军器与之。于是将军魏邈、武卫士施朔二人密奏孙休曰："綝调兵在外，又搬尽武库内军器，早晚必为变矣！"休大惊，急召张布计议。布奏曰："老将丁奉计略过人，能断大事，可与议之。"休乃召奉入内，密告其事。奉奏曰："陛下勿忧，臣有一计，为国除害。"休问："何计？"奉曰："来朝腊日②，只推大会群臣，召綝赴席，臣自有调遣。"休大喜。奉令魏邈、施朔为外事，张布为内应。

是夜，狂风大作，飞沙走石，将老树连根拔起。天明风定，使者奉旨来请孙綝入宫赴宴。孙綝方起床，平地如人推倒，心中不悦。使者十余人簇拥入内。家人止之曰："一夜狂风不息，今早又无故惊倒，恐非吉兆，不可赴宴。"綝曰："我兄弟共典禁兵，谁敢近身？倘有变动，于府中放火为号。"嘱讫，升车入内。吴主孙休慌下御座迎之，请綝高坐。酒行数巡，众惊曰："宫外望有火起。"綝便欲起身。休止之曰："丞相稳便，外兵自多，何必惧哉！"言未毕，左将军张布拔剑在手，引武士三十余人抢上殿来，口中厉声而言曰："有诏擒反贼孙綝！"綝急欲走时，早被武士擒下。綝叩头奏曰："愿徙交州，归田里。"休叱曰："尔何不徙滕胤、吕据、王惇耶？"命推下斩之。于是张布牵孙綝下殿东斩讫。从者皆不敢动。布宣诏曰："罪在

---

① 上寿：古代臣下向君主或小辈向尊长敬酒、献礼，也可单称"寿"。
② 腊日：祭祀祖先、百神的日子。

孙綝一人，余皆不问。"众心乃安。布请孙休升五凤楼。丁奉、魏邈、施朔等擒孙綝兄弟至，休命尽斩于市。宗党死者数百人，灭其三族。命军士掘开孙峻坟墓，戮其尸首，将被害诸葛恪、滕胤、吕据、王惇等家重建坟墓，以表其忠；其牵累流远者①，皆赦还乡里。丁奉等重加封赏。

驰书报入成都。后主刘禅遣使回贺，吴使薛珝答礼。珝自蜀中归，吴主孙休问："蜀中近日作何举动？"珝奏曰："近日中常侍黄皓用事，公卿多阿附之，入其朝不闻直言，经其野民有菜色，所谓燕雀处堂，不知大厦之将焚者也。"休叹曰："若诸葛武侯在时，何至如此！"于是又写国书，教人赍入成都，说司马昭不日篡魏，必将侵吴、蜀以示威，彼此各宜准备。姜维听得此信，忻然上表，再议出师伐魏。

时蜀汉景耀元年冬，大将军姜维以廖化、张翼为先锋，王舍、蒋斌为左军，蒋舒、傅佥为右军，胡济为合后，维与夏侯霸总中军，共起蜀兵二十万；拜辞后主，径到汉中，与夏侯霸商议："当先攻取何地？"霸曰："祁山乃用武之地，可以进兵。故丞相昔日六出祁山，因他处不可出也。"维从其言，遂令三军并望祁山进发。至谷口下寨时，邓艾正在祁山寨中，整点陇右之兵。忽流星马到，报说蜀兵现下三寨于谷口。艾听知，遂登高看了，回寨升帐，大喜曰："不出吾之所料也！"原来邓艾先度了地脉，故留蜀兵下寨之地，地中自祁山寨直至蜀寨，早挖了地道，待蜀兵至时，于中取事。此时姜维至谷口，分作三寨，地道正在左寨之中，乃王舍、蒋斌下寨之处。邓艾唤子邓忠与师纂各引一万兵，为左右冲击，却唤副将郑伦引五百掘子军，于当夜二更，径于地道，直至左营，从帐后地下拥出。

却说王舍、蒋斌因立寨未定，恐魏兵来劫寨，不敢解甲而寝。

———

① 流远者：流放到远地的人。

870

忽闻中军大乱，急绰兵器，上的马时，寨外邓忠引兵杀到，内外夹攻。王、蒋二将奋死抵敌不住，弃寨而走。姜维在帐中听得左寨中大喊，料道有内应外合之兵，遂急上马，立于中军帐前，传令曰："如有妄动者斩！便有敌兵到营边，休要问他，只管以弓弩射之。"一面传示右营，亦不许妄动。果然魏兵十余次冲击，皆被射回，只冲杀到天明，魏兵不敢杀入。邓艾收兵回寨，乃叹曰："姜维深得孔明之法，兵在夜而不惊，将闻变而不乱，真将才也。"次日，王舍、蒋斌收聚败兵，伏于大寨前请罪。维曰："非汝等之罪，乃吾不明地脉之故也。"又拨军马，令二将安营讫；却将伤死尸身填于地道之中，以土掩之；令人下战书，单搦邓艾来日交锋。艾忻然应之。

次日，两军列于祁山之前。维按武侯八阵之法，依天地风云鸟蛇龙虎之形分布已定。邓艾出马，见维布成八卦，乃亦布之，左右前后门户一般。维持枪纵马，大叫曰："汝效吾排八阵，亦能变阵否？"艾笑曰："汝道此阵只汝能布耶？吾既会布阵，岂不知变阵？"艾便勒马入阵，令执法官把旗左右招飐，变成八八六十四个门户，复出阵前曰："吾变法若何？"维曰："虽然不差，汝敢与吾八阵相围么？"艾曰："有何不敢！"两军各依队伍而进，艾在中军调遣，两军冲突，阵法不会错动。姜维到中间把旗一招，忽然变成长蛇卷地阵，将邓艾困在垓心，四面喊声大震。艾不知其阵，心中大惊。蜀兵渐渐逼近。艾引众将冲突不出，只听得蜀兵齐叫曰："邓艾早降！"艾仰天长叹曰："我一时自逞其能，中姜维之计矣！"忽然西北角上一彪军杀入，艾见是魏兵，遂乘势杀出。救邓艾者，乃司马望也。比及救出邓艾时，祁山九寨皆被蜀兵所夺。艾引败兵，退于渭水南下寨。

艾谓望曰："公何以知此阵法而救出我也？"望曰："吾幼年游学于荆南，会与崔州平、石广元为友，讲论此阵。今日姜维所变者，乃长蛇卷地阵也，若他处击之，必不可破。吾见其头在西北，故从西北击之，自破矣。"艾谢曰："吾虽学得阵法，实不知变法。公既知此法，来日以此法复夺祁山寨栅，如何？"望曰："我之所学，恐瞒不过姜维。"艾曰："来日公在阵上与他斗阵法，我却引一军暗袭祁山之后，两下混战，可夺旧寨也。"于是令郑伦为先锋，艾自引军袭山后，一面令人下战书，搦姜维来日斗阵法。维批回去讫，乃谓众将曰："吾受武侯所传密书，此阵变法，共三百六十五样，按周天之数。今搦吾斗阵法，乃班门弄斧耳。但中间必有诈谋，公等知之乎？"廖化曰："此必赚我斗阵法，却引一军袭我后也。"维笑曰："正合我意。"即令张翼、廖化引一万兵去山后埋伏。

次日姜维尽拔九寨之兵，分布于祁山之前。司马望引兵离了渭南，径到祁山之前，出马与姜维答话。维曰："汝请吾斗阵法，汝先布与我看。"望布成了八卦。维笑曰："此即吾所布八阵之法也。汝今盗袭，何足为奇！"望曰："汝亦窃他人之法耳。"维曰："此阵凡有几变？"望笑曰："吾既能布，岂不会变？此阵有九九八十一变。"维笑曰："汝试变来。"望入阵，变了数番，复出阵曰："汝识吾变否？"维笑曰："我阵法按周天三百六十五变。汝乃井底之蛙，安知玄奥乎！"望自知有此变法，实不曾学全，乃勉强折辨曰："吾不信，汝试变来。"维曰："汝教邓艾出来，吾当布与他看。"望曰："艾将军自有良谋，不好阵法。"维大笑曰："有何良谋，不过教汝赚吾在此布阵，他却引兵袭吾山后耳。"望大惊，恰欲进兵混战，被维以鞭梢一指，两翼兵先出，杀的那魏兵弃甲抛戈，各逃性命。

却说邓艾催督先锋郑伦来袭山后。伦方转过山角，忽然一声炮响，鼓角喧天，伏兵杀出，为首大将乃廖化也。二人未及答话，两马交处，被廖化一刀斩郑伦于马下。邓艾大惊，急勒兵退时，张翼引一军杀到，两下夹攻，魏兵大败。艾舍命突出，身被四箭。奔到渭南寨时，司马望亦到，二人同议退兵之策。望曰："近日蜀主刘禅宠幸中贵黄皓，日夜以酒色为乐，可用反间计，召回姜维，此危可解。"艾问众谋士曰："谁可入蜀交通黄皓？"言未毕，一人应声曰："某愿往。"艾视之，乃襄阳党均也。艾大喜，即令党均赍金珠宝物，径到成都，结连黄皓，布散流言，说姜维怨望天子，不久投魏。于是成都人人所说皆同。黄皓奏知后主，即遣人星夜宣姜维入朝。

　　却说姜维连日搦战，邓艾坚守不出。维心中甚疑。忽使命至，诏维入朝。维不知何事，只得班师回朝。邓艾、司马望知姜维中计，遂拔渭南之兵，随后掩杀。正是：

　　　　乐毅伐齐遭间阻，岳飞破敌被谗回。

未知胜败如何，且看下文分解。

第一百十四回

曹髦驱车死南阙　姜维弃粮胜魏兵

却说姜维传令退兵，廖化曰："将在外，君命有所不受。今虽有诏，未可动也。"张翼曰："蜀人为大将军连年动兵，皆有怨望，不如乘此得胜之时，收回人马，以安民心，再作良图。"维曰："善。"遂令各军依法而退，命廖化、张翼断后，以防魏兵追袭。

却说邓艾引兵追赶，只见前面蜀兵旗帜整齐，人马徐徐而退。艾叹曰："姜维深得武侯之法也！"因此不敢追赶，勒军回祁山寨去了。

且说姜维至成都，入见后主，问召回之故。后主曰："朕为卿在边庭，久不还师，恐劳军士，故诏卿回朝，别无他意。"维曰："臣已得祁山之寨，正欲收功，不期半途而废。此必中邓艾反间之计矣。"后主默然不语。姜维又奏曰："臣誓讨贼，以报国恩。陛下休听小人之言，致生疑虑。"后主良久乃曰："朕不疑卿。卿且回汉中，俟魏国有变，再伐之可也。"姜维叹息出朝，自投汉中去讫。

却说党均回到祁山寨中，报知此事。邓艾与司马望曰："君臣不和，必有内变。"就令党均入洛阳，报知司马昭。昭大喜，便有图蜀之心，乃问中护军贾充曰："吾今伐蜀如何？"充曰："未可伐也。天子方疑主公，若一旦轻出，内难必作矣。旧年黄龙两见于宁陵井中，群臣表贺，以为祥瑞。天子曰：'非祥瑞也。龙者君象，乃上不在天，下不在田，而在井中，是幽囚之兆也。'遂作《潜龙诗》一首，诗中之意，明明道着主公。"其诗曰：

伤哉龙受困，不能跃深渊。上不飞天汉，下不见于田。

蟠居于井底，鳅鳝舞其前。藏牙伏爪甲，嗟我亦同然。

司马昭闻之，大怒，谓贾充曰："此人欲效曹芳也？若不早图，彼必害我！"充曰："某愿为主公早晚图之。"

时魏甘露五年夏四月，司马昭带剑上殿。髦起迎之。群臣皆奏曰："大将军功德巍巍，合为晋公，加九锡。"髦低头不答。昭厉声曰："吾父子兄弟三人有大功于魏，今为晋公，得毋不宜耶？"髦乃应曰："敢不如命！"昭曰："《潜龙》之诗，视吾等如鳅鳝，是何礼也？"髦不能答。昭冷笑下殿。众官凛然。

髦归后宫，召侍中王沈、尚书王经、散骑常侍王业三人入内计议。髦泣曰："司马昭将怀篡逆，人所共知。朕不能坐受废辱。卿等可助朕讨之！"王经奏曰："不可。昔鲁昭公不忍季氏，败走失国①。今重权已归司马氏久矣，内外公卿不顾顺逆之理，阿附奸贼，非一人也。且陛下宿卫寡弱，无用命之人。陛下若不隐忍，祸莫大焉。且宜缓图，不可造次。"髦曰："是可忍也，孰不可忍也。朕意已决，便死何惧！"言讫，即入告太后。王沈、王业谓王经曰："事已急矣！我等不可自取灭族之祸，当往司马公府下出首，以免一死。"经大怒曰："主忧臣辱，主辱臣死，敢怀二心乎！"王沈、王业见经不从，径自往报司马昭去了。

少顷，魏主曹髦出内，令护卫焦伯聚集殿中宿卫苍头官僮三百余人，鼓噪而出。髦仗剑升辇，叱左右径出南阙。王经伏于辇前，大哭而谏曰："今陛下领数百人伐昭，是驱羊而入虎口耳！空死无益。臣非惜命，实见事不可行也！"髦曰："吾军已行，卿勿阻当。"遂望龙门而来。只见贾充戎服乘马，左有成倅，右有成济，引数千铁甲禁兵，呐喊杀来。髦仗剑大喝曰："吾乃天子也！汝等突入宫

---

① 鲁昭公不忍季氏，败走失国：春秋时鲁国大夫季孙氏掌握政权，鲁君空有虚名。鲁昭公心中不服，派兵攻打季氏，结果失败，只得逃亡齐国。

廷，欲弑君耶？"禁兵见了曹髦，皆不敢动。贾充呼成济曰："司马公养你何用？正为今日之事也。"济乃绰戟在手，回顾充曰："当杀耶？当缚耶？"充曰："司马公有令：只要死的！"成济拈戟，直奔辇前。髦大喝曰："匹夫敢无礼乎？"言未讫，被成济一戟刺中前胸，撞出辇来，再一戟，刃从背上透出，死于辇傍。焦伯挺枪来迎，被成济一戟刺死。众皆逃走。王经随后赶来，大骂贾充曰："逆贼安敢弑君耶？"充大怒，叱左右缚定，报知司马昭。昭入内，见髦已死，乃佯作大惊之状，以头撞辇而哭，令人报知各大臣。

时太傅司马孚入内，见髦尸首，枕其股而哭曰①："弑陛下者，臣之罪也！"遂将髦尸用棺椁盛贮，停于偏殿之西。昭入殿中，召群臣会议。群臣皆至，独有尚书仆射陈泰不至。昭令泰之舅尚书荀颛召之。泰大哭曰："论者以泰比舅，今舅实不如泰也！"乃披麻带孝而入，哭拜于灵前。昭亦佯哭而问曰："今日之事，何法处之？"泰曰："独斩贾充，少可以谢天下耳。"昭沉吟良久，又问曰："再思其次。"泰曰："惟有进于此者，不知其次。"昭曰："成济大逆不道，可剐之，灭其三族。"济大骂昭曰："非我之罪，是贾充传汝之命。"昭令先割其舌。济至死叫屈不绝。弟成倅亦斩于市，尽灭三族。后人有诗叹曰：

> 司马当年命贾充，弑君南阙赭袍红。
>
> 却将成济诛三族，只道军民尽耳聋。

昭又使人收王经全家下狱。王经正在廷尉厅下，忽见缚其母至，经叩头大哭曰："不孝子累及慈母矣！"母大笑曰："人谁不死？正恐不得死所耳！以此弃命，何恨之有！"次日，王经全家皆押赴东市，王经母子含笑受刑。满城士庶，无不垂泪。后人有诗曰：

> 汉初夸伏剑，汉末见王经。
>
> 贞烈心无异，坚刚志更清。

---

① 枕其股：把死者的头枕在自己的大腿上。这是古代臣下对横遭杀害的君主表示哀痛尽礼的一种做法。

节如泰华重，命似羽毛轻。

母子声名在，应同天地倾。

太傅司马孚请以王礼葬曹髦，昭许之。贾充等劝司马昭受魏禅，即天子位。昭曰："昔文王三分天下有其二，以服事殷，故圣人称为至德。魏武帝不肯受禅于汉，犹吾之不肯受禅于魏也。"贾充等闻言，已知司马昭留意于子司马炎矣，遂不复劝进。是年六月，司马昭立常道乡公曹璜为帝，改元景元元年。璜改名曹奂，字景召，乃武帝曹操之孙，燕王曹宇之子也。奂封昭为丞相、晋公，赐钱十万，绢万匹。其文武多官，各有封赏。

早有细卒报入蜀中，姜维闻司马昭弑了曹髦，立了曹奂，喜曰："吾今日伐魏，又有名矣。"遂发书入吴，令起兵问司马昭弑君之罪，一面奏准后主，起兵十五万，车乘数千辆，皆置板箱于上；令廖化、张翼为先锋，化取子午谷，翼取骆谷。维自取斜谷，皆要出祁山之前取齐。三路兵并起，杀奔祁山而来。

时邓艾在祁山寨中训练人马，闻报蜀兵三路杀到，乃聚诸将计议。参军王瓘曰："吾有一计，不可明言，见写在此，谨呈将军台览。"艾接来展看毕，笑曰："此计虽妙，只怕瞒不过姜维。"瓘曰："某愿舍命前去。"艾曰："公志若坚，必能成功。"遂拨五千兵与瓘。

瓘连夜从斜谷迎来，正撞蜀兵前队哨马。瓘叫曰："我是魏国降兵，可报与主帅。"哨军报知姜维。维令拦住余兵，只教为首的将来见。瓘拜伏于地曰："某乃王经之侄王瓘也。近见司马昭弑君，将叔父一门皆戮，某痛恨入骨。今幸将军兴师问罪，故特引本部兵五千来降，愿从调遣，剿除奸党，以报叔父之恨。"维大喜，谓瓘曰："汝既诚心来降，吾岂不诚心相待？吾军中所患者，不过粮耳。今有粮车数千，见在川口，汝可运赴祁山，吾只今去取祁山寨也。"瓘心中大喜，以为中计，忻然领诺。姜维曰："汝去运粮，不必用五千人，但引三千人去，留下二千引路，以打祁山。"瓘恐维疑惑，乃引三千兵去了。维令傅佥引二千魏兵，随征听用。

忽报夏侯霸到。霸曰："都督何故准信王瓘之言也？吾在魏，虽不知备细，未闻王瓘是王经之侄。其中多诈，请将军察之。"维大笑曰："我已知王瓘之诈，故分其兵势，将计就计而行。"霸曰："公试言之。"维曰："司马昭奸雄，比于曹操，既杀王经，灭其三族，安肯存亲侄于关外领兵？故知其诈也。仲权之见，与我暗合。"于是姜维不出斜谷，却令人于路暗伏，以防王瓘奸细。不旬日，果然伏兵捉得王瓘回报邓艾下书人来见。维问了情节，搜出私书。书中约于八月二十日从小路运粮，送归大寨，却教邓艾遣兵，于坛山谷中接应。维将下书人杀了，却将书中之意改作八月十五日，约邓艾自率大兵于坛山谷中接应。一面令人扮作魏军，往魏营下书；一面令人将现在粮车数百辆卸了粮米，装载干柴茅草引火之物，用青布罩之，令傅佥引二千原降魏兵，执打运粮旗号。维却与夏侯霸各引一军，去山谷中埋伏；令蒋舒出斜谷，廖化、张翼俱各进兵，来取祁山。

却说邓艾得了王瓘书信，大喜，急写回书，令来人回报。至八月十五日，邓艾引五万精兵，径往坛山谷中来；远远使人凭高眺探，只见无数粮草，接连不断，从山凹中而行。艾勒马望之，果然皆是魏兵。左右曰："天已昏暮，可速接应王瓘出谷口。"艾曰："前面山势掩映，倘有伏兵，急难退步，只可在此等候。"正言间，忽两骑马骤至，报曰："王将军因将粮草过界，背后人马赶来，望早救应。"艾大惊，急催兵前进。时值初更，月明如昼，只听得山后呐喊。艾只道王瓘在山后厮杀，径奔过山后时，忽树林后一彪军撞出，为首蜀将傅佥，纵马大叫曰："邓艾匹夫，已中吾主将之计，何不早早下马受死？"艾大惊，勒回马便走。车上火尽着，那火便是火号，两势下蜀兵尽出，杀得魏兵七断八续，但闻山下山上只教"拿住邓艾的赏千金，封万户侯"。吓得邓艾弃甲丢盔，撇了坐下马，杂在步军之中，爬山越岭而逃。姜维、夏侯霸只望马上为首的径来擒捉，不想邓艾步行走脱。维领得胜兵，去接王瓘粮车。

却说王瓘密约邓艾，先期将粮草车仗整备停当，专候举事。忽有心腹人报："事已泄漏，邓将军大败，不知性命如何。"瓘大惊，令人哨探，回报三路兵围杀将来，背后又有尘头大起，四下无路。瓘叱左右，令放火尽烧粮草车辆。一霎时，火光突起，烈焰烧空。瓘大叫曰："事已急矣，汝等宜死战！"乃提兵望西杀出。背后姜维三路追赶，维只道王瓘舍命撞回魏国，不想反杀入汉中而去。瓘因兵少，只恐追兵赶上。遂将栈道并各关隘皆烧毁。姜维恐汉中有失，遂不追邓艾，提兵连夜抄小路来追杀王瓘。瓘被四面蜀兵攻击，投黑龙江而死。余兵尽被姜维坑之。维虽然胜了邓艾，却折了许多粮草，又毁了栈道，乃引兵还汉中。

邓艾引部下败兵逃回祁山寨内，上表请罪，自贬其职。司马昭见艾数有大功，不忍贬之，复加厚赐。艾将原赐财物尽分给被害将士之家。昭恐蜀兵又出，遂添兵五万，与艾守御。姜维连夜修了栈道，又议出师。正是：

> 连修栈道兵连出，不伐中原死不休。

未知胜败如何，且看下文分解。

第一百十五回

诏班师后主信谗　托屯田姜维避祸

却说蜀汉景耀五年冬十月，大将军姜维差人连夜修了栈道，整顿军粮兵器，又于汉中水路调拨船只，俱已完备，上表奏后主曰："臣累出战，虽未成大功，已挫动魏人心胆。今养兵日久，不战则懒，懒则致病。况今军思效死，将思用命。臣如不胜，当受死罪！"后主览表，犹豫未决。谯周出班奏曰："臣夜观天文，见西蜀分野，将星暗而不明。今大将军又欲出师，此行甚是不利，陛下可降诏止之。"后主曰："且看此行若何，果然有失，却当阻之。"谯周再三谏劝不从，乃归家叹息不已，遂推病不出。

却说姜维临兴兵，乃问廖化曰："吾今出师，誓欲恢复中原，当先取何处？"化曰："连年征伐，军民不宁，兼魏有邓艾，足智多谋，非等闲之辈。将军强欲行强为之事，此化所以不敢专也。"维勃然大怒曰："昔丞相六出祁山，亦为国也；吾今八次伐魏，岂为一己之私哉？今当先取洮阳，如有逆吾者，必斩！"遂留廖化守汉中，自同诸将提兵三十万，径取洮阳而来。

早有川口人报入祁山寨中。时邓艾正与司马望谈兵，闻知此信，遂令人哨探。回报："蜀兵尽从洮阳而出。"司马望曰："姜维多计，莫非虚取洮阳，而实来取祁山乎？"邓艾曰："今姜维实出洮阳也。"望曰："公何以知之？"艾曰："向者姜维累出吾有粮之地，今洮阳无粮，维必料吾只守祁山，不守洮阳，故径取洮阳。如得此城屯粮积草，结连羌人，以图久计耳。"望曰："若此，如之奈何？"艾曰："可尽撤此处之兵，分为两路，去救洮阳。离洮阳二十五里，有侯河小城，乃洮阳咽喉之路。公引一军伏于洮阳，偃旗息鼓，大开四门，如此如此而行。我却引一军伏侯河，必获大胜也。"筹画已定，各各依计而行，只留偏将师纂守祁山寨。

却说姜维令夏侯霸为前部，先引一军径取洮阳。霸提兵前进。将近洮阳，望见城上并无一杆旌旗，四门大开。霸心下疑惑，未敢入城，回顾诸将曰："莫非诈乎？"诸将曰："眼见得是空城，只有些小百姓，听知大将军兵到，尽弃城而走了。"霸未信，自纵马于城南视之，只见城后老小无数，皆望西北而逃。霸大喜曰："果空城也！"遂当先杀入，余众随后而进。方到瓮城边，忽然一声炮响，城上鼓角齐鸣，旌旗遍竖，拽起吊桥。霸大惊曰："误中计矣！"慌欲退时，城上矢石如雨，可怜夏侯霸同五百军，皆死于城下。后人有诗叹曰：

> 大胆姜维妙算长，谁知邓艾暗提防。
>
> 可怜投汉夏侯霸，顷刻城边箭下亡。

司马望从城内杀出，蜀兵大败而逃。随后姜维引接应兵到，杀退司马望，就傍城下寨。维闻夏侯霸射死，嗟伤不已。是夜二更，邓艾自侯河城内，暗引一军，潜地杀入蜀寨。蜀兵大乱，姜维禁止不住。城上鼓角喧天，司马望引兵杀出，两下夹攻，蜀兵大败。维左冲右突，死战得脱，退二十余里下寨。

蜀兵两番败走之后，心中摇动。维与诸将曰："胜败乃兵家之常。今虽损兵折将，不足为忧，成败之事，在此一举。汝等始终勿改，如有言退者，立斩！"张翼进言曰："魏兵皆在此处，祁山必然空虚。将军整军与邓艾交锋，攻打洮阳、侯河，某引一军取祁山，取了祁山九寨，便驱兵向长安，此为上计。"维从之，即令张翼引后军，径取祁山。维自引兵到侯河，搦邓艾交战。艾引兵出迎，两军对圆。二人交锋数十余合，不分胜负，各收兵回寨。次日，姜维又引兵挑战，邓艾按兵不出。姜维令军辱骂。邓艾寻思曰："蜀人被吾大杀一阵，全然不退，连日反来搦战，必分兵去袭祁山寨也。守寨将师纂兵少智寡，必然败矣。吾当亲往救之。"乃唤子邓忠分付曰："汝用心守把此处，任他搦战，却勿轻出。吾今夜引兵去祁山救应。"是夜二更，姜维正在寨中设计，忽听得寨外喊声震地，鼓角喧天。人报："邓艾引三千精兵夜战。"诸将欲出，维止之曰："勿得妄动。"原来邓艾引兵至蜀寨前哨探了一遍，乘势去救祁山。邓忠自入城去了。姜维唤诸将曰："邓艾虚作夜战之势，必然去救祁山寨矣。"乃唤傅佥分付曰："汝守此寨，勿轻与敌。"嘱毕，维自引三千兵来助张翼。

却说张翼正到祁山攻打。守寨将师纂兵少，支持不住，看看待破，忽然邓艾兵至，冲杀了一阵，蜀兵大败，把张翼隔在山后，绝了归路。正慌急之间，忽听的喊声大震，鼓角喧天，只见魏兵纷纷倒退。左右报曰："大将军姜伯约杀到。"翼乘势驱兵相应，两下夹攻，邓艾折了一阵，急退上祁山寨不出。姜维令兵四面攻围。

话分两头。却说后主在成都，听信宦官黄皓之言，又溺于酒色，不理朝政。时有大臣刘琰妻胡氏，极有颜色，因入宫朝见皇后，后留在宫中，一月方出。琰疑其妻与后主私通，乃唤帐下军士五百人，列于前，将妻绑缚，令每军以履挞其面数十，几死复苏。后主闻之，大怒，令有司议刘琰罪。有司议得："卒非挞妻之人，面非受刑之地，合当弃市。"遂斩刘琰。自此命妇不许入朝①，然一时官僚以后主荒淫，多有疑怨者，于是贤人渐退，小人日进。时右将军阎宇，身无寸功，只因阿附黄皓，遂得重爵；闻姜维统兵在祁山，乃说皓奏后主曰："姜维屡战无功，可命阎宇代之。"后主从其言，遣使赍诏，召回姜维。维正在祁山攻打寨栅。忽一日，三道诏至，宣维班师。维只得遵命，先令洮阳兵退，次后与张翼徐徐而退。邓艾在寨

---

① 命妇：受过皇帝封号的妇人。

中，只听得一夜鼓角喧天，不知何意。至平明，人报蜀兵尽退，止留空寨。艾疑有计，不敢追袭。

姜维径到汉中，歇住人马，自与使命入成都，见后主。后主一连十日不朝。维心中疑惑。是日至东华门，遇见秘书郎郤正。维问曰："天子召维班师，公知其故否？"正笑曰："大将军何尚不知？黄皓欲使阎宇立功，奏闻朝廷，发诏取回将军。今闻邓艾善能用兵，因此寝其事矣①。"姜维怒曰："我必杀此宦竖！"郤正止之曰："大将军继武侯之事，任大职重，岂可造次？倘若天子不容，反为不美矣！"维谢曰："先生之言是也！"

次日，后主与黄皓在后园宴饮。维引数人径入。早有人报知黄皓。皓急避于湖山之侧。维至亭下，拜了后主，泣奏曰："臣困邓艾于祁山。陛下连降三诏，召臣回朝，未审圣意为何？"后主默然不语。维又奏曰："黄皓奸巧专权，乃灵帝时十常侍也。陛下近则鉴于张让，远则鉴于赵高，早杀此人，朝廷自然清平，中原方可恢复。"后主笑曰："黄皓乃趋走小臣，纵使专权，亦无能为。昔者董允每切齿恨皓，朕甚怪之！卿何必介意。"维叩头奏曰："陛下今日不杀黄皓，祸不远也！"后主曰："爱之欲其生，恶之欲其死。卿何不容一宦官耶？"令近侍于湖山之侧唤出黄皓，至亭下，命拜姜维伏罪。皓哭拜维曰："某早晚趋侍圣上而已，并不干与国政。将军休听外人之言，欲杀某也。某命系于将军，惟将军怜之！"言罢，叩头流涕。

维忿忿而出，即往见郤正，备将此事告之。正曰："将军祸不远矣！将军若危，国家随灭。"维曰："先生幸教我以保国安身之策！"正曰："陇西有一去处，名曰沓中，此地极其肥壮。将军何不效武侯屯田之事，奏知天子，前去沓中屯田？一者得麦熟以助军实；二者可以尽图陇右诸郡；三者魏人不敢正视汉中；四者将军在外，掌握

---

① 寝：搁下，停止。

兵权，人不能图，可以避祸。此乃保国安身之策也，宜早行之。"维大喜，谢曰："先生金玉之言也！"次日，姜维表奏后主，求沓中屯田，效武侯之事。后主从之。维遂还汉中，聚诸将曰："某累出师，因粮不足，未能成功。今吾提兵八万，往沓中种麦屯田，徐图进取。汝等久战劳苦，今且敛兵聚谷，退守汉中。魏兵千里运粮，经涉山岭，自然疲乏，疲乏必退，那时乘虚追袭，无不胜矣。"遂令胡济屯汉寿城，王含守乐城，蒋斌守汉城，蒋舒、傅佥同守关隘。分拨已毕，维自引兵八万，来沓中种麦，以为久计。

却说邓艾闻姜维在沓中屯田，于路下四十余营，连络不绝，如长蛇之势。艾遂令细作相了地形，画成图本，具表申奏。晋公司马昭见之，大怒曰："姜维屡犯中原，不能剿除，是吾心腹之患也！"贾充曰："姜维深得孔明传授，急难退之。须得一智勇之将，往刺杀之，可免动兵之劳。"从事中郎荀勖曰："不然。今蜀主刘禅溺于酒色，信用黄皓，大臣皆有避祸之心。姜维在沓中屯田，正避祸之计也。若令大将伐之，无有不胜，何必用刺客乎？"昭大笑曰："此言最善。吾欲伐蜀，谁可为将？"荀勖曰："邓艾乃世之良材，更得钟会为副将，大事成矣。"昭大喜曰："此言正合吾意！"乃召钟会入而问曰："吾欲令汝为大将，去伐东吴，可乎？"会曰："主公之意本不欲伐吴，实欲伐蜀也。"昭大笑曰："子诚识吾心也。但卿往伐蜀，当用何策？"会曰："某料主公欲伐蜀，已画图。见在此。"昭展开视之，图中细载一路安营下寨、屯粮积草之处，从何而进，从何而退，一一皆有法度。昭看了，大喜曰："真良将也！卿与邓艾合兵取蜀，何如？"会曰："蜀川道广，非一路可进。当使邓艾分兵各进可也。"昭遂拜钟会为镇西将军，假节钺，都督关中人马，调遣青、徐、兖、豫、荆、扬等处；一面差人持节，令邓艾为征西将军，都督关外陇上，使约期伐蜀。

次日，司马昭于朝中计议此事。前将军邓敦曰："姜维屡犯中原，我兵折伤甚多，只今守御，尚自未保，奈何深入山川危险之地，自取祸乱耶？"昭怒曰："吾欲兴仁义之师，伐无道之主，汝安敢逆吾意？"叱武士推出斩之。须臾，呈邓敦首级于阶下。众皆失色。昭曰："吾自征东以来，息歇六年，治兵缮甲，皆已完备，欲伐吴蜀久矣。今先定西蜀，乘顺流之势，水陆并进，并吞东吴，此灭虢取虞之道也。吾料西蜀将士，守成都者八九万，守边境者不过四五万，姜维屯田者不过六七万。吾今已令邓艾引关外陇右之兵十余万，绊住姜维于沓中，使不得东顾；遣钟会引关中精兵二三十万，直抵骆谷三路，以袭汉中。蜀主刘禅昏暗，边城外破，士女内震，其亡可必矣！"众皆拜服。

却说钟会受了镇西将军之印，起兵伐蜀。会恐机谋或泄，却以伐吴为名，令青、兖、豫、荆、扬等五处各造大船，又遣唐咨于登莱等州傍海之处，拘集海船。司马昭不知其意，遂召钟会，问之曰："子从旱路收川，何用造船耶？"会曰："蜀若闻我兵大进，必求救于东吴也，故先布声势，作伐吴之状，吴必不敢妄动。一年之内，蜀已破，船已成，而伐吴，岂不顺乎？"昭大喜，选日出师。时魏景元四年秋七月初三日，钟会出师。司马昭送之于城外十里方回。西曹掾邵悌密谓司马昭曰："今主公遣钟会领十万兵伐蜀。愚料会志大心高，不可使独掌大权。"昭笑曰："吾岂不知之？"悌曰："主公既知，何不使人同领其职？"昭言无数语，使悌疑心顿释。正是：

> 方当士马驱驰日，早识将军跋扈心。

未知其言若何，且看下文分解。

第一百十六回

钟会分兵汉中道　武侯显圣定军山

却说司马昭谓西曹掾邵悌曰："朝臣皆言蜀未可伐，是其心怯；若使强战，必败之道也。今钟会独建伐蜀之策，是其心不怯；心不怯则破蜀必矣！蜀既破，则蜀人心胆已裂，败军之将不可以言勇，亡国之大夫不可以图存，会即有异志，蜀人安能助之乎？至若魏人得胜思归，必不从会而反，更不足虑耳。此言乃吾与汝知之，切不可泄漏。"邵悌拜服。

却说钟会下寨已毕，升帐大集诸将听令。时有监军卫瓘，护军胡烈，大将田续、庞会、田章、爰彭、丘健、夏侯咸、王买、皇甫闿、句安等八十余员。会曰："必须一大将为先锋，逢山开路，遇水叠桥。谁敢当之？"一人应声曰："某愿往。"会视之，乃虎将许褚之子许仪也。众皆曰："非此人不可为先锋。"会唤许仪曰："汝乃虎体猿班之将①，父子有名，今众将亦皆保汝。汝可挂先锋印，领五千马军、一千步军，径取汉中。兵分三路，汝领中路出斜谷，左军出骆谷，右军出子午谷。此皆崎岖山险之地，当令军填平道路，修理桥梁，凿山破石，勿使阻碍。如违，必按军法。"许仪受命，领兵而进。钟会随后提十万余众，星夜起程。

却说邓艾在陇西，既受伐蜀之诏，一面令司马望往遏羌人，又遣雍州刺史诸葛绪、天水太守王颀、陇西太守牵弘、金城太守杨欣

---

① 虎体猿班：疑当作"虎体鹓班"，鹓班，也作鹓行、鹭行，指朝会的行列。许褚为勇将，得封侯爵，许仪袭爵，故有此说。

各调本部兵，前来听令。比及军马云集，邓艾夜作一梦，梦见登高山，望汉中，忽于脚下迸出一泉，水势上涌，须臾惊觉，浑身汗流，遂坐而待旦，乃召护卫爰邵问之。邵素明《周易》，艾备言其梦。邵答曰："《易》云：山上有水曰蹇，蹇卦者，利西南，不利东北。孔子云：蹇利西南，往有功也。不利东北，其道穷也。将军此行，必然克蜀，但可惜滞蹇不能还。"艾闻言，愀然不乐。忽钟会檄文至，约艾起兵，于汉中取齐。艾遂遣雍州刺史诸葛绪引兵一万五千，先断姜维归路；次遣天水太守王颀引兵一万五千，从左攻沓中，陇西太守牵弘引一万五千人，从右攻沓水；又遣金城太守杨欣引一万五千人，于甘松邀姜维之后。艾自引兵三万，往来接应。

却说钟会出师之时，有百官送出城外，旌旗蔽日，铠甲凝霜，人强马壮，威风凛然。人皆称羡，惟有相国参军刘寔微笑不语。太尉王祥见寔冷笑，就马上握其手而问曰："邓、钟二人，此去可平蜀乎？"寔曰："破蜀必矣，但恐皆不得还都耳！"王祥问其故，刘寔但笑而不答。祥遂不复问。

却说魏兵既发，早有细作入沓中，报知姜维。维即具表申奏后主："请降诏遣左车骑将军张翼领兵守护阳平关，右车骑将军廖化领兵守阴平桥。这二处最为要紧，若失二处，汉中不保矣。一面当遣使入吴求救。臣一面自起沓中之兵拒敌。"时后主改景耀五年为炎兴元年，日与宦官黄皓在宫中游乐。忽接姜维之表，即召黄皓问曰："今魏国遣钟会、邓艾大起人马，分道而来，如之奈何？"皓奏曰："此乃姜维欲立功名，故上此表。陛下宽心，勿生疑虑。臣闻城中有一师婆，供奉一神，能知吉凶，可召来问之。"后主从其言，于后殿陈设香花纸烛、享祭礼物，令黄皓用小车请入宫中，坐于龙床之上。后主焚香祝毕，师婆忽然披发跣足，就殿上跳跃数十遍，盘旋于案上。皓曰："此神人降矣。陛下可退左右亲祷之。"后主尽退侍臣，再拜祝之。师婆大叫曰："吾乃西川土神也。陛下欣乐太平，何为求问他事？数年之后，魏国疆土亦归陛下矣，陛下切勿忧虑。"言讫，昏倒于地，半晌方苏。后主大喜，重加赏赐。自此深信师婆之说，遂不听姜维之言，每日只在宫中饮宴欢乐。姜维累申告急表文，皆被黄皓隐匿，因此误了大事。

却说钟会大军迤逦望汉中进发。前军先锋许仪要立头功，先领兵至南郑关。仪谓部将曰："过此关即汉中矣。关上不多人马，我等便可奋力抢关。"众将领命，一齐并力向前。原来守关蜀将卢逊早知魏兵将到，先于关前木桥左右伏下军士，装起武侯所遗十矢连弩。比及许仪兵来抢关时，一声梆子响处，矢石如雨。仪急退时，早射倒数十骑，魏兵大败。仪回报钟会，会自提帐下甲士百余骑来看，果然箭弩一齐射下。会拨马便回。关上卢逊引五百军杀下来。会拍马过桥，桥上土塌，陷住马蹄，争些儿掀下马来①。马挣不起，会弃马步行，跑下桥时，卢逊赶上一枪刺来，却被魏兵中荀恺回身一箭，射卢逊落马。钟会麾众乘势抢关，关上军士因有蜀兵在关前，不敢放箭，被钟会杀散，夺了山关。即以荀恺为护军，以全副鞍马铠甲赐之。会唤许仪至帐下，责之曰："汝为先锋，理合逢山开路，遇水叠桥，专一修理桥梁道路，以便行军。吾方才到桥上，陷住马蹄，几乎堕马，若非荀恺，吾已被杀矣。汝既违军令，当按军法。"叱左右推出斩之。诸将告曰："其父许褚有功于朝廷，望都督恕之。"会怒曰："军法不明，何以令众？"遂令斩首示众。诸将无不骇然。

时蜀将王舍守乐城，蒋斌守汉城，见魏兵势大，不敢出战，只闭门自守。钟会下令曰："兵贵神速，不可少停。"乃令前军李辅围乐城，护军荀恺围汉城，自引大军取阳平关。守关蜀将傅佥与副将蒋舒商议战守之策。舒曰："魏兵甚众，势不可当，不如坚守为上。"佥曰："不然。魏兵远来，必然疲困，虽多不足惧。我等若不下关战

---

① 争些儿：差点，险些。也作"争些个""争些子"。

时，汉、乐二城休矣！"蒋舒默然不答。

忽报："魏兵大队已至关前。"蒋、傅二人至关上视之。钟会扬鞭大叫曰："吾今统十万之众到此，如早早出降，各依品级升用；如执迷不降，打破关隘，玉石俱焚。"傅佥大怒，令蒋舒把关，自引三千兵杀下关来。钟会便走，魏兵尽退。佥乘势追之，魏兵复合。佥欲退入关时，关上已竖起魏家旗号，只见蒋舒叫曰："吾已降了魏也。"佥大怒，厉声骂曰："忘恩背义之贼，有何面目见天子乎！"拨回马，复与魏兵接战。魏兵四面合来，将傅佥围在垓心。佥左冲右突，往来死战，不能得脱，所领蜀兵十伤八九。佥乃仰天叹曰："吾生为蜀臣，死亦当为蜀鬼！"乃复拍马冲杀，身被数枪，血盈袍铠，坐下马倒，佥自刎而死。后人有诗叹曰：

> 一日抒忠愤，千秋仰义名。
>
> 宁为傅佥死，不作蒋舒生。

钟会得了阳平关，关内所积粮草军器极多，大喜，遂犒三军。

是夜，魏兵宿于阳安城中，忽闻西南上喊声大震，钟会慌忙出帐视之，绝无动静。魏军一夜不敢睡，次夜三更，西南上喊声又起。钟会惊疑，向晓，使人探之。回报曰："远哨十余里，并无一人。"会惊疑不定，乃自引数百骑，俱全装贯带，望西南巡哨。前至一山，只见杀气四面突起，愁云布合，雾锁山头。会勒住马，问乡导官曰："此何山也？"答曰："此乃定军山，昔日夏侯渊没于此处。"会闻之，怅然不乐，遂勒马而回。转过山坡，忽然狂风大作，背后数千骑突出，随风杀来。会大惊，引众纵马而走。诸将坠马者不计其数。及奔到阳平关时，不曾折一人一骑，只跌损面目，失了头盔，皆言曰："但见阴云中人马杀来，比及近身，却不伤人，只是一阵旋风而已。"会问降将蒋舒曰："定军山有神庙乎？"舒曰："并无神庙，惟有诸葛武侯之墓。"会惊曰："此必武侯显圣也！吾当亲往祭之。"次日，钟会备祭礼，宰太牢，自到武侯坟前，再拜致祭。

祭毕，狂风顿息，愁云四散。忽然，清风习习，细雨纷纷，一阵过后，天色晴朗。魏兵大喜，皆拜谢回营。

是夜，钟会在帐中，伏几而寝，忽然一阵清风过处，只见一人纶巾羽扇，身衣鹤氅，素履皂绦，面如冠玉，唇若抹朱，眉清目朗，身长八尺，飘飘然有神仙之概。其人步入帐中，会起身迎之曰："公何人也？"其人曰："今早重承见顾①，吾有片言相告：虽汉祚已衰，天命难违，然两川生灵横罹兵革，诚可怜悯。汝入境之后，万勿妄杀生灵！"言讫，拂袖而去。会欲挽留之，忽然惊醒，乃是一梦。会知是武侯之灵，不胜惊异。于是传令前军，立一白旗，上书"保国安民"四字。所到之处，如妄杀一人者偿命。于是汉中人民尽皆出城拜迎。会一一抚慰，秋毫无犯。后人有诗赞曰：

> 数万阴兵绕定军，致令钟会拜灵神。
>
> 生能决策扶刘氏，死尚遗言保蜀民。

却说姜维在沓中，听知魏兵大至，传檄廖化、张翼、董厥提兵接应，一面自分兵列将以待之。忽报魏兵至，维引兵出迎。魏阵中为首大将乃天水太守王颀也。颀出马大呼曰："吾今大兵百万，上将千员，分二十路而进，已到成都。汝不思早降，犹欲抗拒，何不知天命耶？"维大怒，挺枪纵马，直取王颀。战不三合，颀大败而走。姜维驱兵追杀。至二十里，只听得金鼓齐鸣，一枝兵摆开，旗上大书"陇西太守牵弘"字样。维笑曰："此等鼠辈，非吾敌手。"遂催兵追之。又赶到十里，却遇邓艾领兵杀到，两军混战。维抖擞精神，与艾战十有余合，不分胜负。后面锣鼓又鸣，维急退时，后军报说甘松诸寨尽被金城太守杨欣烧毁了。维大惊，急令副将虚立旗号，与邓艾相拒，维自撤后军，星夜来救甘松。正遇杨欣。欣不敢交战，望山路而走，维随后赶来。将至山岩下，岩上木石如雨，维不能前

---

① 重承见顾：承蒙探望。

进。比及回到半路，蜀兵已被邓艾杀败。魏兵大队而来，将姜维围住。维引众骑杀出重围，奔入大寨，坚守以待救兵。

忽流星马到，报说："钟会打破阳平关，守将蒋舒归降，傅金战死，汉中已属魏矣。乐城守将王含、汉城守将蒋斌知汉中已失，亦开门而降。胡济抵敌不住，逃回成都，求援去了。"维大惊，即传令拔寨。是夜，兵至彊川口，前面一军摆开，为首魏将乃是金城太守杨欣。维大怒，纵马交锋，只一合，杨欣败走。维拈弓射之，连射三箭，皆不中。维转怒，自折其弓，挺枪赶来，战马前失，将维跌在地上。杨欣拨回马来杀姜维。维跃起身，一枪刺去，正中杨欣马脑。背后魏兵骤至，救欣去了。维骑上从马，欲待追时，忽报后面邓艾兵到。维首尾不能相顾，遂收兵，要夺汉中。哨马报说雍州刺史诸葛绪已断了归路。维乃据山险下寨。

魏兵屯于阴平桥头。维进退无路，长叹曰："天丧我也！"副将宁随曰："魏兵虽断阴平桥，雍州必然兵少，将军若从孔函谷径取雍州，诸葛绪必撤阴平之兵救雍州，将军却引兵奔剑阁守之，则汉中可复矣。"维从之，即发兵入孔函谷，诈取雍州。细作报知诸葛绪。绪大惊曰："雍州是吾合守之地，倘若疏失，朝廷必然问罪。"急撤大兵，从南路去救雍州，只留一枝兵守桥头。姜维入北道，约行三十里，料知魏兵起行，乃勒回兵，后队作前队，径到桥头。果然魏兵大队已去，只有些小兵把桥，被维一阵杀散，尽烧其寨栅。诸葛绪听知桥头火起，复引兵回，姜维兵已过半日了，因此不敢追赶。

却说姜维引兵过了桥头，正行之间，前面一军来到，乃左将军张翼、右将军廖化也。维问之。翼曰："黄皓听信师巫之言，不肯发兵。翼闻汉中已危，自起兵来时，阳平关已被钟会所取。今闻将军受困，特来接应。"遂合兵一处，前赴白水关。化曰："今四面受敌，粮道不通，不如退守剑阁，再作良图。"维疑虑未决，忽报钟会、邓艾分兵十余路杀来。维欲与翼、化分兵迎之。化曰："白水地狭路多，非争战之所。不如且退，去救剑阁可也。若剑阁一失，是绝路矣。"维从之，遂引兵来投剑阁。将近关前，忽然鼓角齐鸣，喊声大起，旌旗遍竖，一枝军把住关口。正是：

汉中险峻已无有，剑阁风波又忽生。

未知何处之兵，且看下文分解。

第一百十七回

邓士载偷渡阴平　诸葛瞻战死绵竹

却说辅国大将董厥闻魏兵十余路入境，乃引二万兵守住剑阁。当日望尘头大起，疑是魏兵，急引军把住关口。董厥自临军前视之，乃姜维、廖化、张翼也。厥大喜，接入关上，礼毕，哭诉后主、黄皓之事。维曰："公勿忧虑。若有维在，必不容魏来吞蜀也。且守剑阁，徐图退敌之计！"厥曰："此关虽然可守，争奈成都无人，倘为敌人所袭，大势瓦解矣！"维曰："成都山险地峻，非可易取，不必忧也。"正言间，忽报诸葛绪领兵杀至关下。维大怒，急引五千兵杀下关来，直冲入魏阵中，左冲右突，杀得诸葛绪大败而走，退数十里下寨。魏军死者无数。蜀兵抢了许多马匹器械，维收兵回关。

却说钟会离剑阁二十里下寨。诸葛绪自来伏罪。会怒曰："吾令汝守把阴平桥头，以断姜维归路，如何失了？今又不得吾令，擅自进兵，以致此败。"绪曰："维诡计多端，诈取雍州。绪恐雍州有失，引兵去救，维乘机走脱。绪因赶至关下，不想又为所败。"会大怒，叱令斩之。监军卫瓘曰："绪虽有罪，乃邓征西所督之人，不争将军杀之，恐伤和气。"会曰："吾奉天子明诏，晋公钧命，特来伐蜀。便是邓艾有罪，亦当斩之！"众皆力劝，会乃将诸葛绪用槛车载赴洛阳，任晋公发落，随将绪所领之兵收在部下调遣。

有人报知邓艾。艾大怒曰："吾与汝官品一般，吾久镇边疆，于国多劳，汝安敢妄自尊大耶？"子邓忠劝曰："小不忍则乱大谋。父亲若与他不睦，必误国家大事，望且容忍之。"艾从其言，然毕竟心中怀怒，乃引十数骑来见钟会。会闻艾至，便问左右："艾引多少军来？"左右答曰："只有十数骑。"会乃令帐上帐下，列武士数百人。艾下马入见，会接入帐。礼毕，艾见军容甚肃，心中不安，乃以言挑之曰："将军得了汉中，乃朝廷之大幸也！可定策早取剑阁。"会曰："将军明见若何？"艾再三推称无能。会固问之。艾答曰："以愚意度之，可引一军从阴平小路出汉中德阳亭，用奇兵径取成都，姜维必撤兵来救，将军乘虚就取剑阁，可获全功。"会大喜曰："将军此计甚妙，可即引兵去。吾在此专候捷音。"二人饮酒相别。会回本帐，与诸将曰："人皆谓邓艾有能，今日观之，乃庸才耳！"众问其故。会曰："阴平小路皆高山峻岭，若蜀以百余人守其险要，断其归路，则邓艾之兵皆饿死矣。吾只以正道而行，何愁蜀地不破乎？"遂置云梯炮架，只打剑门关。

却说邓艾出辕门上马，回顾从者曰："钟会待吾若何？"从者曰："观其辞色，甚不以将军之言为然，但以口强应而已。"艾笑曰："彼料我不能取成都，我偏欲取之。"回到本寨，师纂、邓忠一班将士接问曰："今日与钟镇西有何高论？"艾曰："吾以实心告彼，彼以庸才视我。彼今得汉中，以为莫大之功，若非吾在沓中绊住姜维，彼安能成功耶？吾今若取了成都，胜取汉中矣！"当夜下令，尽拔寨望阴平小路进兵，离剑阁七百里下寨。有人报钟会，说邓艾去取成都了。会笑艾不智。

却说邓艾一面修密书，遣使驰报司马昭，一面聚诸将于帐下问曰："吾今乘虚去取成都，与汝等立功名于不朽，汝等肯从乎？"诸将应曰："愿遵军令，万死不辞！"艾乃先令子邓忠引五千精兵，不穿衣甲，各执斧凿器具，凡遇峻危之处，凿山开路，搭造桥阁，以便军行。艾选兵三万，各带干粮、绳索进发，约行百余里，选下三千兵，就彼扎寨。又行百余里，又选三千兵下寨。是年十月，自阴平进兵，至于巅崖峻谷之中，凡二十余日，行七百余里，皆是无人之地。魏兵沿途下了数寨，只剩下二千人马。

前至一巅，名摩天岭，马不堪行。艾步行上岭，只见邓忠与开路壮士尽皆哭泣。艾问其故。忠告曰："此岭西皆是峻壁巅崖，不能开凿，虚废前劳，因此哭泣。"艾曰："吾军到此，已行了七百余里，过此便是江油，岂可复退？"乃唤诸军曰："不入虎穴，焉得虎子。吾与汝等来到此地，若得成功，富贵共之。"众皆应曰："愿从将军之命！"艾令先将军器撺将下去，艾取毡自裹其身，先滚下去。副将有毡衫者裹身滚下，无毡衫者各用绳索束腰，攀木挂树，鱼贯而进^①。邓艾、邓忠并二千军，及开山壮士，皆渡了摩天岭。方才整顿衣甲器械而行，忽见道傍有一石碣，上刻丞相诸葛武侯题，其文云："二火初兴，有人越此。二士争衡，不久自死。"艾观讫，大惊，慌忙对碣再拜曰："武侯真神人也！艾不能以师事之，惜哉！"后人有诗曰：

阴平峻岭与天齐，玄鹤徘徊尚怯飞。

邓艾裹毡从此下，谁知诸葛有先机。

却说邓艾暗渡阴平，引兵行时，又见一个大空寨。左右告曰："闻武侯在日，曾发一千兵守此险隘，今蜀主刘禅废之。"艾嗟讶不已，乃谓众人曰："吾等有来路而无归路矣！前江油城中，粮食足备，汝等前进可活，后退即死，须并力攻之！"众皆应曰："愿死战！"于是邓艾步行，引二千余人，星夜倍道来抢江油城。

却说江油守将马邈闻东川已失，虽为准备，只是提防大路，又倚着姜维全师守住剑门关，遂将军情不以为重；当日操练人马回家，与妻李氏拥炉饮酒。其妻问曰："屡闻边情甚急，将军全无忧色，何也？"邈曰："大事自有姜伯约掌握，干我甚事！"其妻曰："虽然如此，将军所守城池，不为不重。"邈曰："天子听信黄皓，溺于酒色，吾料祸不远矣。魏兵若到，降之为上，何必虑哉！"其妻大怒，唾

---

① 鱼贯：如水中游鱼结队而行，一个跟着一个。

邈面曰："汝为男子，先怀不忠不义之心，枉受国家爵禄！吾有何面目与汝相见耶？"马邈羞断无语。忽家人慌入报曰："魏将邓艾不知从何而来，引二千余人一拥而入城矣！"邈大惊，慌出纳降，拜伏于公堂之下，泣告曰："某有心归降久矣。今愿招城中居民及本部人马，尽降将军。"艾准其降，遂收江油军马于部下调遣，即用马邈为乡导官。忽报马邈夫人自缢身死。艾问其故，邈以实告。艾感其贤，令厚礼葬之，亲往致祭。魏人闻者，无不嗟叹。后人有诗赞曰：

> 后主昏迷汉祚颠，天差邓艾取西川。

> 可怜巴蜀多名将，不及江油李氏贤。

邓艾取了江油，遂接阴平小路诸军，皆到江油取齐，径来攻涪城。部将田续曰："我军涉险而来，甚是劳顿，且当休养数日，然后进兵。"艾大怒曰："兵贵神速。汝敢乱我军心耶？"喝令左右推出斩之。众将苦告方免。艾自驱兵至涪城。城内官吏军民疑从天降，尽皆出降。

蜀人飞报入成都。后主闻知，慌召黄皓问之。皓奏曰："此诈传耳，神人必不肯误陛下也。"后主又宣师婆问时，却不知何处去了。此时，远近告急表文一似雪片往来，使者联络不绝。后主设朝计议。多官面面相觑，并无一言。郤正出班奏曰："事已急矣！陛下可宣武侯之子，商议退兵之策。"原来武侯之子诸葛瞻字思远，其母黄氏，即黄承彦之女也。母貌甚陋，而有奇才，上通天文，下察地理，凡韬略遁甲诸书无所不晓。武侯在南阳时，闻其贤，求以为室。武侯之学，夫人多所赞助焉。及武侯死后，夫人寻逝[1]，临终遗教，惟以忠孝勉其子瞻。瞻自幼聪敏，尚后主女为驸马都尉[2]，后袭父武乡侯之爵。景耀四年，迁行军护卫将军。时为黄皓用事，故托病不出。

---

[1] 寻：随即，不久。
[2] 尚：臣子或其子弟得与帝王之女婚配，不敢叫"娶"，叫作"尚"。尚是"高配"的意思。

当下后主从郤正之言，即时连发三诏，召瞻至殿下。后主泣诉曰：“邓艾兵已屯涪城，成都危矣。卿看先君之面，救朕之命！”瞻亦泣奏曰：“臣父子蒙先帝厚恩，陛下殊遇，虽肝脑涂地，不能补报。愿陛下尽发成都之兵，与臣领去，决一死战！”后主即拨成都兵将七万与瞻。瞻辞了后主，整顿军马，聚集诸将，问曰：“谁敢为先锋？”言未讫，一少年将出曰：“父亲既掌大权，儿愿为先锋。”众视之，乃瞻长子诸葛尚也。尚时年一十九岁，博览兵书，多习武艺。瞻大喜，遂命尚为先锋。是日，大军离了成都，来迎魏兵。

却说邓艾得马邈献地理图一本，备写涪城至成都一百六十里，山川道路，关隘险峻，一一分明。艾看毕，大惊曰：“吾只守涪城，倘被蜀人据住前山，何能成功耶？如迁延日久，姜维兵到，我军危矣！”速唤师纂并子邓忠分付曰：“汝等可引一军，星夜径去绵竹，以拒蜀兵。吾随后便至，切不可怠缓。若纵他先据了险要，决斩汝首！”师、邓二人引兵将至绵竹，早遇蜀兵，两军各布成阵。师、邓二人勒马于门旗下，只见蜀兵列成八阵，三鼕鼓罢[①]，门旗两分，数十员将簇拥一辆四轮车，车上端坐一人，纶巾羽扇，鹤氅方裾，车傍展开一面黄旗，上书“汉丞相诸葛武侯”。吓得师、邓二人汗流遍身，回顾军士曰：“原来孔明尚在，我等休矣！”急勒兵回时，蜀兵掩杀将来。魏兵大败而走。蜀兵掩杀二十余里，遇见邓艾援兵接应，两家各自收兵。

艾升帐而坐，唤师纂、邓忠责之曰：“汝二人不战而退，何也？”忠曰：“但见蜀阵中诸葛孔明领兵，因此奔还。”艾怒曰：“纵使孔明更生，我何惧哉！汝等轻退，以至于败，宜速斩以正军法。”众皆苦劝，艾方息怒，令人哨探，回说：“孔明之子诸葛瞻为大将，瞻之子诸葛尚为先锋。车上坐者，乃木刻孔明遗像也。”艾闻之，谓师纂、

---

① 鼕：象声词，形容敲鼓的声音。

邓忠曰："成败之机，在此一举！汝二人再不取胜，必当斩首！"师、邓二人又引一万兵来战。诸葛尚匹马单枪，抖擞精神，战退二人。诸葛瞻指挥两掖兵冲出，直撞入魏阵中，左冲右突，往来杀有数十番。魏兵大败，死者不计其数。师纂、邓忠中伤而逃，瞻驱军马随后掩杀二十余里，扎营相拒。

师纂、邓忠回见邓艾。艾见二人俱伤，未便加责，乃与众将商议曰："蜀有诸葛瞻，善继父志，两番杀吾万余人马。今若不速破，后必为祸。"监军丘本曰："何不作一书以诱之？"艾从其言，遂作书一封，遣使送入蜀寨。守门将引至帐下，呈上其书。瞻拆封视之，书曰：

> 征西将军邓艾致书于行军护卫将军诸葛思远麾下：切观近代贤才，未有如公之尊父也。昔自出茅庐，一言已分三国，扫平荆益，遂成霸业，古今鲜有及者。后六出祁山，非其智力不足，乃天数耳。今后主昏弱，王气已终。艾奉天子之命，以重兵伐蜀，已皆得其地矣，成都危在旦夕。公何不应天顺人，仗义来降？艾当表公为琅琊王，以光耀祖宗，决不虚言！幸存照鉴。

瞻看毕，勃然大怒，扯碎其书，叱武士立斩来使，令从者持首级回魏营见邓艾。艾大怒，即欲出战。丘本谏曰："将军不可轻出，当用奇兵胜之。"艾从其言，遂令天水太守王颀、陇西太守牵弘伏两军于后，艾自引兵而来。此时诸葛瞻正欲搦战，忽报邓艾自引兵到，瞻大怒，即引兵出，径杀入魏阵中。邓艾败走。瞻随后掩杀将来。忽然两下伏兵杀出，蜀兵大败，退入绵竹。艾令围之，于是魏兵一齐呐喊，将绵竹围的铁桶相似。

诸葛瞻在城中，见事势已迫，乃令彭和赍书杀出，往东吴求救。和至东吴，见了吴主孙休，呈上告急之书。吴主看罢，与群臣计议曰："既蜀中危急，孤岂可坐视不救？"即令老将丁奉为主帅，丁封、孙异为副将，率兵五万，前往救蜀。丁奉领旨出师，分拨丁封、孙异引兵二万，向沔中而进；自率兵三万，向寿春而进，分兵三路来援。

　　却说诸葛瞻见救兵不至，谓众将曰："久守非良图。"遂留子尚与尚书张遵守城，瞻自披挂上马，引三军大开三门杀出。邓艾见兵出，便撤兵退，瞻奋力追杀。忽然一声炮响，四面兵合，把瞻困在垓心。瞻引兵左冲右突，杀死数百人。艾令众军放箭射之，蜀兵四散。瞻中箭落马，乃大呼曰："吾力竭矣，当以一死报国！"遂拔剑自刎而死。其子诸葛尚在城上，见父死于军中，勃然大怒，遂披挂上马。张遵谏曰："小将军勿得轻出。"尚叹曰："吾父子祖孙荷国厚恩，今父既死于敌。我何用生为！"遂策马杀出，死于阵中。后人有诗赞瞻、尚父子曰：

　　　　不是忠臣独少谋，苍天有意绝炎刘。

　　　　当年诸葛留嘉胤①，节义真堪继武侯。

邓艾怜其忠，将父子合葬，乘虚攻打绵竹。张遵、黄崇、李球三人各引一军杀出。蜀兵寡，魏兵众，三人亦皆战死。艾因此得了绵竹。劳军已毕，遂来取成都。正是：

　　　　试观后主临危日，无异刘璋受逼时。

未知成都如何守御，且看下文分解。

---

① 嘉胤：美好的后代。

第一百十八回

哭祖庙一王死孝　入西川二士争功

却说后主在成都，闻邓艾取了绵竹，诸葛瞻父子已亡，大惊，急召文武商议。近臣奏曰："城外百姓扶老携幼，哭声大震，各逃生命。"后主惊惶无措。忽哨马报道，说魏兵将近城下。多官议曰："兵微将寡，难以迎敌，不如早弃成都，奔南中七郡。其地险峻，可以自守，就借蛮兵，再来克复未迟。"光禄大夫谯周曰："不可。南蛮久反之人，平昔无惠，今若投之，必遭大祸。"多官又奏曰："蜀、吴既同盟，今事急矣，可以投之。"周又谏曰："自古以来，无寄他国为天子者。臣料魏能吞吴，吴不能吞魏。若称臣于吴，是一辱也；若吴被魏所吞，陛下再称臣于魏，是两番之辱矣。不如不投吴而降魏，魏必裂土以封陛下，则上能自守宗庙，下可以保安黎民，愿陛下思之。"后主未决，退入宫中。

次日，众议纷然。谯周见事急，复上疏诤之。后主从谯周之言，正欲出降，忽屏风后转出一人，厉声而骂周曰："偷生腐儒，岂可妄议社稷大事！自古安有降天子哉？"后主视之，乃第五子北地王刘谌也。后主生七子，长子刘璿，次子刘瑶，三子刘琮，四子刘瓒，五子即北地王刘谌，六子刘恂，七子刘璩。七子中惟谌自幼聪明，英敏过人，余皆懦善。后主谓谌曰："今大臣皆议当降，汝独仗血气之勇，欲令满城流血耶？"谌曰："昔先帝在日，谯周未尝干预国政。今妄议大事，辄起乱言，甚非理也。臣切料成都之兵，尚有数万，姜维全师皆在剑阁，若知魏兵犯阙，必来救应，内外攻击，可获大功。岂可听腐儒之言，轻废先帝之基业乎？"后主叱之曰："汝小儿，岂识天时！"谌叩头哭曰："若势穷力极，祸败将及，便当父子君臣，背城一战，同死社稷，以见先帝可也，奈何降乎？"后主不听。谌放声大哭曰："先帝非容易创立基业，今一旦弃之，吾宁死不辱也！"后主令近臣推出宫门，遂令谯周作降书，遣私署侍中张绍、驸马都尉邓良同谯周赍玉玺，来雒城请降。

　　时邓艾每日令数百铁骑来成都哨探，当日见立了降旗，艾大喜。不一时，张绍等至，艾令人迎入。三人拜伏于阶下，呈上降款、玉玺。艾拆降书视之，大喜，受下玉玺，重待张绍、谯周、邓良等。艾作回书，付三人赍回成都，以安人心。三人拜辞邓艾，径还成都，入见后主，呈上回书，细言邓艾相待之善。后主拆封视之，大喜，即遣太仆蒋显赍敕，令姜维蚤降；遣尚书郎李虎送文簿与艾，共户二十八万，男女九十四万，带甲将士十万二千，官吏四万，仓粮四十余万，金银二千斤，锦绮丝绢各二十万匹，余物在库，不及具数；择十二月初一日，君臣出降。

　　北地王刘谌闻知，怒气冲天，带剑入宫。其妻崔夫人问曰："大王今日颜色异常，何也？"谌曰："魏兵将近，父皇已纳降款，明日君臣出降，社稷从此殄灭！吾欲先死，以见先帝于地下，不屈膝于他人也！"崔夫人曰："贤哉，贤哉！得其死矣！妾请先死，王死未迟。"谌曰："汝何死耶？"崔夫人曰："王死父，妾死夫，其义同也。夫亡妻死，何必问焉！"言讫，触柱而死。谌乃自杀其三子，并割妻头，提至昭烈庙中，伏地哭曰："臣羞见基业弃于他人，故先杀妻子，以绝挂念，后将一命报祖！祖如有灵，知孙之心。"大哭一场，眼中流血，自刎而死。蜀人闻知，无不哀痛。后人有诗赞曰：

　　　君臣甘屈膝，一子独悲伤。

　　　去矣西川事，雄哉北地王。

　　　损身酬烈祖，搔首泣穹苍。

凛凛人如在，谁云汉已亡。

后主听知北地王自刎，乃令人葬之。

次日，魏兵大至，后主率太子、诸王及群臣六十余人，面缚舆榇[1]，出北门十里而降。邓艾扶起后主，亲解其缚，焚其舆榇，并车入城。后人有诗叹曰：

魏兵数万入川来，后主偷生失自裁。

黄皓终存欺国意，姜维空负济时才。

全忠义士心何烈，守节王孙志可哀。

昭烈经营良不易，一朝功业顿成灰。

于是成都之人皆具香花迎接。艾拜后主为骠骑将军，其余文武，各随高下拜官。请后主还宫，出榜安民，交割仓库。又令太常张峻、益州别驾张绍招安各郡军民。又令人说姜维归降，一面遣人赴洛阳报捷。艾闻黄皓奸险，欲斩之。皓用金宝赂其左右，因此得免。自是汉亡。后人因汉之亡，有追思武侯诗曰：

鱼鸟犹知畏简书，风云应为护储胥[2]。

徒劳上将挥神笔，终见降王走传车[3]。

管乐有才真不愧，关张无命欲何如。

他年锦里经祠庙，《梁父》吟成恨有余。

且说太仆蒋显到剑阁，入见姜维，传后主敕命，言归降之事。维大惊失语。帐下众将听知，一齐怨恨，咬牙怒目，须发倒竖，拔刀砍石大呼曰："吾等死战，何故先降耶？"号哭之声，闻数十里。维见人心思汉，乃以善言抚之曰："众将勿忧，吾有一计，可复汉室。"众皆求问，姜维与众将附耳低言，说了计策。即于剑门关遍竖

---

① 面缚舆榇：古时君主战败投降的仪式。面缚，双手捆在身后，面朝着胜利者；舆榇，车上载着棺材，表示放弃抵抗，自请受刑。

② 储胥：木栅之类，做守卫抵障之用。

③ 传车：古代驿站的专用车辆。

降旗，先令人报入钟会寨中，说姜维引张翼、廖化、董厥等来降。会大喜，令人迎接维入帐。会曰："伯约来何迟也？"维正色流涕曰："国家全军在吾，今日至此，犹为速也！"会甚奇之，下座相拜，待为上宾。维说会曰："闻将军自淮南以来，算无遗策，司马氏之盛，皆将军之力，维故甘心俯首。如邓士载，当与决一死战，安肯降之乎？"会遂折箭为誓，与维结为兄弟，情爱甚密。仍令照旧领兵。维暗喜，遂令蒋显回成都去了。

却说邓艾封师纂为益州刺史，牵弘、王颀等各领州郡；又于绵竹筑台，以彰战功，大会蜀中诸官饮宴。艾酒至半酣，乃指众官曰："汝等幸遇我，故有今日耳。若遇他将，必皆珍灭矣！"多官起身拜谢。忽蒋显至，说姜维自降钟镇西了。艾因此痛恨钟会，遂修书令人赍赴洛阳，致晋公司马昭。昭得书视之。书曰：

　　臣艾窃谓兵有先声而后实者，今因平蜀之势以乘吴①，此席卷之时也。然大举之后，将士疲劳，不可便用。宜留陇右兵二万，蜀兵二万，煮盐兴冶，并造舟船，预备顺流之计；然后发使，告以利害，吴可不征而定也。更以厚待刘禅，以攻孙休。若便送禅来京，吴人必疑，则于向化之心不劝。且权留之于蜀，须来年冬月抵京。今即可封禅为扶风王，锡以资财，供其左右，爵其子为公卿，以显归命之宠，则吴人畏威怀德，望风而从矣。

司马昭览毕，深疑邓艾有自专之心，乃先发手书与卫瓘，随后降封艾。诏曰：

　　征西将军邓艾耀威奋武，深入敌境，使僭号之主，系颈归降。兵不逾时，战不终日，云彻席卷，荡定巴蜀，虽白起破强楚，韩信克劲赵，不足比勋也。其以艾为太尉，增邑二万户，封二子为亭侯，各食邑千户。

---

① 乘吴：灭吴。乘，追逐。

邓艾受诏毕，监军卫瓘取出司马昭手书与艾，书中说邓艾所言之事，须候奏报，不可辄行。艾曰："将在外，君命有所不受。吾既奉诏专征，如何阻当？"遂又作书，令来使赍赴洛阳。时朝中皆言邓艾必有反意，司马昭愈加疑忌。

忽使命回，呈上邓艾之书。昭拆封视之，书曰：

> 艾衔命西征，元恶既服，当权宜行事，以安初附。若待国命，则往复道途，延引日月。《春秋》之义：大夫出疆，有可以安社稷、利国家，专之可也。今吴未宾，势与蜀连，不可拘常以失事机。兵法进不求名，退不避罪。艾虽无古人之节，终不自嫌以损于国也。先此申状，见可施行。

司马昭看毕，大惊，慌与贾充计议曰："邓艾恃功而骄，任意行事，反形露矣，如之奈何？"贾充曰："主公何不封钟会以制之？"昭从其议，遣使赍诏封会为司徒，就令卫瓘监督两路军马，以手书付瓘，使与会伺察邓艾，以防其变。会接读诏书。诏曰：

> 镇西将军钟会所向无敌，前无强梁，节制众城，网罗逋逸①。蜀之豪帅，面缚归命。谋无遗策，举无废功。其以会为司徒，进封县侯，增邑万户，封子二人亭侯，邑各千户。

钟会既受封，即请姜维计议曰："邓艾功在吾之上，又封太尉之职。今司马公疑艾有反志，故令卫瓘为监军，诏吾制之。伯约有何高见？"维曰："愚闻邓艾出身微贱，幼为农家养犊；今侥幸自阴平斜径，攀木悬崖，成此大功，非出良谋，实赖国家洪福耳！若非将军与维相拒于剑阁，又安能成此功耶？今欲封蜀主为扶风王，乃大结蜀人之心，其反情不言可见矣，晋公疑之是也。"会深喜其言。维又曰："请退左右，维有一事密告。"会令左右尽退。维袖中取一图与会曰："昔日武侯出草庐时，以此图献先帝。且曰：'益州之地，沃

---

① 逋逸：失散的人才。

野千里，民殷国富，可为霸业。'先帝因此遂创成都。今邓艾至此，安得不狂？"会大喜，指问山川形势，维一一言之。会又问曰："当以何策除艾？"维曰："乘晋公疑忌之际，当急上表，言艾反状，晋公必令将军讨之，一举而可擒矣！"会依言，即遣人赍表，进赴洛阳，言邓艾专权恣肆，结好蜀人，早晚必反矣。于是朝中文武皆惊。会又令人于中途截了邓艾表文，按艾笔法，改写傲慢之辞，以实己之语①。

　　司马昭见了邓艾表章，大怒，即遣人到钟会军前，令会收艾；又遣贾充引三万兵入斜谷。昭乃同魏主曹奂御驾亲征。西曹掾邵悌谏曰："钟会之兵多邓艾六倍，当令会收艾足矣，何必明公自行耶？"昭笑曰："汝忘了旧日之言耶？汝曾道会后必反，吾今此行非为艾，实为会耳！"悌笑曰："某恐明公忘之，故以相问。今既有此意，切宜秘之，不可泄漏。"昭然其言，遂提大兵起程。时贾充亦疑钟会有变，密告司马昭。昭曰："如遣汝，吾亦疑汝耶？且到长安，自有明白。"早有细作报知钟会，说昭已至长安。会慌请姜维商议收艾之策。正是：

　　　　才见西蜀收降将，又见长安动大兵。

未知姜维用何策破艾，且看下文分解。

━━━━━━━━━

① 实：证实。

第一百十九回

假投降巧计成虚话　再受禅依样画葫芦

　　却说钟会请姜维计议收邓艾之策。维曰："可先令监军卫瓘收艾。艾欲杀瓘，反情实矣。将军却起兵讨之，可也。"会大喜，遂令卫瓘引数十人入成都，收邓艾父子。瓘部卒止之曰："此是钟司徒令邓征西杀将军，以正反情也，切不可行！"瓘曰："吾自有计。"遂先发檄文二三十道，其檄曰："奉诏收艾，其余各无所问。若蚤来归，爵赏如先；敢有不出者，灭三族。"随备槛车两乘，星夜望成都而来。比及鸡鸣，艾部将见檄文者，皆来投拜于卫瓘马前。时邓艾在府中未起。瓘引数十人突入，大呼曰："奉诏收邓艾父子！"艾大惊，滚下床来。瓘叱武士缚于车上。其子邓忠出问，亦被捉下，缚于车上。府中将吏大惊，欲待动手抢夺，蚤望见尘头大起，哨马报说钟司徒大兵到了。众各四散奔走，钟会与姜维下马入府，见邓艾父子已被缚。会以鞭挞邓艾之首而骂曰："养犊小儿，何敢如此！"姜维亦骂曰："匹夫行险侥幸，亦有今日耶？"艾亦大骂。会将艾父子送赴洛阳。

　　会入成都，尽得邓艾军马，威声大震，乃谓姜维曰："吾今日方趁平生之愿矣！"维曰："昔韩信不听蒯通之说，而有未央宫之祸[1]；

---

[1] 韩信不听蒯通之说，而有未央宫之祸：韩信掌握兵权时，蒯通曾劝他起兵自立，背叛刘邦，韩信不听。后来刘邦用计把他逮住，刘邦的妻子吕后又把他骗到未央宫杀掉了。

大夫种不从范蠡于五湖，卒伏剑而死^①。斯二子者，其功名岂不赫然哉，徒以利害未明，而见几之不早也。今公大勋已就，威震其主，何不泛舟绝迹，登峨嵋之岭，而从赤松子游乎^②？"会笑曰："君言差矣！吾年未四旬，方思进取，岂能便效此退闲之事？"维曰："若不退闲，当蚤图良策，此则明公智力所能，无烦老夫之言矣。"会抚掌大笑曰："伯约知吾心也！"二人自此每日商议大事。维密与后主书曰："望陛下忍数日之辱，维将使社稷危而复安，日月幽而复明，必不使汉室终灭也！"

却说钟会正与姜维谋反，忽报司马昭有书到。会接书，书中言："吾恐司徒收艾不下，自屯兵于长安，相见在近，以此先报。"会大惊曰："吾兵多艾数倍，若但要我擒艾，晋公知吾独能办之。今日自引兵来，是疑我也。"遂与姜维计议。维曰："君疑臣，则臣必死。岂不见邓艾乎？"会曰："吾意决矣！事成则得天下，不成则退西蜀，亦不失作刘备也！"维曰："近闻郭太后新亡，可诈称太后有遗诏，教讨司马昭，以正弑君之罪。据明公之才，中原可席卷而定。"会曰："伯约当作先锋，成事之后，同享富贵。"维曰："愿效犬马微劳，但恐诸将不服耳。"会曰："来日元宵佳节，于故宫大张灯火，请诸将饮宴，如不从者，尽杀之。"维暗喜。

次日，会、维二人请诸将宴饮。数巡后，会执杯大哭。诸将惊问其故。会曰："郭太后临崩，有遗诏在此，为司马昭南阙弑君，大逆无道，蚤晚将篡魏，命吾讨之。汝等各自签名，共成此事。"众皆大惊，面面相觑。会拔剑出鞘曰："违令者斩！"众皆恐惧，只得相从。画字已毕，会乃困诸将于宫中，严兵禁守。维曰："我见诸将不

---

① 大夫种不从范蠡于五湖，卒伏剑而死：大夫文种和范蠡同是越王勾践的谋臣，他们帮助勾践灭掉吴国后，范蠡看到了勾践"不可与共乐"，便悄悄离去了，文种不听范蠡的劝告，留了下来，后来为勾践所不容，被迫自杀。

② 从赤松子游：逍遥世外，当隐士。赤松子，传说中的仙人。

服，请坑之。"会曰："吾已令宫中掘一坑，置大棒数千，如不从者，打死坑之。"

时有心腹将丘建在侧，建乃护军胡烈部下旧人也。时胡烈亦被监在宫，建乃密将钟会所言报知胡烈。烈大惊，泣告曰："吾儿胡渊领兵在外，安知会怀此心耶？汝可念向日之情，透一消息，虽死无恨！"建曰："恩主勿忧，容某图之。"遂出告会曰："主公软监诸将在内，水食不便，可令一人往来传递。"会素听丘建之言，遂令丘建监临。会分付曰："吾以重事托汝，休得泄漏。"建曰："主公放心，某自有紧严之法。"建暗令胡烈亲信人入内，烈以密事付其人。其人持书，火速至胡渊营内，细言其事，呈上密书。渊大惊，遂遍示诸营中知之。众将大怒，急来渊营商议曰："我等虽死，岂肯从反臣耶！"渊曰："正月十八日中，可骤入内，如此行之。"监军卫瓘深喜胡渊之谋，即整顿了人马，令丘建传与胡烈。烈报知诸将。

却说钟会请姜维问曰："吾夜梦大蛇数千条咬吾，主何吉凶？"维曰："梦龙蛇者，皆吉庆之兆也。"会喜，信其言，乃谓维曰："器仗已备，放诸将出，问之若何？"维曰："此辈皆有不服之心，久必为害，不如乘早戮之。"会从之，即命姜维领武士往杀众魏将。维领命，方欲行动，忽然一阵心疼，昏倒在地。左右扶起，半晌方苏。忽报宫外人声沸腾。会方令人探时，喊声大震，四面八方，无限兵到，维曰："此必是诸将作恶，可先斩之。"忽报兵已入内。会令关上殿门，使军士上殿屋，以瓦击之，互相杀死数十人。宫外四面火起，外兵砍开殿门杀入。会自掣剑，立杀数人，却被乱箭射倒，众将枭其首。维拔剑上殿，往来冲突，不幸心疼转加。维仰天大叫曰："吾计不成，乃天命也！"遂自刎而死，时年五十九岁。宫中死者数百人。卫瓘曰："众军各归营所，以待王命。"魏兵争欲报仇，共剖维腹，其胆大如鸡卵。众将又尽取姜维家属杀之。

邓艾部下之人见钟会、姜维已死，遂连夜去追劫邓艾。早有人报知卫瓘。瓘曰："是我捉艾，今若留他，我无葬身之地矣！"护军田续曰："昔邓艾取江油之时，欲杀续，得众官告免。今日当报此恨！"瓘大喜，遂遣田续引五百兵，赶至绵竹，正遇邓艾父子，放出槛车，欲还成都。艾只道是本部兵到，不作准备，欲待问时，被田续一刀斩之。邓忠亦死于乱军之中。后人有诗叹邓艾曰：

> 自幼能筹画，多谋善用兵。凝眸知地理，仰面识天文。
>
> 马到山根断，兵来石径分。功成身被害，魂绕汉江云。

又有诗叹钟会曰：

> 髫年称蚤慧①，曾作秘书郎。妙计倾司马，当时号子房。
>
> 寿春多赞画，剑阁显鹰扬。不学陶朱隐，游灵悲故乡。

又有诗叹姜维曰：

> 天水夸英俊，凉州产异才。系从尚父出，术奉武侯来。
>
> 大胆应无惧，雄心誓不回。成都身死日，汉将有余哀。

却说姜维、钟会、邓艾已死，张翼等亦死于乱军之中。太子刘璿、汉寿亭侯关彝皆被魏兵所杀。军民大乱，互相践踏，死者不计其数。旬日后，贾充先至，出榜安民，方始宁靖。留卫瓘守成都，乃迁后主赴洛阳，止有尚书令樊建、侍中张绍、光禄大夫谯周、秘书郎郤正等数人跟随。廖化、董厥皆托病不起，后皆忧死。

时魏景元五年，改为咸熙元年。春三月，吴将丁奉见蜀已亡，遂收兵还吴。中书丞华覈奏吴主孙休曰："吴、蜀乃唇齿也，唇亡则齿寒。臣料司马昭伐吴在即，乞陛下深加防御。"休从其言，遂命陆逊子陆抗为镇东大将军，领荆州牧，守江口；左将军孙异守南徐诸处隘口；又沿江一带，屯兵数百营，老将丁奉总督之，以防魏兵。

建宁太守霍弋闻成都不守，素服望西大哭三日。诸将皆曰："既汉主失位，何不速降？"弋泣谓曰："道路隔绝，未知吾主安危若何。

---

① 髫年：童年。

若魏主以礼待之，则举城而降，未为晚也。万一危辱吾主，则主辱臣死，何可降乎？”众然其言，乃使人到洛阳，探听后主消息去了。

且说后主至洛阳，时司马昭已自回朝。昭责后主曰：“公荒淫无道，废贤失政，理宜诛戮！”后主面如土色，不知所为。文武皆奏曰：“蜀主既失国纪，幸早归降，宜赦之。”昭乃封禅为安乐公，赐住宅，月给请受，赐绢万匹、僮婢百人。子刘瑶及群臣樊建、谯周、郤正等皆封侯爵。后主谢恩出内。昭因黄皓蠹国害民①，令武士押出市曹，凌迟处死。时霍弋探听得后主受封，遂率部下军士来降。

次日，后主亲诣司马昭府下拜谢。昭设宴款待，先以魏乐舞戏于前。蜀官感伤，独后主有喜色。昭令蜀人扮蜀乐于前。蜀官尽皆堕泪，后主嬉笑自若。酒至半酣，昭谓贾充曰：“人之无情，乃至于此！虽使诸葛孔明在，亦不能辅之久全，何况姜维乎？”乃问后主曰：“颇思蜀否？”后主曰：“此间乐，不思蜀也。”须臾，后主起身更衣，郤正跟至厢下曰：“陛下如何答应不思蜀也？倘彼再问，可泣而答曰：‘先人坟墓远在蜀地，乃心西悲，无日不思。’晋公必放陛下归蜀矣。”后主牢记入席。酒将微醉，昭又问曰：“颇思蜀否？”后主如郤正之言以对，欲哭无泪，遂闭其目。昭曰：“何乃似郤正语耶？”后主开目惊视曰：“诚如尊命！”昭及左右皆笑之。昭因此深喜后主诚实，并不疑虑。后人有诗叹曰：

> 追欢作乐笑颜开，不念危亡半点哀。
>
> 快乐异乡忘故国，方知后主是庸才。

却说朝中大臣因昭收川有功，欲尊之为王，表奏魏主曹奂。时奂名为天子，实不能主张，政皆由司马氏，不敢不从，遂封晋公司马昭为晋王，谥父司马懿为宣王，兄司马师为景王。昭妻乃王肃之女，生二子：长曰司马炎，人物魁伟，立发垂地，两手过膝，聪明

---

① 蠹（dù）国：像蠹虫蚀物一样损害国家。蠹，蛀食器物的虫子。

英武，胆量过人；次曰司马攸，情性温和，恭俭孝悌，昭甚爱之。因司马师无子，嗣攸以继其后。昭常曰："天下者，乃吾兄之天下也。"于是司马昭受封晋王，欲立攸为世子。山涛谏曰："废长立幼，违礼不祥。"贾充、何曾、裴秀亦谏曰："长子聪明神武，有超世之才，人望既茂，天表如此，非人臣之相也。"昭犹豫未决。太尉王祥、司空荀颛谏曰："前代立少，多致乱国，愿殿下思之。"昭遂立长子司马炎为世子。大臣奏称："当年襄武县天降一人，身长二丈余，脚迹长三尺二寸，白发苍髯，着黄单衣，裹黄巾，拄藜头杖，自称曰：'吾乃民王也。今来报汝：天下换主，立见太平。'如此在市游行三日，忽然不见。此乃殿下之瑞也。殿下可戴十二旒冠冕，建天子旌旗，出警入跸，乘金根车，备六马，进王妃为王后，立世子为太子。"昭心中暗喜。回到宫中，正欲饮食。忽中风不语，次日病危。太尉王祥、司徒何曾、司马荀颛及诸大臣入宫问安。昭不能言，以手指太子司马炎而死。时八月辛卯日也。何曾曰："天下大事，皆在晋王，可立太子为晋王，然后祭葬。"是日司马炎即晋王位，封何曾为晋丞相，司马望为司徒，石苞为骠骑将军，陈骞为车骑将军，谥父为文王。

安葬已毕，炎召贾充、裴秀入宫，问曰："曹操曾云：'若天命在吾，吾其为周文王乎！'果有此事否？"充曰："操世受汉禄，恐人议论篡逆之名，故出此言，乃明教曹丕为天子也。"炎曰："孤父王比曹操何如？"充曰："虽操功盖华夏，下民畏其威，而不怀其德。子丕继业，差役甚重，东西驱驰，未有宁岁。后我宣王、景王累建大功，布恩施德，天下归心久矣。文王并吞西蜀，功盖寰宇，又岂操之可比乎！"炎曰："曹丕尚绍汉统[①]，孤岂不可绍魏统耶？"贾充、裴秀二人再拜而奏曰："殿下正当法曹丕绍汉故事，复筑受禅台，布告天

_____

① 绍：承继，接续。

下，以即大位。"炎大喜。次日，带剑入内。

此时魏主曹奂连日不曾设朝，心神恍惚，举止失措。炎直入后宫，奂慌下御榻而迎。炎坐毕，问曰："魏之天下，谁之力也？"奂曰："皆晋王父祖之赐耳。"炎笑曰："吾观陛下文不能论道，武不能经邦，何不让有才德者主之？"奂大惊，口噤不能言。傍有黄门侍郎张节大喝曰："晋王之言差矣！昔日魏武祖皇帝东荡西除，南征北讨，非容易得此天下。今天子有德无罪，何故让与人耶？"炎大怒曰："此社稷乃大汉之社稷也！曹操挟天子以令诸侯，自立魏王，篡夺汉室。吾祖父三世辅魏，得天下者，非曹氏之能，实司马氏之力也，四海咸知，吾今日岂不堪绍魏之天下乎？"节又曰："欲行此事，是篡国之贼也！"炎大怒曰："吾与汉家报仇，有何不可！"叱武士，将张节乱瓜打死于殿下①。奂泣泪跪告。炎起身下殿而去。

奂谓贾充、裴秀曰："事已急矣，如之奈何？"充曰："大数尽矣！陛下不可逆天，当照汉献帝故事，重修受禅台，具大礼，禅位与晋王，上合天心，下顺民情，陛下可保无虞矣。"奂从之，遂令贾充筑受禅台。以十二月甲子日，奂亲捧传国玺，立于台上，大会文武。后人有诗叹曰：

> 魏吞汉室晋吞曹，天运循环不可逃。
>
> 张节可怜忠国死，一拳怎障泰山高。

请晋王司马炎登坛，授与大礼。奂下坛，具公服，立于班首。炎端坐于台上，贾充、裴秀列于左右执剑，令曹奂再拜伏地听命。充曰："自汉建安二十五年，魏受汉禅，已经四十五年矣。今天禄永终，天命在晋。司马氏功德弥隆，极天际地，可即皇帝正位，以绍魏统。封汝为陈留王，出就金墉城居止，当时起程，非宣诏，不许入京。"奂泣谢而去。太傅司马孚哭拜于奂前曰："臣身为魏臣，终不背魏

_____
① 瓜：一种充作仪仗的武器，长柄，上端如瓜形。

也！"炎见孚如此，封孚为安平王。孚不受而退。是日文武百官再拜于台下，山呼万岁。炎绍魏统，国号大晋，改元为太始元年，大赦天下。魏遂亡。后人有诗叹曰：

晋国规模如魏王，陈留踪迹似山阳。

重行受禅台前事，回首当年止自伤。

晋帝司马炎追谥司马懿为宣帝，伯父司马师为景帝，父司马昭为文帝，立七庙以光祖宗。那七庙：汉征西将军司马钧，钧生豫章太守司马亮，亮生颍州太守司马隽，隽生京兆尹司马防，防生宣帝司马懿，懿生景帝司马师、文帝司马昭，是为七庙也。大事已定，每日设朝，计议伐吴之策。正是：

汉家城郭已非旧，吴国江山将复更。

未知怎生伐吴，且看下文分解。

第一百二十回

荐杜预老将献新谋　降孙皓三分归一统

却说吴主孙休闻司马炎已篡魏，知其必将伐吴，忧虑成疾，卧床不起，乃召丞相濮阳兴入宫中，令太子孙𩅊出拜。吴主把兴臂，手指𩅊而卒。兴出，与群臣商议，欲立太子孙𩅊为君。左典军万彧曰："𩅊幼，不能专政，不若取乌程侯孙皓立之。"左将军张布亦曰："皓才识明断，堪为帝王。"丞相濮阳兴不能决，入奏朱太后。太后曰："吾寡妇人耳，安知社稷之事！卿等斟酌立之可也。"兴遂迎皓为君。

皓字元宗，大帝孙权太子孙和之子也。当年七月即皇帝位，改元为元兴元年，封太子孙𩅊为豫章王，追谥父和为文皇帝，尊母何氏为太后，加丁奉为左右大司马。次年，改为甘露元年。皓凶暴日甚，酷溺酒色，宠幸中常侍岑昏。濮阳兴、张布谏之。皓怒，斩二人，灭其三族。由是廷臣缄口，不敢再谏。又改宝鼎元年，以陆凯、万彧为左右丞相。时皓居武昌，扬州百姓溯流供给，甚苦之；又奢侈无度，公私匮乏。陆凯上疏谏曰：

今无灾而民命尽，无为而国财空，臣窃痛之。昔汉室既衰，三家鼎立；今曹、刘失道，皆为晋有，此目前之明验也。臣愚但为陛下惜国家耳。武昌土城险瘠，非王者之都，且童谣云"宁饮建业水，不食武昌鱼。宁还建业死，不止武昌居"，此足明民心与天意也。今国无一年之蓄，有露根之渐；官吏为苛扰，莫之或恤。大帝时，后宫女不满百；景帝以来，乃有千数，此

914

耗财之甚者也。又左右皆非其人，群党相挟，害忠隐贤，此皆蠹政病民者也。愿陛下省百役，罢苛扰，简出宫女，清选百官，则天悦民附，而国安矣。

疏奏，皓不悦。又大兴土木，作昭明宫，令文武各官入山采木。又召术士尚广，令筮蓍，问取天下之事。尚对曰："陛下筮得吉兆，庚子岁，青盖当入洛阳。"皓大喜，谓中书丞华覈曰："先帝纳卿之言，分头命将，沿江一带，屯数百营，命老将丁奉总之。朕欲兼并汉土，以为蜀主复仇，当取何地为先？"覈谏曰："今成都不守，社稷倾崩，司马炎必有吞吴之心。陛下宜修德以安吴民，乃为上计。若强动兵甲，正犹披麻救火，必致自焚也！愿陛下察之。"皓大怒曰："朕欲乘时恢复旧业，汝出此不利之言，若不看汝旧臣之面，斩首号令。"叱武士推出殿门。华覈出朝，叹曰："可惜锦绣江山，不久属于他人矣！"遂隐居不出。于是皓令镇东将军陆抗部兵屯江口，以图襄阳。

早有消息报入洛阳，近臣奏知晋主司马炎。晋主闻陆抗寇襄阳，与众官商议。贾充出班奏曰："臣闻吴国孙皓不修德政，专行无道。陛下可诏都督羊祜，率兵拒之。俟其国中有变，乘势攻取，东吴反掌可得也。"炎大喜，即降诏遣使到襄阳宣谕羊祜。祜奉诏，整点军马，预备迎敌。自是羊祜镇守襄阳，甚得军民之心。吴人有降而欲去者，皆听之。减戍逻之卒，用以垦田八百余顷。其初到时，军无百日之粮；及至末年，军中有十年之积。祜在军，尝着轻裘，系宽带，不披铠甲，帐前侍卫者不过十数人。

一日，部将入帐禀祜曰："哨马来报，吴兵皆懈怠，可乘其无备而袭之，必获大胜。"祜笑曰："汝众人小觑陆抗耶？此人足智多谋，日前吴主命之攻拔西陵，斩了步阐及其将士数十人，吾救之无及。此人为将，我等只可自守，候其内有变，方可图取。若不审时势而轻进，此取败之道也。"众将服其论，只自守疆界而已。一日，羊祜引诸将打猎，正值陆抗亦出猎。羊祜下令："我军不许过界。"众将得令，止于晋地打围，不犯吴境。陆抗望见，叹曰："羊将军兵有纪律，不可犯也！"日晚各退。祜归至军中，察问所得禽兽，被吴人先射伤者皆送还。吴人皆悦，来报陆抗。抗召来人入问曰："汝主帅能饮酒否？"来人答曰："必得佳酿则饮之。"抗笑曰："吾有斗酒，藏之久矣，今付与汝持去，拜上都督：此酒陆某亲酿自饮者，特奉一勺，以表昨日出猎之情。"来人领诺，携酒而去。左右问抗曰："将军以酒与彼，有何主意？"抗曰："彼既施德于我，我岂得无以酬之？"众皆愕然。

却说来人回见羊祜，以抗所问并奉酒事，一一陈告。祜笑曰："彼亦知吾能饮乎？"遂命开壶取饮。部将陈元曰："其中恐有奸诈，都督且宜慢饮。"祜笑曰："抗非毒人者也，不必疑虑。"竟倾壶饮之。自是使人通问，常相往来。一日，抗遣人候祜。祜问曰："陆将军安否？"来人曰："主帅卧病，数日未出。"祜曰："料彼之病，与我相同。吾已合成熟药在此，可送与服之。"来人持药回见抗。众将曰："羊祜乃是吾敌也，此药必非良药。"抗曰："岂有鸩人羊叔子哉？汝众人勿疑。"遂服之。次日病愈，众将皆拜贺。抗曰："彼专以德，我专以暴，是彼将不战而服我也。今宜各保疆界而已，无求细利。"众将领命。

忽报吴主遣使来到，抗接入问之。使曰："天子传谕将军，作急进兵，勿使晋人先入。"抗曰："汝先回，吾随有疏章上奏。"使人辞去。抗即草疏，遣人赍到建业。近臣呈上。皓拆观其疏，疏中备言晋未可伐之状，且劝吴主修德慎罚，以安内为念，不当以黩武为事。吴主览毕，大怒曰："朕闻抗在边境，与敌人相通，今果然矣！"遂遣使罢其兵权，降为司马，却令左将军孙冀代领其军。群臣皆不敢谏。吴主皓自改元建衡，至凤凰元年，恣意妄为，穷兵屯戍，上下无不嗟怨。丞相万彧、将军留平、大司农楼玄三人见皓无道，直言苦谏，皆被所杀。前后十余年，杀忠臣四十余人。皓出入常带铁骑五万，群臣恐怖，莫敢奈何。

却说羊祜闻陆抗罢兵，孙皓失德，见吴有可乘之机，乃作表遣人往洛阳，请伐吴。其略曰：

> 夫期运虽天所授，而功业必因人而成。今江淮之险不如剑阁，孙皓之暴过于刘禅，吴人之困甚于巴蜀，而大晋兵力盛于往时。不于此际平一四海，而更阻兵相守，使天下困于征戍，经历盛衰，不可长久也。

司马炎观表大喜，便令兴师。贾充、荀勖、冯纯三人力言不可，炎因此不行。祜闻上不允其请，叹曰："天下不如意者十常八九，今天与不取，岂不大可惜哉！"

至咸宁四年，羊祜入朝，奏辞归乡养病。炎问曰："卿有何安邦之策，以教寡人？"祜曰："孙皓暴虐已甚，于今可不战而克；若皓不幸而殁，更立贤君，则吴非陛下所能得也。"炎大悟曰："卿今便提兵往伐，若何？"祜曰："臣年老多病，不堪当此任，陛下另选智勇之士可也。"遂辞炎而归。是年十一月，羊祜病危，司马炎车驾亲临其家问安。炎至卧榻前，祜下泪曰："臣万死不能报陛下也！"炎亦泣曰："朕悔不能用卿伐吴之策！今日谁可继卿之志？"祜含泪而言曰："臣死矣，不敢不尽愚诚！右将军杜预可任，若欲伐吴，须当用之。"炎曰："举善荐贤，乃美事也。卿何荐人于朝，即自焚其奏稿，不令人知耶？"祜曰："拜官公朝，谢恩私门，臣所不取也。"言讫而亡。炎大哭回宫，敕赠太傅、巨平侯。南州百姓闻羊祜死，罢市而哭。江南守边将士亦皆哭泣。襄阳人思祜存日，常游于岘山，遂建庙立碑，四时祭之。往来人见其碑文者，无不流涕，故名为"堕泪碑"。后人有诗叹曰：

> 晓日登临感晋臣，古碑零落岘山春。
>
> 松间残露频频滴，疑是当年堕泪人。

晋主以羊祜之言，拜杜预为镇南大将军，都督荆州事。杜预为人老成练达，好学不倦，最喜读左丘明《春秋传》，坐卧常自携，每出入必使人持《左传》于马前。时人谓之"左传癖"。及奉晋主之命，在襄阳抚民养兵，准备伐吴。

此时吴国丁奉、陆抗皆死。吴主皓每宴群臣，皆令沉醉；又置黄门郎十人，为纠弹官，宴罢之后，各奏过失，有犯者，或剥其面，或凿其眼。由是国人大惧。

晋益州刺史王濬上疏请伐吴，其疏曰：

> 孙皓荒淫内逆，宜速征伐；若一旦皓死，更立贤主，则强敌也。臣造船七年，日有朽败。臣年七十，死亡无日。三者一乖，则难图矣。愿陛下无失事机。

晋主览疏，遂与群臣议曰："王公之论，与羊都督暗合，朕意决矣！"侍中王浑奏曰："臣闻孙皓欲北上，军伍已皆整备，声势正盛，难与争锋。更迟一年，以待其疲，方可成功。"晋主依其奏，乃降诏止兵莫动，退入后宫，与秘书丞张华围棋消遣。近臣奏："边庭有表到。"晋主开视之，乃杜预表也。表略曰：

> 往者羊祜不博谋于朝臣，而密与陛下计，故令朝臣多异同之议。凡事当以利害相校度，此举之利十有八九，而其害止于无功耳。自秋以来，讨贼之形颇露；今若中止，孙皓恐怖，徙都武昌，完修江南诸城，迁其居民，城不可攻，野无所掠，则明年之计，亦无及矣。

晋主览表才罢，张华突然而起，推却棋枰，敛手奏曰："陛下圣武，国富兵强；吴主淫虐，民忧国敝。今若讨之，可不劳而定，愿勿以为疑！"晋主曰："卿言洞见利害，朕复何疑？"即出升殿，命镇南大将军杜预为大都督，引兵十万出江陵；镇东大将军、琅琊王司马伷出滁中，征东大将军王浑出横江，建威将军王戎出武昌，平南将军胡奋出夏口，各引兵五万，皆听预调用。又遣龙骧将军王濬、广武将军唐彬浮江东下，水陆兵二十余万，战船数万艘。又令冠南将军杨济出屯襄阳，节制诸路人马。

蚤有消息报入东吴。吴主皓大惊，急召丞相张悌、司徒何植、司空滕修，计议退兵之策。悌奏曰："可令车骑将军伍延为都督，进兵江陵，迎敌杜预。骠骑将军孙歆进兵拒夏口等处军马。臣敢为军帅，领左将军沈莹、右将军诸葛靓，引兵十万，出兵牛渚，接引诸路军马。"皓从之，遂令张悌引兵去了。皓退入后宫，不安忧色。幸臣中常侍岑昏问其故，皓曰："晋兵大至，诸路已有兵迎之。争奈王濬率兵数万，战船齐备，顺流而下，其锋甚锐，朕因此忧也。"昏曰："臣有一计，令王濬之舟皆为齑粉矣。"皓大喜，遂问其计。昏奏曰："江南多铁，可打连环索百余条，长数百丈，每环重二三十斤，于沿江紧要去处横截之。再造铁锥数万，长丈余，置于水中，若晋船乘风而来，逢锥则破，岂能渡江也？"皓大喜，传令拨匠工于江边，连夜造成铁索铁锥，设立停当。

却说晋都督杜预兵出江陵，令牙将周旨引水手八百人，乘小舟暗渡长江，夜袭乐乡，多立旌旗于山林之处，日则放炮擂鼓，夜则各处举火。旨领令，引众渡江，伏于巴山。次日，杜预领大军，水陆并进。前哨报道："吴主遣伍延出陆路，陆景出水路，孙歆为先锋，三路来迎。"杜预引兵前进。孙歆船蚤到。两兵初交，杜预便退。歆引兵上岸，迤逦追时，不到二十里，一声炮响，四面晋兵大至。吴兵急回，杜预乘势掩杀，吴兵死者不计其数。孙歆奔到城边，周旨八百军混杂于中，就城上举火。歆大惊曰："北来诸军乃飞渡江也？"急欲退时，被周旨大喝一声，斩于马下。陆景在船上，望见江南岸上一片火起，巴山上风飘出一面大旗，上书"晋镇南大将军杜预"。陆景大惊，欲上岸逃命，被晋将张尚马到斩之。伍延见各军皆败，乃弃城走，被伏兵捉住，缚见杜预。预曰："留之无用。"叱令武士斩之，遂得江陵。于是沅湘一带，直抵黄州诸郡，守令皆望风赍印而降。预令人持节安抚，秋毫无犯。遂进兵攻武昌，武昌亦降。

杜预军威大振，遂大会诸将，共议取建业之策。胡奋曰："百年之寇，未可尽服。方今春水泛涨，难以久住，可俟来春，更为大举。"预曰："昔乐毅济西一战，而并强齐。今兵威大振，如破竹之势，数节之后，皆迎刃而解，无复有着手处也。"遂驰檄约会诸将，一齐进兵，攻取建业。

时龙骧将军王濬率水兵顺流而下，前哨报说吴人造铁索，沿江横截，又以铁锥置于水中为准备。濬大笑，遂造大筏数十万，上缚草为人，披甲执杖，立于周围，顺水放下。吴兵见之，以为活人，望风先走。暗锥着筏，尽提而去。又于筏上作大炬，长十余丈，大十余围，以麻油灌之，但遇铁索，燃炬烧之，须臾皆断。两路从大江而来，所到之处，无不克胜。

却说东吴丞相张悌令左将军沈莹、右将军诸葛靓，来迎晋兵。莹谓靓曰："上流诸军不作提防，吾料晋军必至此，宜尽力以敌之。若幸得胜，江南自安。今渡江与战，不幸而败，则大事去矣！"靓曰："公言是也。"言未毕，人报："晋兵顺流而下，势不可当。"二人大惊，慌来见张悌商议。靓谓悌曰："东吴危矣，何不遁去？"悌垂泣曰："吴之将亡，贤愚共知。今若君臣皆降，无一人死于国难，不亦辱乎？"诸葛靓亦垂泣而去。张悌与沈莹挥兵抵敌。晋兵一齐围之。周旨首先杀入吴营。张悌独奋力搏战，死于乱军之中。沈莹被周旨所杀。吴兵四散败走。后人有诗赞张悌曰：

> 杜预巴山见大旗，江东张悌死忠时。
>
> 已拚王气南中尽，不忍偷生负所知。

却说晋兵克了牛渚，深入吴境。王濬遣人驰报捷音。晋主炎闻知，大喜。贾充奏曰："吾兵久劳于外，不服水土，必生疾病，宜召军还，再作后图。"张华曰："今大兵已入其巢，吴人胆落，不出一月，孙皓必擒矣！若轻召还，前功尽废，诚可惜也！"晋主未及应，贾充叱华曰："汝不省天时地利，欲妄邀功绩，困敝士卒，虽斩汝，不足以谢天下。"炎曰："此是朕意，华但与朕同耳，何必争辩！"忽报杜预驰表到，晋主视表，亦言宜急进兵之意。晋主遂不复疑，竟下征进之命。王濬等奉了晋主之命，水陆并进，风雷鼓动。吴人望旗而降。

　　吴主皓闻之，大惊失色。诸臣告曰："北兵日近，江南军民不战而降，将如之何？"皓曰："何故不战？"众对曰："今日之祸，皆岑昏之罪，请陛下诛之。臣等出城，决一死战。"皓曰："量一中贵，何能误国？"众大叫曰："陛下岂不见蜀之黄皓乎？"遂不待吴主之命，一齐拥入宫中，碎割岑昏，生啖其肉。陶濬奏曰："臣以战船皆小，愿得二万兵，乘大船以战，自足破之。"皓从其言，遂拨御林诸军与陶濬，上流迎敌；前将军张象率水兵，下江迎敌。二人部兵正行，不想西北风大起，吴兵旗帜皆不能立，尽倒竖于舟中。兵各不肯下船，四散奔走，只有张象数十军待敌。

　　却说晋将王濬扬帆而行，过三山，舟师曰："风波甚急，船不能行，且待风势少息行之。"濬大怒，拔剑叱之曰："吾目下欲取石头城，何言住耶！"遂擂鼓大进。吴将张象引从军请降。濬曰："若是真降，便为前部立功。"象回本船，直至石头城下，叫开城门，接入晋兵。孙皓闻晋兵已入城，欲自刎，中书令胡冲、光禄勋薛莹奏曰："陛下何不效安乐公刘禅乎？"皓从之，亦舆榇自缚，率诸文武，诣王濬军前归降。濬释其缚，焚其榇，以王礼待之。唐人有诗叹曰：

　　　西晋楼船下益州，金陵王气黯然收。

　　　千寻铁锁沉江底[1]，一片降旗出石头。

　　　人世几回伤往事，山形依旧枕寒流。

　　　今逢四海为家日，故垒萧萧芦荻秋。

于是东吴四州、四十三郡、三百一十三县，户口五十二万三千，军

---

[1] 寻：古代的长度单位，八尺为一寻。

吏三万二千，兵二十三万，男女老幼二百三十万，米谷二百八十万斛，舟船五千余艘，后宫五千余人，皆归大晋。

大事已定，出榜安民，尽封府库仓廪。次日，陶濬兵不战自溃。琅琊王司马伷并王戎大兵皆至，见王濬成了大功，心中忻喜。次日，杜预亦至，大犒三军，开仓赈济吴民，于是吴民安堵，惟有建平太守吾彦拒城不下，闻吴亡乃降。王濬上表报捷。朝廷闻吴已平，君臣皆贺上寿。晋主执杯流涕曰："此羊太傅之功也，惜其不亲见之耳！"骠骑将军孙秀退朝，向南而哭曰："昔讨逆壮年，以一校尉创立基业，今孙皓举江南而弃之。悠悠苍天，此何人哉！"

却说王濬班师，迁吴主皓赴洛阳面君。皓登殿稽首，以见晋帝。帝赐坐曰："朕设此座以待卿久矣！"皓对曰："臣于南方，亦设此座以待陛下。"帝大笑。贾充问皓曰："闻君在南方，每凿人眼目，剥人面皮，此何等刑耶？"皓曰："人臣弑君及奸回不忠者，则加此刑耳。"充默然甚愧。帝封皓为归命侯，子孙封中郎，随降宰辅皆封列侯；丞相张悌阵亡，封其子孙。封王濬为辅国大将军，其余各加封赏。

自此，三国归于晋帝司马炎，为一统之基矣。此所谓天下大势，合久必分，分久必合者也。后来后汉皇帝刘禅亡于晋太康七年，魏主曹奂亡于太康元年，吴主孙皓亡于太康四年，皆善终。后人有古风一篇，以叙其事，曰：

> 高祖提剑入咸阳，炎炎红日升扶桑。
>
> 光武龙兴成大统，金乌飞上天中央。
>
> 哀哉献帝绍海宇，红轮西坠咸池傍。
>
> 何进无谋中贵乱，凉州董卓居朝堂。
>
> 王允定计诛逆党，李傕郭汜兴刀枪。
>
> 四方盗贼如蚁聚，六合奸雄皆鹰扬，
>
> 孙坚孙策起江左，袁绍袁术兴河梁，

刘焉父子据巴蜀，刘表军旅屯荆襄，

张燕张鲁霸南郑，马腾韩遂守西凉，

陶谦张绣公孙瓒，各逞雄才占一方。

曹操专权居相府，牢笼英俊用文武，

威震天子令诸侯，总领貔貅镇中土。

楼桑玄德本皇孙，义结关张愿扶主，

东西奔走恨无家，将寡兵微作羁旅。

南阳三顾情何深，卧龙一见分寰宇，

先取荆州后取川，霸业图王在天府。

呜呼三载逝升遐，白帝托孤堪痛楚。

孔明六出祁山前，愿以只手将天补，

何期历数到此终，长星半夜落山坞。

姜维独凭气力高，九伐中原空劬劳。

钟会邓艾分兵进，汉室江山尽属曹。

丕睿芳髦才及奂，司马又将天下交。

受禅台前云雾起，石头城下无波涛。

陈留归命与安乐，王侯公爵从根苗。

纷纷世事无穷尽，天数茫茫不可逃。

鼎足三分已成梦，后人凭吊空牢骚。